国家出版基金项目
NATIONAL PUBLICATION FOUNDATION

"十二五"国家重点图书
出版规划项目

《南亚研究》第二辑

ENAN WENXUE SHI

照 著

越南文学史

中国出版集团

世界图书出版公司

图书在版编目（CIP）数据

越南文学史/于在照著.—广州：世界图书出版广东有限公司，2014.11 （2021.10重印）

ISBN 978-7-5100-8754-7

Ⅰ.①越…　Ⅱ.①于…　Ⅲ.①文学史—越南—高等学校—教材　Ⅳ.①I333.09

中国版本图书馆CIP数据核字（2014）第249530号

越南文学史

项目策划：陈　岩
项目负责：卢家彬　刘正武
责任编辑：程　静　李嘉荟
出版发行：世界图书出版有限公司　世界图书出版广东有限公司
　　　　　（广州市新港西路大江冲25号　邮编：510300）
电　　话：020-84459579　84453623
http：//www.gdst.com.cn　E-mail：pub@gdst.com.cn
经　　销：各地新华书店
印　　刷：广东虎彩云印刷有限公司
版　　次：2014年11月第1版
印　　次：2021年10月第4次印刷
开　　本：787mm×1092mm　1/16
字　　数：460千
印　　张：25
ISBN 978-7-5100-8754-7/I·0329
定　　价：75.00元

《东南亚研究》第二辑

《东南亚语言文化研究》丛书编辑委员会

总　序

　　东南亚是指亚洲的东南部地区。根据地理特征，东南亚可以分为中南半岛和马来群岛两部分，包括位于中南半岛的越南、老挝、柬埔寨、泰国、缅甸和位于马来群岛的菲律宾、马来西亚、文莱、新加坡、印度尼西亚、东帝汶共11个国家。东南亚大部分地区位于北回归线以南，跨越赤道最南抵达南纬11度。该地区北接东亚大陆，南邻澳大利亚，东濒太平洋，西接印度洋，是沟通亚洲、非洲、欧洲以及大洋洲的交通枢纽，也是中国从海上通向世界的重要通道。

　　由于地理上的邻近、民族关系的密切和文化上的相通，早在两千多年前东南亚各国就与中国建立了较为密切的政治、经济和文化联系。新中国成立后奉行睦邻外交政策，我国与东南亚各国的友好关系有了新的发展。进入21世纪后，中国政府明确提出了"与邻为善，以邻为伴"的思想，制定了"大国是关键、周边是首要、发展中国家是基础、多边是重要舞台"的外交方针，进一步强调"积极开展区域合作、共同营造和平稳定、平等互信、合作共赢的地区环境"。

　　本着这一精神，中国与东南亚国家展开了各种双边与多边合作，形成了多方位、多层次的合作框架，增进了彼此间的信任。随着2011年11月中国—东盟中心的正式成立，中国和东南亚国家间的务实合作关系得到了进一步提升，呈现出强劲的发展势头。世界上，像中国和东南亚这样，在两千多年时间里绵延不断地保持友好关系、进行友好交往的实属罕见。这种源远流长的友谊，成为双方加强合作的基础。

　　作为多样性突出地区，东南亚各国在民族、语言、历史、宗教和文化等方面五彩缤纷，各具特色。加强东南亚国别与地区研究，特别是加强东南亚语言文化的研究与交流，可以更好地帮助国人加深对东南亚的了解。为此，解放军外国语学院亚非语系集东南亚语种群自1959年办学以来之经验，在完成2012年度国家出版基金项目《东南亚研究》第一辑的基础上，与世界图书出版广东有限公司一道，再次成功组织并申报了2014年度国家出版基金项目《东南亚研究》第二辑，本丛书便是该项目的最终成果。

参加本丛书编写的同志主要为解放军外国语学院东南亚语种群的专家学者，北京大学、广东外语外贸大学、广西民族大学外国语学院的部分专家（学者）也应邀参加了本丛书的编写。丛书参编人员精通英语和东南亚语言，有赴东南亚留学和工作的经历，熟悉东南亚语言文化，在编写过程中多采用第一手资料，为高质量地完成丛书奠定了基础。我们希望这套丛书的编辑出版有助于读者加深对东南亚国家国情文化的认识，有助于促进中国与东南亚国家间的文化交流，共同营造和平稳定、合作共赢的地区环境。

由于丛书涉及面广，囿于资料收集和学术水平诸多因素的限制，书中的描述与分析难免存在疏漏与不足，恳请同行专家和广大读者不吝批评指正。

《东南亚语言文化研究》丛书编辑委员会

2014年10月　于洛阳

前　言

本书是为高等学校越南语专业编写的越南文学史教科书。

越南地处中南半岛东部，濒临太平洋，是东南亚一个有影响的国家，是与中国山水相连的重要邻邦。越南民族的历史较为悠久。越南文学源远流长。博大精深的中国文化是越南文学的源头。

本书坚持历史唯物主义的文学观和美学观，坚持历史、实证方法与审美、批评方法有机结合的原则，努力探究越南文学历史发展的过程及其规律，探讨越南文学史上汉文学、喃字文学和拉丁化国语文学的源流演变，客观评价各个时代的重要作家和作品。

在越南文学史的分期问题上，本书坚持以越南文学的历史发展脉络、汉文学、喃字文学和拉丁化国语文学的源流演变为越南文学历史分期的主要依据，同时兼顾越南社会历史分期。越南古代文学起始于公元 10 世纪中叶汉文学的发端，终止于 19 世纪中叶汉文学、喃字文学的繁荣。古代文学是汉文学、喃字文学的发端、兴起、繁荣的时期；越南近代文学起始于 19 世纪中叶汉文学、喃字文学的繁荣，终止于 20 世纪初期汉文学、喃字文学的衰亡。近代文学是汉文学、喃字文学走向式微的时期；越南现代文学起始于 20 世纪初拉丁化国语文学的兴起，终止于 20 世纪末越南文学的蓬勃发展。现代文学是拉丁化国语文学兴起、繁荣、蓬勃发展的时期。

笔者多年对越南文学的搜集、整理和研究的成果，今日终得以公开问世。这首先归功于笔者的导师——北京大学颜保教授多年的谆谆教诲和精心培养。在研究生学习期间，是颜老师渊博的知识、开阔的思路，给笔者打下了一个良好的研究基础；在毕业后，又是颜老师不断的指导，给笔者解决了研究中的疑难。在此，学生对恩师表示衷心的感谢！

本书出版得益于笔者的三次越南之行。2001年9月，本人前往越南国家大学文学系进修学习。在越南期间，本人就越南文学史上的一些问题向潘巨棣等著名越南文学专家请教，并与各位越南学者进行了广泛的交流，受益匪浅；在越南国家图书馆、汉喃研究院图书馆阅读了大量越南文学书籍，收获颇丰；搜集、整理了大量越南文学资料，极其珍贵。2005年、2006年，笔者两次前往越南参加国际学术研讨会，在会议期间，与越南和各国越南文学研究专家进行了广泛交流，并进一步搜集了越南文学相关材料。三次越南之行为越南文学史的出版奠定了坚实的基础。

本书出版得到了广东世界图书出版公司的大力支持，特别是外语辞书部刘正武主任的精心策划、科学设计为本书的顺利出版提供了便利条件，在此谨表诚挚的谢意！同时，感谢国内外专家们的帮助支持！

由于笔者水平有限，书中肯定会有这样或那样的缺点和不足，敬请同仁和专家批评指正。

编　者
2014年3月

目 录

第一编 古代文学

（10世纪中叶至19世纪中叶）

越南古代文学起始于10世纪中叶汉文学的发端，终止于19世纪中叶汉文学、喃字文学的繁荣。古代文学是汉文学、喃字文学的发端、兴起、繁荣的时期。

* * *

越南古代文学的历史长河由越南口头文学、汉文学和喃字文学三大支流汇合而成，而其源头是源远流长的中国文化和中国古代文学。

从公元前214年秦朝在红河流域设立象郡到公元968年越南丁朝建立长达1100余年的郡县时期，是中国汉字、汉文化在安南的传播期，是越南古代文学的孕育期和奠基期。

在漫长的历史岁月里，越南劳动人民的口头创作生生不息，蓬勃发展，出现了内容丰富多彩的口头文学。越南口头文学是在劳动人民的群居生活和集体劳动中产生的，主要文学形式有神话、传说、歌谣、故事等。越南口头文学是书面文学发展的源头和深厚沃土，它对书面文学的发展产生了极大的促进作用，是越南文学宝库中的一部分。

10世纪中叶，越南文人开始用汉文创作诗文，这标志着越南汉文学的诞生，也拉开了越南古代文学的序幕。以汉文诗为主的汉文学最先出现在越南文坛上是越南文学历史发展的必然，是1100余年中国文化、中国文学滋养的结果。

10世纪中叶至12世纪末，汉文学是越南文坛上唯一的文学形式，汉文学处于独尊的文学地位。这一时期，越南汉文学深受极其盛行的佛教影响，内容被深深打上佛教烙印。

13世纪初至14世纪末，越南历史进入封建制度的巩固与发展时期，这为越南文学的发展提供了良好的社会环境，汉文学开始逐渐走向成熟与兴盛，占据了越南文学的主导地位。而此时，越南喃字文学则处于萌芽、发展时期。这一时期，越南汉文学在文学样式上更加多样，除了诗歌还出现了赋、灵怪文言散文作品以及历史文言散文作品等；汉文学在文学内容上更加丰富多彩，体现宫廷意志、颂扬民族辉煌历史、抒发军旅情怀、描写山水田园的秀美风光、讽喻社会时弊、感叹人生际遇等题材的汉文学作品不断呈现于越南文坛；汉文学作品数量更是大大超过10世纪中叶至12世纪末的作品数量。在汉文学创作的外部环境方面，佛教一统天下、佛教决定文坛走向的局面已经得到某种程度的改变，儒教① 开始影响汉文学创作。

喃字是在汉字基础上，运用形声、会意和假借等方式形成的一种形似汉字的方块文字。喃字经历了漫长历史发展演变，在13世纪定型。13世纪末期，越南喃字文学开始出现。14世纪，在强势汉文学的挤压下，喃字文学发展缓慢。从越南文学历史的角度看，喃字文学的产生丰富了越南文学的表现形式，在越南语口语与书面语统一的道路上迈出了重要的一步。

15世纪，越南封建社会进入鼎盛时期。越南汉文学在13、14世纪兴盛的基础上，呈现了全面繁荣的景象。16、17世纪，越南战乱不断，社会动荡，汉文学也逐渐朝着感伤悲怀、抨击时弊、控诉战争灾难和反映社会现实的方向发展。

15世纪初至17世纪末是以汉文诗为代表的汉文学全面繁荣的时期。后黎朝第四代皇帝黎圣宗及其组织的文学社团"骚坛会"的文学创作无疑推动了越南汉文诗艺术的日臻完善。以阮梦荀的《蓝山赋》和李子晋的《至灵山赋》为代表的汉文赋的出现表明越南汉文赋已达到相当高的艺术水平。越南汉文文言历史章回小说《皇越春秋》、神怪故事《岭南摭怪》和传奇类小说《传奇漫录》的出现标志着汉文学体裁的扩展、内容的不断丰富。

15世纪初至17世纪末喃字文学开始兴起，文学名家如黎圣宗、阮廌、阮秉谦等创作了不少喃字诗歌。从15世纪到16世纪，越南喃字诗歌创作采用的诗体基本都是唐律体或唐律体的变体。16世纪末17世纪初，六八体、双七六八体喃字诗歌体裁已经定型，为喃字诗歌的发展提供了更多的创作体裁。喃字长篇叙事诗有唐律体的《王嫱传》、《林泉奇遇》和《苏公奉使》以及六八体的《鲇鱼与蛤蟆》、《贞鼠》和《天南语录》等，这些无名氏喃字长篇叙事诗的出现标志着越南喃字文学的不断发展。15世纪初至17世纪末的喃字文学潮流开始汇入到越南古代文学发展的主流中，为越南古代文学历史长河的奔腾不息不断注入活水。15世纪初至17世纪末喃字文学的兴起为18世纪喃字文学的繁荣奠定了坚实的基础。

18世纪初至19世纪中叶，越南汉文学继续保持强势发展态势，呈现出与以往汉文学发展有所不同的文学特点。越南汉文学自10世纪中叶产生，经过7个多世

---

① 儒教：越南称在越南流传的中国"儒学"为"儒教"（Nho Giáo）。

纪的强势发展，到18世纪发生了重要变化，取得新进展，具体体现在：一是邓陈琨的长篇叙事诗和阮攸、阮浃、潘辉益、范贵适和范阮攸等诗人的短篇叙事诗的出现。这些叙事诗直面社会，直面人生，控诉战争灾难，反映民不聊生的社会现实，具有强烈的心灵震撼力和艺术感染力，具有现实主义倾向。二是汉文"邦交诗"和"咏史诗"的大量出现。越南诗人作为外交使者出使中国以及越南帝王、文人迎接中国使者过程中留有大量汉文诗。越南诗人咏吟中国以及越南古代历史人物、事件以及历史古迹等留下了大量汉文诗。汉文"邦交诗"和"咏史诗"的大量出现，标志越南汉文诗叙事功能的扩展和汉文诗内容的丰富。三是以《骥州记》、《皇黎一统志》等为代表的越南汉文文言小说的出现。这标志着越南汉文文言小说在15世纪初至17世纪末发展的基础上，艺术水平得到进一步的提升。四是汉文诗创作群体不断壮大，诗人成分更加多样。学者型诗人黎贵惇、裴辉璧等为越南汉文诗艺术水平的不断提高做出了贡献。声名显赫的"吴家文派"为18世纪越南汉文学不断攀登高峰增加了动力。五是六八体、双七六八体汉文诗和句式灵活、字数不定的杂言体诗的出现。这标志着越南汉文诗体裁的丰富和水平的提高。

18世纪初至19世纪中叶，以阮攸《金云翘传》为代表的一批喃字长篇叙事诗的问世，标志着越南喃字文学进入了繁荣阶段，占据这一时期越南文坛的半壁江山。喃字文学自13世纪末产生，经过4个多世纪的弱势发展，到18世纪终于迎来繁荣的局面。声音悠扬、富有乐感和表现力细腻的喃字已经成为越南文学的主要语言之一，得到了娴熟的运用。六八体、双七六八体艺术日臻完善，喃字诗歌艺术水平达到了炉火纯青的地步，尤其是喃字长篇叙事诗艺术取得了巨大的成就，代表性的作品是阮攸的《金云翘传》、段氏点的《征妇吟曲》、阮嘉韶的《宫怨吟曲》、阮辉似的《花笺传》、李文馥的《玉娇梨新传》、《西厢传》和大量无名氏的喃字长篇叙事诗。18世纪初至19世纪中叶，以胡春香、青官县夫人等女诗人为代表的喃字唐律体诗歌创作，将唐律体诗歌艺术推向了高峰。

越南古代文学是越南文学发展历史的第一阶段，是汉文学与喃字文学相互交织、强弱有别、共同发展的阶段。越南古代文学的产生、发展与中国文化、中国古典文学密不可分，中国文化、中国古典文学为越南古代文学的发展不断注入源头活水。

第一章　古代文学的孕育

（公元前3世纪至公元10世纪中叶）

　　自公元前214年秦朝在红河流域设立象郡到公元968年越南丁朝建立长达1100余年的时期内，交趾、安南地区一直是中国的郡县，始终处于中国封建王朝的直接管辖之下。这一时期是中国汉字、汉文化在交趾、安南的传播时期，是越南古代文学的孕育和奠基时期。

　　自古以来，越南[①]和中国这两个山水相连的邻邦之间有着极其悠久、密切的历史联系。郭廷以说："在环绕中国的邻邦中，与中国接触最早，关系最深，彼此历史文化实同一体的，首推越南。"[②]古代的文献资料和现代的考古证据充分证明了这一点。从考古资料看，越南东山出土的青铜器都具有中国西南地区青铜时代的样式和风格，这种情况说明，越南青铜文化与中国西南的青铜文化是同源的。在中越的古籍中，有许多神农、颛顼、尧、舜等南抚交趾或南至交趾的记载。神农、颛顼等本是传说中的人物，这些记载也并非信史，但却反映了我国西周、春秋战国甚至更古的时候，中原地区已经和南方的交趾有了直接或间接的联系。《大越史略》记载："至周成王时，越裳氏始献白雉，春秋谓之阙地，载记谓之雕题。至周庄王时，嘉宁部有异人焉，能以幻术服诸部落，自称雒王。……越勾践尝遣使来谕。雒王拒之。"[③]

　　汉字、汉文化传入交趾的确切年代已难以考证，但可以大致确定是在公元前后随着秦汉朝对交趾地区的有效治理而开始南浸的。[④]

　　公元前214年，秦朝在现越南北部、中部地区设立象郡。"纪元前214年，秦始皇置桂林、南海、象郡，时百越皆蛮夷，秦以谪民与之杂处。"[⑤]汉字真正在交

---

① 在内属中国期间，越南先后被称为交趾、交州和安南等；在独立后国号为大瞿越、大越和越南等。
② 陈玉龙：《汉文化论纲——兼述中朝中日中越文化交流》，北京大学出版社，1993年版，第340页。
③ 《大越史略》，越南国家图书馆藏。VV891/98.
④ 笔者认为，汉字、汉文化传入交趾、安南以及后来的越南有着多种原因。一是地缘优势：两地、两国山水相连，交通便捷。二是文化的强弱：交趾、安南以及后来的越南一直处于弱势文化地位，而内地、中国一直处于强势文化地位，强势文化自然流向了弱势文化。三是汉字的强大生命力：汉字的文字特点使它具有跨时间、跨空间的优势，从而使汉字具有了强大的生命力和传播辐射力。
⑤ 马司帛洛：《秦汉象郡考》，载：冯承钧：《李陈胡三氏时安南国之政治地理》，安南书录，1976年版，第50页。

趾大地上播种具体开始于赵佗时代。赵佗"甲午元年(秦二世三年),帝并有林邑、象郡之地,自立为南越王。""赵武帝能开拓我越,而自帝其国,与汉抗衡。书称老夫,为我越倡始帝王之基业,其功可谓大矣。"① 越南汉字学习何时开始已无准确记载,一些越南学者普遍认同"始于赵佗时代"之说。越南现代学者阮Q胜(Nguyễn Q. Thắng, 1940—)认为:"我国民众从何时起学习汉字没有准确的记载。有人认为,我国民众学习汉字始于赵佗时代(公元前207—公元前111)。"② 越南现代学者陶维英(Đào Duy Anh, 1904—1988)认为:"我们祖先从北属初期——大概从赵佗时代——就开始学习汉字了。"③

公元前111年,汉朝在现越南北部、中部地区设立交趾、九真和日南三郡。交趾太守锡光"在交趾教民以礼仪"。九真太守任延"乃教民垦辟,岁岁耕种,百姓充给。贫民无聘礼者,延命长吏以下省俸禄以赈助之,同时娶者两千人。视事四年召还。九真人为之立祠,其生子置名皆曰任焉。岭南文风,始二守焉。""及锡光守交趾、任延守九真,建立学校,道以礼仪,由此而降,四百余年,民似有类。"④ 汉朝"武帝时,乃令天下郡国皆建立学校官。"⑤ 因此,学校制度也必然在交趾地区建立起来。《殊域周咨录》记载:交趾"本国自初开学校以来,都用中夏汉字,并不习夷字。"⑥ 以锡光和任延为代表的汉朝官吏在交趾地区推行的文教制度为汉文化在该地区的传播奠定了基础。

这一时期,中原地区避居交趾的士人以口授或身教的方式将先进的汉文化带到了交趾地区。史料记载,东汉末年,中原地区的士人往交趾避难者以百数,当时中原名士许靖、许慈、刘巴和袁征等均寄寓交趾。

三国时期的交州太守士(又作:仕)燮,虽身居政要之职,但志在弘扬文化,振兴文风,以独到的见解注释经传,讲授诗书,为汉文化在该地区的进一步传播做出了重要贡献,被尊称为"士王":"王器体宽厚,谦虚下士,国人爱之,结呼曰王。汉之名士避难往依者以百数。"⑦ "史臣吴士连曰:'我国通诗书,习礼乐,为文献之邦,自士王始。其功德岂特施于当时,而有以远及于后代。岂不盛矣哉!'"⑧

---

① [越]吴士连:《大越史记全书》(内阁官板),河内:社会科学出版社,1988年版,第52页。
② [越]阮Q胜:《越南科举与教育》,胡志明市综合出版社,2005年版,第59页。
③ [越]陶维英:《越南文化史纲》,河内:文化信息出版社,2002年版,第299页。
④ [越]吴士连:《大越史记全书》(内阁官板),河内:社会科学出版社,1988年版,第64页。
⑤ 《后汉书》,卷五十四,《马援传》。
⑥ (明)严从简:《殊域周咨录》,(余思黎点校),北京:中华书局,2000年版,第237页。
⑦ [越]吴士连:《大越史记全书》(内阁官板),河内:社会科学出版社,1988年版,第61页。
⑧ [越]吴士连:《大越史记全书》(内阁官板),河内:社会科学出版社,1988年版,第63页。

　　根据史料记载，交州有组织的汉文教育活动始于三国时期的交州太守士燮。陶维英认为："交趾地区有组织的教育活动是从士燮开始的。"①《殊域周咨录》记载："汉光武中兴，命马援征交趾女主，立铜柱，而南汉置为交州。时有刺史名仕燮，乃初开学，教取中夏经传，翻译音义，教本国人，始知习学之业。"②

　　随着锡光、任延和士燮等历代中国官吏在文化、教育等方面的不断开垦、播种和耕耘，汉字、汉文化在交趾地区逐步传播开来并扎根、开花和结果，交趾地区社会的文明程度③ 在日益提高，本地"通达诗书经传、具备文学才能"的人才开始出现，李进、李琴和张重等就是其中的典型代表。东汉灵帝中平年间（约公元187年），交趾本地人李进受任交州刺史，这是交趾人首次任此要职。史料记载了李进上表汉献帝、恳请平等对待内地与交州地区人才的史实："庚辰十四年（汉献帝建安五年）刺史李进上言于汉帝曰：'率土之滨，莫非王臣。今登仕朝廷皆中州之士，未尝奖励远人'。辞意感切，多所援引。"④ "后李琴仕至司隶校尉，张重为金城太守，则我越人才得与汉人同选者，李琴、李进有以开之也。"⑤

　　这一时期，内地的商人不断到交趾地区进行贸易，同时不少移民定居交趾地区，他们将中原地区的铁犁和牛耕等先进技术以及耕作方法传入了交趾地区，对交趾地区生产力的发展做出了很大的贡献。

　　5世纪，随着佛教在交州的广泛传播，通晓汉字的当地佛教僧侣们成为当时交州地区汉文水平的最高代表者，成为促进汉字、汉文化传播的领头羊。

　　5世纪的释道高和释法明两位法师三答交州刺史李淼的问佛，充分显示了交州地区佛教僧侣们较高的汉文水平。下面是交州刺史李淼与交州佛教法师释道高一问一答的两篇文章：

《与高明二法师<难佛不见形书>》
李　淼

　　夫道处清虚，四大理常，而有法门，妙出群域。若称其巧能利物，度脱无量为教，何已不见真形于世？真空说而无实耶？

---

① ［越］陶维英：《越南文化史纲》，河内：文化信息出版社，2002年版，第299页。

② （明）严从简：《殊域周咨录》，（余思黎点校），北京：中华书局，2000年版，第236～237页。

③ 中越古籍关于秦汉朝治理之前的交趾社会状况的记载大都类似胡宗鷟的描述："盖自洪荒之始，缅尘迥隔，草昧乾坤，文籍未具，礼乐未作。"（［越］胡宗鷟：《越南世志序》载：越南社会科学委员会文学院《李陈诗文》第三集，河内：社会科学出版社，1978年版，第75-76页。）根据越南及其他各国现代的考古发现，越南史前文明悠久，有冯原文化、东山文化以及和平文化等。

④ ［越］吴士连：《大越史记全书》（内阁官板），河内：社会科学出版社，1988年版，第61页。

⑤ ［越］吴士连：《大越史记全书》（内阁官板），河内：社会科学出版社，1988年版，第62页。

今正就寻西方根源，伏愿大和尚垂怀，允纳下心，无惜神诰。

弟子李淼和南。

《答李交州淼<难佛不见形>》

释道高

释道高白：奉垂问至圣显晦之迹，理味洲博，辞义照洗；敬览反复，弥高德音。使君垣墙崇邃，得门自难，辄罄愚管，罔象玄珠。

夫如来应物，凡有三焉：一者见身，放光动地；二者正法，如佛在世；三者像教，劈犀仪轨。劈犀仪轨，应今人情。人情感像，孰为见哉！故净名经云：'善解法相，知众生根'。至于翘头末城，龙华三会，人情感见，孰为隐哉！故法华经云：'时我及众僧，俱出灵鹫山'。儴佉之宫，屡然可期；西方根源，何为不觐？而世之疑者，多谓经语不符；闻寄情少，咸巳不觐生滞。

夫三皇五帝，三代五霸，姬旦孔丘，删诗制礼，并闻史籍，孰觐之哉！释氏震法鼓于鹿园，夫子扬德音于邹鲁，皆耳眼所不得，俱信之于书契。若不信彼，不患疑此！既能了彼，何独滞此？

使君圣思渊远，洞鉴三世，愿寻寿量未之教，近取定光儒童之迹，中推大通智胜之集，已释众人之幽滞，若披重霄于太阳。

贫道言浅辞拙，语不宣心，冀奉见之日，当申之于论难耳。

谨白。

释道高在《答李交州淼<难佛不见形>》中用字准确、语句工稳、逻辑性强、行文流畅，充分展示了当时交州佛教僧侣们高超的汉文水平。在文中释道高纵横古今，旁引博征，显示了以他为代表的交州佛学之士渊博的知识。

679年，唐高宗改交州都督府为安南都护府。安南都护府成立后，地方官吏振兴文教颇具成效："唐王福畤为交趾令，大兴文教，士民德之。"[1] "马聪，安南都尉，用儒术教其俗，僚夷率服。"[2] 在唐朝委派到安南的官吏当中，有不少人文学造诣深厚，如"初唐四杰"之一王勃的父亲交趾令王福畤就颇有才学。唐朝官吏的精心浇灌，使得汉文化这棵大树在安南大地上不断茁壮成长。

唐朝在安南实行与内地相同的文教制度和人才政策。高宗上元三年（676年），

---

① （清）徐延旭：《越南辑略》，转引自：朱云影：《中国文化对日韩越的影响》，台北：台湾黎明文化事业公司，1981年版，第54页。

② ［越］黎文休：《大越史记》，越南国家图书馆藏。VV891/75.

专门设置选拔安南士子任官的"南选使":"置南选使,简补广、交、黔等州官吏。"①
之后又有岭南各地选送进士、明经进京任职的制度:"天宝十三载(754年)七月敕:
如闻岭南州县,近来颇习文儒,自今以后,其岭南五府管内自身有词藻可称者,
每至补选时,任令应诸色乡贡,仍委选补使准其考试。有堪及第者,具状闻奏。
如有情愿赴京者,亦听。其前资官并常选人等,有词理兼通、才堪理务者,亦任
北选,及授北官。"②"多种迹象表明,当时在唐朝的推动下,安南一些村社也设立
了学校,儒家的经典得到了广泛研习。"③这一时期,汉字读音、汉文使用和汉文
教育在安南已经形成较为完整、正规的体系。越南现代学者阮才谨(Nguyễn Tài
Cẩn,1926—2011)指出:越南汉字的"汉越读法是源于唐朝汉语的语音体系,具
体是约为八九世纪在交州讲授的唐音。"④汉越音体系的形成是汉字在安南广泛使
用的结果。这一阶段汉文已经成为安南知识分子进行教育、科举、翻译佛经以及
吟唱诗赋等文化活动的重要工具。

随着整个安南地区汉文化水平的不断提高,"诞生了参与汉字、汉文化传播的
越南人(作者注:指本地人)权贵阶层"。⑤安南本地人中的才学出众者在唐朝举行
的科举考试中金榜高中,如爱州日南人姜公辅和其弟姜公复。"唐德宗适兴元年,
九真姜公辅仕于唐,第进士,补校书郎,以制策遗等,授右拾遗翰林学士,兼京
兆户曹参军。""乃擢为谏议大夫、同中书门下平章事。"⑥姜公辅的弟弟姜公复亦才
学出众,考上进士:"弟姜公复亦举进士。"⑦姜公辅留有著名的《白云照春海赋》(以
鲜碧空镜春海为韵):"白白溶溶,摇曳乎春海之中。纷纷层汉,皎洁长空。细影
参差,匝微明于日域;轻文磷乱,分炯晃于仙宫。始而,干门辟,阳光积。乃飘
渺以从龙,遂轻盈而拂石。出穹峦以高矗,跨横海而远摅。故海映云而自春,云
照海而生白。或杲杲以积素,或沉沉以凝碧。圆虚乍启,均瑞色而周流,蜃气初
收,与清光而激射。云信无心而舒卷,海宁有志于潮汐?彼则澄源纪地,此乃泛
迹流天。影触浪以时动,形随风而屡迁;入洪波而并曜,对绿水而相鲜。时维孤
屿冰郎,长汀云净。宫阙于三山,总妍华于一镜。临琼树而昭晰,覆瑶台而紫映。

① 《旧唐书》,卷五,《高宗纪》,转引自:中国社会科学院历史研究所编:《古代中越关系史资料选编》,北京:中国社会科
　　学出版社,1982年版,第138页。
② 《后汉书》,卷五十四,《马援传》。
③ [越]陈义:《10世纪前越南人汉字作品搜集与考论》,河内:世界出版社,2000年版,第124页。
④ [越]阮才谨:《汉越读法的起源和形成过程》,河内:国家大学出版社,2000年版,第19页。
⑤ [越]阮才谨:《汉越读法的起源和形成过程》,河内:国家大学出版社,2000年版,第39页。
⑥ [越]吴士连:《大越史记全书》(内阁官板),第78页。
⑦ [越]吴士连:《大越史记全书》(内阁官板),第104页。

鸟颉颃以追飞，鱼从容以涵泳。莫不各得其适，咸悦乎性。登夫爽垲，望兹云海。云则连景霞以离披，海则蓄玫瑰之翠彩。色莫尚乎洁白，岁何芳于首春。惟春色也，嘉夫藻丽；惟白云也，赏以清贞。可临流于是日，纵观美于斯辰。彼美之子，顾曰无伦。扬桂楫，棹青苹，心遥遥于极浦，望远远乎通津。云分片玉之人。"

除姜公辅和姜公复之外，还有以诗文闻名的交州诗人廖有方。廖有方，唐宪宗元和十一年考上进士，在朝廷任校书郎，与柳宗元、韩愈关系密切。《全唐诗》中留有廖有方的《题旅榇》："嗟君有世委空囊，几度劳心翰墨场。半面为君申一恸，不知何处是家乡？"唐朝诗人柳宗元对廖有方大加称赞："交州多南金，珠玑玳瑁象犀皆奇怪，至于草木亦殊异。吾尝怪阳德之炳耀，独发于纷葩瑰丽，而罕钟乎人。今廖生刚健重厚，孝悌信让，以质乎中而文乎外，为唐诗，有大雅之道，夫固钟于阳德者耶？是世之所罕也。今之世，恒人其于纷葩瑰丽，则凡知贵之矣，其亦有贵廖生者耶？果能是，则吾不谓之恒人矣，实亦世之所罕也。"[1]安南地区人才辈出的状况充分表明汉文化已经深深扎根于安南大地。

唐朝时期，大量民众从中原地区移居安南地区，其中有躲避战乱的人群、流放的罪犯、因安南社会稳定而前来安南地区的一些文人和名士等。唐朝学士文人旅居安南者更不乏其人，他们讲学办教育，传授儒学经典，著书立说，他们的学术活动对汉文化在该地区的传播起了推动作用，提高了当地的文化水平和民智水平。"此等中国之通儒硕学，一面培植人才，一面又广泛结交越南学者耆宿。此种交流不仅及于当时，亦绵延至后代。"[2]

在旅居安南的学者中有不少著名的诗人，如杜审言、沈佺期等，他们曾寓居安南并留有诗作：

交趾殊风候，寒迟暖复催。

仲冬山果熟，正月野花开。

积雪生昏雾，轻霜下震雷。

故乡逾万里，客思倍从来。

（杜审言《旅寓安南》）

---

① （唐）柳宗元：《送诗人廖有方序》，载《河东先生集》卷二十五，转引自：张秀民：《安南文学史资料辑佚》，载《印支研究》1983年第1期。

② ［越］释德念（胡玄明）：《中国文学与越南李朝文学之研究》，大乘精舍印经会，台北金刚出版社，1979年版，第196页。

自昔闻铜柱，行来向一年。

不知林邑地，犹隔道明天。

雨露何时及，京华若个边。

思君无限泪，堪作日南泉。

（沈佺期《初达驩州》）

杜审言、沈佺期等旅居安南的唐朝诗人的诗歌创作对在安南地区传播唐诗艺术、对以汉诗为代表的越南古代文学的孕育和萌发做出了一定贡献。

这一时期，安南地区佛教僧人与中原地区佛教僧人、文人的交流促进了汉文化在安南的发展。

7世纪中期，唐朝僧人明远到安南，与运期、窥冲和大乘灯等安南僧人联袂往西域求法。两地僧人同往西域求法，促进了两地佛教的交流与融合，同时也促进了两地文化、文学的交流与融合。

唐朝时，安南僧人、居士还得唐朝皇帝的延请，入内宫讲经论道，如惟鉴法师、奉定法师等均曾前往京都长安讲经论道。当然，安南僧人前往中原求法者更是数不胜数。在中原期间，安南僧人不仅与唐朝的佛学之士交流，他们还与唐朝诗人、名士交游甚多，临别时唐朝诗人以诗相赠。在《全唐诗》中记录了贾岛、沈佺期和杨巨源等唐朝著名诗人赠安南法师们的诗篇。贾岛赠诗于安南惟鉴法师：

讲经春殿里，花绕御床飞。

南海几回渡，旧山临老归。

潮摇蛮草落，月湿岛松微。

空水既如彼，往来消息稀。

（贾岛《送安南惟鉴法师》）

杨巨源在奉定法师归安南时，有诗相赠：

故乡南越外，万里白云峰。

经纶辞天去，香花入海逢。

鹭涛清梵彻，蜃阁化诚重。

心到长安陌，交州后夜钟。

（杨巨源《供奉定法师归安南》）

沈佺期在拜谒无碍上人时有诗相赠：

大士生天竺，分身化日南。

人中出烦恼，山下即伽蓝。

小涧香为刹，危峰石作龛。

候禅青鸽乳，窥讲白猿参。

藤爱云间壁，花怜石下潭。

泉行幽供好，林挂浴衣堪。

弟子哀无识，医王惜未谈。

机疑闻不二，蒙昧即朝三。

欲究因缘理，聊宽放弃惭。

超然虎溪夕，双树下虎岚。

（沈佺期《九真山净居寺谒无碍上人》）

以上诗篇充分显示了两地文人、佛学之士的浓厚情谊。同时，我们也从另一个侧面猜测出，安南佛学之士在与唐朝诗人的交流中一定是有诗歌话语权的。虽然奉定法师、惟鉴法师、无碍上人和黄知新居士等与唐朝诗人的酬唱之作未能流传下来，但他们一定是精汉学、善诗文的。越南现代学者胡玄明认为：安南佛学之士"可见彼等必然学问渊博，擅长诗文，品行优异。"①

安南地区的僧人与唐朝中原地区诗人的交流，有助于安南僧人学习、吸收唐诗艺术。以他们为桥梁，唐诗艺术开始不断传播到安南，在某种程度上促进了越南汉文诗的萌发。胡玄明指出："当时越南僧人学问渊博，对诗学具有深刻之了解，擅长诗文甚或拥有诗作乃可想而知者。当时僧人除本身具有高深之文学造诣，而蔚为越南文学高潮外，更因其致力于禅学，直接间接影响于越南之文学思想与文学风气。"② 可以说，安南佛教僧侣们是当之无愧的安南地区和中原地区佛教文化和文学交流的使者。除了佛学之士外，安南地区的大量学子游学中原，研习汉文化在安南已蔚然成风。

综上所述，1100余年中国文化、文学在交趾、安南的传播历史，为越南独立后的文学诞生创造了条件；为越南古代文学参天大树的茁壮成长和根深叶茂提供了肥沃的土壤和丰富营养；为越南独立后文学的发展奠定了深厚的基础。

＊＊＊

本章论述了公元前3世纪至公元10世纪中叶中国文化、中国古典文学、尤其

---

① ［越］释德念(胡玄明)：《中国文学与越南李朝文学之研究》，大乘精舍印经会，台北金刚出版社，1979年版，第88页。
② ［越］释德念(胡玄明)：《中国文学与越南李朝文学之研究》，大乘精舍印经会，台北金刚出版社，1979年版，第89页。

是唐朝诗歌艺术在交趾、安南的传播和浸润的历程。这一历史阶段是越南古代文学产生的前奏，是越南古代文学的孕育和奠基时期，为越南独立后文学的产生播撒了种子，为越南独立后文学的强劲发展聚积了深厚的底蕴。本章研究的目的是探究越南古代文学的源头，更好地理解越南独立后的汉文学的源流演变，及其一直保持强势发展的根本原因。

第二章 口头文学

越南口头文学是越南人民在漫长历史发展过程中口头创作、口头流传，后经不断地集体修改、加工而形成的文学。越南口头文学源自人民的劳动生产和生活，流传于民间，发扬于民间，是劳动群众智慧的结晶，是人民的愿望、要求和理想的集中反映，也是人民思想感情和意志的表现。越南口头文学是劳动人民最真实的生命体验，无矫揉造作，直抒胸臆，活泼生动，往往能用最简单的语言揭示最深刻的内容。越南口头文学形式主要有散文的神话、传说、故事以及韵文的歌谣、谚语等。

第一节 神话、传说

古代越南人民在繁衍生息、生产劳作、祭祀神灵以及同神秘莫测的大自然斗争的过程中创作了各种神话、传说。有解释天地形成的《天柱神》，表现图腾崇拜的《稻谷神》《火神》，同洪水作斗争的《伞圆山传》（《山精水精》），表现兄弟情、夫妻节义的传说《槟榔传》，有美丽动人的爱情传说《一夜泽传》，有显示民众神奇而伟大力量的传说《董天王传》等。神话《鸿庞氏传》（《雒龙君传》）描述了越南上古社会的演变、民族的起源：

炎帝神农氏三世孙帝明，生帝宜，南巡狩至五岭，得婺仙之女，纳而归。生禄续，容貌端正，聪明凤成。帝明奇之，使嗣位。禄续固辞，让其兄。乃立宜为嗣，以治北地。封禄续为泾阳王，以治南方，号为赤鬼国。泾阳王能行水府，娶洞庭君龙王女，生崇揽，号为雒龙君，代治其国。泾阳王不知所之。雒龙君教民耕稼农桑，始有君臣尊卑之等，父子夫妇之伦。或时归水府，而百姓晏然无事，不知所以然者。民有事则扬声呼龙君曰："逋乎何在？不来以活我些。"龙君即来，其显灵感应，人莫能测。

……

龙君与妪姬居期年而生得一胞，以为不祥，弃诸原野。过六七日，胞中开出百卵，一卵生一男，乃取归而养之。不劳乳哺，各自长成。秀丽奇异，智勇俱全，人人畏服，谓其非常之兆。龙君久居水国，兄弟母子独居，思归北国。行至境上，皇帝闻之惧，分兵御塞外。母子不得归，回南国，呼龙君曰："遄乎何在，使吾母子寡居，日夜悲伤。"龙君忽来，遇于旷野。姬姬曰："妾本北国人，与君相处，生百男。不同鞠养，使无夫无妇之人，徒自伤耳。"龙君曰："我是龙种，水族之长；你是仙种，地上之人。虽阴阳气合而有子，然水火相克，种类不同，难以久居。今为分别，吾将五十男归水府，分治各处。五十男从汝居地上，分国而治，登山入水，有事相闻，无得相废。"百男听从，然后辞去。

　　姬姬与五十男居于峰州，自推尊其雄长者为王，号曰雄王，国号文郎国。……①

　　《伞圆山传》（《山精水精》）是一篇关于古代越南劳动人民同大自然作斗争的神话：

　　伞圆山在南越国京城升龙城之西也。其山高一万二千三百丈，周九万八千六百里，三山罗立，峰圆如伞形，故名焉。

　　山之大王，唐僧《哀交州》纪以为山精，姓阮氏，极为灵应。旱时潦岁，祈祷御灾捍患，捷于影响，奉祀者诚敬不已。往往于清明之日，如有幢幡之状，飘渺山谷间。随近之民，谓之山神现。

　　唐高骈在安南时，欲压胜灵迹，剖十七岁未嫁之女，去肠，以芯草充其腹，被以衣裳，坐以凳椅，祭以牲牢，伺其举动，挥剑斩之。愚弄诸神，率用此术。常以此荐伞圆山大王，见有乘白马于云端，唾之而去。骈叹曰："南方灵气未可量，旺气乌可绝也！"其灵应昭著如此。

　　初，大王望见伞圆山秀丽，乃作一条路，自白番津向伞岭之阳，行至安渊峒，又至岩泉别源之处，并作殿以休息焉。又行过右畔云梦山岭居之。或游小黄江以觅鱼，经过村落，皆作殿以（为）憩息之所。厥后，居民见其殿迹，遂作殿庙以事之。

　　又按鲁公《交州记并故传》：相传大王本山精，姓阮氏，与水族相誓于峰州茄宁山居焉。周赧王时，雄王十八世孙至都峰州之越池，号文郎国。有女名媚娘（神农二十七世孙女），美貌遐闻。蜀王泮求婚，不许，欲择佳婿。数日，忽见二人，一称山精，一称水精，皆为求婚。雄王请试法术。山精乃指山，山崩，出入石中无所碍。水精以水喷空，化为云雨。王曰："二君并有神通，然吾只有一女，若聘礼先至者，吾即嫁之。"明日，山精将珍玉、金银，山禽、野兽等物来献，王许之。水精后至，不见媚娘，大怒，率水族欲去夺之。大王以鱼网横截慈廉县江，

① 神话《鸿庞氏传》版本甚多，此处引文为：戴可来、杨保筠校点：《岭南摭怪等史料三种》，郑州：中州古籍出版社，1991年版，第9～10页。

水精乃别开小黄江一带，自莅仁出喝江入沱江以击伞圆山之后，又歧开小迹江以向伞圆山之前。所至甘蔗、车楼、古鹉、么含沿江之间，破掘为湾，以通水族之众。常起风雨晦冥，引水击王。山下民见之，即编为疏篱以护之，击鼓相春，大噪以救之。每见梗蓬流着篱外，射之。死者为龙、蛇、鱼鳖之尸，堵塞江道。年年七八月间，常有水溢，山下所近人民被大风、潦水、禾谷损害。世传以为水精、山精争娶媚娘云。……①

神话《伞圆山传》反映了滨水而居的越南人民在与自然作斗争的过程中所表现出的顽强毅力和为谋求幸福生活而寄予的美好愿望。

《一夜泽传》是一篇美丽动人的爱情传说，它讲述了第三代雄王之女仙容自愿与一贫穷少年结为百年之好的故事，赞扬了仙容为追求爱情义无返顾、坚贞不渝的精神。

文郎国时，第三代雄王生有一女，名叫仙容媚娘，芳龄十八，容貌秀丽，不愿嫁夫，喜好外出游历。每年二三月间，装载船艘，浮游天下，乐而忘返。

江边住有父子二人，非常善良。一日遇火灾，家中财物被烧光，只剩下一条布裤，父子俩谁出门谁就穿上它。父亲病危的时候，对他的孩子说："我死后裸体而葬，把布裤留给你。"父亲死后，儿子把布裤也一同敛葬了。少年身体裸露，饥寒交加。每次看到商船经过，便站在水中行乞。

一日，仙容游船到此，仪仗盛大，少年恐惧而逃，藏于芦苇之中，钻入沙堆中藏身。顷刻之间，仙容的游船开到，停泊在此。仙容命人用帷幔把芦苇丛围起来，作为沐浴之处。仙容沐浴，灌水而沙散去，露出少年的身体。仙容大为吃惊，后方知是一少年。她对少年说道："今日相遇，露居同穴，是天使之然也。"少年更衣后，便随同仙容上船宴乐。少年具实讲来，仙容叹息，命为夫妻。

侍从们将此事奏报雄王。王大为恼怒："仙容不惜名节，下嫁贫人，自今不得回国。"仙容便与少年开市肆为生。少年外出经商，登游小庵，僧人赠少年一杖一笠，说："灵通已在此。"少年实告仙容，仙容觉悟，废市肆商业，外出寻师学道。一日，在游历途中，两人暂息道旁，植杖覆笠以遮蔽阳光。夜至三更，现出城郭，珠楼宝殿，台阁廊宇，金银珠玉，床席帷幕，金童玉女，将士侍卫罗列殿前，进献称臣，别成一国。

雄王听到这个消息，以为仙容作乱，发兵进攻。大军前进到离仙容宫殿一河

① 神话《伞圆山传》版本甚多，此处引文为：戴可来、杨保筠校点：《岭南摭怪等史料三种》，郑州：中州古籍出版社，1991年版，第35～36页。

之隔时，停下来扎营。半夜时分，大风忽起，扬沙拔木，官军大乱。仙容、少年、群臣部众以及城郭一时拔去升天。其地陷成大泽。当地人民把这一泽称为"一夜泽"，建立祠堂，时时致祭。

传说《董天王传》（《扶董天王》）讲述了在抗击外敌入侵时来自民众神奇而伟大的力量：

三年，边人告急，有殷军来。王如老人言，遣使遍求天下。行至仙游县扶董乡，有富家翁，年六十余，于正月初七生一男，三岁不能言语起坐。其母闻使者至，戏之曰："生得此男，徒能饮食，不能拿贼，以受朝廷之赏，报乳哺之功。"男闻母言，勃然言曰："母呼使者来！"母大惊异，告邻人。邻人亦惊喜，即召使者来。使者问曰："尔如小儿，方得能言，呼我来何如？""铁笠一顶。儿骑戴以战，贼必惊败，王何忧焉？"使者喜，驰回告王。王且惊且喜曰："吾无忧矣。"群臣曰："一人拿贼，如何可败？"王怒曰："前年龙君之言，的不虚说，诸公勿疑。"命搜铁五十斤，炼成铁马、剑、笠。使者赍至，母惊恐惧，返以告儿。儿大笑曰："母但多具酒食儿吃。拿贼之事，母无忧矣。"儿身骤大，饮食多费，其母供给不足，邻人为烧爨牛酒，馔果之需，吃不能克腹。布帛锦纩之物，衣不能蔽形。至取茸芦花续之，以蔽身体。及殷王兵至武宁邹山下，儿申足而立，长十余尺（一作丈）。仰鼻而嚏，连十余声，拔剑历声曰："我是天将！"遂戴笠骑马，踊跃长呼，驰走如飞，瞬息间到王军前，挥剑前进，官军后从，进逼贼矣。贼众奔走，余党皆罗拜，呼曰天将，皆来降服。殷王死阵前。至安越金华朔山，乃脱衣骑马升天，时四月初九日也。留迹于山石上。

原雄王思其功，尊为扶董天王，立祠于本乡宅，赐田一百顷，晨昏享祭。殷世世凡六百四十四年，不敢加兵。后李太祖封冲天神王，庙在扶董乡建初寺侧，塑像在术灵山，仲春享祭焉。[①]

《蛮娘传》记述了蛮娘得佛法而救众生的传说，这则传说表达了人们在恶劣的自然环境中盼望拯救他们的救世主出现的愿望。法力无边、通古今、知未来的佛便成了他们所盼望的救世主，而蛮娘则成为了佛的化身——"佛母"。

相传汉献帝时，太守士燮筑城于平江南边。城之南有佛寺名福严，有僧自西来号伽罗阇梨主持此寺，男女老少呼僧为尊师，并来求学佛道。

当时有一女子，名蛮娘，父母双亡，家中贫苦，笃信学道，但口讷不能与众

---

① 传说《董天王传》版本甚多，此处引文为：戴可来、杨保筠校点：《岭南摭怪等史料三种》，郑州：中州古籍出版社，1991年版，第15～16页。

诵经，只好在寺内为众僧做饭。有一天，她做好饭倚坐门边，不意忘饥熟睡。僧伽罗阇梨只好从蛮娘身上跨过。蛮娘欣然心动，腹里受胎。蛮娘生下一女孩后，便送还伽罗。当夜三更，伽罗来到江边一棵大树下，对着大树说道："我寄此佛子与汝藏之，名成佛道。"伽罗与蛮娘辞别时，送她一根木杖，让她在大旱的时候，用此杖捣地出水以救民。每遇大旱，蛮娘常以此杖捣地，泉水便从地下涌出，民众非常敬仰她。

蛮娘80多岁的时候，藏女孩的大树倒了。伽罗从树中取出女孩的化石，将其迎入佛殿，贴之以金，供奉之。伽罗为其取佛名为法云、法雨、法雷、法电。四方祷雨无不应验。呼蛮娘为佛母。

传说《槟榔传》赞颂了兄弟友顺、夫妻节义的美好情感，颂扬了越南内涵丰富的槟榔文化：

上古时有一官郎，状貌高大。国有赐高侯，便以高为姓。生男二，长曰槟，次曰榔。二人相似，不辨兄弟。年十七八，父母俱亡，师事道士刘玄。刘家有一女，名琏，年亦十七八。二人见而悦之，求为夫妻。女未辨其兄弟，乃以一盘粥、一双箸与二人食。弟让其兄，始辨之。其女归告父母，嫁与兄为妻。同居时或忘弟，弟自感愧，谓兄得妻忘弟，乃不告兄，自去回家。行至林野间，遇深泉，无船可渡，恸哭而死。化成一树，生于江口。兄不见弟，寻到其处，亦投身死于树边，成一块石，盘结树根。妻寻夫到此，又投身抱石而死，化为一藤，旋绕树、石上，叶味芳辛。刘氏父母至此，不胜哀悯，乃立祠其地，人皆焚香致拜，称兄弟友顺，夫妻节义。

七八月间，暑气未除，雄王巡行，常驻跸避暑祠前，见树叶繁密，藤叶弥蔓。王问而知之，嗟叹良久，命人将树果、采藤叶，亲咬之，唾于石上，其色生红，气芬芳。乃烧石灰合一而食，最为佳味。唇颊红色，知为物重。乃取而归，令各将种植，今即槟榔、蒌叶及石灰是也。后凡南国嫁娶会同大小之礼，以此为先。此槟榔所由始也。[①]

越南的神话、传说是劳动人民口口相诵、代代相传的结果，历经各代的传承，神话、传说的内容不断补充、丰富，后经通晓汉文的越南文人记录了下来，终成今日之面貌。

---

① 传说《槟榔传》版本甚多，此处引文为：戴可来、杨保筠校点：《岭南摭怪等史料三种》，郑州：中州古籍出版社，1991年版，第17页。

第二节　民间歌谣

　　歌谣是越南口头文学的主要内容之一，是越南劳动人民在辛勤劳作中的口头创作，是他们同大自然斗争中经验和智慧的结晶。丰富多彩的生活和生产实践给越南劳动人民的歌谣创作提供了取之不尽、用之不竭的源泉。肥沃的土壤和深厚的根基使得越南民间歌谣这朵民间文学的奇葩盛开得绚烂多彩。越南民间歌谣有着悠久的历史、优秀的传统和丰富的内容。

　　下列几首歌谣被认为是目前所能找到的越南最早的歌谣：

　　　　咱们上山，咱们上山，
　　　　驱赶鹿群，驱赶鹿群。
　　　　咱们上山，咱们上山，
　　　　驱赶麋鹿，驱赶麋鹿。

　　　　心事向谁诉说，
　　　　面向东方望，水面白茫茫。
　　　　面向西方望，山石丛中长。
　　　　面向南方望，云飘山顶上。
　　　　面向北方望，山峰遥相望。

　　　　时姑娘，时姑娘，
　　　　姑娘正处在豆蔻年华，
　　　　姑娘倾心何人？

　　　　丝绸覆盖在镜架上，
　　　　一个国家的人要相互关怀。

　　　　不管谁走南闯北，
　　　　莫忘记三月十日的忌日。

　　　　王子做王，
　　　　僧侣之子扫榕叶。
　　　　何时天下大乱，

王子失势就会下寺。

　　孩子啊，妈妈告诉你，

　　夜晚抢劫是贼，白日抢劫是官。

　　早期历史的越南民间歌谣多以劳动、爱情为题材，后期历史的越南民间歌谣又出现了控诉战争灾难、抨击封建迷信的题材。

　　劳动歌谣有：

　　一轮红日出东方，

　　叫声阿哥快起床。

　　种田人哪顾晴和雨，

　　深耕细作才能多打粮。

　　正月一到就开犁，

　　二月播种闲日稀。

　　盼只盼风调雨顺禾苗壮，

　　十月里来丰收庆有余。①

　　控诉给劳动人民和无数家庭带来灾难的战争方面的歌谣：

　　远处传来哭泣声，

　　原是征妇奔走在大山中。

　　可恨战乱的世道，

　　征妇挑粮随夫去出征。

　　从南挑到北，从西挑到东，

　　夫死又跟随儿子挑粮向前行。

　　抨击封建迷信、讽刺算命先生胡说八道的歌谣：

　　姑娘之命非富即贫，

　　大年三十肉挂家中。

　　姑娘之命有父有母，

　　父亲是男，母亲是女。

　　姑娘之命已有夫君，

　　头胎之儿非男即女。

①　卢蔚秋，赵玉兰：《越南文学介绍》，《国外文学》，1984年第1期，第98页。

讽刺、挖苦畸形的封建婚姻的歌谣：

> 无缘无福嫁老头，
>
> 路人问道：是夫还是父？
>
> 告诉别人心生悲，
>
> 老天无眼造得孽啊！

下面这首歌谣极为形象地描绘了封建社会一夫多妻制度下、妇女所遭受的毫无人道的家庭生活：

> 嫁人做妾难上难，
>
> 夜夜大妇把男人占。
>
> 给领破席让我屋外眠，
>
> 天未亮大妇高声喊：
>
> 老二，快起床，
>
> 切白薯，剁浮萍去喂猪！
>
> 穷苦命运难改变，
>
> 整天干活不得闲。

下面这首歌谣颂扬了青年男女之间真挚的爱情，他们的爱情散发着浓郁的田园泥土芳香，像碧绿的田野一样纯洁、清爽：

> 阿哥啊！你去那遥远的地方，
>
> 切莫忘了咱可爱的家乡。
>
> 家乡的空心菜汤味道鲜美又清香，
>
> 还有那鲜嫩的青茄加咸酱。
>
> 阿哥啊！莫忘了阿妹，
>
> 正劳动在风雨中的田野上。
>
> 更莫忘了你犀水的好时光，
>
> 是谁始终陪伴在你身旁。①

下面这首歌谣嘲讽了那些表面道貌岸然的和尚们那颗不灭的凡世凡人之心：

> 和尚口念阿弥陀佛，
>
> 捉蟹姑娘从寺前走过。
>
> 心猿意马凡心动，
>
> 经卷木鱼一旁搁。
>
> 冲出佛门要把闲话扯，

---

① 卢蔚秋，赵玉兰：《越南文学介绍》，《国外文学》，1984年第1期，第99页。

抬头不见了姑娘的踪影。

再想从头把佛珠摸，

心神不定手难挪。

越南民间歌谣读起来顺口，听起来悦耳，具有浓郁的乡土气息，清新自然，生动活泼。越南民间歌谣给后世各个时代的文人诗歌注入了强大的活力，对它们的发展产生了极其广泛和深远的影响。越南古代文学史上的一些著名诗人如阮廌、胡春香和阮攸等都受到了民间文学、尤其是民间歌谣的巨大影响。阮廌在《国音诗集》里，有不少借鉴民间歌谣的句子。《国音诗集》有这样的诗句：

Sang cùng khó bởi chưng trời,

Lăn lóc làm chi cho nhọc hơi.

（富贵由天定命，

劳心费力徒劳功。）

民间歌谣有类似的句子：

Số giàu đưa đến dửng dưng,

Lọ là con mắt tráo trưng mới giàu.

（富贵漂浮无踪，

睁眼相看也是徒劳。）

《国音诗集》中的诗句：

Vinh hoa, nhiều thấy khách đăm chiêu,

Bần tiện ai là kẻ trọng yêu.

（荣华富贵客盈门，

贫贱潦倒无人问。）

上述两句诗显然是下面这首表现人情冷暖、世态炎凉歌谣的浓缩：

Khó khăn ở chợ leo teo,

Ông cô bà cậu chẳng điều hỏi sao.

Giàu sang ở bên nước Lào,

Hùm tha, rắn cắn tìm vào cho mau.

（贫穷近在闹市，

三姑六舅无人探问。

富贵远在寮国，

千难万险前去相认。）

越南著名古典诗人胡春香、阮攸等都吸收了民间歌谣的丰富营养，学习歌谣质朴、率直的风格，创作了大量富有民族特色的优秀诗篇。对于那些生动、凝炼的歌谣，他们爱不释手，信手拈来，在他们的诗篇里常见到歌谣的原句。

胡春香的《槟榔》(Miếng Trầu)：

Quả cau nho nhỏ miếng trầu hôi,

Này của Xuân Hương đã quệt rồi.

Có phải duyên nhau thì thắm lại,

Đừng xanh như lá bạc như vôi.

（槟榔果小叶又臭，

春香今日初嚼尝。

天地有缘来聚首，

莫使有情付东流。）

胡春香运用了比兴的修辞手法，以槟榔叶绿、石灰白比附婚姻的淡漠无情。这显然借鉴了歌谣的诗句："Quả cau nho nhỏ, cái vỏ vân vân."

胡春香的《做妾》(Làm lẽ)中有这样的诗句：

Kẻ đắp chăn bông, kẻ lạnh lùng,

Chém cha cái kiếp lấy chồng chung!

（大妇暖、小妾寒，

一夫多妻罪当斩。）

"Chém cha cái kiếp lấy chồng chung"，胡春香如此通俗的口语化诗句明显是吸收了如下歌谣的句式——"Chém cha cái..."：

Chém cha cái giặc chết hoang,

Làm cho thiếp phải gánh lương theo chồng.

（可恨战乱的世道，

征妇挑粮随夫去出征。）

越南古代语言大师阮攸吸收了民间歌谣，加以锤炼，然后运用到他的诗歌中。歌谣有这样的句子：

Đôi ta đã trót lời nguyền,

Chớ xa xôi mặt mà quên mảng làng.

（我俩已立下誓言，

远别离莫相忘。）

《金云翘传》有类似的两句：

Trăng thề còn đó trơ trơ,

Dám xa xôi mặt mà quân mảng làng.

（月下盟誓可鉴，

远别离莫相忘。）

阮攸将两句歌谣略加改造，便融入了自己的诗歌中："lời nguyền"（誓言）变为"trăng thề"（月下盟誓），使诗歌更富有审美情趣，意境更高远。第二句则把劝告语气的"chớ"（莫）变为反诘语气的"dám"（岂敢），强烈地突出了主人公"远别离莫相忘"的坚贞不渝爱情。

阮攸的喃字长篇叙事诗《金云翘传》在抒情、绘景诸方面，采用了民间歌谣的一些表现手法，极大地丰富了诗歌的表现力。下面两句描述了恋人之间的相思愁：

Sầu đong càng lắc càng đầy,

Ba thu dọn lại một ngày dài ghê.

（愁思绵绵无尽期，

一日三秋苦断肠。）

歌谣有这样的句子：

Ai đi muôn dặm non sông,

Để ai chứa chất sầu đong vơi đầy.

（阿哥远涉千山与万水，

阿妹思愁绵绵无尽期。）

越南民间歌谣淳朴、率真、浪漫和柔美的风格影响了越南后世文人诗歌，并为越南文人诗歌的发展提供了源源不尽的活水，奠定了坚实基础。

第三节　民间故事

在越南的口头文学发展中，民间故事得到了空前的发展，取得了辉煌的成就。民间故事内容丰富多彩：赞美勤劳、善良、聪明的劳动人民，歌颂民族英雄人物，歌颂广大妇女的高贵品质，控诉土豪劣绅对劳动人民的压榨和剥削，讥讽懒惰、愚蠢的富人和官吏，表现雇农对地主、工匠对作坊老板、人民对官府的斗争等。

《丹和甘》（Tấm Cám）是一篇颇为有名的民间故事。丹是一位善良、美丽的姑娘，母亲去世后，她跟继母一起生活。继母有一个亲生女儿叫甘。在这个家里，丹受到她们母女俩的虐待。丹去捞虾，甘把一筐虾全给倒掉了；丹养鱼，甘母女把丹养的鱼全给弄死。在逛庙会之前，继母把大米和稻谷混在一起，让丹把它们分拣开，分拣完丹才能去逛庙会。这个时候，救苦救难的菩萨来拯救丹姑娘了，菩萨让麻雀帮助丹姑娘分拣。后来，皇帝看上了丹，欲将其迎进宫内做皇后。甘母女把丹姑娘杀死，用甘来代替丹。丹死后化为黄莺，黄莺被甘杀死又变为苦楝树。甘把苦楝树做成织机，当她织布的时候，织机发出"夺人夫，当挖眼"的声音，甘又将织机烧毁，把灰倒在远离皇宫的地方。在倒灰的地方，长出一棵巨大的柿子树，结了一个硕大无比的柿子。茶馆的老大娘得到了这个柿，并把它摆在家中。每当老大娘外出，就会从这个柿子中钻出一个姑娘帮助她打扫卫生、做饭。一日，皇帝来茶馆喝茶、嚼槟榔，看见丹为他准备的槟榔，认出了自己的皇后。丹回到了皇帝身边，过上了幸福生活。甘母女受到了严厉的惩罚。

16世纪以后，封建制度日趋衰落，科举考试江河日下。因此，关于状元的民间故事也越来越丰富，《琼状元》和《猪状元》是这类题材中两部最著名的作品，它们在越南民众中广泛流传，妇孺皆知。

《琼状元》(Trạng Quỳnh) 讲述了琼状元的机智、聪明以及他用智慧对抗帝王的故事。在故事中，除了塑造令人敬佩的琼状元形象外，还塑造了令人憎恨、鄙视的帝王形象。《琼状元》是由一系列的讽刺笑话组成的故事集，但中心人物只有一个——琼状元。琼状元，越南历史真有其人，他的真名是阮琼，是黎皇郑主时期的一名儒士，他曾经中过乡贡。在百姓眼里，他的智慧足以抵得上一名状元，因此，百姓习惯上称他为"状元"。在阮琼身上，百姓附会、演绎了许多传说，从而塑造了充满智慧、诙谐和富有反抗精神的完美的琼状元形象。

《琼状元》强烈的反封建性突出表现在，它把讽刺的矛头直接指向封建帝王郑主。当然郑主的形象也是文学化的荒淫、愚钝皇帝的典型形象。琼状元总是抓住机会揭穿郑主的老底，讥讽他的愚蠢。这在其他文人作品和民间文学作品中是不多见的，在当时把皇帝视为"天子"的封建社会中，实属难能可贵。《琼状元》的反封建性还表现在它用戏谑、夸张的形式揭露了社会的黑暗现象。

《猪状元》(Trạng Lợn) 叙述了这样的一个滑稽故事：有一个猪贩的儿子，名叫钟尔，他头脑愚笨、学习很差，但他从小就有一个梦想：有朝一日成为一名状元。因为太笨，他只好退学回家，子承父业，干起了贩猪的行当。就是这么一个愚顽不化的家伙，凭着连续的偶然巧合、误会和幸运，后来竟然成为一个著名的"文人"，被皇帝封为"状元"。

有时无知也能带来好运。有一次，在去京都的路上，钟尔一行人路过一个村子，想在此住宿。见村头写着"下马"两个大字，钟尔便出口读道："不安"。不安全岂能住宿？一行人便离开了村子。当他们走出不远，村子便失火了。众人无不叹服这位状元的"先知先觉"。

猪状元的发达看似荒唐可笑、不可思议，实际上它折射出一段真实的社会历史。可以说，猪状元的成名是腐朽的封建社会产生的"怪胎"。郑主当权，封建社会秩序混乱，选拔人才的科举制度更是有名无实，逐渐堕落成一场儿戏。在这种历史背景下，猪状元这种"怪胎"就不足为怪了。用违背常理的怪事，讽刺、抨击乖戾、荒诞的科举制度以及整个腐朽、没落的封建制度，这正是《猪状元》的成功之处，这使它在反封建方面具备了强大的战斗力。

《猪状元》与《琼状元》同属民间故事的范畴。两部作品都产生在18世纪，反映的也基本都是黎皇郑主时代的社会现实。两部作品的不同之处在于：《琼状元》主要讥讽郑主以及侍臣的丑行，风格偏重在戏谑、夸张中达到讽刺的效果；《猪状元》讥讽的重点则是堕落的科举制度以及乖戾、荒诞的封建制度，风格偏重在偶然的因素中达到讽刺的效果，戏谑、夸张的成分少些。

以上两部民间故事，采用了夸大、强调和讽刺的艺术手法，增加了抨击社会丑恶现象的力量。另外，这两部故事集带有浓郁的乡土气息，乡土气息中也夹杂着一些粗俗不堪的东西。这也许是民间文学的本色。我们不可能只要淳朴不要粗俗。这种粗俗用得恰当，反而会起到一种意想不到的讽刺效果。

另外，还有一些民间故事表现了劳动人民的聪明与智慧，如《老欧的故事》、《三个手巧的年轻人》和《风君的故事》等。《风君的故事》中讲述了一个侠肝义胆的盗贼的故事。风君是一个盗贼，他盗窃的对象是富豪和地主等，他劫富济贫，将盗来的东西分给贫民，是当之无愧的侠客。

越南民间故事表现了越南劳动人民的聪明、机智和乐观主义精神，民间故事语言质朴，具有强烈的幽默、讽刺艺术效果。

* * *

本章论述了越南口头文学的形式、内容、艺术性等，分析了口头文学与书面文学之间、尤其是歌谣与文人诗歌之间的密切关系。在越南文学史上，由人民创作、集体补充完善、世代流传的口头文学成为越南文学不可或缺的组成部分。越南人民创造了物质文明的历史，同时也创造了精神文明的历史，创造了朴实优美、丰富多彩的民间文学。越南口头文学形式多样，有神话、传说、歌谣和民间故事等，内容广泛、丰富，思想性强，艺术性较高，风格质朴、率直，比文人文学更具反封建性，更具人民性。越南口头文学是书面文学发展的源头和深厚沃土，它对书面文学的发展产生了极大的促进作用，是越南文学宝库中的重要组成部分。

第三章　汉文学的发端

（10世纪中叶至12世纪末）

968年，丁朝建立。从此，拉开了越南作为独立自主封建国家的序幕，同时也开启了越南古代文学的进程。越南古代文学最早的文学形式是汉文学。越南汉文学发轫于10世纪中叶，10世纪中叶至12世纪末是越南汉文学历史的发端时期，同时也是越南古代文学历史的发端期。

第一节　汉字在越南的传播

汉字在越南使用的历史悠久。从越南第一个朝代丁朝建立直至19世纪末，汉字一直是越南官方使用的正式文字；从丁朝直至20世纪初期，汉字一直是越南学校学习使用的最主要的文字；从1075年李朝实行第一届科举考试到1919年阮朝最后一届科举考试，汉字一直是越南科举考试使用的文字；从10世纪中叶到19世纪末，汉字一直是越南文学创作使用最多的文字。

越南968年独立后，历代封建王朝都主动地学习、使用汉字，学习先进的汉文化，大力推行汉文教育。在丁朝（968—980）、前黎朝（980—1009）时期，越南的汉文教育主要是佛教禅师们在寺院里组织的。到李朝李圣宗（1054—1072）和李仁宗（1072—1127）时期，正规的儒学教育制度得以正式确立。1070年，在京都升龙建文庙。1076年，立国子监，遴选人才入学儒经："选文职官员识字者，入国子监。""朝廷并奖励寺院禅师赴国子监教读。民间儒士、道士之博学者，均为朝廷延揽。"[①] 国子监是当时李朝一所最高级别的国立大学，开始仅仅教授皇家弟子，之后吸收官吏的弟子，后来又扩充到允许平民百姓的子弟入校学习。国子监设施齐全，有教室、宿舍和图书馆，还有刊印书籍的地方。国子监除了培养士子、造就人才之外，还负有"保举"的重任，就是向朝廷推荐可用人才。这一时期，越南民间还出现了大量私塾，如李朝宗室李公隐（Lý Công Ẩn，?—?）就办起了一所教

---

① ［越］释德念（胡玄明）:《中国文学与越南李朝文学之研究》，大乘精舍印经会，台北金刚出版社，1979年版，第121页。

授汉文及儒学经典的私塾学校。李公隐博学多才，无意仕途，潜心授徒，培养了很多学生，李常杰就是其中的杰出代表。大量私塾为李朝的科举考试提供了源源不断的生员。在国子监和私塾里，汉字、儒学经籍是主要的学习内容。汉文教育的不断展开，推动了汉字、汉文在越南的传播。

1253年，陈太宗（1225—1258）建立国学院。为推广汉文教育和加强国家治理，陈朝非常重视人才的选拔。陈太宗"秋八月，选儒生中科者入侍，后为定例。"[1]陈圣宗（1258—1278）时选拔"文学之士"充任到翰林院、中书省等："夏四月，选用儒生能文者充馆阁、省院。"[2]"冬八月，诏求贤良明经者为国子监司业，能讲论四书、五经之义，入侍经幄。""选天下儒学有德行者入侍东宫。"[3]在陈朝统治者的推动下，汉文教育不断加强，汉字开始在越南全国范围内普及。

在明朝管辖期间（1407—1427），越南的汉文教育得到了进一步加强。1415年，明成祖下令在越南各府、州、县设立学校，并在当地选习通儒学经书者出任教师。1425年，明朝政府又决定从全国各地选调教师到安南任教。此外，明朝政府还向安南送去大量儒学教材："巳亥（明永乐十七年）春二月，明遣监生唐义，颁赐五经四书、性理大全，为善阴隲、孝顺事实等书于府、州、县儒学。俾僧学传佛经于僧道司。"[4]明的上述措施，进一步推动了汉文教育在越南的发展，从而也推动了汉字在越南的普及和使用。

后黎朝（1428—1788）时期，越南的汉文教育体制已经颇为完备，汉字、汉文使用更加广泛。后黎朝在京城设立国子监，置祭酒、教授。在各个道、府、县、州开办学校，设训导官。在乡村开有大量私塾。黎圣宗（1460—1497）非常重视汉文教育，他作为一国之君还亲临学校："洪德七年（明成化十二年，公元1476年春二月）帝亲幸学。"[5]为督促、鼓励国子监学生和儒生们学习，黎圣宗于1484年定国子监三舍生除用令，根据会试中场多少，将学生分为三舍，犹如三个等级。《大越史记全书》载："至除用时，吏部及国子监官照缺保举，上舍生三分，中舍生二分，下舍生一分。如此，则三舍生中场多少，优劣前后，等级适宜，而天下人才，咸知激劝。"[6]1510年，黎襄翼（1510—1516）颁治平宝范于天下，凡五十条，规定："监

① ［越］吴士连：《大越史记全书》（内阁官板），河内：社会科学出版社，1988年版，第172页。
② ［越］吴士连：《大越史记全书》（内阁官板），河内：社会科学出版社，1988年版，第182页。
③ ［越］吴士连：《大越史记全书》（内阁官板），河内：社会科学出版社，1988年版，第184页。
④ ［越］吴士连：《大越史记全书》（内阁官板），河内：社会科学出版社，1988年版，第290页。
⑤ ［越］吴士连：《大越史记全书》（内阁官板），河内：社会科学出版社，1988年版，第384页。
⑥ ［越］吴士连：《大越史记全书》（内阁官板），河内：社会科学出版社，1988年版，第386页。

生、儒生生徒每至朔望，各具衣巾，点目如法，遵守学规，习肄课业，期于成才，以资国用。敢有侥幸奔竞，游戏道途，废弛学业，一遭欠点，罚中纸一百四十张，二遭欠点，罚中纸二百张，三遭欠点，笞四十。下四遭欠点者，捡奏刑部堪问。一年欠者，举奏充军。乡试提调、监试、监考、考试、巡绰等官及社长，宜体朝廷德意，务秉公心，期得实材，为国家用。"①《殊域周咨录》记载："如学校之制，则在国都置国子监，则有祭酒司业五经博士教授之官，以教贡士辈。又有崇文馆、秀林局，则有翰林院兼掌官，以教官员子孙崇文秀林儒生辈。在各府则制学校文庙，有儒学训导之官，以教生徒辈。"②

越南18世纪文人吴时任在《教义》中提到了18世纪越南的教育："窃惟：教化国家急务，风俗天下大事。本朝教法：有乡学，有国学，有教条，有学规，近来颁布宣扬，载在册府，砥砺至矣，提放备矣。"③上文提到的"乡学"，就是遍布乡村的私塾。私塾是当时越南教育体系中非常重要的组成部分，私塾学校为偏远地区穷苦百姓的子弟提供了就学条件。私塾不受办学条件的限制，任何一位儒士都有权办班、办学。私塾的教师多为儒士归隐者或科举落第者，他们担当起了从启蒙到提高阶段的教育任务。如：阮庭宙（Nguyễn Đình Trụ，1627—1703）归隐后办学授徒，学生达60多人，数名学生高中。阮辉莹（Nguyễn Huy Oánh，1713—1789）是一名出色的教书先生，他授徒上千名，其中30名考中进士。

1802年，阮朝（1802—1945）建立后，采取了一系列加强汉文教育的措施，进一步巩固了汉文化在越南文化中的主导地位。1803年，阮朝在中央设国子监大学堂，设置正堂督学、副堂督学，并于全国各营镇置督学，督课士子，并定课士法，审定教条，颁布实施。《大南实录正编（第一纪）世祖实录（卷二十二）》记载："嘉定留镇臣阮文仁等奏言：为国必本于人才，行政莫先于教化……请宜申定教条，俾多士有所成就。"其法："社择一人有德行文学者，免其徭役，使以其学教授邑中子弟。人年八岁以上，入小学。次及孝经忠经。十二岁以上，先读'论、孟'，次及'庸、学'。十五岁以上，先读'诗、书'，次及'易、礼'、《春秋》，旁及子史。有敢酒博从歌唱者，告官惩治，以儆其情。"④阮圣祖（1820—1840）时，国子监置祭酒、司业等担任教职，生徒学习的内容仍然是儒家的"四书五经"和词章之学。

---

① ［越］吴士连：《大越史记全书》（内阁官板），河内：社会科学出版社，1988年版，第486页。
② （明）严从简：《殊域周咨录》，（余思黎点校），北京：中华书局，2000年版，第237页。
③ ［越］阮禄：《越南文学总集》第九集A，河内：社会科学出版社，1993年版，第509页。
④ 许文堂、谢奇懿：《大南实录清越关系史料汇编》，台北：台湾易风格数位快印有限公司，2000年版，第123页。

为了便于学生学习汉文，越南儒士们编写了各种各样的汉文学习教材和儒学经典注释读物。如：19世纪文人杜辉琬（Đỗ Huy Uyển, ?—?）编纂的《字学求精歌》、黎直（Lê Trực, ?—?）编纂的《字学训蒙》、阮朝第四代皇帝阮翼宗（1848—1883）御制的《字学解义歌》、《论语译义歌》以及无名氏编纂的《难字解音》等。

为规范汉字学习，越南儒士们编纂了各类的工具书，如《指南玉音解义》、《三千字解音》、《大南国语》和《日用常谈》等。《指南玉音解义》是越南一部成书较早的汉喃字典，它用喃字解释汉字字义，按天文、地理、身体、兵器等40个门类进行编排。《三千字解音》由吴时任编纂，全书约有3000个汉字，每个汉字都用喃字注解。《大南国语》是19世纪文人阮文珊（Nguyễn Văn San, ?—?）编写的一部汉喃字典，该词典与《指南玉音解义》体例类似，所列门类以及所收词语要多一些。《日用常谈》由越南18世纪末19世纪初文人范廷琥编辑："因举日用常谈，授之门人，衍译训诂，积九成编，收以遗之。"①《日用常谈》是一部小型汉喃字典，按天文、儒教等32个门类进行编排。

20世纪初，随着法语在越南的广泛使用和拉丁化国语在越南的日益普及，汉字已经不再是越南国家的正式文字，学校教授汉字也日渐稀少，用汉字进行文学创作的文人日渐减少，汉字逐步退出越南历史舞台。

综上所述，汉字、汉文是越南有史料记载以来使用最早的文字和使用历史最长的文字，它延续了2000余年。汉字在越南的普及和使用，推动了汉文化在越南的传播，维护了汉文化在越南古代文化中的主导地位，为越南汉文学的产生、发展创造了有利的语言文字条件，为越南汉文学受容中国古典文学搭建了互通互联的桥梁。

第二节　汉文学的界定

越南汉文学是中越两地、两国长期文化、文学交流的产物，越南独立之前长达11个多世纪隶属中国的历史，为汉文学在越南的诞生奠定了坚实的基础；越南独立之后9个多世纪与中国的宗藩关系，为汉文学在越南的持续发展不断注入活力。

越南文人使用汉文创作的诗、赋、词、志怪传奇和文言小说等形式的文学作品被称为"越南汉文文学"，简称"越南汉文学"。

---

① ［越］陈文岬：《汉喃书籍考》（越南书籍志）第二集，河内：社会科学出版社，1990年版，第18页。

越南文学界把越南汉文学一般称为"汉字文学"（Văn học chữ Hán），有人还称之为"汉越文学"（Văn học Hán Việt）或"越汉文学"（Văn học Việt Hán）。越南现代文学评论家怀清把越南汉文学称为"汉越文学"。①越南现代学者丁家庆（Đinh Gia Khánh，1924—2003）等把越南汉文学称为"越汉文学"："汉字文学虽然不使用民族文字，有诸多局限，但它仍具有民族文学性质。因此，为了肯定用汉字创作的文学作品的民族性质，可以称之为'越汉文学'。"②

与越南汉文学密切相关的一个问题就是汉字在越南历史上的定位。越南古人和越南现代人对该问题的观点迥然不同。古代越南人极少把汉文视为外国文字，一直把汉文看成自己的文字，称之为"咱们的字"（Chữ ta），其读音一直保持"汉越音"（Âm Hán Việt）。所说的"幸天下文字相同"，正是表达了这种意思。吴时任在《三千字解音》序言中指出："我越文献立国，文字与中华同。"③越南14世纪末15世纪初诗人阮飞卿有诗云："凭仗新诗作图志，行观四海轨文同。"（《江行次洪州检正韵》）后黎朝第八代皇帝黎襄翼（1510—1516）有诗云："文轨车书归混一，威仪礼乐蔼昭融。"（《饯湛若水诗》）

20世纪初期的越南民主革命活动家潘佩珠在向外求援时，首先考虑的是向中国和日本求援。其原因是，他认为越南与中国、日本是文字相同的国家。他指出："余想现时列强情状，非同文同种之邦，无肯援助者。"④

与越南古人的观点相反，一些越南现代学者把越南古代历史上长期使用的汉文视为外文。越南现代学者张政（Trương Chính）认为汉文"是一种外国语言，不是越南全民用作交际工具的语言。"越南现代学者阮明文（Nguyễn Minh Văn）认为："（在越南）汉字不管采取何种方式读音，它终归还是中国的文字，是在汉文基础上形成的。"⑤越南现代学者阮才谨认为10世纪以前，越南人"把汉文当作一种外文来使用"。⑥越南现代学者裴维新（Bùi Duy Tân，1932—2009）认为："汉字和喃字可以分别被视为是一种'外国文字'和一种'本国文字'"。⑦

以上越南现代学者把越南古代历史上使用的汉文当作外文的观点，我们认为

---

① ［越］裴维新：《越南中古文学考论》，河内：国家大学出版社，2005年版，第57页。
② ［越］丁家庆：《越南文学》（10世纪至18世纪上半叶），河内：教育出版社，2001年版，第16页。
③ 罗长山：《越南传统文化与民间文学》，昆明：云南人民出版社，2004年版，第290页。
④ ［越］潘佩珠：《潘佩珠年表》，法国堤岸《远东日报》，1962年8月5日至9月27日连载，报纸拼凑版，藏于北京大学图书馆。
⑤ ［越］裴维新：《越南中古文学考论》，河内：国家大学出版社，2005年版，第61页。
⑥ ［越］阮才谨：《汉越读法的起源和形成过程》，河内：国家大学出版社，2000年版，第43页。
⑦ ［越］裴维新：《越南中古文学考论》，河内：国家大学出版社，2005年版，第13页。

值得商榷。从越南文字发展历史看，汉字是越南文字历史上最早使用的文字，是越南文字历史不可或缺的重要组成部分。在越南古代900多年（968年至19世纪末）的历史上，汉字一直是越南官方使用的正式文字，是各个领域广泛使用的一种文字。况且，在越南历史上很长一个时期，除了汉字外并没有其他文字可用。直至13世纪，越南才开始有人将喃字应用于文学创作，但喃字使用人数少，喃字作品屈指可数。13世纪以后，喃字在整个社会的使用范围仍仅局限于文学创作范围内，喃字文学的发展呈现出零星、分散的状态，且时断时续，发展不畅，直至18世纪才进入繁荣时期。

有鉴于此，如果仅把喃字视为越南民族的文字，而把汉文视为外文，那么越南民族文字很长一段历史将是空白，这显然不符合越南文字历史发展的客观现实。

因为存在对越南古代历史上汉文的"外文定位"问题，20世纪上半叶，越南出现了一股否定汉文学为越南民族文学的潮流。在20世纪40年代和50年代，围绕着越南汉文学是否为越南民族文学的问题，越南文学界展开了两次激烈的大争论。

在20世纪40年代，杨广翰（Dương Quảng Hàm，1898—1946）的《越南文学史要》、吴必素的《越南文学》、阮董之（Nguyễn Đổng Chi，1915—1984）的《越南古代文学史》等都把越南文学史上的汉文学划为越南民族文学的范畴。同时，也有一些越南文学家提出了与此不同的意见。阮文素（Nguyễn Văn Tố，1889—1947）在1942年第58期《知新》杂志上发表《批评<越南文学>》的文章，对吴必素的观点予以批判。1943年，邓台梅以清泉的笔名在《清毅》杂志上撰文批评阮董之的《越南古代文学史》，不同意把越南文学史上的汉文学划为越南民族文学。邓台梅在其后的《文学概论》（1944）和《征妇吟讲文》（1950）中仍然持相同的观点。阮孟祥（Nguyễn Mạnh Tường，1909—1997）在1944年11月第92期《清毅》杂志上，撰文批评杨广翰的《越南文学史要》，他认为：只有那些用国文创作的作家才能写进越南文学史。张酒（Trương Tửu，1913—1999）在1952年第四联区大学预备学校的讲课中指出：不能把越南文学史上的汉文学划为越南民族文学。①

在20世纪50年代中期，越南文学界又展开了一场关于越南汉文学性质和地位的大争论。越南《文史地集刊》从1955年3至4月第6期到1956年12月第23期就"应该把越南人用汉字写的文章算作越南民族文学吗"展开了激烈的争论。

明峥（Minh Tranh）、李陈贵（Lý Trần Quý）、黎丛山（Lê Tùng Sơn）、阮禄

---

① ［越］裴维新:《越南中古文学考论》，河内：国家大学出版社，2005年版，第56-57页。

（Nguyễn Lộc，1938—　　）、黎仲庆（Lê Trọng Khánh，1925—　　）和武玉潘（Vũ Ngọc Phan，1902—1989）等人赞同"把越南人用汉字写的文章算作越南民族文学"。明峥认为："在我们民族的发展过程中，到后来才出现文字。当我们没有自己的文字时，我们借用中国文字记录我们的思想感情。""一篇具有越南内容和精神、服务于越南民族发展的文章，为什么不能算作越南文学。"黎仲庆认为："内容是决定文学性质的主要条件"。阮禄认为："形式在表现内容时具有重要价值，但是主要的条件还是内容。"①

张政、阮明文等人反对"把越南人用汉字写的文章算作越南民族文学"。张政认为："语言是判断一个民族文学的先决条件"。因此，"如果采用外国语言来创作，那么尽管内容体现了民族精神、爱国精神，但我们还是不能把它们算作民族文学。"阮明文认为："民族文学除了民族内容外，还要有民族形式（指民族文字）。"② 在1957年出版的由张政、武庭廉等人编写的《越南文学史初稿》中，他们仍然坚持自己的观点，并没有把越南的汉文学视为纯粹的越南民族文学，只是在概论部分加以简单介绍而已。

文新（Văn Tân）在1956年12月第23期《文史地集刊》杂志上发表了一篇题为《关于"应该把越南人过去用汉字写的文章算作越南民族文学吗"的讨论到了该结束的时候了》的文章，文章总结了一年多的讨论情况，发表了自己对此问题的观点，最后作者指出："总之，在我们看来，根据越南历史以及越南文学发展过程的特点，越南人在没有自己的正规文字时期用汉字写的文章可以被视为越南民族文学。"③

随着争论的尘埃落定，越南文学界绝大多数赞同把越南人过去用汉字写的文章算作越南的民族文学，但在编写文学史的实际过程中，他们仍存在着轻视越南汉文学的现象，并没有真正把越南汉文学与喃字文学和拉丁化国语文学放在平起平坐的位置，就连赞成派的代表人物文新在编写《越南文学史初稿》时，仍没有完全把越南汉文学放在应有的位置上。比如，在《越南文学史初稿》中，喃字文学介绍要比汉文学详尽得多，所占篇幅也大得多。从60年代之后出版的一些越南文学史才开始纠偏，逐步重视越南汉文学的历史地位，逐步还原越南汉文学在越南文学历史上应有的地位。

---

① ［越］裴维新：《越南中古文学考论》，河内：国家大学出版社，2005年版，第59页。
② ［越］裴维新：《越南中古文学考论》，河内：国家大学出版社，2005年版，第67页。
③ ［越］阮友山、潘重赏：《1954至1959文史地研究》第二卷，河内：社会科学出版社，2004年版，第614页。

我们认为，越南汉文学在整个越南文学历史上、尤其是在越南古代文学史上占据极其重要的地位，削弱或者取消越南汉文学在越南文学史上的地位都是狭隘民族主义的表现。众所周知，越南文学包括三大部分：越南汉文学、喃字文学和拉丁化国语文学。越南古代文学则包括越南汉文学和喃字文学两大部分，把两部分的作家和作品数量相比较，不难发现，越南汉文学数量占有绝对优势，越南汉文学在越南古代文学史上的重要地位是不言自明的。越南现代学者陈文岬（Trần Văn Giáp，1902—1973）编纂的《越南作家略传》共搜集了公元10世纪中叶至20世纪初期的735位汉喃诗人作家，其中汉文诗人作家为94.3%，其余5.7%的喃字作家也基本都工于汉文，留有汉文诗文。在作品数量方面，喃字作品的数量实在无法与浩如烟海的汉文作品相比。可以说，一部越南古代文学史几乎就是一部越南汉文学史。

第三节　汉文诗的界定

在越南汉文学历史上，各种文学体裁的发展并不平衡。诗歌是越南汉文学中发展最强势的体裁。之所以会出现这种情况，是因为作为国家正式文字的汉文，在越南长期使用过程中始终处于书面语的地位，它与越南人日常所讲的口语是脱节的，也就是说汉文并没有担当起越南人日常口语表达的任务。这在一定程度上影响了越南汉文学在小说等通俗文学以及说唱文学方面的发展，这使得越南汉文学主要集中在书面表达很强的诗、赋等韵文体，而韵文体中汉文诗又占绝对优势。汉文诗是越南汉文学各种体裁中越南诗人掌握最为精到、运用最为娴熟的一种体裁。

越南汉文诗是越南诗人采用中国古典诗歌的各种诗体以及六八体和双七六八体等越南喃字诗体，并用汉文写成的诗歌。[①]越南汉文诗简称为"越南汉诗"。

越南汉文诗是以唐诗为代表的中国古典诗歌影响并繁衍到海外的一脉分支，是中国域外汉文诗的一朵奇葩。越南汉文诗是中越两国文化交孕而生的文学瑰宝，是中越两国文学交往历史的活化石。越南汉文诗在其900余年发展历史上，不断

---

① 笔者在给"越南汉文诗"下定义时，参考了马歌东在《日本汉诗溯源比较研究》中给"日本汉诗"下的定义："日本汉诗是日本人用汉字写成的中国古代诗歌式的诗"。（马歌东：《日本汉诗溯源比较研究》，北京：中国社会科学出版社，2004年版，第1页。）越南文学界将"越南汉诗"一般称之为"越南汉字诗"（thơ chữ Hán Việt Nam）。笔者认为把"越南汉诗"解释为"越南汉文诗"更有道理一些。在古代越南，汉字从字型到字义—如中国，汉文从词序、词义到句序、句义—如中国。因此，笔者对"越南汉诗"有如此定义。

从中国古典诗歌中汲取营养，经历了从模仿到创新的漫长过程，其间产生了大量的诗人和难以数计的诗篇。在越南古代文学历史上曾经出现了"斗将从臣皆识字，吏员匠氏亦能诗"（陈元旦《题观卤簿诗集后》）的繁盛局面。吴时任指出："我越以文献立国，诗胎于李，盛于陈，大发扬于皇黎洪德间，一部全越诗，古体不让汉、晋；今体不让唐、宋、元、明。戛玉敲金，真可称诗国。"①

第四节　汉文学的发端

越南汉文学是越南古代文学最早产生的文学形式，它发端于公元10世纪中叶。10世纪中叶至12世纪末为越南汉文学的发端期。这一时期，汉文是越南文坛上使用的唯一文字，越南文人均用汉文创作，汉文学在当时越南文坛上占有独尊的地位。这一时期的诗人、文人多为佛教禅师。越南佛教禅师们不仅精通佛学，还谙通汉学，他们在"出世"的同时，采取"入世"的态度，积极参与越南当时的国家政治、外交和文化教育事业。这不仅对越南独立初期各朝代的社会、文化事业发展起了重要作用，而且对越南汉文学的诞生起到了积极的推动作用。禅师们大量佛禅味道十足的诗文诗歌决定了当时越南文坛的性质和走向。

越南汉文学发端时期的作品几乎全部为越南佛学人士所作，具有代表性的诗人有杜法顺、万行、满觉和杨空路禅师等。

越南现存最早的汉诗是杜法顺（Đỗ Pháp Thuận，915—990）禅师的《国祚》：

> 国祚如藤络，南天理太平。
>
> 无为居殿阁，处处息刀兵。

这是981年杜法顺禅师为前黎朝皇帝黎大行咨询国政而作的。杜法顺是与匡越禅师齐名的佛学大师。他"负王佐之才，明当世之务。少出家，师龙树扶持禅师，既得法，出语必合符谶。当黎朝创业之始，运筹定策，预有力焉。""及天下太平，不受封赏。黎大行皇帝愈重之，常不名，呼为杜法顺，倚以文翰之任。"②

杜法顺虽然是一位禅师，但他对国家的命运和治理极为关心。他认为，国家只有和平，才有光明的前途。《国祚》虽是汉文诗发端时期的作品，但平仄、韵律工整，它"文以载道"和"贴近现实"的诗风引导了越南汉文诗的创作方向。

万行（Vạn Hạnh，?—1018）禅师处在前黎朝与李朝的更替时期。他"幼岁超异，

---

① ［越］吴时任：《星槎纪行序》，载：［越］阮禄：《越南文学总集》第九集A，河内：社会科学出版社，1993年版，第554页。
② ［越］释德念（胡玄明）：《中国文学与越南李朝文学之研究》，大乘精舍印经会，台北金刚出版社，1979年版，第127页。

该贯三学，研穷《百论》"。21岁出家，为六祖寺禅翁弟子，精于禅法，为毗尼多流支第十二世传人。万行曾为黎大行的顾问，"黎大行皇帝尤所尊敬"，常就军政大事向他讨教，"军国之事必依万行言"。"天福元年，宋侯仁宝来寇。屯军子岗甲浪山。帝召师，问以胜败。对曰：'三七日中贼必退'。后果然。"①万行以符谶为前黎朝殿前指挥李公蕴（Lý Công Uẩn，974—1028）称帝制造舆论，并乘前黎朝皇帝去世之机，支持李公蕴篡夺了政权，建立了李朝。万行国师为新王朝拟定了许多重要政策。由于对国家的贡献突出，万行深受李朝朝廷上下的敬重，被李太祖封为国师。万行的《无题》一诗用隐喻的修辞手法描绘出前黎朝灭亡、李朝兴立和天下太平的景象：

> 葳蕤沉北水，李子树南天。
>
> 四方干戈静，八表贺平安。

万行的《示弟子》是他现存的5首汉文诗中最有艺术价值的一首：

> 身如电影有还无，万木春荣秋又枯。
>
> 任运盛衰无怖畏，盛衰如露草头铺。

人的一生像天上的闪电、影子一样短暂，顷刻间飞逝而过，转瞬而逝；树木春天枝繁叶茂，而一到秋天就枯黄凋零。在经历了前黎朝和李朝两个朝代的万行禅师看来，朝代兴衰更替和社会的变迁不过如草头露水而已。《示弟子》流露出佛教虚无飘渺的色空变化，展现了诗人事事无碍、无私无求、无忧无虑的情怀。

满觉（Mãn Giác，1052—1096）禅师，原名李（阮）长，法号满觉，他"传闻强记，学通儒释"，深受李仁宗的敬重，李仁宗经常向其请教佛学问题并与其讨论国事。李仁宗为了便于请教，"乃于景兴宫侧并起其寺，延请居之，以便顾问。"②

满觉禅师的《告疾示众》虽然也是感叹人生的短暂，但诗歌表达的态度是乐观的，体现的精神是昂扬向上的，给人以耳目一新的感觉：

> 春去百花落，春到百花开。
>
> 事逐眼前过，老从头上来。
>
> 莫谓春残花落尽，庭前昨夜一枝梅。

"莫谓春残花落尽，庭前昨夜一枝梅"表达的意境是"山重水复疑无路，柳暗花明又一村"。在黑暗中，诗人为人们点亮灯光；在迷茫失望之际，诗人给人们以希望。

---

① 《禅苑集英》，越南国家图书馆藏。VV891/12.
② 《禅苑集英》，越南国家图书馆藏。VV891/12.

杨空路（Dương Không Lộ，1016?—1094/1119?）禅师，原名杨明严，法号空路，他的《渔闲》一诗是这一时期的佳作之一。《渔闲》语言平朴无华，前两句绘景，后两句叙事，绘景与叙事、抒情结合，情景交融，诗歌给我们展示的是诗人融形骸于天地间、超然出世、清寂高洁的意境：

> 万里清江万里天，一村桑柘一村烟。
>
> 渔翁睡着无人唤，过午醒来雪满船。

这一时期，除上述佛教禅师外，还有一些帝王和文人为文作诗，他们笃信佛教，与禅师们交往密切，诗歌内容也大都是赞颂、追忆佛教禅师。李太宗（1000—1054）作有《赞毗尼多流支禅师》，诗歌字里行间渗透着佛理：

> 创自来南国，闻君久习禅。
>
> 应开诸佛信，远合一心源。

李仁宗（1072—1127）在追忆李朝初年赫赫有名的万行禅师时写道：

> 万行融三际，真符古谶诗。
>
> 乡关名古法，拄锡镇王畿。
>
> （《追赞万行禅师》）

"拄锡镇王畿"，可见万行禅师在当时的名望与地位之高。诗歌高度评价了万行禅师在当时佛坛以及政坛上的重要地位。

段文钦（Đoàn Văn Khâm，?—?）是当时文人诗人的代表，他的诗作现留有《赠广智禅师》、《挽广智禅师》和《悼真空禅师》三首，《挽广智禅师》是其中的代表作，也是这一时期艺术成就最高的汉文诗之一：

> 林峦白首遁京城，拂袖高山远更馨。
>
> 几愿净巾趋丈席，忽闻遗履掩禅扃。
>
> 斋庭幽鸟空啼月，墓塔谁人为作铭。
>
> 道侣不须伤永别，院前山水是真形。

《挽广智禅师》表达了诗人对尘世的厌倦、对佛禅的向往以及对广智禅师圆寂的悲伤之情。"道侣不须伤永别，院前山水是真形"，广智禅师将永远与天地同存！

从段文钦的诗歌，我们可以看出，他虽然是李仁宗时的工部尚书，但他与佛教禅师关系密切，并深受佛教的影响。

李常杰（Lý Thường Kiệt，1019—1105）的《南国山河》[①]是一首反映越南民族

斗志和独立精神的诗歌，这首诗笔力雄健，风格雄浑，开创了越南汉文爱国主义诗歌的先河：

> 南国山河南帝居，截然定分在天书。
>
> 如何逆虏来侵犯，汝等行看取败虚。

以诗歌的艺术标准衡量，这一时期的汉文诗数量较少，真正的诗人也为数不多。在诗歌形式上，五绝、七绝、七律等诗体已初露端倪，诗歌风格平朴，自然。关于这一时期的诗歌，越南18世纪末19世纪初文人范廷琥认为："我国李诗古奥"。[1]越南现代学者胡玄明认为："李朝诗笔法自由简易，遣词用语不讲求，且不为声音韵律所束，内容则含蓄哲理，蕴藏大量禅意，多趋敷陈人类真心，万物实性，宇宙真面目。可谓此期之诗偏重内涵意理，不着意寻求外在声律。"[2]

10世纪，在越南出现词这一文学形式令人惊叹不已。匡越（Khuông Việt，933—1011）禅师的《王郎归》（《阮郎归》）是越南现存最早的一首词。匡越禅师原名吴真流（Ngô Chân Lưu），法号匡越，是丁朝和前黎朝时期著名的禅师。他幼时学习儒家之道，成人后又皈依佛教："少业儒及长皈释"，"年四十名震于朝代"。丁朝开国皇帝丁先皇（968—979）定文武品秩时，拜匡越为僧统，赐号"匡越大师"。在前黎朝时，应前黎朝开国皇帝黎大行（980—1005）之邀，参加了朝廷的许多重大活动，特别是与中国宋朝使节的交往中为前黎朝立了大功："黎大行皇帝尤加礼敬。凡朝廷军国之事，师皆与焉。"[3]《王郎归》这首词是匡越禅师为宋朝使节李觉归国饯行而写的：

> 祥光风好锦帆张，
>
> 遥望神仙复帝乡。
>
> 万重山水涉沧浪，
>
> 九天归路长。
>
> 情惨切，
>
> 对离伤，
>
> 攀恋使星郎。
>
> 愿将深意为边疆，
>
> 分明奏我皇。

① ［越］范廷琥：《雨中随笔》，载：陈庆浩、王三庆：《越南汉文小说丛刊》第二辑第五册，法国远东学院出版，台北：台湾学生书局印行，1992年版，第101页。
② ［越］释德念（胡玄明）：《中国文学与越南李朝文学之研究》，大乘精舍印经会，台北金刚出版社，1979年版，第214页。
③ 《禅苑集英》，越南国家图书馆藏。VV891/12.

在中国词里有"阮郎归"的词牌，全词为47个字。而这首"王郎归"却有49个字。问题出在第二句，"阮郎归"为5字，而吴真流的"王郎归"却有7个字，其他字数、韵均相符。这首词虽不甚规范，但当时越南文人能写出这样的词已经是难能可贵了。在中国宋朝，词是最为兴盛的一种文学形式。从吴真流能写词为送宋朝使者送行可以看出，当时越南文人的诗词已达到相当高的水平。

据史料记载，11世纪，汉文赋已经在越南出现。《大越史略》载，李太宗"癸未明道二年（1043），夏，四月，王幸武宁山松山寺，见其颓殿中有石柱欹压，上慨然有重修之意，石柱忽然复正，因命儒臣作赋以纪其异。"①

《大越史记全书》也有类似的记载："帝幸武宁州松山寺，见其人迹萧然，基址暴露，中有石柱欹斜欲倾，帝慨叹意有重修之，言未发，石柱忽然复正，帝异之，命儒臣作赋以显其灵异。"②

《禅苑集英》记载：圆通（Viên Thông，1080—1151）国师"尝奉诏修撰诸佛迹缘事三十余卷，洪钟文碑记僧家杂录五十余卷，诗赋千余首行于世。"③上述记载可以看出，李朝时已经有文臣儒士作赋，只是没有流传下来。

10世纪中叶至12世纪末，汉文散文作品以表、诏、碑文等为多，真正文学意义的散文类作品还很少见。

黎桓（Lê Hoàn，941—1005）以丁部领之子卫王丁璇的名义上表宋朝的表文是我们搜集到较早的汉文表文类散文作品。980年，丁朝十道将军黎桓建立了前黎朝，宋朝对此不予承认："辰宋已兴师，不许。遣张尊贵赍谕之曰：'丁氏传袭三世，朕欲以璇为统帅，卿副之。若璇将才无取，犹有童心，宜速遣母子及亲属来归。……'"④面对宋朝的通牒，黎桓以丁部领之子卫王丁璇的名义上表于宋，冀缓宋师："世膺朝奖，僻居海隅。假节制于蛮陬，修贡职于宰旅。属私门之薄藩，值先世之沦亡。玉帛骏奔敢稽于助祭，土茅世及未预于守藩。臣父部领兄琏俱荷国恩，忝分间寄。谨保封界，敢有背违。汗马之劳未施，朝露之悲俄至。臣堂构将坏衰裳未除，管内军民将吏藩裔者。等宫谐苦之中，俾权军旅之事。臣恳辞数四请逼愈，将待奏陈。又虑稽缓，山野犷恶之俗，洞壑狡猾之民，倘不狥其情，恐或生

①　《大越史略》，越南国家图书馆藏。VV891/98.
②　［越］吴士连：《大越史记全书》（内阁官板），河内：社会科学出版社，1988年版，第121页。
③　《禅苑集英》，越南国家图书馆藏。VV891/12.
④　《钦定越史通鉴纲目》，转引自［越］陈重金著，戴可来译：《越南通史》，北京：商务印书馆，1992年版，第62页。

异变。臣谨已摄节度行军司马权领州事，伏望假以真命，令被列藩。慰微臣昼中之心，举圣代廷赏之典。克治遗业，因抚远夷。铜柱之墟庶宜扞御之力，象门之下永效献探之诚。惟陛下俯怜其过未忍加罪。"[1]

我们可以从上述表文看出，独立初期的越南人已经完全掌握了汉文公文文体，他们的汉文修养和水平已达到了相当高的程度。越南18世纪文人吴时仕对此评价道："当时辞令文翰如卫王（指丁璇）请袭一书，婉曲得体，殊见笔法。"[2]

中越两国从各自国家利益出发，基于外交的需要，频繁地发送和回应汉文外交文书，这种汉文外交公文的来往，是两国外交磋商的需要，它不仅促进了两国的理解和交往，而且也是一种汉文文章的书面对流。这种汉文外交公文或信函，往往文字刻意精工、辞藻华美、语句流畅，就像一篇篇内容翔实、笔锋遒劲、风格典雅的佳作。两国文字的相同、文化的互通、文章的共通对流为汉文学在越南的发展提供了条件、奠定了基础。

诏文类汉文散文作品有李太祖（1010—1028）的《迁都诏》和李仁宗（1066—1128）的《临终遗诏》等。李朝开国皇帝李太祖的《迁都诏》阐述了将国都从华闾迁往大罗城（即今河内）的理由：

昔商家至盘庚五迁，周室迨成王三徙。岂三代之数君，俱徇己私，妄自迁徙，以其宅中图大，为亿万世子孙之计。上谨天命，下因民愿，苟有便辄改。故国祚延长，风俗富阜。而丁、黎二氏，乃徇己私，忽天命，罔蹈商周之迹，常安厥邑于兹，致使世代弗长，算数短促，百姓耗损，万物失宜。朕甚痛之，不得不徙。

况高王故都大罗城，宅天地区域之中，得龙蟠虎距之势，正南北东西之位，便江山向背之宜。其地广而坦平，厥土高而爽垲，民居蔑昏垫之困，万物极繁阜之丰。遍览越帮，斯为胜地，诚四方辐辏之要会，为万世帝王之上都。

朕欲因此地利以定厥居，卿等以为何如？

李太祖的《迁都诏》采用骈文体，立论得当，说理明晰，有些句子颇讲究对称、韵律之美，如"得龙蟠虎距之势，正南北东西之位"等。

李仁宗的《临终遗诏》表达了李仁宗在生死问题上的贤明认识："朕闻生物之动，无有不死。死者天地之大数，物理当然，而举世之人莫不荣生而恶死。厚葬以弃业，重服以损生，朕甚不取焉。予既寡德，无以安百姓，及其殒落，又使元元衰麻在身，晨昏临哭，灭其饮食，绝其祭祀，以重予过，天下其谓予何。……呜

---

① ［越］马江璘：《越南文学总集》第二十四集B，河内：社会科学出版社，1997年版，第53页。

② 郑永常：《汉文学在安南的兴替》，台北：台湾商务印书馆发行，1987年版，第63页。

呼！桑榆欲逝，寸晷难停，盖世气辞。千年永诀，尔宜诚意。只听朕言，告明王公，敷陈内外。"

在汉文碑文作品中，值得一提的是阮公弼（Nguyễn Công Bật，? —? ）的《大越国当家第四帝崇善延龄塔碑文》，它记录了李朝第四代皇帝李仁宗抵御外敌、保卫国家的历史功绩，同时也记述了当时越南的社会和文化生活。阮公弼是李朝李仁宗时的刑部尚书、兵部员外郎。作者由于是"奉敕撰"，因而，他在文中极尽溢美之词，为李仁宗唱颂歌："可谓绝古今之制度，超造化之生成。倾天下之雍和，夜为昼赏。畅世间之心目，老换童颜。斯则陛下巧胜缘之功也。……虽有渊云之才，班马之学，亦难叙万之一焉。"《大越国当家第四帝崇善延龄塔碑文》中记载了李仁宗在中秋时赏月、观看木偶表演的细节，碑文中关于木偶表演的描述可谓栩栩如生、惟妙惟肖："波心荡漾，浮金龟以负三峰。水面夷犹露甲文而敷四足。转眸瞥岸，牙口喷津。向冕旒而仰观，对当空而俯察。望嵯峨之峭壁，奏洋溢之云韶。洞户争，神仙竟出。盖天上之霓态，岂尘世之娇姿态。翘纤手以献回风，颦翠眉而歌休运。珍禽作对，尽率舞以趋跄。瑞鹿成群，自着行而踊跃。"

朱文常（Chu Văn Thường，? —? ）的《安获山报恩寺碑记》是颂扬李常杰丰功伟绩的一篇碑文："今有太尉李公，佐皇越第四帝。授推诚叶谋，保节守正。佐理翊戴功臣，守尚书令，开府钦同三司入内，内侍省，都都知，检校大尉，兼御史大夫，遥授诸镇节度使，同中书门下平章事，上柱国，天子义弟，开国上将军，越国公，食邑一万户，食实封四千户。图临大节，言授缀梳。信乎六尺之孤可托，百里之命可寄。厥后乃誓于师，北征邻国，西封不庭，善七擒之胜敌，非汉有韩彭之功，岂齐有管晏之烈。惟公辅君，国家殷富多历年，所可垂臣道千古之熙绩也。"

圆通禅师的《天下兴亡治乱之原论》是一篇评议朝政的汉文政论作品。文章首先评述了皇帝的主导作用："天下犹器也，置诸安则安，置诸危则危，顾在人主所行何如耳。好生之得合于民心，故民爱之如父母，仰之如日月，是置天下得之安者也。"之后又讲到官吏的作用："治乱在庶官，得人则治，失人则乱。臣历观前世帝王，未尝不以用君子而兴，不以用小人而亡者也。"

10世纪中叶至12世纪末的越南汉文学被深深打上佛教烙印，这一时期汉文学浓厚的佛教色彩与当时佛教在越南社会中的巨大影响和禅师们在文坛上的特殊地位有密切联系。

2、3世纪，佛教经过多种途径传入越南。2世纪，由于中原战乱，大批中原士民避居交州，他们将佛教带进了交州。"是时灵帝崩（189年）后，天下扰乱，独交州差安，北方异人咸来在焉。"① 195年，东汉苍梧学者牟博（牟子）"将母避世交趾"。牟博著有《牟子理惑论》，"锐志于佛道"，在交州传播佛教。265年，康居高僧康僧会"其父因商贾移于交趾"。康僧会来到交趾后出家为僧。② 291年，月氏僧侣支疆梁（畺良娄至）到达交州。3世纪末，印度僧人摩罗耆域经扶南至交州，同时到达的还有僧人丘陀罗。574年，印度僧人毗尼多流支（？—594）到达长安，后随中国禅宗三祖僧璨，承袭中国禅宗衣钵。580年，毗尼多流支从广州到达交州，住锡法云寺，弘传禅宗。《禅苑集英》记载："毗尼多流支禅师，天竺国人，婆罗门种也，少负迈俗之志，遍游西竺，求佛心印，法缘未契，携锡而东南。"③ 毗尼多流支在交州14年，创立了"灭喜禅宗派"，成为越南佛教禅宗的始祖。7至9世纪，佛教在安南传播更为广泛，寺庙遍及各地。"在公元第七世纪时，河内已是伟大的佛教学术中心。"④ 唐代僧人无言通（？—826）在820年到安南北宁的建初寺，传授禅学，创立了无言通禅派。

10至12世纪是越南佛教最兴盛的时期。在这一时期，越南各代帝王大力推崇佛教，传播佛学，各地广造寺宇，度民为僧，佛教极其兴盛。为推广佛教，越南封建王朝曾经多次派遣使臣前往宋朝求佛经。《大越史记全书》有前黎朝皇帝黎龙铤遣使于宋乞大藏经的记载："丁未十四年，（帝仍应天年号）（1007年）遣弟明昶与掌书记黄成雅献白犀于宋，乞大藏经文。"⑤ 宋朝政府每逢越南使团入华，都向其赠送佛经等书籍。

李朝开国之初把佛教定为国教，崇尚佛教之风甚盛。"李朝之时崇尚佛教，皇帝优待修行之人，并取国库之钱为寺院铸钟。"⑥ "戊午九年（宋天僖二年）（1018年），夏六月，（李太祖）遣员外郎阮道清、范鹤如宋乞三藏经。……秋九月，阮道清使回，得三藏经。诏僧统费智生广州迎之。"⑦ 1031年，李太宗下诏在各地建立950座寺庙，全国笃信佛教者极多。《大越史记全书》中记载："李太祖即帝位甫及二年，宗庙未建，社稷未立，先于天德府创立八寺。又重修诸路寺观，而度京师千余人为僧，则土木财力之费不可胜言也。""百姓大半为僧，国内到处皆寺。"⑧ 李圣宗时，

① 《牟子·序传》转引自：任继愈：《中国佛教史》第一卷，北京：中国社会科学出版社，1981年版，第189页。
② 任继愈：《中国佛教史》第一卷，北京：中国社会科学出版社，1981年版，第194页。
③ 《禅苑集英》，越南国家图书馆藏。VV891/12.
④ （美）D·R·萨德赛著，蔡百铨译：《东南亚史》，台北：麦田出版公司，2001年版，第58页。
⑤ ［越］吴士连：《大越史记全书》（内阁官板），河内：社会科学出版社，1988年版，第104页。
⑥ ［越］陈重金著，戴可来译：《越南通史》，北京：商务印书馆，1992年版，第66页。
⑦ ［越］吴士连：《大越史记全书》（内阁官板），河内：社会科学出版社，1988年版，第112页。
⑧ ［越］吴士连：《大越史记全书》（内阁官板），河内：社会科学出版社，1988年版，第110页。

北宋云门宗僧人草堂随师父客居占城，李圣宗攻占城获之，后被李圣宗所赏识，赐居首都升龙开国寺，封为国师。草堂创立了"草堂禅派"。

佛教一般强调的是"出世"：人生是苦，万法皆空，因而理想的立身处世的好办法是出世，求解脱。而在越南历史上相当长的一段时期内，尤其是10世纪至12世纪，由于特殊的历史环境和社会发展状况，越南佛教在追求"出世"的同时，表现出了极其明显的"入世"特征。越南丁、前黎和李朝等时期，佛教势力极为强大，他们的影响渗透到了皇室宫廷，有时甚至能左右国家的政治。

10世纪中叶至12世纪末，当时越南民众的文化水平很低，而佛教僧侣们却是饱学之士。李仁宗时的圆通禅师，原名阮元忆（Nguyễn Nguyên Ức，1080—1151），法号圆通，他虽然从小修行，是一代佛禅宗师，但他仍然参加李朝的科举考试。1097年，他力拔"三教科"（Khoa Tam Giáo）（三场）考试之头筹。1108年，他又荣登"天下全才科"（Khoa Thiên Hạ Toàn Tài）考试之榜首："资禀明迈，学造精妙，早有出世之志。会丰六年（1097年），中三教试，中甲科，充代闻。龙符元化年八年（1108年），擢天下宏才，补僧道。"[1]

越南佛教从古代以来通行的是汉文佛典，佛教僧侣们均谙通汉文，他们是越南最先接触汉文化的人群，也自然成为越南最早的知识分子群体。他们"德性超群，智能兼通入世、出世之事"[2]。他们积极参与朝政、外交、文化教育和文学事业，为越南封建文教制度的建立和发展贡献了力量，对越南汉文学的诞生和发展做出了不可磨灭的贡献。如杜法顺、匡越和万行等禅师，他们既是当时朝廷的国师和皇帝顾问，同时，还是当时重要的诗人、词人。

10世纪中叶至12世纪末，佛教兴盛，占据了独尊的地位。同时，儒教也得到一定的发展，这是越南封建王朝治理国家的需要，因为儒学的人伦纲常和君臣秩序等一整套学说，在治理国家的过程中显示出它的独特价值。再者，在越南，佛教并不排斥儒教，相反还不断吸收儒教的元素，为佛教发展服务。

丁朝建立后，越南封建统治者开始建立国家、社会秩序："起宫殿，制朝仪，置百官，立社稷"，"置文武僧道阶品"。[3] 由于社会制度和文化制度建设的需要，越南这一时期的历代统治者均以积极的姿态吸收包括儒教在内的汉文化，采用汉字

---

① 《禅苑集英》，越南国家图书馆藏。VV891/12.
② ［越］释德念（胡玄明）：《中国文学与越南李朝文学之研究》，大乘精舍印经会，台北金刚出版社，1979年版，第116页。
③ 《大越史略》，越南国家图书馆藏。VV891/98.

作为官方的正式文字，兴办儒学教育，实行包括儒教内容的科举考试，输入儒教经典，修文庙供奉孔子，不断提升儒教的地位。

到李圣宗和李仁宗时，正规的儒学教育制度得以确立。1070年，在京都升龙建文庙，在文庙里供奉了孔子及其贤徒们："神武二年（宋熙宁三年，1070年）……秋八月，修文庙，塑孔子、周公及四配像。画七十二贤像，四时享祀，皇太子临学焉。"[①] 1075年，李仁宗下诏开科取士，选拔文学之士入朝做官："春二月，诏选明经博学及试儒学三场，黎文盛中选，进侍帝学。"[②] 这标志着越南封建王朝组织的汉文科举考试正式拉开了序幕。

12世纪，越南科举制度得到了较快的发展，从而推动了当时文教事业的发展。李高宗（1176—1210）时是李朝科举考试相对较多的时期："癸丑八年……试天下士人入侍御学"，"乙卯十年……试三教赐出身"，[③]"己亥贞符四年（1179年）……王（李高宗）与太后观僧宫子弟试诵般若经，又御凤鸣殿，试黄男办写古人诗及运算。孟冬，又御崇章殿，试三教子弟办写古诗及赋，诗、经义、运算等科。"[④]"丙辰天资嘉瑞十一年（1196年）……孟冬，试三教子弟办写古人诗、运算、赋，诗、经义等科，赐及第出身有差。"[⑤] 这一时期的科举多以儒、释、道三教以及诗、经义为考试内容，科举开科不定期，未分等级。

相对于佛教，儒教在10世纪中叶至12世纪末对越南汉文学的影响要小得多，但是儒教某种程度上为汉文学的诞生创造了良好的社会和文化环境，科举制度也某种程度上推动了越南汉文学体裁及其艺术技巧的运用。

综上所述，公元10世纪中叶至12世纪末是越南汉文学的发端阶段，汉文学处于独尊的地位，汉文韵文类文学样式有汉文诗、词等。汉文诗五绝、七绝、七律等已初露端倪，风格平朴，自然。汉文散文类样式主要有表、诏、碑文等，用字准确，语句流畅。

* * *

本章论述了汉字在越南的传播、汉文学的界定、汉文诗的界定、10世纪中叶至12世纪末越南汉文学发端时期的汉文学状况。越南古代文学的源头是发端于10世纪中叶的汉文学，越南汉文学是10世纪中叶至12世纪末唯一的文学形式，汉文学深受当时极其盛行的佛教的影响，汉文学的思想内容被深深打上佛教烙印。

① ［越］吴士连：《大越史记全书》（内阁官板），河内：社会科学出版社，1988年版，第131页。
② ［越］吴士连：《大越史记全书》（内阁官板），河内：社会科学出版社，1988年版，第132页。
③ ［越］吴士连：《大越史记全书》（内阁官板），河内：社会科学出版社，1988年版，第160页。
④ 《大越史略》，越南国家图书馆藏。VV891/98.
⑤ 《大越史略》，越南国家图书馆藏。VV891/98.

第四章　汉文学的兴盛与喃字文学的萌芽

（13世纪初至14世纪末）

13世纪初至14世纪末为越南汉文学的兴盛时期。越南汉文学经过10世纪至12世纪的发展，开始逐渐走向成熟与兴盛，以汉文诗为主的越南汉文学占据着越南文坛的主导地位。同时，13世纪初至14世纪末也是越南喃字文学的萌芽期。喃字经历了漫长历史演变，到13世纪完成定型。13世纪末期，越南喃字文学开始出现在越南文坛。14世纪，在强势汉文学的挤压下，喃字文学发展缓慢。

第一节　汉文学的兴盛

13世纪初至14世纪末，越南汉文学在前期发展的基础上进入了兴盛时期。这一时期，汉文学的兴盛与陈朝封建制度的文教导向和陈朝帝王的文学引导有密切关系。

1225年，陈朝建立，内修国政，外御强敌。越南历史步入封建制度的巩固与发展时期，这给汉文学的发展提供了良好的社会环境。

陈朝重视汉文化教育，增修文庙，祭祀孔子，加强儒学教育，不断加大诗赋辞章和儒学经典在科举考试中的比重，从而加强了儒学在其政治、文化教育和社会生活中的地位。

1253年，陈太宗（1225—1258）设立国学院，将孔子、周公和孟子塑像以及孔子的72贤徒的画像摆放、张贴在国学院内，规定全国的名人儒士须到国学院讲学，主要讲解《四书》等儒学经典："六月，立国学院。塑孔子、周公、亚圣，画七十二贤像奉事。秋八月，立讲武堂。九月诏天下儒士诣国子院，讲《四书》、《六经》。"[①]

陈朝汉文科举考试制度得到进一步的发展和完善，考试的次数也比李朝有所增加，规模有所扩大。1232年，举办太学生考试。1246年，陈太宗定大比取士，

---

① ［越］吴士连：《大越史记全书》(内阁官板)，河内：社会科学出版社，1988年版，第177页。

以7年为准:"丙午十五年(宋淳佑六年)……秋七月,定大比进士,以七年为准。"①
1247年,科举考试又分三魁:状元、榜眼和探花:"丁未十六年(宋淳佑七年),春
二月,大比取士,赐状元阮贤,榜眼黎文休,探花郎邓麻罗,太学生四十八名,
出身有差。初壬辰巳亥二科惟以甲巳为名,未有三魁之选,至是始置焉。……秋
八月,试通三教诸科。"②1374年,开进士科。至此,越南科举考试始改为考进士。
1396年,陈顺宗(1388—1398)定科举考试办法,每三年举行一次乡试,每六年举
行一次会试。乡试中者为举人,会试中者为进士。第一年考乡考,第二年考会试,
遵明朝之科举法规。考试内容有一篇经义、诗歌、诏、制、表和文策。《大越史记
全书》记载:"诏定试举人格,用四场文字体,罢暗写古文法。第一场用本经义一篇,
有破题接语,小讲原题,大讲缴结,五百字以上;第二场用诗一篇,用唐律赋一
篇,用古体,或骚或选,亦五百字以上;第三场诏一篇,用汉体;制一篇、表一
篇,用唐体四六;第四场试策一篇,用经史时务中出题,一千字以上。以前年乡试,
次年会试,中者御试策一篇,定其第"。③除了儒学考试,陈朝还组织"吏员"考试,
考写作和算术,被录取者充任"阅吏内令使"。

在初陈、盛陈(陈太宗到陈明宗)100多年的时间里,陈朝培养了大量的人才,
如:黎文休、张汉超、范迈、范遇、阮忠彦和莫挺之等。

"文轨方今四海同,家家教子事儒官。"(范汝翼,?—?,《题新学馆》)13世纪初
至14世纪末,随着以诗赋为主要内容的汉文科举考试的加强,越南儒士们研修汉
文,随之带来的行卷之风日甚,这促进了以汉诗为主要内容的汉文学的兴盛。

这一时期,越南汉文学的兴盛首先体现在陈朝帝王们的汉文诗创作上。在越
南古代文学史上,有一种值得重视的现象就是越南的帝王文学,或称之为"宫廷
文学"。在越南,历代帝王能文善诗,似乎形成了一种传统,成为越南古代文学史
上一道独特的风景线,这也是越南汉文诗创作的一大特点。越南15世纪的史学家、
诗人潘孚先(Phan Phu Tiên,?—?)指出:"近世帝王,公卿,士大夫莫不留神学术,
朝夕吟咏,畅写幽怀,皆有诗集行世。兵燹不存,惜哉!"④

13世纪初至14世纪末的越南帝王文学为越南汉文学的兴盛贡献了力量。陈朝
帝王们从陈太宗起就工于汉诗,其后陈圣宗、陈仁宗等对汉诗更是喜爱有加。"陈

① [越]吴士连:《大越史记全书》(内阁官板),河内:社会科学出版社,1988年版,第175页。
② [越]吴士连:《大越史记全书》(内阁官板),河内:社会科学出版社,1988年版,第386页。
③ [越]吴士连:《大越史记全书》(内阁官板),河内:社会科学出版社,1988年版,第260页。
④ [越]潘孚先:《越音诗集》,越南汉喃研究院藏。A1925,A3038.

氏一门，诗学之盛云"。① 陈朝帝王们的身体力行带动了汉文学创作的进步。

陈太宗（1225—1258）为陈朝的第一代皇帝，他在位33年，勤于国政，修文庙，开科举，定礼仪、立刑律，颇有功绩："帝宽仁大度，有帝王之量。所以能创业再统，立纪张纲。陈家之制度伟矣。"② 陈太宗对佛学研究颇深，他著有《课虚录》、《禅宗指南》和《金刚三昧经序》等佛教著作。在诗文方面，陈太宗著有《陈太宗御集》（一卷），全集今不传，留有汉诗2首，其中《寄清风庵僧德山》表达了他对佛学的景仰、迷恋之情，诗篇具有清雅、隽永的艺术风格：

> 风打松关月照庭，心期风景共凄清。
>
> 个中滋味无人识，付与山僧乐到明。

陈圣宗（1258—1278）为陈朝的第二代皇帝，他的汉文作品有《箕裘集》、《贻后录》以及《陈圣宗诗集》（一卷），现有4首诗存于《越音诗集》和《全越诗录》中。《幸安邦府》抒发了诗人游美景而文思泉涌的兴致：

> 朝游浮云峤，暮宿明月湾。
>
> 忽然得佳趣，万象生毫端。

《夏景》描绘了一幅夏季雨后荷花竞艳、树木翠绿的夕阳美景：

> 窈窕华堂画景长，荷花吹起北窗凉。
>
> 园林雨过绿成幄，三两蝉声闹夕阳。

《题玄天洞》描绘了一幅清幽、静谧的山水风景画：

> 云掩玄天洞，烟开玉帝家。
>
> 步虚声寂寂，鸟散落山花。

陈圣宗虽然所留诗歌不多，但田园山水诗歌成就令人瞩目。越南19世纪著名学者潘辉注在《历朝宪章类志（卷之四十二）·文籍志》中认为陈圣宗的诗歌"皆有古唐风味"。

陈仁宗（1279—1293）为陈朝第三代皇帝，是陈朝时期文学创作成就最高的皇帝。他自幼笃信佛教，喜读佛典。做了皇帝后，他仍对佛教痴迷不改，执着追求。1293年，他禅位于英宗，自命太上皇。1299年，他正式到安子山出家当和尚，自号"香云大头陀"，晚年创立了竹林派禅宗，被称为"竹林第一祖"。汉文诗集有《陈仁宗诗集》（一卷）和《大香海印诗集》（一卷），这两部诗集已经遗失，在《越音诗集》和《全越诗录》中保留了他的24首汉诗。陈仁宗的诗歌抒发了诗人对佛教的向

---

① （清）南沙席氏：《元诗选癸集目录之壬下安南九人》，手抄本，中国国家图书馆藏。
② ［越］吴士连：《大越史记全书》（内阁官板），河内：社会科学出版社，1988年版，第173页。

往和陶醉之情：

年少何曾了色空，一春心在百花中。

如今堪破东皇面，禅板蒲团看坠红。

（《春晚》）

诗人在睡梦中醒来，却发现春天已经悄悄到来。明媚的春色中只有一只白色的蝴蝶在花丛中飞舞，春天是那样的安祥、静寂，一点也没有喧嚣之感：

睡起启窗扉，不知春已归。

一只白蝴蝶，拍拍趁花飞。

（《春晓》）

《武林秋晚》采用了虚实结合、远近结合的艺术手法：画桥与溪水中的倒影，天边的夕阳与水中的倒影，寂寂的千山与红叶落，天边的彩云与远处的钟声。通过诗人的妙笔，展现了秋天千山红叶的夕阳美景：

画桥倒影蘸溪横，一抹斜阳水外明。

寂寂千山红叶落，湿云如梦远钟声。

《天长晚望》描绘了夕阳西下、牧童归来的田园风光：

村前村后淡似烟，半无半有夕阳边。

牧童笛里归牛尽，白鹭双双飞下田。

《题普明寺水榭》体现着一个佛教修行者的深厚精神内涵，是一首意境淡远、韵味悠长的佳作：

熏尽千头满座香，水流初起不多凉。

老榕影里僧关闭，第一蝉声秋思长。

"第一蝉声秋思长"中的"蝉"是双关语，"蝉"与"禅"字是同音字，蝉声悠长，也就是佛禅之深意悠长，此字运用极为巧妙。

陈仁宗的诗歌体现了越南佛教无言通派的特点，追求"即心即佛"的学说：

地僻台愈古，时来春未深。

云山相远近，花径半晴阴。

万事水流水，百年心语心。

倚栏横玉笛，明月满胸襟。

（《登宝台山》）

陈仁宗晚年游天长故乡时，有感于天下太平，吟诗道：

景清幽物亦清幽，一十仙洲此一洲。

百部笙歌禽百舌，千行奴仆橘千头。

月无事照人无事，水有秋涵天有秋。

四海已清尘已净，今年游胜旧年游。

（《幸天长行宫》）

《幸天长行宫》采用叠词诗格，诗歌艺术手段运用娴熟、老道，充分显示了陈仁宗高超的诗歌艺术。对此诗，越南15世纪文人胡元澄给予了高度评价："此诗作时，盖经元军两度征伐之后，国中安乐，故结意如此。其命意清高，叠字振响，非老于诗者，焉能道此。"[1]

陈仁宗的诗歌《月》是体现他清静、淡远艺术风格的一首佳作：

半窗灯影满床书，露滴秋庭夜气虚。

睡起砧声无觅处，木樨花上月来初。

陈仁宗在诗歌艺术上成就显赫，是这一时期帝王诗人的杰出代表。他的诗歌旷逸、清雅，无尘世间的尘埃，极其纯净、清远，为众人所称道。胡元澄在《南翁梦录》中对陈仁宗的诗歌评价道："其潇洒出尘，长空一色，骚情清楚，逸足超群。""其清新雄健迥出人表。千乘之君趣兴如此，谁谓人穷诗乃工乎？"[2]潘辉注在《历朝宪章类志（卷之四十二）·文籍志》中认为陈仁宗的诗歌"皆旷逸清雅"。

陈英宗（1293—1314）为陈朝第四代皇帝，著有《水云随笔》（二卷），今不传。《冬景》一诗展现了一幅越南独特的冬天的景色：巍峨壮观、苍翠的山峰，高耸的紫府楼台，在几番春华秋实之后，碧桃已经是果实累累。最后，诗人笔锋一转：冬天即将过去，更加碧绿的春天即将来临：

苍描翠抹削晴峰，紫府楼台倚半空。

几度碧桃先结实，洞天三十六春风。

《征占城还舟泊福城港》描绘了陈英宗率军征伐占城归来、"万队旌旗光海藏"的盛况：

锦缆归来系老榕，晓霜花重湿云蓬。

山家雨脚青松月，渔国潮头红蓼风。

万队旌旗光海藏，五更箫鼓落天宫。

船窗一枕江湖暖，不复油幢入梦中。

越南帝王们经常通过评判中国古代的历史人物，总结治国的经验。陈英宗的

---

① ［越］胡元澄：《南翁梦录》，中国国家图书馆藏。

② ［越］胡元澄：《南翁梦录》，中国国家图书馆藏。

《汉高祖》赞颂了汉高祖刘邦灭秦灭项、建立汉王朝的英雄伟业："诛秦灭项救生灵，驾御英雄大业成。不是高皇恩德薄，韩彭终自弃韩彭。"

陈明宗（1314—1329）为陈朝第五代皇帝，著有《明宗诗集》，现有21首汉文诗存于《越音诗集》和《全越诗录》中。《白藤江》表达了诗人凭吊古战场的情怀：

> 挽云剑戟碧瓒芜，海蜃吞潮卷雪澜。
>
> 缀地化钿春雨霁，撼天松籁晚风寒。
>
> 山河今古双眼开，胡越赢输一倚栏。
>
> 江水淳涵残日影，错疑战血未曾干。

潘辉注评价诗歌《白藤江》道："语气雄浑壮浪，不逊盛唐。"①

《乂安行殿》表达了陈明宗对黎民百姓的体恤之情：

> 生民一视我胞同，四海何心使困穷。
>
> 萧相不知高祖意，未央虚费润青红。

《菊》以菊为题，抚今追昔，感慨万千，表达了诗人浓重的"南山之菊"情结：

> 吟入黄花酒可倾，菊篱秋色晚犹馨。
>
> 古今人物知多少，一滴南山未了情。

《题东山寺》表达了诗人对圆照禅师的悼念和崇敬之情：

> 云似青山山似云，云山长与老僧亲。
>
> 自从圆公去世后，天下释子空无人。

陈裕宗（1341—1369）为陈朝第七代皇帝，御制《陈朝大典》，现已经遗失。《全越诗录》存有汉诗一首《唐太宗与本朝太宗》，诗中对中国唐朝的唐太宗和越南陈朝的陈太宗进行了比较，语言朴实：

> 唐越开基两太宗，彼称贞观我元丰。
>
> 建成诛死，安生在，庙号虽同，德不同。

陈艺宗（1370—1372）为陈朝第八代皇帝，他"性淳厚孝友，恭俭明断，博学经史，不喜浮华。"②陈艺宗的著作有《保和殿余笔》和《陈艺宗诗集》，今均已不存。《全越诗录》中留有他的5首汉文诗。《送北使牛亮》是陈艺宗为明朝使者送行写的一首诗：

> 安南老臣不能诗，空对金樽送客归。
>
> 圆伞山青泸水碧，随风直入五云飞。

① ［越］潘辉注：《历朝宪章类志·文籍志》，河内：文化教育青年部出版，译术委员会古文库，1974年版，第67页。

② ［越］胡元澄：《南翁梦录》，中国国家图书馆藏。

陈艺宗作为越南的皇帝，在明朝使节面前，自称"安南老臣"，表现出了相当谦逊的姿态，这是由当时中越两国关系——宗主国与藩属国的关系决定的。

《望东山了然庵》是一首"望庵兴叹"的诗歌，诗人观望佛庵，发出了人生苦短、当及时游乐的感叹：

> 古木扶疏暂系舟，禅房岑寂枕清流。
>
> 明年此夕知谁健，且喜登临访旧游。

《题司徒陈元旦祠堂》表达了对历史功臣陈元旦的深情追忆：

> 山童扶辇晓卫泥，才到昆山日正西。
>
> 雨后泉声穿石远，风摇竹影拂檐低。
>
> 盐梅事去碑犹在，星斗坛荒路转迷。
>
> 寂寞洞天人羽化，惟存行迹起余凄。

"雨后泉声穿石远，风摇竹影拂檐低"是深得历代越南文人赞赏的佳句。

《幸嘉兴镇寄弟恭宣王》表达了陈艺宗对其弟恭宣王的嘱托：

> 去武图存唐社稷，安刘复睹汉衣冠。
>
> 明宗事业君须记，恢复神京指日还。

陈睿宗（1373—1377）为陈朝第九代皇帝，他有一首汉文诗《赤嘴猴》载于《大越史记全书》："中间唯有赤嘴猴，殷勤僭上白鸡楼。口王以定兴亡事，不在前头在后头。"

胡季犛（Hồ Quý Ly，1336—？）1400年废陈少帝，建立胡朝，改国号为"大虞"。胡季犛为帝时间不长，只有7年，但改革颇多。他重视教育，在科举考试中增加了算法考试，也重视文学的发展。他现在留存下5首诗歌，诗歌风格平铺直述、通俗易懂、琅琅上口。《答北人问安南风俗》是体现他艺术风格的一首诗：

> 欲问安南事，安南风俗淳。
>
> 衣冠唐制度，礼乐汉君臣。
>
> 玉瓷开新酒，金刀斫细鳞。
>
> 年年二三月，桃李一般春。

诗歌《答北人问安南风俗》展示了中越两国密切的政治、文化关系：当时越南的衣冠、礼乐等都沿袭中国汉唐制度，与中国文化一脉相承。

《感怀》表达了胡季犛被明军逮捕后的浓浓思乡之情以及他对历史、人生的无尽感慨：

> 更改多瑞死复生，悠悠乡里不胜情。

南关迢递应头白，北馆淹留觉梦惊。

相国才难惭李泌，迁都计拙哭盘庚。

金瓯见缺无由合，待价须知玉匪轻。

13、14世纪，越南帝王们的一些诗歌展现了治国安邦的雄才大略，具有沉稳、遒劲的风格；另一些诗歌阐述禅理，抒发对佛教的景仰、迷恋之情，诗歌佛禅味十足，具有清高、淡远和玄妙的风格。胡元澄认为陈朝皇帝们的诗歌"自性清高，天然富贵，国君风味与人自别矣。"[①]

13、14世纪，除帝王诗歌外，一些越南诗人抒发军旅情怀、描写山水田园的秀美风光、讽喻时弊及感叹人生际遇等题材的汉诗均呈现于越南诗坛，诗歌内容丰富多彩，诗歌风格也趋向多样化。

在抒发军旅情怀方面取得突出成就的诗人有陈光启和范五老等，边塞诗人的代表是范师孟。

陈光启（Trần Quang Khải，1241—1294），别号乐道先生，为陈太宗之子、陈圣宗之弟。陈光启文武全才，陈圣宗时被封为相国，陈仁宗时任上将之职务。在抵御元朝进攻的斗争中，他多次立功，在章阳等地大破元朝军队。陈圣宗赋诗称赞陈光启道："一代功名天下有，两朝忠孝世间无。"陈英宗时，他被封为太师。陈光启著有《乐道集》，现在已经遗失。目前只有《越音诗集》、《全越诗录》中收集有他的8首汉文诗。

1285年5月，陈光启、陈国峻等陈朝名将率兵在章阳渡、咸子关等地击退元朝军队。凯旋而归时，陈光启自豪地写道：

横槊章阳渡，擒胡咸子关。

太平当致力，万古此江山。

（《从驾还京师》）

《刘家渡》一诗以刘家渡口为视角，展示了越南历史的沧桑巨变：

刘家渡口树参天，扈从东行昔泊船。

旧塔江亭秋水上，荒祠古冢石麟前。

太平图志几千里，李代山河二百年。

诗客重来头发白，梅花如雪照晴川。

范五老（Phạm Ngũ Lão，1255—1320）出身平民，靠自己的才能和努力，成为

---

① ［越］胡元澄：《南翁梦录》，中国国家图书馆藏。

陈朝一名武功显赫的著名将领。范五老在抵御元军的战争中立有赫赫战功，被封为上将军、关内侯。他在《全越诗录》中仅存有一首《述怀》，这首经典诗歌展示了陈朝三军气吞山河之势，抒发了诗人学习诸葛亮、为国建功立业的豪情壮志：

> 横槊江山恰几秋，三军貔虎气吞牛。
>
> 男儿未了功名债，羞听人间说武侯。

范师孟（Phạm Sư Mạnh，?—?），字义夫，号畏斋，又号硖石，陈明宗时考中太学生，擢任省院，陈裕宗绍丰六年进参知政事，兼枢密院事。范师孟文武兼备，口才过人，是14世纪的外交家、军事家和有名的边塞诗人。范师孟的《硖石集》和《石山门古体诗》等已散失。在《越音诗集》和《全越诗录》等诗集中存有他的30多首汉诗，这些诗歌多数描写诗人驰骋疆场的经历和抒发自己"草写平戎第一篇"（《桃榔道中》）的情怀。他的诗风刚劲、雄浑，具有军人威武雄壮的特色。《关北》描写的是诗人的军旅生涯：

> 奉诏军人不敢留，青油幢下握吴钩。
>
> 关山老鼠谷嵝濑，雨雪上熬岚禄州。
>
> 铁马东西催鼓角，牙旗左右肃貔貅。
>
> 平生二十安边策，一寸丹衷映白头。

范师孟南征北战，铁马东西，历经千难万险，卫国戍边，头发斑白，仍壮志不已：

> 偏裨小校拥辕门，左握弓刀右属鞬。
>
> 万马千兵巡界首，高牙大纛照丘温。
>
> 关山险要明经划，溪涧藩屏广抚存。
>
> 白首谅州危制置，一襟忠赤塞乾坤。

（《上嶅》）

《上嶅》对边塞士卒的战斗生活进行了比较详尽的描述，颂扬了他们为国尽忠的高尚品质。可以说，只有像范师孟这样的戍边将领，才能如此形象地描绘出边塞军旅的生活，才能体会到将领与士卒的艰难与牺牲。

范师孟在边塞诗方面取得的成就，在越南古代文学史上无人能出其右。他的边塞诗真实再现了军旅生活，体现了军人的豪迈气概，在诗歌艺术上达到了很高的水平。《桃榔道中》等诗篇叙事与抒情相结合，抒情与绘景相结合，成为越南汉文边塞诗的典范：

> 日照征鞍月映鞭，西风旗帜正翻翻。

百千万瘴桃榔洞，九十三盘娄濑泉。

兵势军形遵圣略，蛮乡番落护穷边。

试将廊庙经纶手，草写平戎第一篇。

（《桃榔道中》）

千里巡边殷鼓鼙，藩城蛮寨一酰鸡。

涧南涧北红旗转，军后军前青兕啼。

娄濑谷深于井底，支陵关险与天齐。

临风跋马高回首，禁阙昭峣云气西。

（《支陵洞》，谅江镇经略时作）

舣船河石溯清波，泷吏争迎使斾过。

泸水藩篱洮聚落，文郎日月蜀山河。

书车万里边尘静，宇宙千年世事多。

我幸蒙恩开制阃，驱攘盗贼息干戈。

（《行郡》）

陈光启、范五老和范师孟等人的汉文诗篇充满了强烈的民族自豪感和昂扬的斗志，诗风恣肆旷达、慷慨雄浑。

上述为军人将领们慷慨激昂的诗篇，下面是义士们慷慨悲壮的诗篇，其中有刘常的《绝命诗》、裴伯耆的《上明帝诗》、邓容的《感怀》和黎景询的《无意》等。

刘常（Lưu Thường，1345—1388）年仅43岁，为忠义而视死如归：

残年四十有余三，忠义逢诛死正甘。

报义生前应不负，暴尸原上又何惭。

（《绝命诗》）

裴伯耆（Bùi Bác Kỳ，?—?）在胡季犛篡位后，请求中国明朝皇帝兴师伐胡季犛："愿兴吊伐之师，隆继绝之义，荡除奸凶，复立陈氏之后，臣死且不腐。愿效申包胥之志，哀鸣阙下，惟皇帝垂查。"（《告难表》）为此，他还赋诗两首：

孤臣忠孝效胥为，跋涉山川上帝畿。

碎首王墀滂血泪，仰祈圣主向无疵。

（《上明帝诗》其一）

陈事陵夷未可期，含冤报恨有天知。

南方臣子怀忠义，誓国捐躯伐季犛。

（《上明帝诗》其二）

邓容（Đặng Dung，?—1413/1414?）是陈季扩（重光帝）旗下的名将，抗明兵败被俘，不屈而死。邓容的《感怀》读后，令人有"出师未捷身先死，常使英雄泪满襟"的悲壮之感：

世事悠悠奈老何，无穷天地入酣歌。

时来屠钓成功易，运去英雄饮恨多。

致主有怀扶地轴，洗兵无路挽天河。

国仇未报头先白，几度龙泉戴月磨。

《感怀》淋漓酣畅，顿挫激越，显示了诗人忠心报国的崇高志向和不屈不挠的大无畏精神。15世纪诗人李子晋认为此诗"非豪杰之士不能"。16世纪初的越南诗人邓鸣谦赋诗赞颂邓容：

血战神投海水浑，灰飞茹港贼徒奔。

始终殉国心无歉，节义轰轰萃一门。

（《咏邓容》）

黎景询（Lê Cảnh Tuân，?—1416?）是一位邓容式的文人和义士。1407年，他写了一封《万言书》寄给裴伯耆，这封信后被明军截获。几年后，黎景询被明军抓住，明军认出了他就是《万言书》的作者，将其带回了中国。他有12首汉文诗存于《全越诗录》中，他的诗歌有一股豪迈气势：

无意于知便见知，此生行止岂人为！

身虽老矣志仍在，义有当然死不辞。

蹀磴扪萝更万险，上滩下濑涉千危。

四方自是男儿事，踏遍江山也一奇。

（《无意》）

黎景询身陷囹圄，"何处亲朋更何求？清梦三更频断续"，但他仍然对未来充满希望："阳回便是乾坤泰"（《至日书怀》）。邓鸣谦赋诗赞颂黎景询："上痒琴剑一书生，三策惓许国情。万里虏庭终不屈，父忠子孝两成名。"（《咏黎景询》）

13、14世纪，中越两国虽发生过几次战争，但两国人民的友好交往是主流。正如阮忠彦在《太平路》一诗中写的"胡越一家"那样："千危万险陌孤城，才到荆州地稍平。秋色重生荒戍迹，晓岚远隔趁墟声。江山有意分南北，蛮触无心用甲兵。胡越一家今日事，边民从此乐蚕耕。"

越南皇帝、诗人在与中国使臣的交往过程中还写有不少充满友好情谊的诗篇。陈太宗《送北使张显卿》："幕空难驻燕归北，地暖愁闻燕别南。"就连一些当年参战的将军如陈光启、范师孟等也与中国使臣相互赠诗，早已"一笑泯千仇"、"化干戈为玉帛"："一谈笑顷嗟分袂，共唱酬间惜对床。未审何时重睹面，殷勤握手叙暄凉。"（陈光启《送北使柴庄卿》）"大明受命兴江左，天使赍诏颁安南。"（范师孟《和大明使余贵》）

在越南诗人的诗篇里多次出现中国皇帝向安南下诏册封之事，这是中越两国宗藩关系的真实写照，同时也说明两国具有非常密切的邻邦友好关系：

> 一封凤诏下天庭，咫尺皇华万里行。
>
> 北阙衣冠争祖道，南州草木尽知名。
>
> 口衔威福君褒贬，身佩安危国重轻。
>
> 敢祝四贤均泛爱，好为卵翼越苍生。
>
> （陈光启《送北使柴壮卿李振文等》）

这一时期，中越两国交往频繁，有很多越南使臣出使中国，这些使臣留有不少诗作，如阮忠彦的诗集《北行杂录》等。阮忠彦是这一时期写"邦交诗"[①]最多的诗人，其中《邕州》、《湖南》、《岳阳楼》等诗篇值得一读：

> 豪杰消磨恨未休，大江依旧水东流。
>
> 广西刑胜无多景，岭外繁葩独此州。
>
> 故垒旌旗楼落照，空山鼓角送深秋。
>
> 从军老戎曾经战，说到南征各自愁。
>
> （《邕州》）
>
> 世途役役趁风埃，一到湖南俗眼开。
>
> 十里帆樯通舸舰，半江风月簇楼台。
>
> 云藏岳麓疏钟远，天近衡阳独雁来。
>
> 极目长沙成吊古，飘零空忆贾生才。
>
> （《湖南》）
>
> 猛拍栏杆一朗吟，凄然感古又怀今。

---

① "邦交诗"：越南现代学者陈氏冰清（Trần Thị Băng Thanh）持此提法。（越南《文学杂志》，1974年第6期）"邦交诗"又称"出使诗"，越南学者裴维新持此提法。（［越］裴维新：《越南中古文学考论》，河内：国家大学出版社，2005年版，第280页。）"邦交诗"又称"使节诗"，中国学者李岩持此提法。他认为："来往于中国和朝鲜之间的使节所作的诗歌称为使节诗。"（李岩：《中韩文学关系史论》，北京：社会科学文献出版社，2003年版，第388页。）笔者采用"邦交诗"的提法，笔者认为，"邦交诗"可分为两类：一是指越南帝王、官吏和文人在迎接来越南出使的中国使节的外交活动中与中国使节的酬唱之作。二是指越南使臣在出使中国旅途中记叙自己行程所见、所闻和所感的诗歌以及与中国文臣的酬唱之作。显然，我们界定的"邦交诗"所包括的内容范围要比"出使诗"或"使节诗"大一些，"出使诗"或"使节诗"只相当于"邦交诗"定义的第二类。

山浮鳌背蓬宫杳，水接龙涯海藏深。

景物莫穷千变态，人生安得几登临。

江湖满月孤舟在，独抱先忧后乐心。

（《岳阳楼》（其一））

阮忠彦的上述诗歌展现了他对中国山川江河、风景名胜的欣赏以及对中国历史人物的敬仰，同时也表达了他"先天下之忧而忧，后天下之乐而乐"的崇高情怀。

13、14世纪汉文诗的一个显著特点就是意境清新、韵味隽永的田园山水诗以及情景交融的感叹人生际遇等方面诗歌的大量出现，代表性诗人有阮忠彦、朱文安、陈元旦、阮飞卿等。

阮忠彦（Nguyễn Trung Ngạn，1289—1370），字邦直，号介轩，孩提时代是有名的神童，16岁中黄甲，24岁做监军，28岁出使元朝。"介轩先生廊庙器，茂龄已有吞牛志。"（胡元澄）阮忠彦一生在陈朝五个朝代中做官，对陈朝后期的军政、外交建设做出了卓越的贡献。"历事五朝天子圣，崭然簪笏面公槐。"（陈元旦《贺介轩公初摄右仆射》）阮忠彦著有《介轩诗集》，他的汉诗有84首收集在《全越诗录》中。他的田园山水诗平朴自然，无雕凿之痕。潘辉注评价阮忠彦诗歌时指出："名句甚多不可殚述，绝句尤妙，不逊盛唐。"①

萦回竹径遶荒斋，避俗柴门昼不开。

啼鸟一声春睡觉，落花无数点苍苔。

（《春昼》）

"啼鸟一声"、"落花无数"，作者在这无限春色中，享受着春天的芳香和安详，正可谓是"蛮酒一樽春睡足，觉来山色满柴扉"。（《即事》）

苍萝寒磴苦跻攀，才到松门使解颜。

一簇楼台藏世界，四时花鸟别人间。

隔林有恨猿鸣月，倚榻无言僧对山。

安得身轻除物累，紫霄峰顶伴云间。

（《安子山龙洞寺》）

"隔林有恨猿鸣月，倚榻无言僧对山"，平朴中蕴涵着深刻的含义，韵味无穷，可谓经典名句。

《追挽岑楼》是一首追忆、纪念诗人岑楼的诗歌，感情细腻、真挚：

---

① ［越］潘辉注：《历朝宪章类志·文籍志》，河内：文化教育青年部出版，译术委员会古文书库，1974年版，第124页。

平生恨不识岑楼，一读遗编一点头。

蓑笠五湖荣佩印，桑麻数亩胜封侯。

世间此语谁能道，万古斯文去矣休。

欲酹骚魂何处是，烟波万顷使人愁。

《赠诗许僧克山》一诗中除赞颂高僧的"野梅骨格"、"海鹤风姿"外，还揭示出了"诗"与"禅"的内在联系——"诗袖拂来湘水月，禅鞋踏破楚山云"：

物外飘然只一身，此间荣辱两无闻。

野梅骨格元非俗，海鹤风姿自不群。

诗袖拂来湘水月，禅鞋踏破楚山云。

不知此去分南北，族帐瓯茶几梦君。

《兴归》表达了诗人出使盼归的心情，语言平朴，情真意切：

老桑叶落蚕方尽，早稻花开蟹正肥。

见说在家贫亦好，江南虽乐不如归。

在与友人分别时，诗人千愁万绪涌上心头，很难用语言表达，只能寄予通达天际的浩荡湘江水了：

数杯别酒驿亭边，君上征鞍我上船。

独倚蓬山愁不语，一江湘水碧连天。

（《湘江赠别》）

朱文安（Chu Văn An，1292?—1370），又名朱安，字泠澈，号樵隐，是越南古代历史上首屈一指的儒学家和教育家，同时也是陈朝著名的诗人。朱文安在陈明宗至陈裕宗时期任国子监司业、国子监祭酒等职，前后共40余年。他后因皇帝沉湎声歌，荒废朝政而上疏严谏未果，愤而辞官，隐居授徒。胡元澄《南翁梦录》中《文贞耿直》讲述的就是朱文安上疏严谏未果、愤而辞官的故事："明王没，其子裕王逸豫，怠于听政，权臣稍多不法，安数谏不听，又上疏乞斩奸臣七人，皆权者。时人号为《七斩疏》。既入不报，安乃挂冠归田里。"朱文安死后被皇帝赐"文贞公"，并从祀文庙。

朱文安通经博史，学业精深，一生光明磊落，为历代所景仰。潘辉注在《历朝宪章类志》中称赞朱文安："朱安清潭人，性刚介，清修苦节，不求利达，居家读书，学业精醇。所居号文村，筑书室于潭上大阜以授徒，远近闻其名就学甚众。"[①]

---

① ［越］潘辉注：《历朝宪章类志·文籍志》，河内：文化教育青年部出版，译术委员会古文书库，1974年版，第126页。

陈元旦在《贺樵隐朱先生拜国子司业》一诗中对朱文安给予高度评价："学海回澜俗再醇，上庠山斗得斯人。穷经博史功夫大，敬老崇儒政化新。布蓑芒鞋归咏日，青头白发浴沂春。勋华只是垂裳治，争得巢由作内臣。"邓鸣谦在《咏朱安》一诗中赞扬朱文安道："七斩章成便挂冠，至灵终老有余闲。清修苦节高千古，士望岩岩仰泰山。"

朱文安的《樵隐诗集》已失传，现在我们从《全越诗录》、《皇越诗选》等诗集中找到他的12首汉文诗，每首诗歌都是精品。对此，潘辉注评价道："诗极清爽、幽逸"。

朱文安刚正不阿，决不与朝中那些奸臣同流合污："茅屋玉堂皆有命，浊泾清渭不同流。"（《次韵赠水云道人》）他要"伴轻云、枕清风"，远离尘界，挥洒世外："闲身南北片云轻，半枕清风世外情。"（《村南山小憩》）他要像海鸥一样自由自在地翱翔在广阔的大海上：

> 江亭独立数归舟，风急滩前一笛秋。
>
> 斜日吟残红淡淡，暮天望断碧悠悠。
>
> 功名已落荒唐梦，湖海聊为汗漫游。
>
> 自去自来浑不管，沧波万倾羡飞鸥。
>
> （《江亭作》）

朱文安的诗歌体现了他对生活的敏锐观察和对诗歌艺术的精到把握，如描写初夏的到来，他写了代表初夏特点的两句"燕寻故垒相将去，蝉咽新声断续来"：

> 山宇廖廖昼梦回，微凉一线起庭槐。
>
> 燕寻故垒相将去，蝉咽新声断续来。
>
> 点水溪莲无俗态，出篱野笋不凡材。
>
> 栖梧静极还成懒，岸上残书风自开。
>
> （《初夏》）

朱文安不愧为一位诗坛高手，他用词精当、含蓄，风格清淡、隽永：

> 寂寞山家镇日闲，竹扉斜拥护轻寒。
>
> 碧迷云色天如醉，红湿华梢露未干。
>
> 身与孤云长恋岫，心同古井不生澜。
>
> 栢熏半冷茶烟歇，溪鸟一声春梦残。
>
> （《春旦》）
>
> 山腰一抹夕阳横，两两渔舟畔岸行。

独立清凉江上望，寒风飒飒嫩潮生。

（《清凉江》）

《清凉江》描绘了一幅清凉江优美的风景画：夕阳西下，晚霞当空，两三条渔船沿岸划行，诗人伫立江边，飒飒寒风袭来。"寒风飒飒嫩潮生"一句，咀嚼体会，似有一种悲凉之感。

朱文安的汉文诗对仗工稳，喜用叠字："斜日吟残红淡淡，暮天望断碧悠悠。"（《江亭作》）"溪华欲落雨丝丝，野鸟不啼山寂寂。"（《望泰陵》）他的诗歌用词精当，韵律工整，足见儒学大师的文学功底：

水月桥边弄夕晖，荷花荷叶静相依。

鱼浮古沼龙何在，云满空山鹤不归。

老桂随风香石路，嫩苔着水没松扉。

寸心殊未如灰土，闻说先皇泪暗挥。

（《鳖池》）

陈元旦（Trần Nguyên Đán，1320/1325?—1390），号冰壶，平定杨日礼之乱、辅佐陈艺宗有功，被封为司徒。他在诗歌中对这段经历有所记录："操戈持笔片云身，屈指辞家恰十旬。"（《军中有感》）[1] 他的诗集《冰壶玉壑集》已不存，现有51首汉文诗存于《越音诗集》和《全越诗录》中，他的诗歌具有沉稳、深邃的艺术风格。

"三万卷书无用处，白头空负爱民心。"（《壬寅年六月作》）陈元旦的诗歌体现了忧国忧民的情怀以及对自己一生的反思和自责：

白日升天易，致君尧舜难。

尘埃六十载，回首愧黄冠。

（《题玄天观》）

陈元旦的诗歌表现了他在经过宦海风浪、人生沉浮后，看破红尘、看透一切、处乱不惊的心态：

临流茅舍板扉扃，小圃秋深兴转清。

梅早菊芳贤子弟，松苍竹瘦老公卿。

树喧风怒心难动，云尽天高眼自明。

西望烟花非昔日，莼鲈思远不禁情。

（《秋日》）

---

① 《军中有感》又称为《军中作》。

　　二老萧萧两鬓斑，同舟对酒趁龙颜。

　　海门东下千流急，天宇秋高一鸟还。

　　触景莫愁今古变，浮家自叹险夷间。

　　汨罗赤壁皆尘土，早晚归帆访故山。

　　（《东潮秋泛》）

　　"众醉我醒皆自可，杀身沽誉屈原非。"（《山中偶成》）陈元旦的诗歌散发出清高、淡远之意味：

　　雾洗烟花满禁城，黄花时节好秋成。

　　含霜玉蕊擎天重，暎日金葩照槛明。

　　喜把寒芳观晚节，任教春艳负前盟。

　　家贫不作无钱叹，铜臭今犹汗史评。

　　（《九月对菊庚御制诗韵》）

　　疏棂半掩逗霜花，银汉无光月影斜。

　　香度小铛新稻粥，烟凝古鼎熟兰茶。

　　千金难买好秋色，一去不回闲岁花。

　　晚菊早梅新富贵，青灯黄卷旧生涯。

　　（《九月三十日夜有感》）

　　在陈元旦的诗篇中，有关赠、贺朱文安、阮忠彦、阮飞卿等文人名士的诗篇具有极其珍贵的史料价值和文学价值。《赠朱樵隐》："黼冕桓圭心已灰，风霜安敢闭寒梅。白云高垒山扉掩，紫陌多歧我马隤。惠帐勿惊孤鹤怨，蒲轮好为下民回。昌期社稷天方作，肯使先生老碧隈。"《贺介轩公初摄右仆射》："玑衡炳炳岱崔嵬，景仰民归右贰台。成物功深扶泰运，擎天力大挺良才。松官耐雪苍颜旧，梅判重春老笔开。历事五朝天子圣，崭然簪笏面公槐。"《寄赠蕊溪检正阮应龙》："朔风细雨转凄凉，客舍萧萧客思长。篱下幽姿存晚节，溪边素艳试新妆。胡儿未款花门塞，裴老思归绿野堂。钓月耕云何太早，千钟万宇紫微郎。"

　　《红菊花》赞颂了菊花冲和、恬淡的疏散气质，表达诗人经历了苦闷彷徨之后而获得精神上的安详与宁静：

　　岁寒暂鲜病颜愁，万朵乡云烟素秋。

　　彭泽酒香琼斝泛，南阳泉冽绛霜流。

　　芳心颜色天然异，晚节娇姿物态尤。

　　醉把莫嫌腮颊赤，忍堪佳节不相酬。

陈元旦开创了讽喻诗的先河。"王不勤政,权臣多不法,元旦数谏不纳",乃作《寄台中僚友》:"台端一去便天涯,回首伤心事事违。九陌尘埃人易老,五湖风雨客思归。儒风不振回无力,国势如悬去亦非。今古兴亡真可鉴,诸公何忍谏书稀。"陈元旦敢于犯颜直谏的事迹,在越南历史上流传甚广,他的气节深得后人的景仰。

《深夜偶作》、《山中遣兴》两首诗歌表现了诗人拼搏一生后晚年的凄凉之情:

> 商风夜静转飕飕,一点残灯相对愁。
>
> 心绪好随吟里静,尘缘须向睡中休。
>
> (《深夜偶作》)
>
> 十年政省负秋灯,松下行吟倚瘦藤。
>
> 随马望尘无俗客,叩门问字有诗僧。
>
> 退闲绿野知何及,散给青苗谢不能。
>
> 坐待功成名遂后,一丘老骨已崚嶒。
>
> (《山中遣兴》)

阮飞卿(Nguyễn Phi Khanh,1355/1356? —1428/1429?),原名阮应龙,后改名为阮飞卿,字飞卿,号蕊溪,是14世纪末15世纪初著名的诗人。阮飞卿是陈元旦的女婿、阮廌的父亲。因为阮飞卿是平民娶陈朝宗室之女为妻,以寒族配皇族,废而不用。到胡季犛之子胡汉仓为帝时,阮飞卿才得重用。胡朝篡位,陈朝的后裔求援于明朝。明朝军队打败胡朝,阮飞卿与胡朝众官员被带到中国金陵,最后在中国去世。

阮飞卿的汉文作品《蕊溪诗集》、《阮飞卿诗文集》等均已散失,现有77首汉文诗存于《全越诗录》中,另外还有汉文散文作品《清虚洞记》和汉文赋《叶马儿赋》等。

阮飞卿才学出众,但仕途失意。他淡泊名利,对乡村野趣情有独钟:"谁道江村生计薄,桑麻绕屋绿初肥。"(《山村感兴》)在阮飞卿的汉诗创作中,描写田园风光、抒发闲情逸致的田园诗数量最多,成就最大。

《村家趣》充满了浓郁的乡村生活气息,诗人那世外桃源般的日子、悠闲自适的心情令人羡慕不已:

> 抱篱竹树万条枪,老屋弓余古寺旁。
>
> 过雨池塘蛙语聒,落花庭院燕泥香。

闲情湛湛春醪足，世路茫茫午睡长。

醒后出门携仆去，逢人只向说农桑。

（《村家趣》）

恬静优美的田园景色、惬意闲适的情感，两者完美和谐地融合在诗歌《村居》、《秋日遣兴》中，两首诗歌实乃绝妙佳作，令人吟诵难忘：

松筠三径在，岁晚薄言归。

把酒看秋色，携节步夕晖。

云空山月出，天阔塞鸿飞。

忽听昏钟鼓，呼童掩竹扉。

（《村居》）

客枕槐亭又塞鸿，如霜吟鬓欲成蓬。

闭门万里连朝雨，过眼三秋落叶风。

世态任他纨扇薄，闲愁劝我酒杯空。

西窗一枕清眠足，更咏新诗课小童。

（《秋日遣兴》）

菊花和梅花是阮飞卿在诗歌中运用的两个审美意象，诗人对菊花和梅花淡远、疏散、冰清玉洁的品质推崇备至：

霜后菊花还酒客，雪中梅意可诗人。

吟边客舍双蓬鬓，梦里天门入翼身。

（《洪州检正以余韵作述诗见复用其韵以赠》其二）

"两年寇乱一身存"（《避寇山中》）阮飞卿的晚年正逢乱世，他对世间的灾难和民众的疾苦多有体验和观察。《中秋感事》是诗人晚年思想的写照，诗歌中表现出来的不仅是个人的愁，更是人间疾苦愁，他盼望国家安宁、黎民安康：

金波似海漫空流，河汉微云淡淡收。

雨后池台多贮月，客中情绪不胜秋。

愿凭天上清光夜，遍照人间疾苦愁。

长使国家多暇日，五湖归梦到扁舟。

阮飞卿对他的岳父陈元旦可谓是敬重有加，赞颂之辞不绝于诗文。阮飞卿对陈元旦的爱民敬佩不已："祝颂岂私门下士，拳拳只为爱斯民！"（《元日上冰壶相公》）从这个侧面，我们也可判断出翁婿二人的共同志向，判断出阮飞卿的爱民思想。

阮飞卿在才学横溢的青春年华，未被重用，郁郁不得志。得到胡朝的重用，又逢乱世，自己的理想、抱负难以实现。《秋中病》是他对自己一生的回顾，诗歌荡气回肠、哀惋凄清：

> 萧萧风动转凄清，天地初秋客子情。
>
> 隆庆二年新进士，翘材三馆旧书生。
>
> 少年敢负韩忠献，多病还怜马长卿。
>
> 万事背人宵渐永，贮愁欹卧数残更。

"征鸿"意为"远飞的大雁"，诗人们常利用它寄寓自己的情怀。阮飞卿在《秋日晓起有感》一诗中，把"征鸿"作为给远方亲人传递信息的使者：

> 残梦疎疎醒晓钟，日含秋影射窗栊。
>
> 客怀拥枕欹眠后，心事焚香兀坐中。
>
> 庭外扫愁看落叶，天边洒泪数征鸿。
>
> 呜呼世道何如我？三扶遗编赋大东！

阮飞卿在《九月村居独酌》这首诗歌中运用了托物言志的艺术手法，托菊而言志。诗人在历经宦海沉浮、坎坷人生之后，最期盼的去处就是深秋时节菊花芳香的田园：

> 荒径人行秋色少，故园雨勒菊花迟。
>
> 龙山后会知何日？彭泽归心最此时。

阮飞卿的诗歌创造了一种别具一格、超凡脱俗和清雅妩媚的意境："一笻山上柱云烟，回首尘埃路隔千。雨后泉声流簌簌，天晴岚气净涓涓。"（《游昆山》）"啼鸟落花深巷永，凉风残梦午窗虚。"（《家园乐》）"雨后烟树笼笼翠，日暮红云冉冉生。"（《山中》）

阮飞卿在田园山水诗方面所取得的卓越成就，奠定了他在14世纪末15世纪初甚至在越南古代汉文诗发展史上的重要地位。

范遇（Phạm Ngộ,？—？）又名范宗遇，陈明宗时为官，清正廉洁，气节深得后人敬仰。《全越诗录》中留有他的一些汉诗，《江中夜景》是其中的代表作，也是14世纪山水诗的佳作之一：

> 凄凉夜月烟凝雪，几点哀鸿叫天末。
>
> 长江如练水映空，一声渔笛千山月。

　　诗歌运用了动静结合的手法：哀鸿啼叫与夜月，渔笛声声与水天一色。在这动静结合中，诗人用极其广阔的视野，尽收天地间的大河、群山和月亮于眼底，展现了山河的壮美：奔涌的长江蜿蜒流淌，仿佛绸缎在飞舞，与远处的天空相接，水天一色。皎洁的月光散落在千山万水之上，在这妩媚的月色中，一声嘹亮的笛声回荡在夜空。"长江如练水映空，一声渔笛千山月"，堪称越南汉文诗中的经典佳句。

　　阮子成（Nguyễn Tử Thành，?—?）的《秋日偶成》、《初春》等诗篇是情景交融、意境淡远的佳作：

>　　千村木叶尽黄落，独立西风拂鬓丝。
>
>　　岁月堂堂留不得，昨非今是只心知。
>
>　　（《秋日偶成》）
>
>　　腊梅开尽雪飘零，老大情怀节物惊。
>
>　　傍水人家杨柳嫩，寒天客院半阴晴。
>
>　　（《初春》）

　　陈公瑾（Trần Công Cẩn，?—?）的《春日游山寺》描绘了远离闹市、远离尘世、明净似画的山寺，表达了诗人对佛教世界的向往之情：

>　　杖藜扶我入禅关，花草迎人取次攀。
>
>　　院静山明窗似画，一庭芳草佛家闲。

　　越南古人有送别时赋诗酬唱的习惯，这一时期出现了较多的送别诗。黎适（Lê Quát，?—?）的《送范公师孟北使》是一首别有新意的送别诗：

>　　驿路三千君据鞍，海门十二我还山。
>
>　　朝中使者天边客，君得功名我得闲。

　　黎适和范师孟均为当时著名的文人，是志同道合的挚友。黎适在《送范公师孟北使》中采用的是对比的手法：走与还，苦与闲。作者一改送别诗通常的留恋与忧伤，有意运用了轻松、甚至调侃的语气，以此来冲淡两位好友的离愁别绪。在轻松的诗句中流露出："天边客"得来的"功名"是多么的艰难啊！诗人在心中默默祝愿好友"三千驿路"一路平安。

　　尹恩甫（Doãn Ân Phủ，?—?）的《奉使留别亲弟》一诗体现了骨肉兄弟的深厚情感，同时也表达了诗人为"忠"而舍弃"孝"、忠君报国的志向：

>　　一身北去一南还，只影茫然寄马鞍。

塞远云深鸿雁断，原头风急鹎鸰寒。

几时夜雨连床话，万斛乡愁借酒宽。

我来节旄君扇枕，从来忠孝两全难。

陈廷琛（Trần Đình Thám，?—?）的《题秋江送别图》展现了一种独特意境：浩浩离愁别绪寄予滔滔江水：

江树晴更浓，江波绿未已。

离思浩难收，滔滔寄江水。

菊花是越南诗人自得自乐、儒道双修的精神象征。陈克钟（Trần Khắc Chung，?—1330）的《咏菊》表达了诗人对菊花的赞赏之情：

骚名莫负少年时，试向花场植将旗。

入梦断无春草句，吟香喜有菊花诗。

范仁卿（Phạm Nhân Khanh，?—?）的《新竹》是越南诗人咏竹诗的经典作品之一，诗歌颂扬了竹子刚劲、挺拔和高风亮节的品质：

树得琅玕三两丛，只期岁晚伴吟翁。

筛金好看临秋月，戛玉才听递晓风。

劲节匪躬能直外，道心无欲故虚中。

客来莫怪新条短，会见霜稍拂翠空。

在越南诗人心目中，兰花是高尚人格的象征。在越南诗人吟兰诗中，谢天薰（Tạ Thiên Huân，?—?）的《兰》一诗是吟兰花的经典之作：

贫中喷出紫金身，冉冉幽香拂鼻根。

兀坐毗耶初入定，敢将俗态伴清芬。

陈朝末年的朱唐英（Chu Đường Anh，?—?），又名朱唐常（Chu Đường Thường），是一位讽喻诗人。他的《题唐明皇浴马图》是这一时期讽喻诗的杰作：

玉花照夜绝权奇，浴罢牵来近赤墀。

若使爱人如爱马，苍生何至有疮痍。

"若使爱人如爱马，苍生何至有疮痍。"在当时皇权社会中，朱唐英敢于讽刺皇帝，替民诉苦，的确难能可贵。

《题群鱼朝鲤图》："我家辽水宁溪滨，鲦鳊鳠鲔色胜银。清晨截江布巨网，雪飞玉碎殊纷纷。……"该诗开辟了越南汉文排律诗的先河。

13世纪末，陈光朝发起的"碧洞诗社"成立，阮昶、阮忆等人参加，诗社主张歌颂闲雅自在，歌咏天然景物，抨击世俗陋习。"碧洞诗社"是越南古代文学史上出现的第一个诗社，对推动当时的文学发展起到了一定作用。

陈光朝（Trần Quang Triều，1285/1286/1287?—1325），号菊堂，别号无山翁，他文武全才，被陈英宗封为文惠王。他的诗集《菊堂遗草》已不存，现有11首汉文诗存于《越音诗集》和《全越诗录》中。《舟中独酌》表达了诗人孤寂的心情：

> 秋满山城倍寂寥，家书不到海天遥。
>
> 人情疏密敲蓬雨，世态高低拍岸潮。
>
> 松菊故交嗟异路，琴书岁晚喜同调。
>
> 几多磊块胸中事，且向樽前试一浇。

陈光朝的汉诗淡远、清幽和静寂："春晚花容薄，林幽蝉韵长。雨秋天一碧，池净月分凉。客去僧无语，松花满地香。"（《嘉林寺》）

阮昶（Nguyễn Sưởng, ?—?）在《全越诗录》中现存16首汉文诗。他的《江行》写法颇为独特，用四个动词"出"、"开"、"没"和"来"展示了四个动态的镜头：

> 岸转树斜出，溪深花倒开。
>
> 晚霞孤鸟没，春雨片帆来。

阮忆（Nguyễn Úc, ?—?）在《全越诗录》中存有20首汉文诗。《春日村居》细腻、巧妙地描写了乡村田园风景："竹径荫荫草色萋，柴门深锁画烟迷。枝头花重蜂须粉，帘额芹香燕子泥。"面对春色美景，诗人没有仅仅停留在观赏上，而是自己动手，参加农作，体验劳动带来的无穷乐趣："课仆运筒浇药园，呼儿率犊试春犁。"

《题顾步鹤图》借"孤鹤"以表达诗人那种高贵幽雅、超凡脱俗和自由自在的心境，表现了诗人那种超越现实痛苦的遗世精神：

> 一堆老石竹参差，孤鹤便翩未肯飞。
>
> 回首不须防在后，纲萝正是眼前机。

《斋前盆子兰花》对风姿素雅、花容端庄、幽香清远的兰花大加吟唱、赞颂：

> 高标曾识楚辞中，一种风光九畹同。
>
> 天似有情怜寂寞，为留清馥伴吟翁。

阮忆与陈光朝在共同的文学创作生涯中结下了深厚的情谊。阮忆写有《挽司徒公》、《编集菊堂遗稿感作》、《书怀奉呈菊堂主人》等。阮忆在诗中表现了对诗友深切的思念之情："陵栢阴阴锁翠微，数声啼鸟送残晖。鼎湖波泛龙逾远，华表云深鹤未归。客路几年嗟潦倒，钧天午夜梦依稀。倚栏无限伤心事，目断山城泪暗挥。"（《编集菊堂遗稿感作》）"高会龙山迹已陈，西风回首泪沾巾。贞心却爱东篱菊，肯把清香媚别人。"（《重阳前一日到菊堂旧居有感》）

这一时期的越南汉诗诗体绝大数是五言四句、五言八句、七言四句、七言八句，而裴宗瓘（Bùi Tông Quán，?—?）的《江村秋望》则是七言十句，这也可以视为裴宗瓘汉文诗的创新。《江村秋望》描绘了一幅旅雁行行、客帆点点、佛寺红叶、竹外人家的江村秋日的美丽画卷：

溪头佛寺依红叶，竹外人家隔淡烟。

拂衣独自立江阡，秋色谁将到眼边。

旅雁行行过别浦，客帆点点落晴天。

溪头佛寺依红叶，竹外人家隔淡烟。

日暮谁知凝伫处，绿云暗野看丰年。

范迈创造性地用六言体作了一首《闲居题水墨幛子小景》，此诗颇为新奇，有令人耳目一新的感觉。小溪潺潺流水，小溪边的红树林火红一片，金色夕阳映照下的一片青山，景致美丽无比。诗人在欣赏眼前的美景后，笔锋一转："欲唤扁舟归去，此生未卜行藏"，诗句意在抒发诗人对难卜未来的远忧：

红树一溪流水，青山千里斜阳。

欲唤扁舟归去，此生未卜行藏。

范迈（Phạm Mại，?—?），又名范宗迈（Phạm Tông Mại），陈明宗时入朝为官，曾经出使中国。《北使偶成》是他出使元朝途中写的，诗歌表达了诗人身在异乡、思念故乡的炽烈情感：

野馆曾经留，吟鞭故少留。

白云当户晓，黄叶满林秋。

断雁稀家信，啼猿自客愁。

此生休更问，行止任悠悠。

《访僧》一诗中表达了诗人忙里偷闲拜访僧人的闲适心情：

摆脱尘中薄牒忙，暂携僚史访僧房。

碧溪雪净茶瓯爽，红树风多竹院凉。

徐步要穷终日兴，清谈为解十年狂。

诗禅堪破聊归去，一路蒲花荻叶芳。

黎廉（Lê Liêm，?—?）在《武林洞》一诗中灵活地运用了叠字的修辞方式，如"淡淡"、"斑斑"等，极大地丰富了越南汉文诗的表现形式：

> 野菜嫩黄风淡淡，江花凝碧雨斑斑。
>
> 金光人去无消息，九曲云溪朝暮闲。

13、14世纪，儒学较11、12世纪有很大的发展，处于上升时期。但佛教仍占统治地位，佛教在社会文化生活中依然盛行，佛教对当时越南社会、文化和文学诸方面的影响依然很大。这一时期，越南各代帝王虽以儒臣治国，但帝王宗亲仍崇信佛教。陈太宗"凡遇机暇，聚会耆德，参禅问道，及诸大教等经，无不参究。"①陈仁宗笃志禅学，日理朝政，夜至宫内资福寺研习禅学，后禅位出家。黎嵩《越鉴通考总论》记载："陈家历代，凡十二帝，以堂堂之天子而为竹林之禅，以天子为大夫，以妃嫔为丘尼，以王主为僧众，陈家之事佛笃矣。"②陈朝帝王们对佛教的崇信在某种程度上强化了佛教在社会、文化和文学中的地位。

这一时期，佛教对汉文诗歌的影响虽较前期有所减弱，但对其作用仍不可低估。在诗坛上，慧忠上士、玄光和法螺等就是佛教诗人的代表。

慧忠上士（Tuệ Trung Thượng Sĩ，1230—1291）是13世纪著名的禅师和诗人，他原名陈嵩（Trần Tung），又名陈国嵩（Trần Quốc Tung），法号慧忠，人们称其"慧忠上士"。他"少禀质高亮，纯懿知名，赐镇洪路军民。两度北寇犯顺，于国有功，累迁海道太平寨节度使。"他"器量渊深，风神闲雅。佩觿之岁，酷慕空门。"③陈仁宗有《赞慧忠上士》诗云："望之弥高，钻之弥坚。忽然在后，瞻之在前。夫是之谓，上士之禅。"慧忠上士留有汉文诗歌多首，其中，《出尘》和《脱世》表达了诗人离开恼人的尘世之后轻松愉悦的心情：

> 曾为物欲役劳躯，摆落尘嚣世外游。
>
> 撒手那边超佛祖，一回抖擞一回休。
>
> （《出尘》）
>
> 翻身一掷出焚笼，万事都庐入眼空。
>
> 三界茫茫心了了，月华西没日升东。
>
> （《脱世》）

《世态虚幻》感叹人生如南柯一梦、西月沉空、东流赴海，感叹世间虚幻、时

---

① ［越］陈太宗：《禅宗指南》，载：陈黎创：《越南文学总集》第二集，河内：社会科学出版社，1997年版，第33页。

② 郑永常：《汉文学在安南的兴替》，台北：台湾商务印书馆发行，1987年版，第213页。

③ ［越］陈仁宗：《上士行状》，载：陈黎创：《越南文学总集》第二集，河内：社会科学出版社，1997年版，第389页。

光如梭、一去不复还：

> 衣狗浮云变态多，悠悠都付梦南柯。
>
> 霜容洗夏荷方绽，风色来春梅已花。
>
> 西月沉空难复影，东流赴海岂回波。
>
> 君看王谢楼前燕，今入寻常百姓家。

慧忠上士的人生是"出世"与"入世"的交织，他的诗歌正是这种人生思想的真实反映。如果说《出尘》、《脱世》是体现"出世"思想的诗篇，那么《涧底松》和《入尘》则是体现"入世"思想的诗篇：

> 最爱青松种几年，休嗟地势所居偏。
>
> 栋梁未用人休怪，野草闲花满目前。
>
> （《涧底松》）
>
> 迢迢阔步入尘来，黄色眉头鼎鼎开。
>
> 北里忧游投马胎，东家散诞入驴胎。
>
> 金鞭打趁泥牛走，铁索牵抽石虎回。
>
> 自得一朝风解冻，百花仍旧泪春台。
>
> （《入尘》）

《放狂吟》所表现出来的正是慧忠上士修炼佛禅所达到的境界：不为物累，不为世困，放浪形骸于天地间，无拘无束，潇洒自在，"乐吾乐兮布袋乐，狂吾狂兮普化狂"：

> 天地眺望兮何茫茫，
>
> 杖策优游兮方外方。
>
> 或高高兮云之山，
>
> 或深深兮水之洋。
>
> 饥则餐兮何罗饭，
>
> 困则眠兮何有乡。
>
> 兴时吹兮无孔笛，
>
> 静处焚兮解脱香。
>
> 倦小憩兮欢喜地，
>
> 渴饱啜兮逍遥汤。
>
> 为山作邻兮牧水牯，
>
> 谢三同周兮歌沧浪。

访曹溪兮揖庐氏，

谒石头兮气侪老庞。

乐吾乐兮布袋乐，

狂吾狂兮普化狂。

呬呬浮云兮富贵，

吁吁过隙兮年光。

胡为兮官途险阻，

叵耐兮世态炎凉。

深则厉兮浅则扬，

用则行兮拾则藏。

放四代兮莫把捉，

了一生兮休奔忙。

适我愿兮得我所，

生死相逼兮于我何妨！

（《放狂吟》）

"生死相逼兮于我何妨"，此等崇高的境界非大彻大悟的慧忠上士所不能达到，此等洒脱的诗歌非修炼到家的慧忠上士是很难写得出来的。《放狂吟》所包含的精髓正是佛教禅宗派的宗旨："教外别传，不立文字，直指人心，见性成佛。"同时也暗和了禅宗的修行之道："不起一切心，诸缘尽不生，即此身心便是自由人。"

《江湖自适》是诗人在清风明月、绿水青山的大自然中逍遥自在、自由、自适心情的写照：

湖海初心未始磨，光阴如箭又如梭。

清风明月生涯足，绿水青山活计多。

晓挂孤帆凌汗漫，晚横短笛弄烟波。

谢三今已无消息，留得空船阁浅沙。

《颂圣宗道学》一诗高度评价了陈圣宗高深的道学造诣："圣学高明达古今，窃然龙藏贯花心。释风既得开拳宝，祖意将无透水针。智拔禅关道少室，情起教海跨威音。"诗歌也指出圣宗道学并未被常人所认识："人间只见千山秀，谁听猿啼深处深。"在这里，慧忠上士形象地把陈圣宗的道学比作崇山峻岭深处的猿声，以此说明人们只是看到表层的东西，并未认识到陈圣宗道学的高远、深邃。

慧忠上士的汉文诗取得了斐然成就，堪称佛界诗人的佼佼者，其风格独树一帜，个性色彩鲜明。

玄光（Huyền Quang，1254—1334），原名李道载（Lý Đạo Tài），法号玄光。他学识渊博，具有外交才能，在为官之时，"奉接北使，文书往复，援引经义，应对如流。文章言语，拔于上国，及四邻之邦。"[①] 玄光在随帝游永严寺、见法螺禅师行法后，幡然悔悟，"上表辞职，求出家修行学道。时上方崇佛教，竟得到允旨。乃受教于法螺禅师，法号玄光。"后来玄光成为"竹林派第三祖"。玄光"博学广览，甚精其道，僧尼从游学，殆至千人。"[②] 玄光的汉文诗充满浓厚的书卷气和佛教意味。诗歌《示寂》《山宇》表达了他皈依佛禅后"万缘截断"、"禅心一片"、矢志不移的信念：

> 秋风午夜拂檐牙，山宇萧然枕绿罗。
>
> 已矣成禅心一片，虫声唧唧为谁多。
>
> （《山宇》）
>
> 万缘截断一身闲，四十余年梦幻间。
>
> 珍重诸人休借问，那边风月互还宽。
>
> （《示寂》）

《安子山庵居》描绘了安子山这座佛教圣地的美丽景色，诗歌意境隽永、耐人寻味：

> 庵逼青宵冷，门开云上层。
>
> 已竿龙洞日，犹尺虎溪冰。
>
> 抱拙无余策，扶衰有瘦藤。
>
> 竹林多宿鸟，过半伴闲僧。

《午睡》一诗展现了诗人皈依佛教后纯净、闲适的心境：

> 雨过溪山净，枫林一梦凉。
>
> 反观尘世界，开眼醉茫茫。

《梅花》一诗表达了诗人借苍茫大地风雪中傲视枝头、冰洁凛然的梅花，言喻自己屹立于尘世之外脱俗、高洁的情怀：

> 欲向苍苍问所从，凛然孤峙雪山中。
>
> 折来不为遮青眼，愿借春思慰病翁。

"竹林派第二祖"的法螺（Pháp Loa，1284—1330）留有一首《入俗恋青山》：

---

① 《三祖实录》，载：陈黎创：《越南文学总集》第二集，河内：社会科学出版社，1997年版，第392～393页。

② 《三祖实录》，载：陈黎创：《越南文学总集》第二集，河内：社会科学出版社，1997年版，第393～394页。

疏瘦穷秋水，巉岩落照中。

昂头看不尽，来路又重重。

无名氏的汉文七言叙事诗《香笈行》是这一时期越南汉文叙事诗的代表作，它叙述了颜如玉与李国花的爱情故事。诗篇首先交代了故事发生的地点——同春街市，接着描绘了女主人公颜如玉的容貌：

张家有女颜如玉，窈窕丰姿才十六。

花容粉腻晕生红，云发膏匀眉漾绿。

雪梅骨格玉精神，春风倦倚曲木栏。

一日，男主人公李国花游春偶遇颜如玉，暗生爱恋之心：

绰约楼前露簏尖，光如月下乘鸾女。

游春何处李家郎，走马天衢隔绿杨。

绿杨影里时一见，楼前下马空傍徨。

佳人便上高楼去，绿窗朱户不知处。

李国花托张家的侍女将自己的求爱信转交颜如玉：

日暮云前买粉回，问之道是张家婵。

殷勤来托心中事，生乃姓李名国花。

本是长安贵游子，行年二十好读书。

足曾不到平康里，昨游才见你家娘。

琴心欲会求凤意，袖中搜出碧花笺。

颜如玉读罢李国花的信，芳心为之一动，便托侍女约李国花花园见面。两人欣然相会，后约定三月三日河桥上见：

幸娘携向阿娘叙，阿娘读罢动芳心。

绿瘦红销不自禁，花影半帘春寂寂。

香烟孤帐夜沉沉，玉指裁成书半幅。

在令红杏传消息，李郎踏月到花园。

欣然一见如旧识，低声偷语怕人知。

款曲情怀别义思，三月三日河桥上。

三月三日晚上，事与愿违，李国花因故耽搁，直到很晚才出来。颜如玉见李国花失约，便把自己的一只鞋留在桥上，待李国花来认。五更时，李国花来到河桥，见只有一只鞋，以为颜如玉已经不幸坠河而亡，便晕厥过去：

夜半无人相会时，谁知人事难如愿。

金吾不与李郎便，阿娘独向河愀来。

嗟我怀人犹未见，可怜桥上月团团。

遂留只箧表深情，直待李郎来细认。

五更始放李郎行，行到河桥天未明。

忽闻楹外青香发，四顾无人正愁绝。

血干肠断情未已，抱箧长眠扶不起。

香魂飞上张家楼，桥边遂作相思死。

陈少师"知是怀春男女思，为将只箧随处觅。才到张家果得之。"姑娘认出李郎，抱尸体而痛哭。被哭声所动，李郎醒来。李国花和颜如玉终成良缘，故事以大团圆结尾："遂将六礼展芳筵，红叶绸缪契旧缘。"

《香箧行》虽篇幅不长，但讲述了一个完整的爱情故事，塑造了两个丰满的人物形象，他们真挚浪漫，为情而死，感动天地。

黎崱（Lê Trắc，？—？）的《图志歌》是一首七言咏史诗，它用凝练的语言记叙了越南自古至陈朝的历史："安南版图数千里，少是居民多山水。东邻和浦北宜邕，南抵占城西大里。古来五岭号蛮夷，肇自隋唐有交趾。其在成周为越裳，重译会来共白雉。秦名象郡汉交州，九真日南接其地。汉初赵佗总雄据，乃命为王免诛徒……"

从越南诗人创作的汉文诗中，我们可以看出，越南诗人对中国文化可谓是了如指掌，对汉文诗艺术烂熟于心，中国典故信手捻来："一段离情禁不得，津头折柳又斜阳。"（阮忆《送人北行》）"陶令归心带松菊，少陵吟兴动江山。"（范迈《题隐者所居和韵》）"百二山河起战锋，携将子弟入关中。烟消函谷珠宫冷，雪散鸿门玉斗空。一败有天亡泽左，重来无地到江东。经营五载成何事，销得区区葬鲁公。"（胡宗鷟《题项王祠》）"习池何处招山简？杜曲无钱觅广文。"（阮飞卿《城中有感寄呈同志》）

"南朝人物总能文"（范师孟《送大明国使余贵》）。13至14世纪，诗人有近百位，汉文诗数量较前大为增加，五绝、五律、七绝、七律等诗体已完全成熟，其中，七绝、七律采用最多，成就也最大。

14世纪，越南国势兴隆，文人为赋之风渐盛，赋篇较多，主要作品有张汉超的《白藤江赋》、莫挺之的《玉井莲赋》、范迈的《千秋鉴赋》、阮汝弼（Nguyễn Như Bật，？—？）的《观周乐赋》、阮法（Nguyễn Pháp，？—？）的《勤政楼赋》、陶师锡（Đào Sư Tích，？—？）的《景星赋》、陈公瑾的《蟠溪钓璜赋》、史希颜（Sử Hy Nhan，？—？）

的《斩蛇剑赋》、阮伯聪（Nguyễn Bá Thông，?—?）的《天兴镇赋》、阮飞卿和段春雷（Đoàn Xuân Lôi，?—?）均单独作有《叶马儿赋》等，其中名篇当推张汉超的《白藤江赋》和莫挺之的《玉井莲赋》。

张汉超（Trương Hán Siêu，?—1354），字升甫，是陈朝的一位名儒，也是著名的作家和诗人。陈英宗时，张汉超为翰林学士，陈裕宗时为参知正事，张汉超受到陈朝几代皇帝厚遇。他去世后，陈艺宗将其供奉在文庙。张汉超留有赋、诗和碑文等，他文学上的最高成就体现在汉文赋领域。

《白藤江赋》以纵横恣肆的笔锋，描绘了发生在白藤江上几次有名的抵御外敌的战役，追忆、歌颂了越南的抗敌民族英雄：

客有：挂汗漫之风帆，拾浩荡之海月。朝戛舷兮沅湘，暮幽探兮禹穴。九江五湖，三吴百粤。人迹所至，靡不经阅。胸吞云梦者数百，而四方之壮志犹阙如也。乃击楫乎中流，纵子长之远游。涉大滩口，溯东潮头。抵白藤江，是泛是浮。接鲸波之无际，蘸鹢尾之相缪。水天一色，风景三秋。渚荻岸芦，瑟瑟飕飕。折戟沉江，枯骨盈丘。惨然不乐，伫立凝眸。念豪杰之已往，叹踪迹之空留。江边父老，谓我何求。或扶藜杖，或棹孤舟，揖余而言曰：此重兴二圣擒乌马儿之战地，与昔时吴氏破刘弘操之故洲也。

当其：舳舻千里，旌旗旖旎。貔貅六军，兵刃蜂起。雌雄未决，南北对垒。日月昏兮无光，天地凛兮将毁。彼必烈之势强，刘龚之计诡。自谓投鞭，可扫南纪。既而，皇天助顺，凶徒披靡。孟德赤壁之师，谈笑飞灰。符坚合肥之阵，须臾送死。至今江流，终不雪耻。再造之功，千古称美。虽然，自有宇宙，固有江山。信天堑之设险，赖人杰以奠安。孟津之会鹰扬若吕，潍水之战国士如韩。惟此江之大捷，由大王之贼闲。英风可想，口碑不刊。怀古人兮陨涕，临江流兮厚颜。行且歌曰：大江兮滚滚，洪涛巨浪兮朝宗无尽。仁人兮闻名，匪人兮俱泯。

客从而歌曰：二圣兮并明，就此江兮洗甲兵。胡尘不敢动兮，千古升平。信知不在关河之险兮，惟在懿德之莫京。

《白藤江赋》是一篇对仗讲究、语言凝炼的韵赋。它抚今追昔，纵横驰骋，"胸吞云梦"，引用历史上的赤壁之战、合肥之战等来比喻白藤江之战的波澜壮阔、气势磅礴。

张汉超除留有《白藤江赋》赋外，在《全越诗录》、《皇越文选》中留有一些汉文诗，《化州作》是他在去世前一年镇守化州时所作："玉京回首五云神，零落残生苦不禁。已辨荒郊埋病骨，海天草木共愁吟。"《菊花百咏》则以菊花为题，抒发自己的人生感慨："重阳时节今朝是，故国黄花开未开。却忆琴樽前日雅，几回骚首赋归来。""去年今日有花多，对客愁无酒可赊。世事相违每如此，今朝有酒却无花。"

莫挺之（Mạc Đĩnh Chi，1272?—1346?）是陈朝著名作家和诗人。1304年，他考中状元，后为尚书之职，曾经出使元朝。他的汉文作品主要以赋和诗而著称。史料记载：他在举子考试中分数很高，但皇帝因为他长得丑，不想录取他，他便作《玉井莲赋》献皇上。《玉井莲赋》采用主客对话方式展开赋文，作者自比"太华峰头玉井莲"，表达了自己高洁无比、傲世独立的情怀：

客有：隐几高斋，夏日正午。临碧水之清池，芙蓉之乐府。忽有人焉：野其服，黄其冠。迥出尘之仙骨，凛辟毂之臞颜。问之客来，曰从华山，乃授之几，乃使之坐。破东陵之瓜，荐瑶池之果。载言之琅，载笑之禠。即而目客曰：非爱莲之君耶。我有异种，藏之袖间。非桃李之粗俗，非梅竹之孤寒，非僧房之枸杞，非洛土之牡丹，非陶令之东篱之菊，非灵均九畹之兰，乃泰华峰头玉井之莲。客曰："异哉！岂所谓藕如船兮花十丈，冷比霜兮，甘比蜜者耶？"昔闻其名，今得其实。

道士欣然，乃袖中出。客一见之，心中幽郁郁，乃拂十样之笺，润五色之笔，以为歌曰：架水晶兮为宫，金凿琉璃兮为户。碎玻璃兮为泥，洒明珠兮为露。香馥郁兮层霄，帝闻风兮女慕。桂子冷兮无香，素娥纷兮女妒。采瑶草兮芳洲，望美人兮湘浦。蹇何为兮中流，盍相返兮故宇。岂瀩落兮无容，叹婵娟兮多误。苟予柄之不阿，果何伤乎风雨。恐芳红兮摇落，美人来兮岁暮。

道士闻而叹曰："子何为哀且怨也？独不见凤凰池上之紫薇，白玉堂前之红药。忧地位之清高，蔼声名之昭灼。彼皆见贵于圣明之朝，子独何之为骚人之国。"于是，有感其言，起敬起慕。哦诚斋亭上之诗，赓昌黎峰头之句。叫阊阖以披心。敬献玉井莲之赋。

莫挺之的汉文诗虽不及赋有名，但也有一些值得一提的汉文诗，如《过彭泽访陶潜旧居》、《喜晴》、《晚景》和《早行》等。在《过彭泽访陶潜旧居》一诗中，莫挺之对陶潜"不为斗米折腰"的精神深表钦佩："自性本闲旷，初不比碌碌。斗米肯折腰，解印宁辞禄。扶疏五株柳，冷澹一篱菊。廖廖千载后，清名吾可服。"《喜晴》描绘了春暖花开、柳树垂青的妩媚春景："好景明人眼，江山正豁然。烟笼初出日，波漾嫩晴天。岸柳垂金节，汀花扑画船。凄凉宽旅思，和暖喜新年。"《晚景》呈现了渔湾傍晚的美景："空翠浮烟色，春蓝发水纹。墙鸟啼落照，野雁送归云。渔火前湾见，樵歌隔岸闻。旅颜悲冷落，借酒作微醺。"

除张汉超的《白藤江赋》和莫挺之的《玉井莲赋》外，范迈的《千秋鉴赋》、阮汝弼的《观周乐赋》、史希颜的《斩蛇剑赋》、阮飞卿的《叶马儿赋》等赋篇，读来颇有韵味与意境。

范迈的《千秋鉴赋》和阮汝弼的《观周乐赋》是两篇以历史为鉴、观照现实的劝诫性汉文赋。《千秋鉴赋》："太宗有魏征而为鉴也，胡为不能致贞观；三十年之太平明黄赤有九龄为鉴也，胡为不救天宝末年之颠踬。顾所用之如何，窃有感于李唐之事。方今，祥开瑞旦庆协昌期，万年亿年俾寿一日二日惟几，鉴于先王则有祖宗之成宪，鉴于往事则有耆艾之光辉，以治乱为鉴者孰美孰恶，以得失为鉴者孰妍孰媸。"《观周乐赋》："是知：以德观乐，唯贤者然后能之。外乐求德，彼俗流安能识此。料季子之心，恨不亲见于当年。而季子之叹，益深有望于来世。方今：时登圣哲，运属休明。功成治定，制作斯兴。放淫哇而存雅乐，谐庶尹而格百灵。凤仪兽舞，马负小臣何幸，获亲睹于今日，岂但如季子，徒念其遗声也哉！"

史希颜的《斩蛇剑赋》是一首歌颂化干戈为玉帛、太平盛世的赋篇："厥今圣朝，升平极治。混四海于一家，同车书于文轨。包干戈以虎皮，销锋镝为农器。和气盎乎九州，仁风熏乎两际。子方翱翔凤仪之庭，舞蹈奏韶之地。……赋者喜而歌曰：剑乎！剑乎！不祥之器！圣人不得已而用之，诚非所贵。猗欤圣朝，崇文盛世，天下一统兮，安然无事，纵有是剑兮，将焉用彼。"阮飞卿的《叶马儿赋》以物推及人，颇有新意："观树叶则思械朴作人之方，菁莪育才之义；玩马儿则念驹虞麟趾之仁，关睢鹊巢之美。"

越南的汉文赋模仿中国汉赋，篇章结构、遣词造句等极为地道、娴熟，显示出很高的艺术水平。

13世纪初至14世纪末，汉文灵怪故事类文言散文作品开始出现，值得提及的是《粤甸幽灵集》。《粤甸幽灵集》由陈朝李济川（Lý Tế Xuyên, ?—?）所著，成书于1329年，即陈宪宗开佑元年。李济川在《粤甸幽灵集序》中说明了编书的宗旨："古圣人曰：'聪明正直足以称神。'非淫神邪祟者得滥称焉。我皇越宇内，庙食诸神，古来多矣，求其能彰伟绩阴相生灵者，有几名哉？然其所从来，品类不一，或山川精粹，或人物英灵，腾气势于当时，纵英灵于未造。若不记其实，则朱紫难明，且随其浅见卑闻，笔札于幽部，苟或好事者，倘属正绪，是所望也。"①

《粤甸幽灵集》叙述的是越南本土各地祠庙供奉的各代人君、各朝人臣等诸神、

---

① 陈庆浩、王三庆：《越南汉文小说丛刊》第二辑第二册，法国远东学院出版，台北：台湾学生书局印行，1992年版，第3页。

诸圣显灵的故事，共28个篇目，分为三类：

一类是历代人君：嘉应善感灵武大王（士燮）、布盖孚佑彰信崇义大王（布盖大王）、明道开基圣烈神武皇帝（赵光复）、英烈仁孝钦明圣武皇帝（李南帝）、天祖地主社稷帝君（后稷）、征圣王（征侧）、贞烈夫人（占城王之妃）。

二类是历代人臣：威明勇烈显佐圣孚佑大王（李光，李太宗第八子）、校尉英烈威猛辅信大王（李翁仲）、太尉忠辅勇武威胜公（李常杰）、保国镇灵定邦城隍大王（苏百）、洪圣佐治大王（范巨俩）、都统匡国王（黎奉晓）、太尉忠惠公（穆慎）、却敌威敌二大王（张旰、张喝）、证安佑国王（李服蛮）、回天忠烈王（李都尉）、果毅刚正王（高鲁）。

三类是浩气英灵：应天化育元君（后土夫人）、广利大王（龙度）、盟主昭感大王（铜鼓山神）、开元显威大王（天神）、冲天威信大王（土神）、佑圣显应王（山精）、开天镇国王（藤州土神）、忠翊威显大王（土令长）、善护国公（海济郡土神）、利济通灵王（火龙之精）。

历代人君部分的《布盖孚佑彰信崇义大王》叙述了越南民间流传甚广的布盖大王生平事迹以及历代奉祀情况：

按赵公交州记：王姓冯名兴，世为唐林州夷长，号郎官。王豪富，有勇，能搏虎。其弟名骇，亦有力，能负千斤石，行十余里。诸獠皆畏其名焉。唐代宗大历中，安南都护府军作乱，王因率服诸邻邑，而有其地。王改名区老，称都君；骇改名巨力，称都保。王用唐林人杜英翰之计，以吴兵袭唐林州，威名大振。时安南都护高士平攻之不克，忧闷成疾而死。都府无人。王入府，垂衣而治。

七年王薨。众欲立骇，王之将蒲披勤不从，乃立王之子安，率众拒骇。骇遂迁朱岩，后不知所之。安尊父为布盖大王。因夷俗呼父曰布、母曰盖，故以名焉。唐拜赵昌为安南都护，昌入境，招谕。安率众降，诸冯遂散。

初，王既薨，英灵显赫，众以神事之，立庙在都府之西。凡有奸盗及疑狱，诣庙前盟。即见显应，香火日盛。吴先主时，北兵入寇，吴主忧之。夜梦王来助，督进兵。吴主异之，遂进兵，果有白藤胜状。吴主命建庙庄严，备其铜鼓、歌舞、音乐、太牢缩谢之。历朝沿之、遂成古礼。陈重兴元年，敕封"孚佑大王"。四年，加"彰信"二字。兴隆二十一年，加"崇义"二字。

历代人臣部分的《太尉忠辅勇武威胜公》叙述了李朝著名将领李常杰南伐北战的赫赫战功以及死后的奉祀情况：

按史记：公姓李名常杰，泰和坊人，崇班郎将李语之子也。公多谋略，有将才，少时充黄门祗候。李太宗朝，为内侍都知。圣宗朝，为太保。时帝亲征占城，命公为先锋，获占主制矩。公以功封辅国太傅，遥授诸镇节度，同中书门下上柱国，天子义弟，辅王大将军，开国公。迨仁宗即位，加封辅国太尉。英武昭胜初，宋人欲侵边，帝命公将兵先攻钦、廉等州克之。后宋人来侵边，取武平源。公戮力筑城，于石心渡拒之。寻克复之，遂班师。帝下诏褒赏。

及公卒，封福神。陈重兴元年，封"忠辅公"。四年，加"勇武"二字。隆兴二十一年，加"威胜"二字。

浩气英灵部分的《应天化育元君》叙述了越南民间流传甚广的后土夫人神怪故事：

元君南国地祇也。李圣宗征占城时，船至环海，遭风波不能行。夜梦一女人，白衣绿裙，束带淡妆，轻步帝前曰："妾是地精，假名于木久矣。待时而起，今其时也。倘能奉祀，不惟征占成功，且于国家有利。"帝觉喜，召左右，语以事。僧惠林奏曰："若曰假名于木，求之林中可也。"帝然之，命求诸山崖中，得一木。头肖人形，其色如梦中所见之衣服者。帝命名曰："后土夫人"，置御船中，风波乃平。帝进征占城，得胜凯还。至旧处，命立庙。忽风波又起。惠林奏曰："且迎回京师。"帝依奏，风波遂息。及至京师，卜立祠，得于安郎乡，遂立祠祀之。英宗时，岁大旱，群臣请立园丘于南郊，祭元君为坛主。是夜帝梦元君来，言部属有勾芒神，善行雨。帝喜而觉，天大雨如澍。议以社稷配天，后土配地。敕自今以后，此立春之土牛，纳于元君祠下，以勾芒神为其部属也。陈重兴元年，敕封"后土地祇夫人"。四年，加"元忠"二字。兴隆二十一年，加"应天化育"四字。

《粤甸幽灵集》每篇的叙事方式均为：先讲述每位神仙的简略生平，再叙述每位神仙的显灵事迹，而后记叙每位神仙的封号。作者虽然是记叙神仙之事，但对神仙的来历考据史料、引经据典，颇似历史传记的行文方式。

胡元澄（Hồ Nguyên Trùng，?—?），又名黎澄（Lê Trừng），是15世纪初期的文人，留有《南翁梦录》。该书是一部记叙越南封建帝王、文人和名士的遗闻趣事并附有评论的故事集。作者在序言中说明了该书的写作宗旨："十室之邑，必有忠信如丘者焉。况交南人物自昔蕃盛，岂可以偏方而遽谓无人乎哉！前人言行，才调，多有可取者，至于兵火之间，书籍灰烬，遂令泯灭无闻，可不惜欤？兴思及此，寻绎旧事，遗亡殆尽，犹得百中之一二，集以为书，名之曰《南翁梦录》，以备观览，一以扬前人之片善，一以资君子之异闻，虽则区区于小说，亦将少助于燕谈。或问余曰：'君所书者，皆是善人，平生闻见无不善乎？'余应之曰：'善者，我所乐闻，故能记之；不善者非无，吾不记耳'。曰：'录以梦名，其义安在？'曰：'彼中人物，昔甚繁华，时迁事变，略无遗迹，惟我一人知而道之，非梦而何？达人君子其知之乎？南翁，澄自谓也！'"①《艺王始末》、《诗酒惊人》、《文贞鲠直》、《明空神异》等篇目，故事性较强，颇有文学意味。

《艺王始末》的故事摘来以飨读者：安南陈家第八代王讳叔明，明王第三子，次妃黎氏所生也。为王子时，号曰恭定，性淳厚孝友，恭俭明断，博学经史，不喜浮华。陈家旧例，有子既长，即使承正位，而父退居北宫，以王夫尊称，而同听政，其实但传名器以定后事，备仓卒尔，事皆取决于父，嗣王无异于世子也。初，明王庶长子既立，是为宪王，而嫡子始生，长曰恭肃，痴昧不任人事。次日禄星，年未出幼而宪王殁，且无嗣，禄星承父命继立，是为裕王。庶兄恭靖太尉，恭定拜左相。恭定忠信诚确，事君与亲，谨慎毫发，人无间言。接物不亲不疏，临政无咎无誉。明王弃世，居丧三年，泪不干睫珍味，自此绝不到口。事裕王十有余年，裕王夭而无嗣。大臣议曰："左相甚贤，然兄无嗣弟之义。"乃以国母令召立恭肃子忘名为王。是时，恭肃亦已早世。子既立，以众议，进拜太尉为太军，左相为太师，左相弟恭宣为右相。恭肃子少不学，好侠。人言妾母私通外人杨氏所生，故为宗族素所轻贱。既嗣位，居丧无戚容，举动多失礼，擢用亲昵小人，蔑视祖父，卿士不满，期年宗族无状者相与作乱，既捕获诛戮，连累枉杀甚众。又潜谋尽去陈氏之有名目者，乃杀太宰于家，太师夜遁。迄旦宗族官僚尽挈家奔，都城为之萧索。太师间道得至穷边蛮峒，意欲自尽，左右持之。峒人留寓旬月，人颇知之。宗族官僚相继寻至。恭肃子遣军追捕者亦尽归投。右相唱率群僚劝请还都，以清君侧。太师呜咽谢曰："诸君早返城邑，善护明君，易乱致治，尊安社稷，某死亦受赐。某得罪于主，脱身逃窜，待毙山林，幸矣，岂敢有他，诸君幸勿相逼。"众皆喧哗不已，再三恳切上书誓死无易，逼请就途，肩举出山。远近云集，欢声震天。将至都三百里，老将阮吾郎教恭肃子出手书罪已辞位，已而拥出迎谢。恭肃子伏地请罪。太师亦仆地，相抱恸哭尽哀，曰："主上何至如此？臣之不幸，岂意有今日也！"右相拔剑厉声曰："天命讨罪，罪人安得多言？相王岂可以煦煦之仁失于大义？"乃此将军掖去，促有司备礼奉太师即王位，废恭肃子为昏德公。王入城谒庙，涕泣告曰："今日之事非臣意所及。以社稷故，不得辞免。有乖忠孝，渐惧在怀。愿自黜尊荣以少酬素志。"乃下令勿用王车举，衣服器物黑漆，无以金宝丹朱。其

---

① ［越］胡元澄：《南翁梦录》，中国国家图书馆藏。

余饮食服用依前节俭，终身之丧殁世无改。乃革乱政，率旧章，明赏罚，用贤良。以己子不才难堪大事，期年使弟右相嗣位，而同听政，是为睿王……

《诗酒惊人》的故事是这样的：演州人胡宗鷟少年登科颇有才名。初未甚显。适至元宵，有道人黎法官者张灯设宴以延文客。宗鷟受简请题，一夜席上赋诗百首，饮酒百杯，众皆环视叹服，无与敌者。自是名震都下。后以文学为人师匠。事陈艺王，官至翰林学士，承旨兼审刑院使。诗酒无虚日。年八十余，寿终于家。

汉文散文作品有碑记、檄文、史记和佛教著作等，这些作品的相继出现标志着汉文散文作品的不断发展。

碑记有阮飞卿的《清虚洞记》、张汉超的《浴翠山灵济塔记》、《开严寺碑记》、黎适的《北江沛村绍福寺碑记》、胡宗鷟的《慈恩寺碑铭并序》、范师孟的《崇严事云磊山大悲寺》（又名《崇严寺大悲岩记》）等。

阮飞卿的《清虚洞记》是以颂扬其岳父陈元旦为主旨的散文作品，文中对陈元旦给予了高度评价："我冰壶相公以天钟岳降之才，耆蔡皇谟，栋梁宗社。顷遭大定之变，有清内难之功。""今我相公，其始也天既以功名之会付之，其终也天又以泉石之趣委之，无成功不退之嫌，无退休难必之叹。是其出与处，动与乐，皆以天也。"接着叙述了清虚洞的来历："于是乃奏乞昆山荒闲之地一区，规为退休之舍。"之所以将之命名为"清虚洞"，作者分析道："贤达者之出处，其动也以天，其乐也以天。天者何？一至清至虚至大而已。四时成岁而不显其功，万物蒙恩而不显其迹，非至清至虚至大者畴若是乎？"

张汉超的《浴翠山灵济塔记》将记述历史、评论与描绘名胜风景相结合，是文学意味较浓的一篇散文作品。文章一开头是这样描写的："吾乡多胜景。少时游览，足迹殆遍。尝舍舟登此山，扪其崖碑，剥苔认读，则知故塔乃阮朝广佑七年辛未所建也。及陟嵚岑上嶒巅但见残砖废址委黦于丛乱石间，不觉愀然、长叹。何兴亡成败才二百数十余年，遽成陈迹，将从而磨灭耶。又有作者否耶。自有宇宙，便有此山。登临而同尽者不知其几也。"文中作者对佛教进行了抨击："余谓释伽老子以三空证道，灭后未时，少奉佛盅或众生。天下五分，僧刹居其一。废灭彝伦，虚费财宝。鱼鱼而游，茧茧而从。其不为妖魅奸轨者几希，彼其所谓恶恶可。"文章结尾在感叹历史变迁后，作者写道："噫后此者又几百年，俯仰变灭，重有发余长慨。宁无柔等辈数人，何可必也。若夫翠巘沧波，江空塔影，日暮扁舟，飘然其下，推蓬傲睨，戞船舷而歌沧浪，溯子陵一丝之清风，访陶朱五湖之旧约定。此景此怀，惟余与此江山知之。"

《浴翠山灵济塔记》只是个别段落批判佛教，而张汉超的另一篇碑文《开严寺碑记》则是通篇批佛倡儒：

象教由设，乃浮屠氏度人方便。盖欲使愚而无知，迷而不悟者。即此以为回向白业地，乃其徒之狡狯者。殊失苦空本意，务占名园佳境，以金碧其居。龙象其众当世流俗豪右辈又从而响应。故凡天下粤区名土，寺居其半。锱黄饭之，匪耕而食，匪织而衣。匹夫匹妇往往离家室，去乡里，随风而靡。噫去圣愈远，道之不明。任师相者，既无周召人首风化。州闾乡党，又无痒序以申孝弟之义。斯人安得不皇皇顾而之他，亦势使然也。维北河路上畔如元甲次二社开严寺，乃李朝月生公主所创也。其面势则僊山望其南，甜江抱其北。一方形胜宝萃于斯，伊昔规模隳圯无几。于是，内人火头周岁遂倡率乡人并力重新。繇开佑五年癸酉，越七年乙亥毕工。佛教僧房毕仍旧贯。落城之日，阖境稚耋，莫不合掌赞叹以为月生复生也。戊寅冬，自来天长，求予文以为记。且曰：寺故有钟，今始代石，若非记实，恐泯前踪。

予谓：寺废而兴故非吾意。石立而刻，何事吾言。方今圣朝欲畅皇风以救颓俗，异端在可黜，正道当复行。为士大夫者非尧舜之道不陈前，非孔孟之道不著述。顾乃区区舆佛氏嗫嚅，吾将谁欺？虽然岁尝为内密院吏，习于曹事，晚泊士宦，好舍施，固辞厚禄，奉身而退。是吾所愿学而未能也，是可书也。

黎适的《北江沛村绍福寺碑记》的主旨是批佛："佛氏之祸福动人，何其得人之深且固矣。上自王公以至庶人，凡施于佛事，虽竭所有，顾无靳啬。苟今日托付于寺塔，则欣欣然如持左券，以取明日之报。故自内京城及外州府，穷村僻巷，不令而从，不盟而信，有人家处必有佛寺。废而复兴，坏而复修。钟鼓楼台，与民居殆半。其兴甚易，而尊崇甚大也。余少读书，志于古今，粗亦明圣人之道，以化斯民，而卒未能信于一乡。常游览山川，足迹半天下，求所谓学宫文庙，未尝一见。此吾所以深有愧于佛氏之徒远矣，辄暴吾以书。"黎适的诗《孝怀》也从另个侧面印证了他的儒家情怀："年来世事与心违，日望家山赋式微。水国天寒惊岁暮，木兰花老雨霏霏。"

胡宗鷟在《慈恩寺碑铭并序》中大倡孝道："绍宁公主陈建寺于西关，中置所生善惠优婆姨香火堂。……太子詹事忠靖上侯名之曰慈恩寺不忘本也。……呜呼，曾子之曰：慎终追远，民德归厚矣。盖终者人之所易忽，远者人之所易忘。惟孝子为能慎之追之于易忽易忘之际。故其德也而欲化之而归于厚矣。公主以帝妃之贵不忘其本，每于岁时与所心之思而西关之地，耿耿于怀，往来屡矣。以至观堂宇之深严，望松槚之郁茂，肃然栗然由感生，乃建道场，观为四向之所，香斯火斯钟斯鼓斯，以佛之慈思所生之慈，以佛之恩思所生之恩，顾其诚心何如耶？安知西关之民耳钟鼓之音，目道德之懿岂不亦化之而归于厚耶？固知斯寺之名诚有补于世教，非特为佛法赞扬而已哉。"

范师孟的《崇严事云磊山大悲寺》的句式颇有骈文风格："夫：二仪有像，显复载以含灵生，四时无形，潜寒暑以化物。爰以：窥天鉴地，庸愚皆识其端，明阴问阳，贤哲罕穷其数。然而：天地包乎阴阳，而易识者，以其有象也；阴阳处乎天地而难穷者以其无形也。故知象显可征，虽愚不惑；潜形莫睹，在智犹迷。况乎佛道崇虚，乘虚控寂。今住持大和尚，隐林一冥，舍亲出家，为护庇住持庆林事事有诏命纪年矣。"

政论性散文有陈国峻的《陈兴道大王谕诸裨将檄文》(《檄将士文》)。陈国峻 (Trần Quốc Tuấn, 1226—1300)是安生王陈柳之子，被封为兴道王。他重贤人，敬名士，门客盈门。1284年，陈国峻率军抵抗元军的进攻，结果兵败万劫。陈国峻败不馁，收拾残军，各路军队重新会师万劫，军势复振。兴道王传檄劝戒诸将士："今余明告汝等，当以厝火积薪为危，当以惩羹吹齑为戒。训练士卒，习尔弓矢，使人人逢蒙，家家后羿。枭必烈之头于阙下，腐云南之肉于藁街。……今余历撰诸家兵法为一书，名曰《兵书要略》，汝等或能学习是书，受余教诲，是夙世之臣主也；或暴弃是书，违余教诲，是夙世之仇雠也。何则？蒙鞑乃不共戴天之仇。汝等既恬然不以雪耻为念，不以除凶为心，而又不教士卒，是倒戈迎降，空拳受敌，使平虏之后，万世遗羞，尚何面目立于天地覆载之间耶哉？故欲汝等明知余心，因笔以檄云。"

历史散文著作有黎文休编撰的《大越史记》，胡宗鷟的《越史纲目》、《越南世志》，黎崱的《安南志略》，无名氏的《越史略》。佛学著作有陈太宗的《禅宗指南》、《课虚录》，陈仁宗的《上士行状》，无名氏的《禅苑集英》和《三祖实录》。

1272年，黎文休(Lê Văn Hưu, 1229—1322)编撰的《大越史记》是越南第一部史书，它共30卷，记载了赵武王(赵佗，公元前207—137年)到李朝昭圣女皇1200余年的历史。《大越史记》在汉文历史散文作品发展的道路上又进了一步。围绕着"皇帝的称呼"，黎文休的一番感慨颇有意趣："天子自称曰朕，曰予一人。人臣称君曰陛下，指天子所居曰朝廷，指政令所出曰朝省，自古不易之称也。太宗使群臣呼己为朝廷；其后圣宗自号为万乘；高宗使群臣呼己为佛。皆无所法。而好为夸大。孔子所谓'名不正则言不顺'，此也。"

　　黎崱（Lê Trắc，? —? ）的《安南志略》主要记录陈朝以前的越南历史，同时，书中还记录中越两国各朝之间的关系史。

　　胡宗鷟（Hồ Tông Thốc，? —? ）是陈艺宗绍庆三年（1372年）的太学生，为翰林学士、安抚使。他学识渊博，曾经出使中国。废帝昌符末年（1377—1388），胡宗鷟迁翰林学士奉旨兼审刑院使，进中书令。胡朝建立后，他退休回家。胡宗鷟的历史著作《越史纲目》、《越南世志》和文学著作《赋学指南》、《讨闲效颦集》等已经遗失。

　　在《越南世志序》中，胡宗鷟指出了作世志之宗旨：“世志之作，其来尚矣。考诸既往，以明乎端本之流传；稽诸传闻，以着乎古今之标准。第信疑相间，有未尽于人心。然世态各殊，岂不涉于怪诞。千年而下，难以概详，按索简编，曷克查究，辑校穷原，寸怀劳苦。”

　　陈太宗的《禅宗指南》、《课虚录》两部著作均阐述佛学。陈太宗在《禅宗指南序》中对“法力无边”的佛教推崇倍至：“朕窃谓佛无南北均可修行，性有智愚同资觉悟。是以诱群迷之方便，明生死之捷径者，我佛之大教也。任乘世之权衡，作将来之规范者，先圣之重责也。故六祖有言云‘先大圣人与大师无别，则知我佛之教。又假先圣人以传于世也。’今朕焉可不以先圣之任为己之任，我佛之教为己之教哉。”接着，陈太宗回顾了自己对佛教的追求历程：“且朕于孩童有识之年，稍闻禅师之训，则澄思息虑，概然清净，有乎内教，参究于禅宗，虚己求师，精诚慕道。”后来，陈太宗曾试图放弃王位入寺庙修行，后迫于朝廷内外的压力，只好回京，“勉以践位”。返回王位后，太宗皇帝仍对佛教念念不忘：“十数年间，凡遇机暇，聚会耆德，参禅问道。及诸大教等经，无不参究。常读金刚，至于应无所住而生其心之句，方而废卷长吟间，豁然自悟。以其所悟而作是歌，目曰《禅宗之南》。”[①]

　　陈太宗在《课虚录》中对所谓“四山”、即“生老病死”进行了颇有见地的论述：“一山者，生相也。……托形骸于父母之精，假孕育于阴阳之气。冠三才而中立，为万物之至灵。……人之生相，岁乃春时。壮三阳之亨泰，新万物之萃荣。二山者，老相也。形容渐改，血气既衰，貌则枯，年则高。……人之老相，岁乃夏时。炎天烁石而万物皆枯，煨日流金而百川将涸。三山者，病相也。年登瘰老，疾染膏肓。四肢倦而脉络难通，百节惰而寒温靡顺。……人之病相，岁乃秋时。适严霜始降之辰，届众草俱腓之候。四山者，死相也。病之弥笃，命乃告终。……人之死相，岁乃冬时。乾坤应太岁而周，日月向玄枵而会。"

陈太宗在《课虚录》中对"身"与"物"的辩证关系进行了剖析："夫世之贵者，惟金玉耳。然察其所重，审其所惜，反不及于身命者也。""今者不然，反贵其物而贱其身。""凡世之人，每区区于名利之途，伤其神劳其形，弃其身命之至重，役于财货之至轻，犹未足重于至道者也。故孔子曰：'朝闻道，夕死可矣。'老子曰：'吾所以有大患者，为吾有身。'世尊求道，舍身救虎。岂非三圣人轻身而重道者哉。呜呼，身命之至重而尚应舍，求无上菩提，况金玉财宝之轻，又何惜哉。"①

陈仁宗撰写了《禅林铁嘴语录》、《后录》、《僧伽碎事》和《石室寐语集》等，以上书籍已佚。陈仁宗现存的汉文散文作品有《上士行状》，它记述了慧忠上士的生平以及作者对慧忠上士的评价。

无名氏的《禅苑集英》和《三祖实录》近乎是越南的佛学史略，它有很多极其宝贵的佛教史料。《禅苑集英》记述了从毗尼多流支禅师到丁朝、前黎朝和李朝各代的著名禅师的生平事迹。《三祖实录》则记述了"竹林三祖"陈仁宗、法螺和玄光的生平事迹和功德。

综上所述，13世纪初至14世纪末，越南汉文学的兴盛，是越南各朝封建帝王身体力行引领的结果，同时也是越南不断兴起的儒教影响的结果。不断展开的汉文教育和实行的科举考试则推动了以诗、赋为代表的汉文学在越南不断发展、兴盛。

第二节　喃字文学的萌芽

越南喃字文学（Văn học chữ Nôm）是指越南古代文人用喃字创作的诗文等。越南喃字文学诞生于13世纪末期。②

一、喃字的创制与定型

越南喃字（chữ Nôm）③是在汉字基础上，运用形声、会意和假借等方式形成的一种形似汉字的方块文字。喃字在越南历史上第一次将书面语和口头语结合起来，是越南文字历史上的一大进步。喃字的产生是越南古代历史、社会、文化和

---

① ［越］陈太宗：《课虚录》，载：陈黎创：《越南文学总集》第二集，河内：社会科学出版社，1997年版，第19～20页。
② 越南现代学者丁庆庆认为："截至目前，没有证据表明喃字文学形成于陈朝之前。"（［越］丁庆庆：《越南文学》（10世纪至18世纪上半叶），河内：教育出版社，2001年版，第139页。）这种观点是越南文学界一种普遍的共识。
③ "Nôm"（喃）源自"Nam"（南），南国文字之谓也（chữ nước Nam）。

文学等发展的需要。

　　在古代历史上，中越两国虽然同用汉字，但汉文在越南仅仅是一种书面文字，越南人的日常口语与中国人的日常口语是大相径庭的。越南古人"其诵诗读书、谈性理、为文章，皆与中国同，惟言语差异耳。"① 在古代越南，由于口语的不同和汉字读音的差异，中越两国人民在交往中常以笔谈代替口谈，清朝名士淡如甫在为阮交的《史论》作序中提到了中越两国人士在交往中出现的笔谈现象："言说通之以译者，口舌所未能罄，操笔张纸申其情愫。"② 出使中国的越南使者在与中国文人交往过程中常使用笔谈这一形式："高曲曾闻白雪赓，月下笺谈期后会。"(范熙亮《鸣谢》)③

　　古代越南长期使用汉字，但汉文在越南并没有承担起表达日常口语的任务。在这种状况下，越南社会就需要一种能记录越南人日常口语的文字。因此，喃字的产生就成为越南历史发展的必然。

　　在越南古代文学历史上，越南汉文学多局限在诗、赋等书面语特征很强的文学形式，而小说等口语特征较强的文学形式相对欠缺。这是由汉文与越南日常口语脱节而导致。因此，喃字的产生就成为越南文学发展的必然。

　　喃字创制于何时，为谁所创，迄今尚无定论。笔者认定：喃字是经历了漫长历史发展演变而在13世纪定型的。下面有关喃字的史料可以为笔者的观点提供一些佐证。

　　据史料记载，三国时期的交州太守士燮被认为是越南喃字最早的创制者："为便利越南人民研习中国典籍，士燮注释中国造字之方法，以汉字拼音成越语。其中形声与会意二法运用最多，如此假借汉字新创之文字称为'喃'字。"④《殊域周咨录》记载："汉光武中兴，命马援征交趾女主，立铜柱，而南汉置为交州。时有刺史名士燮，乃初开学，教取中夏经传，翻译音义，教本国人，始知习学之业。然中夏则说喉声，本国话舌声，字与中华同，而音不同。"⑤

　　《指南玉音解义》和《大南国语》两部词典的作者也认为士燮为喃字的创始人。据越南现存最早的一部汉喃字典《指南玉音解义》(皇朝景兴二十二年，1761年)的

---

① (元)汪大渊著，苏继庼校释：《岛夷志略校释》，北京：中华书局，1981年版，第50页。

② ［越］阮交：《史论》，湘阴李氏清同治十三年(1874)，中国国家图书馆藏。

③ (清)大荔马先登伯岸甫：《再送越南贡使日记》，中国国家图书馆藏。

④ ［越］释德念(胡玄明)：《中国文学与越南李朝文学之研究》，大乘精舍印经会，台北金刚出版社，1979年版，第69页。

⑤ (明)严从简著，余思黎点校：《殊域周咨录》，北京：中华书局，2000年版，第236-237页。

汉文序载："至于士王（士燮）之时，移车就国，四十余年，大行教化，解义南俗以通章句，集成国语诗歌以志号名，韵作指南品汇上下二卷，学者难祥。兹宿禅谨严香玉，音其字，解其义，手写帙成，可谓明览详之要，使其读者，走韵连声。"①阮朝嗣德三十三年（1880年），阮文珊编写的《大南国语》提到了"士王译以北音"："列国言语不同，一国有一国语。我国自士王译以北音，其间百物犹未详，如睢鸠不知何鸟，羊桃不知何木。此类甚多，是书注以国音，庶得备考，或有易知者，亦不必注。"②

士燮开喃字创制的先河，后代人们模仿士燮的做法，不断将喃字系统推向完善。后来佛教由印度、林邑（后改为占城）传入越南时，因佛经中尚有浓厚的印度、林邑语音，为弘扬佛法，普及越南广大群众，故僧人亦利用汉字，按越语拼音，创造喃字。

到公元8世纪前后，汉越音体系在安南形成，这为喃字的创制和发展奠定了一定的基础。因为系统、准确的汉越音体系有助于喃字音、型的确定。

刻于李朝李高宗治平应龙五年（1210年）的《报恩禅寺碑文》是目前越南保存的喃字定型最早的文本之一。《报恩禅寺碑文》中出现了一些喃字如"同翕"（Đồng Hấp）、"同 纩"（Đồng Chài）、"同 坷"（Đồng Nhe）、"塘山"（Đường Sơn）、"䊷"（oàn）等。喃字"同"为假借字，为"田野"之意。喃字"塘"也为假借字，为"道路"之意。"纩"、"坷"、"䊷"为形声字。陶维英认为："到李高宗时，喃字的构造可以说是已经定型了。"③13世纪，越南喃字文学的诞生标志着喃字真正成熟、定型，其后各个朝代，喃字仍处在不断的变化、完善中。④

在喃字的演变进程中，由于没有得到历代封建王朝的支持和完整规划，而是随个人所好而随意创造，因此存在因时代和人的不同而导致喃字字体多样化的现象。如：汉语里的"孩子"，在越南拉丁化国语里写作"con"，早期的喃字写作"昆"，后来的阮朝时期又写作"子昆"。汉语里的"嫩"，在越南拉丁化国语里写作"non"，喃字则有多种写法："㜯"、"嫩"。

喃字是以汉字为基础，运用假借、形声等手法而组成的一种复合体的方块文

---

① ［越］陈文岷：《汉喃书籍考》（越南书籍志）第二集，河内：社会科学出版社，1990年版，第12页。

② ［越］陈文岷：《汉喃书籍考》（越南书籍志）第二集，河内：社会科学出版社，1990年版，第21页。

③ ［越］陶维英：《喃字：起源、构造和演变》，河内：社会科学出版社，1975年版，第18页。

④ 越南现代学者陶维英认为：喃字在李朝时期定型后，其后各个朝代没有多大变化。（陶维英：《喃字：起源、构造和演变》，第18页。）笔者不同意此观点，认为：喃字在13世纪定型后，其后各个朝代里，喃字仍处在不断的变化、完善中。

字，每一个字都有一个或几个表音或表意的汉字组成。如：喃字"𢆥"（越南拉丁化国语为"năm"），左面的"南"字表音，右面的"年"字表意，意思是"年"。喃字从构造方式可分为如下几类：

假借字：就是借汉字以表其音。如喃字"没"（một），意思是"一"；喃字"腰"（yêu），意思是"爱"；喃字"固"（có），意思是"有"；喃字"戈"（qua），意思是"过"；喃字"吏"（lại），意思是"来"。

形声字：就是由表音和表意两部构成的喃字。如：喃字"𡖵"（ngồi），上面的"坐"字表意，下面的"外"字表音，意思是"坐"；喃字"𤀲"（bơi），右边"氵"表意，左边的"悲"表音，意思是"游泳"。

会意字：此类字在喃字中数量很少，其特点是由两个汉字共同表义并且不含表音的偏旁。如：喃字"𢁰"（sánh），意思是"比较"；喃字"𡗶"（trời），意思是"天"；喃字"坦"（đất），意思是"地"。

二、喃字文学的萌芽

越南喃字文学萌芽于13世纪。据史载，韩诠（Hàn Thuyên，?—?）（阮诠）（Nguyễn Thuyên）是越南历史上用喃字撰文、赋诗的第一人。《大越史记全书》记载："壬午四年（1282年）秋八月，时有鳄鱼至泸江，帝命刑部尚书阮诠为文投之江中，鳄鱼自去。帝以事类韩愈，赐姓韩。诠又能为国语赋诗。我国赋诗多用国语，实自此始。"[1] 阮诠之后，用喃字创作的越南文人是阮士固（Nguyễn Sĩ Cố，?—1320），他生活在13世纪末14世纪初，颇有喃字诗赋创作才能。据《大越史记全书》记载："（陈英宗）命天章学士阮士固讲五经。士固东方朔之流，善诙谐，能作国语诗赋，我国作诗赋多用国语自此始。"[2] 从此，越南文人用喃字作诗赋者日渐增多。陈英宗时也有一些诗人创作国语诗。《大越史记全书》记载了陈英宗时越南诗人作国语诗讽喻下嫁玄珍公主于占城国王制旻之事："丙午十四年……夏六月，下嫁玄珍公主于占城主制旻。上皇游方幸占城而业许之，朝野文人多借汉皇以昭君嫁匈奴事，作国语诗词讽刺之。"[3]

越南喃字文学诞生初期的重要作品有韩诠的《披砂集》、阮士固的《国音诗赋》

---

① ［越］吴士连：《大越史记全书》（内阁官板），河内：社会科学出版社，1988年版，第188页。
② ［越］吴士连：《大越史记全书》（内阁官板），河内：社会科学出版社，1988年版，第210页。
③ ［越］吴士连：《大越史记全书》（内阁官板），河内：社会科学出版社，1988年版，第210页。

以及朱文安的《樵隐国语诗》等，但这些作品均已佚失不存。

14世纪，喃字文学作品有陈仁宗的《居尘乐道赋》、《得趣林泉成道歌》和玄光的《咏华烟寺赋》以及阮伯靖（Nguyễn Bá Tĩnh，1330？—？）的《南药国语赋》等。《居尘乐道赋》共10回（即10段），文中夹杂着汉文诗："居尘乐道且随缘，饥则飧兮困则眠。家中有宝休寻觅，对景无心莫问禅。"《得趣林泉成道歌》是用喃字作的一首长篇四字歌，其中夹杂着汉文诗："景寂安居自在心，凉风吹进八松荫。禅床树下一经卷，两字清闲胜万金。"

处在陈朝和胡朝更替时期的两位喃字诗人是陈季扩和阮表。陈季扩（Trần Quý Khoáng，？—1414）是陈艺宗的孙子，明军占领越南后，他被邓容等人迎入义安，尊为皇帝，年号为重光。他的喃字诗有《送阮表出使》和《祭阮表》等。阮表（Nguyễn Biểu，？—1413）是陈季扩的谋士，作有喃字诗《和重光帝送表出使》和《吃人头宴》等。陈季扩的《送阮表出使》一诗表达了他送阮表出使中国求援时依依惜别之情：

> 几句旧诗颂黄花，忍泪分别谱新章。
>
> 凤诏十行情真切，千里马蹄跨河江。
>
> 少年抱有桑蓬志，姜桂辛辣老年霜。
>
> 国事终须费思量，麒麟阁上功名响。

综上所述，喃字文学的产生是越南历史、文化、文学发展的必然，是越南语口语文学与书面文学结合的产物，弥补了由于汉文与越南日常口语的脱节而导致的越南文学发展不平衡的缺陷。

* * *

本章论述了13世纪初至14世纪末越南汉文学的兴盛和喃字文学的萌芽。与10世纪至12世纪的汉文学比较，13世纪初至14世纪末，汉文学在文学样式上更加多样，除了诗歌还出现了赋、灵怪文言散文作品以及历史文言散文作品等；汉文学在文学内容上更加丰富多彩，体现宫廷意志、颂扬越南辉煌历史、抒发军旅情怀、描写山水田园的秀美风光、讽喻时弊及感叹人生际遇等题材的汉文学不断呈现于越南文坛；作品数量更是大大超过越南汉文学发端时期；在汉文学创作的外部环境方面，佛教一统天下、佛教决定文坛走向的局面已经得到某种程度的改变，儒教开始影响汉文学创作。喃字是在汉字基础上，运用形声、会意和假借等方式形成的一种形似汉字的方块文字。喃字经历了漫长历史发展演变并在13世纪定型，13世纪末期越南喃字文学开始出现。14世纪，在强势汉文学的挤压下，喃字文学发展缓慢。从越南文学历史的角度看，喃字文学的产生具有重要的历史意义，它丰富了越南文学的表现形式，为越南口头文学与书面文学的协调发展做出了贡献。

第五章 汉文学的繁荣与喃字文学的兴起

（15世纪初至17世纪末）

15世纪初至17世纪末，越南文学形成了汉文学的繁荣与喃字文学兴起的格局。越南汉文学在13、14世纪兴盛的基础上，于15世纪初至17世纪末开创了全面繁荣的局面。这一时期，汉文学无论内容还是形式方面都达到空前的丰富和得到前所未有的发展。这一时期，随着喃字的不断推广及喃字文学创作需求的不断提高，喃字文学不断兴起。

第一节 汉文学的繁荣

15世纪初至17世纪末，越南汉文学进入了繁荣昌盛的历史发展时期，越南汉文学的繁荣与当时越南儒教昌盛的外部环境密切相关。

1428年，后黎朝建立，开国皇帝黎太祖（1428—1433）"及即位，定律令，制礼乐，设科目，置禁卫，设官职，立府县，收图籍，创学校，亦可谓有创业之宏谟。"[1] 黎太祖实行抑佛重儒的政策，独尊儒学，佛教逐渐走向衰落，儒教开始占据优势地位。

黎太宗（1433—1442）登基之后，下诏设立学校，培养人才，形成了内有京都国子监，外有各府学堂的教育局面。黎太宗亲自挑选官吏及平民的"俊秀子弟"充为国子监的监生，下令各府官员"广泛挑选民间的良家子弟充为生徒，置儒师教授之。"为提高儒士的地位，于1434年特"赐国子监生及路县生徒着冠服，并与国子监教授及路县教职，着高山巾。"[2] 这一年，黎太宗还规定乡试和会试每三年进行一次，儒学科举考试更加频繁。

黎圣宗（1460—1497）注重儒学教育，首置五经博士："光顺八年（明成化三年，1467年）……初置五经博士，时监生治《诗》《书》经者多，习《礼记》《周易》、《春秋》者少，置五经博士，专治一经，以授诸生……。夏四月，……颁五经官板

① ［越］吴士连：《大越史记全书》（内阁官板），河内：社会科学出版社，1988年版，第289页。
② ［越］吴士连：《大越史记全书》（内阁官板），河内：社会科学出版社，1988年版，第412页。

于国子监。"① 这些措施极大地促进了儒学在理论层面的研究,"五经博士"们的研究又促进了儒学教育的普及和发展。

黎襄翼(1510—1516)时,儒学教育进一步发展。1511年,黎襄翼"命阮文郎重修国子监崇儒殿,及两庑明伦六堂厨房库房,并新构东西碑室,左右每间置一碑。"②

黎玄宗(1663—1671)以儒学的纲常伦理整饬封建等级尊卑秩序,景治元年(1663年)特申明教化47条,颁行全国各村社:"其略曰:为臣尽忠,为子尽孝,兄弟相和睦,夫妻相爱敬,朋友止信以辅仁,父母修身以教子,师生以道相待,家长以礼立教,子弟恪敬父兄,妇人无违父子,妇人夫亡无子,不得私运货财。居乡党者长幼相敬爱,便害相兴除。……凡若干条,颁布天下。各处承宪府县州等衙门,各抄一本,挂于视事堂,仍转送所属各社民,各书于匾,留挂亭中。许官员监生生徒社长,以乡饮日,会集男女长幼,讲解晓示,使之耳濡目染,知所劝惩,自是人心渐归善俗矣。"③

综上所述,15世纪初至17世纪末,由于越南各代封建王朝大力实行儒学教育,儒学教育较前有重大进展,儒教在越南已是深入人心,并取代佛教占据了国家意识形态的统治地位,成为封建王朝的正统思想。儒教文化的蓬勃发展对当时越南汉文学的繁荣起到了极大的推动作用。

15世纪,越南汉文诗表现出了前所未有的恢弘气势和激昂雄浑的风格,著名的诗人有阮廌、李子晋、阮梦荀等。

阮廌(Nguyễn Trãi,1380—1442),又名黎廌(Lê Trãi),号抑斋,是黎朝的开国元勋,卓越的军事家和思想家,是汉文学、喃字文学兼工的一代文学大家,是15世纪越南最著名的诗人和作家。与他同时代的阮梦荀赞阮廌道:"黄阁清风玉署仙,经邦华国古无前。一时词翰推文伯,两道军民握政权。白发只闲天下虑,清忠留与子孙传。"越南15世纪的史学家潘孚先赞阮廌道:"珠元会合幸逢尘,佐治名儒喜有人。"越南18世纪著名学者黎贵惇在《见闻小录》中评价他"书信草檄,才华盖世。"

阮廌出生于书香世家,父亲是14世纪末15世纪初著名诗人阮飞卿,母亲是陈朝宗室、司徒陈元旦的女儿陈氏太。阮廌的出生是一段爱情佳话的结晶。阮飞卿

① [越]吴士连:《大越史记全书》(内阁官板),河内:社会科学出版社,1988年版,第453页。
② [越]吴士连:《大越史记全书》(内阁官板),河内:社会科学出版社,1988年版,第506页。
③ [越]吴士连:《大越史记全书》(内阁官板),河内:社会科学出版社,1988年版,第580页。

是一介平民儒生，因才学出众，得以到陈元旦的府上教授学生。他的学生陈元旦的女儿陈氏太对他倾心相爱，并以身相许。当得知阿太姑娘怀孕后，阮飞卿惊慌出逃。开明的文学之士陈元旦不但没有责怪他，而且把女儿许配给了他。在外公的支持下，阮廌降临了美好的人世。

阮廌孩提时代随其外祖父陈元旦生活在昆山，受到外公的谆谆教诲，学业进步很快，为日后的发展打下了坚实的基础。外祖父和母亲去世后，阮廌回到了父亲的家乡，随父亲学习。阮廌20岁时，考中太学生。之后，父子同朝为官。1401年，阮飞卿在胡朝为国子监司业，阮廌任御史台正章。1407年，胡朝为明朝所灭，阮飞卿与胡朝皇帝胡季犛一起被捕，被解往中国。阮廌跟随其父亲到了边界的南关。阮飞卿劝儿子返回，为国雪耻，为父报仇。明朝利诱阮廌出来为其服务，阮廌予以拒绝，便被软禁在升龙。阮廌逃出升龙，到蓝山投奔了黎利并呈《平吴策》，提出了抗明救国的良策，深得黎利的赏识。在抗明期间，阮廌为黎利运筹帷幄，出谋划策，他曾以黎利的名义起草与明军将领往复书札，他为黎利赢得抗明的胜利立下不可磨灭的功勋。

在后黎朝建立后，阮廌被黎太祖黎利封为冠服侯，官居相位。阮廌为建设国家兢兢业业，鞠躬尽瘁。阮廌秉性梗直，见奸臣当道，怒不可遏，拍案而起，与之进行不懈的斗争。兔死狗烹，阮廌这位开国功臣渐渐受到排挤，郁郁不得志，一度辞官归隐到昆山。1440年，黎太宗召阮廌回朝，封其为翰林承旨学士。两年后，佞臣们制造了"荔枝园案件"，污蔑阮廌谋害了太宗皇帝。

据《大越史记全书》本纪卷十一记载，大宝三年（1442年）秋七月下旬，太宗"东巡，阅武于至灵城，阮廌邀驾幸廌乡昆山寺。""八月四日，帝还至嘉定县荔枝园，遂得疟疾崩。初帝爱承旨阮廌妻阮氏路容貌文章之美，召入拜为礼仪学士，日夜侍侧。及东巡驾回天德江来荔枝园，与阮氏路通宵而崩。百官潜行，六日及京师，夜半入宫始发丧。人皆言阮氏路弑帝。"因"荔枝园案件"，阮廌被杀："十六日，杀行遣阮廌并妻阮氏路，罪及三族。"[①] 后黎朝基业的奠基人之一被冤杀，真可谓是越南历史上最大的冤案。

阮廌及其家族遭受惨祸之后，阮廌的诗文有的被销毁，有的散失。1467年3月，黎圣宗下诏为阮廌平反昭雪，并且搜集阮廌的诗文。陈克俭从1467年到1480年终于完成了阮廌诗文的收集。之后战争连绵，阮廌的诗文又散失，直到阮朝嗣德年

---

① ［越］吴士连：《大越史记全书》（内阁官板），河内：社会科学出版社，1988年版，第414页。

间杨伯恭将其搜集成书《抑斋遗集》，于1868年刊印。它分为7卷，第1卷为《抑斋诗集》；第2卷收录阮廌之父阮飞卿的诗词；第3卷为阮廌所写各类公文，如诏、制、表等；第4卷为《军中词命集》；第5卷为阮廌行状及诸家对其评价的文章；第6卷为《舆地志》；第7卷为阮廌的《国音诗集》。

阮廌《抑斋诗集》中有105首汉文诗，诗歌内容广泛，艺术风格特色鲜明，既有慷慨激昂之雄浑，又有清新飘逸之浪漫，又具忧伤感怀之凄婉。

《观阅水阵》展现了后黎朝初年越南水兵浩大的气势、威武的雄姿，同时也表达了诗人追求休养生息、文治太平的愿望，诗歌气势恢弘、激昂雄浑：

> 北海当年已戮鲸，燕安犹虑诘戎兵。
>
> 旌旗旖旎连云影，鼙鼓喧阗动地声。
>
> 万甲耀霜貔虎肃，千艘布阵鹳鹅行。
>
> 圣心欲与民休息，文治终须致太平。

《白藤海口》是阮廌面对历史遗迹白藤江海口有感而发写的一首诗，诗人追溯历史，遥想无数在此抵御外敌、建功立业的越南英雄豪杰，不觉感慨万千：

> 朔风吹海气凌凌，轻起吟帆过白藤。
>
> 鳄断鲸刳山曲曲，戈沉戟折岸层层。
>
> 关河百二由天设，豪杰功名此地曾。
>
> 往事回头嗟已矣，临流抚景意难胜。

《梦山中》采用虚实结合、现实与梦境结合的艺术手法，展现了皎洁月光、飞瀑霏霏的清新浪漫意境。诗人在这种清新浪漫的意境中，希望自己能得道成仙，脱离累人的尘世。这首诗歌体现了阮廌诗歌清新、飘逸、浪漫的艺术风格：

> 清虚洞里竹千竿，飞瀑霏霏落镜寒。
>
> 昨夜月明天似水，梦骑黄鹤上仙坛。

阮廌的诗总是与梦有缘："世上黄粱一梦余，觉来万事总成虚。"（《偶成》）"眼边春色熏人醉，枕上潮声入梦寒。"（《海口夜泊有感》）

《游山寺》展示了清雅和宁谧的意境，诗人在这清雅的环境中似乎感悟出了许多人生的至理和真谛："个中真有意"，但再去细细追寻，却又无语可言、无迹可辨了：

> 短棹系斜阳，匆匆谒上方。
>
> 云归禅榻冷，花落涧流香。
>
> 日暮猿声急，山空竹影长。

个中真有意，欲语忽远忘。

（《游山寺》）

"边塞已清尘已静，从今九寓属升平。"（黎太宗《亲征武令乡》）国家承平日久，鸟尽弓藏、兔死狗烹。文臣武将深感失落，纷纷归隐山野，寄情山水。阮廌面对茫然的仕途，万般无奈，只好辞官隐居于昆山。阮廌的诗歌追求在平淡中见出思想的深邃、体现诗歌意境的高远。《偶成》《海口夜泊有感》和《寄友》体现了他忧伤感怀之凄婉的艺术风格：

世上黄粱一梦余，觉来万事总成虚。

如今只爱山中住，结屋花边读父书。

（《偶成》）

湖海年来兴未阑，乾坤到处觉心宽。

眼边春色熏人醉，枕上潮声入梦寒。

岁月无情双鬓白，君亲在念寸心丹。

一生事业殊堪笑，赢得虚名落世间。

（《海口夜泊有感》一）

乱后亲朋落叶空，天边书信断征鸿。

故国归梦三更雨，旅舍吟怀四壁虫。

杜老何曾忘渭北，管宁犹自客辽东。

越中故旧如相问，为道生涯似转蓬。

（《寄友》）

《寄友》一诗对仗工整、意境深远、情真意切。潘辉注评价该诗道："情致淋漓，非大手笔不可以一字一句论也。"[1]

"穷则独善其身，达则兼济天下"是中国文人儒士的处世准则，同时也是深受汉文化影响的越南文人儒士的处世准则。下面这首《漫成》表达了阮廌忧国忧民的情怀：

青年芳誉蔼儒林，老去虚名付梦寻。

杖策何从归汉室，抱琴空自操南音。

仲尼三月无君念，孟子孤臣虑患心。

但喜弓箕存旧业，传家何用满赢金。

（《漫成》）

① ［越］潘辉注：《历朝宪章类志·文籍志》，河内：文化教育青年部出版，译术委员会古文书库，1974年版，第124页。

这首诗多处引用中国典籍、典故，如："仲尼三月无君念"一句出自《论语》"孔子三月无君，则皇皇如也，出疆必载质。"

李子晋（Lý Tử Tấn，1378—1454/1459?），名晋，字子晋，后以字为名，号拙庵。他学识渊博，是后黎朝初期仅次于阮廌的第二大学者。1400年，他考中太学生。当黎利在蓝山起义时，他便前往投奔。黎利认为他学识高，便委任他司文稿之职。后黎朝建立后，他被委以重任。在阮廌退出朝廷后，李子晋担当了很多重要的工作，如校订、评点《越音诗集》，为《舆地志》注解、点校等。他的《拙庵诗集》现已失存，《全越诗录》中收有他73首汉文诗。

李子晋为官多年后，对官场上小人的横行霸道深恶痛绝，对他们的雕虫小技极为鄙视：

> 借问人生为底忙，胶胶扰扰利名场。
>
> 窗间野马乾坤大，枕上黄粱日月长。
>
> 弄巧徒劳蛇有脚，横行谁悟蟹无肠。
>
> 何如乐道安天命，损益随宜任取将。
>
> （《漫兴》）

诗人回顾自己49年的人生经历，得出的结论就是人生短促、人生如梦：

> 回头四十九年翁，得失悲欢一梦中。
>
> 蓝尾饱尝知世味，彩幡几度识春风。
>
> 三阳发育乾坤泰，二气融怡品物同。
>
> 末分先生甘守拙，试将笑口问天公。
>
> （《元旦作》）

《初秋》是一首以绘景为主、抒情为辅、情景交融的诗篇。初秋时节荷花盛开，肥蟹喜人，果实芳香，秋色宜人："槐暑荫荫度粉墙，荷花袅袅扇新凉。一分秋色匀天色，四顾山水接水光。紫蟹含黄初上篝，香橼带绿稍添瓤。"在美丽的秋色中，诗人深感陶醉，顿生及时行乐之情："樽前有酒须行乐，莫待东篱菊蕊黄。"

《记法云古佛事迹》是一篇叙述历史传说的七言叙事诗。在古州乡，有一"蛮氏翁媪"好佛法，翁媪尽心敬奉来自远方的胡僧：

> 土磊右郡古州乡，蛮氏翁媪犹奋强。
>
> 平生夙志好佛法，胡僧飞锡来游方。
>
> 觉根聪慧有先见，识透造化与灾祥。

翁媪敬奉尽心力，俯伏攀跽如君王。

天遇大旱，胡僧卓锡为井救民。翁媪家有一女，"容貌莹紫如蛮娘"，蛮娘有身孕后，胡僧逃入山林。蛮娘后抱子送胡僧。诗篇最后叙述了小儿化石变为神灵，名为法云及法雨之神：

> 胡僧接受寄大木，木开肚腹块收藏。
> 当时雷雨风旬烈，山水万壑争奔忙。
> 不期大目亦斯拔，漂流直到处村傍。
> 溯流逆上不肯去，恋恋有若父母乡。
> 樵夫柯斧劈作樀，僧尼争曳为桥梁。
> 恍然自觉有灵怪，形断作佛生神光。
> 小儿已化一块石，得人宝藏如珪璋。
> 明日法云及法雨，枝干偏满诸群芳。

《记法云古佛事迹》所记叙的故事源自《岭南摭怪》中的《蛮娘传》，但叙事诗《记法云古佛事迹》与神话传说《蛮娘传》情节上略有差异。

李子晋的汉文诗体现了平淡、朴实和深刻的风格。潘辉注评价李子晋的诗"尚平淡，多古意。"[①]

阮梦荀（Nguyễn Mộng Tuân, ?—?）字文若，号菊坡，是越南15世纪上半叶的重要诗人和赋作家。1400年，阮梦荀考中太学生，与李子晋是同科。黎太宗、黎仁宗期间被委以中书令等职。阮梦荀著有《菊坡集》，在《越音诗集》、《精选诸家律诗》和《全越诗录》中存有143首汉文诗。

《咸子关》和《游湖》等诗篇表达了诗人不问天下事、只管逍遥自在的情怀：

> 成败年来本一关，时人莫把两般看。
> 陈家上相真龙钟，胡氏签闻是鼠肝。
> 椿木埋河春草绿，髑髅啸月夜潮寒。
> 渔舟那管兴亡事，醉卧蓬窗挂钓杆。
> （《咸子关》）
> 殿阁沉沉画景迟，政余何地写禊期。
> 西湖近有陈家事，汾水休歌汉武辞。
> 黄伞风高穿柳去，翠花天转逐云移。

① ［越］潘辉注：《历朝宪章类志·文籍志》，河内：文化教育青年部出版，译术委员会古文书库，1974年版，第116页。

好将国论资深意，何必蓬瀛入梦思。

（《游湖》）

15世纪，田园山水诗在继承前期清新自然的基础上，意境更为清远、淡雅，韵律更和谐、优美，语言更洗练、精当。这一时期田园山水诗创作成就突出的诗人有黎少颖、朱车、阮直、阮保、阮如堵、蔡顺、黄德良和阮庭美等。

黎少颖（Lê Thiếu Dĩnh，?—?）是15世纪上半叶的诗人，著有《节斋集》，现有13首汉文诗存于《摘艳诗集》和《全越诗录》中。黎少颖的山水诗读来颇有意境，《礼梯山寺》是一篇充满诗情画意的佳作：

山深清涧寂，寺古白云闲。

客至僧无语，松风自启关。

山深林密，清清的小溪在静静流淌，古寺白云缭绕，悄无声息，只有清风在吹拂，这是多么圣洁、淡远和幽静的景色。

朱车（Chu Xa，?—?）15世纪上半叶的诗人和学者。黎仁宗时（1452年）作为副使出使中国明朝。在《全越诗录》中存有他的5首汉文诗，《舟中远望》是其中的代表作：

极目斜阳际，残霞抹晚空。

人归山坞外，舟泛玉壶中。

水面双飞鸟，江心一钓翁。

兴观犹未已，微月挂新弓。

此诗堪称佳作，一是意境新奇：诗人面对眼前的美景，如痴如醉，忘我未归，不知不觉已是皓月当空的夜晚了；二是语言锤炼："残霞抹晚空"的"抹"字极妙；三是对仗工整。

阮直（Nguyễn Trực，1417—1474）是黎圣宗时翰林院承旨兼国子监祭酒，是当时颇负盛名的学者，黎圣宗曾让其校订《天南余暇集》。阮直1445年在出使中国的时候，恰逢明朝科举考试，他便请求参加考试，竟然被录为状元，一时传为佳话，被誉为"两国状元"。

阮直对勾心斗角、竞争激烈的宦海已经厌倦之极，早生归去之意，可是君命难违，他只好违心地干下去。《丙戌偶成》表达了诗人对田园村野的向往之情：

大庭曾对三千字，浮世虚惊五十年。

不是无心来禁省，只缘多病忆园田。

诗人厌恶尘世的喧嚣追求心理上的静谧。他无比向往：在夕阳的余辉下，披蓑衣，戴斗笠，坐在小路旁静心地观看农民春耕：

> 病承恩诏许留京，归计如今一未成。
>
> 何日西山山下路，蓑衣小笠看春耕。
>
> （《偶成》）

阮保（Nguyễn Bảo，1452?—1504?），号珠溪，黎圣宗洪德三年（1472年）考取进士，应试的5首《咏月》和赋《月中桂》深得黎圣宗的赏识。因其才华出众，阮保被破格录用到东阁教授太子，后升为礼部尚书。阮保的《珠溪诗集》已经失传，现在他保留在《全越诗录》和《摘艳诗集》中有160多首汉文诗，其中不少诗篇描绘了美丽的大自然以及恬适的田园风光，表达了诗人对田园生活的向往："拥书床上闻鹈鹕，欲访村翁学种田。"（《春日即事》）《澄迈村春景》和《秋声》是阮保田园诗中的佳作：

> 阴云漠漠雨霏霏，秉耒驱牛着短衣。
>
> 幼妇蒔瓜侵晓去，老姑锄豆向圃归。
>
> 篱边翳翳蔗苗长，草里青青芋叶稀。
>
> 想得田园真乐趣，虽非衡泌亦忘饥。
>
> （《澄迈村春景》）

> 天高露冷四无声，声在林间特地惊。
>
> 宋玉墙头廖渐渐，欧阳窗外夜铮铮。
>
> 翠帘骚屑深闺思，雁塞悲凉远戍情。
>
> 孤枕愁来浑不寐，满阶红叶月华明。
>
> （《秋声》）

阮保的《岁暮述怀》言简意赅、情真意切："漠漠云山入梦多，每逢岁晏倍思家。满前风物知多少，况复流年鬓已华。"其中的"每逢岁晏倍思家"中的"岁晏"突出了一年又到了岁末，年复一年，岁月在流逝，人也在一年年的鬓发斑白，不断地变老，此时此刻，身在异乡的诗人怎么能不梦绕魂缠、思念家乡呢？

阮如堵（Nguyễn Như Đỗ，?—?），1442年中榜眼，洪德年间，官至吏部尚书，是15世纪上半叶的诗人。他的《城南园居》描绘了一幅雨后蛙叫、鸟鸣的生动田园景色：

> 城南卜筑几经春，药圃蔬畦取次新。
>
> 小径不嫌通紫陌，短篱却喜隔红尘。
>
> 池塘雨过蛙声闹，庭院阴浓鸟语频。

花竹可供幽淡兴，朝回日日乐忘贫。

《春日即事》描绘了诗人在鲜花盛开的春天，同年轻人一样去春游、聊发少年狂的情景：

撩乱莺花三月春，游观多是少年人。

白头自笑容台老，亦策疲驽踏软尘。

《书斋春暮》描绘了诗人在美妙的春景中研磨《易经》的情景，表达了诗人悠闲自得的心情：

城南春色暮，茅屋掩紫扃。

砌畔苔痕绿，庭前草色青。

鸟啼花自落，容至梦初醒。

尽日闲无事，研朱点易经。

蔡顺(Thái Thuận，1440/1441?—?)，字义和，号蓼溪，别号吕塘，洪德六年(1475年)进士，他是洪德年间汉文诗艺术成就较高的诗人，著有《吕塘遗集》。《全越诗录》中存有他175首汉文诗，《皇越诗选》中有他25首汉文诗。潘辉注评蔡顺《吕塘诗集》道："诗多清雅可喜，有晚唐风。"①《普赖寺》是体现他高超汉文诗艺术水平的佳作：

东来山欲断，复起驾寒泷。

浮夜钟归海，涵秋月坠江。

龙吟门外水，鹭过雾边窗。

往往敲僧梦，渔舟笛几腔。

夜半钟声似有似无，江中月影似幻似真，读后令人浮想联翩，不禁想起李白的两句诗："银箭金壶漏水多，起看秋月坠江波。"(《乌栖曲》)

蔡顺的田园诗善于捕捉生活中一个个细小的场景，善于发现大自然中被人忽视的一个个情影：袅袅炊烟中的茅舍、三四个村童沿着江边觅蟛蜞、农民在晨曦中耕作、吆喝耕牛的声音惊起了白鸟：

茅舍人烟里，孤舟小泊时。

村童三四辈，缘水觅蟛蜞。

(《黄江即事》)

平浦乘潮上，农人趁晓耕。

---

① ［越］潘辉注：《历朝宪章类志·文籍志》，河内：文化教育青年部出版，译术委员会古文书库，1974年版，第119页。

喝牛飞白鸟，风外两三声。

（《闷江》）

"喝牛飞白鸟，风外两三声"，诗人用一种平铺直述的语言，创造了一种独具匠心的诗歌意境。

黄德良（Hoàng Đức Lương，?—?）是15世纪下半叶的诗人。1478年，黄德良进士中第。1479年，他作为副使出使中国。回国后，他升为户部左侍郎。黄德良对越南文学的最大贡献是将陈朝及黎初的汉文诗编辑成《摘艳诗集》。在《摘艳诗集》中留有他的25首汉文诗。黄德良的田园诗自然清新、毫无雕琢之痕迹：

桑暗蚕正眠，檐低燕初乳。

力倦荷锄归，昼永鸠声午。

（《村居》）

符叔宏（Phù Thúc Hoành，?—?）是15世纪的诗人，他的诗歌以五言见长，风格质朴、自然、清新：

雨过云山碧，林幽溪水清。

短桥行客少，时有野鸡声。

（《野行》）

荷叶绿如盖，荷花红似颜。

思君未得见，池上空盘桓。

（《古意》）

阮庭美（Nguyễn Đình Mỹ，?—?）是15世纪的诗人，曾出使中国明朝达5次之多，出使途中写下了不少意境优美的诗篇，《安庆晚立》是其中的代表作，也是越南汉文山水诗的佳作：

日落风高卸半帆，天开图画水樱篮。

川原逦迤澎湖北，墟落参差芊楚南。

雨霁山青千树出，雁飞秋影半江涵。

兴阑月上归舟晚，漏滴初更乍转三。

阮天锡（Nguyễn Thiên Tích，?—?）是15世纪的诗人，他的诗歌喜欢采用中国文化、文学典故，以增加诗歌的内涵：

半世劳心读五车，箪瓢不改旧生涯。

功名自笑妲攒纸，造物堪惊儿戏沙。

念切君亲头惹雪，愁看变故眼生花。

云边结屋何年是，脱缺东陵几度瓜。

（《漫兴》）

"五车"指"学富五车"。"箪瓢"出自《论语》："一箪食，一瓢饮，在陋巷，人不堪其忧，回也不改其乐。"

15世纪，诗人程师孟（Trình Sư Mạnh，?—?）的《南郊秋色》、梁如鹄（Lương Như Hộc，?—?）的《人日睡觉漫书》、李子构（Lý Tử Cấu，?—?）的《述志》、阮孚先（Nguyễn Phu Tiên，?—?）的《归故园》、阮天纵（Nguyễn Thiên Túng，?—?）的《春日即事》、阮彭（Nguyễn Bành，?—?）的《山寺老僧》、阮克孝（Nguyễn Khắc Hiếu，?—?）的《登南昌通明阁》、武永贞（Vũ Vĩnh Trinh，?—?）的《登安阜山》、武览（Vũ Lãm，?—?）的《东潮晚泊》）、黎苏（Lê Tô，?—?）的《书堂即事》、王师霸（Vương Sư Bá，?—?）的《春》、黎弘毓（Lê Hoằng Dục，?—?）的《江行偶成》、朱三省（Chu Tam Tỉnh，?—?）的《端午中作》等诗篇都是值得一读的优美诗篇。

月白风清九月天，南郊一望一茫然。

深红巧染前林叶，嫩碧谁披隔浦烟。

图书一秋新景物，屏开数幅旧江山。

诗怀浩荡吟难就，肠断孤云落照边。

（程师孟《南郊秋色》）

一枕东风入黑甜，梦回细雨觉廉纤。

世途遍涉今非昨，人日重来老更添。

花柳精神夸富艳，鱼鸢兴趣乐飞潜。

韶阳物物皆春色，泰道从来不用占。

（梁如鹄《人日睡觉漫书》）

不林不市不公侯，不学苏秦只蔽裘。

风月长供诗社兴，江山正作醉乡游。

平生未改桑君砚，到处聊为王灿楼。

纵使世人多噂沓，也应无怒到虚舟。

（李子构《述志》）

生还今日到乡闾，风景凄凉岂复初。

寒树杜鹃鸣不已，野花蝴蝶落纷如。

空庭蚁队排行阵，败壁蜗涎走篆书。

恨不得归归又恨，斓斑双泪暮天余。

（阮孚先《归故园》）

自分生涯一蠹鱼，抱闻仁义是蘧庐。

莺花如海非吾事，柱笏看山乐有余。

（阮天纵《春日即事》）

山中老祝发，幽寺久栖禅。

独卧云深处，无人来问年。

（阮彭《山寺老僧》）

二十年前忆旧游，于今重系木兰舟。

雨来天外帆归浦，春满江头人倚楼。

丹灶已成仙驭去，灵湫长锁老龙愁。

南来一上通明阁，两腋飘飘溢九州。

（阮克孝《登南昌聪明阁》）

海风吹我上层恋，南国乾坤入望宽。

俯视九州如一块，回乘二气逼高寒。

役奚自昔惭灵运，携妓当年笑谢安。

凡骨飘然将羽化，几时笙鹤下仙坛。

（武永贞《登安阜山》）

日暮寒波卷溟流，东阳桥畔系兰舟。

大江还碧清风爽，安阜来青宿雨收。

月转翠华鸥避堵，风传清晔蜃无楼。

江山到处诚堪乐，寸念当先天下忧。

（武览《东潮晚泊》）

月影穿窗淡，灯花照鬓明。

诗怀吟未稳，何处晓钟声。

（黎苏《书堂即事》）

柳丝庭院午阴阴，帘幕低垂睡燕深。

闲倚栏杆穷物化，却于形色见天心。

（王师霸《春》）

流水悠悠兴莫穷，蓬牕希瑟笑渔翁。

草青易见沙鸥白，树密难藏晚日红。

无意打船于叠浪，有情送客一帆风。

几多陈迹经过处，顾盼江山落眼中。

（黎弘毓《江行偶成》）

皇天分四时，佳节乐可数。

阴阳相代谢，寒暑迭宾主。

清明既已过，今又到端午。

头颅日长大，人理亦聊粗。

安肯流俗同，只自我作古。

酒不泛菖蒲，门不悬艾虎。

何必浴盆兰，何必祭彩缕。

正心以修身，庶不愧仰俯。

兹焉或未能，禳辟更何补。

区区特靦人，鄙哉安足取。

（朱三省《端午中作》）

15世纪，越南封建制度稳固、国家兴旺、社会太平、文学事业蓬勃发展。在繁盛的汉文学发展中，后黎朝的"宫廷文学"达到了前所未有的高度。黎太祖、黎太宗、黎宪宗均有汉文诗作问世，尤其是第四代皇帝黎圣宗，堪称后黎朝皇帝诗人中的杰出代表。后黎朝帝王们的汉文诗展现了当时的盛世奇观，表现了他们的雄才大略以及世界观。他们的诗风可分为两类：一类是开国帝王的遒劲、雄浑；另一类是黎圣宗等帝王的华丽、清虚。关于后黎朝帝王的诗文艺术风格，潘辉注总结道："圣尊御制，大抵英气雄迈，词意飘丽。"[1]

黎太祖（1428—1433）是后黎朝的开国皇帝，留有《亲征太原州》《亲征复礼州刀吉罕》和《征刀吉罕还过龙水堤》等诗篇。《征刀吉罕还过龙水堤》展示了黎太祖征战沙场的雄风和安邦治国的雄才大略：

崎岖险路不辞难，老我犹存铁石肝。

义气扫空千嶂雾，壮心夷尽万重山。

边防为好筹方略，社稷应须计久安。

虚道危难三百曲，如今只作顺流看。

黎太宗（1434—1442）是后黎朝的第二代皇帝，"帝雄才大略，刚断有为，即位之初，历精求治，定制度，颁经籍，制礼作乐，明政慎刑，比及数年，典章文物，

---

① ［越］潘辉注：《历朝宪章类志·文籍志》，河内：文化教育青年部出版，译术委员会古文书库，1974年版，第84页。

粲然大备。"① 他留有《亲征顺海州》、《亲征武令乡》等诗篇。《亲征武令乡》一诗描绘了黎太宗的征战生涯以及胜利后的太平景象：

> 穷山逆寇敢干名，劳我王师几日行。
>
> 桑柘暖回春万落，貔貅令肃夜三更。
>
> 为民本欲除残暴，偃武终当洗甲兵。
>
> 边塞已清尘已静，从今九寓属升平。

黎圣宗（1460—1497）名黎思诚，又名黎灏，自号天南洞主、道庵主人，是后黎朝的第四代皇帝。他1460年即位，在位38年。这一段时间是后黎朝的鼎盛时期——史书上称之为"盛黎"（1460—1504），也是越南古代历史上最兴盛的时期之一。黎圣宗崇文尚武，是越南历史上功绩卓著的一位皇帝，也是15世纪下半叶著名的诗人。越南15世纪著名史学家吴士连认为黎圣宗"创制立度，文物可观，拓土开疆，取章孔厚，真英雄才略之主。"②

黎圣宗提倡儒学，定乡试之法，改革会试，改进科举制度以选拔人才。他亲自主持各期廷试，并定出进士唱名例和荣归例。他还将进士名单刻在石碑上，树立在文庙内。据历史记载，从1075年李朝的第一届科举考试到1918年最后一届科举考试，共843年的时间里，有2335人进士，其中有30名状元。而黎圣宗在位38年，开科12届，有501名进士和9名状元。在约1/23的历史期间内，选拔了约1/5的进士和1/3的状元。这说明当时科举考试颇为昌盛。黎圣宗扩充太学，设立秘书库以藏书籍。在黎圣宗的大力倡导下，儒学日益发展昌盛，儒学思想对汉文学的发展产生了巨大的影响。

黎圣宗喜好文学，正所谓"山清水碧之处无不有圣宗的诗文"。黎圣宗"幸西京，帝曰：'前年吾往福光堂洞滂，田水浅，不可种禾。今年多水，夏禾极目。'口占一绝云：万顷青青是夏田，齐民当以食为天。村头三两农夫到，皆为今年胜昔年。"③

黎圣宗精通汉诗音律，与大臣们合吟《琼苑九歌诗集》。所谓"琼苑九歌"就是黎圣宗所作的9首汉诗：百谷丰登协于歌咏、君道诗、臣节诗、君明臣良诗、英贤诗、奇气诗、书草戏成诗、文人诗和梅花诗。黎圣宗集合28位文臣和之，全部共有200多首，1495年刊行，由黎圣宗写序，序言写道："余万机之暇，半日之闲，

---

① ［越］吴士连：《大越史记全书》（内阁官板），河内：社会科学出版社，1988年版，第357页。

② ［越］吴士连：《大越史记全书》（内阁官板），河内：社会科学出版社，1988年版，第379页。

③ ［越］吴士连：《大越史记全书》（内阁官板），河内：社会科学出版社，1988年版，第405页。

亲阅书林，心游艺苑，群嚣静息，一穗芬芳，欲寡神清，居安兴逸。……宛然虞庭喜起之歌，唐衢嬉游之咏，美且盛矣。曷不敷扬盛意，遍召群臣，使之履韵呈琅，下情上达，吐虹霓之气，光奎藻之文。"① 黎圣宗所倡导的诗歌创作是越南古代文学中唯美主义的典型代表，他重视诗歌的韵律、辞藻和意境的美，这对于提高越南汉文诗歌艺术水平起到了重要作用。

　　1494年，黎圣宗组织了越南古代文学史上规模最大的文学组织——"骚坛会"，他自称"骚坛元帅"，与28位文臣宿将吟诗唱酬，留有大量汉诗，如《春云诗集》、《古今宫词诗》、《英华孝治诗集》和《文明鼓吹》等。"骚坛会"的成立标志着后黎朝"宫廷文学"的昌盛。

　　作为盛世的皇帝，黎圣宗在他的诗歌中为他的贤明治理、百姓的安居乐业和世道的歌舞升平大唱赞歌：

　　　　海上万峰群玉立，星罗棋布翠峥嵘。

　　　　鱼盐如土民趋便，禾稻无田赋薄征。

　　　　波向山屏低处涌，舟穿石壁隙中行。

　　　　边氓久乐承平化，四十余年不识兵。

　　　　（《安邦封土》）

　　《思家将士》和《驻河华海口夜坐听雨悲感俱生》表现了一位帝王心灵深处较少流露而颇为感人的一面——对征战沙场将士的悲思之情：

　　　　北风携手与谁俱，不夜天高月影孤。

　　　　梅落五更增远恨，愁来一日似三秋。

　　　　魂能引梦存心否，酒到忘形惜醉无。

　　　　欲识古人旧消息，恐稀便雁到神州。"

　　　　（《思家将士》）

　　　　悄悄蓬窗抵顶眠，绿纱帐卷薄如蝉。

　　　　乾坤夜雨三更梦，湖海东风万里天。

　　　　渺渺波涛穷望目，匆匆时序惜流年。

　　　　却怜泥露劬劳士，覆首囊无沐椁钱。

　　　　（《驻河华海口夜坐听雨悲感俱生》）

　　《题扇》体现了黎圣宗对炎炎烈日下劳作的农民的同情和理解以及对民生的

---

① ［越］黎圣宗：《琼苑九歌诗集序》，载：裴文元：《越南文学总集》第五集，河内：社会科学出版社，1995年版，第665页。

关切：

　　　南熏楼阁日长时，纨扇挥风午梦宜。

　　　拂拂凉风宜午梦，夏畦劳苦未曾知。

　　黎圣宗作为一国之君，居殿堂之高位，能体恤下层兵士与农民的牺牲与辛苦，实属难能可贵。

　　黎圣宗的汉文诗风鲜明，那就是追求"奇丽精美"、"清莹澄彻"的诗歌风格，追求韵律美、辞藻美和意境美的唯美主义风格。《东巡过安老》一诗就是他追求"清莹澄彻"诗风的体现：

　　　渺渺关河路几千，北风有力送归船。

　　　江涵落日摇孤影，心逐飞云息万缘。

　　　霜雾零时无绿树，桑麻深处起青烟。

　　　海山逦迤穷游目，只见雄雄亘碧天。

　　黎圣宗的唯美主义诗风不仅从他的诗篇中可以看出，也可以从他对李商隐《锦瑟》一诗的评价中看出："真奇丽精美，可与吾侔。而清莹澄彻，未及吾诗句也。"①同时，我们也可以从潘辉注和洪德年间的东阁学士陶举对黎圣宗诗歌的评价中看出："圣尊御制大抵英气雄迈，词意飘洒。""逸词丽句雄奇，千古帝王之作，未可能及者也。"② "义理高远，词气雄浑，劝勉之情溢于言表，真帝王立教垂世之文也。"③

　　黎圣宗的汉文诗给出使越南的中国使者留下了深刻的印象。天顺六年（1462年），明遣正使钱薄册封黎圣宗为安南王。在明朝使者钱薄回国之时，黎圣宗为钱薄饯行写了10首律诗并命朝臣十多人唱和："举国君臣迓使旌，富浪江山古螺城。一封恩诏乾坤重，万斛明珠草芥轻。锡土久安朱鸟分，委心奚用白鸡盟？愿言国祚同天寿，带砺河山愿治平。"（黎圣宗《送天使钱学士归期》其二）"晓日初升瘴雾空，归程马首正吹风。知音岂限朱厓北，惜别那禁珥水东。上国有人还献纳，偏方无事赖蚌蠓。他年两地如相忆，一片情怀寄寒鸿。"（阮直《应制送天使钱学士归期》）

　　黎圣宗在文学事业上的身体力行和大力提倡，不仅推动了越南汉文诗的蓬勃发展，而且还促进了整个越南文学事业的繁荣昌盛。黎圣宗在越南古代文学史上

---

① ［越］吴士连：《大越史记全书》（内阁官板），河内：社会科学出版社，1988年版，第380页。

② ［越］潘辉注：《历朝宪章类志·文籍志》，河内：文化教育青年部出版，译术委员会古文库，1974年版，第92页。

③ ［越］陶举：《琼苑九歌诗集终序》，载：裴文元《越南文学总集》第五集，河内：社会科学出版社，1995年版，第678页。

留下了浓重的一笔。

黎宪宗（1497—1504）是后黎朝第五代皇帝，"天资英睿，运抚隆平。"[1] "庚申三年（明弘治十三年）……秋八月十五日，御制观稼亭中秋玩月诗十五韵，命东阁大学士阮仁浃……奉庚。"[2] 黎宪宗留有《题绿云洞》、《题盘阿山》等吟唱山水的诗篇：

> 巉岩顽石倚天开，南国山河信每哉。
>
> 忆昔陪鸾三度至，如今衣锦六飞来。
>
> 山容日暖妆红萼，石径晴多绣绿苔。
>
> 岂必梵宫称乐土，率滨赤子上春台。
>
> （《题绿云洞》）
>
> 三折流边笮石堤，盘根万里壮坤倪。
>
> 每将人义行王政，未识林泉有隐栖。
>
> 散步上峰观日浴，横舟中渚听猿啼。
>
> 旁人莫讶题诗数，文运如今正聚奎。
>
> （《题盘阿山》）

黎襄翼（1510—1516）是后黎朝第八代皇帝，颇有文才，著有《宝天清暇集》和《光天清暇集》："初设讲延，留心典籍，焕经天纬地之神奎，则有《宝天清暇集》；广酌古准今之治鉴，则有《光天清暇集》。" 黎襄翼工于汉诗，在为明朝使节湛若水饯行时赋诗云：

> 凤诏祗承出九重，皇华到处总春风。
>
> 恩覃越甸山川外，人仰尧天日水中。
>
> 文轨车书归混一，威仪礼乐蔼昭融。
>
> 使星耿耿光辉遍，预喜三台瑞色同。

黎襄翼在为明朝使节希曾饯行时赋诗云：

> 一自红云赫案前，使星光彩照南天。
>
> 礼规美矩周旋际，和气春风笑语还。
>
> 恩诏普施新雨露，炎封永奠旧山川。
>
> 情知远大摅贤业，勉辅皇家亿万年。

黎贵惇在《芸台类语》中指出："国君圣而文人聚，圣贤定意于笔，笔集成文，

---

① ［越］吴士连：《大越史记全书》（内阁官板），河内：社会科学出版社，1988年版，第459页。
② ［越］吴士连：《大越史记全书》（内阁官板），河内：社会科学出版社，1988年版，第470页。

文具情显。"① 这无疑是对越南帝王文学艺术成就的肯定，同时也是对越南帝王文学在越南古典文学发展过程中发挥引领作用的肯定。越南历朝帝王们身体力行的文学创作和他们对以诗赋为主要内容科举考试的大力倡导，极大推动了越南汉文学以及整个越南文学事业的进步和发展。在越南古代文学史上，越南帝王们创作了大量的汉诗，取得了斐然的文学成就，在越南古代文学史上占有一定的历史地位。

15世纪中期，汉文诗呈现出华艳、纤巧的形式主义倾向，诗歌内容贫乏、空洞。"陈朝以降而渐异其趣，诗之发展脉络进向注意音律声调之途。降至黎朝及阮初，即完全入于追求声律华美，格式严密之境。影响所及，非但在上位之君主好之，在下位之诗人尤有甚焉，莫不精心聚志于雕琢声律，并竞以华丽之辞汇兴典实入诗。"② 18世纪末19世纪初著名的诗人和学者裴辉璧在《历朝诗抄序》中也持类似的观点："……洪德清丽，未流浸弱，中兴乃朴拙，永盛保泰以后，更为通畅；近年颇尚气格，继今而作，殆将有大雅之遗乡者欤抑闻之。"③ 黎圣宗组织的"骚坛会"的奉和御制诗有不少诗歌属于这一类，代表诗人除了黎圣宗之外，还有"骚坛会"中的申仁忠、杜润等。

申仁忠（Thân Nhân Trung，1418—1499），光顺十年进士，为官至国子监祭酒、东阁大学士、吏部尚书等职，是"骚坛会"的副元帅。申仁忠是黎圣宗的一名御用文人，他的汉文诗几乎全是与黎圣宗的奉和之作，如《侍游绿云洞奉和御制》（洪德二十五年三月十七日）：

> 清幽古洞倚嶙芜，占得壶天世界宽。
>
> 雨过苔痕铺石磴，风来琴韵响松关。
>
> 三生香火缘万契，一枕烟霞梦已寒。
>
> 仰读宸章尘虑息，岩花弄影鸟声闲。

杜润（Đỗ Nhuận，1446—?），光顺十年进士，东阁大学士，是"骚坛会"的副元帅。与申仁忠一样，杜润也是黎圣宗的一名御用文人，他的汉文诗几乎全是与黎圣宗的奉和之作，如《从驾西征奉和御制思家将士》：

> 同袍共枕两难俱，残月西营客梦孤。
>
> 碧草情怀空拟恨，清霜志气尚横秋。

① ［越］黎贵惇：《芸台类语》第二集，国务卿特责文化府出版，译术委员会古文书库，1972年版，第106页。

② ［越］释德念（胡玄明）：《中国文学与越南李朝文学之研究》，大乘精舍印经会，台北金刚出版社，1979年版，第214页。

③ ［越］裴辉璧：《历朝诗抄》，越南汉喃研究院藏。A1928.

沉沉鼓角数声断，杳杳鳞鸿一字无。

此去莫嫌离别苦，人生几到帝王州。

16、17世纪，越南战乱不断、社会动荡，可谓是"满目干戈苦未休"（阮秉谦）。汉文诗也逐渐朝着抨击时弊、控诉战争和反映社会现实的方向发展，阮秉谦、冯克宽等诗人的汉文诗体现了显著的时代特色。

阮秉谦（Nguyễn Binh Khiêm，1491—1585），字亨甫，号白云居士，别号雪江夫子，是16世纪汉文诗和喃字诗的一代名家。阮秉谦出身于书香门第，其父阮文定曾为国子监太学生，其母通晓经史，擅长诗文。在母亲的精心教育下，他一步步成长起来。阮秉谦少年时学习优良，成年后学识渊博，成为当时著名的学者。由于社会动荡，阮秉谦年轻时一直没有参加科举考试，45岁时才中解元。随后，他一发不可收拾，在两年的时间里，便完成了科举事业，最后考中状元。阮秉谦入仕莫朝，为官8年，历任吏部左侍郎兼东阁大学士，吏部尚书，被朝廷加封为呈旋侯。因为不满朝廷内奸臣结党营私，他上疏请诛18位奸佞，奏章被驳回，他为此愤而告病回乡教书，过起了隐居的生活。后来，莫朝又力邀阮秉谦出山参政。阮秉谦直到70多岁才真正挂冠归隐，退休后，他在家乡建白云庵，隐居办学授徒，他教出了很多学生，最有名的是冯克宽、阮屿等。他远离宦海，寄情山水，以诗文自娱。阮秉谦虽然已经隐居故里，但仍然受到莫朝以及当时其他封建集团的敬重。莫朝每逢重大事情必向他咨询，郑氏和阮氏集团也经常派使者前来白云庵向他请教问题。阮秉谦去世后，被追封为呈国公，因此，人们常称其为"状呈"。

阮秉谦在当时可谓是名扬天下的学术大师。他博学多才，上知天文，下知地理，尤其是在神学方面颇有心得，相传《呈国公谶语记》和《呈先生国语》等谶语书籍就是出自他之手。阮秉谦汉文著述颇丰，著有汉文《白云庵诗集》，共10卷，收有他的1000余首汉诗，现在此书已不存。潘辉注对该诗集评价道："诗一千首，大抵清丽、浑雅、有自然意趣。"[1]

在诗歌风格上，阮秉谦继承了15世纪汉文诗的浏亮、清丽，同时增添了浓厚的工稳与感伤的色彩：

相逢乱后老相催，缱绻离情酒数杯。

夜静云庵谁是伴，一窗明月照寒梅。

（《与高舍友人别后》）

---

① ［越］潘辉注：《历朝宪章类志·文籍志》，河内：文化教育青年部出版，译术委员会古文书库，1974年版，第153页。

　　阮秉谦生活的时代，越南封建制度开始发生危机，封建国家正走向衰落，统治阶级内部分崩离析。1527年，莫登庸篡位建立了莫朝。同时，郑氏、阮氏集团与之抗衡，形成了南北对峙的局面。阮秉谦的诗歌反映了当时越南社会的混乱局面，表达了当时封建知识分子彷徨和无奈的心态。《寓意》（Ⅱ）抒发了阮秉谦奋斗一世后失落和困惑的情怀：

　　　　济弱扶危愧无才，故园有约重归来。

　　　　洁身只恐声名大，剧醉那知老病催。

　　　　山带秋容青转瘦，江涵月影白相猜。

　　　　机关了却都无事，津馆柴门尽日闲。

　　阮秉谦面对乱世，虽有忧天下之志："光景逐人年似矢，危时忧国鬓成丝"（《秋思》）、"何年再现唐虞治，偿了君民致泽心"（《自述》），然而命运多舛，时势难违：

　　　　满目干戈苦未休，暂乘余暇觅闲游。

　　　　栖栖燕壁多坤衍，寂寂箕山几许由。

　　　　千丈光摇新剑气，三春暖入旧书楼。

　　　　老来未艾天下志，得丧穷通岂我忧。

　　（《中津馆寓兴》Ⅰ）

　　阮秉谦的一些汉文诗充满了对当时社会状况以及世界万物的深深思考，具有深刻的思辨性，这类诗歌人们习惯称之为"哲理诗"。《责子》运用议论的手法，在诗中阐述了诗人对人生孝道的思考："父在不远游，惟疾父之忧。圣贤所垂训，斯言岂我污。而既生为人，胡不业为儒。"在五言古风《感时古意》中，阮秉谦阐述了世间治乱相互更替的辩证法思想："世一治一乱，时有屈有伸。倚伏于无穷，满损见虚实。"

　　冯克宽（Phùng Khắc Khoan，1528—1613），字弘夫，号毅斋，是16世纪末越南汉、喃均工的著名诗人。他满腹经纶，文武兼备，在文化、政治、外交和军事等领域颇有建树，在当时有"第一人物"之称。1592年，冯克宽辅佐后黎朝中兴皇帝黎世宗驱赶莫氏，返回京都。1597年，冯克宽作为正使出访明朝，回国后，冯克宽被封为梅岭侯，后又被封为梅郡公。冯克宽留有汉文《梅岭使华诗集》、《毅斋诗集》、《言志诗集》和《冯公诗集》等，他的汉诗创作功力深厚，对汉诗艺术手法驾轻就熟、运用自如：

　　　　自觉年方志学秋，功名欲遂每勤劬。

　　　　家藏活计书其宝，力代耕锄笔是奴。

遇事处随中道合，致身必出正途由。

男儿自有显扬事，肯作昂藏一丈夫。

（《自述》其一）

足蹑千重山，身居第一层。

回头超下品，恍若寓门登。

偶因乘兴到岩前，稳步云衢上坦然。

鸟语唤迎松下客，花容静对洞中仙。

足超尘世三千界，手摘星辰咫尺天。

试扫石苔描些景，诗成笔已动山川。

（《登佛迹山》）

平生正直又忠诚，壮志高悬日月明。

笔下便教风雨动，诗成解使鬼神惊。

松于岁后节尤劲，梅向春先色愈清。

荣进安排天定命，古来白屋起公卿。

（《病中书怀》其一）

《喜接天朝南宁府黄爷》是冯克宽在迎接中国使者的过程中写的，诗篇赞颂了两国和平相处、友好交往的邻邦关系：

九重天子爱民心，理郡多公奉职钦。

学道爱人君子乐，承流宣化守臣心。

门松翠耸擎天盖，庭菊黄葡满地金。

边晏道通无复事，北南共乐太平音。

黎世宗光兴二十年（1597年），冯克宽出使明朝，到达燕京后，适逢明帝万寿节，他上拜贺诗30首。明帝大悦，朱批"何地不生才"，命刊行之。《安南耆目冯克宽万拜万祝贺天朝皇帝万寿节诗》（其二）云：

几年波帖渤溟东，万国欣观有圣聪。

黄道光开中正日，彤围香袅太平风。

天涵地育鸿恩溥，航至梯来雉贡通。

敬祝万年天子寿，绵绵国祚过周洪。

在出使中国过程中，冯克宽留有与出使中国的朝鲜使者的酬唱诗篇，如《和朝鲜国使李斗峰"窗前种竹"之作》和《答朝鲜国使李谇光》等。

乂安何地不安居，礼接诚交乐有余。

> 彼此虽殊山海域，渊源同一圣贤书。
>
> 交邻便是信为本，进德深惟敬作舆。
>
> 记取使诏还国日，东南五色望云车。
>
> (《答朝鲜国使李诉光》)

"彼此虽殊山海域，渊源同一圣贤书。"中、越、朝三国虽山河地域不同，但文化源头都是孔孟的圣贤书以及源远流长的中华文化。《答朝鲜国使李诉光》是汉文化圈内三个国家——中国、越南和朝鲜友好交往的历史见证。

在这一时期，"邦交诗"很多，几乎所有出使中国的越南使臣都留有记录自己行程中所见、所闻和所感的汉诗，如武瑾(Vũ Cận，1527—？)的《星轺纪行》、阮登道(Nguyễn Đăng Đạo，1651—1719)的《阮状元奉使集》以及阮庭策(Nguyễn Đình Sách，1638—1697)、阮名儒(Nguyễn Danh Nho，1638—1699)和黎希(Lê Hy，1646—1702)等人的汉文诗。

在迎接中国使者的过程中，越南诗人留有大量汉文诗。阮庭宙(Nguyễn Đình Trụ，1627—1703)留有《赠大清使周灿》："牡驾言归长记取，高名千载谅山齐。"武惟邝(Vũ Duy Khuông，1644—？)与出使越南的清朝使者周灿多有唱酬，写有《赠大清使周灿》、《和周灿勉学读书诗》和《和周灿留别诗》等。《和周灿留别诗》一诗肯定了越南文化与中国文化在源头上的一致性："勿嫌南北风声异，斯道原来一圣真。"《赠大清使周灿》一诗则向中国使者展现了越南歌舞升平、和平繁荣的景象：

> 圣代才名重璧圭，传来夫子自关西。
>
> 九重册命颁丹陛，万里帆樯泛碧溪。
>
> 鹤禁风标人罕见，鸡林姓字价争题。
>
> 回朝若问交南事，处处春台寿域齐。

丁儒完(Đinh Nho Hoàn，1670？—1715？)曾出使中国清朝，留有汉文诗集《墨翁使集》。《遇福建客丘鼎臣来访》一诗表达了老友相逢的喜悦："银散满城游子月，金吹千里古人风。他乡一见嗟何晚，别后难禁梦里逢。"

胡士扬(Hồ Sĩ Dương，1622—1681)的《贺国老燕郡公范公著致仕》是一首次韵首尾格，显示了诗人娴熟的汉诗技巧：

> 五百年间名世儒，大罗步步快程途。
>
> 日宣方引朝明德，时止方思圣训谟。
>
> 疏傅功名光旧谱，潞公容止上新图。

保真更妙调元手，福寿弥钟宋巨儒。

这一时期，越南开始出现汉文"咏史诗"，如邓鸣谦的《越鉴咏史诗集》、杜絪（Đỗ Nhân，1474—1518）的《咏史诗集》等。

邓鸣谦（Đặng Minh Khiêm，1456—1526），号脱轩，1487年进士，他阅读了大量越南历史书籍，并养成了用诗歌阐释历史、思考历史的习惯："洪德年间，余入史馆，窃尝有意于述古，奈秘书所藏，屡经兵火，书多缺佚。见全集者，惟吴士连《大越史记全书》、潘孚先《大越史记》、李济川《越甸幽灵集录》、陈世法《岭南摭怪》而已。笔载之下，披而阅之，藏而考之，又从而歌咏之，日积月累，已若干首，汇成全集，分为三卷。"①

邓鸣谦的《越鉴咏史诗集》共三卷：第一卷吟帝王，第二卷咏宗室和名臣，第三卷咏名儒、后妃和公主等。诗集包括125首汉文诗，这些诗咏吟从上古到胡朝的越南历史人物。邓鸣谦的过人之处就在于他能在短短的四句七言诗中，对某个历史人物的功过是非予以评价。正如潘辉注所指出的那样："褒贬去考，殊有深意，允成名笔。"②

> 早上昆山退老章，悠悠不管国兴亡。
>
> 当年梦舆犹为托，休赋禽诗讽艺皇。
>
> （《咏陈元旦》）
>
> 生逢家衅誓输忠，懋建重兴第一功。
>
> 殁后威犹摧北虏，倚天长剑夜鸣风。
>
> （《咏陈国峻》）

综上所述，15至17世纪，越南汉文诗的发展可谓是繁花似锦、绚丽多彩。艺术风格百花齐放、争奇斗艳，意境清远、淡雅，韵律和谐、优美，语言洗练、精当。五、七言绝句、律诗艺术高超。

15至17世纪，越南汉文赋已相当盛行，这与当时太平盛世、追求好大喜功的社会风气和铺张扬厉的文风有很大关系。这一时期，代表性的赋有阮梦荀的《蓝山赋》《义旗赋》《洗兵雨赋》《至灵山赋》，李子晋的《至灵山赋》，李子构的《三益轩赋》，阮浮先的《美玉待价赋》，阮天纵的《鸡鸣赋》，阮鹰的《至灵山赋》等。

蓝山位于清化省境内，是黎利的起兵之地。1418年，黎利在这里发动了著名的"蓝山起义"。阮梦荀的《蓝山赋》是一篇颂扬黎利发兵蓝山、举行起义的赋。《蓝

---

① ［越］邓鸣谦：《越鉴咏史诗集》，越南汉喃研究院藏。A440.
② ［越］潘辉注：《历朝宪章类志·文籍志》，河内：文化教育青年部出版，译术委员会古文书库，1974年版，第151页。

山赋》用纵横恣肆、挥洒张扬的语言描绘了蓝山的雄伟壮美、人杰地灵，肯定了蓝山"山兴国家"、"肇基王迹"的重要地位，赞颂了黎利"如汉高之起丰沛，如光武之奋南阳"永垂千史的英雄壮举和千秋伟业：

天柱屹兮亭亭，镇鳌极兮不惊。王气腾于西越，英风震于北溟。河图见而龙马出，洛书降而神龟呈。此为天下关河之宗主，而蓝山之所以得名也。

观其：发育万物，竣极于天，博厚配乎坤德，至健体乎干元。云雷起而雨四海，麟凤出而瑞中原。下风五岳，上应微垣。如此宸居所而临众星，如上帝履尊而朝群仙。玄机神造，大智天全。溥博渊泉而水归大海，光辉发越而玉韫蓝田。魏乎成功惟天为大，神哉妙用亘古无前。昂昂而首出庶物，矫矫而初见于田。风尘不动，仰之弥高，兵燹莫纪，钻之弥坚。

想夫：天作高山，肇自佛皇，积累王基，二祖肇祥。天地扶持益炽益昌。遁迹芒砀，如汉高之起丰沛。潜光白水，如光武之奋南阳。崎岖百战而创业，阊阖成功而兴王。有似兹山之崛起，碓瞻视于四方。明天目以收英杰，综人文而焕天章。以兹山之石而砥砺爵禄。以兹山之木而缔构栋梁。以要而御烦。以柔而制刚。干旋坤转，不测其端倪。天造地设，莫辨其阴阳，方其养晦也。人不知其至宝，及其龙受也。运乃启于非常，华闾虽建国也。而制度狭小，安山虽福地也。而形势汪洋，岂如当百二之险，有十六之强。是则衍如冈，如陵之福，与天地同以久长。

至若：登临也，则措国势于泰盘之上。纲罗也，则搜贤才于岩穴之居。虽九仞也而不怠进篑之勤，虽凤功也而有取从谏之虚。不凿智以歧址，务崇高而有辞，则兹山兴国家也。允念兹而在兹。颂曰：

歧山兴周，启世八百。

惟此蓝山，肇基王迹。

于周有光，卜过其历。

大得民志，卑不可逾。

位极崇尊，子亲九州。

难凿形容，永扬王休。

至灵山位于清化省境内，是黎利与明军交战失利后三次退守的根据地，是黎利抗明斗争的宝地。阮梦荀和李子晋两位诗人均作有《至灵山赋》，阮梦荀的《至灵山赋》和李子晋的《至灵山赋》均极力推崇神圣的至灵山："此至灵山相我皇之兴运"、"基万世太平之丕业，奠生灵社稷之尊安"。同时，两位诗人极尽溢美之辞，歌颂黎利起义后、历经千难万险最终取得抗明胜利的英雄壮举，高度评价黎利开国立功的丰功伟绩：

光岳炳灵，帝王有真。方天地之草昧，犹云雷之遭屯。有开必先，免狄难而脱重险。殷忧启圣，自西土而集大勋。此至灵山相我皇之兴运，有如会稽之栖甲盾，芒砀之拥瑞云。是宜轸严宸之在念，赞厚德于美文。

方其：人心已寒，国耻未雪。惟蓝山之起义，势如火之烈烈。豪杰云从，号令雷发。战欲起与升隆，仇始征而白葛。室家板荡，兵徒浪跋。

乃迁歧以远避，息王迹于神岳之间。蜿蜒磅礴，固不可得而状兮，想地阔而天悭。陌花间之逼窄兮，非羽林之萦环。绝磴千寻兮，壮金汤之险。峭壁半空兮，当百二之关。峰列陛戟兮，树拥幢幡。森草木之皆兵兮，疑双阙之流丹。猗神岳之效职兮，先严辨以迎銮。顾遵养以待明时兮，坚立志以胜残。威凤凰览辉而将下兮，神龙相时而暂蟠。

想是时也：茅舍未定，疮痍甫完。卧薪切戴天之恨，枕戈苦长夜之漫。誓心岂同于匪石，进箦益厉于为山。亡固而存，危转而安。父子之兵，身同甘苦。熊黑之士，铁炼心肝。鸟跕兮云浸，露宿兮风餐。投死复生兮，审存亡之有道，出无入有兮，妙循环之无端。……

至若：在困而亨，便穷而通。处柳死一生之地，蔚然有卫天之势，藏至险大顺之用，卓尔真命世之雄。神赞睿谋，人仰威风。收时栋一立擎天之柱，炼五色以收补天之功。于以求良弼于版筑，于以得贤辅于非熊。由斯山先为之兆，岂止以守而以攻。故能：磨刀山缺，风扫尘空。披荆棘以立朝廷，操白梃以挞寇戎。揆王业之所基，亦斯山发踪。

于是：催衰牢如拉朽，振西都如发蒙。天威行乎方外，群雄入乎彀中。瑰县载扬而贵殖骐走，茶龙一鼓而晟毙政穷。衍关河之万里，御中天之六龙。累积之士，载太花而不摇。囊括之富，藏大地而有容。视会稽而兴越主，芒砀之启沛公。与斯山成我皇灭吴之志，世虽异而符同。既出云而雨以荡腥膻，亦断鳌立极以壮朝宗。登一世衽席之安，措国家泰盘之隆。

犹梦寐乎岩扃，耿如在其渊衷。故升一等之祠，以表当年之报本。揭无竞之烈，以昭万世之奇逢。裹山林之锦绣，镕威灵于鼎锺。乃稽首拜手而献歌曰：绮欤西越兮，西汉匹休。似沛公师兮，灭吴复雠。蓝山肇迹兮，至灵疑命。会稽芒砀兮，先后辉映。又赓再歌曰：崇高既极兮，艰难不忘。八珠在前兮，犹念糇粮。九重深舍兮，尚想风霜。念兹在兹兮，干德自强。大业永不拔兮，与山无疆。

（阮梦荀《至灵山赋》）

天作屹兮名山，雄虎踞兮龙蟠。基万世太平之丕业，奠生灵社稷之尊安。兹至灵之形胜，所以与我西越长突兀于两间。

观其：遒姿耸汉，瑞气争霄。众轫列屏兮列迤，群峰插玉兮岌峣。鼓角排卫蠹蠹乎云屯之万骑，簪圭拥从济济乎星拱之百僚。彩雾蔼淋漓乎之幢节，鸣泉乡嘹亮之英韶。

尔乃：德泽民物，材应时需。蓊荟兮濡望云之霖雨，孚尹兮兴宝藏之金珠。梗楠球琳兮，可以作庙堂之柱石。麻条翘楚兮，可以充庶姓之樵苏。神龙于焉兮，可以韬其晦迹。至人于焉兮，可以阅其真符。故：虽有以困圣心而衡圣虑，真有以决大策而定良筹。宜乎藏妙用于千古，而特灵于国初。

时其：天造草昧，胡朝书昏。旄头缠鹑火之分野，犬羊污南纪之乾坤。天佑一德，群方骏奔。云拥芒砀，灿虹光之绚烂。火流王屋，赫初日之朝暾。

彼昏不知，曾不是思。狙弄兵于战胜，逞醒雪之阴私。谓蚺蛇不足以吞象，谓槛虎不足以积威。肆狂猘之猖噬，纵封豕于蠢次蚩。

殊不知：天命有在，人心攸归。草木皆兵，骇风声而鹤唳。……

（李子晋《至灵山赋》）

15至17世纪，《皇越春秋》的出现标志越南汉文文言历史章回小说在越南文坛的兴起。《皇越春秋》的作者不详，分上、中、下三卷，每卷20回，共60回，叙述了天圣元年庚辰（1400年）至顺天元年戊申（1428年）间越南的历史。小说的故事梗概是：1400年，胡季犛篡夺了陈朝政权，建立了胡朝。陈氏裔孙陈天平请求明朝出兵帮助其恢复皇位。陈天平返回国内后，被胡季犛杀害。明朝出兵，与黎利兄弟联合打败了胡季犛。随后明朝对安南进行了直接统治。黎利率领军队经过10年抗战，终于赶走了明朝军队，建立了黎朝。

15至17世纪汉文文言散文类神怪故事、传奇小说等不断出现在越南文坛上，代表作是《岭南摭怪》和《传奇漫录》等。

武琼（Vũ Quỳnh，1452—1516）和乔富（Kiều Phú，1446—？）在陈世法等编纂的基础上，修订、补充并完成了《岭南摭怪》一书。

《岭南摭怪》一书是一部越南古代神话传说集，同时也是一部神怪故事集，它对研究越南古典文学、民间文学具有重要的价值。从武琼和乔富的序言，可以看出作者编纂的目的和宗旨。武琼的《岭南摭怪序》：

桂海国虽在岭南，然山川之奇，土地之灵，人之英豪，事之神异，容或有之。自春秋战国以前，去古未远，南俗尤简略，未有国史以记其事，故其事率多遗忘。

其幸存而不泯者，特民间之口传耳。迨至两汉、三国、东西晋，既唐、宋、元、明，始有史传以载其事，如《岭南志》、《交广记》、《交趾略志》等书，历历可考。然我越乃古要荒之地，故记载又略之也。然其国始于雄王，为文明之渐，则滥觞于赵、吴、丁、黎、李、陈，迄今则尾闾矣，故国史之载，特加祥焉。

斯传之作，其传中之史欤？不知始于何时，成于何人？姓氏缺不见录。意其草创于李、陈之鸿士硕儒，而润色于今日好古博雅之君子者矣？愚请究始末，逐一陈之，而推明作传者之意。

《鸿庞氏传》是祥之皇越开创之由；《夜叉王传》盖略叙占城兆萌之渐；白雉有传志越裳氏也；金龟有传记安阳王也；南国聘礼所重莫如槟榔，表而出之，则夫妇之义，兄弟之睦，于是然彰矣；南物夏时所贵，莫如西瓜，揭而言之，则侍有己物，不顾于恩，于是然著矣；《蒸饼传》者，嘉孝养也；《乌雷传》者，戒淫行也。董天王之破殷贼，李翁仲之灭匈奴，南国有人可知矣。褚童之邂逅仙容，崔伟之遭逢仙偶，为善阴骘可见矣。道行、空路等传，奖其能复父仇，而神僧之辈乌可泯也。鱼精、狐精等传，示其能除妖怪，而龙君之力不可忘也。二征忠义，死为神明，旌而表之，孰云不可？伞圆神灵，能排水族，彰而显之，谁曰不然？与夫南诏为越武之后，而国亡能为复仇；蛮娘为木仙之母，而岁旱能作霖雨；苏沥为栴檀胜之精，一则立祠以祭，而民受其福；一则用术以除，而民免其祸。而事无异而不至于诞，文虽神而不至于妖，虽涉于荒唐而踪迹亦有可据。岂非劝善惩恶，去伪就真，以激励风俗而已！其视晋人《搜神记》、唐人《幽怪录》同一致也。

呜呼！岭南列传之作，岂特刻之石，编之简，而贵于口碑欤！童之黄，叟之白，率皆称道而爱慕之，惩艾之，则其有系于纲常，关乎风化，夫岂小补哉。

洪德壬子仲春，愚始抄得是传，披而阅之，不能无鲁鱼阴陶之舛，于是忘其固陋，校而正之，厘为三卷，目曰《岭南摭怪列传》，藏于家，以便观览。若夫考正之，润色之，详其事，备其文，志其词，精其旨，后来好古君子，岂无其人欤。是为序。①

乔富的《岭南摭怪后序》：

愚谓常事布在史经，所以垂世教。怪事施于传记，所以广异闻。是故虞、夏、商、周之时载于经，汉、唐、宋、元之事祥乎史。而老人游河，应龙昼地，鼓鸣社里，雀衔丹书，又有传记以补亡耳。汉之《武帝内传》、唐之《天宝遗事》、宋之《朝野

---

① 戴可来、杨保筠校点：《岭南摭怪等史料三种》，郑州：中州古籍出版社，1991年版，第3-4页。

金载》，无非兼采一代奇怪以资观览。

我越十二使君以前，文献不足徵。当然国家事迹，固有迭见于《涑水通鉴》及历朝史。至于山川之灵，人物之异，则虽史笔不录，而口碑不诬。后来博水舍，编之为传，凡若干篇，掇拾零碎条件，以足其所未备。卓诡之中，关系者存。

呜呼！天命玄鸟降而生商，则百卵生儿分治南国，鸿庞之传不可泯也。宁为鸡口，无为牛后，则赵氏之苗裔反吾北朝，南诏之传不可遗也。水绕而聚会青龙，志苏历江，非美京都之形胜乎？战捷而慢藏弩机，志金龟氏，非刺安阳之忘危乎？除人民之害，则鱼精、狐精、木精之传记其实。尽臣子之道，则蒸饼、龙眼、白雉之传记其祥。董王、翁仲以击贼护国显。西瓜、槟榔以生物利民称。一夜泽、越井冈作善而阳施阴报，所以劝之。何乌雷、夜叉王好淫而丧身亡国，所以戒之。以至伞圆山之捍灾御患，蛮娘之祷雨即应，徐道行之复父仇，阮明空之瘳帝疾，杨空路、阮觉海之降龙坠蛤，人皆服其艺术之妙。事涉不经，而传闻有迹，表而出之，不亦宜乎！

但谓伞圆神为妪姬之男，董天王为龙君，李翁仲诈泄写（泻）而死，愚切以为不然。昔传称伊尹以割烹要汤，百里奚以饭牛于秦穆公，非孟轲氏力辨，则二子终受污贱之名。夫伞圆为灏气之神，董天王乃天降之将，李翁仲又一时豪杰，乌有如传者所云哉！故愚旁记他书，随附己意，改而正之，辨诬于既往，解嘲于将来，又删其烦、从其简，得便笥中观览。博雅君子，幸恕其僭云。

《岭南摭怪》历经各个朝代，有多人"续编"，有多种版本，故事多少不一，从22个到42个，这些神话故事记叙越南民族的起源（《鸿庞氏传》）、歌颂民族英雄（《董天王传》）、赞颂兄弟情意、夫妇人伦（《槟榔传》）等。《岭南摭怪》中的《何乌雷传》是其中颇有文学意味的神话故事，这个故事讲述了麻罗神与武氏生出一奇黑无比叫乌雷的男孩，乌雷长大后因声色而招致杀身之祸。

陈裕宗绍丰年间，麻罗乡人邓士瀛为安抚使，奉命往使北国。其妻武氏在家。本乡有神祠名麻罗神，夜夜化作士瀛，其容貌行止类若士瀛，入武氏房中与之通淫，黎明即去，不知何之。后夜武氏问曰："府君已奉命北使，如何夜夜得还而昼则不见？"神诈曰："帝已差他官北使而使吾侍左右与帝围棋，不许出外。吾念夫妇之情，故暗夜偷还与尔以泻恩爱，明旦急趋入朝，不敢久居。"鸡鸣复去。武氏犹疑之。

期年士瀛使回，武氏胎已满月。士瀛具本奏闻，下狱武氏。帝夜梦一神人来奏曰："臣乃麻罗神也。其妻武氏已有身孕，被士瀛争之。"帝惊觉，明日命狱官将武氏御前评其事由。帝即判曰："妻还士瀛而子还麻罗神。"越三日，武氏生一黑胞，破得一男子皮肤如黑。至十三岁，名曰乌雷。色虽黑而肌润如膏。十五岁，帝召入侍，甚宠爱之，赐为宾客。一日，乌雷出游，遇吕洞宾。吕洞宾问曰："好儿郎意欲何求？"乌雷对曰："当今天下太平，国家无事，视富贵如浮云耳，止欲声色以娱耳目而已。"洞宾笑曰："尔之声色得失相当，名流于世。"使乌雷开口试观。乌雷张口以试之。洞宾唾入，使吞之，乃腾空而去。自此，乌雷虽不识字而敏捷便佞多有过人，词章诗赋，歌谣吟唱，嘲风弄月之声色，绕梁过云人人自乐闻之。至于妇人女子尤加悦焉，咸欲睹其面……

《传奇漫录》是越南第一部汉文传奇小说集，被人们誉为"千古奇笔"、"千古奇书"。《传奇漫录》的作者为阮屿（Nguyễn Dữ, ?—? ），是16世纪越南著名的作家和诗人。阮屿为阮翔缥之子。阮翔缥"登洪德二十七年（1497年）丙辰科同进士，仕至承宣使，赠尚书。"大安何善汉在《传奇漫录序》谈到了阮屿的简短生平："少劬于学，博览强记，欲以文章世其家。粤领乡荐，累中会试场。宰于清泉县，才得一稔，辞邑养母，以全孝道。足不踏城市，凡几余霜，于是笔斯录以寓意焉。"武纯甫（1697—?）《公余捷记·白云庵居士阮文道公谱记》中认为，阮屿为阮秉谦高足，《传奇漫录》在成书后，阮屿送给他的老师阮秉谦阅读，阮秉谦略作修改，后刊印："屿隐居不仕，作传奇漫录，公多斧正，遂为千古奇笔。"据黎贵惇《见闻小录》卷五《才品》提及阮屿，均据何序，又增序云："后以伪莫篡窃，誓不出仕，居乡授徒，足不踏城市。著《传奇漫录》四卷，文辞清丽，时人称之，以寿终。"①

笔者认为，《传奇漫录》极可能成书于黎末莫初，即16世纪20、30年代。当时，越南封建秩序混乱，社会动荡，各阶层分化严重，战争、饥馑、洪涝和疫病蔓延，民不聊生。要生动地反映复杂多样的社会现实，文学形式必须有所突破，像以前那样"摘录古迹、传绎旧事"的文学形式已经不能担当起文学的历史使命，具有真正文学意义的《传奇漫录》就在这种历史背景下应运而生了。

《传奇漫录》采用汉文文言散文体，现存的版本分为4卷，每卷包括5篇汉文文言短篇传奇小说，全书共有20篇。篇目分别为：卷一有《项王祠记》、《快州义妇传》、《木棉树传》、《茶童降诞录》和《西垣奇遇记》；卷二有《龙庭对讼录》、《陶氏

---

① 陈庆浩、王三庆：《越南汉文小说丛刊》第一辑第一册，法国远东学院出版，台北：台湾学生书局印行，1987年版，第23页。

业冤记》、《伞圆祠判事录》、《徐式仙婚录》和《范子虚游天曹录》；卷三有《昌江妖怪录》、《那山樵对录》、《东潮废寺传》、《翠绡传》和《沱江夜饮记》；卷四有《南昌女子录》、《李将军传》、《丽娘传》、《金华诗话记》和《夜叉部帅录》。

《传奇漫录》多以爱情、历史、鬼怪等为题材。从爱情题材来看，《传奇漫录》中的爱情篇目可分为两类：一是人与人之间的爱情，二是人与鬼、人与仙之间的爱情。叙述现实中的人与人之间爱情的有《快州义妇传》、《丽娘传》、《翠绡传》、《南昌女子录》等；叙述人鬼之恋、人仙之恋的篇目有《木棉树传》、《西垣奇遇记》、《徐式仙婚录》、《昌江妖怪录》等。

《快州义妇传》的故事梗概是：徐达之女徐蕊卿与冯立言之子冯仲逵喜结良缘。冯立言远行，冯仲逵跟随。徐蕊卿的父母相继去世，她扶丧快州。祖姑刘氏贪财，逼蕊卿改嫁白将军，幸老苍头及时找回冯仲逵。冯仲逵回乡后与徐蕊卿过了一段短暂的幸福日子。谁知冯仲逵纨绔子弟的本性难移，赌博成瘾，把徐蕊卿当赌资输给了贾人杜三。徐蕊卿伤心绝望，上吊自尽。小说以冯仲逵在梦境中与徐蕊卿相聚作为结局。

《丽娘传》的故事梗概是：阮丽娘与李佛生，未出生时便指腹为婚。两人长大后，"虽聘期未定，而两情私许"。不料丽娘遭渴真之祸入宫为婢。胡氏末年，"明将张辅分兵入寇，侵掠京城。生闻汉苍失守，意丽娘必在驱中……闻贼将吕毅令妇女数百，据天长府，孤军无缘，心知丽娘在此。"李佛生向简定帝献策，简定帝"给兵五百，使分击天长"。当李佛生攻下天长之后，他方才得知丽娘已经自尽身亡。李佛生四处找寻，最后找到丽娘的墓穴，便在墓前泣诉。夜幕降临，丽娘冉冉而来，两人有一夜之欢。第二天，佛生为丽娘改葬，痛苦离去，孤独而终老。

《翠绡传》的故事梗概是：陈朝绍丰末年，建兴人余润之以诗赋闻名，阮忠彦赠以歌妓翠绡。翠绡与润之感情甚笃。正月初一，翠绡到报天塔上香礼佛，被权贵申柱国掳掠而去。润之投诉无门，只能靠鹦鹉往返传书。翠绡相思成疾，意图自杀。申柱国不得已召来润之，但翠绡之事，绝口不提。过了一年，终由老奴在元宵节劫回，夫妻团圆。大治七年，申柱国以侈汰伏罪。润之至京，擢进士第，遂夫妻偕老。

《南昌女子录》的故事梗概是：武氏设家居南昌，其夫张生，生性多疑。结婚不久，张生从军，武娘怀孕。张生回家后，儿子已牙牙学语。儿子在无意间说自己另有一父，"每夜辄来，母行亦行，母坐亦坐"，只是不说一话，不曾抱他。

张生信以为真，逼死武娘。事后方知儿子指的其实是墙壁上武娘的身影，后悔万分……

《西垣奇遇记》的故事梗概是：黎朝黎太祖绍平年间，天厂士子何仁者客游长安，行至陈太师故宅，在西垣败壁间遇两位美女——柳柔娘与桃红娘，频频投掷花果引诱他，而他也乐得享受此等艳福。有一天，二女忽然垂泪诀别，当夜果真没有出现。天亮后，何生造访西垣，只见数株桃柳被昨晚的狂风暴雨摧残，横倒在地。原来她们全是花精树怪变化而来的。

《徐式仙婚录》的故事梗概是：陈朝光泰中，化州人徐式，以父荫补仙游县宰。徐式解衣赎救被执禁的折花女子，人称其贤。徐式素爱游历名山大川，乃挂冠而去。在游览山水时，他被南岳地仙魏夫人邀至浮莱山峒，与仙女绛香婚配，绛香即前折花人。一年后，徐式思乡欲归，绛香挥泪指引。徐式返回家乡，见景物依旧，人事全非，已逾80余载。徐式后入黄山，不知所终。

《昌江妖怪录》的故事梗概是：胡朝末年峰州人士胡期望之女亡魂兴妖作怪，乡人将其遗骨散在昌江，之后太平无事。黎朝时，该妖女变为美貌少女在江上哭泣，骗得路过此江的谅江人士黄某爱怜，并让黄某为她父母收拾散骨重葬。胡氏之女后嫁与黄某为妻。黄因此而感疾，昏迷不醒，多方医治无效，后终被一神医救治。神医识破真相，以符投之，将妖女化为一堆白骨。女鬼转往地府诬诉，阎罗王追勘黄某，黄某籍供状表白真相。阎王乃下判书，押女鬼赴犁舌狱，减黄某寿一纪。

阮屿用鬼怪化、虚幻化的手法讲述历史故事，历史题材在《传奇漫录》中也占有一定份量。《传奇漫录》中叙述的历史故事大多发生在越南的土地上，时间跨度在越南的李朝、陈朝、胡朝和后黎朝初期间，故事的主人公也大多为越南人，有的还是著名的越南历史人物。有的作品浸透着阮屿对越南民族历史的反思和历史人物的评价。此类篇目有《那山樵对录》、《沱江夜饮录》、《伞园祠判事录》、《项王祠记》和《金华诗话记》等。

《那山樵对录》和《沱江夜饮记》是两篇评述胡季犛父子历史功过是非的小说。《那山樵对录》的故事梗概是：胡朝胡季犛之子胡汉苍出猎，在清化那山遇到一位樵夫，边走边唱，拂衣长往，猜想他是一位隐姓埋名的高人逸士，于是命侍臣张公追赶。张公力劝樵夫出仕辅佐胡朝，樵夫拒绝同流合污，说得张公无言以对。汉苍不死心，又派张公再往，但是已经无踪可寻。汉苍大怒，放火烧山，只见玄鹤翔空，婆娑而舞。后二胡得祸，皆如樵夫所言。在文中，樵夫作为历史的评判家和预言家对胡氏父子进行了抨击："言多诡谲，性多贪欲，殚力役而兴金瓯之功，穷侈靡而厂花街之痛。""用金如草芥，使钱如泥沙。狱以贿而成，官以财而叙。献忠者未言而已戮，进谀者有赏而无刑。"

《沱江夜饮记》的故事梗概是：陈废帝出猎，在沱江北岸开帐夜饮。有自称袁秀才、胡处士者，夜叩行宫，表明将有所谏止。帝命首相胡季犛延入，并设酒款待。席间，二丈夫与季犛对游畋古制及废帝此行的意义展开了一场激烈的唇枪舌战，季犛词锋不敌，屈居下风。季犛派人随后跟踪，各化为狐猿而去。作者在小说的结尾部分评论道："呜呼！天地生物而独厚于人，故人为万物之灵。虽凤凰之灵鸟，麒麟之仁兽，亦物也。沱江之论，胡以人而屈于物？噫！有由矣。盖季犛心术不正，故物中妖怪得以肆其侮弄。使正直如魏元忠、尽忠如张茂先，则彼将听讲守火之不暇，又何争辩之敢？吁！沧浪之水，清兮濯吾缨，浊兮濯吾足，君子无自取也。"

《项王祠记》主要内容是围绕着越南陈朝文人胡宗鷟与中国历史人物项羽的对话、争论展开的。越南陈朝使者胡宗鷟奉命出使中国，在项王祠题诗，语多嘲讽。项王乃召他对话，为所受到的嘲讽申辩，更对世人以成败论英雄深表不平。胡宗鷟不服，力逞舌锋，终令项王辞塞，面色如土。多亏范姓老臣进言，扳回一点颜面。胡宗鷟觉得项王言语有一定道理，答应在人间为项王洗冤。醒来方知以上争辩是一场梦。《项王祠记》中胡宗鷟与项羽的对话、争论体现了以阮屿为代表的越南文人对中国历史文化的精通，体现了中越两国文化上的相融、相通：

承旨胡宗鷟工于诗，尤长规讽嘲虐。陈末奉命北使经项王祠下，题诗云：

百二山河起战锋，携将子弟入关中。

烟消函谷珠宫冷，雪散鸿门玉斗空。

一败有天亡泽左，重来无地到江东。

经营五载成何事，销得区区葬鲁公。

题讫，回鞭客次。酒酣思睡，见一人前致辞云："受旨吾王，屈君对话。"公即慌忙敛整，其人既导之左。至则殿宇巍峨，从官罗列，项王已先在坐，傍设琉璃塌，揖公即席，问曰："日间诗句，何见诮之深耶？所谓'一败有天亡泽左，重来无地到江东'，则诚是矣。至于'经营五载成何事？销得区区葬鲁公'，无乃讥评失当乎？"

公笑曰："天理人事，相为始终。谓'命在天'，此商纣所以丧国；谓'天生德'，新莽所以殒身。今王乃舍人而谈诸天，此王终焉丧败而不能悟也。今仆幸蒙延接，请得正言无隐，如何?"王曰："唯唯。"公曰："夫运天下之势，在极而不在力；收天下之心，以仁而不以暴。王则以叱咤为威，一刚强为德，戮冠军之宋义，无君之过；杀已降之子婴，不武之甚。韩生以无辜烹，淫刑何滥；阿房以无故火，虐焰何深! 以若所为，得人心乎? 失人心乎?"

《金华诗话记》是一篇关涉越南15世纪诗人蔡顺的故事：符教授夫人吴兰之，善诗词，深受皇帝赏识，死后葬于西原坡。士子毛子编途经金华，借宿茅宅，主人实即符氏夫妇幽魂，夜见老者来访，称许女主人所制"四时诗"，感叹世人轻浮，惹得她为自己遭浅夫薄子的构谤造诬而堕泪叫屈。子编醒来，身在两冢间，方悟该老者乃名诗人蔡顺。

描写神怪、鬼怪是《传奇漫录》的基调，神怪、鬼怪是故事的引子和主线，大多数故事的发生都与鬼神有关联。除爱情、历史题材的鬼怪故事外，有的篇目还描写鬼域世界发生的故事、人死后变鬼为害的鬼怪故事、灭鬼的故事、颂扬正义公道的神怪故事以及赞颂师生情谊的神怪故事等。

《夜叉部帅录》讲述的是鬼域世界发生的故事：陈重光末年，战乱频发，死尸遍野，孤魂到处为害。恣情任侠的国威奇士文以诚，晓以大义，野鬼信服，请以为长，并极力推荐他担任阎罗王新设的夜叉部帅一职。文以诚后来曾经显灵，告诉友人黎遇"富贵非可求，贫穷亦有命"的道理，且预先示警，助他逢凶化吉。黎遇感激，为之立祠祭祀。

《陶氏业冤记》讲述的是人死后变鬼为害的故事：陈朝陈裕宗绍丰五年，慈山名妓陶寒滩，选充宫籍。裕宗崩后，她屏居都下，常往来行遣魏若真的家。寒滩被魏若真夫人怀疑而遭痛打，她怀恨在心，谋刺夫人未果，畏罪潜逃佛迹寺，落发为尼。不料事迹暴露，乃转奔海阳丽奇山寺。寒滩与寺僧无巳有染，后得病相继死亡，又一同投胎为魏若真的儿子——龙叔、龙季。一路过的僧人看破真相，若真方得知二子为冤家妖孽，急寻高僧法云伏魔镇妖。

《东潮废寺传》讲述的是灭鬼的故事：陈朝旧俗尚鬼，东潮县崇尚尤甚。后陈简定帝时，因连年兵火，寺庙烧毁殆尽，十不存一。某年，县郊为盗所苦，县长斯士屡缉不获，心想约是魔鬼作祟，然亦无可奈何。某夜，一猎人发现嫌犯出没犯案，持弓暗射，连中两人，遂呼喊村民沿血迹追赶。到一废寺，果见二护法腰间中剑，众人啧啧称奇。

《伞圆祠判事录》讲述的是灭鬼的故事：凉江安勇人吴子文，慷慨尚义，他见村中旧祠妖魔横行，愤而焚之。回到家，有北国打扮者前来恫吓。傍晚，又有老人来说自己原系祠神，横遭明将沐晟部下崔百户羁魂窃据，求他代为申冤。到晚上，吴子文赴冥司应讯，澄清事实，平安归来。因为除害有功，他获补伞圆祠判事缺。

《龙庭对讼录》是颂扬正义公道的神怪故事：陈朝陈明宗时，有位郑县令，妻子杨氏被洪州神蛟庙的水怪强掳而去。水晶宫里的白龙侯路见不平，协助郑县令查明事情来龙去脉之后，带他到龙庭提起诉讼。神蛟到案，仍矢口否认一切罪行。龙王乃传讯杨氏出庭作证，要她指认自己的丈夫。经一番审讯，案情终于大白，龙王判神蛟有罪。神蛟听命后，便消失得无影无踪。最后县令夫妇得以团聚。

《范子虚游天曹录》是赞颂师生情谊的神怪故事：锦江范子虚，师从处士杨湛。杨湛死后，诸生散去，惟独范子虚编庐墓所，三岁而后返。陈朝陈明宗时，子虚游学京城，巧遇其过世的老师杨湛。杨湛特来说明他之所以四十未第，是因为"少时以词藻骄人"，所以"天晚其成"。子虚询以当时居官者祸福和士子占梦、天门发榜等传闻，杨湛都一一给予答复，并带他上天曹游览。子虚辞归，第二年应举，果领进士第。凡子虚家内吉凶祸福，其师亦时时显报。

《茶童降诞录》是赞颂佛教修炼得道的故事：李朝李惠宗时，越南山南常信人杨德公老而无子，但因乐于行善，所以死而复生，并获天庭赐以奇男，取名天锡。奇男原是天帝身边的茶童，降诞世间后，受德公庇阴，有段离奇而美满的婚姻，又跻身为显宦。后有自称是他故人的道士来访，谕以善恶祸福因果报应之理，且助他化险为夷。天锡有所感悟，遂入山得道。

《李将军传》讲述的是因果报应的故事：后陈简定帝时，东城人李友之，力大无比，英勇善战，国公邓悉保为将军。李友之"权位既盛，遂行不法"，肆意妄为。有能言祸福之术士，让李友之从丛珠中目睹自己死后报应。李友之不仅不信，反倒变本加厉。儿子叔款苦劝，他仍执迷不悟。年四十，李友之竟以寿终于家。后来，叔款有位亡友阮达现身，带他至地府参观，亲眼看到父亲正接受审判，并被施以种种严酷的刑罚。[1]

《传奇漫录》塑造了不少典型人物，如：大胆痴迷的程忠遇、风流倜傥的徐识、残暴凶残的李将军、豪爽钟情的丽娘、温柔大胆的蕊卿姑娘等。

《木棉树传》塑造了程忠遇为爱情而宁愿下地狱的痴情男形象：北河美男子程忠遇在异乡经商途中与妖女叶卿邂逅相遇，顿生痴情眷恋："程忠遇，北河美男子

---

① 陈益源：《剪灯新话与传奇漫录之比较研究》，台北：台湾学生书局印行，1990年版，第76页。

也，家赀极厚。赁舟南贩，泊柳溪桥下，常往来南昌市间。每至途中，辄见美姝从东村出，一侍儿踵后，程偷眼微观，真绝代佳人。但异乡旅次，无从质问，含情郁结而已。"两人心有灵犀，两情相悦，溪边舟中男欢女爱："问其姓名住址，女攥眉曰：'儿姓叶名卿，乡中大姓晦翁之女孙也。严慈急逝，家计单寒，昨为夫儿所弃，徒居外郭矣。竟觉得人生如梦，不如身在时且暂而行乐；一旦入地，便是黄泉人物，虽欲追欢觅爱，尚可得乎？'遂同入舟中。……乃褰裳戏剧，极其欢昵。……将晓辞去，晚则复来，将及月余。"

　　在朋友的劝告下，程忠遇到叶卿住处查看，在荒郊野外一破烂草房中，赫然发现一具题有"叶卿之枢"的朱棺，旁边有个手捧胡琴的泥塑女子，吓得狼狈而逃："时并宿商友，其中有识者，谓忠遇曰：'吾子在羁旅中，宜深自韬匿，远避嫌疑。胡乃萌有欲之怀，悦无媒之女？不明去处，不究由来，脱非绣闺宠姬，便是红楼富女。一旦事情难掩，踪迹易彰，上有严刑之加，下无亲党之援，子岂得宴然而已乎？奚不问至所居，赚求得宝？或辞而遣，或窃而逃，如昌柳之放柳枝，李靖之载红拂，此万全之计也。'忠遇然之。乃于是夜三鼓，乘天气阴暝，步至东村。见竹篱环匝，间以数叶枯苇，中有一区茅屋，制极卑陋，四面皆薜萝侵壁。女指之曰：'此妾停针余暇安身之所，郎且排门少憩，候妾点灯来也。'遂佝偻而入，暂停门限间。每微风来，辄觉有腥臭味发。方徘徊惊讶，忽火光中起，见左边安小藤床，床上有朱棺，背覆罗红一幅，以碎银沙题曰：'叶卿之枢'。枢傍有塑泥女子，捧胡琴侍立。忠遇胆寒发竖，狼狈走出。"但程忠遇仍抗拒不了幽魂迷惑，抱棺而死，与叶卿依附木棉古树，转为妖孽，为害人间，后为道士降伏："忠遇因重感疾，其女亦倏忽来往，或于沙石大呼，或就船窗细语。忠遇每时时应答，欲翻身驰去，舟人以绳苦系，则骂曰：'我妻所处，有楼台之乐，有兰麝之熏。行当赴之，断不为尘笼绊着，汝曹何预？强以绳索相加哉！'一夕，船夫熟睡，经明始觉，则亡已久矣。急趋外郭，已见抱棺而死，因即其地葬之。""此后凡阴黑之宵，见二人握手同行，或歌或笑，往往索人之祈祷，要人之荐祭，稍不如愿，祸害寻作。乡人不胜其患，潜发冢破棺，併男女骸骨，散之江中。江上有寺，寺有木棉古树，相传已百余年，遂依树为妖。"

　　《传奇漫录》每篇小说的结尾部分都附有作者简短的评论，体现了作者的爱憎与褒贬，表达了作者对社会、家庭以及对做人、善恶奖惩等的认识。

　　在《昌江妖怪录》的结尾，作者提出"戒女色、敬远神"的观点："呜呼！瞰于室，啸于梁，不已怪乎？曰：'未也。'羽渊之熊、贝丘之豕，不已怪乎？曰：'未也。'

盖昌黎原鬼，丘明释经，此怪所以为常；然则昌江之录，非怪也。况观妖女之惑人，则当谨在色之戒；览丛祠之判事，则当起远神之敬。"

在《丽娘传》的结尾部分，作者对男主人公的"情"、"义"之举提出了自己的看法："呜呼！信近于义，言可复也；义或为安，何其言之复？彼李生者，以恩情之故，坚守前盟，患难流离，不忘信约，其情可哀，于义则未安也。何则？感情而求之则可，冒死以求之则不可；冒死以求之犹不可，况不娶而绝先人之嗣其可乎？是故君子有权焉，未尝执一也。'所存者小，所失者大。'其李生之谓欤？"

在《李将军传》的结尾部分，作者对李友之依仗自己握有兵权肆意妄为、不听劝戒而最后导致恶果评论道："呜呼！天之道，至公而无私；天之纲，虽疏而不漏。故或生前免祸，而死后被刑。但祸于生人既不见，刑于死人又不知，此世所以多乱臣贼子也。"

《传奇漫录》是越南汉文叙事文学发展的里程碑，它的诞生一方面是继承前期文学（包括民间文学）的成果，另一方面是文学历史现实发展的必然产物。如果说《岭南摭怪》是讲述，那么《传奇漫录》则开始描写和塑造，显然《传奇漫录》的问世推动了汉文散文文学作品的不断向前发展。

《圣宗遗草》[①] 是一部汉文志怪传奇小说集，它分上、下两卷，共由19个故事组成。上卷有：《枚州妖女传》、《富丐传》、《蚊书录》、《渔家志异》、《孝弟二神记》、《蟾蜍裔记》、《二神女传》、《花国奇缘》、《聋瞽判辞》、《两佛斗说记》、《山君谱》、《禹门丛笑》、《玉女归真主》；下卷有《羊夫传》、《尘人居水府》、《浪波逢仙》、《梦记》、《鼠精传》、《一书取神女》。

从14世纪的《粤甸幽灵集》到这一时期的《岭南摭怪》、《传奇漫录》和《圣宗遗草》，我们看出，越南的汉文散文作品多为描述神仙、妖怪的志怪传奇故事。这显然与古代越南文人的鬼神观有密切联系。在古代越南，越南文人们认为：在四海九州、深山大泽，鬼怪神灵的存在是真实而非虚妄的。《圣宗遗草序》中的言论颇有说服力："孔子不语怪之与神，以其人不亲见，则群起而疑之。第试思，四海九州，深山大泽，神奇怪异，安可述耶？观夫郑伯有之为厉鬼，齐桓公之见山妖，白头翁之食男女，宁非怪乎？海客随鸥，令威乘鹤，列子之风，张骞之槎，宁非异乎？吞玄鸟卵而生商，履巨人迹而生周，与神人交而生汉，又宁非神且异乎？

---

① 关于《圣宗遗草》的作者和成书时间，越南文学界颇多争议。一般认为《圣宗遗草》是黎圣宗以及后代多人撰写、补充完成的。我们根据越南学者丁家庆的《越南文学》（10世纪至18世纪上半叶）（河内：教育出版社，2001年版），将《圣宗遗草》放在15至17世纪进行评述。

予所录《花国奇缘》、《渔家志异》等传，言必有稽，非如齐谐者。类株守者以为无事之理，或以为无理之事者，是坐井辈耳。焉足与语天地之大哉！是为序。"①《会真编重刊序》的一段话也有助于我们解读越南人的"鬼神观"："我炎郊龙仙孕国，自鸿貉迄今，超类神圣，英灵神女，接踵而出，应期而生，赫赫在人耳目，津津传人口吻。上下几千余年，不可枚举。"②《传奇漫录》中的《木棉树传》最后结尾评论部分也某种程度道出了越南人的"鬼神观"："呜呼！魑魅魍魉，虽自古不以为天下患，然匹夫多欲，庸或犯之。忠遇商人无识，不足深责矣。……后有王充之《论衡》，姑取节焉。不可以其学之幻，而竟斥其非；不可以其途之他，而竟没其善。"③《传奇漫录》中的《东潮废寺传》讲道："陈朝旧俗尚鬼，神祠佛舍，无处无有。"④

历史著作方面，潘孚先继承黎文休的事业，编写了《大越史记续编》，吴士连编纂了《大越史记全书》，范公著（Phạm Công Trứ，1600—1675）编写了《大越史记本纪续编》，阮廌留有《平吴大诰》、《蓝山实录》和《军中词命》等。

潘孚先（Phan Phu Tiên，?—?）是15世纪重要的历史学家、学者和诗人。1396年，他考中太学生。黎太宗时，他又参加"明经博学"考试，列第三名，被补为国史院同修史，在这段时间内他编辑了《越音诗集》，该诗集搜集、整理了从陈朝到黎朝100多位诗人的700多首汉文诗。他的《文成笔法》是越南古代文学理论的开先河之作。他的《大越史记续编》记载了陈太宗到明军撤退回国时期的历史（1225—1427）。

吴士连（Ngô Sĩ Liên，?—?）是黎太宗大宝三年（1442年）进士，在翰林院任职。黎圣宗洪德年间（1470—1497），吴士连为史馆修纂，他根据前人黎文休的《大越史记》和潘孚先的《大越史记续编》，于1479年完成了《大越史记全书》的编纂。《大越史记全书》是一部史学巨著，是研究越南封建社会的十分珍贵的参考史料之一。

《平吴大诰》是黎利抗明胜利后，阮廌代其写的布告全国的诰文。文中开头便肯定了"大越之国"的重要地位："盖闻仁义之举，要在安民。吊伐之师，莫先去暴。惟我大越之国，实为文献之邦。山川之封域既殊，南北之风俗亦异。自赵、丁、李、陈之肇造我国，与汉、唐、宋、元而各帝一方。虽强弱时有不同，而豪杰世未尝乏。"

① 《圣宗遗草》，越南汉喃研究院藏。A202.
② 陈庆浩、王三庆：《越南汉文小说丛刊》第二辑第五册，法国远东学院出版，台北：台湾学生书局印行，1992年版，第41页。
③ 陈庆浩、王三庆：《越南汉文小说丛刊》第一辑第一册，法国远东学院出版，台北：台湾学生书局印行，1987年版，第73页。
④ 陈益源：《剪灯新话与传奇漫录之比较研究》，台北：台湾学生书局印行，1990年片，第182页。

在颂扬了越南抗击外敌的辉煌历史后，阮廌叙述了抗明战役的经过。最后，作者以胜利者的语气宣告："总兵王通，参政马瑛，有给马数千匹，已还国而益自股栗新惊。彼既畏死贪生，而修好有诚。予以全军为上，而欲民得息，非惟计谋之极其深远，盖亦古今之所未见闻。社稷以之奠安，山川以之改观。乾坤既否而复泰山，日月既晦而复明。予以开万世太平之基，予以雪千古无穷之耻。是由天地祖宗之灵，有以默相阴佑，而致然也。于戏，一戎大定，迄成无竞之功。四海永清，诞生布维新之诰。播告遐迩，咸使闻知。"

综上所述，15世纪初至17世纪末是越南汉文诗赋艺术日臻成熟的时期，是越南汉文文言历史章回小说、神怪故事、传奇类小说不断兴起的时期，是越南汉文学全面发展的繁荣时期。

第二节　喃字文学的兴起

历经13、14世纪的诞生和萌发时期，15世纪初至17世纪末成为越南喃字文学兴起、不断发展的历史时期。

15世纪，喃字的使用以及喃字文学创作开始得到越南帝王的重视。胡朝（1400—1407）皇帝胡季犛十分重视对喃字的推广使用，试图以喃字取代汉字。胡季犛带头用喃字作诗，亲自将中国的《书经》中《无逸篇》译成喃字，作为皇族学习的教材："季犛因编《无逸篇》，译为国语，以教官家。"[1] 胡季犛规定朝廷中所有的敕令和诏书都必须使用喃字。当时，文人们也竞相用喃字吟诗、作赋和为文。但胡朝是一个短命的朝代，它未能将越南文字历史改写下去。

后黎朝时期，黎太宗下诏让阮廌搜集胡季犛用喃字写成的手谕及诗文："帝欲观胡氏手诏及诗文，阮廌采录得国语诗文数十篇、上之。"[2] 在越南帝王们的鼓励下，在诗人们的参与下，喃字诗歌逐步兴起。

喃字诗歌的兴起与唐律体的不断运用并日益成熟有密切关系。在越南古代文学中，唐律体（thể Đường Luật）或称为韩律体（thể Hàn Luật）[3]，是指越南诗人模仿唐诗而形成的诗体，包括七言八句（thất ngôn bát cú）、五言八句（ngũ ngôn bát cú）律诗和"四绝"（tứ tuyệt）等诗体。越南唐律体中的七言八句、五言八句相当于中

---

[1]　［越］吴士连：《大越史记全书》（内阁官板），河内：社会科学出版社，1988年版，第260页。

[2]　［越］吴士连：《大越史记全书》（内阁官板），河内：社会科学出版社，1988年版，第347页。

[3]　韩诠（Hàn Thuyên，?—?）（阮诠）（Nguyễn Thuyên）是越南文学历史上模仿中国律诗用喃字写诗的第一人，因此，"唐律体"又称为"韩律体"。

国古典诗歌中的七律、五律，越南唐律体中的"四绝"相当于中国古典诗歌中的五绝和七绝。

在越南唐律体喃字诗创作中，七言八句律诗运用最为广泛，七言八句律诗的作品数量最多，"四绝"中的七言四句诗数量较少，而五言八句律诗和"四绝"中的五言四句诗则数量更少。

从喃字文学萌芽阶段的13至14世纪、喃字文学兴起阶段的15至16世纪，越南喃字诗创作采用的诗体基本都是唐律体或唐律体的变体，喃字文学兴起阶段的17世纪，喃字诗创作开始采用六八体、双七六八体等。

与中国七言律诗相同，越南七言八句体律诗每首八句，每句七字，共五十六字，一般逢偶句押平声韵，一韵到底，当中不换韵。越南七言八句体律诗平仄韵律如下：

平平仄仄仄平平，仄仄平平仄仄平。

仄仄平平平仄仄，平平仄仄仄平平。

平平仄仄平平仄，仄仄平平仄仄平。

仄仄平平平仄仄，平平仄仄仄平平。

喃字原诗：

　箇荒帧尾蛰俘岸，攃三匃清玉三寒。

　念窦生灵刁乙褰，诘征湖海达诸安。

　仍为圣主讴甬治，可计身闲惜岁残。

　承旨埃浪时库兀，觑攌贮歇每江山。

拉丁化国语音译：

Non hoang tranh vẽ chập hai **ngàn**,

Nước mấy dòng thanh ngọc mấy **hàn**.

Niềm cũ sinh linh đeo ắt nặng,

Cật chưng hồ hải đặt chưa an.

Những vì thánh chúa âu đời trị,

Khá kể thân nhàn tiếc tuổi **tàn**.

Thừa chỉ ai rằng thời khó ngặt,

Túi thơ chứa hết mọi giang **san**.

（阮廌《国音诗集》——《陈情》(72)）

越南七言八句体律诗在发展中产生了变体——七言加六言诗体（thể thơ thất

ngôn xen lục ngôn），这也可以视作中国七律诗在越南的发展和活用。如：

喃字原诗：

> 埀保铺悲道丐昆，闸敛娿路之噡。
>
> 奢华嚧浪饶处歇，苟贱兜当冖唉群。
>
> 袄默免卤朱婔荫，瑶告拯路见味喭。
>
> 初釆固勾传保，滥丙处告吕箇。

拉丁化国语音译：

> Nhắn bảo phô bay đạo cái con,
>
> **Nghe lượm lấy lọ chi đòn.**
>
> Xa hoa lơ lửng nhiều hay hết,
>
> Hà tiện đâu đương ít hãy còn.
>
> Áo mặc miễn là cho cật ấm,
>
> Cơm ăn chẳng lọ kén mùi ngon.
>
> **Xưa đã có câu truyền bảo,**
>
> **Làm biếng hay ăn lở non.**

（阮廌《国音诗集》——《训男子》(192)）

越南唐律体"四绝"中的七言四句诗是模仿中国七言绝句而形成的，它在字数、句数以及韵律等要求上，与中国七言绝句相同。

越南"四绝"中七言四句诗的结构是全诗共四句，每句七字，四句押为两韵，二、四句入韵，首句可押可不押。其平仄格式有四种：平起首句入韵，平起首句不入韵，仄起首句入韵，仄起首句不入韵四种。

七言绝句"仄起式"：

> 仄仄平平仄仄平，平平仄仄仄平平。
>
> 平平仄仄平平仄，仄仄平平仄仄平。

喃字原诗：

> 蔑朵桃花窖卒鲜，隔春溽溽体春寇。
>
> 冬凤乙固情处女，建羡味香易动卦。

拉丁化国语音译：

> Một đoá đào hoa khéo tốt **tươi**,
>
> Cách xuân mơn mởn thấy xuân **cười**.

Đông phong ất có tình hay nữa,

Kín tạn mùi hương dễ động **người**.

（阮廌《国音诗集》——《桃花》(227)）

越南"四绝"中七言四句诗在发展中产生了变体——七言加六言诗体（thể thơ thất ngôn xen lục ngôn），就是一首七言四句喃字诗中有一句或两句六言诗句，这也可以视作中国七绝在越南的发展和活用。如：

喃字原诗：

秋旦爻傻拯逻忕，蔑命辣课俅冬，

林泉埃浪縩乂客，才栋梁高乙奇用。

拉丁化国语音译：

Thu đến cây nào chẳng lạ lùng,

Một mình lạt thuở ba đông,

Lâm tuyền ai rặng già làm khách,

Tài đống lương cao ất cả dùng.

（阮廌《国音诗集》(218)）

15世纪，越南喃字文学兴起阶段的开山之作是阮廌的《国音诗集》(Quốc âm thi tập)。阮廌是15世纪汉、喃兼工的文学大家，他的《国音诗集》是越南现存的第一部完整的喃字诗集，它是喃字文学从发端走向兴起的里程碑。《国音诗集》整部诗集共254首诗歌，分为四大类：无题、时令门、花木门、禽兽门。每个门类有多个题目，每个题目有一篇或者多篇诗歌。《首尾吟》是第一类无题中的一首：

喃字原诗：

谷城南侚蔑间，奴擦徒少琟告。

昆队遁扬埃眷，壄驭樴少几经。

僗矇狭回坤且珸，茹涓趣庶碍挼働。

朝官拯沛隐拯沛，谷城南侚蔑间。

汉语译文：

城南角，棚一间，水喝饱无米饭。

儿要逃心眷恋，老马瘦无人管。

池塘狭小难养鱼，家徒四壁心怅然。

朝官不为隐亦难，城南角，棚一间。

《自叹》表达了诗人重视精神生活胜过物质生活的人生态度，抒发了诗人出污泥而不染的高洁情感：

> 富贵心胜过富贵名，身体自在心清历，
>
> 金银积累无数筐，带来真情有几许。
>
> 门外桃李客盈门，屋内柑橘独芳香。
>
> 莫问他人是与非，孤芳自赏我有情。

《言志》之十表达了诗人抛却功名、尽情潇洒自在的情怀：

> 景倚寺庙，心靠师，功名利禄身外事。
>
> 夜清涵月倾杯，闲来养花种树。
>
> 树茂枝密鸟做窝，池清饵丰鱼来聚。
>
> 世外潇洒人自在，只有此翁最得意。

从《国音诗集》诗歌的用词，可以看出15世纪的喃文词汇正处在演变过程中，例如："cộc"在《国音诗集》中完全没有"短促"之意，而是"知晓"(biết)之意：

—— Chăng cộc nhàn sinh gửi chơi.

—— Thế gian ai có thì cộc.

阮廌《国音诗集》的问世为越南喃字文学的发展做出了承前启后的历史性贡献。在阮廌之后，对越南喃字文学的发展推力较大的当属黎圣宗。

黎圣宗不仅工于汉文诗，而且还精通喃字诗音律，重视喃字诗歌的完善和发展。黎圣宗不但自己用喃字创作诗文，而且还鼓励群臣用喃字进行诗歌创作，并亲自批阅朝臣的喃字诗作，提醒他们要注意喃字诗歌的格律："敕谕礼部左侍郎梁如鹄：昨阮永祯不学国语诗体，作诗不入法。吾意尔知，故试问尔，尔皆不知。且吾见尔洪州国语诗集，失律尚多，意尔不知，吾便言之。"[1]

黎圣宗与其群臣[2]用喃字写了《洪德国音诗集》等作品。《洪德国音诗集》是继阮廌的《国音诗集》之后，又一部完整的喃字诗集，它采用唐律体或唐律体的变体，内容虽不及阮廌的《国音诗集》深刻，但韵律、用词更为讲究，喃字诗歌艺术更为成熟。

《洪德国音诗集》(Hồng Đức quốc âm thi tập)共有328首诗，分为五部分：一是《天地门》，主要内容为咏天吟地、吟唱春节、月亮、四季、五更以及12个月等。二是《人道门》，主要内容包括：黎圣宗的自述，歌咏中国历史人物，如汉高祖、

---

① ［越］吴士连：《大越史记全书》(内阁官板)，河内：社会科学出版社，1988年版，第385页。
② 《洪德国音诗集》主要是以黎圣宗为首的"骚坛会"会员所写。

项羽和张良等,演绎中国典籍故事,如苏武牧羊、昭君出塞等,歌咏越南历史人物,如黎魁、梁世荣、阮直等,宣扬忠孝之道等。三是《风景门》,主要内容为描绘河流、山川、田园、寺庙、古迹、暮春旅社和初秋旅社等美丽景色,其中有萧湘八景、桃园八景等中国名胜,佛迹寺、白藤江和普赖钟等越南的历史古迹。四是《品物门》,主要内容为咏景物,如:风花雪月、琴棋诗酒、松、竹、梅、牡丹、荷花、风筝、秋千等。五是《闲吟诸品》,这一部分是各类内容的大杂烩,有人物、景物等。

《洪德国音诗集》由于是多人创作,因此,在语言、风格等方面不尽相同,但都是围绕黎圣宗圈定的方向、宗旨和主题范围进行创作的。诗集中有一些诗歌为越南皇帝歌功颂德、为洪德年间的太平盛世大唱赞歌,如《天地门》中的《新月》等;诗集中也有一些描绘农民田间劳动、乡村生活的诗歌,如《天地门》中的《五更》:

> 林中布谷未啼唱,村中农夫已起床。
>
> 金乌东方才出头,传来鸡鸣浣纱响。

诗集中有的诗歌颂扬了越南祖先建国卫国的历史功绩,如《风景门》的《白藤江》:

> 滔滔青水向东流,千河万溪汇源头。
>
> 荡涤一切贼蛮寇,南国大地越魂留。
>
> 泰山屹立待君候,乌马魂魄落何方?
>
> 四方升平兵已休,此翁独钓乐悠悠。

在诗集中,诗人们置身于变化无穷、浩渺壮观的大自然中,用凝练的文字,描绘了四季的变化、时空的变迁以及大自然的美丽景色,从而抒发了他们的爱国之情。

15世纪末16世纪初,越南文学历史上出现了一些无名氏的喃字唐律体叙事诗,有《王嫱传》、《林泉奇遇》和《苏公奉使》等。这三部无名氏的喃字叙事诗,无论思想性、还是艺术性都超过了阮廌的《国音诗集》和黎圣宗等人的《洪德国音诗集》。

《王嫱传》(Truyện Vương Tường)叙述了王嫱(王昭君)远嫁匈奴的悲剧故事。它脱胎于《汉宫秋》,也撷取了《京西杂记》的情节。《王嫱传》以昭君贡胡类比,讽喻陈英宗时玄珍公主下嫁占城王制旻而作:"丙午十四年(元大德十年)……夏六月下嫁玄珍公主于占城主制旻。初上皇游方幸占城而业许之。朝野文人多借汉皇以昭君嫁匈奴事，作国语诗词讽刺之。"①

《王嫱传》由49首唐律体诗组成，叙述了一个哀艳、悲戚的故事。王嫱姿色出众，被选入皇宫。她因为家穷，没钱贿赂宫中画师毛延寿，所以未得到皇帝的恩宠。匈奴向汉元帝求亲，汉元帝便将被冷落在宫中的王嫱嫁给匈奴国王单于。汉元帝见昭君姿色动人，想改变主意。无奈国力不济，汉朝怕得罪匈奴，招致战争，只好让红颜去担当"保家卫国"的重任："扶国尚需卫、霍，懦弱累及红颜"。这对腐败、软弱无能的朝廷是多么有力的讽刺啊！王嫱到匈奴后，远离祖国、故乡，悲愤忧郁。在一个皓月当空的夜晚，她在自己椒房里用几条绸缎结束了自己宝贵的生命。她的死是对无能帝王的控诉，是对整个腐朽的封建制度的强烈控诉！

15世纪诗人蔡顺的汉文诗《昭君出塞》，可以说是对这一历史悲剧形象性地再阐述、再升华：

> 南来程尽北来程，南北那堪怅别情。
>
> 万里汉天花有泪，百年胡地马无声。
>
> 一团罗绮伤春老，几曲琵琶诉月明。
>
> 吩咐君王安枕卧，愁成一片是长城。

《王嫱传》是一个震撼人心的悲剧故事，具有强烈的感染力，是宣扬人道主义的一篇力作，同时也是这一时期无名氏喃字叙事诗的佳作。

《林泉奇遇》(Lâm tuyền kỳ ngộ)(又称为《白猿孙铬传》)是一部由146首唐律体诗组成的长篇叙事诗，它叙述了由白猿化身为美女的袁氏与书生孙铬悲欢离合的爱情故事。《林泉奇遇》故事情节以中国唐朝传奇《孙铬传》(又名《袁氏传》)为蓝本，讲述的是：从前，有一位仙女因触犯天规被谪人间，变成一只会说话的白猿，她潜心诵佛，但因凡心未尽，又变成一位美貌的女子，与一位落第的举子孙铬结为夫妇，生活美满幸福。孙铬的一个朋友是位僧人，他怀疑孙的妻子是妖魔，便交给孙一把神剑，让孙试一下他的妻子是不是妖怪。因孙的怀疑，白猿愤而出走，后两人又团圆。6年后，孙铬携妻儿上寺庙上香还愿，故地重游，白猿百感交集，诉说了自己的来历后，返回仙境。孙铬考中状元，回京做官。白猿在仙宫因为思念丈夫和孩子以及尘世的生活，日夜烦恼，日渐憔悴，玉帝顾怜白猿的诚心，遂让她回到了人间，与孙铬又过上了幸福生活。

《苏公奉使》(Tô Công phụng sứ)用唐律体写成，由24首七言八句构成，讲述

---

① ［越］吴士连：《大越史记全书》(内阁官板)，河内：社会科学出版社，1988年版，第210页。

的是中国汉代苏武出使匈奴的故事。汉朝使节苏武出使胡（匈奴），被匈奴扣为人质。胡王派人对苏武劝降，苏武面对利诱不为所动，胡王便把苏武幽禁在地窖中，但苏武却奇迹般活了下来。后来，胡王把苏武流放到了蛮荒的北海放牧公羊，并称何时公羊生崽，苏武才能回国。在蛮荒之地，苏武饱经风雪、饥寒，仍坚守节操。苏武靠大雁传信，汉朝皇帝得知苏武还活着，便派使节要求胡王放还苏武。苏武在胡地一呆19年，返回时头发已经变白。汉朝皇帝嘉其气节，特命人画了一张苏武的像挂在高楼上让人瞻仰。诗歌歌颂了苏武在匈奴19年忠贞不渝、忠君爱国的伟大精神：

> 胡殿宴乐日夜奏，汉廷威仪念不休。
>
> 守道持节心坚贞，不辱使命君恩久。

16世纪，越南喃字唐律体诗的代表作是阮秉谦的《白云国语诗集》（Bạch Vân quốc ngữ thi tập），它的问世标志着喃字唐律体诗歌的兴盛。

在阮秉谦的喃字诗歌里有这样表现世态炎凉的诗句：

> 笨拙巧妙有何干，连累妻儿是苦难。
>
> 得势人们摩肩至，失势乡邻不愿见。
>
> 苍蝇喜飞腥臭板，蚂蚁岂爬无油板。
>
> 世上只重有钱人，何人结交赤贫汉。

阮秉谦在他的喃字诗歌里表达了"物极必反"、"盛极必衰"的辩证法思想：

> 日月流逝快如梭，闪耀之光易熄灭。
>
> 花夸鲜艳花易枯，水愈装满水易泄。

阮秉谦将民间文学通俗易懂的语言运用到诗歌创作中，从而使其喃字诗语言呈现生动、质朴和优美的特点：

> 一锹一锄一钓竿，悠闲莫问他人事。
>
> 吾愚吾觅僻静处，他精他去喧闹地。
>
> 冬吃豆芽秋食笋，春沐荷塘夏浴池。
>
> 大树底下来畅饮，吾视富贵如梦呓。

阮秉谦在《憎鼠》一诗中将官吏比作偷吃百姓粮食的老鼠，表达了诗人对老鼠的憎恶之情：

> 老鼠你为何不仁，暗地里偷喝偷吃。
>
> 田野只有干稻一把，仓里不剩稻米一粒。
>
> 农民辛劳与抱怨，田夫瘦弱与哭泣。

阮秉谦是15世纪越南喃字文学传统的继承者，同时他又是新的历史阶段喃字文学转变的代表者，为越南16世纪喃字文学的发展贡献了力量。

16世纪初期，黎德毛（Lê Đức Mao，1462—1529）的歌筹（ca trù）《三甲奖赏歌妓唱曲》中出现了既有平韵、又有仄韵的"腰韵诗"（thơ yêu vận）——六八体（thể lục bát）、双七六八体（thể song thất lục bát）的雏形。《三甲奖赏歌妓唱曲》分为9段，共128句，歌曲每段以两句七言或五言开始，段中间有六八体或者双七六八体的句子，结尾收以四句双七六八体。《三甲奖赏歌妓唱曲》中的六八体和双七六八体诗句虽然还不甚完善，但它具有标志性意义，那就是喃字诗的新诗体六八体和双七六八体诗从此出现了：

Xuân nhật tảo khi gia cát **hội**,

Hạ đình thông xướng **thái** bình **âm**,

Tàng câu mở tiệc trăm **năm**,

Miếu Chu đối Việt chăm **chăm** tất **thành**.

Hương dâng ngào ngạt mùi **thanh**,

Loan bay khúc múa, hoa **quanh** tịch **ngồi**,

Ba hàng vui vẻ ngày **vui**,

Tung ba tiếng chúc, gió **mười** dặm Xuân.

16世纪末，冯克宽的《林泉挽》（Lâm tuyền vãn）和《桃源行》（Đào nguyên hành）等诗篇的问世，标志着喃字六八体的定型。《林泉挽》可以视为第一部完整采用六八体创作的喃字诗作，它语言朴实、流畅，音律和谐、优美，读来琅琅上口：

Vô sự là tiểu thần **tiên**,

Gẫm xem ngoại thú lâm **tuyền** cực **vui**,

Đất vua ai chẳng là **tôi**,

Non cao hang thẳm cũng **đời** tôn thân...

陶维慈（Đào Duy Từ，1572—1634）生于歌唱世家，因为出身卑微，被挡在了科举考试的大门之外。陶维慈来到南方后，先是给地主牧牛，最后几经周折，终于得到阮主的赏识并委以重任。陶维慈不负阮主厚望，施展才能，为发展、巩固阮主的基业鞠躬尽瘁，功勋卓著。他去世后，被追赠为郡公，供奉在太庙。

文学方面，陶维慈用喃字写了《卧龙岗挽》（Ngoạ Long Cương vãn）（《卧龙岗曲》）和《思容挽》（Tư dung vãn）（《思容曲》）。《卧龙岗挽》是一篇六八体长诗，陶维慈在诗篇中自比曾经在南阳卧龙岗隐居的诸葛亮，表达了自己怀才不遇的心境："兴亡否泰有时，莫以成败妄论英雄。"《思容挽》也是一篇六八体喃字长诗，它描绘了顺化思容海口的壮美景色，赞美了阮氏在此开拓建业的伟迹。

17世纪，丁儒完（Đinh Nho Hoàn，1670？—1715？）的《唤醒州民词》（Hoán tỉnh châu dân từ）是六八体诗成熟的标志：

Lịnh nhà chúa, búa nhà **trời**,

Vâng trên chăn dưới, phải **lời** phân **minh**.

Nhớ xưa trời chửa muốn **bình**,

Xui loài nguy Mạc gửi **mình** dân ta...

六八体的句式、韵律是：

第一句：平平仄仄平平

　　　　　　　起韵

第二句：平平仄仄平平　仄平

　　　　　　叶韵　另起韵

第三句：平平仄仄平平

　　　　　　　叶韵

第四句：平平仄仄平平　仄平

　　　　　　叶韵　再起韵

阮友豪（Nguyễn Hữu Hào，？—1713）的喃字长篇叙事诗《双星不夜》（Song Tinh bất dạ）的出现进一步推动了六八体诗艺术的发展。《双星不夜》又称《双星传》（Truyện Song Tinh），是阮友豪1704—1713年在广平任镇府之职时所作。《双星不夜》是用六八体、中间夹杂几首唐律体写成的，赞颂了双星和蕊珠之间忠贞不渝的爱情。故事讲述的是：四川双流县宦家子弟双星早年丧父，后来到父亲的好友江鉴湖家作养子，双星爱上了江鉴湖的女儿江蕊珠。双星状元高中，屠驸马欲招为婿，双星拒绝，屠附马遂派他上前线杀敌。双星不辱使命，因功受封。赫公子向蕊珠求婚不成，遂买通姚太监，让江蕊珠入宫。在入宫的路上，江蕊珠自杀，被艄婆救起，后被送到双妈家中。双星凯旋而归，与蕊珠成婚。

15至17世纪，还出现了一些无名氏六八体长篇诗歌，如《鲇鱼与蛤蟆》、《贞鼠》和《天南语录》等。

《鲇鱼与蛤蟆》（Trê cóc）是用六八体写成的喃字长篇寓言叙事诗，它极其形象又富有哲理地影射、讽刺了当时有钱能使鬼推磨的社会。故事梗概是：蛤蟆到鲇鱼的池塘产卵。鲇鱼来到蛤蟆产卵的地方，发现有一些长得像自己的小东西就带回去抚养。蛤蟆前去寻找自己的子，不料却遭到了鲇鱼的一顿臭骂，双方发生了争执。蛤蟆以夺子之罪将鲇鱼告到了官府，鲇鱼遂被传讯到庭。由于鲇鱼收买了证人和官府，官府判决的结果是，蛤蟆败诉并被关押。足智多谋的青蛙告诉蛤蟆妈妈，等到小东西长大了，掉了尾巴，他们自然会回来。后来的事实证实了青蛙的预言。最终，蛤蟆胜诉回家，鲇鱼被流放到三千里之外的蛮荒之地。

《鲇鱼与蛤蟆》从故事内容到语言等方面无不体现了浓郁的越南民间文学特色，充分说明适合叙事的六八体诗歌艺术在越南民间已经广泛传播，不断得到发展。

《贞鼠》(Trinh thử)是一部六八体喃字长篇寓言叙事诗，它赞扬了白鼠的勤劳育子和守贞保节，批评了公鼠的淫心和母鼠的不守妇道。故事梗概是：陈朝龙庆年间有一位隐居的名士叫胡玄规，他能听懂飞禽走兽的声音。胡玄规的家中有一只独自抚养5子而寡居的白鼠。在胡玄规家附近住着另一位名士叫胡季辈，胡季辈家有一对老鼠夫妻。有一天，白鼠外出觅食，遭到狗的追赶，白鼠误闯胡季辈家老鼠夫妻的洞。此时恰逢母鼠外出未归，原本花心的公鼠，见一只白鼠送上门来，顿生歹意，调戏白鼠，白鼠极力反抗。为了达到目的，公鼠搬出了很多诸如"守贞保节早已过时"的歪理来劝说、引诱白鼠，白鼠不为所动，据理驳斥。这时，外出的母鼠回来，撞见了公鼠和白鼠在一起，顿起疑心。母鼠对着白鼠大吵大闹，两只老鼠正吵得不可开交的时候，一只猫跑了过来，她们急忙逃窜，慌不择路，母鼠落入了池塘中。胡玄规将母鼠救起，好好教育了一顿。胡玄规批评了老鼠夫妻的不良行为，赞扬了白鼠的坚贞之心。

《天南语录》(Thiên nam ngữ lục)是一部长篇历史演歌，包括六八体喃字诗句8136句、汉文诗31首、唐律体喃字诗2首。《天南语录》用诗歌的形式形象地记叙了从洪庞时期到陈朝时期的历史事件、人物，最后在有236句的总结段中，简略地提到了后黎朝。《天南语录》采用了很多民间神话传说、野史，参考了许多史学材料以及历史人物谱录等，全面展现了广阔的越南宫廷、民间社会画卷：从丁部领的牧牛生涯到陈朝宗亲的钓鱼活动、从帝王的宫廷生活到百姓的宗教信仰、从巫师的方术到郎中的治病方法等。诗篇歌颂了雒龙君、安阳王、吴权、丁先皇和李太祖等传说中和越南历史上的人物，宣扬了越南民族历史和民族精神。

16世纪末17世纪初，黄士恺(Hoàng Sĩ Khải, ?—?)的《四时曲咏》(Tứ thời khúc vịnh)的出现，标志着喃字双七六八体的成熟：

Tài mọn gặp phong vân hội cả,

Thể ba thân hương **hoả** có **duyên**,

Đời sinh chúa thánh tôi **hiền**,

Giúp tay tạo hoá sửa **quyền** âm dương…

黄士恺是越南文学史上第一个完整地用双七六八体写长篇喃字诗歌的诗人，他生卒年不详，但根据历史材料断定，他是16世纪末17世纪初期的诗人。黄士恺曾担任莫朝的户部尚书和国子监祭酒等职，退休后被封为永乔侯。黎—郑朝取代莫朝后，黄士恺得到赦免并重新受到黎中兴皇帝的礼遇。

诗篇《四时曲咏》借四季变化来比喻国运盛衰、朝代更替，诗人认为黎—郑朝取代莫朝就像是温暖的春天代替了寒冷的冬季一样，是不以人的意志为转移的，是顺应历史潮流的：

旧年去，新年到，

否极泰来。

大地韶光普照，

仁风习习，和风吹拂。

双七六八体诗从诞生起就带有抒情性强的特点。《四时曲咏》情感充沛，婉转优美，其中有这样的诗句：

名利何须烦顾，

不恋世情不醉红尘。

临窗凭栏思量，

沧海沉浮留名几人？

双七六八体的句式、韵律：

第一句：平仄仄平平仄仄

　　　　　　　起韵

第一句：平平平仄仄　平平

　　　　　　　叶韵　另起韵

第三句：平平仄仄平平

　　　　　　　叶韵

第四句：平平仄仄平平　仄平

　　　　　　　叶韵　再起韵

Trong cung quế âm thầm chiếc **bóng**,

Đàn năm canh trông **ngóng** lần lần.

Khoảnh làm chi bấy chúa **xuân**,

Chơi hoa cho rữa nhụy **dần lại thôi**,

Lầu đãi nguyệt đứng **ngồi** dạ **vũ**.

Gác thừa lương thức **ngủ** thu phong...

唐律体基本上与中国律诗相似，字数、韵律要求严格，不通晓汉文就难用唐律体来写诗，这对越南民族文学的发展无疑带来一定的限制。六八、双七六八体巧妙地运用了越南语语音多变的长处，符合越南民族语言习惯，是具有民族文学特色的诗体。双七六八体适合抒情，六八体则适合叙事，尤其适用于长篇叙事诗。显然，这些诗体的出现扩展了越南喃字诗歌的表现领域。

15至17世纪，喃字赋有阮仁奉（Nguyễn Nhân Phụng，?—?）的《咏萧湘八景赋》、裴咏（Bùi Vịnh，?—?）的《宫中宝训赋》、阮简清（Nguyễn Giản Thanh，1481—?）的《凤城春色赋》（Phụng thành xuân sắc phú）以及阮沆（Nguyễn Hàng，?—?）的《避居宁体赋》（Tịch cư ninh thể phú）和《大同风景赋》（Đại đồng phong cảnh phú）等。下面摘取《避居宁体赋》的片段，以了解其句式特点：

Yêu thay miền thôn tịch !

Yêu thay miền thôn tịch !

Cư xử dầu lòng,

Ngao du mặc thích.

Khéo chiều người mến cảnh yên hà,

Dễ quyến khách vui miền tuyền thạch.

Xó xỉnh góc trời mom đất, một bầu thu cảnh mọn hẹp hòi,

Áy o ruộng núi vườn đèo, bốn mùa đủ thứ vui cọc cạch.

Nhưng thói dật hằng vui,

Văng vẳng bụi trần dễ cách.

Vậy nên：

Dưỡng tính khề khà,

Náu thân ngờ nghệch.

黎圣宗的《十戒孤魂国语文》（Thập giới cô hồn quốc ngữ văn）是一篇骈文体喃字作品，它包括11段，开头总论，正文10段分别是对10个阶层人士的10个告戒：禅僧戒、道士戒、官僚戒、儒士戒、风水先生戒、良医戒、将军戒、花娘戒、商贾戒和浪子戒。通过劝戒10类孤魂，作品反映了10类人在社会中的地位以及作者对他们的评价。评价最高的是官僚、儒士和将军，评价最底的是商贾、花娘和浪子。《十戒孤魂国语文》对偶妥当，形象鲜明，词语细腻、生动。

阮世仪（Nguyễn Thế Nghi, ?—?）将阮屿的《传奇漫录》译为喃字，这是现存最早的喃字传奇小说。

历经15至17世纪的兴起、逐步发展，越南喃字文学体裁得到完善，创作内容逐步扩展，作品数量逐步增多，文学语言表达能力日益增强，已能自如地描绘丰富多彩的现实生活和表达深刻细腻的人物感情。15至17世纪喃字文学的发展为18世纪喃字文学的繁荣奠定了坚实的基础。

＊ ＊ ＊

本章论述了15世纪初至17世纪末越南汉文学的繁荣与喃字文学的兴起。15世纪初至17世纪末以汉文诗为代表的越南汉文学全面繁荣，诗歌艺术炉火纯青。黎圣宗以及"骚坛会"的努力无疑推动了越南汉文诗艺术的日臻完善。以阮梦荀的《蓝山赋》和李子晋的《至灵山赋》为代表汉文赋的出现表明越南汉文赋已达到相当高的艺术水平。越南汉文文言历史章回小说《皇越春秋》、汉文文言散文类神怪故事《岭南摭怪》和传奇类小说《传奇漫录》的出现标志着汉文学内容的不断扩展。15世纪初至17世纪末喃字文学开始兴起，文学名家如阮廌、阮秉谦等在喃字诗歌创作方面取得了不俗的成就。从15世纪到16世纪，越南喃字诗歌创作采用的诗体基本都是唐律体或唐律体的变体。16世纪末17世纪初，六八体、双七六八体喃字诗歌体裁已经定型，为喃字诗歌的发展提供了更多的创作体裁。喃字长篇叙事诗有唐律体的《王嫱传》、《林泉奇遇》和《苏公奉使》以及六八体的《鲇鱼与蛤蟆》、《贞鼠》和《天南语录》等。这些无名氏喃字长篇叙事诗的出现标志着越南喃字文学的不断发展。从这一时期，喃字文学的潮流开始汇入到越南文学发展的主流中，为越南文学历史长河的奔腾不息注入了活水。15世纪初至17世纪末越南喃字文学所取得的成就为18世纪喃字文学的繁荣奠定了牢固的基础。

第六章　汉文学的新进展与喃字文学的繁荣

（18世纪初至19世纪中叶）

18世纪初至19世纪中叶，越南汉文学呈现出内容、体裁等方面的新变化、新进展。同时，以阮攸《金云翘传》为代表的一批喃字长篇叙事诗的问世，标志着越南喃字文学进入了百花争艳、绚丽多彩的繁荣阶段。

第一节　汉文学的新进展

18世纪初至19世纪中叶，越南汉文学在体裁、内容等方面呈现新的变化，出现新的进展。在汉文学创作上，作家更加贴近现实，更加直面人生，在反映民生、揭露黑暗现实方面取得了可喜的进步，在文学现实性、人民性方面迈出了一大步。在汉文诗体裁上，除律诗外，诗歌体裁更趋多样化，出现了以前所未有的汉文六八、双七六八诗。在汉文诗内容上，除抒情外，大量汉文诗更注重叙事，长、短篇汉文叙事诗异军突起，蓬勃发展。

长篇叙事诗开先河之作是邓陈琨的《征妇吟曲》。邓陈琨（Đặng Trần Côn，？—？），生卒年不详，通过史料可以断定，他是18世纪上半叶的诗人。邓陈琨的学识在当时颇有盛名："公以文章名世，天下以为才子，自号懒斋，因名其集曰《懒斋遗稿》。"[1] 据传，当时升龙经常有火患，因此京城禁火，为了夜间学习，邓陈琨便挖穴掌灯攻读，他的学习精神在越南文学史上传为佳话。

《征妇吟曲》借用中国古典文学的文学意象和表达手法，反映了18世纪上半叶的越南社会生活。北郑、南阮的对峙，使越南陷入了连绵不断的战乱中，尤其是郑杠继位后，多行暴政，致使赋税日益繁多，徭役日益严重，人民痛苦不堪，起义遍地蜂起，郑氏集团一再发兵"征讨"，导致内乱不断，民不聊生，妇女成了战争的受害群体之一。

《征妇吟曲》以古乐府杂言体写成，长476句，作品描述了征人征战沙场无归

---

① ［越］陈文岬：《汉喃书籍考》(越南书籍志)第二集，河内：社会科学出版社，1990年版，第97页。

期、征妇忆君思悠悠的故事以及征妇悲愁的心路历程。

边塞起烽烟，丈夫应征戍边，妻子依依不舍送别丈夫：

渭桥头，清水沟，

清水边，青草途。

送君处兮心悠悠，

君登途兮，妾恨不如驹，

君临流兮，妾恨不如舟。

清清流水，不洗妾心愁，

青青芳草，不忘妾心忧。

语复语兮，执君手。

步一步兮，攀君襦，

妾心随君似明月，

君心万里千山箭。

两人忍痛别离后，妻子日夜挂念着战场上的丈夫，为他的艰苦和危险担忧。妻子通过想象，描绘出战争的残酷无情以及戍夫的艰苦生活：

古来征战场，

万里无人屋。

风紧紧，打得人憔悴，

水深深，怯得马蹄蹴。

戍夫枕鼓卧龙沙，

战士抱鞍眠虎陆。

……

艰难谁为画征夫，

料想良人经历处，

萧关角，瀚海隅。

霜村、雨店、虎落、蛇区，

风餐、宿露、雪胫、冰须，

登高望云色，

安得不生愁！

在丈夫归来难成现实的情况下，他们也只能在梦中相会了："惟有梦魂无不到，寻君夜夜到江津"。团圆的希望化为泡影，征妇开始由思念转为感叹自己的青春与幸福：

> 可怜枉守一空房，
>
> 年年误尽良时节，
>
> 良时节兮，急如梭，
>
> 人世青春容易过。

在漫长的痛苦煎熬中，征妇深切盼望战争早日结束，丈夫平安归来，夫妻得以团聚，永享太平：

> 与君整顿旧姻缘，
>
> 交颈成双到老天。
>
> 偿了功名离别日，
>
> 相连相守太平年。

《征妇吟曲》在控诉战乱给人民带来的痛苦和灾难方面，可谓描写独到，淋漓尽致：

> 祁山旧冢月茫茫，
>
> 肥水新坟风袅袅，
>
> 风袅袅，空吹死尸魂，
>
> 月茫茫，曾照征夫貌。
>
> 征夫貌谁丹青，
>
> 死尸魂谁哀吊。

《征妇吟曲》展现了征妇思君悲怀、丰富细腻的内心世界：

> 帘中坐，夜来心事只灯知，
>
> 灯知若无知，
>
> 妾心只自悲，
>
> 悲又悲兮，更无言。
>
> 灯花人影总堪怜，
>
> 咿呜鸡声通五夜，
>
> 披拂槐阴度八砖，
>
> 愁似海，
>
> 刻如年，
>
> 强燃香，花魂欲消坛柱下，
>
> 强临镜，玉筋空坠菱花前，

强援琴，指下惊停鸾凤柱，

强鼓瑟，曲中愁歇鸳鸯。

《征妇吟曲》是一篇抒情成分占很大比重的叙事诗，抒情淋漓、凄凉悲哀、如诉如泣，读罢令人潸然泪下：

老亲兮倚门，

婴儿兮待哺。

供亲食兮，妾为男；

课儿书兮，妾为父；

供亲课子此一身。

伤妾思君今几度，

思君昔年兮已过，

思君今年兮又暮，

君淹留二年、三年、更四年，

妾情怀，百缕、千缕、还万缕。

征妇怨吟就是越南人民反对战争的内心呼喊。封建社会的战争不仅让男人捐躯沙场，也让女人遭受了战争带来的亲人分别的巨大精神痛苦。通过征妇声泪俱下的控诉，作品突出了反对战争的鲜明主题。

除了作品较高的思想性外，作品的艺术性也值得称道。《征妇吟曲》采用绘景与抒情结合的艺术手法，描绘景色为突出、衬托当时人物的处境、感情服务：

望君何所见？

空山叶做堆，

自飞双白雉。

自舞满江梅，

东去烽烟惨不开，

西风零落鸟声哀。

望君何所见？

河水曲如钩，

长空数点雁，

远浦一归舟，

西去松秋接短芜，

行人微没隔仓洲，

望尽天头又地头，

几日登楼又下楼。

《征妇吟曲》使用了各种修辞方法，如比喻：以"嫩花"比喻正当年华，以"黄花"比喻青春已过；夸张："愁似海，刻如年"。作品还成功地使用了重叠、回环、排比和联珠等。如叠字："猎猎旌旗"、"喧喧萧鼓"等；叠词："苍苔苍苔又苍苔"、"斜晖斜晖又斜晖"等；叠句："相顾不相见，青青陌上桑，陌上桑，陌上桑，妾意君心谁短长。"回环在诗篇中运用得也非常成功："顷刻兮分程，分程兮河梁。徘徊兮路旁，路旁一望旆中央。"《征妇吟曲》丰富多样的修辞，使诗歌语言优美流畅，朗朗上口，再加之灵活多变、富有韵律的句式，使诗歌真正成为了可以吟唱的曲子。

在《征妇吟曲》中，中国古典文学典故俯拾皆是，诗篇引用很多中国古代名家名句，尤其是李白诗歌的名句。《征妇吟曲》中有"燕南壮士一掷轻鸿毛，……"；李白诗歌有："燕南壮士吾门豪，泰山一掷轻鸿毛。"《征妇吟曲》有"昔年寄信劝君回，今年寄信劝君来。信来人不来，杨花零落委苍苔"；李白诗歌《久别离》有"去年寄书报阳台，今年寄书重相催。……待来竟不来，落花寂寂委青苔。"

长篇叙事诗《征妇吟曲》是一部脍炙人口的佳作，是一部具有里程碑意义的汉文叙事诗，是思想性与艺术性完美结合的作品，为历代越南文人所称道。潘辉注评价《征妇吟曲》道："乡贡邓陈琨撰。因景兴初兵起征戍别离感时而作。大略古采乐府及李诗融会成篇，辞意淋漓，俊逸脍炙人口。"①

征夫闯边塞，征妇苦熬等待，这已经成为不少越南文人乐于创作的主题。15世纪诗人蔡顺的《征妇吟》就属于这类题材的一首诗，它与长篇叙事诗《征妇吟曲》有异曲同工之妙：

庭草成窠柳又丝，征夫何日是归期。

半帘残月伤心夜，一枕啼鹃落泪时。

塞北云长孤雁影，江南春尽老娥眉。

昨来几度相思梦，曾到君边知不知。

18世纪初至19世纪中叶，在短篇汉文叙事诗创作方面，最具代表性的诗人是阮攸。阮攸（Nguyễn Du，1766—1820），字素如，号清轩，又号鸿山猎户，出生于官宦世家，其父阮俨为春郡公。阮攸自幼聪明伶俐，惹人喜爱。家谱记载：有一次阮俨的朋友越郡公黄伍福来访，见阮攸相貌俊秀，聪颖过人，便赠送宝剑一

---

① ［越］潘辉注：《历朝宪章类志·文籍志》，河内：文化教育青年部出版，译术委员会古文书库，1974年版，第166页。

把。阮攸的幼年时代，其家境优越、富贵，他过着无忧无虑的生活，但这种生活不久便随着社会和家庭的变迁而结束。

阮攸10岁时，父亲去世。12岁时，母亲去世。之后，阮攸靠当时任刑部左侍郎的同父异母大哥阮侃（Nguyễn Khản，1734—1786）维持学业。阮攸18岁参加乡试中举人，后来承袭了其养父的官职——正守校，在太原做了一小武官。1788年，西山王朝建立。1789年，黎朝皇帝黎昭统逃奔清朝求援，阮攸及其兄妄图跟随昭统出逃，但未获得成功。阮攸回到了其妻的家乡，靠其妻兄段阮俊维持生计。段阮俊当时已在西山朝为官，担任吏部侍郎。

妻子去世后，阮攸回到家乡河静仙田，打猎、垂钓、酬唱、寄情山水，自命为"鸿山猎户"和"南海钓徒"。《大南正编列传》载："攸以家世仕黎，遭伪西之乱，无复用世志，遂肆意游猎鸿山九十九峰，足迹几遍。"[①]阮攸在家乡度过了10多年穷困潦倒的生活："鸿岭无家兄弟散，白头多恨岁时迁。穷途怜汝遥相见，海角天涯三十年。"（《琼海元宵》）这期间，阮攸目睹并感受到穷苦民众的生活，认识到动乱给人民带来的灾难，这对他世界观的改变起到极大作用。18世纪末的战乱打碎了他报效朝廷的梦想。1796年，阮攸计划前往嘉定辅佐阮映，不料被西山王朝的将领阮厝逮捕，关押了3个月。阮攸在诗中描述了他这段时间的境遇："钟子援琴操南音，庄鸟病中犹越吟，四海风尘家国泪，十旬牢狱死生心。平章遗恨何时了，孤竹高风不可寻。我有寸心无与语，鸿山山下桂江深。"（《縻中漫兴》）。

1802年，阮朝建立，同年8月，阮攸出任芙蓉知县，11月升任常信知府。1803年，他奉命前往南关迎接中国使者。1805年，他升为东阁殿学士，封为佑德侯。1807年，他任海洋省乡试主考官。1809年，他任广平该薄。1813年，他升为勤政殿学士并奉命出使中国。1815年，他回国后出任吏部右参知。1820年，嘉隆帝驾崩，明命皇帝登基，阮攸再次奉命出使中国，为越南新皇帝请求册封，他未及启程便身染疫病在顺化逝世。

阮攸的汉文诗创作颇丰，诗集有《清轩诗集》、《南中杂吟》和《北行杂录》，其中《清轩诗集》是阮攸1786—1804年在流落太平省、回家乡仙田的日子和为官初期写的，《南中杂吟》是1805—1813年在顺化为官时所作，《北行杂录》是1813—1814年出使中国期间写的。

阮攸饱读诗书，满腹经纶，但生逢乱世，空有才学，难以施展自己的才华，

① 许文堂、谢奇懿：《大南实录清越关系史料汇编》，台北：台湾易风格数位快印有限公司，2000年版，第63页。

只能在悲风凄雨中耗费青春：

> 生未成名身已衰，萧萧白发暮风吹。
>
> 性成鹤胫何容断，命等鸿毛不自知。
>
> 天地与人屯骨相，春秋还汝老须眉。
>
> 断蓬一片西风急，毕竟飘零何处归。

（《自叹》一）

阮攸已经厌倦了纷乱的尘世，梦想着到世外桃源的世界中去："那得跳离浮世外，长松树下最宜人。"（《山村》）他已经看破红尘，他认为，摈弃功名利禄，皈依道教才是正道："浮利荣名终一散，何如及早学神仙。"（《暮春漫兴》）"浮世功名看鸟过"，人生短促，"得高歌处且高歌"，"劝君饮酒且为欢"：

> 山上有桃花，
>
> 绰约如红绮。
>
> 清晨弄春妍，
>
> 日暮着泥滓。
>
> 好花无百日，
>
> 人寿无百岁。
>
> 世事多推移，
>
> 浮生行乐事。
>
> 席上有妓娇如花，
>
> 壶中有酒如金波。
>
> 翠管玉萧缓更急，
>
> 得高歌处且高歌。

（《行乐词》二）

《留别阮大郎》一诗一方面表现了阮攸与朋友阮大郎深厚的朋友情谊，另一方面表现了阮攸与朋友分别后的孤独，他感叹"高山流水无人识，海角天涯何处寻"，世界上的知己真是太少了，唯有永远珍视两人的友谊：

> 西风萧飒拂高林，倾尽离杯话夜深。
>
> 乱世男儿羞对剑，他乡朋友重分襟。
>
> 高山流水无人识，海角天涯何处寻。
>
> 留取江南一片月，夜来常照两人心。

"留取江南一片月，夜来常照两人心"，两人相隔遥远，但空中的明月是他们传递思念的桥梁和纽带。当他们仰望明月、寄思念于月亮时，他们的心就会连到一起："留取江南一片月，夜来常照两人心。"

阮攸的汉文五言律诗是越南五言汉文诗发展的顶峰，《渡龙尾江》是其中的代表作：

> 古国回头泪，西风一路尘。
>
> 才过龙尾水，便是异乡人。
>
> 白发沙中见，离鸿海上闻。
>
> 亲朋津口望，为我一沾巾。

《渡龙尾江》一诗讲究对仗，如：古国与西风、泪与尘、才过与便是、龙尾水与异乡人、白发与离鸿、沙中与海上、见与闻。诗句通俗易懂、流畅自然、用词精当、寓意深刻，尤其是"亲朋津口望，为我一沾巾"两句，用质朴的语言，表达了诗人与亲朋分别时无尽的情思，展现了一个真实、感人的送别场面。

《对酒》感叹人生短促，岁月流逝，流露出无可奈何的悲观情绪，表现了"今日有酒今日醉"、及时借酒行乐的人生态度：

> 趺坐闲窗醉眼开，落花无数下苍苔。
>
> 生前不尽樽中酒，死后谁浇墓上杯。
>
> 春色渐迁黄鸟去，年光暗逐白头来。
>
> 百期但得终朝醉，世事浮云真可哀。

在阮攸的汉文诗中，叙事诗是其中艺术成就最突出的部分。《所见行》是阮攸出使中国途中写的一首叙事诗，诗歌描绘了一妇人携三儿沿路乞讨的悲惨情景，有力地控诉了"朱门酒肉臭，路有冻死骨"的不公平社会。诗歌前半部分描述的是：有一妇人领着两个年幼的孩子，怀抱着尚不会行走的一个婴儿，他们衣衫褴褛，饥饿难耐，面前摆着竹筐，在等待行人的施舍。在饥荒连绵、饿殍遍野的年代，等待他们的命运只能是"委沟壑，饲豺狼"，见此凄惨的情景，行人无不凄然泪下：

> 有妇携三儿，相将坐道旁。
>
> 小儿在怀中，大者持竹筐。
>
> 筐中何所盛，藜藿杂秕糠。
>
> 日晏不得食，衣裾何框禳。
>
> 见人不仰视，泪流襟浪浪。
>
> 群儿且嬉笑，不知母心伤。
>
> 母心伤如何，岁饥流异乡。

异乡稍丰熟，米价不甚昂。

不惜弃乡土，苟图救生方。

一人竭佣力，不充四口粮。

沿街日乞食，此计安可长。

眼下委沟壑，血肉饲豺狼。

母死不足恤，抚儿增断肠。

奇痛在心头，天日皆为黄。

阴风飘然至，行人亦凄惶。

诗人将今日所见母子的忍饥挨饿与昨夜西河驿官兵们的铺张、豪吃进行了强烈的对比：

昨宵西河驿，供具何张皇。

鹿筋杂鱼翅，满桌陈猪羊。

长官不下箸，小们只略尝。

拨弃无顾惜，邻狗厌膏粱。

最后诗人怀着对贫苦劳动人民的同情心和一个知识分子的责任感，呼吁人们关心"此穷儿娘"，将这些情况"持以奉君王"：

不知官道上，有此穷儿娘。

谁人写此图，持以奉君王。

阮攸的叙事诗多取材于劳动人民的生活，与现实生活密切结合，充满浓厚的现实主义色彩。阮攸的叙事诗以通俗易懂的语言和口语入诗，如"群儿且嬉笑，不知母心伤"、"长官不下箸，小们只略尝"等，增加了诗歌的真实感和亲切感。

阮攸把中国古代历史人物作为他汉文诗创作的题材，写有多篇有关中国古代历史人物的诗歌，如：《岳武穆墓》、《湘潭吊三闾大夫》、《蔺相如故里》、《韩信讲兵处》、《廉颇碑》、《苏秦亭》和《荆轲故里》等，这些诗歌充分表达了阮攸对中国古代历史人物的仰慕之情、钦佩之心以及凭吊之意：

好修人去二千载，此地犹闻兰芷香。

宗国三年悲放逐，楚辞万古擅文章。

鱼龙江上无残骨，杜若洲边有众芳。

极目伤心何处是，秋风落木过沅湘。

（《湘潭吊三闾大夫》一）

中原百战出英雄，丈八神枪六石弓。

相府已成三字狱，军门犹惜十年功。

（《岳武穆墓》）

阮攸对柳宗元、欧阳修等中国古代著名文人给予了高度评价："衡岭浮云潇水波，柳州故宅此非耶。一身斥逐六千里，千古文章八大家。血指汗颜诚苦矣，清溪嘉木奈愚何。壮年我亦为材者，白发秋风空自嗟。"（《永州柳子厚故宅》）"千古八大擅文章。"（《欧阳文忠公墓》）阮攸对柳宗元和欧阳修等人的仰慕、崇敬之情和强烈的学习愿望，通过他的诗篇如此自然地流露了出来。

《龙城琴者歌》是一首杂言体的叙事诗，诗中描绘的人物形象美丽动人，描绘的琴声惟妙惟肖、美妙绝伦，四个排比句有力渲染、烘托了演唱的气氛：

> 龙城佳人，
>
> 姓氏不记清。
>
> 独擅阮琴，
>
> 举城之人以琴名。
>
> 学得先朝宫中供奉曲，
>
> 自是天上人间第一声。
>
> 余忆少时曾一见，
>
> 鉴湖湖边夜开宴。
>
> 其时三七正芳年，
>
> 红妆淹暧桃花面。
>
> 酡颜憨态最宜人，
>
> 历乱五声随手变。
>
> 缓如疎风渡松林；
>
> 清如双鹤鸣在阴；
>
> 烈如荐福碑头碎霹雳；
>
> 哀如庄鸟病中为越吟。
>
> 听者靡靡不知倦，
>
> 便是中和大内音。
>
> 西山诸臣满座尽倾倒，
>
> 彻夜追欢不知饱。
>
> 左抛右掷争缠头，
>
> 泥土金钱殊草草。

从《龙城琴者歌》中，我们看到，阮攸汉文诗不同于以往汉文诗之处是他灵活的句式、不定的字数。阮攸采用这种自由的诗体，更便于表现起伏跌宕、无拘无束、富于变化的思想感情。

与《龙城琴者歌》颇为类似的是阮攸的另一篇叙事诗《太平卖歌者》："口喷白沫手酸缩，却坐敛弦告终曲。弹尽心力几一更，所得铜钱仅五六。"

阮攸在《阻兵行》中运用叙事的手法，描绘了兵士们奔赴战场的场面，展现了战争给人民带来的种种惨状——百姓满脸饥色、糠秕为食、饿殍遍地：

> 行人远来不解事，
> 但闻城外进退皆炮声。
> 河南一路皆振动，
> 羽檄急发如飞星。
> 滚滚尘埃蔽天日，
> 步骑一纵复一横。
> 骑者弯角弓，
> 长箭满壶白羽翎。
> 步者肩短槊，
> 新磨铁刃悬朱缨。
> ……
> 大男小女频饥色，
> 糠秕为食藜为羹。
> 眼见饿殍死当道，
> 怀中枣子身边倾。
> 空屋壁上有查字，
> 数百余户皆饥零。

阮攸在《阻兵行》中多处巧妙地运用象声词，这是越南汉文诗以前很少出现的表现形式。这种运用象声词的艺术手法丰富了越南汉文诗的表现形式，开拓了越南汉文诗的艺术表现力：

> 金锵锵铁铮铮，
> 车马驰骤鸡犬鸣。
> ……
> 州弁闻贼至，

磨砺刀剑嘎嘎鸣；

州人闻贼止，

三三五五交头细语声咿嘤。

阮攸的汉文诗具有纵横恣肆、张扬洒脱、随心所欲的豪放诗风。他的《行乐词》
(二)挥洒自如、自由洒脱，如行云流水，流畅、优美，诗中的"君不见……，又
不见……"的排比句，一唱三叹，将诗歌推向了高潮：

君不见，

玉戎牙筹手自捉，

日日会计常不足。

三公台倾好李死，

金钱散作他人服。

又不见，

冯道晚年称极贵，

历朝不离卿相位。

钟鸣鼎食更还空，

千载徒留长乐叙。

眼前富贵如浮云，

浪得今人笑古人。

古人坟茔已累累，

今人奔走何纷纷。

古今贤愚一邱土，

生死关头莫能度。

劝君饮酒且为欢，

西窗日落天将暮。

《麒麟墓》一诗句式灵活，每句字数不等，表面上看似随意，实际上透出阮攸
深厚的汉文功底和非同一般的汉文诗语言驾驭能力：

河北道中五尺丰碑当大路，

中有楷字大书麒麟墓。

道傍故老为余言：

永乐四年贡麟道死葬此土。

官命立碑用存故，

此事迄今已经古。

但见官道荡荡无丘陵，

其旁不封亦不树。

片石倾欹苔藓蔓，

凄风朝吹墓苦雨。

吁嗟麟兮何由睹，

吁嗟麟兮天上祥。

骨肉委之虫蚁囊，

麟兮麟兮尔何苦。

何况燕棣何如人，

夺侄自立非仁君。

暴怒一逞夷十族，

大棒巨镬烹忠臣。

五年所杀百余万，

白骨成山地血殷。

麟兮果为此人出，

大是妖物何足珍。

或是尔生不忍见杀戮，

先就此地捐其身。

吁嗟仁兽兮麒麟，

于世不见以为祥。

见之不过同犬羊，

若道能为圣人出，

当世何不南游翔。

阮攸的汉文叙事诗是这一时期越南汉文叙事诗最高水平的代表作，他娴熟的诗歌艺术技巧、卓越的艺术成就为这一时期汉文诗的发展做出了重要贡献。

除阮攸外，这一时期短篇汉文叙事诗成就较高的诗人还有阮浃、潘辉益、范贵适和范阮攸等。他们的汉文叙事诗描绘劳动人民的生活，控诉战争灾难，反映民不聊生的社会现实，具有强烈的心灵震撼力和艺术感染力。

阮浃（Nguyễn Thiếp，1723—1804）的七言叙事《浮石逢老渔》描绘了蓝江渡上的一位年过古稀、历经沧桑的老渔民：

恩光寺左吴人铺，恩光寺右蓝江渡。

西风落日海初潮，商贾前湾避风雨。

嗟我浮沉事薄书，承宣役役旬有余。

时于南浦觅佳蚬，忽尔邻舟逢老渔。

头发焦黄面犁黑，隔舟答话如相识。

少壮凌波飞刺鱼，纲儿九队无筋力。

一带长江深水三，牢泉孚石龙王潭。

贱人只作浅流看，出没烟波鱼一篮。

如今七十余年纪，饮食犹然壮者比。

生平若充酒饭囊，讵信人间无百岁。

穷通有分竟如何，世变人情重可嗟。

江湖清冷鱼虾少，田野空侗狡狯多。

长成婚嫁七男女，人情爱子厚爱父。

孤舟蓑笠钓寒江，劳攘递驿无停住。

潘辉益（Phan Huy ích，1749/1750/1751?—1822）留有汉文诗集《裕庵吟集》
（《裕庵吟录》）和《裕庵文集》等。他的汉文叙事诗成就斐然，代表作为《经山南
上路具询秋初水灾偶成》。这是一篇以事件场景为叙述中心的叙事诗，诗歌描述的
事件场景是滔天的洪水，反映了水灾给百姓带来的巨大灾难：

京中有人从北来，传说民间水降灾。

贰拾余县望如海，滔滔白浪无津涯。

……

未闻积涨五十日，尽将鸿宅委鱼渊。

阴沴非常堪怵惕，嗟嗟民命制乎天。

横流不特上源水，海际汛咸尤讶异。

君不见，

驩顺东风引暴潮来，尾闾瀼来浄田里。

海口千家逐波开，日丽百艘填浪裹。

天灾流行抑或然，西南数路休怨诽。

范贵适（Phạm Quý Thích，1759/1760?—1825?）字舆道，号立斋，景兴四十年
（1779年）中进士，留有汉文《草堂诗原集》和《立斋先生遗诗续集》（《草堂范立斋
遗草》）等。范贵适汉文叙事诗的代表作是《赴京北》，该诗通过描绘一个老翁为

前线送军粮的场景，揭露了战争给人民带来的苦难。诗歌风格质朴，具有浓厚的现实主义色彩：

> 舍中有老翁，伛偻夜来归。
>
> 问翁归何晚，负米输军资。
>
> 输米今若何，未言欲嘘唏。
>
> 干戈一经年，抒柚靡有遗。
>
> 富贵者今已，贫者存几希。
>
> 荒屋买为薪，糠秕甘如饴。
>
> 吏来促人去，村村如燃眉。
>
> 丧乱未有定，军兴费不赀。
>
> 府库固空虚，蝼蚁亦何为。

范贵适所处的时代正是越南朝代更迭、内忧外患之时，他难以施展自己的雄心抱负，只好归隐授徒。《书怀》表现了诗人在乱世中彷徨、孤独的心情：

> 故国山河已大殊，故园松菊半荒芜。
>
> 茫茫天地还遗客，扰扰风尘自腐儒。
>
> 病骨平分秋岭瘦，臣心仍伴月轮孤。
>
> 有人劝我杯中趣，为问三闾肯醉无。

范贵适善于将自己心灵深处的情感融入外部的景色中，"病骨"与"秋岭瘦"相比拟，"心"与"月"相伴，独具匠心的诗句，创造了绝佳的诗歌意境。

> 野外连衡宇，秋高见远山。
>
> 斜阳明一半，烟树断中间。
>
> 国破家何在，年深客未还。
>
> 紫芝如可采，一为问商颜。

（《秋郊集咏》）

范贵适的诗歌善于描绘景色，景色为抒情服务。《秋郊集咏》中前四句绘景："野外连衡宇，秋高见远山。斜阳明一半，烟树断中间。"其中，"斜阳明一半，烟树断中间"描绘的是：夕阳快要落山，暗一半，明一半。同时，烟雾笼罩着半截树干，半虚半实。在这样的虚无飘渺、黑暗就要来临的背景下，展开抒发自己的忧国、思乡和念故人的情怀："国破家何在，年深客未还。紫芝如可采，一为问商颜。"

《剑湖十咏》其八——《双峰浸月》用"蓬岛仙踪"、"牛女渡移银汉下，湘君影入洞庭秋"等中国历史文化典故描绘了还剑湖双峰浸月的迤逦景色：

> 龙泉天将莫地头，平湖南北岛双浮。
>
> 江河素魄成三片，蓬岛仙踪渺一洲。
>
> 牛女渡移银汉下，湘君影入洞庭秋。
>
> 可怜月色寒光逐，羡雨中流祇自由。

《剑湖十咏》其三——《故垒斜阳》描绘了还剑湖夕阳西下之时的美丽风景，同时展示了还剑湖所见证的大罗城（今河内）历史变迁：

> 草色迷离剑水东，罗城一代夕阳红。
>
> 唐人楼橹湖声夜，李主山河杳霭中。
>
> 华表精魂几化鹤，珥郊灵气暗游龙。
>
> 伞山山外吞林影，萧飒湖风递郭钟。

范阮攸（Phạm Nguyễn Du, 1739/1740?—1786/1787?），号石洞、养轩，留有《石洞诗文抄》、《养轩咏史诗》和《断肠录》。《石洞诗文抄》搜集了诗人为官期间所作的诗歌和文章；《养轩咏史诗》（又名为《读史痴想》）是咏吟中国古人的一部诗集；《断肠录》是一部悼念去世妻子的诗集。在范阮攸汉文诗中，最值得称道的是他写的关于控诉社会黑暗、反映民不聊生的汉文诗，他的诗歌展现了一幅"荒歉兵戈成莫奈，疮痍涂炭转相催"（《感民居散落》二）兵荒马乱的社会景象，其中的代表作有《闻穷民母子相食有感》、《当食》、《吊饿死》、《多雨感作》等，这些诗歌读后令人有切肤之痛，尤其母子相食的情景令人肝肠寸断：

> 万物之生一曰人，莫如母子最相亲。
>
> 临穷彼自移常性，闻怪谁无怛大伦。
>
> 余毒何须谈䝤孺，伏极诚可畏穹昊。
>
> 抚绥正急扬仁闻，会使回顽渐入醇。
>
> （《闻穷民母子相食有感》）
>
> 入富春时正暮秋，绵绵苦雨为谁愁。
>
> 营无饱卒赢相视，路有饥民死不收。
>
> 游履憎泥稀适野，吟毫爱寂独登楼。
>
> 可怜寒谷知春晚，天地生人有意否。
>
> （《多雨感作》）
>
> 不闻方丈是贤为，当食安能靡所思。
>
> 求饱原非君子尚，素餐应负圣人知。

连年贵谷民骸瘠，千里搬粮士色饥。

一蠹愧无前箸借，盘中粒粒未堪贻。

（《当食》）

满途饿殍是何人，原是藩篱故坏民。

沟壑竟成亡国殉，台城未洽圣朝仁。

孤魂靡告鹰仇莽，白骨无收尚恨秦。

杀运莫愁兵草后，寒崖会且扇阳春。

（《吊饿死》）

武惟清（Vũ Duy Thanh，1807—1859）和高辉耀（Cao Huy Diệu，?—?）写的感情真挚、体恤民情的诗篇令人称道：“忙闻四野雁嗷鸣，最是家乡残我情。谁谓父兮谁谓母，痛哉死者痛哉生。几回局蹐惭尸素，何日优游置太平。惆怅幽灵犹馁鬼，阎罗应为施泉局。”（武惟清《戊午元旦闻乡民大饥常礼皆废感作》）“寻常衣褐敢偷安，遍覆犹思一被宽。天帐地毡常共暖，民胞物兴举无寒。”（高辉耀《冬夜寒起猛想古诗“安得一大被覆盖尽天下民”取以兴》）

18世纪初至19世纪中叶，汉文诗的新进展还体现在大量“邦交诗”和“咏史诗”的出现。“邦交诗”和“咏史诗”的出现体现了越南汉文诗在内容上的扩展和丰富。

这一时期，中越两国的宗主国与藩属国的关系密切，维持宗藩关系的重要纽带就是两国使臣的不断往来。不少出使中国的越南使臣留有诗篇，如：武辉瑨、阮翘、阮宗窐、阮提、阮公沆、黎有乔、郑春澍、段阮俶、胡士栋等，他们在诗篇中记叙了出使中国期间的所见、所闻和所感。

武辉瑨（Vũ Huy Tấn，1749?—1800?）1789、1790年两次出使中国，写有大量汉文诗，其中的代表作有《登程自述》、《自幕府志宁明州城途中行述》、《又效固体》（五言一律）、《望洞庭偶兴》（进退格）、《辨夷》、《渡黄河》、《武昌江晚泛》等。

《望洞庭偶兴》采用的是进退格，显示了诗人在汉文诗艺术上深厚的造诣。进退格就是两韵间押，即第二、第六句用甲韵，第四、第八则用与甲韵可通的乙韵：

古洞庭为古使程，偏予濡辔望沧溟。

两峰树色连天碧，万顷波光弄日晴。

湖底有无含月蚌，镜中多少驾风舲。

想于回舸闲归处，人景都归一锦屏。

《辨夷》一诗表现了诗人对蛮夷之称的不满情绪，流露了诗人对越南民族文化的自豪感和平等感：

> 夷自从弓又带戈，吾邦文献似中华。

> 翙经钦赐安南国，此字书来不亦讹。

《武昌江晚泛》一诗中"汉口烟中家万井，晴川云外树千章。鹤楼多少吟题在，佳赏犹然无尽藏"等佳句令人赞不绝口。

黄鹤楼是中国著名的风景名胜，武辉瑨出使中国时到此游览，留下著名的《黄鹤楼》诗篇：

> 骑鹤仙翁去不还，危楼终古白云闲。

> 连霄华栋凌清岛，丽日凋甍瞰碧湾。

> 江浪密含鹦鹉浦，村烟疏罩凤凰山。

> 乡关愁思今仍在，满眼烟涛一望间。

阮翘（Nguyễn Kiều，1694/1695?—1751/1752/1771?）是越南古代著名女诗人段氏点的丈夫，1741—1742年，他作为正使与副使阮宗窒一起出使中国，留有《使华丛咏》（《使华诗集》）等，其中《舟程夜雨》是一首显示阮翘汉文诗功底的佳作：

> 江川夜静翠波平，淅沥篷间重又轻。

> 滴碎乡心天万里，敲残旅梦月三更。

> 寒侵戍角楼前响，冷带飞泉枕畔声。

> 夜晓起看垂柳处，山容如沐树如琼。

阮宗窒（Nguyễn Tông Quai，1692/1693?—1766/1767?）有《使华丛咏》，其中的《长沙晚眺》一诗描绘了湖南长沙的美丽景色以及身在异乡、思念故乡的情感：

> 凄凄西月半规含，徒倚蓬窗望正酣。

> 衡麓霞余光抹翠，湘波秋尽色愈蓝。

> 渔烟遥接湖天北，客思翻随到岭南。

> 城上钟催千岭暮，坐看新月照寒潭。

阮提（Nguyễn Đề，1761—1805）两次出使中国（1789、1795年），留有《华程消遣兴前后集》，其中《过关遇述》一诗提到了诗人两次出使中国的事情："臣分宁辞跋涉难，七年两度玉门关"，同时诗篇也表达了诗人浓厚的思乡之情："归人行客牵心处，故国他乡举步间。朝觐神驰星北拱，思怀情逐雁南还。回辀定在莲风候，收拾琴书觅旧间。"

阮公沆（Nguyễn Công Hãng，1680—1732）1718年出使中国期间，与出使中国的朝鲜使者多有酬唱："即今波帖东南久，共北年年职贡修。"（《柬朝鲜国使俞集一·李世谨》其二）"地各东南海际居，计程一万又零余。威仪共秉周家礼，学问同尊孔氏书。"（《柬朝鲜国使俞集一·李世谨》其三）

另外，黎有乔（Lê Hữu Kiều，1691—1760）出使中国留有《北使效颦诗》、郑春澍（Trịnh Xuân Chú，1704—1763）出使中国留有《使华学步诗集》、段阮俶（Đoàn Nguyễn Thục，1718—1775）出使中国留有《段黄甲奉使集》、胡士栋（Hồ Sĩ Đống，1739—1785）出使中国留有《瑶亭使集》。

越南诗人非常乐于用诗来咏史，他们咏吟中国以及越南古代历史人物、事件以及历史古迹等，留下了大量汉诗。越南诗人咏吟中国古代历史人物和事件的诗集有：阮德达（Nguyễn Đức Đạt，1823/1825—1887?）的《咏史诗集》、"安南四大才子"阮宗窒、阮卓伦（Nguyễn Trác Luân，?—?）、阮伯麟（Nguyễn Bá Lân，1701—1785）和吴俊景（Ngô Tuấn Cảnh，?—?）的《咏史诗卷》、南山主人（?—?）的《咏史诗集》等。

《高伯适诗集》[①] 中有不少吟咏越南历史人物、神话传说人物和历史遗迹的汉文诗，如《咏董天王》："三载潜龙世未知，一朝奋起大施为。金鞭破虏天声震，铁马腾空古迹奇。越甸乾坤留伟迹，殷郊草木识余威。至今祠宇松风动，犹想当年得胜归。"《咏伞圆山》："名山山上古今传，四望团团若伞圆。云迈重霄星可摘，地遥万仞水无权。烟霞长锁无尘景，泉石闲栖不老仙。唐懿胆寒高禹手，巍然南极镇南天。"

18世纪初至19世纪中叶，汉文诗的新发展还体现在汉文诗创作队伍不断壮大，诗人成分更加多样。三位华人诗人莫天赐、郑怀德和吴仁静在越南南方文坛的出现，使这一时期越南汉文诗创作队伍构成更加多样。

莫天赐（又作锡）（Mạc Thiên Tích，1706?—1780），祖籍中国广东，其父莫玖对开发越南南方河仙地区做出了很大贡献。莫玖去世后，莫天赐被阮主阮福注封为河仙镇总兵大都督，代其父管理河仙地区。在管理、开发这一地区的过程中，莫天赐开办学校，大力促进当地的文化事业发展。1736年，莫天赐组织了"招英阁"诗社，以"河仙十景"为题作了10首汉诗，邀请众诗人围绕此题共同吟诗唱酬，最后汇集了31位诗人的310首诗歌，辑而成册《河仙十咏》。《大南实录》记载："肃宗十一年二月，以莫天赐（莫玖之子）为河仙镇都督。赐龙牌船三艘，免其征税，令出洋采买珍宝以纳。又命开铸钱局，以通贸易。天赐分置衙属，拣补军伍，筑

---

① ［越］高伯适：《高伯适诗集》，越南汉喃研究院藏。A210.

城堡，广街市。诸国商旅凑集。又招来文学之士，开招英阁，日兴讲论唱和有河仙十咏。自是河仙始知学焉。"①莫天赐在《河仙十咏序》中谈到该诗集的创作背景及缘由："安南河仙镇，古属遐陬。自先君开创以来，三十余年而民始获安居，稍知耕植。乙卯夏先君捐馆，予纂承先绪。政治之暇，日兴文人谈史论诗。丙辰春。粤东陈子淮水船至此，余待为上宾，每花晨月夕，吟咏不掇；因将河仙十景相属和。陈子树帜鸡坛，首唱风雅。及其返棹珠江，分题白杜。承诸公不弃，如题泳就，汇成一册，遥寄灵秀，此诗不但为海国生色，亦可当河仙志乘者云。"②

河仙十景为：一金屿栏涛、二屏山叠翠、三萧寺晨鼓、四江城夜鼓、五石洞吞云、六珠岩落鹭、七东湖印月、八南浦澄波、九鹿峙村居、十鲈潭鱼泊。《东湖印月》一诗是河仙十景第七景的形象再现：

> 雨齐烟锁共渺茫，一弯风景接鸿荒。
>
> 晴空浪净悬双影，碧落云澄洗万方。
>
> 湛阔应涵天荡漾，漂零不恨海苍凉。
>
> 鱼龙梦觉卫难破，依旧冰心上下光。

郑怀德（Trịnh Hoài Đức，1765—1825），号艮斋，祖籍中国福建，其父曾在阮朝为官。郑怀德与黎光定（Lê Quang Định）和吴仁静一起成立了"平阳诗社"（亦被称为"嘉定山会"或"嘉定三家"）。郑怀德学问渊博，文才出众，深得阮朝开国皇帝阮福映的器重，他是被阮朝皇帝派往中国的第一个使者（1802年）。

郑怀德的著作有汉文的《嘉定城通志》，记述嘉定地区（今天的南部地区）的历史和地理情况。文学著作留有两部诗集《艮斋诗集》和《北使诗集》。他与莫天赐的"招英阁"诗社多有唱酬。

吴仁静（Ngô Nhân Tĩnh，?—1813），祖籍中国广东，在阮福映的创业过程中建有功勋。阮朝建立后，他入朝为官，曾经作为副使出使中国，其诗文受到中国人赞许。吴仁静与郑怀德和黎光定并称"嘉定三家"。吴仁静的文学著作有《拾英唐诗集》和《拾英文集》。

吴世璘（Ngô Thế Lân，?—?）是黎末阮初的一名隐士，他学富五车、满腹经纶、诗学横溢，留有汉文的《吴世璘诗集》和《风竹集》等。《涉世吟》一诗用具体事物、质朴的语言形象地描绘了世间险恶、人们无处容身的状况："深山有虎狼，大潭有鲸鳄。世上有戈矛，此身何处托。"人间多难、人们不得安宁："闹里苦多蝇，静里

---

① 许文堂、谢奇懿：《大南实录清越关系史料汇编》，台北：台湾易风格数位快印有限公司，2000年版，第6页。
② ［越］陈文岬：《汉喃书籍考》（越南书籍志）第二集，河内：社会科学出版社，1990年版，第119页。

苦多蚊。如何两小虫，偏看吃人身。"这些都是吴世璘逃避尘世、归隐山林的理论根据。

吴世璘憎恨官场的勾心斗角、尔虞我诈，厌恶世间的凶恶与艰险，只好遁入山林，享受山水的清幽、静谧：

> 蝉声喧夏午，竹影护阶苔。
>
> 老圃秋无事，柴门昼不开。
>
> 溪云当坐起，山雨过江来。
>
> 清世谁高尚，闲眠为不才。
>
> （《山居即事》）
>
> 月日风清夜，深林独坐时。
>
> 蘋然还太虚，闭目入希几。
>
> （《夜坐》）

《雨后晚步》描绘了诗人隐居地的美景：小鸟在幽静的树林中啼鸣，鲜花散发着淡淡的清香，远处不时飘来浓浓的酒香，掩映在茂密竹林中的草房透出一缕灯光，面对这种美景，诗人自然是满心欢喜：

> 幽鸟任喧林自静，闲花虽淡酒偏浓。
>
> 归来笑指吾庐在，一点寒灯万竹中。

诗人在优美的山林中享受着天伦之乐："松菊喜无恙，儿童争问安。山妻供斗酒，为我洗尘颜。"（《乘涨归山》）

在深夜孤独之时，月亮成为了诗人的伴侣："匹马荒山里，斜阳到碧鸡。独怜一片月，随处伴孤栖。"（《斜阳到碧鸡》）

"诗多静处生"——是吴世璘提出的诗歌创作的条件，这也可以看作是中国诗歌创作"虚静说"理论在越南汉文诗创作中的延伸与扩展：

> 野坐惟无事，凉风荡太清。
>
> 远村来竹色，高树落蝉声。
>
> 名岂忙中得，诗多静处生。
>
> 夕阳行客歇，古道独含情。
>
> （《野坐》）

吴世璘田园山水诗的幽净、淡泊、纯美特质，是诗人在隐居青山绿水过程中心灵荡涤的结果，也是诗人在大自然怀抱中修身养性的结果。

黎贵惇、裴辉璧和潘辉注等是这一时期文学创作队伍中的学者型诗人，他们的诗歌创作为越南汉文诗艺术水平的不断提高做出了贡献。

黎贵惇（Lê Quý Đôn，1726—1784），字允厚，号桂堂，是越南古代历史上空前绝后、独一无二、博学多才的大学者。黎贵惇自幼才思敏捷，18岁乡试中解元，27岁登进士第，取为榜眼。1753年，黎贵惇被授为翰林院侍讲。1760至1762年间，黎贵惇作为岁贡副使出使中国。在中国期间，他历览山川、名胜，处处留心，"观上国政治如何、人物如何"，以广见闻。同时，黎贵惇与中国官员、文人交往颇多，唱酬应答，诗书相赠。

黎贵惇的作品包罗万象，包括历史、地理、文学、宗教、军事、古籍研究等诸多领域，主要著作有《大越通史》（又称《黎朝通史》）、《抚边杂录》、《群书考辨》、《圣谟贤范录》、《芸台类语》、《易经肤说》、《四书说约》、《书经演义》和《见闻小录》等。其中，《大越通史》中的《艺文志》记载了李朝初到黎朝末的书目，是越南第一部载录书目的书籍，对越南文学历史研究颇有益处。

黎贵惇汉学造诣深厚，精通汉诗文，留有《桂堂文集》（4卷）和《桂堂诗集》（4卷），上述两部著作收集了他平生所创作的诗文，其中包括出使中国期间创作的汉文诗。

《谒黎少傅公祠堂》一诗高超的诗歌艺术充分体现了黎贵惇学者诗人的风范。诗篇用词精当、考究，对仗工稳，如：墙角与檐边，乌啼与橘放，深夜月与满林霜；萧昙与裴度，难过与空余，西州宅与绿野堂。

> 行行重到古廖乡，雅范清规仰大方。
> 墙角乌啼深夜月，檐边橘放满林霜。
> 萧昙难过西州宅，裴度空余绿野堂。
> 挽仰曷胜今昔感，此情应共此江长。

黎贵惇的汉文诗韵律整齐，汉语典故运用得当，充分体现出他博学多才以及深厚的汉文诗功底和造诣：

> 海上群仙事渺茫，碧桃洞口久荒凉。
> 乾坤一祸穷徐式，云水双蛾老逢香。
> 石鼓有声敲晓月，沙盐无味湿秋霜。
> 世人苦作天台梦，不想天台亦战场。
> （《游碧桃洞》）
> 役役尘心苦未休，轻衫又向上方游。
> 人情未必忘箕颖，世俗其如逐李牛。

古树苍髯看宇宙，老禅白眼对公候。

勉寮硖石非闲者，岩畔犹贫姓字留。

（《欲翠山》）

黎贵惇整理、编辑的《全越诗录》和《皇越文海》对越南汉文学研究贡献颇大。《全越诗录》是继《越音诗集》和《精选诸家律诗》（杨德颜，Dương Đức Nhan，? —?）之后第三部大型的汉诗选集。《全越诗录》搜集诗歌的时间跨度从李朝到黎朝洪德年间，有近500年的历史，包括近200位诗人的近2000首诗歌。《全越诗录》完成于1768年，呈递皇上，受到嘉奖。黎贵惇在例言中说明了他编辑诗歌的标准："有文理兼长者，有止编其文佳者；有其文且如此而众人以为佳者；有其文虽未佳，而其人贤名微，惟恐泯没，亦编一二者；有文虽不佳而理可取者。"同时，黎贵惇对他所选编的诗歌分门别类进行了评析，总结了各位诗人的艺术风格："诗家文字，各有体制。台阁侍从温润丰缛；军城边戍则苍凉豪壮；时序景物，贵乎清丽；山林隐逸，贵乎闲放；道志须庄重；吊古须感慨；投赠须婉恋。意趣先立，词调从之。"①《皇越文海》是越南规模最大的一部各种文章的集成："历采前史旧集或金石遗文。自李陈至于前黎，凡诏、册、赋、序、记、杂著，悉皆登载。"②潘辉注对黎贵惇所取得的成就给予了高度评价："学问渊博，下笔立就，诗格皆清朗可喜，其文浑然天成，不假思索而汪洋浑涵，如长江大河靡所不达，盖真大家风格。"③

裴辉璧（Bùi Huy Bích，1744—1818），字希章、号存庵，是18世纪末19世纪初著名的诗人和学者。裴辉璧景兴三十年中黄甲，在黎朝为官，他学识渊博，汉诗技艺娴熟，创作颇丰，有《乂安诗集》、《存庵诗稿》、《存庵文稿》等。

裴辉璧晚年在家乡隐居期间，面对封建社会日渐呈现颓势，忧国忧民之心油然而生："清夜听虫兼听雨，病身忧国亦忧家。"（《白莲池上小斋卧病夜起对花作》）面对国家的积弊难除，诗人颇感势单力薄，无能为力，不觉顿生一种凄凉之感：

半启书扃雨后天，一畦种菊一盆莲。

秀渊摇定湖中月，罗堞稠疏树杪烟。

革弊不能毗国主，起衰何以继吾先。

世途倾昃门风薄，独坐严更听杜鹃。

（《夜坐听杜鹃》）

---

① ［越］潘辉注：《历朝宪章类志·文籍志》，河内：文化教育青年部出版，译术委员会古文书库，1974年版，第128页。

② ［越］潘辉注：《历朝宪章类志·文籍志》，河内：文化教育青年部出版，译术委员会古文书库，1974年版，第131页。

③ ［越］潘辉注：《历朝宪章类志·文籍志》，河内：文化教育青年部出版，译术委员会古文书库，1974年版，第118页。

韶阳风物又暄妍，记得离家已半年。

出海云霞分朔旦，临江草树作春天。

神京遥望连山外，客舍微斟梦枕边。

欲喜长空筛细雨，去冬骅演尽枯田。

（《安长春旦》）

裴辉璧编选了《皇越诗选》（6卷），选辑了李朝至黎末有名的汉文诗。《历朝诗抄》（6卷）选辑了李朝至景兴年间的汉文诗。《皇越文选》（8卷）选辑了自李朝至黎末的汉文散文作品。

潘辉注（Phan Huy Chú，1782—1840）是19世纪初期著名学者。1821年，明命皇帝邀请潘辉注入朝做一名翰林院的编修。同年，潘辉注向明命皇帝献上了他呕心沥血10载的巨著——《历朝宪章类志》。《历朝宪章类志》共49卷，是越南古代的第一部百科全书，其中的《文籍志》记载了李朝初到黎朝末的书目，书目又按宪章、经史、诗文和传记四个门类来罗列。《文籍志》是黎贵惇《大越通史》中《艺文志》的发展。与其研究工作相比，潘辉注的诗歌成就显得不那么突出，他留有诗集《华韶吟录》等。

从吴时亿到吴时仕、吴时任、吴时徒、吴时智、再到吴时典，形成了越南18世纪文学史上声名显赫的"吴家文派"。"吴家文派"为18世纪越南汉文学不断攀登高峰做出了贡献。正如18世纪末19世纪初文人潘辉益在《吴家文派序》中指出的那样："三世词宗，声华焜耀。盖越甸书香庭所未有也。况夫常萼交辉，桂枝竞秀，如仲氏之醇粹，如诸昆之英发。一门源派，总未可量。文荫之盛，不其驾苏家而直上耶。"[1]

吴时亿（Ngô Thì Úc，1703/1709?—1736），号雪斋，为吴时仕之父，著有《沂咏诗集》、《雪斋诗集》和《南程联咏集》等。《逍遥吟》是其中的佳作："锐江边有逍遥子，尽日逍遥无个事。安居食力不外求，无事无思亦无虑。尝言自少读诗书，圣经贤传勤菑畲。文不求工辞尚达，行云流水随所知……"《逍遥吟》表达了诗人隐居山林、无忧无虑、逍遥自在的情怀。

吴时仕（Ngô Thì Sĩ，1725/1726?—1780），号午峰、二青居士，为吴时亿之子，为吴时任、吴时徒之父。吴时仕的文学著作有《午峰文集》、《鹦言诗集》、《观兰十吟》和《二青洞集》。吴时仕的女婿潘辉益在《吴家文派序》中评价吴时仕为"钟奇

---

[1]　［越］潘辉益：《吴家文派序》，载：［越］阮禄：《越南文学总集》第九集B，河内：社会科学出版社，1993年版，第110页。

毓秀，会意象于宏延，搜精华于载籍，豪爽雄伟之风概，渊雅宏博之典型，历历见诸著作，浩瀚若溟渤，光辉如星日，笔下神奇，冠绝古今。"[1]

吴时仕的汉文诗语言形象生动，风格质朴、平易，他的《早起考场》和《不得入考》两首诗描绘了人们头顶烈日、跋山涉水前往赶考的情景：

> 黑地连忙早赴程，鼻风汗雨不曾停。
>
> 头当红日虮应死，脚带田泥草欲生。
>
> 任雨群蚊晨上集，凭他万蚁腹中行。
>
> 故人不认新模样，立在旁边问姓名。
>
> （《早起考场》）
>
> 角口捱身一闹场，功名如火热人肠。
>
> 虽然会纪尼山教，用则行兮舍则藏。
>
> （《不得入考》）

《偶成七言古风长篇示两院》一诗首先展示了诗人自己的才华："我年十八应乡选，文理如今不入眼，考官怜才取寸长，遂获侥幸名登泮。逮年渐长蜚文声，日能千言笔纵横。"之后叙说了应举的艰辛，请诸位考官慎重下笔："士子家贫从学问，父母妻孥衣食忍。三年赴举桂乡秋，父母望儿妻望夫。官人容易下一笔，士子一家都郁抑。官人一笔且从宽，士子与族相欣欢。"

《读白集五十四韵》叙述了吴时仕学习白居易诗歌的历程。吴时仕从小学诗时，就追求平易的风格，对白居易的诗歌非常喜爱，尤其是对白居易的《长恨歌》和《琵琶行》爱不释手：

> 小子学诗时，平易循指归。
>
> 颔联立主意，余句皆顺推。
>
> 押韵既不险，用字亦无奇。
>
> 稍近奇与险，虽佳亦弃之。
>
> 尝阅新集中，得白文之遗。
>
> 长恨与琵琶，二篇手不离。

在汉文诗创作道路上，吴时仕不断研读白居易的《白氏长庆集》和《白香山集》等作品，对白居易诗歌的内容、风格的理解日益加深，渐得白居易诗之真谛，最后奉白居易为其师：

---

[1] ［越］潘辉益：《吴家文派序》，载：［越］阮禄：《越南文学总集》第九集B，河内：社会科学出版社，1993年版，第110页。

从此每操笔，群童争相窥。

亦如白诗读，乳婢无不知。

初得长庆集，白与元兼施。

晚得香山集，乃纯居易诗。

大小三千首，言如日出氏。

讽谕皆凿凿，闲适极怡怡。

大首无琐碎，真巧匪绘缛。

斧琢不见痕，玉璞浑无疵。

能文既鲜反，知道亦还希。

少陵自古玉，居易真吾师。

既然把白居易作为了自己的老师，吴时仕尽己所能"如何与白公，样似葫芦依"，模仿白居易：

如何与白公，样似葫芦依。

下韵兼使字，如有见而为。

作繁不胜该，识浅海常疑。

岂缘远爱公，世远神依稀。

是以公之灵，默而助于兹。

《二青峒歌曲》一诗无拘无束、挥洒自如、流畅优美，表现了诗人起伏跌宕、充沛饱满的思想感情：

仰洪庆青藩宁谧，

衣冠身预享太平。

逍遥适舟船薹树，

践履宜边郡朝廷。

佳哉！

国势鳌尊，

金城盘奠。

神坛宇长留香火，

相门庭永裕簪缨。

石室功名，

福禄寿重赓周雅。

吴时任（Ngô Thì Nhậm，1746—1803），字希尹，号达轩先生，为吴时仕之长子。1775年，他进士及第，在户部任职。西山朝建立后，他得到光中皇帝的重用，任吏部侍郎，后升为兵部尚书，充任与清朝交涉的正使。栋多战役前后，凡是与清朝交涉的文件均出自吴时任之手。阮朝建立，阮映以吴时任跟随农民起义领袖光中而对他予以治罪。

《莞尔吟》（五言古二十韵）表达了诗人出使中国途中的感想，诗篇充满着对祖国文化的自豪感："盛称西南番，文字多高手。必有开其先，不独中国右。"

《再渡黄河歌辞》（回程作）一诗展现了诗人随着黄河的汹涌波涛而心潮澎湃、文思泉涌，诗风恣肆、奔放：

> ……
>
> 险哉！险哉！
>
> 天限南北繄自古。
>
> 好绸缪舱户，
>
> 捧天章轿夫步。
>
> 稳棹中流，凝眸四顾。
>
> 风伯送来徐，
>
> 涛神不敢怒。
>
> 正是王命在身，
>
> 鲲跃三千争喜舞。
>
> 彼岸诞先圣，
>
> 又见九天潭雨露。

吴时任在文学事业和学术事业上颇有建树，被潘辉益誉为"士林标帜"："艳思汪涵纵聘愈出愈佳而挥斥百氏，驱策九流，博达之蕴，卓为士林标帜。"[①]

吴时佁（Ngô Thì Chí，1753?—1788）为吴时仕之次子，其汉文诗以田园山水诗居多，诗歌意境清幽、淡远、悠长：

> 咿唔埘鸡天向昏，轻烟落寂罩孤村。
>
> 园花如昨人何在，飞鸟归巢树不言。
>
> （《题于岸故园》）
>
> 轻轻客袖拂清风，独立台山第一峰。
>
> 古迹现留禅塔在，俗僧归去梵林空。

---

① ［越］潘辉益：《吴家文派序》，载：［越］阮禄：《越南文学总集》第九集B，河内：社会科学出版社，1993年版，第110页。

遍磨石篆求遗事，遥向松荫盼故宫。

逸起悠悠茶未歇，暮岚何处响寒钟。

（《题天台山》）

吴时智（Ngô Thì Trí，1766—？）是吴时仕的第三子，其《南行感兴》一诗表现了诗人千里驰骋、忠心报国的雄心壮志：

轻轻两袖出乡关，到处江山眼界宽。

千里驰骋愿自许，一生慷慨未应闲。

情多莫禁英雄泪，金尽何愁壮士颜。

忠信仰凭天相吉，归来庭院有余欢。

吴时煌（Ngô Thì Hoàng，1768—1814）是吴时仕的第四子，其汉文诗以叙事诗见长。《闻人哭》一诗描述了一妇人三年前丧夫、今又丧子、无以为生、后弃逃他乡的悲惨故事，诗歌以寡妇哭夭折孩子的场景为中心叙述故事：

日暮闻人哭，不之在何许。

出门听所从，邻家母哭子。

哀哉寡妇情，何故翻至此。

夫死既三年，形影何憔悴。

一枕四孤儿，两男与两女。

中有稍长成，一朝复捐弃。

哭泣徒悲哀，孤魂不知处。

……

寡妇不遑宁，扶携弃之去。

昔是邻家人，今为荒园地。

吴时煌的《三桥月夜游记》是一篇语言优美、意境清新的汉文散文作品："岁乙丑八月，望前二日，梧雨初晴，风凉日淡。余课徒于义柱溪板桥之上，弟希濂公，老友陈公，各以其徒，自讲馆来会，三村童冠，二三十人，列坐桥之左右，命题以巢父洗耳为诗。严陵濑为赋，富春耕钓为文。课既罢，或临流而濯缨，或倚树而迎凉，欣欣然，各适其性。凭栏望之，溪流曲折，水色清莹，炎暑既退，清风徐来。乃命遍舟载茶酒，老友辞归，独与吾弟携手登舟，童冠愿从者不禁。对酌舟中，凝眸四顾远岫孤村，浮云落霞，飞鸥翔雁，古树孤馆，牧童之往来，田翁之归去……"

吴时典（Ngô Thì Điển，？—？）为吴时任之长子，他继承了渊源的家学传统，尤其是父亲卓越的诗学事业，写出了不少艺术水平很高的诗篇，如《和故人陈登瀛元韵》、《醉吟》和《锐桥夜赋》等。《锐桥夜赋》中的"风撞童树秋声铁，月坠寒波水色金。渔艇行行浮渚小，村家隐隐覆霜深"可谓经典佳句，诗人独具匠心，用词巧妙，营造了一种隽永、独特的美妙意境：

> 点罢禅钟夜漏沉，桥头独立思难禁。
>
> 风撞童树秋声铁，月坠寒波水色金。
>
> 渔艇行行浮渚小，村家隐隐覆霜深。
>
> 吟完顾影吾谁语，唯有卿卿悟我心。
>
> （《锐桥夜赋》二）

《醉吟》（其一）中多处引用中国典故，引经据典，挥洒自如，颇显诗人深厚的汉文功底：

> ……
>
> 君不见，
>
> 篇篇有酒陶渊明，
>
> 宋朝富贵不能累，
>
> 元嘉死及檀将军，
>
> 渊明义熙书甲子。
>
> 又不见，
>
> 蹉跎尽日李青莲，
>
> 风流天子扶不起，
>
> 天宝死及杨贵妃，
>
> 青莲骑鲸悠然逝。
>
> 酒神原不负吾人，
>
> 劝君且酌养浩气。

另外，阮衡、裴阳历、陈名案等诗人以质朴、平白的诗风向18世纪初至19世纪中叶的越南汉文诗坛吹去了一股清新之风气。

阮衡（Nguyễn Hành，1761/1771？—1823/1824？）有《观东海诗集》、《鸣鹃诗集》和《天地人物事诗》等，其中《明月篇》和《国学》两首诗颇有代表意义。《明月篇》以质朴、直白的语言表达了望明月思故乡的炽烈情感：

> 明月何自来，来来自故乡。
>
> 我居故乡时，见此明月光，

　　明月来相与，故乡天一方。

　　我思故乡望明月，月有阙时思不绝。

《国学》形象地阐释了越南渊源深厚的国学传统，并把国学推崇到了极高的地位：

　　高仰巍巍太学门，门前乔木积年根。

　　圣人道教如天大，我国文明此地尊。

　　世局几更弦不断，科名长在石能言。

　　后生未预斯文籍，深愧扬家有子孙。

裴阳历（Bùi Dương Lịch，1757—1828）留有《存斋诗集》和《乂安志》等。在《思家》一诗中，诗人深情地回忆起了家乡的茅屋、渔歌、禾苗、螃蟹，思家之情难以抑制："茅屋柴扉野味凉，渔歌牧笛自猖狂。春霖及陇苗初秀，潮水兼洲蟹正黄。有妹代兄供子职，此身离母客他乡。遥知三载门闾望，渺渺云烟枉断肠。"《感吟》（其一）中，诗人感叹自己生逢乱世、郁郁不得志："天地生吾有意无，生吾奈不在唐虞。兵戈满地遭时拙，野草忧天抱志孤。黍稷寂无人感怛，云雷谁为国驰驱。乱如此忱何时定，篱下黄花井上梧。"在《谒扶董最灵祠恭纪》诗中，诗人赞颂了传说中的扶董天王，充分显示了诗人对本国传统文化的珍爱：

　　赫赫冲天祠，巍巍建初寺。

　　剑马归太空，声名在前史。

　　京北标最灵，天南称不死。

　　壮哉扶董祠，万年香火祀。

陈名案（Trần Danh Án，1754/1760?—1794/1796?）留有汉文《柳庵诗集》，他的诗歌反映了动荡时代诗人的贫穷生活："何用衰时识字人，文章从好不医贫。米昂饭有三分菜，锦贵衣惟七尺鹑。拙妇无谋营继日，赘翁犹自笑浮云。前生合是于陵子，落到今生又姓陈。"（《叹贫》）浩劫浮沉的日子里，诗人仍能保持一颗纯净如明月的心："浩劫浮沉羞不死，空明寥廓证无生。古今来往浑如此，一片禅心对月明。"（《题崇光寺》）

黄阮曙（Hoàng Nguyễn Thự，1749—1801）的《感时》是一首感叹朝代更替、时局变化的诗歌："济治持危叹不才，西兵甚处突然来。江千万里孤帆力，国百余年一旦灰。遥睇晋京频缱绻，顾瞻周道重徘徊。纵非天眷皇家德，我国之民亦殆哉。"

18世纪初至19世纪中叶，越南汉文学的新进展在诗歌体裁上体现为六八体、双七六八体汉文诗的出现。

越南汉文诗在越南扎根、成长，与越南民族文化、民族诗歌相融合，从而产生了汉文诗歌与原生态民族诗歌的"混血儿"，这种"混血儿"诗歌就是越南诗人用六八体、双七六八体写成的汉文诗。汉文六八体、双七六八体诗的出现是越南古代诗歌历史上颇为独特的文学现象，体现了越南诗人独特的文学思维和文学审美，显示了越南汉文诗在体裁上的创新。

汉文六八体、双七六八体诗代表性的作品有阮辉莹的《奉使燕京总歌》和丁日慎的《秋夜旅怀吟》等。

阮辉莹（Nguyễn Huy Oánh，1713—1789）的《奉使燕京总歌》是由近500句六八体汉文诗组成的长篇叙事诗，诗歌叙述了他出使中国旅程中的所见、所思、所感：

> 景兴二十七年，
> 岁逢丙戌日缠陬訾，
> 马维骈緐如丝，
> 周道矮迟我出我车。
> 骊驹声闹行歌，
> 朝渡珥河驻爱慕村，
> 体臣遥忆皇恩。
> 丁宁数语温存一章，
> 起程叶袭行囊，
> 桇营脱泊寿昌晓行，
> 数天甫到芹营……

第一句的最后一个字"年"与第二句的第六个字"缠"押韵，第二句的第八个字"訾"另起韵与第三句的最后一个字"丝"押韵，"丝"又与第四句的第六个字"出"押韵，第四句的最后一个字"车"另起韵，与第五句的最后一个字"歌"押韵……依此类推，循环往复。

丁日慎（Đinh Nhật Thận，1815—1866）的《秋夜旅怀吟》是一首汉文双七六八体抒情诗，诗歌抒发了诗人思乡、悲秋、感叹人生的内心情怀：

> 秋夜静天光隐约，
> 隔疏帘淡酌金垒，
> 天辰人事相催，

浮生若梦几回为欢，

人对景花间月照，

景撩人树抄风吹，

这般料少人知，

闲来风月与谁为秋，

诗四绝治渝雅爱，

酒三杯潇洒离怀，

灯前独对书斋，

伤心客地有怀古人。

……

孤枕里三更窹寐，

片幽怀谁是为怜，

情头夜半无人，

睡来报蝶醒辰鸣鸡。

有辰或乡闺夕照，

下堂来欲造花楼，

忽惊燕茸泥巢，

鸾羞照镜凤愁懒梳。

……

将何日更相对语，

叙闺情又叙客衷，

而今秋月秋风，

秋吟秋饮情中者谁，

对离景泪垂双眼，

顾乡关路限重山，

酒残独倚栏杆，

觉来眼看夜还凄凉。

　　第一句的最后一个字"约"与第二句的第五个字"酌"押韵，第二句的第七个字"垒"另起韵，与第三句的最后一个字"催"押韵，"催"又与第四句的第六个字"回"押韵，第四句的最后一个字"欢"另起韵，与第五句的第五个字"间"押韵……以此类推，循环往复。与其他越南汉文诗体的运用情况相比，汉文六八体和双七六八体运用不广，诗歌数量不多。

18世纪初至19世纪中叶，汉文诗的新发展还体现在越南诗坛出现了许多句式灵活、字数不定的杂言体诗，如吴时仕的《胡城吊古歌》和《二青峒歌曲》、吴时任的《再渡黄河歌辞》（回程作）、段阮俊的《谅山恶行》、阮友勋的《胡宽歌》等。

段阮俊（Đoàn Nguyễn Tuấn，1750?—?）的《谅山恶行》采用乐府诗体，想象丰富、语言奔放、笔调雄健：

　　　嘘吁嗟乎，谅山之恶，恶于坠深渊。

　　　珥河北渡百余里，

　　　去路渐穷稀人烟。

　　　草树深郁不见日，

　　　兵火馀骸枕道边。

　　　过了一溪又一溪，

　　　身翻急浪出重泉。

　　　……

　　　君不见，

　　　安南恶窟有鬼门，

　　　十出无一还曾流传。

　　　归乎哉，归乎哉，

　　　单车今旧京，

　　　双袖今故园。

阮友勋（Nguyễn Hữu Huân，1816?—1875）的《胡宽歌》充分运用"歌"这种诗体的特点，以灵活多样的句式，以磅礴的气势，抒发了人生荣辱忧乐的感慨，令人有荡气回肠之感：

　　　自古忠良得路难，胡宽！

　　　一名但可候人问，胡宽！

　　　天地缺陷，

　　　世事难平，

　　　几日还，

　　　处大运中，

　　　荣荣辱辱忧忧乐乐。

18世纪初至19世纪中叶，越南汉文学的又一进步和发展是汉文文言小说的不断涌现。汉文文言章回小说《骥州记》、《皇黎一统志》等作品的出现，标志着越南汉文学体裁的扩展和内容的丰富以及汉文文言章回小说艺术水平的提高。

《骥州记》，又名《天南列传阮景氏骥州记》，作者不详，是越南文学史上出现较早的汉文文言历史章回小说，大略成书于17世纪末18世纪初期。越南现代学者陈义认为："《骥州记》很可能成书于第一个丙子年即1696年以后不久。"①

《骥州记》是一部以章回小说形式、由本族后代修成的族谱，开创了"族谱小说"的新文学样式。《骥州记》叙述了义静（古骥州）地区阮景家族前八世的史事，特别是第五代阮景骥、第六代阮景坚、第七代阮景何、第八代阮景桂在扶黎灭莫中的功绩。《骥州记》全书共4回，每回4节，共16节，具体回目为：第一回 第一节"天之转也 地之振也"，第二节"弘休避乱渡清江 安清起兵立帝胄"，第三节"阮子牙兵马遮乘舆 黎庄宗君臣破阮敬"，第四节"郑太师尊立峻皇帝"；第二回 第一节"莱郡公死节关中 晋郑模大破阮倦"，第二节"阮倦伏兵从帽腊 节制黄金赎晋公"，第三节"阮景坚大破石倦兵 莫崇康命还晋公枢"，第四节"莫应王入寇广昌县 郑节制直捣升龙城"；第三回 第一节"莫君臣退守河北 裴父子待命恬江"，第二节"毅皇帝进御东京 冯克宽奉使北国"，第三节"郑左相进爵平安王 端国公逃归顺化镇"，第四节"平安王差兵伐木怪 莫干统退驾据金城"；第四回 第一节"广富侯婚尚玉姬 郑成祖梦见晋国"，第二节"阮驸马重修寺观 万郡公起衅萧墙"，第三节"成祖书招立万郡公 神宗册晋封王世子"，第四节"清都王大举伐高平 阮景河奉得赐姓郑"。

长期以来，由于越南人书面写作语言和日常口语的脱节，因此，越南人在运用汉文时，多擅长诗赋等韵文形式，而小说等散文形式一直是弱项。《骥州记》的出现说明，越南文人不仅能创作诗赋等韵文作品，同时也能创作口语性较强的文言小说等散文作品。下面是第二回第一节中阮倦与南军属将榜郡公对阵时的一段对话：

日晓，倦令摆开振伍，催象挥旗。引目见南军属将榜郡公对垒，即以手招之曰："汝等吾故人耶？显顾畴昔恩义若在，何事反面相稽于锋镝间？"

榜郡两手相执曰："蒙郡指示旧契甚明，但大势已分，何端复合。今日到此，惟有战耳。若前交信，姑且渐负。"

倦曰："故人执迷甚矣。君欲达变识时，不当疏于旧好。窃问君，今留此，权

---

① 陈庆浩、王三庆：《越南汉文小说丛刊》第二辑第三册，法国远东学院出版，台北：台湾学生书局印行，1992年版，第187页。

行委用其震班乎？兵戎管领其克籍乎？"

榜郡颦眉对曰："属从大营，兵不满旅，吾为执辔望麾而已。"

倦曰："吾意，汝有此才略，当自拨出一营，管一方面，岂意汝为人听令卫霜冒雪，为亡躯之将乎！当今圣朝歆慕武客，若子能向明，与我大立奇功，必有贵分。何必姑守小节，而蒲伏自屈如此。"

榜郡见此言语，其铁石之心从斯赖转，乃始开垒迎莫兵，与阮倦相会，歃血为誓。毕，倦问曰："吾欲袭击晋郡公兵马，从何处来？"

榜郡公曰："大将当今从清漳险路，出其不意，北渡南塘玉山津下攻之。正是破彼心腹，彼则彷徨救不暇，吾以逸待之，曷有不胜？"

从上述对话可以看出，作者已经开始大量运用人物对话来叙述故事，演绎历史，语言虽显得古朴，但已经颇为规范、地道，的确难能可贵，值得称道，这说明随着汉文在越南的深入传播，越南人掌握、运用汉文的能力和水平也在日益提高。

汉文文言历史章回小说《皇黎一统志》，又名《安南一统志》，成书的时间为18世纪末19世纪初期，全书共17回，是吴时任、吴时侙、吴时悠三兄弟撰写完成的，小说前7回的作者是吴时侙，第8回至第14回的作者是吴时悠，最后3回，未注明作者，也不排除为吴时任所续，吴时任的功劳就是将吴时侙、吴时悠所写的《皇黎一统志》加以编辑、整理，使之前后连贯。

《皇黎一统志》叙述了黎朝景兴三十八年（1777年）至阮嘉隆三年（1804年）的越南历史，重点在写黎郑王朝内部及与西山阮平的斗争历史，全书回目包括：第一回"郑宣妃宠冠后宫 王世子废居幽室"，第二回"立郑都七辅受遗 杀晖郡三军扶主"，第三回"杨元舅议斩骄兵 阮国师谋清内难"，第四回"复师仇阮整援兵 赴国难李公殉主"，第五回"扶正统上公觐阙 缔邻婚公主出车"，第六回"西山主潜师返国 东洋侯倡议扶王"，第七回"翊皇家武成出师 焚郑府晏都去国"，第八回"杨御史献俘太庙 黄郡公赐死西域"，第九回"武文任提兵掠境，陈公灿奉使议疆"，第十回"麟洋侯扶王泛海 鹏公整请帝渡河"，第十一回"西山再入城据国 嗣皇三起驾复都"，第十二回"阮阃臣投内地 孙都督过南关"，第十三回"摄先声强敌避锋 得大援故君反正"，第十四"回战玉洄清师败绩 弃龙城黎帝如燕"，第十五回"定北河平王受封 战宣光皇帝遇害"，第十六回"祭芩塘清使受欺 葬燕京黎皇饮恨"，第十七回"定升龙伪主就擒 葬盘石皇妃从殉"。

《皇黎一统志》是一部历史演义小说，作者以写史的笔法叙述故事，演绎历史，而非以虚构的手法叙述历史故事："话说皇帝朝庄宗裕皇帝中兴于马漆江，时世祖明康、太王郑检为辅，诛锄逆莫，还于故都。郑氏世袭王位，掌握大权，皇家渐见衰弱，传至显宗永皇帝景兴年间，圣祖盛王专行威福，帝惟垂拱而已。盛王为人刚明英断，智慧过人，有文武才略，博览经史好为诗文。既袭位，狭小累朝制度，国政朝纲，一番整顿，凶渠道党，取次削平。有独运逼宇之志，灭质平宁，王师所至，无不可捷……"

《皇黎一统志》中的汉文文言运用准确、凝练，对话语言流畅、自然，显示了越南文人对汉文文言的驾驭能力极高，同时更显示了越南文人在掌握了书面语强的诗赋韵文之后，已经逐步掌握并熟练运用具有日常口语特点的汉文文言散文：

至富春，陈其品币，谒见，灿奉上国事。北平平王看了一遍，掷书于地，厉声曰："那书是谁人做？说出全无义理，北河诸人惯以口舌啖人，我非儿子可欺也。"灿神色不变，从容言曰："王且息怒，容臣明言，若欲杀臣，话一言以死。"北平王素重灿，改容谓曰："我驾海北出，破升龙灭郑氏，举国震惊，朝野束手，莫敢谁何。此回使据有其国，称帝称王，亦奚不可？惟我远慕先帝之德，挈土宇而全归之，一统舆图，皆我再造。北朝却以上公制册为报，不知上公是甚名号？于我何加？已而先帝宾天，山陵大礼，为我周旋：嗣王承统，册立我为主张，今不念此之德，纳我叛人，与我争衡，谋争义安之地，以若所为，人情忍耐得否？我已派出兵马二万，使左军武文任领之，直抵升龙，馘贼整父子以献。自了整闻我军出，必挟嗣孙以走，不知锋镝之下，玉石不分，嗣孙得保无恙否？国人反以归怨于我！"

汉文文言章回小说《骊州记》、《皇黎一统志》等作品的出现，标志着越南汉文学从诗赋不断向文言小说扩展，从韵文不断向散文扩展，越南汉文学从抒情不断向叙事扩展。

这一时期，传奇、随笔等体裁的汉文散文作品纷纷涌现，代表作有段氏点的《传奇新谱》、范廷琥的《雨中随笔》、范廷琥和阮案合写的《桑沧偶录》、武贞的《见闻录》以及无名氏的《大南显应传》等。

《传奇新谱》又名《续传奇》，是段氏点撰写的一部汉文传奇小说。关于《传奇新谱》的内容，潘辉注《历朝宪章类志》记载："女学生阮氏点撰，记叙灵异会遇诸事。曰《碧沟奇遇》、《海口灵祠》、《云葛神女》、《横山仙局》、《安邑烈女》、《义犬屈猎》凡六传。文辞华赡，但气格差弱，稍逊前书。"[①] 陈庆浩、王三庆主编的《越南汉文小说丛刊》收有《海口灵祠录》、《云葛神女传》、《安邑烈女传》、《碧沟奇遇记》

---

① ［越］潘辉注：《历朝宪章类志·文籍志》，河内：文化教育青年部出版，译术委员会古文书库，1974年版，第207页。

四篇。《松柏说话》和《龙虎斗奇记》作为附录。

《海口灵祠》是《传奇新谱》中典型的一篇传奇故事，故事梗概是：阮姬阮碧珠是陈睿宗的爱妃，她"性格轩昂"，"姿容娇艳"，通晓文词音律，多才多艺。恰逢中秋佳节，陈睿宗仰望明月吟道："秋天画阁挂银灯，月中丹桂。"阮碧珠从容答道："春色妆台开宝镜，水底芙蓉。"她聪敏机智，胆略过人，忧国忧民，她向陈睿宗呈递了治国安邦的《鸡鸣十策》："一曰扶国本，苛暴去则人心可安。二曰守旧规，烦扰革则朝纲不紊。三曰抑权幸，以除国蠹。四曰汰冗吏，以省民渔。五曰愿振儒风，使灯火与日月尽照。六曰愿求直谏，令城门与言路并开。七曰拣兵，当右勇力而左身才。八曰选将，宜后世家而先韬略。九曰器械，贵其坚锐，不必文华。十曰阵法，教以整齐，何须舞蹈。"当陈睿宗决定南征林邑之时，阮碧珠上谏力劝，陈睿宗不听。阮碧珠遂要求随军前往。途中，战船被妖风所阻挡。陈睿宗梦南滨都督强索妃嫔。为救三军，阮碧珠毅然跳入水中，自愿为蛟都督之妃。后来，黎圣宗的船队经过此地，碧珠托梦给黎圣宗告知自己的苦难，黎圣宗射书传信，广利王派神捕擒蛟妖，碧珠得以还生到尘世，后帮助圣宗杀敌、建功。

范廷琥（Phạm Đình Hổ，1766/1768?—1832/1839?）是18世纪末19世纪初期著名的作家、诗人和学者，他的著作涉及文学、历史、地理和语言研究等。文学方面有《雨中随笔》、《东野学言诗集》、《松竹莲梅四友》以及与阮案合写的《桑沧偶录》。其他方面的著作有《安南志》、《哀老使程》、《黎朝会典》等。

《雨中随笔》是一部关于人物传记、妖怪神仙、百物详考、治学札记以及风俗习惯等方面的汉文文言随笔。人物传记类的文章有《黎利传》、《范公五老》、《李公道载》、《仙田阮氏》、《左至侯》、《阮尧明》、《阮敬》、《杜公汪》等；妖怪神仙类的文章有《虎妖》、《洞庭湖神》、《怪事》、《奇事》等；百物详考类的文章有《琴》、《茗饮》、《花草》、《榕树》、《衣服》、《地名因革》等；治学札记类文章有《字学》、《学术》、《乐辨》、《科举》、《考试》、《诗体》、《礼辨》、《医学》等，此类文章是作者的一些治学思考，对越南科举、礼乐以及学术制度等进行了剖析。风俗习惯类文章有《婚礼》、《婚俗》、《继嗣》、《风俗》、《冠礼》、《拜礼》等，此类文章对越南各个朝代的一些风俗习惯进行了记叙、研究和评论。另外还有描绘风景名胜的《山西寺景》等文章。

《黎利传》记叙了后黎朝开国皇帝黎利的一些生平逸闻，作者描写生动形象，富有文学趣味："黎祖在蓝山，时与明人战，少却，部曲星散。田间一老翁及其妻郑水而渔，帝解衣入泥偕作。遣兵至问：'翁黎某会过此否？'翁答：'不见。'帝倾耳而听。翁叱曰：'痴儿何不捕鱼，干汝何事？'追者不疑而去。及暮，翁请留宿。家畜一猴杀之以馔……"

《乐辨》考据了越南历史上的音乐演变："先朝洪德间，圣宗皇帝，天纵圣明，当时大臣如申仁忠、杜润、梁世荣诸公，学问赅博，接武登朝，如请求中州声律，被之国音，分为同文、雅乐二署。同文主于音律，而雅乐则以人声为尚，皆太常僚属。至于民间之乐，置教坊司掌之。雅俗秩然，不相参杂……"

《桑沧偶录》是范廷琥和阮案合写的。阮案（Nguyễn Án，1770—1815）是一位没落时代不得意的知县，他把自己对世界的愤懑都写进了《桑沧偶录》。《桑沧偶录》分上下两册，上册40篇，下册50篇，全书共90篇，内容多为记叙历史人物奇闻趣事、妖怪神仙、世间见闻以及地理、建筑详考等。记叙历史人物奇闻趣事类文章有《阮公沆》、《裴公世荣》、《黎公有乔》、《段将军尚》、《阮公翘亚夫人》、《朱文贞公》、《黎公鹰》、《裴公辉璧》等；地理、建筑详考类文章有《还剑湖》、《天姥寺》、《京城门》、《镇武观》；妖怪神仙类的文章有《同春鬼》、《干刹鬼母》等；游记类文章有《游佛迹山记》、《浴翠山》；世间趣闻类文章有《如京农夫》、《安谟农夫》等。

《如京农夫》记叙了一农夫打柴归来途中路遇行进大军中的熟人，两人一起喝酒，后被误会为鬼的故事。故事情节虽然简单，但故事语言活泼、流畅，描写细腻，叙事颇有趣味：

> 己酉岁，兵火甫熄，疫气大作，人多白昼见鬼，呻吟之声与哭声相间。余友瑰池宁君贵弘为余言：如京一农夫出郊采薪，见大军进发，因驰担屏立道左。前茅一卒赤帻而执剑，其故人也。见农夫惊喜，脱帽戴之，携入肆，恣啖酒炙，肆主不之问也。时饥馑相继，农夫得果馋腹，放情畅饮。未几中军至，舆马鳞次，进行甚急，卒起，夺帻去。农夫在坐，肆主与坐客惊执之，以为厉鬼。农夫道所见，携肆主就路旁荷担处，束薪犹在云。遂释之去。

武贞（Vũ Trinh，1759？—1828）是18世纪末19世纪初期的学者和作家，他的《见闻录》（《兰池见闻录》）是一部记叙人物、鬼神、鱼虫禽兽、人间逸闻趣事等方面的汉文文言散文作品。

记叙人物类的文章有《阮状元》、《雷首坡》、《阮琼》、《范员》、《再生》、《偷儿》、《阮歌妓》、《兰郡公夫人》等；记叙鬼神类的文章有《芹海神》、《海岛仙》、《丐仙》、《兰郡公夫人》、《杜尚书》等；记叙鱼虫禽兽类的文章有《义虎》、《神鱼》、《猴》、《侠虎》、《仁虎》、《蛇生》等；记叙人间逸闻趣事类的文章有《产异》、《女化成男》、《巫媪》、《奇梦》等。

《再生》描述了陶生与邻家女生死相恋的感人故事。邻家女的"起死复生"是本篇故事的焦点，陶生对邻家女的执着爱情追求是本篇故事的主题：

东山县陶生，农家子，丰姿俊异。父母使之读书，甚慧。十六七岁，具举业。家贫，不能延师，别村有举人某设馆，生往受业。所居邻翁有一女，与生年纪相若，色颇丽。途间相遇，生以歌词挑之，女笑而不拒。

一夕，生读书，闻邻家机杼声，往窥，见女于灯下独织。生以指弹户，女问之，生低声曰："东邻生也。累蒙青眼，今深夜人静，愿得灯前一晤，以泄渴怀。"女曰："鄙质与君日时相遇，非不相识，但男女有别，瓜李之嫌可畏也。"生固请，语渐狎。女曰："君读佳士，妾亦闺女知礼者，君如不弃，盍委媒求之妾父母。今若苟且，万难从命。"生知不可强而去，求媒请诸翁。翁嫌生贫，不允。生愤愧，乃赴京游学三年。乡举高捷，归谒家祠，往拜业师举人某。使人探女，已于年前嫁村中富农矣，惆怅而返。至村外，见一男子，赭衣荷笠而秉耒，一妇馌于田畔，近之则女也。生呼其小字，时生装服炫耀，仆从森列，女初不相认，生曰："一别三年，都老大，独不记东邻生乎？"妇投馌问讯，生具道乡捷，且赠以芙蕾，洒泪相别。农夫问女："此何人也？如何相识？"女道所以。农初见妇与人话，已怀妬意，及闻道所以，大怒，举耒撞女，不觉失手而女殒。农大惊，负女归，托言中风，薰葬之，翁亦不知也。

次日，生闻女死，怪之，夜往奠女墓，忽闻墓中声动。生有胆气，发墓视之，见女尸微动，扪体尚温，乃负女归，命仆仍虚盖墓土如前。女归，半夜吐血斗余而醒。生用药调好，闻知其故。时生未娶，且感女情，乃寄亲友家，托言京中所娶，四五年人不知者。

一日冬季，女于近市买物，农适往，怪其似女，问之，知为生妻。乃潜发女墓，则虚棺也。农大怒，以生诱其妻告于官。官问生及女，得其状，乃责农而判女归生。

无名氏的《大南显应传》是一部记叙越南历史人物以及神异人物传说的故事集，作品文学趣味较强，代表作品为《仙人范员传》。《仙人范员传》讲述了范员遇道成仙、仙术非凡的故事：

范员，东城安排人。公之祖业勤农圃，一向为善，时北国客人为择吉地迁葬，断云："当发一代进士，一代仙。"后生范质，中神宗朝广德四年壬辰科进士，仕至左侍郎。生二男，长范赞，次是公。

公长十八岁，懒于学，颇事游戏。侍郎公常骂曰："汝生长箕裘之家，遽负金银之榜！"公曰："人生贵适志，八十年富贵不过黄粱一梦耳。"乃蓑笠寻入鸿岭山采药。行三日许，至深林中，遇一老人，持竹杖，着道衣。公见其得道真人，即前来拜跪，历叙己志。老人即相携以归。行半里许，望见茅屋数间。公随老人，只见屏上小书一卷，傍有水盂，寂无一人隶役。时时与公勺水，俾蟹饮之。又授公一囊，谓之曰："归而求之，有余师矣！"言讫，人屋尽皆变了。

公望日出处而返，顷刻到民居。自往至返，屈指已十二年矣。是时公三十岁，亲戚乡里，惟奇其事，曾不觉其成仙。或寝十余日不起，或一二月只啜数粥，侍郎公常以"狂夫"呼之。公有亲姑，年外七旬，寡居无子，衣食不充。公许钱二十一文，谓之曰："若买二十文，则留一文，可周一身。"姑依其言，旦买则暮还。才得一年，姑死而钱失矣。

公尝游玉山，宿客馆，谓老妇曰："此处常有火灾大作，我许汝一瓮酒，若见火起，当以酒洒之。否则比屋延烧，终无可救之理。"已而伊社果失火，正值五月南风，人不能救。老妇思公言，以酒洒之，忽大雨滂沱，火始灭。雨中有酒气，三日不散……

潘辉温（Phan Huy Ôn，1755—1786）的《科榜标奇》是一部记载越南登科状元的汉文文言散文作品，作品记叙了阮直、邓鸣谦等近70位状元的简要生平和主要事迹。黎有卓（Lê Hữu Trác，1720/ 1721?—1791）的《上京纪事》记录了1781年作者到京城升龙为郑主郑森和世子郑杆治病之经过，并真实地记录了当时在京城，尤其是郑府的所见所闻。武芳提（Vũ Phương Đề，1697—?）的《公余捷记》是一部记叙忠孝节义之士的典型作品，同时也记录了一些民间流传的荒诞、怪异的故事。它共分为13类：世家、名臣、名儒、节义、志气、恶报、节妇、歌女、神怪、阴坟、阳宅、名胜、兽类。

上述文言志怪传奇小说、随笔等汉文散文文学作品的不断涌现，是越南汉文文学不断发展、延伸的结果，这也是文学进程的规律所决定的。与中国文学史发展一样，越南文学也是从韵文到散文，从诗歌到随笔、传奇和小说。

第二节　喃字文学的繁荣

段氏点的《征妇吟曲》、阮嘉韶的《宫怨吟曲》、阮辉似的《花笺传》、阮攸的《金云翘传》、李文馥的《玉娇梨新传》和《西厢传》等喃字长篇叙事诗，胡春香、青官县夫人等女诗人的喃字诗歌以及大量无名氏的喃字长篇叙事诗的涌现，使18世纪的越南喃字文学呈现一派百花争艳、绚丽多彩的繁荣局面，从而取得了与汉文学平分秋色、平分江山的文学地位。

嘀字文学从13世纪产生到18世纪繁荣，经历了5个世纪艰难曲折的发展过程。在漫长的年代里，嘀字文学被视为不登大雅之堂的"低俗文学"，发展步履维艰。越南的文人士子对于嘀字文学持否定者较多，以为嘀字文学淫荡鄙俚，不值一观。越南古人这种"轻嘀"的民族心态，无疑是嘀字文学发展不畅的重要因素之一。嘀字文学在越南古代文学史上发展的间断与迟缓，也与越南汉文学的持续强盛有一定关系。某种程度上，由于汉文学的强大、汉嘀双语文学的对立，使嘀字文学的发展受到了抑制。由于嘀字文学"低俗文学"的定位，不少文人的嘀字作品不署名，以致于越南文学史上出现了相当多的无名氏嘀字作品。

嘀字书籍尽管有时遭到禁印、禁卖和禁读，甚至书籍被烧毁，但是，嘀字文学一直得到广大民众的喜爱，以顽强的生命力日益发展起来。西山王朝（1789—1792）时期，光中帝阮惠钦定嘀字为全国通用文字，诏书、敕令和科举考试均用嘀字书写，在某种程度上推动了嘀字的应用和嘀字文学的进步。18世纪终于迎来了名家辈出、诗作众多的嘀字文学的黄金时代。

段氏点（Đoàn Thị Điểm，1705—1748），又名阮氏点，别号红霞女士，是嘀字长篇叙事诗的开先河者。段氏点自幼聪颖好学，六岁便能读《史记》。一日，她的哥哥段轮引用了一句《史记》的原文"白蛇当道，季拔剑而斩之。"然后让段氏点也用其原文来对，段氏点回答道："黄龙负舟，禹仰天而叹曰。"她哥哥见她照镜子，便说道："对镜画眉一点翻成两点"。段氏点答道："临池玩月只轮转作双轮"。段氏点的才学由此可见一斑。段氏点37岁跟进士阮翘结婚，结婚不久，阮翘出使中国3年。可能是在这段离开丈夫的时间里，段氏点将邓陈琨的汉文《征妇吟曲》译为嘀字。1748年，段氏点在跟随丈夫赴任的路上，染疾而亡。阮翘在妻子的祭文中，对段氏点评价甚高，将其比为中国古代的著名女文人苏小妹和班昭。

段氏点用双七六八体将邓陈琨的汉文《征妇吟曲》翻译成了嘀字的《征妇吟曲》（Chinh phụ ngâm khúc）[1]，将原诗的476句浓缩为411句。段氏点的《征妇吟曲》嘀字译本在当时越南流传甚广，其影响力超过了邓陈琨的原著。下面我们列几句邓陈琨的汉文原文、段氏点嘀字译文、拉丁化国语音译进行比较：

---

[1]　越南现代学者阮禄认为：段氏点是18世纪用嘀字翻译《征妇吟曲》的第一人，潘辉益是19世纪初《征妇吟曲》的译者。潘辉益的《新演征妇吟曲或偶作》："仁睦先生征妇吟，高情逸调播词林，近来脍炙相传颂，多有推敲为演音。韵律曷穷文脉粹，篇章须向乐声寻。闲中翻译成新曲，自信推明作者心。"（［越］阮禄：《越南文学》（18世纪下半叶到19世纪），河内：教育出版社，2001年版，第147页。）笔者采用段氏点为《征妇吟曲》第一译者的传统观点。

天地风尘，

縠俏坦常欺陋梓，

Thuở trời đất nổi cơn gió bụi,

红颜多迍，

客牨红蜫馁迍遭，

Khách má hồng nhiều nỗi truân chuyên,

悠悠彼苍兮谁造因。

簒箕深渖层瑒，

为埃蒿孕朱邪馁尼。

Xanh kia thăm thẳm tầng trên,

Vì ai gây dựng cho nên nỗi này.

下面我们再列几段邓陈琨的汉文原文与段氏点喃字译文的拉丁化国语音译，以便读者对段氏点的再创造有一个直观的比较：

鼓鼙声动长城月，

Trống Trường Thành lung lay bóng nguyệt,

烽火影照甘泉云。

Khói Cam Tuyền mờ mịt thức mây.

九重按剑起当席，

Chín tầng gươm báu trao tay,

半夜飞檄传将军。

Nửa đêm truyền hịch định ngày xuất chinh.

清平三百年天下，

Nước thanh bình ba trăm năm cũ,

从此戎衣属武臣。

Áo nhung trao quan vũ từ đây.

使星天门催晓发，

Sứ trời sớm giục đường mây,

行人重法轻离别。

Phép công là trọng, niềm tây sá nào.

弓箭兮在腰，

Đường giong ruổi lưng đeo cung tiễn,

妻孥兮别袂,

Buổi tiễn đưa lòng bận thê noa,

猎猎旌旗兮出塞愁,

喧喧箫鼓兮辞家怨,

有怨兮分携,

有愁兮契阔。

Bóng cờ tiếng trống xa xa,

Sầu lên ngọn ải, oán ra cửa phòng.

*

天远未易通,

Trời thăm thẳm xa vời khôn thấu,

忆君悠悠思何穷,

Nỗi nhớ chàng đau đáu nào xong,

愁人处,伤心胸,

Cảnh buồn người thiết tha lòng,

树叶青霜里,

蛩声细雨中,

Cành cây sương đượm, tiếng trùng mưa phun,

霜斧残兮,杨柳,

Sương như búa bổ mòn gốc liễu,

雨锯损兮,梧桐。

Tuyết dường cưa xẻ héo cành ngô.

鸟返高春,

露下低丛,

Giọt sương phủ bụi chim gù,

寒垣候虫,

远寺时钟,

Sâu tường kêu vẳng, chuông chùa nện khơi,

蟋蟀数声月,

Vài tiếng dế nguyệt soi trước ốc,

琵琶一院风。

Một hàng tiêu gió thốc ngoài hiên.

从上述比较中，我们可以看出，段氏点的翻译忠实原文，又不拘泥于原文，她对原文的某些句子进行了再创造，使得译文内容充实、流畅。

阮嘉韶（Nguyễn Gia Thiều，1741—1798）出身于官宦之家，父亲被封为达武侯，母亲是郑主郑楸的女儿。阮嘉韶从5岁起就呆在主府，他聪明好学，博览群书，多才多艺，通晓音乐、绘画和建筑等。18岁，他担任校尉一职。30岁，升为总兵，被封为温如侯。39岁，任都指挥使。1786年，当西山军队灭郑朝之时，他逃向兴化山林。1789年，他被西山召见，但他托病推辞西山朝的邀请，回到故乡，终日借酒消愁，在家乡逝世。

文学创作方面，阮嘉韶的汉文诗集《温如诗集》（前、后集）已遗失。相传，诗集中有上千首汉文诗。喃字创作有《宫怨吟曲》、《西湖诗集》和《四斋集》等。《西湖诗集》和《四斋集》现已遗失，唯一现存的作品是《宫怨吟曲》。

阮嘉韶长期生活在宫廷，目睹了那些不问朝政、只知在三宫六院中寻欢作乐的昏君的荒淫生活。同时，他也目睹了那些从民间选来的妙龄少女在深宫中遭受冷落、耗尽青春年华、过着"春往秋来不记年，唯向深宫望明月"的寂寞生活。《宫怨吟曲》就是他所见所闻的真实记录。

《宫怨吟曲》（Cung oán ngâm khúc）共356句，双七六八体，是一部以抒情为主、叙事为辅的喃字长篇诗歌。诗歌一开头描绘了在一个凄凉的秋夜里，一位孤独的宫女触景生情，回忆起了自己的生活经历：她原来是一位得到王孙、公子追求的美貌姑娘。后来，她被选进了宫中做宫妃。起初，她得到皇帝的临幸。不久后，皇帝就把她彻底遗忘了，她被冷落在深宫的角落里。有时在恍惚中，她仿佛又听到了皇帝车子的声响，赶忙梳妆迎接，可是除了树上的鸟叫和墙根的蟋蟀声，什么也没有，岁月流失，青春已过，她已不再盼望皇帝的到来，而是盼望过上丈夫儿女温暖一家的普通平民的生活：

> 谁曾料一年淡似一年，
>
> 君恩之水怎断流？
>
> 衰移难测君心，
>
> 一夜变成未亡人。
>
> 君王之光暗淡，
>
> 难照深宫阴涯。
>
> 万紫千红争艳，

花主采摘附近几朵。

　　宫女们被深锁禁宫，皇帝将她们遗忘，她们生活单调、孤寂、烦恼、凄清，只能独守空房，当月哀叹，对花诉泣：

　　　　深闺冷清如冰，
　　　　珠门西风，玉帘霜落。
　　　　凤辇印辙绿苔铺，
　　　　羊车停处杂草生。
　　　　秦楼沐浴秋晖中，
　　　　凤被冰结，鸾枕雪封。
　　　　白昼六刻雁信杳，
　　　　五更人静飘钟声。
　　　　冷清伴孤眠，
　　　　溢芳香，长灯影。
　　　　素女图，妆懒慵，
　　　　慵上闺楼，望远方，
　　　　愁思无限黑夜长，
　　　　不堪苦楚心凄清。
　　　　……
　　　　空房独坐廖寂，
　　　　当月哀叹，对花诉泣。
　　　　厌红尘，孤难眠，
　　　　花开蝶却远飞去。

　　宫女们怨恨上苍无眼，月老无情，她们渴望自己的幸福与自由，决心踏破宫门，冲向自由的世界：

　　　　上苍之手歹毒，
　　　　锁入椒房同地狱。
　　　　……
　　　　月老无情胡乱牵，
　　　　此等因缘最难堪。
　　　　一脚踏开禁宫门，
　　　　挥手扯断姻缘线。

《宫怨吟曲》在控诉封建宫廷对妇女残害、抒发宫女的怨恨和忧愁情感的同时，也流露出了阮嘉韶悲观失意的情怀和他对世界、人生的看法。由于诗人出身及生活环境的影响，作品中出现了虚无、幻灭的人生观和佛教、道教悲观厌世的思想。

帝王们的"一夫无数妻"是封建制度最不人道、最泯灭人性的典型现象之一，为文人墨客所愤恨不平，甚至有时帝王们自己也动了恻隐之心。陈朝第二代皇帝陈圣宗《宫园春日忆旧》云："宫门半掩径生苔，白昼沉沉少往来。万紫千红空烂漫，春花如许为谁开。"15世纪诗人黎少颖的《宫词》："新花还向旧花开，得宠原从失宠来。未许君恩中道绝，且将脂粉强挨排。"

阮辉似（Nguyễn Huy Tự，1743—1790）是18世纪的喃字诗人，他的代表作是《花笺传》①。《花笺传》是以中国明末弹词之说唱体小说《花笺记》（《第八才子花笺记》）为蓝本、用六八诗体写成的长篇叙事诗。

《花笺传》（Truyện Hoa Tiên）的故事梗概是：苏州府梁相公之子梁芳洲，才气横溢、风流、儒雅。他辞母登程求学，结识姚生，两人共同读书。梁芳洲艳遇杨相公之女杨瑶仙，两人一见倾心。梁芳洲与杨瑶仙花笺传情，几番周折之后，两人互诉衷情，月下盟誓。事生枝节，刘相公答应梁相公将爱女刘玉卿许配给梁生，梁生不悦。瑶仙听说芳洲另有婚配，甚为怨恨。瑶仙随升迁的父亲赴京城。梁生返回寻找瑶仙扑空。梁生金榜高中，补任京城。梁生与瑶仙在京城重逢。梁生得知杨公被围便前往解围，也不幸被围。刘玉卿闻此噩耗，守节投江，被龙提学救起。姚生挥军解围。最后，梁生娶杨瑶仙和刘玉卿为妻，芸香与碧月为妾。

《花笺传》基本贴近原作《花笺记》，只是省略、改动了某些细节，如最后一段有所不同。中国的《花笺记》原作：梁生父母得到儿子的喜讯，便进京探望儿子，玉卿与方洲结婚后才回家探望父母；阮辉似的《花笺传》：梁生与两位娇妻一起探视父母，然后接梁生父母来一起团聚。

胡春香（Hồ Xuân Hương，?—?）是19世纪初著名的女诗人，她的生平及其创作还有许多悬念，难以确定。越南学术界一般认为：胡春香是胡飞延的女儿。胡飞延乃一儒士，籍贯为乂安②省琼硫县琼堆乡，他先后到海洋省、北宁省教书。在北宁省，他娶一位姓何的姑娘为妾，生下了胡春香。

胡春香出生于书香门第，因早年丧父，一直过着清贫的生活。她一生境遇坎坷，爱情多舛，两次成为孀妇。痛苦的生活经历并没有使她消沉下去，反而激起

---

① 《花笺传》由阮辉似写成，后由阮善（Nguyễn Thiện，1763—1813）润色。

② 乂安，亦作"义安"。

了她的斗志。她以犀利的笔锋向封建制度和礼教挑战。她聪颖过人，善于作喃字诗歌，她的喃字诗歌通俗易懂、尖刻犀利、脍炙人口。

胡春香的诗歌创作分为如下几部分：一是传统定论的60首左右的喃字诗歌，收集在《春香诗集》中；二是陈清迈在60年代发现和公布的胡春香的《琉香记诗集》；三是北京大学颜保教授发现并出版的《胡春香诗的新发现》。

同中国一样，越南的封建社会是一个男人占统治地位的社会。在这样的社会里，男人拥有种种特权，而广大妇女的社会地位低下，被剥夺了各种权利，受到不公正的待遇。胡春香，这位越南古代妇女的优秀代表、勇敢的斗士，利用手中的武器——诗歌，向这个男尊女卑的不公平社会发起了最为猛烈的进攻。

婚姻制度的不平等是封建社会男女不平等最突出的方面，胡春香抓住了这一要害，进行了毫不留情的抨击。《一夫多妻》（又名《做妾》）（Lấy chồng chung）抨击了残害妇女的一夫多妻制：

　　大妇暖、小妾寒，

　　一夫多妻罪当斩。

　　一年难得几次欢，

　　一月少有同床眠。

　　吃苦咽菜米又馊，

　　扛活打工无工钱。

　　早知命运苦如此，

　　留取清白惜因缘。

在胡春香的诗歌中，男性统治者们——贵族、儒士以及僧侣等无不被撕下了神圣的外衣和虚伪的假面具，他们庸俗丑陋、淫荡卑劣的真实面目在胡春香的笔下暴露无遗。

《午睡的姑娘》（Thiếu nữ ngủ ngày）通过描绘伪君子窥视正在户外午睡的纯洁美丽少女，有力讽刺了道貌岸然的伪君子：

　　夏日东风习习吹，

　　少女户外睡梦中。

　　竹梳插在香发上，

　　红衣低垂腰际间。

　　一对蓬岛露珠艳，

　　桃源小溪水未通。

君子见此蹒跚久，

心猿意马心难宁。

胡春香的诗歌对封建传统伦理观、价值观，尤其是妇女贞操观惊世骇俗的叛逆，体现了一种超越时代的精神。《非婚而孕》（Không chồng mà chửa）一诗以无畏、叛逆的声音为妇女们呐喊：

妾痴终铸人生恨，

君可知意厚情深？

"天"缘未曾冒竖头，

"了"命却添拦腰横。

百年情缘君记否？

一片情意妾难舍。

哪管世人议纷纷，

非婚而孕才乖顺。

在诗歌中，作者用了戏字（chơi chữ）的修辞方法。"天"出头是"夫"，"'天'缘未曾冒竖头"，意思是少女还未曾有丈夫。"了"字加一横杠是"子"，"'了'命却添拦腰横"，意思是未婚而生子。在这里，胡春香挥舞起"大逆不道"的大棒，对传统的、符合常规的婚姻进行了猛烈棒打。她以违背常理的思维、以超出常规的做法，颂扬了"非婚而孕"的婚姻观，高度评价了妇女勇敢追求爱情、敢做敢为的精神。通过这首诗，我们认为，胡春香是在追求一种男女平等的婚姻观：男子可以三妻六妾、可以暗地里招妓嫖娼，女子为什么不能爱情自主、非婚而孕？《非婚而孕》一诗是对以男子为中心婚姻制度的质疑和挑战。"以牙还牙"、"以毒攻毒"、"以邪攻邪"，是胡春香在这里使用的有效手段。

在否定男性的同时，胡春香肯定了越南妇女的自身价值，确立了越南妇女的自主地位，展现了越南妇女"出污泥而不染"的高洁形象，表现了越南妇女在黑暗社会的狂风恶浪中翻滚仍然保持纯洁的坚强意志：

玉体洁白且圆滑，

波涛翻滚共浮沉。

任凭恶浪来冲打，

丹心不改心灵纯。

（《汤圆》Bánh trôi nước）

在越南封建社会的很长一段时期里，佛教占领着社会的上层建筑，统治着人们的思想。和尚们俨然以拯救苦难中百姓的救世主的身份出现，他们道貌岸然、装腔作势、蒙骗人民，暗地里干了不少见不得人的勾当。胡春香的《淫僧》尖刻地嘲弄了口念佛、心不正的和尚们。

> 非洋非土四不像，
>
> 穿无襟衣头光滑。
>
> 面前沙糕三四五，
>
> 背后尼姑六七八。
>
> 敲铙敲钹敲铙钹，
>
> 时嘻时哈时嘻哈。
>
> 久修或登莲花座，
>
> 摇头晃脑可是他。①

胡春香是当之无愧的反对封建制度的伟大诗人，她在维护妇女权利、捍卫妇女人性尊严等方面所做的努力是超出当时时代的。就是在今天，她的某些思想依然是进步的，如"妇女平等"、"尊重人权"、"重视人性的全面发展"等。

胡春香的诗歌语言天然去雕饰，深受越南民间歌谣的影响。她大量运用民间通俗语言，尖酸辛辣、痛快淋漓，具有浓郁的生活气息和民族特色。越南现代文学评论家阮禄认为："在诗歌语言上，可以说越南古代文学历史上无人比胡春香更通俗、易懂、质朴，胡春香的诗歌像歌谣、俗语。"②

歌谣有：

Không chồng mà chửa mới ngoan,

Có chồng mà chửa thế gian thiếu gì.

（非婚而孕才乖顺，

已婚而孕世间常情。）

胡春香的《非婚而孕》中的诗句与以上的歌谣如出一辙：

Quản bao miệng thế lời chênh lệch,

Không có, nhưng mà có, mới ngoan.

（哪管世人议纷纷，

非婚而孕才乖顺。）

胡春香的诗歌大量使用拟态词、拟声词来描绘事物的形态、色彩和声音，从

---

① 罗长山译注：《胡春香汉喃传诵诗选》，河内：世界知识出版社，2001年版，第46页。

② ［越］阮禄：《越南文学》（18世纪下半叶至19世纪），河内：教育出版社，2001年版，第291页。

而使诗歌的语言生动、形象、传神：

> Chẳng phải là Ngô, chẳng phải ta,
>
> Đầu thì trọc lốc, áo không tà.
>
> Oản dâng trước mặt, năm ba phẩm,
>
> Vãi mọp sau lưng, bảy tám bà.
>
> Khi cảnh, khi tiu, khi chũm chọe,
>
> Giọng hì, giọng hí, giọng hi ha.
>
> Tu lâu có lẽ lên sư cụ,
>
> Ngất nghểu tòa sen nọ đó mà!
>
> （Nhà Sư）

在上述诗篇中，诗人运用拟声词"hì"、"hí"、"hi ha"，表现了和尚们在庄严的场合而嘻嘻哈哈、有失严肃的情景，讽刺了素质低下的和尚们。

胡春香创造性地运用唐律体，使流传了4个多世纪的唐律体诗在她笔下又获得了新的活力，她的唐律体诗艺术形式灵活多变、推陈出新，比以往更成熟、更具有表现力：

> Đứng tréo trông theo cảnh hắt heo,
>
> Đường đi thiên thẹo, quán cheo leo.
>
> Lợp lều, mái cỏ tranh xơ xác,
>
> Xỏ kẽ, kèo tre đốt khẳng kheo.
>
> Ba trạc cây xanh hình uốn éo,
>
> Một dòng nước biếc, cỏ leo teo.
>
> Thú vui quên cả niềm lo cũ,
>
> Kìa cái diều ai thả lộn lèo.
>
> （Quán Khánh）

胡春香在借鉴民间歌谣讽刺艺术的基础上，形成了自己独特、鲜明的诗歌讽刺艺术风格，那就是旷达、活泼、辛辣、尖酸、具有战斗力，这种风格极大地影响了后世诗人，阮劝、秀昌、秀肥等都是这种诗风的继承者。

胡春香在喃字诗歌艺术，尤其是喃字唐律体诗歌艺术方面做出了突出的贡献，她把唐律体推向了一个前所未有的完美高度。越南现代诗人刘重庐认为："胡春香诗歌所表达的是深刻、大胆、越南化，是跨越时空的永恒。"[①]

---

① ［越］阮禄：《越南文学》（18世纪下半叶至19世纪），河内：教育出版社，2001年版，第263页。

　　白璧微瑕，胡春香的某些诗歌显出过分淫秽的缺点。为了增加向封建制度和礼教开火的火力，为了更加猛烈地抨击封建卫道士的虚伪和丑恶的面目，胡春香采取了以"淫秽"攻击"污秽"的手段，"以毒攻毒"果见奇效。

　　阮攸的《金云翘传》（Kim Vân Kiều truyện），又名《断肠新声》（Đoạn trường tân thanh），人们习惯称为《翘传》（Truyện Kiều），是以中国明末清初青心才人的章回小说《金云翘传》为蓝本写就的一部长3254句的六八体喃字长篇叙事诗，是越南喃字文学发展到顶峰的代表作，是越南古典文学的经典名著，是越南文学的瑰宝。

　　明末清初时，中国关于王翠翘的故事流传颇广。以王翠翘为主人公的作品有青心才人的《金云翘传》、余怀的散文《王翠翘传》、梦觉道人的小说《生报华萼恩死谢徐海义》、夏秉衡的戏剧《双翠园》等。这些作品，尤其是青心才人的二十回、近14万字的《金云翘传》都在不同程度上反映了明朝封建社会的现实：倭寇侵扰、朝廷腐败、社会污浊黑暗、百姓民不聊生等。青心才人的小说《金云翘传》是一部不同凡响之作，当时一再为不同的书坊所刊行，广为流传，其传本在国内外陆续发现的就有13种之多。清乾隆十九年（1754年）以前流传到日本，著录于《舶载书目》之中。1813年，阮攸作为越南派往中国的岁贡正使来到中国，读到了青心才人的《金云翘传》，并以它为蓝本创作了喃字六八体叙事诗《金云翘传》。据《大南实录》记载，阮攸"长于诗，善国音，清使还，以《北行诗集》及《翠翘传》行世。"[①]另据越南一《金云翘传》喃文版本之扉页载："《金云翘传》，本北国青心才人录，仙田阮攸演出国音名《金云翘传》，奉明命御览（赐改为）《断肠新声》，进士范贵适题辞。"

　　阮攸的《金云翘传》对青心才人的《金云翘传》进行了删繁就简的处理，从而使其诗歌结构更加紧凑，更具艺术审美趣味。阮攸的艺术处理颇显艺术匠心、精雕细琢之工夫。

　　翠翘卖身赎父这一情节，青心才人的《金云翘传》从第四回到第六回，写了整整三回，约占全书的七分之一的篇幅；而阮攸仅仅用70多行诗就把事情的来龙去脉交代清楚了。

　　青心才人的《金云翘传》对鸨母秀婆向翠翘口授妓女工夫的内容给予详写；而阮攸几句带过："勾引心传七字，房内工夫八种。／使嫖客万分满意，／要顽石点头，聪明变成迷懵。／眉挑目语，口角传神，／酒席间，还会弄月吟风。"

---

① 许文堂、谢奇懿：《大南实录清越关系史料汇编》，台北：台湾易风格数位快印有限公司，2000年版，第63页。

青心才人《金云翘传》第十八回中徐海手下刀碎薄幸、刀砍薄婆、肢解马不进（马监生）、活剥楚卿、火烧秀妈的详细过程，阮攸只是用几句高度概括的诗句描述了翠翘报仇的经过："薄幸、薄婆同在一块，/鹰犬、楚卿，两边站开。/再把秀婆和马监生一同邦上，/这批歹徒，无人原谅，刽子手奉命当堂，/行刑罚，依据他们罪状。/鲜血淋漓，顷刻剁成肉酱，/看的人都有些心慌。"

阮攸的上述删减、改编是合乎情理的。青心才人的《金云翘传》是章回小说，阮攸的《金云翘传》采用的文学样式是叙事诗，篇幅只有3254句诗。诗歌要求凝练、精悍，在铺陈叙事上受到语言、篇章结构的限制。因此，阮攸的《金云翘传》在借鉴青心才人的《金云翘传》故事情节进行诗歌创作时，删掉了一些情节，浓缩了一些细节，在需要的地方有所渲染、补充。

阮攸《金云翘传》的故事梗概是：王员外家有两位千金，大千金王翠翘，二千金王翠云，十分艳丽，尤其是王翠翘，聪明优雅、才色超群、知书识礼。清明时节，王翠翘姐弟三人在踏青途中与书生金重相遇，翠翘与金重一见钟情。不久，两情缱绻，月下盟誓，私订终身。叔父辞世，金重回乡奔丧，两人忍痛分别。王员外家，飞来横祸——奸商勾结官府，诬陷栽赃，王员外父子身陷囹圄。翠翘被逼无奈，违心地放弃与金重的爱情，卖身赎父，为人做妾。翠翘被人贩子马监生玷污后卖到妓院。翠翘发觉上当受骗，便毅然拔刀自刎。当翠翘被救活后，妓院老鸨秀婆甜言蜜语地对她进行哄骗，翠翘相信了老鸨秀婆。接着翠翘中了秀婆和流氓楚卿的连环计。流氓楚卿以一副文质彬彬的面目出现，花言巧语，骗取了翠翘的信任，带着翠翘乘夜私奔，结果半路被追回。翠翘身遭毒打，在老鸨的淫威逼迫下，无奈地走上了卖笑生涯。翠翘受尽折磨、痛苦不堪。在外求学的富家子弟束生，经常光顾青楼，对翠翘产生爱恋，后赎她出来并娶她为妾。束生的原配宦姐，阴险异常，设计将翠翘劫回家中，让她做自己的奴仆。宦姐在束生面前百般耍弄、摧残翠翘。束生懦弱无比，在泼悍的宦姐面前，忍气吞声，连大气都不敢出。宦姐又令翠翘观音阁孤守青灯，写经了愿。如此境地使翠翘备尝酸楚。翠翘忍受不了宦姐的折磨，夜半出逃，逃入尼姑庵为尼。命运多舛，翠翘落入骗子薄幸之手，又被骗入另一家妓院，沦落风尘，遭受无情的摧残。翠翘二次为娼，更觉命苦孽重。恰遇起义英雄徐海，将她救出了火坑。英雄美人，两情相悦。半年后，徐海挥师十万出外征战。无多日，称霸一方，凯旋归来。复又发兵临淄、无锡，来替翠翘雪怨伸仇。随将一干男女带到，由她全权依次发落：仇人报仇、恩人报恩，赏罚分明。官军在与徐海的交战中屡吃败仗，派人劝降。徐海犹豫不决之时，翠翘以"忠孝功名"、"夫荣妻贵"等封建道德从旁力劝。徐海听从翠翘的建议，全军解除武装，当即投降。结果误中奸计，胡宗宪施展假招安，徐海被杀。翠翘追悔莫及，投江自尽，为老尼姑觉缘救起，佛门草堂暂且容身。金重"会试高中"，补官上任，沿途查访翠翘音信。后到钱塘，以为翠翘过世，设台江边，祭奠亡灵。最后由于觉缘指引，金重与翠翘劫后团圆。

诗篇《金云翘传》以王翠翘的平生际遇为线索，展开故事的叙述。通过描写王翠翘所遭遇的种种磨难和痛苦不幸，揭露了18世纪末19世纪初期越南腐朽、黑暗的社会现实以及封建社会制度的罪恶和种种腐败现象：官府的横行霸道、官吏的贪赃枉法、地痞流氓的胡作非为、社会渣滓的甚嚣尘上、花街柳巷的淫荡污秽、豪门恶妇的倚势凌人、官军的懦弱无能和阴谋诡计等，从而勾画了一幅封建社会的黑暗图景。

官府罗织罪名，对王员外家大肆洗劫：

> 挟棒持刀，
>
> 个个似牛头马面。
>
> 老人幼弟都戴上枷锁，
>
> 父子紧紧绑缠。
>
> 青蝇声嗡嗡一片，
>
> 织机捣毁灭，女红散乱一边。
>
> 不管家私细软，
>
> 歹徒肆意抢夺，无一幸免。①

官吏们横行的目的是对王员外家进行勒索、敲诈："滥施刑毒，无非志在金钱"。最后，王翠翘卖于他人做妾，得银四百两，赎回父亲和弟弟。一妙龄少女仅值四百两银子，生命价值贱如秕糠。有钱者可以买女做妾，广大妇女毫无尊严与法律保障。这是封建社会腐败、堕落、惨无人道的写照，这是对封建社会迫害妇女丑行的有力控诉。可以说封建制度的腐败和残害妇女的不合理制度是王翠翘悲惨命运的根本原因。

王翠翘先是被马监生欺骗，坠入青楼。在妓院又陷入了秀婆和楚卿的连环骗局，被逼到绝境。第三次遭到薄幸的暗算，又被卖到妓院。翠翘的人生旅途是多么的凶险啊！她所处的环境可谓社会污浊、骗局丛生、陷阱遍地。王翠翘逃跑被抓回来，遭到老鸨的毒打，"只见横飞血肉，首背重伤"，一弱女子岂能忍受如此

---

① ［越］阮攸著，黄铁球译：《金云翘传》，北京：人民文学出版社，1959年版，第11页。本书所引《金云翘传》译文全部来自该书。

的毒手。秀婆之流"造尽摧花折柳的勾当"、做尽摧残女性的坏事，是封建社会的残渣余孽。

在《金云翘传》中，有两个人物对王翠翘的悲惨命运负有主要责任，这就是马监生和楚卿。他们衣冠楚楚，表面斯文、正经。马监生"年纪已过四十，/须眉修整，服饰斯文。"楚卿"衣裳修洁，举止安详。/看样子是世代书香，/探知名唤楚卿，名字也还漂亮。"他们表面楚楚衣冠、道貌岸然，其实内心极其丑恶肮脏、阴险毒辣。他们善于玩弄骗人手段。单纯、善良的翠翘不幸先后落入了这两个骗子的魔掌，尤其是马监生，他是王翠翘坠入黑暗深渊的原始罪魁祸首。马监生和楚卿这两个人面兽心的骗子恰恰是封建科举制度培养出来的所谓"人才"。国家的"栋梁之才"竟然干出如此不齿人类的"人贩子的勾当"，这真是对科举制度的莫大讽刺！科举考试原本是封建社会选拔国家、社会栋梁之才的一条途径。可是，随着封建制度的没落，科举制度已失去了它原来进步的历史地位，不少科举文人也堕落了，甚至出现象马监生和楚卿这样的举子败类。

正是封建社会各种黑暗势力汇成了一股强大的污泥浊浪，在这股浊浪的无情冲击下，良家少女王翠翘被推到了社会的最底层，在肉体和精神方面横遭摧残，成为了一个封建时代被侮辱、被损害的典型代表。

我们不能说阮攸主张推翻封建制度，但诗篇中所表现出来的对封建制度腐败、社会黑暗的无情揭露和对人性遭践踏的有力控诉，实际上已使作品具有了反封建的主题。

可谓是"人生最苦是女子，女子最苦是妓身"。（青心才人《金云翘传》）阮攸怀着"惜香怜玉"的情怀，对王翠翘以及处于社会最低层的广大妇女寄予了深切的同情。当王翠翘被毒打时，诗人心如刀割："悻悻然，也不加询问根由，/施毒手，造尽折柳催花勾当。/皮肉人尽相同，/酷刑下，惊心动魄，尽管铁石心肠。"阮攸为处在社会最底层被损害的妇女深情地呐喊：

> 人身世！
>
> 红颜薄命，天下多少相同。
>
> 造物不仁。
>
> 使青春易逝，玉貌成空。
>
> 生前备受摧残，
>
> 死后更孤单惨恻。
>
> ……

> 不幸生为女子身，
>
> 多少艰危忍受。
>
> 风尘堕落复何言，
>
> 堪叹一生含垢。

我们从阮攸汉文诗作中对妇女的态度，就可以看出他对妇女是非常尊重的，对妇女的评价是非常客观、公正的。在《杨妃故里》中，阮攸认为，唐朝的"安史之乱"，责任并不在杨贵妃，而在腐败堕落的整个封建王朝："山云削略岸花明，见说杨妃此地生。自是举朝空立杖，枉教千古罪倾城。"（《杨妃故里》）在《望夫石》一诗中，阮攸鞭挞了封建社会中只要求妇女为男人守节的不公平现象："石耶人耶彼何人，独立山头千百春。万仞杳无云雨梦，一贞留得古今身。泪痕不绝三秋雨，苔篆长铭一段文。四望连山渺无际，独教儿女擅彝伦。""千秋碑偈显三烈，万古纲常属一门。……清时多少须如戟，说孝谈忠各自尊。"（《三烈庙》）阮攸这种男女平等的观点在当时的封建社会是难能可贵的。

王翠翘从一位貌似天仙、才艺无双的大家闺秀沦落为倍受凌侮的妓女，"玉洁冰清，见污铜仇，风尘沦落，忍受灾殃"，这不能不说她是一个典型的悲剧人物形象。

《金云翘传》的结局看似是一个大团圆的结局，实际上也是一个悲剧的结局。我们注意到王翠翘跳江后获救，完全是借助神之力而非人之力所能为之。王翠翘现实的结局是"珠沉海底，一片汪洋。/ 薄命女！/ 可怜一代红妆，/ 历尽流离怨苦，/ 终归如此收场！"王翠翘的死而复活是诗人的美好愿望，是诗人为迎合古人的审美观而做的巧妙安排。

在揭露社会黑暗的同时，诗人通过王翠翘的沦落生涯折射了自己坎坷的人生境遇，通过作品寄托了自己的心思与情感。阮攸在《金云翘传》的开头，有一段开宗明义的议论：

> 人生不满百，
>
> 才命两相妨。
>
> 沧桑多变幻，
>
> 触目事堪伤。
>
> 彼啬斯丰，原无足异，
>
> 红颜天妒，事亦寻常。

从以上诗句中，我们可以看出阮攸在感叹"红颜薄命"的同时，也强烈地表达了自己命运中"才命相妨"、"多才招怨"的哀叹。"端为多情招祸,多才识也招怨尤",诗歌揭示了封建社会有才能反而招致灾祸的怪异现象。实际上,阮攸是在通过《金云翘传》发泄自己怀才不遇、命运多舛的愤懑情怀。

王翠翘与金重的爱情描写是长篇叙事诗《金云翘传》的重头戏。阮攸以满腔的热情讴歌了王翠翘和金重的纯洁爱情,赞颂了他们敢于冲破封建礼教、勇敢追求爱情的勇气和精神。《金云翘传》以王翠翘和金重的爱情故事为起端,描写了这对青年男女由于倾心相爱,发展到览翠园定情、誓结百年之好:

> 金生道:"我们偶尔相逢,
>
> 暗地相思,说不尽心情怅惘。
>
> 骨比梅消瘦,
>
> 怎知道日日思君,竟成就今朝愿望。
>
> 耿耿此心,
>
> 守株待兔,敢辞痴想?
>
> 片语温存,
>
> 借你的容光,温暖我的心房。"
>
> 翠翘细听了倾诉,
>
> 内心非常感动。
>
> 回答道:"我们初会生疏,
>
> 感君意,令我心情沉重。
>
> 过蒙君子爱宠,
>
> 惟有铭诸金石,深感五中。

金重与翠翘互相交换定情之物,金重拿金钗和红巾送给翠翘,翠翘送秀巾、葵花画扇给金重。随后,两人"情话绵绵,如胶似漆",难分难舍。趁其家人外出为他人祝贺生辰的时机,翠翘"乘机约会情郎","安排好时珍佳果,/ 急步走向围墙。/ 隔花低声呼唤,/ 那少年,早已站在那边守望。"两人"相看脉脉,幸福融融,/ 道过万福,他忙忙回礼谦让。/ 两人比肩,进入金重书房,/ 说不尽山盟海誓,旖丽时光。"最后两人写下誓言:"锦笺共书盟誓,/ 金刀断发,两人珍重收藏。/ 明月中天,/ 叮咛遍,絮语双双。/ 说尽心中无限事,/ 百年永誓,刻骨无忘。"

翠翘与金重的爱情体现了他们敢于自我追求、敢于冲破"男女授受不亲"等封建礼教的束缚,这是令人钦佩的。同时,我们也注意到,他们之间的爱情也体现了当时社会的客观现实和道德标准,"发乎情,止乎礼",爱情必须以贞节为先:

翠翘怕金生逾越礼防，

进言规劝："礼尚端庄，

我还有心头话，待你商量。

诗诵'桃夭'，婚姻事，

好比宿鸟投林一样。

但侍奉巾栉，

从夫道，贞节是尚。

桑间濮上行为，

岂足为我们榜样。

但求片刻欢娱？

珍重百年名节，不能一旦毁伤！"

（翠翘）她说："红叶传书，赤绳系足，

彼此心期同样。

风月闲情休说，

愿此生，甘苦共尝。"

父母之命，媒妁之言，在中、越古代婚姻法则里，是一条不可动摇的金科玉律。为人子女只有遵守，没有反对的权利和理由。阮攸《金云翘传》中王翠翘在追求爱情方面无疑是主动、大胆的。但是，王翠翘在决定她与金重的爱情时，还没有完全摆脱"父母之命"的束缚，这是当时历史条件下婚姻形式的必然选择：

她（王翠翘）迟疑了一会儿，回答从容：

"我家传清白，禀质菲葑。

至于婚姻大事，

惟有亲命是从。

感君怜花惜柳，

恕我无知妄语，切望包容。"

翠翘在"爱情"与"孝悌"上发生冲突，需要她做出抉择。父亲被官府所抓，"'劬劳'、'情爱'，/一边情，一边孝，那样为先？"她最后选择了"孝"：

当时虽是海誓山盟，

但儿女职，以孝为贤。

想到这，沥情上达，

卖身赎父从心愿。

在痛苦、难熬的青楼岁月中，翠翘仍然念念不忘金重，"她又想起盟心旧友，一别惹千愁"。翠翘身陷污泥，内心纯洁，爱情坚贞。后来，她与束生、徐海的结合，则体现了翠翘在苦海中挣扎而盼望抓到救命稻草的一种行动，也是翠翘"择人而事"的表现。

翠翘与金重的爱情经历了残酷现实的考验，愈显盟誓之金石般坚硬，爱情之坚贞不移。金重并没有因为翠翘风尘失身而抛弃她，这对于爱情佳话的圆满结局起了决定性的作用。诗篇中一段金重对妇女贞操的认识在当时的社会是非常难得的：

> 金重又说："你巧于词令，
>
> 但要照顾周全。
>
> 古来妇道相传，
>
> 贞节亦须权变。
>
> 处变处常，
>
> 不能全依经典。
>
> 象你尽孝失贞，
>
> 何损本来良善。
>
> 天道循环，
>
> 正好雾散花明，云开月现。
>
> 残花反觉添鲜，
>
> 斜月愈增留恋。
>
> 休再迟疑，
>
> 忍把萧郎疏远。"

从以上分析，我们认为，翠翘与金重的爱情既有自由恋爱的浪漫情调，又有封建社会环境下的现实特色；既有突破封建桎梏、勇敢追求的精神，又有囿于封建礼教的局限。这种爱情的描写是典型和真实的。

人物形象塑造是阮攸《金云翘传》的一大特色。诗人在诗篇中塑造了一些个性鲜明突出的人物形象，如王翠翘、徐海、金重、宦姐、楚卿等。

阮攸塑造了王翠翘这位美貌无双、多才多艺、受尽凌辱却刚强不屈的越南妇女典型形象。王翠翘"她眉似春山，眼如秋水，/正所谓花妒娇红柳妒青。/倾城倾国貌，才华拔萃，美态娉婷。/天禀聪明，才华似锦，/既娴诗画，又会歌吟。"王翠翘才华非同一般："笔落惊风雨，/片刻间，翠翘已把四绝填上。/金重惊叹：'咳唾生珠玉，/班昭谢女，未遑多让。'"

王翠翘得知自己被骗卖进妓院后，她宁死不受侮辱，"举刀自戕"，表现了她刚烈守真的性格："我宁愿死得忠贞"。同时，翠翘也是一位遇事有主见的女子，如在与束生的交往中，她多次分析利弊得失，嘱咐束生如何办事。与王翠翘相比，束生就显得做事毫无主张、毫无主见、胆小怕事。

阮攸《金云翘传》在搬用了青心才人《金云翘传》中王翠翘"忠孝节义"形象框架的基础上，根据自己的审美取向及其创作需要，以独具匠心的构思和鲜明的立场，对王翠翘"忠孝节义"形象进行了再提升和再塑造。在王翠翘形象的再塑造过程中，阮攸突破了青心才人小说中王翠翘"忠孝节义"人物形象的线性塑造模式，以多角度、多层次的多元立体模式，着力塑造了王翠翘细腻圆满、立体丰盈的"忠孝节义"形象。

当官军招安时，王翠翘劝徐海投降，是其"忠"。王翠翘在"忠"的问题上有一套"高见"：

> 她想自己是昙花朝露，
>
> 几番流落，历尽凄惶。
>
> 如今归命王臣，
>
> 青云上，大道荡荡。
>
> 忠孝俱全，
>
> 异日荣华归故乡。
>
> 我是堂堂命妇，
>
> 父母同受恩光。
>
> 上报国，下为家，
>
> 尽忠尽孝，同样辉煌。
>
> ……
>
> 会议在商量战守，
>
> 翠翘便提出主张。
>
> 她说："圣德深广，
>
> 雨露万方。
>
> 平治久，
>
> 万民拥戴非常。
>
> 自从干戈掀动，

> 无定河边骨，高似山岗。
>
> 底事万年遗臭？
>
> 黄巢气运岂能长？
>
> 怎能比高官后禄，功名快捷异常。"

王翠翘"忠君"思想所导致的悲剧后果就是徐海被官军杀死，全体义军降敌，王翠翘被迫投江自尽，这无疑是对王翠翘盲目忠君的一个沉重打击。

在阮攸的心灵深处，"忠君"是根深蒂固的。跟多数封建士大夫一样，阮攸的思想是"只反贪官、不反皇帝"。在作品中，阮攸对官军和起义军的态度是爱憎分明的。在褒奖、颂扬起义军"徐公兵威震远"的同时，对胡宗宪率领的官军则是贬低、抨击："看官军，酒囊饭袋可怜虫"。在对待徐海投降的问题上，胡宗宪耍尽阴谋诡计，采取骗降真攻的策略，而后置人于死地，这充分暴露了官军的狡诈阴险和言而无信。儒家学说提倡的一条处世准则是"言必信、行必果"，然而，在封建社会日益没落、道德日益沦丧的情况下，"诚信"早已不知为何物了。

我们从作品中看出，阮攸在"忠君"问题上，显然主观出发是忠君，而作品描写的客观效果却告诉人们，忠君的下场是悲惨的，从而具有某种反对盲目忠君的倾向。

父亲被诬入狱后，王翠翘卖身赎救，是其"孝"；丈夫徐海中计牺牲后，王翠翘以死相报，是其"节"；报仇雪耻、惩恶除奸时，翠翘不忘旧恩并赠束生、女尼、管家以金帛，是其"义"。从上述王翠翘的人物性格塑造，我们可以看出诗人的良苦用心，那就是把王翠翘塑造成一个典型、完美的封建社会妇女形象。

通过细腻、深刻的心理描写，阮攸对翠翘这个孝女、义女的人物形象进行了浓墨重彩的涂抹。

王翠翘被人贩子马监生玷污后卖到妓院，她发觉上当受骗，便毅然拔刀自刎。当王翠翘被救活后，妓院老鸨秀婆甜言蜜语地对她进行哄骗，王翠翘相信了老鸨秀婆，便安心养伤。在养伤期间，王翠翘哀叹自己沦落娼门的凄惨命运，企盼早日摆脱娼门，在父母身边孝敬他们：

> 何日把污名洗净。
>
> 辜负倚闾人，
>
> 问阿谁替我问暖嘘寒孝敬？
>
> 莱衣舞，知在何年？

在王翠翘被各种黑恶势力逼迫下身陷花巷之后，她百感交集，油然而生思念父母和盟心旧友金重之情以及对妹妹代自己赡养父母、续接情缘的厚望：

感事怀人，

不待思量心已乱，频添忧患益忡忡。

深厚亲恩犹未报，

桑榆暮景匆匆。

远水远山无际，

问双亲，可知弱女途劳？

弟妹年轻，甘旨谁奉？

她又想起盟心旧友，

一别惹千愁。

重问起，章台柳，

早经攀折他人手！

聊将片意报深情，

愿移花接木，诺言坚守。

在外求学的富家子弟束生，经常光顾青楼，对王翠翘产生爱恋，后赎她出来并娶她为妾。一日，王翠翘劝束生回无锡将事情原委跟原配宦姐说清楚。听从王翠翘的劝说，束生回到无锡。在等待束生期间，王翠翘无比思念自己的生身父母和旧日海誓山盟的情人金重：

再说翠翘空闺独守，

愁思起伏，心似辘轳。

"桑榆暮景念双亲，

玉体安康如故？

当年断发又垂肩，

海誓山盟已误？"

王翠翘与徐海结合后，徐海挥师出征。王翠翘在等待徐海凯旋而归时，回顾自己十多年的坎坷人生，悲忧交际、浮想联翩：对高堂亲老的思念、对往日情人金重的愧疚、对妹妹翠云赤绳重系的嘱望、对现今丈夫徐海凯旋而归的期盼：

回首，故乡万里，

乡梦沉沉，随着白云远逝。

高堂亲老，

别时情，应难忘记。

> 屈指时光，十载分离，
>
> 他们如健在，也应白发丝丝。
>
> 辜负了当初情人盟誓，
>
> 尚幸藕断丝连，恋情不死。
>
> 如我妹，把已断的赤绳重系，
>
> 也许机缘凑巧，手抱娇儿。
>
> 她想到家乡，再想到飘零苦况，
>
> 千丝万缕，缠绵迷惘。
>
> 又想到大鹏振翼，该是逍遥天上，
>
> 望残天一角，是他去时方向。

阮攸上述关于王翠翘详尽、细腻的心理描写使得王翠翘作为一个孝女、义女的形象比青心才人的原作更加丰满、生动，使王翠翘"忠孝节义"的形象更加有血有肉、栩栩如生。

我们注意到，在上述表现王翠翘"忠孝节义"的语境中，阮攸极力渲染的是王翠翘对父母的"孝"、对金重的"义"。其中，对父母的"孝"又是阮攸反复、重点渲染的。因为，"孝"是"忠孝节义"的基础内容，是中、越封建社会中人们道德品质的最基本要求，是人们的立身之本。《论语》云："有子曰：'其为人也孝弟，而好犯上者，鲜矣；不好犯上，而好作乱者，未之有也。君子务本，本立而道生。孝弟也者，其为人之本与？'"[①]

在《金云翘传》的结束部分，阮攸借作品中人物刘淡仙之口，对王翠翘卖身救父、忠君报国的行动进行了总体评价，高度肯定了王翠翘"忠孝节义"的品质。至此，阮攸完成了王翠翘"忠孝节义"典型形象的再提升、再构筑、再塑造：

> 梦里神仙世界，
>
> 旧日的淡仙出现，相见绸缪。
>
> 她说："久别喜重逢，
>
> 十载江边相候。
>
> 你命薄才高，
>
> 仁爱世间稀有，
>
> 诚心上感苍天，

---

① （宋）朱熹集注：《四书集注》，长沙：岳麓书社，1985年版，第71页。

仁孝流传众口。

志在救民救国，

阴功高比山丘。"

经过阮攸的精心加工和再塑造，王翠翘"忠孝节义"的形象已不再是线性的，而是立体的；已不再是单薄的，而是丰满；已不再是程序化的，而是有血有肉、栩栩如生的。

王翠翘是一个在封建伦理道德的熏陶之下成长起来的大家闺秀，作为封建时代妇女的典型代表，她身上存在着封建社会的思想，存在着封建传统观念的消极因素，可以说是封建社会历史环境下人物不可避免的性格缺陷。

阮攸对王翠翘"忠孝节义"形象的再塑造，显示了阮攸对以"忠孝节义"为核心的儒学思想抱有赞许和欣赏的态度，证明了阮攸旨在宣扬儒学思想的行动和立场，表明了阮攸具有浓厚的"忠孝节义"观念和非常鲜明的儒学观。同时，也表明"忠孝"思想已经深深融入到了阮攸的思维、行动方式以及感情中，已经深深融入到了阮攸的文学创作观中。

徐海是阮攸着力刻画的另一个典型人物。徐海虽然篇幅不多，但有血有肉，丰满典型。阮攸塑造了一个器宇轩昂、勇猛无比的农民起义英雄的形象：

他生得虎须、燕颔、蚕眉，

阔肩膀，体貌轩昂。

雄姿英发，

精通拳棍，更兼才略高强。

顶天立地男子汉，

他名唤徐海，原在越东生长。

他惯在江湖间，恣意流浪，

半肩琴剑，一把桨，漂过高山与海洋。

徐海"统率十万大兵"，驰骋天下，"四海震威名"，俨然为一名大元帅。作品表现了徐海嫉恶如仇的性格。当他听完王翠翘遭受凌辱的伤心经历后，"不禁怒气填膺，声似雷鸣"，他"立刻集结队伍"前去为王翠翘报仇雪恨。作品树立了一座徐海起义领袖的丰碑，他打天下，建伟业："从此后，战果连连，徐公兵威震远。/立朝廷，称霸南天，/分文武，界划山川。气象万千，/举足踏破南疆五县。"在王翠翘的劝说下，徐海"决计投降"。胡宗宪背信弃义，趁起义军"全军驰懈设防"之时，发动突然袭击，徐海猝不及防，"阵前殉难"。徐海是翠翘"忠君"思想的牺牲品，徐海的死是悲壮的，他虽死犹生："仍然意气轩昂。/ 英灵宛在，/ 遗骸直立不僵。/ 恍似一柱擎天，/ 那怕千斤击撞。"这几句诗歌可谓是浓墨重彩之笔，对突出徐海的高大、光辉形象以及他的英雄悲剧形象起到了决定性的作用。

对宦姐这个人物，诗人着墨不多，就将一个老谋深算、颇有心计的女子描绘得栩栩如生。宦姐是一个口蜜腹剑、笑里藏刀的两面派："外表谈笑从容，/ 内心阴毒无比。"宦姐为惩治束生和王翠翘而表现得更加隐蔽，不给别人以口实，当两个熟人告诉她束生在外面纳妾事情的时候，她故意勃然大怒，装腔作势地骂道："我痛恨你们胡言一片！我丈夫决无此事！"这给外界造成一种印象，她非常相信她的丈夫。这为后来她不动声色地收拾束生和王翠翘奠定了一个基础。她挖空心思、费尽心机地设计惩治束生和翠翘："其实我成竹在胸，/ 杯沿蚂蚁，爬行得多远！/ 我使他们互失照顾，/ 使他们无脸见天！再使他们相对无词，/ 务要使'贪夫'认识我手段。"宦姐偷偷派人把翠翘从外地劫回家中，让翠翘在自己家里做一个丫鬟。等束生从外地回来，宦姐默不作声，佯做不知，故意不把事情捅破。当着束生的面，宦姐唤翠翘为花奴，百般折磨她。一个城府很深、诡计多端的大妇形象就跃然纸上，呈现在读者面前。

金重是一个重感情的男子，他敢于追求真挚的爱情，并且珍视这种高尚、纯洁的爱情。当金重听说翠翘作古后，肝肠痛断："忽然昏厥在地，/ 泪痕满面，神志彷徨。/ 几次昏迷不醒，/ 言动失常。"

束生是一个多情而懦弱、放荡不羁的公子哥："色胆包天，/ 日日纵情放浪。"他为了与翠翘相聚，不惜一掷千金，"束生挥金似土，/ 百金一掷意洋洋。"在宦姐摧残翠翘的时候，束生虽然痛彻肝肠，仍然不敢有丝毫怨恨或反抗的表示："束生如万箭穿心，/ 悲恻酸辛，难以启齿。/ 惟恐牵连翠翘，措辞尽求妥适。"

楚卿外表风度翩翩、温文尔雅："原来一个青年，衣裳修洁，举止安详。/ 看样子是世代书香，/ 探知名唤楚卿，名字也还漂亮。"他夸夸其谈，用花言巧语来哄骗翠翘，"真不愧，国色天香！/ 底事飘零在异乡！/ 自应高处蟾宫上，/ 底事深渊沦降？/ 含恨摧肝问彼苍！问谁认取热心肠！婵娟倘识英雄汉，/ 摧破牢笼如反掌。"在翠翘轻信、求他救自己出牢笼的时候，楚卿满口答应："有我在，救你逃出魔掌。"其实楚卿早已暗通秀婆，布置人员准备拦截。结果翠翘被抓回，遭毒打一顿。此时，他狡诈、虚伪和阴险的真面目在世人面前暴露无遗。

在艺术手法上，阮攸善于通过描写景物来烘托人物的情感表现。当金重盼望见到翠翘而"一日三秋苦断肠"时，诗人写道：

油尽灯枯明月缺，

撩起相思怅惘。

凄冷书斋，

案上兔毫枯，琴弦驰放。

最难堪，风动绣帘声响，

熏香惹恨，茶失清芳。

在写到王翠翘和金重分手辞别的时候，诗人用了"只见枝头鹊噪，天边雁影凄零"的情景作为衬托，渲染了两人的离愁别恨："怅望情人远去，/ 留得相思无限情。"当翠翘挥泪踏上远去的旅途、悲伤地告别家人的时候，诗人这样绘景来为人物的出场做铺垫："暮天云黑望迷离，/ 草枯原上，霜满繁枝。"当写到王翠翘初落娼家之时，诗人有一段颇令人悲怀不已的景物描写："四望天涯无际，/ 黄土堆，红尘路，荒凉景。/ 朝云灿烂，午夜灯昏，/ 对景伤怀，半为多情。"在王翠翘做了束生的妾之后，两人相爱，过上小家庭温馨的生活。束生策马返家乡，翠翘洒泪惜别。此情此景，阮攸写了如下几句诗来描绘：

他跨上雕鞍远去，

枫林秋色凄零。

马足扬尘，

夕照一丝鞭影。

归来后，她捱尽五更寂寞，

马上人，也觉山川万程。

一轮月色，

半照孤眠，半送长征。

在诗篇中，阮攸极其重视人物心理活动的刻画和复杂感情变化的抒发。如王翠翘自杀被救之后，被迫入青楼为娼妓，她触景生情，抚今追昔，想起与金重的一段情缘，不禁愁丝绵绵，如春江之水流不尽："忆当年，月下共含杯，/ 星霜换，信息无凭。/ 天涯海角独凄零，/ 何日把污名洗净。"她又想到不能在父母面前伺候他们，内心极为内疚："辜负倚闾人，/ 问阿谁替我问暖嘘寒孝敬？/ 莱衣舞，知在何年？/ 想门前小桐梓，今已长成？"这两段心理描写把翠翘那千愁万绪、思乡念亲之情抒发得酣畅淋漓。

阮攸不愧为语言大师，喃字诗在他的笔下已达到炉火纯青的地步，比如在描绘琴声时，阮攸连用四个比喻句，令人如同亲临其境、亲听其声：

> 清音似天边鹤唳；
>
> 浊声如飞泉激响；
>
> 缓调比清风拂拂；
>
> 急拍象骤雨浪浪。

　　在描写王翠翘站在翠楼上眺望远方时，诗人连用了四个"凄然望"排比句，以表现女主人公凄苦、悲愤的情怀：

> 凄然望，黄昏海港，
>
> 掩映征帆，天际归舟谁放？
>
> 凄然望，滚滚狂波，
>
> 花谢水流，流到何方？
>
> 凄然望，绿草平原，
>
> 连天碧，云海茫茫。
>
> 凄然望，风卷海涛来，
>
> 危坐处，惊涛激荡。

　　《金云翘传》中的语言具有极高的美感和鲜明的审美意象：

> 忽然，看见一个美人，
>
> 举止轻盈，无限风韵。
>
> 正是霜印面，雪披身，
>
> 金莲摇曳，若远若近。

　　三寸金莲，步履轻盈，如风中花、水中月，飘忽荡漾，若隐若现。诗人用了短短的几句，就将翠翘的举止神态、步履姿态描绘得如此具有审美意味，可嘉可叹！

　　在《金云翘传》中，作者多次用到"雪"这个审美意象："梅骨格，雪精神"（Mai cốt cách tuyết tinh thần）、"霜印面，雪披身"（Sương in mặt tuyết pha thân）。在这里，"雪"代表着冰清玉洁、至高至美的审美境界。

　　阮攸善于运用民间语言，把越南民间的俗语、谚语和口语融入诗歌中，使《金云翘传》的语言更为生动活泼，如："Kiến trong miệng chén có bò đi đâu"（杯沿蚂蚁，爬行得多远）、"Rút dây sợ nữa động rừng, lại thôi."（惟恐抽藤林动，终于闭口不言）。

　　《金云翘传》不仅在故事情节、人物上借鉴了中国小说《金云翘传》，而且不少诗句是借用中国古典文学的典故，如《诗经》、古诗和唐诗等。

　　Sing rằng："Hiếu phục vừa xong,

Suy lòng <u>trắc dĩ</u>, đau lòng chung thiên."

金重支吾以对："遭母丧，孝服方完，

<u>陟岵</u>情深哀情已。"

"陟岵情深哀情已"中的"陟岵"出自《诗经·魏风·陟岵》中的"陟彼岵兮，瞻望母兮，嗟予季，行役夙夜无寐！"

Cỏ non xanh rợn chân trời,

Cành lê trắng điểm một vài bông hoa.

芳草连天碧，

梨枝数点花。

"Cỏ non xanh rợn chân trời, Cành lê trắng điểm một vài bông hoa"是两句中国古诗"芳草连天碧，梨枝数点花"的直译照搬。

Một nền Đồng Tước, khoá xuân hai Kiều.

铜雀春深锁二乔。

"Một nền Đồng Tước, khoá xuân hai Kiều"是唐朝诗人杜牧《赤壁》中的"铜雀春深锁二乔"的直译照搬。

Tiếng gà điểm nguyệt, dấu giầy cầu sương.

鸡声茅店月，人迹板桥霜。

"Tiếng gà điểm nguyệt, dấu giầy cầu sương"是对唐朝诗人温庭筠《商山早行》中"鸡声茅店月，人迹板桥霜"的直译照搬。

<u>Nước non</u> luống những lắng tai <u>Chung Kỳ</u>.

高山流水，可许为钟期乎？

"钟期"即钟子期，"高山流水"是指钟子期欣赏俞伯牙弹琴的典故。

Tiếng sen sẽ động giấc hoè.

缓步声，惊破南柯梦。

"南柯梦"是借自中国"南柯一梦"的典故。

阮攸熟练运用民族语言，广泛吸收中国古典文学的典故、经典诗句等，为越南民族语言的丰富和发展做出了贡献。越南现代学者陶维英认为："我们之所以喜爱《金云翘传》，不是因为它可以作为人生伦理的书，而是因为在书中阮攸用美妙的词句撼动了我们的心灵。"①

---

① ［越］陶维英:《金云翘传考论》，河内：文化出版社，1974年版，第144页。

由于历史的局限,《金云翘传》充斥宿命论思想。阮攸认为妇女天生是"薄命":"妇人身世!/ 红颜薄命,天下多少相同。""悲欢都是劫,/ 红颜那得久长。/ 前世善因未种,/ 今生宿债应尝。"觉缘在与翠翘分手时说道:"邂逅女尼三合先知。/ 她将相会时间指示,/ 今年后,五载为期。/ 天意如斯,/ 无可置疑。"后来,翠翘跳江自尽,"居然天顺人谋",被守侯在钱塘江畔的觉缘救起,"证实了三合预言不谬"。

综上所述,《金云翘传》不仅具有深刻的思想内容,而且还在语言、诗歌技巧和人物刻画等方面达到了炉火纯青的艺术境界,不愧为一部内容与艺术形式完美结合的经典之作。

《金云翘传》自问世后,受到世人的广泛关注,得到越南历代民众的喜爱,受到不少文人的推崇。越南现代文学评论家怀清认为,《金云翘传》的根本价值在于它提出了封建社会人的生存权问题。越南现代文人范琼将《金云翘传》推崇到登峰造极的地步:"一个国家不能没有国花,《翘传》就是我国的国花;一个国家不能没有国粹,《翘传》就是我国的国粹;一个国家不能没有国魂,《翘传》就是我国的国魂。《翘传》是'登记'在这片土地上的越南种族'契约'。……《翘传》是经典、是故事、是圣书、是民族的福音。"范琼甚至认为《金云翘传》关乎国家存亡:"《翘传》存,则越南语存,越南语存,则越南存。"① 当然这种无限拔高、极端推崇《金云翘传》的情况在越南历史上属于个别现象。

围绕着《金云翘传》,不少文人留有诗作,如范贵适、阮春温和潘佩珠等。多数文人学者对《金云翘传》中的主人公寄予了深切的同情,其中一个原因是他们是落魄文人,与王翠翘有一种"同是天涯沦落人"的处境和"同病相怜"的感觉。范贵适的《咏翘传》:"短肠梦里根缘了,薄命琴中梦恨长。一片才情千古泪,新声到底为谁伤。"阮春温的《读翠翘传感作》:"玉颜自古命多屯,一片才情累几人。琴声轻招千古怨,镜光重染十年尘。已将身绊红尘客,犹觉情牵白发亲。晚节犹存贞白操,悔教夫婿作降臣。"潘佩珠的《咏翠翘》:"孝心一念达重天,辱境荣场总夙缘。空色千秋皆不破,声名四海竟相传。"

《金云翘传》在越南人民的现实生活中产生了深远的影响。《金云翘传》中的一些人物形象,如王翠翘、束生、宦姐等已家喻户晓、人人皆知,成为越南日常生活中某类典型人物的代表。"翠翘"是用来指美丽多才的女子,"束生"则被用以形容懦弱惧内的典型,而"宦姐"便成了妒妇的代名词。甚至连某些次要人物,如"楚

---

① [越]阮禄:《越南文学》(18世纪下半叶至19世纪),河内:教育出版社,2001年版,第442页。

卿"和"秀婆"也变成了色鬼和鸨母的别名。徐海、觉缘等甚至被人们神化，作为神来供奉，祈求徐海大王、觉缘和翠翘仙姑保佑他们。

除《金云翘传》外，阮攸还写有《招魂文》。越南古人认为，人死后灵魂仍然在。因此，在人死后，应该供奉、祭祀和招魂。阮攸的《招魂文》就是为此而写的。

《招魂文》（Văn chiêu hồn）又称为《十类众生祭文》（Văn tế thập loại chúng sinh）分为四部分：第一部分，说明立坛祭祀以便为孤魂们伸冤救苦的理由。第二部分，列举了十类众生，即十类孤魂：被杀帝王、含冤而死的富贵女人、失势大臣、败仗将领、死于途中的贪财者、死于馆驿的追逐名利者、死于异域他乡的商人、阵亡兵士、孤独老死的妓女、其他因为贫困或者灾祸等原因死亡的人，如饿死途中的乞丐等。第三部分，描写了上述孤魂们贫困落魄、到处流浪的凄惨景象，作者召唤他们回来听经。第四部分，求佛为孤魂们超度，请孤魂们享受香火祭祀。

《招魂文》通过描写冥冥世界中无人祭祀的孤魂到处流浪的凄惨景象，影射了当时人们遭受种种苦难的现实世界。显然，阴间的十类孤魂代表着阳间落魄、潦倒、失意、悲惨的十类人物。与《金云翘传》一样，阮攸的《招魂文》也是一篇大师级的作品，它的双七六八诗体艺术和语言的运用均达到了极高的水平。

范泰（Phạm Thái，1777—1813）是18世纪末19世纪初的喃字诗人，其代表作为喃字长篇叙事诗《初镜新妆》。《初镜新妆》（Sơ kính tân trang）是用六八体、夹杂唐律体写成的长篇叙事诗。《初镜新妆》跟同时代其他作品不同，不是采用越南古代故事、传说或者中国作品的故事，而是取材于当时的社会现实。在当时喃字作品中，《初镜新妆》具有一种全新的创作理念，就是完全"创作"而非部分"演绎"、部分创作。当然，故事的模式和结构以及体现出的爱情观念等与同时代的作品大同小异。

《初镜新妆》的故事梗概是：范张两家是故交，两家约定如果有一家生男、一家生女就互相结亲，并互相赠送信物。结果范家生男，名叫范金，张家生女，名叫张琼书。范家勤王失败后，家庭陷入破败境地。后来在红娘的帮助下，范金与张琼书互相交换书信，两人双双坠入爱河。范金回到故乡。京城的一位都督听说张琼书美貌绝伦，便图谋娶张琼书为妻。张家不愿意，但迫于压力只好同意。张琼书便修书一封，告知范金。范金连夜赶回，两人共诉生死离别之衷肠，相约来世再见。张琼书回到家里自尽。范金痛苦不堪，出家为僧。后来，琼书投胎转世，成为张公之妾的女儿，她名唤蕊珠。蕊珠就是新一代"琼娘"。最后范金与两代"琼娘"结为两世之情缘。

《初镜新妆》的结局是大团圆的，“皆大欢喜”，但实质上整个人物的命运是“悲剧”。作者所谓的“转世情缘”只是在当世不能实现、寄托来世的一种美好愿望而已。从另一个角度，抨击了社会的黑暗和封建制度对人性的践踏。这一点，也正是《初镜新妆》独特、成功之处。

阮辉谅（Nguyễn Huy Lượng，?—1808）的喃字作品有《宫怨诗集》和《颂西湖赋》等，其中《宫怨诗集》由100首喃字唐律诗组成，它描述了宫女们的境遇，抒发了她们的怨恨之情。《颂西湖赋》（Tụng Tây Hồ phú）以赞颂升龙西湖美景为引子，歌颂了西山王朝的丰功伟绩，作品也讽刺了不愿意与西山合作的人。为更好了解喃字赋的句式，下面我们列出一段描绘西湖美景的喃字原文和拉丁化国语译文：

逻处景西湖，

Lạ thay cảnh Tây Hồ,

逻处景西湖。

Lạ thay cảnh Tây Hồ.

謭夂採坦勱伍鬱，

Trộm nhớ thuở đất chia chín cõi,

闸浪低廏仐没漱，

Nghe rằng đây đá mọc một gò,

茝白猢俯于刬乂缊，龙王阻丣澨大泽。

Trước Bạch Hồ vào ở đó làm hang, long vương trở nên vùng đại trạch.

留金牛由俯低化域，高王掏振脉皇都。

Sau Kim Ngưu do vào đây hoá vực, Cao vương đào chặn mạch hoàng đô.

瞭闸唅淫潭焰泊，

Tiếng nghe gọi Dâm Đàm, Lãng Bạc,

景嘶印星渚冰湖，

Cảnh ngó in tinh chử, băng hồ,

色寅寅染式蓝钩，盼洞碧奋璔匇北北。

Sắc dờn dờn nhuộm thức lam xanh, ngỡ động bích nổi lên dòng lẻo lẻo.

形蹨蹨扜怶勾昰，想晕银浗笹揰岺岺。

Hình lượn lượn uốn vòng câu bạc, tưởng vầng ngân rơi xuống mảnh nhỏ nhỏ.

……

阮辉僚的《颂西湖赋》发表后，范泰发表了《战颂西湖赋》。由于两人对西山起义成功建立起来的新王朝持有两种不同的看法：阮辉僚支持西山王朝，范泰反对西山王朝，于是两人写出了针锋相对的两篇文章，给后世留下了一段笔战史话。

黄光（Hoàng Quang，?—1803）的《怀南记》（Hoài Nam ký）（又称为《怀南歌曲》Hoài Nam ca khúc）是用六八体、间以唐律和赋体写成的长篇叙事诗。长诗叙述了18世纪初从阮潢率民众开垦南部到郑主攻占富春这段时间内发生的重大历史事件，作品追念了几代阮主开发南部的功劳以及对南方人民安居乐业所做出的贡献。

18世纪，喃字赋作家还有阮伯麟和邓陈常等。阮伯麟（Nguyễn Bá Lân，1701—1785）在四代皇朝中为官，博学多才，有"安南大才子"之美称。他的喃字赋有《鹤三岔赋》（Ngã ba hạc phú）和《佳景兴情赋》（Giai cảnh hứng tình phú）等。《鹤三岔赋》使用写实和讽刺手法，语言朴素，汉语典故较少，通俗易懂，为喃字赋的发展做出了贡献。邓陈常（Đặng Trần Thường，1759—1816）作有多篇喃字诗赋，如《狱中八咏》（Ngục trung bát vịnh）和《韩王孙赋》（Hàn vương tôn phú）等。

18世纪还出现了越南民众所喜闻乐见的艺术形式——快板（Vè），其中的代表作是阮居祯的快板集《僧尼》。阮居祯（Nguyễn Cư Trinh，1716—1767）文武兼备，在越南南方度过了11年的军旅生涯。《僧尼》（Sãi vãi）是阮居祯在任广义巡武时为鼓舞士卒们的士气而写的。《僧尼》采用骈文体和口语化的韵文体，用喃字写成。《僧尼》将庄重与诙谐两种艺术风格完美地结合了起来，这部作品也是民间文学与作家文学结合的佳作。

黎玉欣（Lê Ngọc Hân，1770—1799）是黎显宗的第21个女儿，她从小生长在宫中，研磨经史，学习诗文。阮惠北上扶黎灭郑，玉欣遵父王的命令，16岁便嫁给了阮惠。1788年，西山王朝建立，阮惠登基，年号光中。1789年，光中皇帝大破清军后，封玉欣为北宫皇后。1792年，光中驾崩，留下两个幼子。黎玉欣悲痛万分，遂作《哀思挽》，以寄托她对丈夫的哀思。

《哀思挽》（Ai tư vãn）是喃字双七六八体长诗，诗歌洋溢着黎玉欣对故去丈夫诚挚、哀惋的情感和对这位民族英雄的钦敬之情：

> 哭夫君，悲情凄凄，
> 谆谆遗言心间记。
> 悲哉！春去花留！

　　　痛苦谁人能析。

　　　决计跟随夫君去，

　　　赴汤蹈火不顾惜。

　　　襁褓幼儿可怜，

　　　母子情深难移。

　　　苦度余生何时尽？

　　　形骸虽存魂魄去。

　　高伯适（Cao Bá Quát，1809？—1855），字周臣，号菊堂、敏轩。1831年，他乡试中举人，第二年会试落第。1841年，担任朝廷一卑微之职务——礼部行走。他在朝廷为官数年始终未得到重用，郁郁不得志，对朝廷颇有不满之意。1854年，他被迫离开京都前往山西担任教授一职。同年，山西和北宁两省大旱，当地农民纷纷揭杆而起，反对朝廷。高伯适便与起义领袖取得了联系，推举黎朝后裔黎维距为明主，他自称为国师。后高伯适在与官军的战斗中阵亡。[①]高伯适从朝廷命官变为一名起义领袖，他的生涯大起大落，颇有传奇色彩，民间流传有关他的很多传说和佳话。高伯适是一位真正的儒士，他为理想而宁死不屈、英勇就义，气节震山河，精神照日月。

　　高伯适的文学创作有《高伯适诗集》、《高周臣遗稿》和《高周臣诗集》等，作品包括汉、喃诗歌，唱说体以及喃字赋《才子多穷》等。

　　高伯讶（Cao Bá Nhạ，?—?）由于高伯适起义反对朝廷，高氏家族受到株连，高伯讶被迫逃往他乡，改名换姓，教书营生。被人检举，高伯讶被捕，之后流放到山区，最后死在了那里。在流放期间，他写了《叙情曲》等作品。

　　《叙情曲》（Tự tình khúc）是高伯讶用喃字写成的双七六八体长篇诗，作品的内容是表白自己的心迹，申诉自己受到的不公平对待。从一个侧面，他控诉了阮朝统治者不人道的政策。《叙情曲》充满了诗人痛切、悲愤的真情实感，如泣如诉，读后令人潸然泪下。下面一段描述了官兵抓捕他时的混乱情景：

　　　三五成群，手执棍棒，

　　　冲入颜巷砸抢。

　　　鸡鸣睡梦方醒，

　　　苍蝇纷飞人仓惶，

---

① 另说，高伯适在战斗中被活捉，后被处死。总之，高伯适的死因众说纷纭，莫衷一是。

小童惊慌闯入，

床边哭嚷，妻儿躲藏。

瞬时发生无数悲伤，

多少别离多少泪，

回头望，苦断肠，

向前走，前程茫茫。

风吹菊动人难平，

霜落梅枝心冰凉。

富有浓厚抒情色彩的吟曲，经段氏点、阮嘉韶和高伯适等人的不懈努力，已成为越南文学史上独具魅力的一种艺术表现形式。

李文馥（Lý Văn Phức，1785—1849），祖籍中国福建，他是其家族来越南定居后的第六代传人。嘉隆十八年，他中举人，之后官职从翰林编修升到礼部参知。1841年，他担任正使出使中国。李文馥著作颇丰，喃字作品的代表作为《玉娇梨新传》和《西厢传》。

《玉娇梨新传》（Ngọc Kiều Lê tân truyện）是以清朝荑荻散人编次的才子佳人小说《玉娇梨》（又称为《双美奇缘》）为蓝本，用六八体写成的喃字长篇叙事诗。

《玉娇梨新传》讲述明朝正统间，有太常卿白太玄者，无子，晚年得一女名红玉，极有文才，以代父亲作菊花诗为众人所称道。御史杨廷诏向白家为其子杨芳求亲，白太玄招杨芳来到家中，让妻弟翰林吴珪测试其才能如何。测试后，见其才能不足，白太玄不许。杨廷诏怨恨在心，便向皇帝上奏折，推荐白太玄"充迎请上皇之使"，迎回被捉去的上皇。行前，白公托红玉由其舅舅吴珪照看。杨廷诏又想方设法逼迫红玉就范，吴珪不得已告假与红玉一起回到家乡。一天，吴珪外出赏景与才华横溢的儒雅书生苏友白相逢，吴爱其才，欲以红玉嫁之。苏郎误相吴氏的女儿，嫌其丑而予以拒绝。在去长安的路上，苏郎遇到张轨如、王文卿正与红玉唱酬，苏有白便与红玉和诗二首。而张轨如遂窃之，买通白家老仆以献红玉。此时，白太玄出使归来，父女两人见和诗颇佳，便邀张氏前来。红玉的丫鬟嫣素偶然见到了苏郎，知晓了张氏窃取诗作的事情。通过丫鬟的指引，红玉和苏友白秘密约会。在回家乡的路上，苏郎遇到了旧友苏有德。苏有德又冒友白之名，请婚于白氏。席上见张、苏互相攻讦，两人露出马脚，俱逃之夭夭。苏友白途中遇盗被抢，只好暂舍李家，替李家抄写文书。他偶遇一少年卢梦梨，两人意气相投，卢许诺将自己的妹妹嫁给苏（实暗指自己），原来卢梦梨是一位女扮男装的少女，后避难白家。杨廷诏有意择苏友白为其女婿，苏友白拒绝了。苏友白无奈回到金陵，改名柳秀才。此时白公也在金陵。白太玄难于得婿，易姓名游山阴，遇见一才华出众的少年柳秀才，欲嫁白红玉和卢梦梨于柳秀才。此时，柳秀才来到白家，承认自己实际是苏友白，原来苏改姓名游山阴天故也。白太玄亦告以真实姓名，皆大惊喜。最后，有情人终成眷属，苏友白娶红玉、卢梦梨为妻、嫣素为妾。

《西厢传》(Truyện Tây Sương)是以中国元朝王实甫的杂剧《西厢记》为蓝本、用六八体写成的喃字长篇叙事诗。

《西厢传》是李文馥出使中国（1841年）回国后到去世前完成的。李文馥的《西厢传》所叙述的故事脉络基本与原作类似，只不过情节叙述更凝练：崔莺莺是刚刚过世的崔相国之女，与母亲在普救寺避难。在此，崔莺莺遇见了穷书生张君瑞，两人一见钟情。张君瑞托崔莺莺的侍女红娘帮忙传送书信。孙飞虎将普救寺团团围住，要求莺莺做他的"压寨夫人"。崔夫人声言，谁解此围，就将女儿嫁与谁。张君瑞写信给自己的好友杜确，请他前来相助。解围后崔夫人食言，将崔莺莺嫁给有权有势的郑恒。张君瑞和崔莺莺仍然暗中相恋。面对事实，崔夫人不得不答应了这桩婚事，但提出的条件是张君瑞必须金榜题名。最后，张生高中，与崔莺莺喜结良缘。《西厢传》的语言受《金云翘传》影响颇大，精雕细刻，凝练老道。

李文馥上述两部作品均为才子佳人类喃字叙事诗，他用越南人所能接受的语言和形式对中国才子佳人小说进行了模写，推动了中国传统文化、文学在越南的传播。

青官县夫人(Bà Huyện Thanh Quan, ?—?)是继段氏点、胡春香之后，越南文学史上又一位著名的女诗人。她原名为阮氏馨(Nguyễn Thị Hình)，嫁刘元温（刘毅）（1804—1847）为妻。因刘曾做过青官县知县，故世人称阮氏馨为青官县夫人。青官县夫人学识广博，曾被阮朝第二代皇帝明命邀请到皇宫中做宫中教习，为公主和宫妃们上课。

青官县夫人诗作不多，目前留存不到10首的喃字诗歌，其中被世人所传诵的作品有《过横山》、《升龙城怀古》、《夕阳中的思乡曲》和《镇北寺》等。她的诗歌描绘了大自然的秀美景色，她笔下的大自然就像是一幅幅水墨画那样淡雅、清爽和优美，她的诗歌流露出浓浓的怀古、思乡的情感。《夕阳中的思乡曲》(Chiều hôm nhớ nhà)抒发了夕阳下诗人的寂寞之情和思念亲人的情怀：

　　　夕阳西下落余辉，

　　　螺号悠远鼓声催。

渔翁停泊江渚外，

炊烟孤村牧童回。

风卷征程候鸟飞，

霜下旷野客思归。

章台柳、旅途人，

冷暖衷肠诉与谁？

《过横山》(Qua Đèo Ngang)是越南古代文学史上唐律体诗名作之一。横山是越南中部的一个地理要冲，具有深刻的地标意义。诗人在诗歌中用细腻传情的语言，描绘了故乡的美丽景色，抒发了诗人对故乡、故国的深情厚谊：

人到横山已夕阳，

树木葱绿鲜花香。

弯腰背柴几樵夫，

散落江边几家庄。

蝈蝈声声思故国，

鹧鸪声声念家乡。

驻足观望：天、山、水，

一片丹心照河江。

青官县夫人的诗歌采用唐律体，韵律工整，用词讲究、诗句凝练、流畅优美、精雕细琢，足见她的文学修养和喃字诗歌艺术功底之深厚。

这一时期，阮辉虎、武国珍、阮涵宁等诗人留有喃字作品。阮辉虎（Nguyễn Huy Hổ，1783—1841）的作品有《梅亭梦记》(Mai Đình mộng ký)，这是一部六八体间以双七六八体的长诗，它叙述的是：作者酒醉之后走入梦乡，来到了有漂亮花园的一处楼台。在一座题有"赏梅亭"的亭阁上看见一位正在张贴诗的美女，这位美女见有生人来，便躲藏了起来。阮辉虎便大声吟诵美女张贴的诗歌并和诗一首。他的声音惊动了亭阁的主人，从里面走出来一位夫人，邀请他进去。这位夫人告诉阮辉虎，她的父亲和丈夫原来均在黎朝为官，内战纷起，豪强争霸，黎朝衰亡，她们只好隐居在此。她劝阮辉虎努力学习，金榜题名，到时再来。《梅亭梦记》寓意显然是怀念黎朝。

《梅亭梦记》遣词造句颇似《花笺传》和《金云翘传》：

Trăm năm là kiếp ở đời,

Vòng trần này đã mấy người trăm năm.

Cuộc phù sinh có bao lăm,

Nỡ qua ngày bạc mà lầm tuổi xanh.

Duyên tế ngộ, hội công danh,

Là hai, với nghĩa chung tình là ba.

Đều là đường cái người ta,

Bắc cầu noi đó, ai qua mới từng.

Tình duyên hai chữ nhắc bằng,

Há rằng duyên chung, há rằng tình si.

19世纪，武国珍（Vũ Quốc Trân, ?—?）将《碧沟奇遇》改译为六八体喃字诗歌。《碧沟奇遇》讲的是：黎朝洪德年间，有一少年名叫陈秀渊，家境贫寒，勤奋好学，是升龙地区有名的文人。一天，陈秀渊参加庙会，在寺门边拣到一片红叶，叶上题有一首诗，他正要和之。这时只见一美人出现在他眼前，他赶紧跟随，突然美人消失了。回家后，他害起了相思病。梦中神人告诉他，明日在东桥等待。第二天，他在东桥边碰到一个卖画的人，其中有一幅画上的美女与他在寺门旁所见的美女一模一样，他把这幅画买回家中，挂在墙上，每天跟她谈心，如同真人一般。一日，陈秀渊回家见一桌丰盛的饭菜早已做好，后来发现是画中的美女所为。此女名叫绛翘，本为仙女，因与陈郎有缘，下界与之结合。仙女施法，变出巍峨的楼台和众多的仆人。从此，两人过上了幸福的生活。后来，秀渊贪于酒杯，绛翘劝告未果，弃家出走。酒醒后，秀渊追悔莫及，痛不欲生。绝望之时，绛翘回来了。两人重归于好，还生有一子，名叫陈儿。绛翘劝秀渊习练神仙之法术，两人双双飞入天国。儿子陈儿后来也厌倦了尘世，骑着鲸鱼上了仙境天国。

作者采用浪漫主义的手法，描写了理想中的爱情。作者知道在当时压制人性的社会中是不可能实现自由爱情的，只有在脱离尘世的仙境中，才有理想、完美的爱情。

黎吴吉（Lê Ngô Cát, ?—?）和范廷遂（Phạm Đình Toái, ?—?）的《大南国史演歌》（Đại Nam quốc sử diễn ca）是一部御制六八体长诗。嗣德皇帝派黎吴吉编写，后由范春桂润色、范廷遂定稿。因为是皇帝所御制，所以作品的出发点自然是维护封建统治，颂扬皇帝的功德，尤其对阮朝的所作所为一概褒奖有加。

19世纪上半叶，随着越南都市社会的繁荣，歌妓成了一种社会职业，渐渐成为许多达官贵人、文人儒士们生活的附属物。作为歌妓演唱的歌筹（Ca trù）艺术开始兴盛起来。歌筹体词是一种为适应新的都市生活而兴起的文学形式。歌筹体词最早出现在16世纪黎德毛的作品中，19世纪上半叶进入兴盛时期。歌筹是一种演唱艺术，它起源于宫廷歌舞。先是模仿中华宫廷歌舞，后又吸收了越南民间歌唱艺术，并且还融合了占婆歌舞的精华。歌筹有很多曲调，最主要的有三种：自由调、祭神调和功夫调。歌筹是按谱填词，歌筹词是五言、七言、古风、四六、六八、双七六八等体的大杂烩。歌筹词灵活多变，可以表达复杂、细腻的思想和感情。另外，歌筹还衍生了一种新的诗体——唱说体（Hát nói）。歌筹词和唱说体词的代表作家是阮公著。

阮公著（Nguyễn Công Trứ，1778—1859）字存直，号悟斋，别号希文。他的创作主要是喃字诗文，属于唱说体和唐律体，但大部分已经遗失。他对唱说体的定型做出了贡献。

唱说体是越南作家在汉、喃双语语言环境下创造的一种诗体。一首完整的唱说体诗歌有11句，它分为6个部分：1.入题（1—2句）；2.穿心（3—4句）；3.交织（5—6句）两句汉文诗歌，喃字亦可，提出全诗的要旨；4.快板（7—8句）；5.慢板（9—10句）；6.结题（11句），总结全诗的大意。唱说体诗也有变体，即少于或多于11句。少于11句的诗体常常没有3、4两部分，多于11句的诗体常有15句、19句或者27句。这些多出的句子往往衍生在2、3部分。韵律方面，它有脚韵和腰韵，有平韵和仄韵。第一句必须是仄脚韵，结束句必须是平脚韵。各句的字数并不严格限定，一般是4—13字，有的20字，但交织两句必须是五言或七言律诗，结题句总是6字。

1. Hồng hồng tuyết **tuyết**,

2. Mới ngày nào chưa **biết** cái chi **chi**.

3. Mười lăm năm thấm thoắt có xa **gì**,

4. Ngoảnh mặt lại đã tới **kỳ** tơ **liễu**.

5. Ngã lãng du thời quân thượng **thiếu**,

6. Quân kim hứa giá ngã thành **ông**.

7. Cười cười nói nói thẹn **thùng**,

8. Mà bạch phát với hồng nhan **chừng** ái **ngại**.

9. Riêng một thú thanh sơn đi **lại**,

10. Khéo ngây ngây dại **dại** vì **tình**.

11. Đàn ai một tiếng Dương **tranh**.

除了说唱体，阮公著还创作了一些喃字诗歌，他的喃字诗歌具有浓郁的批判现实主义风格，他采用百姓的口头语言，诗风通俗、尖刻：

> 狗屁人情早体味，
>
> 淡如清水，白如石灰。
>
> 有钱能使鬼推磨，
>
> 无钱仁义随风吹。
>
> 双脚被夹张大嘴，
>
> 圈套未脱已缩尾。
>
> 此番各位已领教，
>
> 大象岂能炒杂烩。

推动18世纪、19世纪上半叶喃字文学繁荣的另一个重要原因是大量无名氏喃字作品的出现。这一时期，代表性的无名氏喃字长篇叙事诗有：《石生传》、《范载玉花》、《潘陈》、《芳花》、《观音氏敬》、《二度梅》、《女秀才》、《宋珍菊花》、《范公菊花》、《李公》、《刘女将传》、《徐式传》、《贫女叹》等。

《石生传》[①]（Truyện Thạch Sanh）是一部带有神话性质的六八体叙事诗。《石生传》歌颂了石生善良、勇敢的品质，鞭挞了李通心狠手辣、丧尽天良的恶行，展现了真善美与假恶丑、正义与邪恶的斗争。

《石生传》的故事梗概是：古时候，高平郡有一对夫妻，男的名石义，女的叫杨氏，以打柴烧炭为生。老两口膝下无子，玉皇大帝垂怜，派太子下凡投胎。石义去世后，杨氏怀孕3年9个月，终于生下俊秀魁梧之子，取名石生。几年后，生母杨氏去世。石生继承父业，以砍柴为生。石生13岁那年，玉皇大帝派托塔天王李靖下凡，密授石生武艺及法术。一天，酒贩子李通路遇石生，与他结拜兄弟。石生与李通母子一起生活7年，他辛勤劳动，李家日益富足。当时，在高平郡，蟒精作怪，为害百姓。皇帝下诏修庙祭奉，定期祭献男子。这一年轮到李通祭献蟒精，他欺骗石生代他去。石生在庙里，与蟒精展开激战，杀死蟒精，取回蟒头。李通见此，心生一计，诈称蟒精为皇帝所养。石生惧怕，躲进深山。李通冒取功名，赐封为郡公都督，过上骄奢淫侈的生活。皇帝的爱女琼娥公主突然被大鹏叼走，皇帝心急如焚，命李通寻找。李通找到石生，劝说他同行。那天石生见一大鹏叼人飞过，曾将它射伤，并循血迹来到洞口。石生进洞救出公主，李通令部下护送公主先回，自己投石填洞，欲将石生堵死在洞里。石生在洞里杀死了大鹏，救出

---

① 《石生传》除六八体叙事诗外，还有以散文体形式流传的民间故事版本。两者故事梗概大体一致，而故事细节描写六八体叙事诗版本要比散文体版本更详尽。

了龙太子。龙太子请石生同回龙宫。龙王奖赏他许多金银财宝，但他只要了一张琴便返回了故乡。李通又一次受到重赏，并要娶公主为妻。公主这时却昏迷不醒。蟒精和大鹏阴魂不散，他们进宫偷盗金银珠宝，并故意在石生住处留下踪迹，企图加害于石生。石生被捕下狱。石生在狱中借琴声来抒发自己的冤情。琼娥闻声顿时苏醒，将实情禀告父王。皇帝将公主许配石生，任命他为郡公国宰，将李通交由他处置。石生宽大为怀，不记前仇，赦免李通的罪过，令其回乡生活。然而，人容天不容，李氏母子在归途中遭雷霹死。18国大军前来进犯，石生受命御敌，在重围中，他泰然抚琴，敌军顷刻土崩瓦解。最后，皇帝让位于石生。从此，诸侯臣服，人民安居乐业。

《石生传》的成功之处是塑造了石生和李通代表的正义与邪恶、善良与凶残的两个典型人物。另一成功之处是浓厚的浪漫主义色彩，这增加了诗歌的审美感和感染力。

《范载玉花》（Phạm Tải Ngọc Hoa）为六八体喃字长篇叙事诗，是无名氏作品中最出色的作品之一，具有强烈的反封精神和人道主义精神。《范载玉花》颂扬了不同阶级、不同地位之间青年男女之间的纯洁爱情，同时，猛烈地抨击了以残暴、荒淫帝王为代表的腐朽封建制度。在作品中也表达了作者对未来一种公平、博爱社会的向往。

玉花是作品的女主人公，她形象鲜明突出，个性独特，表现在爱情方面是直率、诚实和坚贞；表现在与封建帝王和官吏斗争方面是勇敢坚强、百折不挠。玉花是一位朝廷重臣的女儿，她对官宦之家公子哥们的追求不予理睬，却偏对一个讨饭的穷学生范载产生了爱怜之心。玉花爱的是范载的善良和才智。她的举动打破了封建社会门当户对的清规戒律。玉花在实现自己爱情的道路上，遇到了种种障碍，但她矢志不渝，最后为丈夫殉节。

《潘陈》（Phan Trần）[①] 是以中国明代高濂的传奇剧本《玉簪记》为蓝本、用六八体写成的喃字叙事诗。

《潘陈》讲述的故事与《玉簪记》中的故事脉络基本类似：宋朝靖康年间，潘陈两家为世交，曾约定如生男女，就结秦晋之好。无巧不成书，潘家生子名为潘必正，陈家生女名为陈娇莲，两家喜不自言。娇莲之父命归黄泉。恰逢战乱，娇

---

① 　关于作者问题，传统上认为《潘陈》是无名氏作品，但陈文岬认为：《潘陈》"是黎进士杜公有恪（杜觐）始笔也"。（［越］陈文岬：《汉喃书籍考》（越南书籍志）第二集，河内：社会科学出版社，1990年版，第69页。）笔者仍采用传统的观点，将其列入无名氏作品中。

莲与母亲走失。娇莲流离失所，到了金陵城外女贞庵为尼，法号妙常。潘必正赴京会试落第，就寄居在他姑母主持的女贞庵里。潘必正遇妙常，一见倾心。必正托香尼姑说媒，遭妙常拒绝，必正因此相思成病。后两人不断来往，逐步了解了对方的身世和两家的婚约。必正参加会试中进士，后来与妙常即娇莲结婚。

作者成功刻画了主人公潘必正这个感情丰富、敢于冲破封建礼教、对爱情执着追求的典型形象。作品非常注重表现人的心理活动，注重探索人的内心世界。《潘陈》的诗歌艺术是比较高的，它语言凝炼，富有形象，节奏明快优美，人物心理活动细腻、含蓄。

长期以来，越南社会并不认可潘必正这个人物。比如，在越南一直流传着"男子不看《潘陈》，女子不看《翘传》"的说法。因为，潘必正感情不羁，与尼姑妙常的爱情发生在"斩断尘缘、六根清净"的佛门——爱情禁地，他们的做法显然是对封建礼教和佛教教规的叛逆。

《芳花》(Phương Hoa)为六八体喃字长篇叙事诗。故事情节是：张公的儿子景安和陈公的女儿芳花订婚。不料大臣曹氏的公子意欲占芳花为妻。遭拒绝后，曹氏假传圣旨，置张公一家于家破人亡之境地。芳花寻觅到景安的踪迹后，便千方百计帮助他。一天晚上，芳花派侍女柳氏去给景安送一箱子金银，结果东西被抢，柳氏被杀。此时景安如约而至，被疑为凶手，景安下狱。面对惨祸，芳花并没有被吓倒，她发奋攻读，女扮男装，冒充景安之名前去应考，最后中进士。在皇帝面前，芳花将丈夫的冤情申诉。结果景安被释放，还被皇帝破格赐为进士。景安和芳花幸福团圆。

《芳花》颂扬了妇女的聪明才智，肯定了妇女在当时社会中的地位，表达了妇女要像男子一样驰骋天下、建功立业的强烈愿望。同时，表现了作者对压迫妇女、践踏妇女的黑暗社会的不满与反抗。

《观音氏敬》(Quan Âm Thị Kính) 又名《观音新传》(Quan Âm tân truyện)，长篇六八体喃字叙事诗。《观音氏敬》叙述的故事发生在朝鲜，围绕着氏敬的"怨"而展开。氏敬的丈夫是一名叫善士的儒生。一天，丈夫夜读，困乏而俯案熟睡。氏敬坐在丈夫身边缝补衣服，见一根胡须倒长，以为不吉祥，顺便就想用手里的刀帮丈夫割掉。丈夫惊醒，以为妻子要谋害他，便大呼起来。公婆以图谋杀害丈夫的罪名，将氏敬驱逐回娘家。氏敬万念俱灰，遂女扮男装，入寺修行，法名为敬心。有一放荡女子名叫氏牟引诱敬心未成。氏牟与男仆勾搭成奸、怀孕，污蔑说这是与敬心的孩子。敬心因此被师傅赶到寺外。氏敬最后忍辱为氏牟抚养孩子。

三年后，氏敬去世。临终前，她给父母留下遗书诉说冤情。在入敛时，人们才发现氏敬原来是女性。此时，真相大白，氏敬冤情得到洗刷，她被超度为观音佛。

"氏敬品行堪奖，忠孝当先，容貌端庄。对双亲孝顺异常，对丈夫举案齐眉。"就是这样一位孝顺、贤淑的好媳妇和妻子，却遭到丈夫的猜疑和公婆的无情驱赶，走投无路而遁入佛门，最后受到社会的冤屈，而依然忍辱负重。作者的立场是鲜明的，对维护男权的封建道德制度持憎恶的态度。同时，也体现了作者浓厚的佛教思想，即只有慈悲为怀，忍让当头，诚心修行，必能成正果，必能成佛。

《二度梅》(Nhị Độ Mai)[①] 是取材于中国惜阴堂主人编辑的《忠孝节义二度梅全传》、用六八体写成的喃字长篇叙事诗。

《二度梅》中讲述的故事与惜阴堂主人编辑的《忠孝节义二度梅全传》故事脉络大体一致，某些细节有所不同。如：惜阴堂主人编辑的《忠孝节义二度梅全传》叙述故事发生的时间为唐肃宗年间，而无名氏的《二度梅》中讲述的故事发生的时间为唐德宗年间。

《二度梅》中讲述的故事是：唐德宗年间历成知县梅伯高有一子名为良玉。梅伯高得罪奸相卢杞，卢矫旨诛梅全家。梅良玉与书童喜童逃出，想投奔岳父侯鸾，闻侯势利，乃由喜童冒名前往试之，果为所执，喜童自杀。良玉逃至扬州，冒名喜童，为梅伯高好友陈东初收留于陈家为仆。陈东初得知喜童便是好友的儿子，遂以杏元许配良玉。朝廷与番邦议和，卢杞以杏元美，命杏元和亲，由良玉与杏元之弟春生送行。杏元在与良玉泣别后跳江自杀，良玉与春生逃走。杏元为神所救，化名江月英，御史邹伯符收为义女，与邹女云英感情甚笃。良玉与春生途中遇盗失散。良玉因帮忙来到邹家见到了思念已久的杏元。春生与良玉失散后跳江自杀，被渔家救起，并以女玉姐妻之。江魁强抢玉姐，春生向良玉之母舅节度使邱提督申告，邱断还玉姐，爱春生才，留于府中，又以女云仙许配春生。后良玉、春生分别以穆云、邱魁之名得中状元、榜眼。唐帝查明卢杞陷害忠良真相，下旨法办，良玉、春生复姓封官。最后，良玉娶杏元、云英为妻，春生娶玉姐、云仙为妻，团圆幸福。

《二度梅》是一部充满现实主义色彩的优秀作品，是同类无名氏作品中思想内容较高的一部作品。它反映的是封建秩序混乱、封建根基动摇、人民遭受生灵涂炭的社会现状。这也正是当时黎—郑末期社会的真实写照。

---

① 另有版本《二度梅演歌》(Nhị Độ Mai diễn ca)，两者内容相仿。

《女秀才》(Nữ Tú Tài)取材于明朝凌蒙初编的《二刻拍案惊奇》中《同窗友认假作真，女秀才移花接木》故事，用六八体写成的喃字长篇叙事诗。

《女秀才》中叙述的故事与《同窗友认假作真，女秀才移花接木》的故事脉络大体一致：闻家有一才女名叫蜚娥，从小志高远大，便改名俊卿，女扮男装，入学堂。有同窗好友撰之和子中，后三人共同考取秀才。一日，子中与俊卿成双成对的玩笑话令俊卿听者有意。俊卿有意在他二人中选一个做丈夫，她更钟情于杜子中。一日，俊卿以射鸟为卜，撰之接过箭细察见"蜚娥"二字，俊卿遂假言为其家姐求配。俊卿在父亲的劝说下放弃秋闱。杜、魏俱高中。俊卿的父亲被诬告入狱，俊卿探狱救父。在成都，俊卿被景小姐看中，欲嫁与他，俊卿无奈以玉闹妆为聘，代友定亲，后起程前往京城。在京畿，俊卿被子中看破，最后两人成亲。俊卿又牵线让撰之与景小姐成婚。

其他无名氏喃字六八体叙事诗还有：赞颂坚贞不渝爱情的《宋珍菊花》(Tống Trân Cúc Hoa)、《李公》(Lý Công)；颂扬刘女将为父报仇而率众起义、铲除奸臣的《刘女将传》(Truyện Lưu Nữ Tướng)；宣扬佛教善忍思想的《南海观世音》(Nam Hải Quan Thế Âm)；讲述徐式遇仙女的《徐式传》(Truyện Từ Thức)；颂扬跨国爱情的《皇储》(Hoàng Trừu)等。无名氏喃字双七六八体叙事加抒情诗有：抨击金钱社会丑恶的《贫女叹》(Bần nữ thán)；赞扬柳杏女神的《柳杏公主演音》(Liễu Hạnh công chúa diễn âm)等；无名氏喃字杂言体叙事诗有《六畜争功》(Lục súc tranh công)等。

越南的无名氏喃字叙事诗在这一时期得到了空前的发展，呈现极其繁荣的局面，不论在内容还是在艺术形式上都取得了巨大的成就。

无名氏喃字长篇叙事诗在越南文学史上源远流长、蔚为大观。从15世纪的唐律体《王嫱传》、《林泉奇遇》和《苏公奉使》，以及稍后的六八体《鲇鱼与蛤蟆》、《贞鼠》和《天南语录》，到这一时期的《石生传》、《潘陈》、《芳花》和《二度梅》等大量作品。如此多的无名氏喃字作品，着实令人惊叹不已，这在其他国家的文学史上是不多见的，它成为越南喃字文学、乃至整个越南古代文学的一大特点。

通过对比分析，我们看到，《金云翘传》、《西厢传》、《玉娇梨新传》、《二度梅》、《女秀才》、《潘陈》等喃字长篇叙事诗与中国古典文学作品有渊源联系，它们是以中国古典文学作品为蓝本完成创作的。可以说，这个时期移植中国文学作品的风气甚为浓厚，有股以中国才子佳人小说为蓝本进行文学创作的潮流。形成这股潮流有其历史原因：18世纪末19世纪初，越南的城市商业活动有所发展，社会上出现了商人阶层，他们有反封建礼教、要求发展个性的倾向和萌芽。然而，封建统治者却视这些反映新的城市市民生活的作品为"妖书妖言"，极力压制。于是，许多越南作家便假借中国的文学题材来躲避灾祸。而这一时期，中国关于描写平民和才子佳人爱情题材的文学作品已经很丰富，出现了大量的此类小说。它们所表达的思想感情与当时越南作家在喃字文学作品中所反映的思想感情颇为吻合。因此，越南的许多诗人便采取移植的方法，对中国的这类作品进行模写。

《金云翘传》等与中国古典文学作品有渊源联系的喃字长篇叙事诗，在借鉴中国文学作品人物、事件等的基础上，均不同程度地进行了艺术再加工、再创造。在艺术形式上，它们多采用六八体诗歌；在内容上，或增删情节、或改变人物形象。总之，它们都根据越南民族文学的特点，进行了符合越南文化的艺术处理，使之符合本民族的文学欣赏习惯和审美习惯。可以说，这些文学作品已植根于越南文学的肥沃土壤，吸收了越南民间文学的养分，逐渐成长为越南文学园地中的一朵朵艳丽的奇葩，成为越南文学宝库中的一部分。

鲁迅在《中国小说史略》中指出："至所叙述，则大率才子佳人之事，而以文雅风流缀其间，功名巧合为之主，始或乖违，终多如意，故当时或亦称为'佳话'。……《玉娇梨》、《平山冷燕》有法文译，又有《好逑传》者则有法德文译，故在国外特有名，远过于其在中国。"在分析这些才子佳人小说在国外受欢迎的原因时，鲁迅指出："因为若在一夫一妻制的国度里，一个以上的佳人共爱一个才子便要发生极大的纠纷，而在这些小说里却毫无问题，一下子便都结了婚，从他们看起来，实在有些新奇而且有趣。"[1] 同样的现象是，《金云翘传》等作品在中国影响一般，而阮攸把它移植到越南后却影响巨大。

＊＊＊

本章论述了18世纪初至19世纪中叶越南汉文学的新进展与喃字文学的繁荣。越南汉文学自10世纪中叶产生，经过7个多世纪的强势发展，到18世纪发生了重要变化，取得新进展，具体体现在：一是反映战争灾难的长篇叙事诗和反映民不聊生社会现实的短篇叙事诗的出现。这些叙事诗直面社会，直面人生，具有强烈的心灵震撼力和艺术感染力，具有现实主义倾向；二是大量"邦交诗"和"咏史诗"的出现。越南诗人作为外交使者出使中国留有大量汉文诗，越南诗人咏吟中国以及越南古代历史人物、事件以及历史古迹等留下了不少汉文诗；三是越南汉文文

---

[1] 鲁迅：《中国小说史略》，上海古籍出版社，2006年版，第143页。

言小说艺术水平的提升。以《骥州记》、《皇黎一统志》等为代表的越南汉文文言小说的出现，标志着越南汉文文言小说艺术水平的提升；四是汉文诗创作群体不断壮大，诗人成分更加多样。学者型诗人黎贵惇、裴辉璧和潘辉注等为越南汉文诗艺术水平的不断提高做出了贡献。声名显赫的"吴家文派"为18世纪越南汉文学不断攀登高峰增加了动力；五是六八体、双七六八体汉文诗和句式灵活、字数不定的杂言体诗的出现，标志着越南汉文诗体裁的丰富和水平的提高。喃字文学自13世纪末产生，经过4个多世纪的弱势发展，到18世纪，越南喃字文学终于迎来繁荣的局面。声音悠扬、富有乐感和表现力细腻的喃字已经成为越南文学的主要语言之一，得到了广泛、娴熟的运用。六八体、双七六八体艺术日臻完善，喃字诗歌艺术水平达到了炉火纯青的地步，喃字长篇叙事诗取得了巨大的成就，代表性的作品是段氏点的《征妇吟曲》、阮嘉韶的《宫怨吟曲》、阮辉似的《花笺传》、阮攸的《金云翘传》、李文馥的《玉娇梨新传》、《西厢传》和大量无名氏的喃字长篇叙事诗以及胡春香、青官县夫人等女诗人的喃字唐律体诗歌。

＊＊＊

　　本编论述了越南古代文学的孕育、发展脉络和源流演变。本编共分六章：第一章论述了公元前3世纪至10世纪中叶作为越南古代文学的孕育阶段，中国文化、中国古典文学、尤其是唐朝诗歌艺术在交趾、安南的传播和浸润的历程；第二章论述了越南口头文学的形式、内容、艺术性等，分析了口头文学与作家文学之间，尤其是歌谣与文人诗歌之间的密切关系；第三章论述了汉字在越南的传播、越南汉文学的界定、汉文诗的界定、10世纪中叶越南汉文学的发端以及10世纪中叶至12世纪末期间的汉文学状况；第四章论述了13世纪初至14世纪末越南汉文学的兴盛、13世纪末喃字文学的产生以及13世纪末至14世纪末喃字文学萌芽阶段的文学状况；第五章论述了15世纪初至17世纪末越南汉文学的繁荣与喃字文学的兴起；第六章论述了18世纪初至19世纪中叶越南汉文学的新进展与喃字文学的繁荣。

　　越南古代文学历经9个多世纪的发展，形成了自己完整的体系和鲜明的特色。首先是汉文学，诗、赋、文言小说、传奇和随笔等在越南的国土上得到系统的发展。汉文学比喃字文学起源早，发展时间长。从数量上看，汉文作品远远超过了喃字作品。汉文学在越南文学史上的地位是极为重要的，取得的成就也是巨大的。在越南汉文学的发展历程中，中国文化、中国古典文学起到了巨大的推动作用，做出了巨大的贡献。第二，越南古代文学中占主体地位的文学形式是韵文，其中主要是诗歌。越南陈朝诗人陈燧（Trần Toại，？—？）认为："古来何物不成土，死去惟诗可胜名。"[①] 在越南古代文学阶段，包括汉文诗和喃字诗在内的越南诗歌源远流长、浩浩荡荡、蓬勃发展，诗歌艺术得到了极大的发展与提高，越南是当之无愧的诗歌国度。汉文诗内容丰富、形式多样，可谓是百花争艳、万紫千红。越南诗人在熟练运用汉文诗各种诗体的基础上，创造了汉文六八、双七六八诗体。喃字诗歌首先采用了唐律体，随着喃字文学的发展，更适合民族语言特点的六八体、双七六八体得到了越南诗人的广泛运用，六八体擅长叙事，双七六八体擅长抒情，两种诗体互相补充，相得益彰。

　　越南古代文学是越南整个文学发展历史的第一个阶段，为越南古代文化、文明的发展贡献了力量，为越南文学历史的第二个阶段近代文学的发展奠定了基础。

---

① （清）南沙席氏：《元诗选癸集目录之壬下安南九人》，手抄本，中国国家图书馆藏。

第二编　近代文学

（19世纪中叶至20世纪初）

越南近代文学起始于19世纪中叶汉文学、喃字文学的繁荣，终止于20世纪初期汉文学、喃字文学的衰弱，近代文学是汉文学、喃字文学走向式微的时期。

1858年，法国以保护传教士为借口，与西班牙组成联合舰队，炮击岘港，发动了对越南的殖民侵略战争。从此，越南人民开始了艰苦卓绝的抗法民族解放斗争，同时也拉开了越南近代史的序幕。

1862年，法国强迫阮朝缔结了第一次《西贡条约》，割让南圻三省嘉定、边和、定祥和昆仑岛给法国。1874年，阮朝与法国签定了第二次《西贡条约》（又称《法越和平同盟》），承认法国对南圻的占领，开放红河与河内、海防、归仁三港口，给予法国航运与经商的特权。1882年，法国再次入侵北圻，并占领了河内。黑旗军在第二次纸桥战役中获胜，击毙法军2000余人。法国不甘心失败，决定孤注一掷，利用阮朝嗣德皇帝病死之机，派兵进攻首都顺化，迫使阮朝投降。阮朝于1884年与法国签定《顺化条约》，承认法国对越南的"保护权"。从此，越南沦为了法国的殖民地，越南社会也从封建社会变成了殖民地、半封建的社会。占领越南并不是法国殖民者的最终目的，它企图进一步侵占中国华南。1884年，在中越边界一带爆发了中法战争。广西将领冯子才在凉山大败法军。昏庸无能的清政府竟与法国和谈，在1885年，清朝与法国签定了《天津条约》（《中法会定越南条约》），承认越南是法国的"保护国"，放弃对越南的宗主权，结束了中国与越南的宗藩关系。

法国殖民者对越南实行的是"分而治之"的政策。法国把越南分割为交趾支那殖民地（南圻）、安南保护国（中圻）、东京保护地（北圻）三部分，并将上述三个地区与柬埔寨（1863年法国占领）、老挝（1893年法国占领）拼凑成"印度支那联邦"，集大权于法国总督一身，总督府设在河内。法国在印支三国驻扎军队，另外还组建了一支越籍军队，以便镇压印支三国人民的反抗。

法国疯狂地掠夺越南的资源，巧立名目征收苛捐杂税。法国殖民者的高压政策，激起了越南人民的强烈反抗，反法斗争连续不断。1859—1864年发生了张定领导的鹅贡起义，1885年爆发了潘廷逢领导的香溪起义，1887年爆发了黄花探领导的安世起义等，这些起义沉重地打击了法国殖民者，动摇了他们的殖民统治。

20世纪初，越南人民的反法斗争进入了资产阶级民族民主革命阶段。20世纪初期，在西方民权论、进化论以及中国康有为、梁启超维新变法运动的影响下，越南的维新救国运动风起云涌。1905年，越南革命活动家潘佩珠发动了著名的"东游运动"，以潘佩珠为首的一些越南文人志士们来到日本，学习日本的先进经验，寻求救国的良策。1906年，潘佩珠在中国广州成立了以"驱逐法贼，恢复越南，建立君主立宪国"为宗旨的"越南维新会"。在中国辛亥革命的影响下，潘佩珠又于1912年在广州建立"越南光复会"，其宗旨改为"驱逐法贼，恢复越南，建立越南共和国。"在越南，潘佩珠组织光复军，进行反法武装斗争。

* * *

越南近代文学在越南文学史上具有承前启后的历史作用，它是越南古代文学向越南现代文学过渡的转折时期，它承继越南古代文学的优良传统，开启越南现代文学发展的大门。

在越南近代文学史上，志士文人们运用诗、赋和小说等艺术形式，对越南人民进行民主、民权等方面的启蒙思想教育，鼓舞越南人民为民族独立而斗争。这时期的作品反映越南人民抗法斗争，反映越南人民的苦难，反映越南人民与法国殖民者之间的矛盾，抨击法国殖民者及其爪牙的罪行，歌颂越南人民坚强不屈的民族精神，充满强烈的爱国主义精神，具有积极的现实意义。

在越南近代文学史上，文学体裁方面发生了一些变化，它较古代文学更为丰富多样。除了传统的诗歌、赋、文言小说外，又增加了词等。这一时期，越南的汉文学、喃文学已发展到了末期，逐步走向式微，拉丁化国语文学正处在孕育阶段。越南近代文学为现代文学的发展创造了条件、奠定了基础、开拓了道路。

第一章　汉文学走向式微

（19世纪中叶至20世纪初）

19世纪中叶至20世纪初期为越南汉文学从昌盛走向式微的时期。汉文学历经9个世纪的发展历程，这一时期已发展到了末期，"它好比油尽灯枯，犹发出最后的光芒"。①

19世纪中叶至20世纪初期是越南人民艰苦抗法的时期，这时期的诗人多为文绅志士、抗法将领、革命活动家等，他们的汉文诗创作往往与抗法现实以及他们的抗法斗争事业紧密相连，是他们真情实感的自然流露。

文绅志士诗人有裴有义、阮友勋、阮通、陶晋等；"皇派"诗人的代表为阮绵审等。裴有义（Bùi Hữu Nghĩa，1807—1872）在法国殖民者占领南圻西部三省后，辞官回乡教书，同时秘密参加文绅运动，他的诗歌充满了对风雨飘摇的祖国的忧虑：

> 盈虚世事那堪穷，陋巷栖迟在此中。
>
> 几曲歌残连夜雨，一壶酌罢满江风。
>
> 镜门偶对须添白，花境闲看面带红。
>
> 安得山河依旧日，乾坤醉里一骚翁。
>
> （《即事》）

阮友勋（Nguyễn Hữu Huân，1816?—1875）的《胡宽歌》充分运用"歌"这种诗体的特点，以灵活多样的句式，以磅礴的气势，抒发了对人生荣辱忧乐的感慨，令人有荡气回肠之感：

> 自古忠良得路难，胡宽！
>
> 一名但可候人问，胡宽！
>
> 天地缺陷，
>
> 世事难平，
>
> 几日还，

---

① ［越］邓台梅著，黄轶球译：《越南文学发展概述》，载《东南亚研究资料》，中国科学院中南分院东南亚研究所，1964年第4期。

处大运中，

荣荣辱辱忧忧乐乐。

……

阮通（Nguyễn Thông，1827—1894）是一位爱国诗人，他1859年辞官从军，参加了尊室协的队伍。1876年，他又回到朝廷担任国子监司业。在国家危难、时局动荡的岁月里，诗人最为担忧的是故乡的战火和百姓的生灵涂炭：

一卧龙江渚，年华五度春。

渐看儿女大，斗觉鬓毛新。

官以迟藏拙，身将俭补贫。

故乡戎马在，骨肉正悲辛。

（《辛卯新岁作》）

陶晋（Đào Tấn，1845—1907）的汉文诗实现了艺术性与现实性的完美结合，是一位卓有成就的爱国诗人。陶晋作为阮朝官吏，痛恨朝中的投降派，同情勤王运动，支持抗法运动，希望自己能亲赴战场。他的汉文诗正是这种思想的真实反映：

主和朝内酒囊多，屈膝甘降富浪沙。

吾泪满襟因爱国，与谁光复旧山河。

（《从军行》）

七尺男儿立战功，驰骋阵上显英风。

莫将笔砚为高品，忍使江山烽火红。

（《书愤》）

抚剑高歌戍远方，御仇卫士杀西洋。

男儿磊落宜如此，青史长留碧血香。

（《塞下曲》）

杀尽阑沙策马还，烽烟尽靖保江山。

英雄洗剑红秋水，不灭强戎不肯闲。

（《塞上曲》）

陶晋对抗法志士阮知方怀有深厚的敬仰之情。阮知方（Nguyễn Tri Phương，1800—1873）是阮朝的重臣，担任对法作战的总指挥。1873年11月20日，法军进攻河内，阮知方的儿子中弹身亡，他也身负重伤被俘。阮知方拒绝法国人的救治，于1873年12月20日去世，终年73岁。闻此噩耗，陶晋悲恸不已，写了《哭阮将军知方》一诗来悼念老将军：

> 白发英雄保国疆，不降千载永留芳。
>
> 河城每望心如割，痛恨阑沙泪满襟。

阮知方的为国尽忠，在当时越南引起极大震动。人们纷纷表达对阮知方的吊念之情。阮善术（Nguyễn Thiện Thuật，1841—1926）的《吊阮知方死节》表达了诗人对阮知方为国捐躯崇高精神的敬佩之情：

> 君亲念重即身轻，胜负兵家不必评。
>
> 百战艰难能不死，一和姑息便捐生。
>
> 天堂有路升君子，帝阙无由见老成。
>
> 如此功名如此遇，果然天地恶完名。

阮绵审（Nguyễn Miên Thẩm，1819—1870），原名阮鹗，后改名为阮绵审，字仲渊、慎明，号仓山，又号白毫子，被封为从善公，去世后被封为从善郡王，他是"皇派"诗人的杰出代表，嗣德皇帝追赞他是"一代诗翁"。阮绵审从小就喜爱读书，尤其迷恋诗词，他自己也承认"独有恋诗癖而近乎痴迷"。阮绵审在家中供奉有屈原和曹植的牌位，对两位中国诗人顶礼膜拜。阮绵审与两个弟弟绵祯和绵宝设立了"从云诗社"，作为京城墨客的酬和之场所。相传，他的诗社文人盈门，常常达到四五十人，其中有他的挚友阮文超（Nguyễn Văn Siêu，1796—1872）、高伯适等诗人。当时流传着这样评价他们的话："文到超、适无前汉，诗到从、绥失盛唐。"这种评价显然是过头的，但他们的影响与成就可见一斑。

阮绵审汉文诗创作颇丰，成就卓著，代表作有《仓山诗集》。《仓山诗集》共54卷，收录了阮绵审两千余首的汉文诗，其中分成《尔馨诗集》、《北行诗集》、《晤言诗集》、《河上诗集》、《谟觞诗集》、《白贲诗集》、《明命宫词》、《白贲续集》、《买田诗集》等。

阮绵审是阮朝明命皇帝的第十子，虽身为皇子，但他却写了大量反映民众疾苦的汉文诗，的确难能可贵。《贫家》是越南版的"朱门酒肉臭，路有冻死骨"：

> 辛苦贫家子，年年寒复饥。
>
> 枵肠蔬替饭，冻骨火为衣。
>
> 遍地犹兵甲，旻天且疾威。
>
> 朱门乐何事，夜饮连朝晖。

阮绵审关于战争的诗篇无疑是吻合抗法时代现实的真实写照："乱尸丛里拔身还，一领单衣战血殷。倚仗独沽山店酒，自言生入海云关。"（《残卒》）如此详尽的战争场面描写，颇见诗人的生活基础和观察力。

阮绵审心存爱国之心，面对战争带来的山河破碎、国力凋敝，他不觉老泪纵横："嘉定龙兴地，频年苦用兵。亟当忧国步，不暇问乡情。草没刘侯庙，霜寒敕勒营。左工桥畔路，指点泪纵横。"（《闻嘉定今状》）"炎伤频岁有，盗贼几辰平。春日少生意，南风多死声。总戎非好勇，大郡莫婴城。国事纷无极，回天赖圣明。"（《感事》I）民众是社会的主体，是历史发展的动力，阮绵审那些体恤民情、关心民众疾苦的诗篇无疑是具有强烈艺术生命力的作品：

江村秋潦侯，风色远凄凄。

月黑浦烟白，船高沙树低。

饥民群避地，荒戍乱征鼙。

晚获兼遭北，能无浸稻畦。

（《潦》）

朝进芙蕾钱，暮进芙蕾钱。

大人吃芙蕾，乃雪小民冤。

大人堂中钱索朽，小人卖家还卖妇。

此身虽存家已休，枷锁幸脱妇难留。

抱儿暂来与夫别，路旁对泣餐芙蕾。

（《芙蕾钱行》）

阮绵审的汉文诗不仅具有很高的艺术性，同时也具有很强的人民性。

词在越南文学史上，没有像诗歌那样蓬勃发展起来。越南的汉文词，与汉文诗赋的泱泱大观相比，只是凤毛麟角。阮绵审在越南词苑中可谓是一花独放、独树一帜。

阮绵审在词学方面造诣很高，深得宋词的真谛，著有词集《鼓枻词》。阮绵审在《鼓枻词自序》中透露了他词创作的初衷："今天子礼乐追修，文明以化，岂应幅员之广，而词学独无，械朴之多而古音不嗣也乎。则臣技极知莫逮，顾君言宜有所宜。元次山水乐，无宫征者何妨，许有孚圭塘，曰欤乃者恰好。谢真长之知我，洵子夏之起予，亟浮太白，引足扣舷，旋唤小红，应声荡桨。即按宋元乐章四十七调，俱谱为渔父之歌，朗诵俳优小说数千言，不暇顾天人之目也。"[1]

阮绵审的词风格婉约、清丽。他善于运用中国文化典故，参酌或浓缩中国诗

---

① ［越］阮绵审《纳被集》卷四，载《仓山外集》（刊本），越南河内汉喃研究院典藏号为HNv.119/1—8。该书在《仓山诗集目录》之前，附刻《鼓枻词》一书。

词的一些佳句，使他的词凝练、优美，成为越南汉文学阆苑中的奇葩。

疏帘淡月 梅花

朔风连夜，正酒醒三更，月斜半阁。何处寒香，遥在水边篱落。罗浮仙子相思甚，起推窗，轻烟漠漠。经旬卧病，南枝开遍，春来不觉。

谁漫把，几生相揎。也有个癯仙，尊闲忘却。满瓮缥醪，满拟对花斟酌。板桥直待骑驴去，扶醉诵南华灿嚼。本来面目，君应知我，前身铁脚。

在这首词里，阮绵审巧妙地运用了一些中国跟梅花有关的历史掌故，并参酌或凝缩了一些著名的佳句，颂扬了梅花幽韵、冷香的气质，表达了作者傲世、高洁的情怀。在意境上，深受中国南宋词人姜夔《暗香》、《疏影》两首词的影响。

法曲献仙音 听陈八姨弹南琴

露珠残荷，月明柳疏，乍咽寒蝉吟候。玳瑁帘深，琉璃屏掩，冰丝细弹轻透。旧轸涩、新弦劲，沉吟抹挑久。

泪沾袖，为前朝、内人遗谱，沦落后、无那当筵佐酒？老大更谁怜，况秋容、满目消瘦。三十年来，索知音、四海何有？想曲终漏尽，独抱囊桐低首。

这首词抒发了作者孤独悱恻的情怀。作者在深秋的夜晚听到悠凄的南琴声音时，情不自禁想到了孤寒的宫女，又想到了人生知己难寻。这首词模仿中国南宋词人张炎的《法曲献仙音 席上听琵琶有感》，其中有："语声软，且休弹，玉关愁怨，怕唤起，西湖那时春感。"

《扬州慢 忆高周臣》是追忆越南19世纪诗人高伯适的一首词：

草阁微凉，笆篱落日，晚来斜凭栏杆。望平芜十里，尽处是林峦。忆相与、长亭把酒，秋风萧萧，细雨栏珊。脱征鞭持赠怕歌：三迭阳关。

流光荏苒，到如今、折柳堪攀。岂缨绂情疏，湖计得，投老垂竿。纵有南归鸿雁，但停云凝思，不禁楚水吴山。

阮绵审的词与中国宋词一脉相乘，同时也别有新意，别具特色。阮绵审的词与他同时代的清朝词相比毫不逊色，受到清朝词人的赞赏和推崇。清末著名词人龙启瑞曾经填了一首词对阮绵审大加赞许："蝇揩书成，乌丝界就，天南几帙琼瑶。茶江印水，惠人佳景偏饶。曾记画屏、春山淡冶似南朝。风流甚，锦囊待縢，彩笔能描。暮到盛唐韵远，但宋、元后，比拟都超。知音绝久，今番采入星轺。一自淡云句邈，使臣风雅总寥寥。同文远，试登韡乐，聊作咸韶。"

阮绵审在汉文诗词方面取得了突出的文学成就，奠定了他在越南近代文学史上的重要地位。

抗法将领诗人有胡勋业、阮春温、阮光碧、潘廷逢等，他们的诗歌抨击了法国殖民者的罪行，抒发了自己报效祖国的壮志与情怀，诗歌风格犀利畅达、遒劲豪迈。

胡勋业（Hồ Huân Nghiệp，1829—1864）是张定抗法起义的重要成员，1864年被法国殖民者逮捕，面对酷刑，他宁死不屈，同年被法国殖民者杀害，年仅35岁。《临刑时作》一诗表现了胡勋业面对死亡大义凛然、为祖国英勇就义的大无畏气概。同时，诗歌也表达了他视死如归、念念牵挂白发老母的孝子情怀：

> 见义宁甘不勇为，全凭忠孝作男儿。
>
> 此身生死何须论，惟恋高堂白发垂。

阮春温（Nguyễn Xuân Ôn，1825/1930?—1889），号良江，别号献亭，被称为"良江相公"，他1871年中进士，先后任广宁知府、平定督学和平顺按察使。平顺省与法军的占领区接壤，在阮春温做按察使期间，洞悉了法国殖民者吞并越南的野心，多次上书皇帝，陈述攻守之计。昏庸的皇帝不但不听他的忠告，反而把他调任广平省做按察使。河内失陷后，阮春温再次上书要求组织义兵，遭皇帝批驳，最后他被革职。阮春温离开了官场，去掉了身上的枷锁，开始新的人生旅程。从此，阮春温积极投身抗法斗争。咸宜帝即位，封他为安静协督军务大臣，统领义安、河静两省的义兵进行抗法。1885年，会安、顺化失守，咸宜帝逃到广治省，下诏勤王。阮春温积极响应号召，并立即组织所属部队，准备行动。1886年秋天，他的部队在同仁屯与法军短兵相接。当时他已经是年过花甲，但他老当益壮，身先士卒，冲锋陷阵，多处负伤。同庆皇帝在法殖民者的庇护下登上王位，即位不久就召阮春温"投诚"，并许诺官复原职。可是阮春温的抱负是驱逐强虏，重振国威，岂在荣华富贵。对同庆的许诺，他凛然拒之。卑鄙的统治者当然不会放过他，1887年7月的一天，当他在家养伤休养的时候，化装的越奸和法军将他逮捕。两年后，阮春温病死在软禁中。

阮春温是抗法勤王运动中的出色将领，著有汉文《玉堂诗集》，其中收有300余首诗歌。《朔望拜》（其一）抨击了国破家亡之时仍醉生梦死的朝臣们：

> 区区告朔礼徒施，城郭人民半已非。
>
> 钟虚已移唐庙貌，车徒犹作汉威仪。
>
> 羊堪称觋民何乐，象可投杯物更悲。
>
> 却得宫中言笑好，庭前葡萄是何为。

阮春温的诗歌笼罩着战争的烽火硝烟，透射着驰骋疆场战将的轩昂气概，表现了诗人作为一名抗法将领的英雄本色：

> 有此江山有此身，枕戈击楫古何人。
>
> 撑扶宇宙心仍壮，板荡关河势已分。
>
> 烽火一场劳战将，雪霜三载老孤臣。
>
> 古今理乱都常事，风会如今不尽论。

（《感怀》其一）

"一片孤忠天地白，两间正气岳河流。"阮春温的忠心报国、正气凛然、豪情壮志在他的诗歌中都淋漓尽致地表现了出来：

> 落日挥戈志气高，三年百战不会劳。
>
> 友人岂足知文相，儒士何能难武侯。
>
> 一片孤忠天地白，两间正气岳河流。
>
> 平陂自是循环数，扶世英雄那肯休。

（《感怀》其四）

阮光碧（Nguyễn Quang Bích，1832—1889/1890/1891？），字翰徽，号渔峰，1869年中黄甲，先后担任山西按察使和国子监祭酒等职，是朝廷中的主战派。1884年，法军进攻兴化，作为巡抚，阮光碧指挥将士英勇奋战，终因寡不敌众，城池被攻破。后来，阮光碧带领士兵突围，到福寿的锦溪建立了抗法根据地。不久，各地抗法志士云集这个抗法根据地，力量不断壮大。1884—1885年，阮光碧领导的军队先后打退了敌人的多次进攻。咸宜帝下诏勤王，阮光碧被任命为礼部尚书充协同北圻军务大臣，统领北方的抗法力量。在求救中国清朝政府无果的情况下，阮光碧在山罗省的义路组建了新的抗法根据地，同敌人进行了英勇不屈的斗争。法军不断派人来诱降，阮光碧在《回法军的信》中表达了他战斗到底的决心："'降'一字休要再提，我等甘愿为我皇一死。"

阮光碧留有汉文《渔峰诗集》，诗集是在1884年至他去世前领导义军抗法期间写的，是越南勤王抗法运动的真实写照，表达了他精忠报国的决心：

> 精忠不忍弃西州，制胜洮沱自古优。
>
> 独挽孤军持远塞，共怀尺剑斩东流。
>
> 依稀此地游鸿雁，仿佛南风助马牛。
>
> 报国丹心河岳在，艰难将见鬓霜秋。

当时的抗法斗争严重缺乏基本的生活必需品，战争生活极端艰苦，阮光碧克服困难，坚持斗争：

　　索米寻盐日日谋，何能酾酒且炊牛。

　　此情难向江山白，忙得将军不尽愁。

随着敌人围剿的日益残酷，阮光碧流露出了对抗法事业无成的歉疚以及对渺茫前途的担忧：

　　寂寞山头瘴又烟，谋生无计日如年。

　　涓埃未报家何有，霜雪逢人路不前。

　　身世已甘随化转，义师犹是枕戈眠。

　　归人遥送愁添倍，独立斜阳听杜鹃。

　　（《送归人》）

潘廷逢（Phan Đình Phùng，1847—1895），1877年，中廷元，官至御史，后因与尊室说的争执以及牵扯皇帝废立之事，他被朝廷革职。1885年，咸宜帝下诏勤王。此时，潘廷逢正在家为母亲守孝，但他还是毅然决然响应勤王号召，招募军队，在香山和香溪两县建立根据地，进行抗法斗争。潘廷逢的队伍是勤王运动中影响较大的一支。在异常艰苦的环境下，潘廷逢义军坚持了近10年，给法国侵略者以沉重打击：

　　才发兵行忽匪来，余心未定正徘徊。

　　帐前请战何人者，果不时间报捷回。

　　（《胜阵后感作》一）

潘廷逢的诗歌是他抗法生涯的真实反映和内心感情的自然流露。他在密林艰苦的环境中患上了疟疾，身体日渐衰弱，就在生命弥留之际，他仍念念不忘处在水深火热中的越南人民，同时为抗法斗争的未来忧虑不已：

　　戎场奉命十更冬，武略犹然未奏功。

　　穷户嗷天难宅雁，匪徒遍地尚屯蜂。

　　九重车马关山外，四海人民水火中。

　　责望愈隆忧愈重，将门深自愧英雄。

　　（《临终时作》）

潘廷逢是一位令越南人民敬仰的抗法英雄和诗人。越南革命活动家阮尚贤写诗对潘廷逢的功绩给予高度评价："廊庙旧传真御史，江潮今泣故将军。他年再见中原定，捍贼常山有大勋。"（《挽潘公廷逢》）

朝廷中的主战派、抗法起义领袖尊室说（又作宗室说）（Tôn Thất Thuyết，1835—1913）的诗歌也是这一时期抗法大合唱中不可或缺的声音。他的汉文诗具有两种风格，一种是慷慨激昂的风格，如《挽阮高》："年来就义不少人，争道革陂翁殊绝。精灵应为翼山河，万古德江流芳洁。"《和阮光碧诗》："精忠不忍弃西州，制胜洮沱自古忧。独挽孤军驰远塞，共怀尺剑斩东流。依稀此地游鸿雁，仿佛南风助马牛。报国丹心河狱在，艰难相见鬓霜秋。"另一种是幽美、隽永的浪漫风格，如《雨中飞燕》："何事亭台胡不归，山边风雨共飞飞。绸缪一片丹心在，欲向千寻碧洞依。"《如清感作》："洮江一棹入云边，炎境从来不远天。再造仰凭明主眷，相关当得重臣怜。中原体势如今日，大断机筹自昔年。千里有人能急病，喜将佳信奏君前。"

20世纪初，越南民族解放斗争进入了资产阶级民主革命阶段。一些接受了先进思想的爱国文绅们，在汲取了他们前辈的经验和教训之后，开始寻求新的救国之道。这一时期涌现出来的诗人基本都是思想家和革命家出身，他们中的佼佼者是潘佩珠、潘周桢和阮尚贤等。

潘佩珠（Phan Bội Châu，1867—1940），原名潘文珊，号巢南，又号是汉，出生于一个教师家庭。他聪慧好学，自幼接触和学习儒学经典。"四、五岁时，不识字，乃能诵《诗经·周南》数章。""年八岁，能做时俗短文，应乡里府县小考，辄冠其军。"[1] 1900年，潘佩珠考中解元。科举考试不是他的人生目标，报效祖国才是他的理想。他曾说："不如意常八九事，愁生帘外西风；混窃吹于三百人，愧死门前南郭。"这是他鄙视科举、忧国忧民的真实写照。

潘佩珠不断学习新知识，了解世界的发展大势。他先后阅读了中国当时维新变法人物康有为、梁启超等人的《中东战纪》、《普法战纪》、《戊戌政变》和《中国魂》等，以及汉译本的孟德斯鸠的《法意》和卢梭的《民约论》等。这些著作给予他巨大影响，使他"略晓寰海竞争之情状"，并"对国亡种灭之惨状，益大有刺激"。[2]

1905—1909年，潘佩珠发动和领导了旨在寻求救国大计、争取外援的赴日留学运动——"东游运动"。之后，潘佩珠先后辗转泰国、中国进行革命活动。在辛亥革命胜利的影响下，在以孙中山为首的国民党新政府的支持下，1912年2月，潘佩珠在广州主持成立了"越南光复会"，其宗旨是："驱逐法贼，恢复越南，建立越南共和民国。"光复会成立后，潘佩珠一直以中国为根据地进行反法救国斗争。在中国进行革命活动期间，潘佩珠得到了孙中山的大力支持和帮助，两人结下了深厚的友谊。孙中山逝世后，潘佩珠悲戚不已，写下挽联以悼念他："志在三民，

① ［越］潘佩珠：《潘佩珠年表》，法国堤岸《远东日报》，1962年8月5日至9月27日连载，报纸拼凑版，北京大学图书馆藏。
② ［越］潘佩珠：《潘佩珠年表》，法国堤岸《远东日报》，1962年8月5日至9月27日连载，报纸拼凑版，北京大学图书馆藏。

道在三民，忆横滨致和堂两度握谈，卓有真神贻后死；忧以天下，乐以天下，被帝国主义多年压迫，痛分余泪泣先生。"1914年，潘佩珠被广东军阀龙济光逮捕，虽身陷囹圄，仍坚持写作，1917年获释。1924年，他领导成立了越南国民党。后来，潘佩珠期望在共产国际代表胡志明的协助下改组国民党。结果事与愿违，1925年6月18日，潘佩珠在中国上海北站被法国密探绑架。法国殖民者在河内对潘佩珠进行公审，判处他无期徒刑，直到1940年去世，他一直被软禁在顺化香江畔的御津。

潘佩珠是越南近代历史上民族民主革命的伟大先驱、卓越的革命活动家，同时，他又是20世纪初期著名的诗人和作家。潘佩珠的诗文创作与他的革命事业紧密相联，伴随着他的民族解放运动而产生，是他人生轨迹的真实记录，是他丰富、深邃内心世界的写照，是他真情实感的自然流露。潘佩珠强烈的爱国热情、对法国殖民者的满腔仇恨、为真理而战斗的顽强意志，无不渗透到他诗文的字里行间，使他的作品具有鲜明而深刻的人民性和现实主义风格。

1905年初，潘佩珠踏上了东渡日本游学的征程，此时，他壮志满怀、信心百倍，要在广阔的天地里大展宏图：

> 顶天立地好男儿，肯许乾坤自转移。
>
> 于百年中应有我，岂千载后更无谁。
>
> 江山死矣生如赘，贤圣廖然诵亦痴。
>
> 便逐长风东海去，鲲波鲸浪一齐飞。

（《东游寄诸同志》）

"东游运动"、黄花探的抗法斗争先后失败，越南革命陷入了低潮。面对这种局面，身在中国的潘佩珠心情极度忧伤、悲哀。同时，一股强烈的思念祖国、怀念同胞的情感撞击着他的心扉，这时他写下了《在朱伯玲家感作》一诗：

> 倚楼南望日徘徊，心绪如云郁不开。
>
> 骤雨深更人暗泣，斜阳初月雁孤回。
>
> 可无大火烧愁去，偏有狂风送恨来。
>
> 顾影自怜还自笑，同胞如此我何哀。

潘佩珠是一位革命宣传家，他常常以诗歌为武器，号召人民，打击敌人，他的这类政治诗歌富有战斗力和革命激情。潘佩珠热爱祖国的大好河山，痛心于祖国的沦陷，号召人民起来解放自己的国家：

> 辱我山河痛我先，此恨海号山亦哭。

　　吁嗟国魂归乎来，万众齐声唱光复。

　　（《爱国歌》）

　　潘佩珠的《自语》一唱三叹，诗人那股难以遏制的感情，像决堤的洪水，奔泻而下，国民的愚昧麻木、革命者的不被理解、国亡城破和人民涂炭之惨状都表现得淋漓尽致：

　　　　君不见，

　　　　长安宫外胡笳吹，

　　　　断肠一曲凝愁思。

　　　　君不见，

　　　　升龙城上胡马驰，

　　　　尘埃满眼卷天飞。

　　　　君不见，

　　　　城郭人民半已非，

　　　　零汀何处可来归。

　　潘佩珠的诗歌气度恢宏，有俯仰于茫茫无垠宇宙之胸怀，并吞八荒之心，显示了一名革命活动家的豪气：

　　　　一夜山中雪罩身，石为长枕草为茵。

　　　　明朝残月披毡走，四顾苍茫我一人。

　　（《在雪上睡觉》）

　　潘佩珠的《思友吟山意卫寒欲放梅》是用双七六八体写成的汉文诗，体现了诗人深厚的汉文功底和对民族诗歌体裁的娴熟运用：

　　　　梅花早春来不再，

　　　　酌三杯静待君候。

　　　　云山一枕床头，

　　　　归来蝶梦相求相游。

　　　　徘徊月夜同孤，

　　　　三更想象江湖散人。

　　　　窗前望疑君忽到，

　　　　仆门迎空报旌旗。

　　　　院深此景共谁，

　　　　虫鸣声唱声随东园。

灯挑尽未成眠，

青山回首鸣鞭梦频。

同时代的阮文锦（Nguyễn Văn Cẩm，1875—1929）的《中秋吟》也是一首汉文双七六八体抒情诗，读来颇感清新气爽：

天气入中秋之夜，

萧条生四座霜寒，

先家独占清闲，

打残棋阵饮残菊杯。

举天外楼台歌笼，

碧溪边面满桃花，

芳樽一感岁花，

悠然不觉是何乾坤。

潘周桢（Phan Chu Trinh，1872—1926）是越南近代著名的爱国志士、民主民权学说的倡导者，同时也是一位诗人。潘周桢创办了《登古丛报》，他主张废除君治，建立民治，开发民智，提倡民主与民权，推行维新改良运动。他多次到梁文玕等人组织的东京义塾去演讲，与他们相互配合，积极推进越南的维新救国运动。他为救国救民呼号奔波了一生，最后，潘周祯被捕，被判死刑，后减刑下狱，流放昆仑岛。法国殖民者的淫威并没有慑服潘周桢。在获悉将流放昆仑岛时，他题诗道：

累累枷锁出都门，慷慨悲歌舌尚存。

国土沉沦民族悴，男儿何必怕昆仑。

阮尚贤（Nguyễn Thượng Hiền，1866/1868?—1925）是革命活动家，同时又是一位诗人。他1892年中黄甲后，并未出去做官。后来他被迫出山从政，从政不久便辞官，参加了抗法革命斗争。阮尚贤是潘佩珠的革命战友，参与了潘佩珠组织的许多革命活动，是其中的骨干。当潘佩珠在中国被捕后，他担起了"越南光复会"的许多重要工作。接连不断的挫折和失败，使他心灰意冷。第一次世界大战后，法国成为战胜国，他对越南的前途彻底失去了信心，便愤然来到中国杭州修行，几年后，阮尚贤在那里病逝。阮尚贤的作品有汉文《南枝集》、《梅山吟集》、《南香集》和《梅山吟草》等。

阮尚贤在辞官回家乡的路上，写了《还山》一诗，表达了他脱离官场、回归故居与野鹤为伍的愉快心情：

朝开松下窗，暮依花间扇。

青山满眼不辞醉，白云有约今归来。

明月微微映溪晚，我心忽与愁香远。

西来白鹤东南飞，一曲瑶笙已忘返。

在国家沦丧、大难当头的时刻："帝乡山水浩漫漫，泪落旌旗见汉官。社稷至今劳石马，风云何路拥金銮。斗牛天外孤槎远，沙草城边晓角寒。空赋登楼愁极目，五陵烟树接长安。"（《鹤城春望》）阮尚贤深感到"男儿生许国"，报效国家匹夫有责，决心为祖国的独立而献身：

万里秦城在，胡兵自入关。

轻身辞魏阙，间道夺阴山。

月黑边尘惨，霜高塞草斑。

男儿生许国，终破月氏还。

（《从军行》）

阮成（Nguyễn Thành，1866？—1911）在广南参加过勤王运动。1904年，他与潘佩珠一起建立了维新会，其中他具体负责发动中圻的"东游运动"，为此，他写了《东渡寄诸同志》："长路扬鞭出国门，茫茫大海界乾坤。有生终雪山河耻，未死难忘君父恩。南斐关心挥怒泪，东京回首吊衷魂。壮游谁共磨双剑，一扫风尘万里昏。"

1908年，阮成因参加广南抗税运动而被法国殖民者逮捕，被流放到昆仑岛。1911年，在昆仑岛去世。在被流放到昆仑岛期间，阮成写了《昆仑感作》、《绝命诗》等，这些诗歌充分表现了一个革命活动家忠心报国的崇高情怀和视死如归的大无畏精神：

问余何事到昆仑，四望苍茫倚狱门。

忠国未酬男子债，孝家犹撼老亲存。

鱼书海外传心血，鲸吼天边醒梦魂。

鸿雏回思开越祖，此身誓有此乾坤。

（《昆仑感作》其一）

一事无成鬓已斑，此生何面见江山。

补天无力谈天易，济世非才避世难。

时局年惊云变幻，人情只恐水波澜。

无穷天地开双眼，再十年来试一观。

（《绝命诗》）

朱书同（Chu Thư Đồng，1856—1908）先是参加勤王运动，之后又参加潘佩珠的"东游运动"，捐资维新会。1908年，朱书同因参加广南抗税运动而被法国殖民者逮捕，在狱中，他怒斥法国殖民者，毅然绝食而为国捐躯。《狱中诗》表达了诗人不畏强暴、宁死不屈、誓将法国侵略者消灭干净的豪情壮志：

泪痕旁午狱中书，慷慨临风恨有余。

身不英雄生亦累，事非宇宙死徒虚。

强权宇下无天日，民族业中尽肉鱼。

抚剑愿成千万臂，民间魔障一时锄。

曾拔虎（Tăng Bạt Hổ，1857/1858？—1906）是20世纪初期越南民族革命活动家，1904年参加了潘佩珠的"东游运动"，在其中做了大量的工作，是运动不可或缺的革命骨干。曾拔虎的《如东时作》表达他与革命领袖潘佩珠一起东渡日本、寻求救国良策的喜悦情怀：

四番寻主出阳关，肝肺相期在此间。

越境恰当春节候，鸣鞭已过北松山。

梯航万里犹为易，云雨重霄岂是难。

天地有心开运会，征车早早复南还。

1906年，曾拔虎因病去世后，同时代的革命活动家邓团鹏（Đặng Đoàn Bằng，1887—1938）写有《曾公拔虎吊诗》，以表达革命党人对他的追悼之情：

薪胆生涯三十年，伤心仇海石难填。

神州莽莽窟蛇豸，奈何狱底埋龙渊。

忆公平生刚且健，骥才俊逸追风电。

弱龄壮志矢桑蓬，投笔愿师班定远。

这一时期，汉文叙事诗并不多见，阮翼宗（1847—1883）的汉文叙事诗《咏安阳王女媚娘事》可谓凤毛麟角。《咏安阳王女媚娘事》是一首咏吟越南历史传说的叙事诗：

螺城才筑绕复崩，

江使何来夸其能。

邂逅就坚城灵弩，

意必万世犹堪凭。

赵兵归，仲始赘，

有佳儿，得佳婿。

君王既不疑，

儿女更何如？

南北有时或失好，

夫妇生死终相随。

床第情亲热，

安知弩机折？

敌军已迫城，

一发非初烈。

匆匆马匹竟何之？

马上仍然拥画眉。

儿耶贼耶悔已迟，

哀哉一剑恩情离。

鹅毛引路郎来追，

空间井水洗珠玑。

媚娘违，媚娘悲，

始终寻衅由女儿。

这一时期，汉文赋这种古老的文学样式并没有退出越南文坛，"竟还意外的获得发展，文学家在极旧的文体模式里，写出完全现代的'内心冥想'"。① 著名的汉文赋作家有黄叔抗和潘佩珠等。

黄叔抗（Huỳnh Thúc Kháng，1876—1947），字岱生，号铭援，越南近代革命活动家和作家。1904年，黄叔抗中黄甲，但他并没有步入仕途，而是在家潜心阅读"新书"，与潘周桢、潘佩珠等革命志士一起积极进行反法斗争。1908年，他被捕，被关押在昆仑岛，直至1921年，他才获得自由。1925年，法国殖民者炮制了"人民代表院"取代已经不起作用的"咨询委员会"。为了笼络各阶层的势力，法人推举黄叔抗当院长。黄叔抗利用人民代表院这个舞台，呼吁进行社会改革。但黄叔抗发现通过议会斗争并不能达到自己的革命目标和追求，1928年他辞职。之后，黄叔抗利用《民生报》宣传维新变法的主张。1946年，越南民主共和国第一届国会

---

① ［越］邓台梅著，黄轶球译：《越南文学发展概述》，载《东南亚研究资料》，中国科学院中南分院东南亚研究所，1964年第4期。

召开，黄叔抗担任新政府的内务部长直至去世。

黄叔抗的汉文作品主要有《囚诗丛说》和《良玉名山赋》等。《良玉名山赋》是一篇号召人们奋起进行斗争的革命赋篇。首先，作者叙述了越南人面对亡国之惨状却无动于衷、沉湎于八股文章和功名利禄中的情景：

> 自一时之失策，逐万古之遗殃。
>
> 俗尝文章，士趋科目。
>
> 大股小股，终日鱼鱼；
>
> 五言七言，穷年鹿鹿。
>
> 文策希仰官之鼻息，跖可是而舜可非；
>
> 辞赋拾北人之唾馀，骈为四而俪为六。
>
> 扰扰功名之辈，齐市攫金；
>
> 滔滔利禄之徒，楚庭献玉。

黄叔抗号召越南各界人士打破束缚人们思想、行动的旧制度，为民智的提高、祖国的复兴而奋勇向前！他自己也发出誓言，虽赴汤蹈火，肝脑涂地也在所不惜：

> 上自官吏，下及诸生。
>
> 投笔而起，挂冠而行。
>
> 残喘可延，则破斧沉舟之有日；
>
> 余生何乐，纵涂肝破脑以优荣。

潘佩珠的《湖上跨驴赋》，是他1882年16岁时，在科举考试中的惊人之作。这篇汉文赋表现了他的少年有志和博学多才。赋篇中，潘佩珠想象中骑着毛驴，悠然地倘徉在西湖边，观赏着旖旎的风光，追溯历史，缅怀英烈、骚客：

> 一枝红杏十里斜阳，
>
> 轻盈驴背荡漾湖光，
>
> 驾言游兮杭州府，
>
> 怀美人兮韩蕲王……
>
> 踏破莲叶荷花七月东坡之兴，
>
> 到处梅香竹影三冬李靖之游。
>
> 雪可冒于灞桥知我心如郑圃，
>
> 骑辰凭于墨术爱他面似子瑜。

历史上，杭州西湖是无数骚人墨客吟诗唱酬的地方，也是许多英雄豪杰拼杀一世后欢娱寄情的场所。《湖上跨驴赋》表现了作者对西湖胜地的向往[①]和对历史名人的仰慕和凭吊。潘佩珠少年有志，此时就已萌发了一股强烈的爱国热情和远大的报国志向：

> 鹿角谁梗而侵疆还，
>
> 马足谁斫而贼心寒，
>
> 公弗能为之虑乎？
>
> 胡为乎驴之上湖之间。

汉文文言小说是这一时期汉文学发展的又一特点，《皇越龙兴志》和《后陈逸史》是汉文文言小说的代表作。

《皇越龙兴志》为吴时任的曾孙吴甲豆（1853—？）所著。吴甲豆成泰三年（1891年）中举，出任义安州同，官至督学。《皇越龙兴志》是一部历史演义章回小说，叙述了黎景兴三十四年（1773年）阮岳起事，至明命元年（1820年）圣祖开国间越南的历史，全书6卷34回，具体回目为：卷一 第一回"定国本列圣开基 蠢朝政奸臣召衅"，第二回"西山阮文岳聚党起乱 北朝黄五福乘势进军"，第三回"陷富春郡公政败兵 幸嘉定都督逸护驾"，第四回"得龙瑞阮文岳称王 招虎将杜清仁起义"，第五回"柴棍营皇孙旸监国 龙川道宗室晿殉君"；卷二 第六回"破贼兵嘉定城继统 除逆臣东山鉂伏诛"，第七回"斩贼帅参良桥奏捷 举援兵梁山将成功"，第八回"嘉定镇贼将宣骄 富国岛真人养晦"，第九回"得邻援镇江饮马 避敌兵望阁潜龙"，第十回"回宗国一将献谋 耀神威三军奏凯"；卷三 第十一回"张武军克复嘉定 运庙算逼降范参"，第十二回"强国势嘉定建京 褒兵威黎均伏法"，第十三回"施耐海南兵奏功 富春城北平践梦"，第十四回"皇长子东宫开府 归仁城大将会围"，第十五回"籍归仁西山改册 援延庆东宫还兵"，第十六回"围延庆武性请师 焚库山阮耀走阵"；卷四 第十七回"降将昭备陈贼衅 宗室升请册太妃"，第十八回"征归仁南军重耀武 镇延庆东宫再出藩"，第十九回"讨归仁三番扬武 走伪勇两将献城"，第二十回"围平定贼将分屯 援武性王师连捷"，第二十一回"平贼垒进屯云山 用火攻打破施耐"，第二十二回"前军诚荐破贼兵 中营张连复故地"；卷五 第二十三回"复富春伪朝缵奔北 陷平定郡公性殉南"，第二十四回"镇洞海阮文张御贼 渡灵江伪宝兴败军"，第二十五回"破贼兵克复平定 经国政改元嘉隆"，第二十六回"定北征军发清河堡 破西将驾驻义安城"，第二十七回"灭贼党伪主缵就俘 设治官前

---

① 潘佩珠后来在中国活动期间曾在杭州居住多年。

军诚受镇"，第二十八回"修文事追定祀典 谨武备分拣额兵"；卷六 第二十九回"定邦交钦受中朝册封 晋尊位追崇先帝徽号"，第三十回"北河故疆订版图 南圻边地重经画"，第三十一回"北镇诚安居靖地方 后军质经略平山寇"，第三十二回"谨边防经理石壁 排邻难保护高棉"，第三十三回"清和殿储位凝禧 武公署重臣对狱"，第三十四回"平土匪大将行边，建山陵嗣皇襄礼"。

从《皇越龙兴志》的内容可以看出，作者吴甲豆专注于客观、真实叙述历史，专注于人物的历史真实性叙述：

帝以天下初定，未遑处置，复令归寓昭晋以俟。时北河旧臣表请建都升龙，诏下廷议，南圻文武诸臣奏曰："本朝肇基顺化二百余年，今上龙兴，奄有全越，正犹汤以七十里之亳邑，肇域四海，文以一百里之歧山，肇造区夏。祖尊故地，险要全关。升龙虽历代故都，然残破之余，旺气消歇。且以今形势言之，地无重险之固，居仅一偏之安，事出不虞，势难遥制。请且驾还富春，光壮宸极，而于南之嘉定，北之升龙建两大闽，镇以重臣，使之大小相维，缓急可恃，则边方无外顾之忧，而神京有内重之势。"复相具表以进。帝谕曰："所言允协予意，准议回銮。"命武曰宝拣择标属，分管诸城枪炮。黄文点升中军副将，张进宝仍前军副将，阮廷得管神策卫，阮文瑞升掌奇卫，各领所部支卫兵卒留戍北城。升陈大律掌奇，代阮廷得领山南上镇守。召总镇阮文诚谕曰"北城之事悉以委卿。"诚拜领命，乃令范文仁、阮文张、阮德川、黎文悦、黎质率诸属将护驾，秋九月凯还。邓德超制《回銮九曲歌》，令清义歌工行奏御前侑驾。既抵京师，命礼臣筹备，大告武成，献俘太庙。伪主缵与伪弟光盘及伪臣耀、勇等尽法惩治。改西山邑曰安西邑，以识武功。

朝臣或有言曰："光中虽然得罪于本朝，然亦英雄之主。观其以棘矜起兵，而取富春易于晔郡。躬将以驾升龙，则戕郑主；驱兵以诛阮整，则走黎皇。摧大清援北之师，玉洄战而吴人挫刃。破万象扶南之旅，郑皋灭而牢长焚巢。称王称帝，人莫谁何。若武若文，臣胥畏服。占天文者有众星朝南之惧，考地钳者有人帝中国之忧。使非天警骄恣，而空中之雷三夺其魄，神厌淫乱，而梦中之棒再击其头。将三层之楼，可作永都之胜，双鱼之山，不来浅水之讥矣。光缵以孱弱之姿，袭崇高之位。委其国于奸舅，而不能有为，失其驭于权臣，弗克自立。归仁围而施耐撤其重屯，澄河战而春京亡其僭座。东皋之奔，衄贼于灵水。寿昌之劫，锁囚栏于浓山，不以自己之鸠孝公者裁其身，而以其父之尸鹏忠者戮其酷。古有江东犬子，河北豚儿，当不如之无耻。"黎质曰："西事休提，今国朝新创，京城未称雅观，宜议营筑。"于是奏请大发军士营建京城。

《皇越龙兴志》的作者在写作时十分注重阅读史书，考据历史，这一点从《皇越龙兴志自叙》中可以得到认证：

> 某志执简，经几葛裘而未暇也。近来养拙家山，每观所知，辄以先朝故事为问。既而物聚所好，天诱其衷：于《实录前编》知福峦之贪冒致乱，而西山之纵恚以起；于《嘉陵实录》知先帝之威武奋扬，而伪朝之暴虐以灭。《嘉定通志》则人地互见，可参众目于大纲；《名臣列传》则智勇宣劳，可集众腋于一裘。两圻形势，详翁之《闲谈》；六省沿革，备靖山之《类编》。合此群书，质之故老，穷源竟委，照以犀光陈文恂之《志略》，不患删补之无由矣。[①]

《后陈逸史》(《重光心史》) 为潘佩珠所著，是20世纪初期较有影响力的一部汉文文言小说。

《后陈逸史》叙述了15世纪初期明朝军队占领安南期间翁炽（阮炽）、翁坚（阮坚）、翁真（阮景真）和陈季扩等人起义抗明的故事。全书分为22节，具体节目为：第一节"救友弃家"，第二节"傲鞋入狱"，第三节"豪杰盟心"，第四节"英雄露胆"，第五节"旧邦新命"，第六节"大试小题"，第七节"剑光出匣"，第八节"铁汉登坛"，第九节"冤禽填海"，第十节"色石补天"，第十一节"逢场作戏"，第十二节"富强基础"，第十三节"王伯权舆"，第十四节"弦歌杀伐"，第十五节"枯腐神奇"，第十六节"张罗待虎"，第十七节"赴海斩鲸"，第十八节"安排雷雨"，第十九节"指顾山河"，第二十节"驱策鬼神"，第二十一节"乘风破浪"，第二十二节"环干转坤"。

如果说《骧州记》、《皇黎一统志》、《皇越龙兴志》等历史章回小说成书的基础是官修正统的史学典籍，那么《后陈逸史》成书的基础则是民间野史。潘佩珠在《后陈逸史》的最后一节谈到了该书所叙述故事的资料来源：

> 予于二十年前，好与蔡、襄土人接纳，彼人不识汉文，但解土字。故诹遗老，乐向予谈数百年前事，盖从土字野史传来者，予今述之，以告我国民。

如果说《骧州记》、《皇黎一统志》、《皇越龙兴志》等更专注于史实的真实性、完整性和系统性，那么《后陈逸史》则更倾向于以历史为引子、以历史为镜子、以历史人物为榜样，激励国人不畏强敌，勇敢站起来，抗击法国侵略者，为民族独立而斗争。《后陈逸史》在叙述故事的正文之前有几段开宗明义之文，这可以视为作者创作该小说的主旨和目的：

> 起！起！起！我国民，我同胞，听予小子谈古事。予小子今日所谈之古事，

---

① 陈庆浩、王三庆：《越南汉文小说丛刊》第二辑第四册，法国远东学院出版，台北：台湾学生书局印行，1992年版，第10页。

非欧，非美，非中华、日本，非印度、暹罗，乃我祖先高曾之事。

夫我祖先高曾之事，其关系于我何等密切，我同胞必乐闻之。农者息来，工者寝器，商者闲肆，士者憩籍，暂抛掷其至贵之一刻光阴，以俟予小子毕其词，知我同胞绝不嫌厌，何也？人一道及祖先高曾，当无不倾耳而愿闻者，此吾人类同具之良心；苟非是，则人形而畜性也。岂有天帝子孙、圣神苗裔之我同胞、我国民，而竟若是者？

予小子幸及今至间暇之岁月，取生平所诵习者，倾筐倒篋而出之。我同胞，我国民，其听诸！

我国陈朝之季，闰胡失正，吴贼盘踞我国，十有余年。我自由之土地人民，大为他族所蹂躏。时我先人父子兄弟困处于牛马奴隶之狱。其所尝之病苦，所被之屈辱，比我之今日有十倍焉。然乃蓄志发愤，歼仇雪耻，驱逐吴贼，恢复我固有之主人权，以留遗我后，至于阮朝咸宜元年而终。

迄今读《平吴大诰》，披故黎史书，犹觉草木皆灵，山河动色。噫！何盛也，我祖先高曾之伟赫何如也！孰能此者？孰不曰黎太祖高皇帝黎利乎？愿予小子闻之：一国所固有之主人权，去矣而复回，失矣而复收，非一手一足之为烈也。黎利者，一鼎鼎有名之大英雄耳。非有亿千万无名之英雄，以相与挽于前、推于后、提乎左、挈乎右，则此一鼎鼎有名之大英雄，亦于何以表现？阅乎吴复南故乘，想见我祖先高曾之诞于其时，固无一人而不英雄也者。英雄之真种，英雄之后身，实惟我辈，我乌得而忘诸？

我同胞，我国民，起！起！起！听予小子谈故事。

潘佩珠在《后陈逸史》的最后一节中指出："社会铸英雄，英雄造时势。"[1]翁炽、翁坚、翁真、翁奋、姑志、莲姑、妃赵等就是作者在小说中努力塑造的英雄人物。

翁炽是起义抗明的组织者之一，是小说中第一个出场的人物："义安城外，循禁江而北，有肩咸水两大瓶，沿途叫卖者，声如洪钟巨响可十里许。闻者知为伟丈夫，然操业乃甚贱。"寥寥数语将出身贫贱、气宇轩昂的伟丈夫形象勾画了出来。翁炽少年时当听到父亲讲述敌人的暴行时，"炽面涌赤，头发皆倒竖，大呼曰：'誓杀此贼！誓杀此贼！'"通过这一细节描写，展现了翁炽血气方刚、嫉恶如仇的性格。在私塾学习时，翁炽对伙伴们说："吾他日必为平吴将！"此语显示翁炽从小抱有雄心大志。翁炽破狱救友，被追捕，被迫逃亡山中。在葛岸山塞，翁炽与翁坚

---

① 陈庆浩、王三庆：《越南汉文小说丛刊》第二辑第四册，法国远东学院出版，台北：台湾学生书局印行，1992年版，第374页。

等聚集绿林好汉，揭竿起义。起义失败后，翁炽与翁坚率领残部投奔了黎利，翁炽因战功卓著，被皇帝黎利封为岗国公。

姑志是作者塑造的一个性格刚烈、果敢的女英雄人物。姑志是义安城酒店主翁三的女儿，承宣使要求姑志的父亲献女做其侍婢，父亲不从，被捕入狱，后自缢于狱。姑志弃家出逃，扮做一乞丐，"周游四乡，藉索一同仇者，予仇或可雪。"遇到翁奋后，在翁奋的引导下入伙参加了起义军。在入伙时，姑志受到误解与质疑。对此，她"愤然作色曰：'予念此一世，无可与群者。闻诸君皆英雄，予谓眼力必不弱，故冒然来。今若此，予请死于此地。彼滔滔者，皆吴狗奴隶耳，吾复与谁生？'遂以头触石。"翁炽急救，幸尚无恙。

由于《后陈逸史》的创作目的是服务于20世纪初的越南民族解放运动，因此，潘佩珠赋予了小说中的人物20世纪初的革命思想和言论。翁奋说："我同胞，我人民，谁非仇吴贼者？我国人自由之权利，彼蹂躏之……"；姑志说："爱国保种之业，为男子所特独有之特别品耶？"翁坚说："吾侪无论如何，总以光复祖国为惟一目的。""我国人自由之权利"、"爱国保种"等都是潘佩珠在进行革命活动中经常提及的言论。在这里，小说中的人物成为他的代言人。

除长篇文言小说《后陈逸史》外，潘佩珠还有中、短篇汉文文言传记小说《再生生》、《咀莱禅师》、《余愚谶》等。潘佩珠文言小说的内容多为揭露法国殖民者在越南的黑暗统治，歌颂抗击法国殖民者的民族英雄，劝喻国民早日觉醒，奋起抗法，争取民族独立与解放。

中篇传记小说《再生生》描写了革命党人丽梅子（裴正路）"再生"的奇迹。故事情节曲折、扑朔迷离、扣人心弦。

小说一开头描述了越南酷暑炎热的状况："槟岛偏处南陲，蕴隆甚烈。每当盛夏交秋，吾人无日不与酷暑剧战。暑阵密布，数万里纵横，烘炎簇簇，火珠团团。远而望之，陆逊烧猇亭七百里连营似的。富贵人家，凉台水榭，电扇风床，防御队之力强，仅足驱暑兵于战线之外；若动劳贫家，则往往被暑兵突击以死。无辜之淘汰，乃不可胜数。盖每月午前七点钟至午后六点钟，凡街市奔走之租税穷人，与纱村贩运之鱼贾贱户，皆面涂焦碳，汗淋涌泉，脚跳银舞，不能止。假令寒带国人骤见之，必惊为白昼奇鬼。"这是作者在比喻越南人民正处在水深火热之中。在这样的大背景下，作家安排了一个"天宇如漆"、"阴风残切"、风雨飘摇的晚上让小说的主人公丽梅子出场："而岂知凉天黯淡，只影荒寒，破幽圹而出者，更有人也。呜呼，风雨如晦，独行踽踽，今夕何夕？人也鬼也？谛之视之，即余所编慷慨史中之一人丽梅子者。"

丽梅子担任"最危苦最艰险"的联络运动，他"有热忱，有学问，有胆略，且机警，长于言论"。由于他的不懈努力，"党事日见进步，声名大噪"。后来，丽梅子被捕入狱，在狱中度过了几个月与死神搏斗的生活，后"狱中疫威烈甚，全所千余人，不数日死近半"。丽梅子与监狱外的二义仆策划伪死以逃脱的计谋。丽梅子依计行事，吞下大量泻药，上吐下泻，伪为霍乱发作，倒地装死，狱卒将丽梅子抬出狱外，二义仆伪葬之。当晚，二义仆趁夜色将丽梅子从墓穴中救出："嗟夫，鲸波残活，虎口余生。前此之丽梅子，几无日不寄姓名于难关危险之地，而况埋身黑狱，与鬼为邻，昼不见日，夜不见月与星者。又若干年月而后，乃今得此脱狱离家之一刹那，其欢适愉快之情形，非笔舌所能道矣。"

丽梅子脱险后，与作者惊喜相会："一日凌晨，予早起，披《国魂录》置案上，忽闻轮船汽笛鸣鸣然。予视之，则某国商轮初抵埠也。半点钟许，有二人推扉而入，遽呼曰：'先生！先生！'予猛然回顾，狂惊狂喜，梦耶？鬼耶？吾友之英魂，乃不远千里，以白昼现耶？嗒然呆坐无所答，良久魂神定，审视之，丽梅子与吾友某君确也。时未朝膳，然亦弗暇传餐，但缕缕谈过内状，以及丽梅以死得生之奇史。左右予友命予曰：'此亦吾党一最新之快闻，汝粗解汉文，宜急记之，以观其后。'予即呼君曰：'再生生'。"丽梅子"死亡"、"复活"过程的描述，一环扣一环，险象环生，起伏跌宕，引人入胜。

《再生生》成功塑造了丽梅子宁死不屈、机智勇敢的革命战士形象。丽梅子以自己的智慧和胆量，度过了生死关。他出生入死，历尽千难万险，目标只有一个：一息尚存，就要为祖国的解放事业战斗到底。

《再生生》中的对比描写非常成功，产生了很强的艺术效果。如墓外二徒的紧张与墓内丽梅子的舒适一段对比描写："二徒以坟前呆立，反恐疑妖疑鬼，吓杀旁人，不得不晦身匿迹，傍距坟数百步外之古树阴坐焉。此时二徒心中，且苦且忧，如转辘轳，手足靡措，念月明夜浅，坟未敢开。一则虑为沿路送瘟人所窥，一则恐为站岗巡逻兵所瞷，又惧再迟数句钟之久，或致先生于死。二徒念至此，不胜其踌躇之情状。殊不知此数句钟之墓中丽梅子，乃快适逾量，固已梦入华胥，而不知其就木也。盖君自被判入黑狱，日幽陷于炭气与死气之卫，即求吸一丝之空气，而眘不可得。二年间半人半鬼之生涯，固已绝无活趣。今一旦以尸适野，反得悠扬于斜照晚风之下，与日光空气重订旧友。荡涤其秽浊之气，而逍遥乎空旷之天，神怡体适，睡味逾甘，直至晚十二点余钟，犹栩栩然蝴蝶也，但得醉中趣。"

《再生生》中的绘景与叙事结合是小说的一大亮点。如二少年在前往监狱探望丽梅子途中的景色描写："翌晨天欲曙，城东海王，捧出一轮红日，才六点钟许，已涌到南山九十九峰之巅。太阳烈焰，赫赫蓬蓬，有将骊城烧毁之势，疫魔挟暑将狼狈为雄。环城人民，惧暑与避瘟，行客肃疏。将近午时，几于绝迹，惟城北门一带，则疫尸横竖，几成白昼鬼村，而此形容憔悴，神色仓皇之二少年，乃方昌、暑卫炎，穿城东门，以入城西门监狱所，请于狱门卒，乞入探丽梅子。"丽梅子的义仆二少年在墓外等候开墓时的景物描写："俄焉月轮骤涌，照耀坟墟，墓旁树上群鸦，带月乱啼，似为墓中人贡其慰贺之词者，而此二少年正立于月光回照之下，流盼左右。则送埋瘟鬼者，且络绎于路旁。"

潘佩珠善于叙述故事，巧妙地将现实之阳间故事与虚幻之阴间故事结合在一起叙述，形象地将灾难深重、水深火热的越南比作人间地狱。《再生生》中，作者梦入阴曹地府、观阴司审判的描写，展示了作者极强的艺术想象力和高超的艺术手法：

予此时急于观审事之终结。俄顷间，黑衣者以犯名籍奏，王略披览，即命宣布罪名。时则殿阶前有郎声宣奏者，曰：犯某某等，身为国民公仆，宜如何保护国脉，扶植民权，乃意横恣官威，摧残舆论，是谓民贼；犯某某等，身为国民保障，宜如何整肃军纪，拥卫民生，乃竟滥用军权，包庇奸匪，是谓暴徒；犯某某等，身为国家主脑，宜如何培养新机，激发民智，乃竟图便己私，顽守腐习，桎梏民智，杜绝新机，是谓匪类；犯某某等，身为人民喉舌，宜如何振作公理，抑制民权，乃竟觊觎荣宠，阿附势家，假借强权，压抑民气，是谓巨奸；其余罪案尚多，皆可名为至重之罪犯者。但予记忆薄弱，此等罪名，已别脑去矣。宣奏讫，殿上厉声问曰："汝犯等所得罪名，尚有冤屈否，即许诉辩。"

殿庭下风沉云惨，肃然无声，知彼犯等情真罪确，已无可诉辩余地。此时，惟照罪指刑耳。王即命诸审官，指定相当之处治。俄有起于座者奏曰："该犯魂情节极重，不能复再为人，请照轮回富生道例，发犯等魂往欧洲，罚做三世狗。"王拍案大骂曰："指案乃而不伦，汝独不闻欧洲人极珍贵其狗乎！此等犯魂，乃得为欧洲三世狗，何太幸福。"良久，又有起于班者奏曰："请发往暹罗为象三百年。"王声色益厉，曰："君等乃受犯贿耶？暹罗人酷宝象，即其国旌，必绘白象以为徽号，君等岂未闻耶？此等犯魂，乃得三百年为暹罗象，直赏之耳，其另指。"时审判官皆难之。迟半句钟，乃有启奏曰："请发犯等魂往印度，罚令世世为猪。"王容稍霁。徐乃判曰："此恐未当，印度人多奉回教，无敢屠猪者，彼以猪为先人灵魂所托，豢之唯恐不厚，此等乃得世世为印度猪，未免过于优待，卿等试思犯等罪名，为人世间至恶极重之犯，非受至惨极苦之酬报，何以惩恶？"审判官皆相视不能复发一词。

予坐久倦，适闻王判词，脑筋刺激太甚，不能复忍，起请于王曰："窃有所见，请效代庖可否？"王曰："好！好！"。予曰："顷闻大王判，谓该等犯魂，须处之至惨极苦之酬报，窃思人间至惨极苦，无有逾于为无政无教、杀夺相寻之国人者，请发犯魂为我国民，至为平允。因一般人皆犯该等魂所得之罪，今乃蒙此至惨极苦之酬报，成例具在，请照办。"王抚掌大笑曰："卿言甚是，予顷未念及，即下令审判官照办。且定为例，嗣后有犯以上罪名者，遵例惩治。"时飓风忽起，海水山立，万涛怒吼，玄黄易色。予霍然惊醒，记其崖略。

潘佩珠以"抱苦为乐、含悲为欢"（《余愚谶》）的态度，以讽刺、幽默的笔法，形象地描述了20世纪初期法国统治下人间地狱般的越南，控诉了越南人民所遭受的至惨极苦的灾难。

短篇传记小说《咀菜禅师》讲述了咀菜禅师不远万里前往印度求佛，回国后帮助光复会进行革命活动的故事，着力塑造了咀菜禅师救世爱国的高大形象。

小说首先介绍了"咀菜禅师"名称的由来："师未尝以姓字告人，人亦无知其姓字者。但见日只一餐，餐只一菜，不饭谷，不茹荤，不吃肉，遂以'咀菜禅师'名云。"作者又描述咀菜禅师的相貌和品行："吾师形貌古怪，言谈简朴，接人直而挚，每论时局，至可悲痛处，则暗泪双下不能收，其关心国家固如此。然王侯卿相，眼中不一睹也。天上地下，惟我独尊，吾师哉！佛门有此，是谓道佛，国人有此，是谓真人。"

在《咀菜禅师》中，作者高度评价了咀菜禅师救世爱国的新佛教精神："赞曰：孑身一舸，泛乎大海，端坐诵经，确然全身，奇一；南海四天，万里呎尺，身到佛国，悟佛而归，奇二；为出家人，乃担国忧，入虎狼地，流血不恤，奇三；一谷不吞，一钱不握，热心爱国，以身任事，奇四。有此四奇，奇矣吾师。"同时，小说也浸透了作者对佛教的思考和对遁世之士的规劝："佛不云乎：一切惟心，心即是佛，心德最善，莫若爱，爱情最正莫若公，公德最普莫若国，吾爱国心，即佛心也。""一人爱国，即一人佛，人人爱国，即人人佛，无量无边佛，恒河沙数佛。"

《余愚谶》是潘佩珠的一篇叙述自己生平及革命失败经历的短篇自传小说。小说中，作者怨恨自己的"愚"、自己的"生不逢时、生不逢地"以及对现实的无能为力。《余愚谶》是作者在人生事业最低谷发出的对命运抗争的呐喊。

　　潘佩珠的传记小说，其中的人物、事件都是他经历或熟悉的，在创作时，他总是置身其间，无论叙事、绘景、状物都倾注了自己炽烈的感情和深沉的思考。

　　潘佩珠的小说有时采用"欲扬先抑"的手法。在《阿傻》中，作者对阿傻先是极尽贬词：阿傻无依无靠，衣衫褴褛，到处流浪。人们不知他的姓名、籍贯。"因此，人们见到他，总是叫他阿傻"。接着作者笔锋一转：阿傻出人意料地、机智勇敢地消灭了匪徒，除掉了恶霸，为民立了功。小说一"贬"一"褒"、一"抑"一"扬"两方面的强烈对比，突出了人物的鲜明特点：他外表"傻"，可内心大智大勇，蕴藏着强烈的爱国热情。

　　潘佩珠的讽刺手法，就艺术水平来说是属于上乘的。他平心静气，客观地叙述，不加议论和评判，让事实说话，可以说是"无一贬词，而情伪毕露"。

　　小说《榔和康》讲述了一对越法朋友榔和康的故事。他们见面后，各自讲述了自己所干的三件大事——吃、睡、拉的苦与乐。榔深感烦恼和痛苦：吃时苍蝇横飞，睡时蚊叮虫咬，拉时狗来侵扰；而康的吃、睡、拉却舒适无比。两人如此大相径庭的原因是榔是"南式"，康是"西式"。榔要改变这种状况，他就要过法国人的生活：下西餐馆、睡洋房、拉洋屎。小说无一议论，但以榔为代表的麻木不仁、寡廉鲜耻的亡国奴嘴脸和以康为代表的吃喝玩乐、醉生梦死的殖民者形象就活灵活现、跃然纸上。

　　潘佩珠的文言小说具有鲜明的现实主义风格。潘佩珠汉文文言小说的诞生，标志着越南文学正从古典文学的类型化、模式化向现实主义的多样化转变。

　　为宣传抗法救国，潘佩珠还写了《越南亡国史》等汉文著作。《越南亡国史》不是一部完整叙述越南亡国历史的书，而是一部揭露法国在越南实施殖民统治罪行的书。20世纪初期是法国殖民者在越南统治最黑暗的时期。法国殖民者对越南进行无情地掠夺，破坏性地开采矿山，砍伐森林，掠夺原材料，大肆占有肥沃的土地来建立他们的庄园，低价收购农产品，高价销售工业品，剥削低廉的劳动力，增加徭役赋税。越南人民因此而生灵涂炭，民不聊生。对此，潘佩珠在《越南亡国史》中详尽地、具体地予以了揭露："法人之所以浚削越南者，无所不用其极。其口算之率，初每人岁一元，十年前增倍之，今且三之。人民住宅，梁有税，户有税，室增一窗一户则税率随之。其宅城市者，葺一椽，易一瓦，鸣鼓一声，宴客一度，皆关白山潭所（警察所），乞取免许状，不则以违宪论。免许状，则税十分圆之三也。畜牛一岁税金五，豕一岁税金二三，狗一岁税金一，猫亦如之，鸡则半猫狗之税。……人民之生产者纳初丁税二元，死亡者纳官验税五元，一户之中，生死稍频繁，遂足以破产，他更何论矣。凡一切地货与酒、米诸通行品，借法人掌之，南人莫得营业。有所需，则禀呈政府乞买而已。一言蔽之，则法人之立法，使吾越人除量腹而食之外，更无一丝一粟之赢余，然后为快也。呜呼！知我如此，不如无生！彼苍者天，何生此五十兆之民为哉！"①

随着汉字、汉文科举考试先后在南圻、北圻和中圻的废除，随着越南拉丁化国语开始普遍被人们所接受并应用于文学创作，汉文学在越南日渐销声匿迹。

＊＊＊

本章论述了19世纪中叶到20世纪初期越南汉文学的发展状况，从整个越南汉文学发展历史看，这一时期的汉文学处于从繁荣走向式微的时期，属于越南汉文学的最后发展阶段。19世纪中叶到20世纪初期属于越南近代历史阶段，是越南人民艰苦抗法的时期。这时期的汉文学的创作主体是文绅志士、抗法将领和革命活动家等。汉文学体裁包括诗、赋、词、文言小说等，内容多为抨击法国殖民者，抒发自己的壮志与情怀，号召越南民众奋起抗法等。

---

① ［越］潘佩珠：《越南亡国史》，载《中法战争》第七卷，北京：新知识出版社，1955年版，第511页。

第二章　喃字文学走向式微

（19世纪中叶至20世纪初）

19世纪中叶到20世纪初期的喃字文学是越南喃字文学发展的末期，是喃字文学从繁荣走向衰退的时期，处于从古典向现代的转折时期，代表诗人有阮廷炤、阮劝和秀昌等。

阮廷炤（Nguyễn Đình Chiểu，1822—1888）是越南文学史从古代走向近代过程中，发挥承前启后作用的一位重要诗人。阮廷炤的童年时代是在社会动荡中度过的。父亲被革职后，他被寄养在父亲的一位朋友家继续学习。阮廷炤较早就认识到了朝廷的腐败、社会的黑暗。1843年，他在嘉定考中秀才。1846年，他来到顺化继续学习，准备参加科举考试。阮廷炤还未来得及参加考试，得知母亲去世，便放弃考试回家乡奔丧。在返乡举丧的路上，他因悲伤过度而双目失明。在阮廷炤眼睛失明和未高中的境遇下，原来与大户人家女儿的婚约也被对方无情地撕毁，他由此体验了人间的世态炎凉。阮廷炤并没有被环境所压倒，而是勇敢地站起来，继续为自己的理想而不懈追求。后来，他转为学习医学，为百姓看病，同时开办学校授徒和创作诗文。

1858年，法国殖民者发动了对越南的侵略战争。越南南方人民反对法国殖民者的斗争一浪高过一浪，阮廷炤平静的生活被打破。他面对侵略者的掠夺、尤其是当得知法国殖民者迫使阮朝缔结《西贡条约》、割让南圻东三省和昆仑岛给法国时，他义愤填膺，奋笔疾书，声讨殖民者，讴歌抗法义士。阮廷炤虽然双目失明，不能驰骋疆场参加抗战，但是他时刻关注抗战的进行，把为抗战贡献力量视为自己的责任。阮廷炤积极与罗督兵、张定联系，交换书信，为他们运筹帷幄，出谋划策，鼓舞士气。

阮廷炤在越南南方人民和文绅中拥有很高的声誉。因此，法国殖民者及其走狗千方百计妄图收买、拉拢他，如送他一笔《蓼云仙》的润笔费等。面对殖民者的利诱，阮廷炤不为所动，严词拒绝。对敌人的恫吓，他毫不畏惧。阮廷炤崇高的爱国主义气节，赢得了南方人民的敬佩和后世人们的景仰。河内（1882年）和顺化（1885年）相继沦陷，面对国家的沦丧，他含恨辞世。阮廷炤送葬那天，门徒和同胞的白幡遮天闭日，挤满田野和道路，大地为之动容，苍天为之落泪。

阮廷焌的创作可分为两个时期：1858年之前，以古典主义作品为主，代表作是六八体长篇叙事诗《蓼云仙》；1858年之后，以反映人民抗法现实的作品为主，主要有《芹灼义士祭文》、《悼张定诗12首和祭张定文》、《悼潘从诗12首》、《六省阵亡义士祭文》和《渔樵医术问答》等。

《蓼云仙》（Lục Vân Tiên）是以阮廷焌自己为原型、以他的人生经历为素材写成的一部喃字长篇叙事诗。阮廷焌由于双目失明，难展自己的宏图大志，便将自己的抱负和理想寄托在蓼云仙的身上，通过蓼云仙这个人物来诉说自己的身世和遭遇，表达自己匡复救国、弘扬正义的人生愿望和追求。

《蓼云仙》叙述了蓼云仙和乔月娥艰辛曲折、悲欢离合的爱情故事。蓼云仙是一位文武全才的青年，他在去京城赶考的途中，遭遇土匪掳掠乔月娥一行人，他"折树为棍冲入贼群"，击散土匪，救出了乔月娥等人。蓼云仙继续赶路，乔月娥平安回到家中。乔月娥思念蓼云仙，便画了一幅云仙的像，带在身边，以求来日相聚。在即将考试的时候，蓼云仙得知母亲去世，便放弃考试，返回家乡奔丧。他因悲伤过度，致使双目失明。考试落榜的同学郑羡，因嫉妒云仙的才智，趁云仙落难之时，欲谋害云仙。郑羡以送云仙回家为由，将云仙骗上船，后残忍地将云仙推入河中。神灵保佑，蛟龙将云仙托上河滩，渔翁又把云仙救上岸。云仙在渔翁的悉心照料下，苏醒了过来，云仙让渔翁把自己送到了已经定亲的岳父武太公家。武太公见云仙双目失明，金榜落第，便顿起抛弃之心，意欲云仙的同学新科状元王子直来代替云仙，招为女婿，但遭到了子直的拒绝。虽表面上，武太公仍虚情假意地应付云仙，说要送云仙回家，不想却把云仙送到了荒山的一座山洞里，欲置云仙于死地。神灵又一次保佑了云仙，游神将云仙带到了山林外的大路旁，樵夫欲把云仙送回东城老家。在路的三叉口，遇到高中而归的同学和明，和明将云仙送回了老家。

云仙得仙药，医治好了眼睛，双目重新见到了光明，再次赶考，终得状元。云仙奉旨带兵，大破犯关的乌瓜贼寇，凯旋而归。在归途中，他迷路进了森林，意外遇到了手捧云仙画像的乔月娥。原来，乔月娥被太师求亲不成，即遭太师公报私仇。太师向庄王建议将乔月娥贡于乌瓜国王。在去乌瓜国的路上，月娥怀抱云仙画像跳下河去，观音菩萨把她救了上岸。月娥不巧误入裴公家的花园，在他家居住期间，又遭到裴检父子的逼亲。月娥深夜出走，在走投无路的情况下，被老尼姑收留。云仙与月娥劫后相逢，惊喜万分。待云仙回朝向国王禀告故事原委后，国王感其忠贞不渝，遂准月娥与云仙结为夫妻。最后郑羡、武太公和太师等恶人均受到了惩罚，渔翁、小童和樵夫等得到了褒奖。

《蓼云仙》真实反映了19世纪上半叶越南黑暗的社会现实，这时的封建制度已经开始走向崩溃，社会秩序混乱，道德沦丧，人情冷漠。可以说，《蓼云仙》勾画了一幅越南封建制度末期的社会画卷。

《蓼云仙》的主题思想是非常鲜明的，就是扬善惩恶，歌颂真、善、美，针砭假、恶、丑。《蓼云仙》歌颂了蓼云仙不畏险途、顽强不屈的精神，歌颂了乔月娥对蓼云仙坚贞不渝的生死爱情，颂扬了王子直、和明的正直、仁义以及他们与云仙之间真挚的朋友情谊，颂扬了渔翁和樵夫等人的朴实、善良、助人为乐的高尚品质，鞭挞了郑羡、武太公和太师等人阴险毒辣、残酷无情以及武世鸾的见异思迁和虚情薄义。

作品的男主人公蓼云仙是阮廷炤倾注心血和情感塑造的一个典型人物。蓼云仙既是阮廷炤自己在作品中的化身，又是阮廷炤所追求的完美、理想的人物。蓼云仙勤奋好学、富有才华、文武兼备、侠肝义胆、乐于助人，身处逆境而矢志不移，不惜舍弃自己追求的功名，而全力尽孝道，为保卫国家建功立业，对爱情忠贞不渝。

作品对某些次要人物虽然着墨不多，但他们个性独特、栩栩如生的形象也跃然纸上，如武太公、武世鸾等。武世鸾在蓼云仙双目失明前后，态度是截然不同的。在蓼云仙去赶考之前，武世鸾慕蓼云仙的人品与才学，急不可耐地想把两人的婚姻大事确定下来，唯恐云仙另有所图：

> 世鸾敛容梨庭前站，
> 道："君子建功，
> 垂怜蒲柳'从'字当先。
> 怜风思雨心常存，
> 千里旅途送别言：
> 当今圣主治世，
> 愿灵凤落梧桐。
> 堪怜薄命红颜，
> 莫使孤妾空守房。
> 公子宫中折桂时，
> 妾愿尽糟糠侍身边。

莫要贪新厌旧，

玩梨忘榴玩月忘灯。"

在蓼云仙双目失明、落难之时，武世鸾早已忘却了以前的诺言，撕毁了他们之间的婚约，翻脸不认人：

鸾说道："金足花鞋，

世间那有踩泥之理。

谁曾见荷花野菜同池，

柠檬、杨桃那与石榴、梨同类。

世间人情分明，

玉体岂能倚匹夫。"

爱情是感情加人情及其他社会关系的总和，一个时代的爱情观最能体现当时的社会关系和人们的价值观念。《蓼云仙》中武世鸾的爱情观形象地昭示了当时某些人见利忘义的人生价值观。

《蓼云仙》采用了传统叙事诗的叙事方式和民间故事的叙事方式相结合的原则，讲述了一个曲折、感人的故事。《蓼云仙》通俗易懂，琅琅上口，深受越南人民的喜爱，在南方人民中间广为传诵。《蓼云仙》使用了大量的歌谣、俗语等民间语言，语言风格朴实。在旅馆主人讽刺郑羡不学无术的一段话中，作者用了"井底之蛙"、"对牛弹琴"和"鸭头撩水"等三个俗语：

馆主道："雷闪雨飘，

井底之蛙见天多少。

河清鱼游散漫，

看似双目明亮如珠。

对牛弹琴枉费工夫，

鸭头撩水实为好笑。"

《蓼云仙》是越南近代文学史上最著名的喃字长篇叙事诗，也是越南喃字文学发展到末期的收官之作。

阮廷炤后半期的创作围绕着一个主题——反法救国斗争，他的诗文是记叙19世纪下半叶越南南方人民反对法国殖民者侵略历史的不朽篇章。《芹灼义士祭文》声声悲、句句泪，为抗法芹灼义士的壮举而哭泣，为他们的为国牺牲、千古流芳而放歌：

呜呼！

　　　硝烟散去，

　　　千古节存。

　　　法虏染指槟艾河四方乌云翻滚，

　　　我祖尚存同奈地一方义士奋起。

　　　为祖国就义威名远播六省人民称颂，

　　　为朝庙安详芳名流长千秋万代景仰。

　　　生杀贼死亦杀贼灵魂不灭助"奇兵"报国仇，

　　　生奉皇死亦奉皇忠心不改建伟业荫后人。

　　　英雄泪流不尽伤为黎民，

　　　义士香燃不灭感为王土。

　　阮廷炤作为一位南方诗人，为推动越南南方文学的发展做出了突出的贡献。

　　阮劝和秀昌是越南近代文学史上讽刺诗派的代表人物，他们的诗歌感叹西学登场，儒学风光不再，针贬社会的陈规陋习，讽刺殖民者及其走狗的丑恶嘴脸，他们的诗风尖酸、辛辣、幽默。

　　阮劝（Nguyễn Khuyến，1835—1909），科举场"春风得意马蹄疾"，连中三元：1864年中解元，1871年中会元，之后，考中状元，因此，他便有"安堵三元"（Yên Đổ Tam Nguyên）之美称。阮劝做了几年官，面对国家衰亡之惨状，他以眼疾为由，挂冠而去，归隐故乡。法国殖民者以高官为诱饵，请他出山，但他坚持不出。阮劝的诗歌大部分是在他退休以后写的，他留有《桂山三元诗集》和《桂山诗集》两部诗集。

　　外敌入侵，国破家亡。作为一个年老的儒士，不能上前线抗敌，心中郁闷，诗歌中流露出无可奈何的情感，并嘲讽自己的无能：

　　　既不富裕又不阔，

　　　不瘦不胖只晃荡。

　　　棋局正下无步走，

　　　赌局未完人已降。

　　　满嘴粗话难入耳，

　　　自在逍遥饮又唱。

　　　孤芳自赏志昂扬，

　　　亦能留名亦金榜。

　　（《自嘲》）

《纸进士》用形象的语言、幽默的笔触，讽刺了脱离现实、落后于历史潮流、外强中干、重虚名的儒士们：

> 亦旗亦牌亦莽带，
> 亦是进士尽荣显。
> 纸片做成甲榜身，
> 朱笔点就文魁脸。
> 锦衣妆身轻如许，
> 进士名价如此贱。
> 华盖之下正端坐，
> 貌似好看内中干。

《法国人的游乐会》描绘了法国殖民者组织游乐会，而越南人不以亡国为悲，却以能参加游戏为乐。国人不知亡国恨，可悲、可耻：

> 升平宴乐鞭炮鸣，
> 旗帜招展灯高挂。
> 夫人高兴观游泳，
> 孩童看戏笑哈哈。
> 姑娘争相荡秋千，
> 青年贪钱油杆爬。
> 何人组织游乐会，
> 越是踊跃越难堪。

《嫁法人》是体现阮劝讽刺艺术的典型之作，诗句通俗、直白，语言幽默、滑稽，读后无不令人捧腹大笑：

> 今世女子真勇敢，
> 决意殴战法军官。
> 三色国旗迎风飘，
> 一片女裙尽情转。
> 天下可怜白鬼汉，
> 江山只剩红颜欢。
> 乱世男子最悲惨，
> 今世女子真勇敢。

秀昌（Tú Xương，1870—1907），原名陈济昌（Trần Tế Xương），24岁时，考

取秀才，之后，屡考屡败，没能在科举道路上继续攀登高峰。在体验科举失败滋味的同时，秀昌也深刻认识到了科举制度的僵化、落伍，认识到了越南民族最大的敌人是法国殖民者。从此，他以诗歌为武器，矛头直指法国殖民者及其帮凶越南封建官吏：

> 法国警察数第一，
>
> 众人见之紧躲避。
>
> 房屋漏雨不敢修，
>
> 八点铃响缩身时。
>
> 忘带证件天动怒，
>
> 狗跑路上主人急。
>
> 街上大便被抓到，
>
> 发财定是这一次。
>
> （《法国警察》）

《戏知府官》一诗讽刺了法国殖民地时期贪官污吏们见钱眼开的丑恶面目：

> 春场知府坐几年，
>
> 此地靠天亦平安。
>
> "查"字"究"字从不批，
>
> 双眼只盯大字"钱"。

法国人对越南的殖民统治彻底打破了原有的封建秩序，打乱了各级层的社会地位，以前的进士、贡生等封建制度下的社会名流已经不再受宠，不再荣光，甚至是一钱不值。秀昌的《儒字》揭示了这一现实状况，同时，对依附于法国人以谋得一点残羹剩饭、奴颜卑膝的人，作者极尽讽刺之能事而加以贬低：

> 儒字辉煌已过去，
>
> 进士贡元算老几。
>
> 何不学习做通判，
>
> 早喝牛奶晚香槟。
>
> （《儒字》）

乔莹懋（Kiều Oánh Mậu，1854—1911）是越南19世纪末的喃字诗人，他的喃字作品有长篇叙事诗《琵琶国音新传》等。

《琵琶国音新传》（Tỳ bà quốc âm tân truyện）是以元朝高明的《琵琶记》为蓝本、用喃字写成的六八体长篇叙事诗。《琵琶国音新传》故事梗概与《琵琶记》大体一致：东汉末期，陈留郡蔡邕才高八斗，其妻赵五娘才貌双全，尤善琵琶。蔡生告别父母和新婚不久的妻子前往洛阳赶考，中状元。牛丞相欲将新科状元招为婿。蔡生以父母年迈、需回家尽孝为由，欲辞婚、辞官，但牛丞相与皇帝不许，他被迫滞留京城。听说家乡遭灾，他托人捎信回家探望未果。牛小姐得知此事，劝说其父牛丞相准他们回家探视。牛丞相舍不得离开自己的女儿，只好派人去家乡接蔡生的父母和赵五娘。自从丈夫去赶考之后，赵五娘一人含辛茹苦侍候公婆。公婆去世后，五娘卖发埋葬了两位老人。在山神的梦谕下，五娘改扮道姑，携带琵琶和公婆的画像进京寻找丈夫。来京城，正遇弥陀寺大法会，便往寺中募化求食，将公婆真容供于佛前。五娘用琵琶弹起行孝曲，并摆出公婆的画像供拜。正在这时来了一队官军，五娘赶忙躲避。不料画像被来此的蔡状元拿走。不见了画像，五娘到处呼喊寻找，来到状元府，被牛小姐听见，便招入府中。牛小姐得知事情原委后，赶紧拜谢五娘。蔡状元与赵五娘终于团圆。五娘告知家中事情，蔡邕上表辞官，回乡守孝。得到牛相的同意，蔡邕遂携五娘、牛小姐同归故里，庐墓守孝。后皇帝下诏，旌表蔡氏一门。

无名氏的《河城正气歌》和《河城失守歌》是勤王时期的两部长篇爱国历史演歌集。《河城正气歌》(Hà Thành chính khí ca)是在法国殖民者1882年攻占河内后问世的。作品歌颂了河内总督黄妙在保卫河内的战斗中为国捐躯的英雄壮举。同时，无情鞭挞了黎文祯、宗室霸和潘文选等一帮懦弱无能的官吏们。读到赞扬英雄的时候，令读者肃然起敬；而读到胆小怕死的官员，则令人义愤填膺。

《河城失守歌》(Hà Thành thất thủ ca)双七六八体，它问世的时间与《河城正气歌》相去不远。它叙述了从1873年法殖民者第一次进攻北圻到1882年法军占领河内的过程。作品赞颂了阮知方等爱国将领的英雄主义和爱国主义精神，批判了昏庸腐败的阮朝和懦弱丑恶的投降派。全诗分为四部分：一、1873年河城失守事件的追述。二、第一次河城失守到第二次失守的经过。三、河城第二次失守后守城官员的态度。四、河城人民在第二次城池陷落后的情况。

* * *

本章论述了19世纪中叶到20世纪初期越南喃字文学的发展状况，从整个越南喃字文学发展历史看，这一时期的喃字文学处于从繁荣走向式微的时期，属于越南喃字文学的最后发展阶段。这一时期的喃字文学既有体现古典主义风格的阮廷炤的长篇叙事诗《蓼云仙》等，又有体现近代特色的阮劝和秀昌抨击法国殖民者及其爪牙的讽刺诗。

* * *

本编论述了19世纪中叶到20世纪初期越南近代文学的发展状况。本编共分两章，第一章"汉文学走向式微"，第二章"喃字文学走向式微"。从整个越南文学发展历史看，这一时期的汉文学和喃字文学均处于从繁荣走向式微的时期，属于越南汉文学和喃字文学的最后发展阶段。越南近代文学是越南古代文学向现代文学的过渡时期，是古典主义文学向现代主义文学发展的过渡时期，是汉文学和喃字文学向拉丁化国语文学发展的过渡时期。越南近代文学具有抗法救国的鲜明时代特色，汉文学和喃字文学创作内容多为揭露法国殖民者在越南的黑暗统治，歌颂抗击法国殖民者的民族英雄，号召国民奋起抗法救国。越南近代文学作品充满强烈的爱国主义精神和鲜明的现实主义的特色。

第三编　现代文学

（20世纪初至20世纪末）

越南现代文学起始于20世纪初拉丁化国语文学的兴起，终止于20世纪末越南文学的蓬勃发展，现代文学是拉丁化国语文学兴起、繁荣、蓬勃发展的时期。

1917年，俄国取得十月革命的伟大胜利，建立了第一个社会主义国家政权，开创了世界无产阶级革命的新时代，掀开了世界现代史崭新的一页。

在十月革命的影响下，越南反对法国殖民者统治、争取民族独立的运动如火如荼、风起云涌地展开。1924年6月19日，越南革命志士范鸿泰在中国广州沙面袭击驻越总督马兰（Merlin）的炸弹爆炸声，在越南和全世界都产生了极大的震动，说明越南人民并没有被法国殖民者所屈服。胡志明在法国和苏联等地积极参与共产国际的活动。同时，胡志明为越南民族解放和独立斗争指明了正确的方向，即走俄国人的道路。1925年，胡志明在中国广州创立了"越南青年革命同志会"。1929年，越南革命形势日趋高涨，在国内出现了三个共产主义小组。1930年2月，越南共产党成立，同年10月改为印度支那共产党。从此，越南抗法斗争进入了共产党领导的新阶段。印支共产党在30年代初期领导了一系列工农革命运动，规模最大的是义静苏维埃运动。虽然革命运动不断遭到镇压，但越南人民始终不屈不挠地进行革命斗争。1940年9月，日本法西斯入侵越南。从此，越南遭受着日本法西斯和法国殖民者的双重统治和掠夺。1941年5月，胡志明主持召开了印支共产党第八次中央会议，决定成立广泛的民族解放统一战线组织——越南独立同盟，简称"越盟"，以团结全国各个阶层的人民开展武装斗争，进而夺取全国政权。1944年12月，印支共产党的第一支革命武装——越南宣传解放军（Đội Việt Nam Tuyên truyền Giải phóng quân）（又译越南解放军宣传队）成立。1945年3月，日本发动政变，一脚踢开法国，独占了越南。1945年8月，第二次世界大战结束。印支共产党号召全国起义，河内、顺化和西贡起义相继成功，越南八月革命取得了伟大的胜利。1945年9月2日，胡志明向全世界宣布越南民主共和国成立。

越南民主共和国诞生不久后，法国殖民者又卷土重来，妄图重建它在印度支那的殖民统治。1946年12月，法国侵略军进攻河内。1950年9月，越南人民军在中国的大力支持下，在中越边界进行了边界战役。1954年5月，著名的奠边府战役胜利结束，同年7月，《日内瓦协议》正式签署。越南北部国土获得解放，走上了社会主义的道路。在越南南方，美国粗暴地破坏《日内瓦协议》，扶植亲美的傀儡政权，把南方变成了美国的新型殖民地。1960年12月，越南南方民族解放阵线成立，该组织担负起了领导越南南方人民进行抗美救国斗争的重任。1961年，美国对越南发动了由美国军事顾问指挥、西贡伪军充当炮灰的"特种战争"。1964年8月，美国制造"北部湾事件"，以此为借口开始大规模轰炸越南北方。1965年3月，美国海军陆战队在岘港登陆，把侵略越南的战争升级为直接出兵的"局部战争"。后来美国又实行"越南化战争"。1973年1月，关于在印度支那结束战争、恢复和平的《巴黎协定》签署。1975年5月，越南南方解放，抗美救国战争胜利结束。

1976年4月，越南全国举行普选，成立统一国会，同年6月，国会通过决议，把国名确定为越南社会主义共和国。1986年12月，越共"六大"召开，确定了经济上对外开放的革新方针。2001年4月19日，越共"九大"召开，勾画了新世纪国家经济建设的美好蓝图。

＊＊＊

越南现代文学是越南1000多年文学历史发展的最后阶段，是越南古代文学和近代文学传统的继承与发展，是一个丰富多彩、硕果累累和光辉灿烂的文学发展时期。

越南现代文学继承并弘扬了越南古代文学和近代文学的优良传统——爱国主义、现实主义。同时，它也显示出不同于以往的特点：在语言文字上，越南拉丁化国语取代汉字和喃字，广泛运用于文学创作；在创作方法上，一改古典主义唱主角的局面，代之以批判现实主义、象征主义、浪漫主义、社会主义现实主义以及20世纪后期的多元化创作方法；在文学题材上，一改以宣扬儒学伦理道德思想为主，代之以颂扬革命的人道主义、英雄主义和揭露、批判社会现实为主；在文学体裁上，一改以诗歌占主导地位的状况，代之以小说、诗歌、报告文学、散文等并进的局面。

第一章　拉丁化国语文学的兴起

（20世纪初至20年代末）

20世纪初，随着汉语科举考试先后在南圻（1867年）、北圻（1915年）、中圻（1919年）的废除，汉文学日渐衰落，喃字文学日益销声匿迹。拉丁化国语新诗和小说的兴起、无产阶级文学在越南文坛的出现，标志着越南现代文学的开始。越南现代文学产生的先决条件是越南拉丁化国语文字的创制和使用。

第一节　拉丁化国语的创制与使用

越南拉丁化国语①（ chữ quốc ngữ Latinh）是用拉丁字母（a, b, c…）组成的语音系统来记录越南语的一种文字。在越南文字历史上，拉丁化国语是继汉字、喃字之后、第三种在越南使用的文字。拉丁化国语定型于17世纪中叶，经过近两个世纪的发展，到19世纪末开始运用于新闻出版和文学创作中。越南民主共和国成立后，拉丁化国语成为越南国家的正式文字，广泛运用于越南政治、经济、文化、教育和文学等各个领域。

越南拉丁化国语是西方文化东渐的产物，是越南文化与西方文化交流的产物。16世纪，欧洲传教士陆续来到越南传教。起初，为了传播基督教，传教士们用喃字或汉字来印刷传教资料。在传教过程中，西方传教士们发现喃字和汉字难写、难认，不便于使用。17世纪初期，为了方便传教，西方传教士们开始利用拉丁字母组成的语音系统来记录越南语。这时的拉丁化国语还没有标注声调，音节分割也不甚合理。试举以下几例，作以比较：

17世纪初期的拉丁化国语	现在的拉丁化国语	汉语释义
Annam	An Nam	（安南）
Unsai	Ông Sãi	（和尚）
Ungue	Ông Nghè	［进士（民间俗称）］

---

① 越南拉丁化国语，又称越南拉丁化国语字、拉丁化越南语等。

Bafu	Bà Phủ	（知府夫人）
doij	đói	（饿）
Sayc Chiu	Sách chữ	（书籍）
Tuijciam, Biet	Tôi chẳng biết	（我不知道）

越南拉丁化国语的创制凝聚了法国、葡萄牙、西班牙、意大利和荷兰等国传教士的心血和智慧，其中，法国传教士亚历山大·德·罗得（Alexandre De Rhode, 1591—1660）是贡献最大的人。亚历山大·德·罗得在西班牙、葡萄牙等国传教士研究的基础上，对越南北部越南语发音进行了深入的综合研究，编纂了《安南葡萄牙拉丁词典》（Dictionarium Annamiticum Lusitanum et Latinum）。1651年，该词典在罗马出版。由此，后人视亚历山大·德·罗得为创制拉丁化国语的鼻祖。

在《安南葡萄牙拉丁词典》出版的同年，亚历山大·德·罗得印刷出版了越南历史上的第一本拉丁化国语书——《天主教入道八日谈》（Phép giảng tám ngày cho kẻ muốn chịu phép rửa tội mà vào đạo thánh Đức chúa Trời）。

进入18世纪，在西方传教士的努力下，拉丁化国语不断完善。法国传教士百多禄（Pierre Joseph Geoges Pigneau de Béhaine, 1741—1799）在1772—1773年期间进行了《安南拉丁词典》的编写工作，但未完成整部词典的编写。接下来，传教士塔贝特（Tabert）继续进行该词典的编写，1838年最终完成出版。

拉丁化国语从创制完成到19世纪上半叶这段历史阶段内，并未被越南人所接受，甚至被一部分具有民族观念的越南知识分子视为殖民统治者奴役越南人的工具，而被拒绝使用。越南近代著名诗人阮廷炤就坚决反对使用这种文字，对它不屑一顾。因此，当时，拉丁化国语使用的范围仅限于传教士圈内，主要是西方传教士借助它来翻译宗教书籍和印刷传教书籍，借助它了解越南的风土人情和历史文化等，为他们的殖民扩张服务。

19世纪后期，法国侵占越南后，出于统治的需要，法国殖民者强制推行拉丁化国语，用拉丁化国语印刷报纸、杂志等。法国殖民者还将拉丁化国语列入越南学校课程，让学生在学习法语的同时学习拉丁化国语。1865年4月15日，第一份拉丁化国语报——《嘉定报》（Gia Định Báo）在越南诞生。《嘉定报》把传播国语视为办报宗旨之一，其负责人张永纪指出，本报提倡使用通俗易懂、质朴优美的拉丁化国语撰写文章。显然，《嘉定报》的发行对拉丁化国语的普及和发展有一定促进意义。1882年，法国南圻统督（Thống đốc Nam Kỳ）签署了一份规定所有公文必须用拉丁化国语的决定。在1897年的南场与河场（Trường Nam thi lẫn với trường Hà）科举考试中，法国总督杜·莫尔（Toàn Quyền P·Doumer）下令考生们除了考汉字试题外，还要考拉丁化国语、数学等。可以说，法国殖民者在越南拉丁化国语取代汉文的历史进程中扮演了重要的催化角色。虽然法国殖民者的初衷是要利用拉丁化国语来推行法语，但是却无形中营造了拉丁化国语初期成长的氛围。

在19世纪后期拉丁化国语推行的过程中，越南民族知识分子发挥了重要的作用。张永纪（Trương Vĩnh Ký，1837—1898）是法国学校培养出来的语言学家，他精通多国文字，精通拉丁化国语，他用拉丁化国语翻译了大量越南古代喃字文学作品，如《金云翘传》、《蓼云仙》和《潘陈》等。1884年，张永纪编纂的《法越小辞典》（Petit Dictionaire Français—Annamite）（Tiểu Từ Điển Pháp—Việt）在西贡出版。另外，他还编写了《法汉越字典》（Pháp Hán Việt Từ Điển），撰写了不少关于拉丁化国语语音、词汇等方面的论文，张永纪对拉丁化国语的规范做出了一定贡献。

20世纪初期，随着拉丁化国语的不断推广和实践，拉丁化国语易学、易记的特点逐渐被越南先进知识分子所认同。他们认为，普及和推广拉丁化国语对尽快提高越南人民的文化水平和在群众中宣传抗法救国的道理都有益处。因为，汉字和喃字相对拉丁化国语来说非常难学，对没有机会上学学习的广大民众而言，汉字和喃字如同天书，而拉丁化国语则容易得多。

东京义塾学校在20世纪初推广拉丁化国语的运动中发挥了重要作用。1907年3月，梁文玕（Lương Văn Can）、阮权（Nguyễn Quyền）等人在河内发起成立了东京义塾（Đông Kinh Nghĩa Thục）学校。东京义塾的创办者认为，要达成开发民智的目的，非得推行拉丁化国语不可。因此，他们办学的第一要务就是要普及拉丁化国语，通过拉丁化国语来教育民众，让大众掌握新知识，以反对法国殖民统治。法国殖民者面对遍及全国的维新改革运动和声势浩大的抗法革命运动，惶惶不可终日，1907年11月便下令关闭了东京义塾学校。东京义塾虽然存在的时间不长，然而它的主张在知识分子和民众中却得到了广泛的认同与支持，它掀起的维新救国运动可以说是越南20世纪初期发生的一场思想启蒙运动，它对废除封建旧文化、推行新文化、传播新思想、推行拉丁化国语做出了不可磨灭的贡献。

1930年，印度支那共产党成立后，推广拉丁化国语也逐渐成为印度支那共产党的主张。1938年3月，按照印度支那共产党的指示，北圻圻委组织成立了"国语传播协会"，以提高民众的拉丁化国语水平和文化素质，更好地为祖国解放事业服务。

拉丁化国语是一种拼音文字，与汉字和喃字相比，它具有易学、易记、易写等优点。因此，拉丁化国语的使用范围逐渐在越南人中间扩展开来，逐渐得到了社会的认可。一开始越南人用拉丁化国语写的文章不太准确、也不流畅。经过一段时期的摸索、实验和运用，拉丁化国语开始成熟起来。越南人不断用拉丁化国语词汇系统造新词、吸收汉语词语和法语词语。他们通过用汉越音记录、吸收了大量的汉语词汇，如：cách mạng(革命)、giai cấp(阶级)、quốc tế(国际)、lịch sử(历史)、địa lý(地理)、tổ quốc(祖国)、nhân dân(人民)、quần chúng(群众)、ngoại giao(外交)、triết học(哲学)、nghệ thuật(艺术)等；他们用音译、意译的方式借用了大量法语词，如：ban công(阳台)、comlê(西服套装)、cà phê(咖啡)、batoong(文明棍)、xinê(电影)、pha(探照灯)、panel(配电盘)、búp bê(洋娃娃)、két(保险箱)、gara(车库)等。通过以上途径，拉丁化国语词汇库逐渐丰富充实起来。经过不断的实践，越南语语法也逐步明晰、规范。由此，拉丁化国语语言表达力不断提高，进而发展到能准确和形象地表述社会生活各个方面出现的新事物，新概念。

拉丁化国语经过两个多世纪的不断发展和完善，到20世纪初期已经成为一种成熟的语言，从而成功地取代了汉字、喃字，成为越南文化、文学等领域使用较为广泛的文字。当然，由于当时的越南是法国的殖民地，法语是官方语言，是越南学校的第一语言。因此，拉丁化国语在越南社会中的地位也只能是屈居法语之后，但在越南现代文学创作领域，拉丁化国语使用的范围和频率都远远超过法语。

1945年9月2日，越南民主共和国成立，拉丁化国语成为越南国家的正式文字，被广泛运用于越南政治、经济、文化、教育和文学等各个领域。

第二节　拉丁化国语文学的兴起

20世纪初至20世纪20年代末的拉丁化国语文学的兴起是越南拉丁化国语文学繁荣的奠基和前奏。

20世纪初至20世纪20年代末，用拉丁化国语创作的小说、话剧和随笔等文学形式不断涌现，这标志着越南拉丁化国语文学开始兴起①。1906年10月23日出版的第262期《农贾茗谈》上出现了名为"国音试局"的小说大赛，这标志着报纸开始成为小说百家争鸣的园地。1910年，陈正照（Trần Chánh Chiếu，1867—1919）的短篇小说领域《黄素英含冤》（Hoàng Tố Oanh hàm oan）和张维瓒（Trương Duy Toản，1885—1957）的短篇小说《番安外史》（Phan yên ngoại sử）先后发表。之后，拉丁化国语文学作品数量不断增多，有阮伯学、范维逊、胡表正和黄玉柏等人的小说，阮友金（Nguyễn Hữu Kim）和韦玄得（Vi Huyền Đắc）等人的话剧，阮文纪（Nguyễn Văn Ký）和范琼（Phạm Quỳnh）等人的随笔等。

阮伯学和范维逊是20世纪初期用拉丁化国语创作短篇小说的先锋，他们的拉丁化国语创作起着承前启后的桥梁作用。

阮伯学（Nguyễn Bá Học，1857—1921）从1918年开始拉丁化国语写作，短短的几年，他在《南风杂志》上发表了《家庭故事》（Câu chuyện gia đình）等7篇短篇小说。他的小说反映了城市社会的真实面貌和人们正在变化的思想状态。《新婚之夜的故事》讲述了城市工人，特别是女工遭受的非人待遇。她们起早贪黑，早上5点起床，晚上12点睡觉，在劳动中还遭受监工的打骂和调戏。小说中的主人公哭着说："几十元钱，母亲就把我卖给工厂了。"

范维逊（Phạm Duy Tốn，1883—1924）的小说揭露了越南半封建、殖民地社会腐败与不公的现实。他的主要短篇小说有《管你死活》（Sống chết mặc bay）、《楚卿之人》（Con người Sở Khanh）等。《管你死活》是他的代表作，故事讲述的是：成百上千的民夫正在保护即将被洪水冲垮的堤坝，而官吏们不管百姓的死活，正在花天酒地地吃喝玩乐。最后，堤坝倒塌了，洪水淹没了农田，冲垮了房屋，百姓陷入了灾难的汪洋之中。

胡表正和黄玉柏是20世纪初期拉丁化国语小说成就最大的两位作家，他们的拉丁化国语创作推动了拉丁化国语文学加速兴起。

---

① 20世纪初期越南拉丁化国语文学兴起，如果追溯源头，可以追溯到19世纪末。19世纪末，以张永纪为代表的越南文人开始用拉丁化国语写作，这可以视为拉丁化国语文学的萌发。张永纪先后写了《往事》（Chuyện đời xưa）《乙亥年北圻之行》（Chuyến đi Bắc Kỳ năm Ất Hợi）《风尘劫》（Kiếp phong trần）等拉丁化国语散文作品。如果说《往事》的出版使张永纪成为国语散文创作的开拓者，那么《风尘劫》则标志着张永纪在寻求拉丁化国语文学体裁道路上的进步。《风尘劫》是一篇有两人对话构成的故事，带有话剧的特征。故事是一篇说理性很强的文章，它引导人们以坦然的心态对待世界：世间总是有得有失，有富贵有贫贱，有盛有衰。合适的应对之策是不要过分悲观，也不要过分乐观，儒道兼施。1887年，阮仲管（Nguyễn Trọng Quản，1865—1911）在西贡发表了拉丁化国语短篇小说《拉扎罗·燔先生的故事》（Truyện thầy Lazarô Phiền）。小说讲述的是：拉扎罗·燔因听信妻子和自己的挚友有染的传言而将他们暗害。经了解知是谣言，他悔恨莫及，在愧疚和忧郁中死去。小说从故事结构到叙述方法都不同于以往的古典文学作品，呈现出现代意义小说的特征。

　　胡表正（Hồ Biểu Chánh，1885—1958）是20世纪初期著名的拉丁化国语小说家，也是1930年以前创作小说最多的作家，他共有64部中、长篇小说，12部短篇小说集，其中的重要作品有《谁能做》（Ai làm được）、《人生的苦涩》（Cay đắng mùi đời）、《冷暖人情》（Nhân tình ấm lạnh）、《译员》（Thầy thông ngôn）、《父子义重》（Cha con nghĩa nặng）、《暗中哭泣》（Khóc thầm）、《穷人的孩子》（Con nhà nghèo）等。他的小说题材覆盖面很广，反映了从农村到城市广阔的社会现实，揭露了抢劫、卖官鬻爵、欺骗、失业和贫穷等丑恶的社会现象。胡表正在当时越南文坛、尤其是南方文坛国语文学作品非常少的情况下，写出如此多高水平的作品，实为难能可贵。胡表正所取得的文学成就为越南现代文学的发展、尤其对后来批判现实主义文学的发展奠定了基础。

　　黄玉柏（Hoàng Ngọc Phách，1896—1973）的《素心》是20世纪初期最著名的一部拉丁化国语长篇小说。小说发表后，在当时的越南文坛掀起了一场轩然大波，影响很大。《素心》的发表标志着越南拉丁化国语小说艺术水平又向前迈了一步。

　　《素心》（Tố tâm）的故事梗概是：淡水是一名高等学校的学生，他在回家乡的路上丢失了钱包和证件，便向县衙报了案。后来，知县告诉他东西找到了，让他来认领。在交还钱包的过程中，淡水认识了素心。素心是河内一所法越学校的学生，她喜欢阅读感伤浪漫的诗文，也喜欢自己作诗。素心见到经常在报刊上发表诗文、自己一直倾慕的淡水，感到意外的惊喜。从此，这对男女青年陷入了热恋之中。然而命运似乎在捉弄这对相爱的青年。淡水的父母为淡水安排好了婚事，同时，素心的母亲也把素心嫁给了一个秀才。婚后，素心忧郁成疾，不久便去世，留下了一个装有淡水写给她的情书和她写的日记和遗言的盒子。素心给淡水的遗言是这样写的：“不久后，在香残烟绕中，你走到我长眠的地方，希望你能在树上或石头上刻下几个字：‘这是一个薄命人为爱情而终的墓地’。”

　　小说所写的素心和淡水这对青年真挚和浪漫的爱情是一出爱情悲剧，故事的悲剧力量震撼了读者，给读者留下了一个愁思柔长的思考。“有情人难成眷属”是封建社会的定律，同时也是越南20世纪初期殖民地、半封建社会的现实状况。在艺术上，《素心》正从章回小说的窠臼中摆脱出来，文字上正脱掉骈文的痕迹。《素心》最大的艺术特色是心理刻画，作者对“考究人的心理状况和心路历程饶有兴趣”。① 当然，作品在批判封建婚姻制度方面是不彻底的，人物的反叛精神不够突

---

① ［越］潘巨棣：《越南文学》（1900—1945），河内：教育出版社，2001年版，第257页。

出，这表现了作者正在近代到现代文化传统的十字路口徘徊。

　　上述拉丁化国语作家的创新主要体现在创作方法的写实、题材范围的扩大、人物塑造的丰富等，最为重要的是他们在自己的作品中使用了较为规范、成熟并且通俗易懂的拉丁化国语。在他们的努力下，拉丁化国语逐渐成为一种表达丰富和使用较为流畅的文字。

　　在拉丁化国语小说创作实践不断推进的同时，关于拉丁化国语小说创作理论的探讨也在不断开展。1918年1月，《南风杂志》组织了小说比赛，比赛事项规定："小说要以欧洲方式创作，……要采用写实的方法，不得编造怪诞的故事，重要的是描写现实社会人们的内心世界。小说内容勿妨害伦理和宗教，勿关涉政治。"[①]这些创作原则无疑对当时拉丁化国语小说创作的走向起到了某种引领作用。1921年，范琼在《南风杂志》第43期上对小说的定义进行了界定："小说是用散文写成的、抒发情感、描写社会风俗的故事或描述人们感兴趣的奇闻轶事。"[②]随着《南风杂志》上小说理论的探讨和实践，拉丁化国语小说这一文学形式逐渐成熟起来。

　　20世纪初期的历史，是越南民族与法国殖民主义者斗争的历史，同时也是西方文化与越南传统封建文化碰撞的历史，是以法国为代表的西方文学思潮与越南传统文学的碰撞与交融的历史。

　　在这一时期的越南文坛上，翻译文学也逐步兴盛起来。越南文人先后翻译了法国一些作家的文学作品，如法国拉封丹（Jeande La Fontaine，1621—1695）的寓言诗、大仲马（Alexandre Dumas，1802—1870）、巴尔扎克（Honore de Balzac，1799—1850）、莫里哀（Maurat，1622—1673）、雨果（Victor Hugo，1802—1885）、司汤达（Stendhal，1783—1842）、莫泊桑（Maupassant，1850—1893）、福楼拜（Flaubert，1821—1880）等人的小说。在翻译法国文学作品的过程中，出现了阮文永、阮江等著名的翻译家。阮文永（Nguyễn Văn Vĩnh，1882—1936）是20世纪初最著名的翻译家。阮文永是一个语言天才，15岁取得翻译学校法语毕业考试的第一名。之后，他便开始在越南的法国殖民地统治机构中从事翻译工作。1907年，阮文永设立了"欧西思想"书柜，成立了光明翻译协会。他致力于法国小说、诗歌和其他方面作品的翻译和介绍。他先后翻译了卢梭的《民约论》、巴尔扎克的《驴皮记》和雨果的《悲惨世界》以及拉封丹的44首寓言诗等。阮文永与法国人杜否和（Dufour）联合开办了越南北方第一个印书局，印刷他的翻译作品和自己的著作。阮江（Nguyễn

---

① ［越］封黎：《19世纪下半叶至20世纪上半叶报纸出版业中的文学》，载《文学杂志》，2006年第8期。

② ［越］封黎：《19世纪下半叶至20世纪上半叶报纸出版业中的文学》，载《文学杂志》，2006年第8期。

Giang，1904—1969）是越南20世纪上半叶翻译外国文学作品较多的文人。1923年到1934年，他留学法国，精通法语、英语、中文和日语等。1936年，他翻译了《欧美名人》（Danh văn Âu-Mỹ），1938、1939两年先后翻译了莎士比亚（W·William Shakespeare，1564—1616）的《麦克白》（Macbeth）和《哈姆雷特》（Hamlet）等。

　　世界上、尤其是苏联和法国的进步革命文学，通过翻译开始传播到越南。1937年，海潮在《作家与社会》一文中，介绍了苏联作家高尔基（Macxim Gorki，1868—1936）、法国作家罗曼·罗兰（Romain Rolland，1866—1944）、法国作家巴比塞（Henri Barbusse，1873—1935）等人的文学创作。苏联的小说《钢铁是怎样炼成的》和《母亲》被介绍到越南后，深深影响了越南的进步青年。

　　越南文人翻译的法国等国家的古典主义、浪漫主义和批判现实主义文学作品，深深吸引了越南的广大读者。可以说，在此之前，越南读者从来没有用自己的母语阅读过如此之多的外国文学作品。通过与法国等国的文学接触，越南文人了解了法国及外部世界的文学变化，逐步学习、吸收了一些新的文学观念和文学流派。越南民众则通过阅读外国文学作品，了解了丰富多彩的外部世界，了解了西方的文化和文学。

　　在受到西方文学浸染的同时，越南文学还受到中国文学的浇灌。从1904年起，在越南南部兴起了一个翻译中国古代文学作品的热潮。不久后，在越南北部，一些文人掀起了更大的翻译热潮。1909年，阮安康（Nguyễn An Khang）翻译的《水浒传》在西贡翻译出版。同年，《三国演义》由阮安居（Nguyễn An Cư）、潘继炳（Phan Kế Bính，1875—1921）、阮文永译成拉丁化国语，在河内发行。1916年，阮政瑟（Nguyễn Chính Sắc）、阮文矫（Nguyễn Văn Kiều）和阮祥云（Nguyễn Tường Vân）翻译出版了《聊斋志异》共5册。阮有进（Nguyễn Hữu Tiến）、潘继炳等人用拉丁化国语翻译了《水浒传》、《西游记》、《封神榜》、《再生缘》和《岳飞传》等。伞沱、吴必素、让宋（Nhượng Tống）等人用拉丁化国语翻译了中国的《诗经》、乐府诗歌以及唐朝诗人李白、杜甫和白居易等人的大量诗歌，尤其是伞沱在翻译唐诗和《聊斋志异》等方面取得斐然的成就。伞沱翻译的崔颢的《黄鹤楼》和白居易的《长恨歌》等已经成为越南唐诗翻译的典范。对于中国现代文学作品，越南文人也有译介。邓台梅在《清毅杂志》（Tạp Chí Thanh Nghị）上翻译了鲁迅等人的一些文学作品。如1942年，他翻译了鲁迅的《伤逝》。1943年，他翻译了鲁迅的《孔乙己》和《阿Q正传》等。

20世纪上半叶，在越南翻译家们的努力下，外国文学翻译取得了巨大的成就。越南现代文学评论家潘巨棣（Phan Cự Đệ，1933—2007）指出："公众从来没有读到如此多的用母语翻译的外国文学作品。"[①] 法国文学家沙梦认为："散文翻译作品直到二十世纪初期，拉丁化越语（国语）推广以后才开始。从1905—1950年，已经翻译的作品不下三百部。"[②]

外国文学翻译推动着作为新文学语言的越南拉丁化国语不断走向成熟，使得拉丁化国语词汇日益丰富，句式日益规范，文学表现能力日益增强。

外国文学的传播带来了越南拉丁化国语文学观念的变革。越南不少作家看到，旧文学所表现的封建伦理道德观念已经不适合新环境，甚至阻碍社会的发展，禁锢人们的头脑，因此他们便转向学习西方的文明，倡导人权，提高民智，并在自己的文学作品中宣扬先进的西方思想和观念。

由于受西方文艺思潮的影响，20世纪10、20年代里，越南的浪漫主义文学开始萌芽，其中代表性的诗人有伞沱、东湖、湘浦等。

伞沱（Tản Đà，1888—1939），原名阮克孝（Nguyễn Khắc Hiếu），是20世纪初期最早以写作为职业的作家之一。伞沱从小跟随父亲、兄长生活、求学，他是其兄长任校长的贵识学校第一批学生的一员。伞沱两次参加科举考试，均败北。1916年，伞沱的兄长去世，家庭败落。从此，伞沱决定以写文章为职业来谋生。1916—1920年，伞沱出版了诗集《情种I》（Khối tình con I）、《情种II》（Khối tình con II）、《山盟海誓》（又译《面对山水》）（Thề non nước）、《伞沱春色》（Tản Đà xuân sắc）以及小说《小梦I》（Giấc mộng con I）。1921年，他出任《友声报》的主编，报纸出版12期后，他便辞职回到家乡山西。1922年，他到河内开办了伞沱书店，后与严翰印馆合并改为伞沱修书局。1926—1933年，他担任《安南杂志》的主编，这期间，他出版了小说《小梦II》（Giấc mộng con II）、《大梦》（Giấc mộng lớn）和诗集《情种III》（Khối tình con III）等。《安南杂志》停刊后，伞沱为《文学杂志》撰文。1939年，伞沱在穷困潦倒中病逝。

伞沱性格放荡不羁、恃才傲物，抱有雄心壮志："生为男儿桑蓬志，顶天立地大丈夫。双肩誓将山河扛，铁笔能铸赤丹心。"伞沱的诗歌和小说一开始就向20世纪初的越南文坛吹去了一股清新之风气。

---

① ［越］潘巨棣：《越南文学》（1900—1945），河内：教育出版社，2001年版，第215页。
② ［法］沙梦著、颜保译：《中国传统文学在亚洲》，载《中外关系史译丛》第三辑（中外关系史学会编），上海译文出版社，1986年版，第106页。

伞沱以小说《小梦》开始，又以小说《大梦》结束。想当初，他是那样的狂妄傲慢，目空一切："玉帝降旨：文章美妙绝伦，人间定是举世无双。"（《上天申诉》）他对自己的诗文才华也是颇为自负："行笔如风起雨骤，诗篇写就动鬼神。"经过多年的沧桑变化之后，他发现原来的梦想全都破灭了，过去是梦，现在还是梦："小梦是梦，大梦还是梦。"伞沱的诗文总是被梦幻和愁绪所缠绕，"白日愁、夜晚愁，阴雨落叶也要愁，风凉月圆更加愁。一人静思愁，多人说笑更加愁。"于是便坠于了梦幻、惆怅和孤独厌世的旋涡中。他的愁思是无名状的、连绵不断的，就像李白的"万古愁"（"呼儿将出换美酒，与尔同销万古愁"《将进酒》）。在《安南杂志》停刊时，伞沱困惑地说："就连《安南杂志》都要停刊，何以称其为安南国。"他所信赖的"保护国"的文明梦想也破灭了："世道如此也夸耀，轿夫过后是车夫。文明前进几公里，莫再侈谈你'进步'。"（《文明》）

伞沱的诗歌抒发了诗人在坎坷的卖文生涯中，有才而不被重视、多情而无人眷顾、佳作不被人欣赏的悲凉情怀：

> 禀告玉帝：小人实在穷，
>
> 尘世立锥之地皆无。
>
> 幸亏当初学有所成，
>
> 立身之本经纶满腹。
>
> 纸墨、印刷靠他人，
>
> 借担沿街来叫卖。
>
> 下界文章贱如浮萍，
>
> 铜子难赚人生窘。
>
> （《上天申诉》）

在尘世，伞沱备受冷落，难遇知音和佳人，于是，他走进了自己构筑的"理想国"中，与嫦娥、西施和杨贵妃等千古佳人会面。在小说《小梦II》中，伞沱把自己的真实姓名阮克孝作为小说主人公的名字。阮克孝在幻想中开始了一次"天庭之旅"。在天庭，他参加了"百余名美人、只有自己是男士参与的宴会"，他与"贵妃、西施共同把盏畅饮"。作者遵从"美人的命令"，写词谱曲，昭君弹奏琵琶，贵妃醉酒起舞。歌宴结束后，他们到蓬莱仙境游赏。伞沱的人生价值终于在"理想国"里实现了。

伞沱感情奔放，是一位"情种"诗人，正像他自己在小说《小梦》中所说的那样，是一位"来自于《情种》一书的文士"。伞沱自嘲道："何方人士，当数情种，独自彷徨,相吊形影。"

伞沱深受唐朝诗人李白的影响,诗风奔放自由,无拘无束,酒、梦、怨、情交织组成了他诗歌的亮丽风景线。《春日诗酒》抒发了一种"人生得意须尽欢,莫使金樽空对月"(李白《将进酒》)的情怀:

> 天地生就诗与酒,
> 无诗无酒生徒劳。
> 功名二字淡如水,
> 百年事业轻如毛。
> 沱江奔流不停息,
> 远望伞圆彩云渺。
> 有诗有酒春常住,
> 青春诗酒乐逍遥。

在被奉为"酒仙"、"诗仙"李白的《将进酒》中有这样的诗句:"钟鼓馔玉不足贵,但愿长醉不复醒。古来圣贤皆寂寞,惟有饮酒留其名。"《春日诗酒》与《将进酒》相比较,发现两首诗歌在主旨上是一致的。伞沱与李白两相比较也发现两人的思想是相通的。在伞沱的一生中,他把李白当成偶像来顶礼膜拜,研磨李白的诗歌,学习李白的人生思想。李白有"谪仙人"之美称,伞沱便把他自己比做李白,也称自己为"谪仙"。在《上天申诉》一诗中,伞沱在告别天庭诸位神仙时,他说道:"俯瞰人间遥万里,天仙留步,谪仙去。"

伞沱在诗歌艺术方面精雕细琢,精益求精,对字词下工夫琢磨推敲,韵律也极为讲究。他不仅在唐律、六八体等律诗方面取得很大的成就,更重要的是他在自由体诗方面开创了新的道路。《送别》这首自由体诗,句式灵活,每一句的字数多有变化,一句7个字、4个字、还有2个字:

> 桃叶纷纷落天台,
> 黄莺啼鸣溪边花开。
> 半年仙境,
> 一步尘埃,
> 旧约新缘就此了。
> 小路、青苔,
> 水流、花漂,
> 仙鹤一飞冲天外,

从此天地相隔远。

洞门，

山巅，

旧路，

月下仰望惆怅来。

　　伞沱不仅是一位诗人、小说家，还是一位翻译家，他成功翻译了中国的《聊斋志异》、《诗经》、乐府诗歌以及唐朝诗人李白、杜甫、白居易和崔颢等人的诗歌，其中最令人称道的是他的唐诗翻译，他翻译的崔颢《黄鹤楼》可以称作唐诗越译中的典范：

昔人已乘黄鹤去，

Hạc vàng ai cưỡi đi đâu?

此地空余黄鹤楼。

Mà đây Hoàng Hạc riêng lầu còn trơ.

黄鹤一去不复返，

Hạc vàng bay mất từ xưa,

白云千载空悠悠。

Nghìn năm mây trắng bây giờ còn bay.

晴川历历汉阳树，

Hán Dương sông tạnh cây bày,

芳草萋萋鹦鹉洲。

Đôi bờ Anh Vũ xanh dầy cỏ non.

日暮乡关何处是，

Quê hương khuất bóng hoàng hôn,

烟波江上使人愁。

Trên sông khói sóng cho buồn lòng ai.

　　伞沱是浪漫主义文学先驱中的佼佼者，是越南近代文学向现代文学转变时代承前启后的一位重要诗人和作家。怀清对伞沱的文学地位给予了高度评价："在现在的文坛上，只有先生是跨越两个世纪的人，先生是沟通前后两代人的桥梁。"①伞沱的诗歌集中体现了越南从旧诗向新诗过渡的特点。他在越南新诗方面义无返

---

① 〔越〕怀清、怀真：《越南诗人》，河内：文学出版社，2000年版，第11页。

顾、坚韧不拔的追求和努力，推动了民族诗歌的进步，为30年代新诗派的蓬勃发展奠定了基础。

东湖（Đông Hồ，1906—1969），原名林晋璞（Lâm Tấn Phác），是一位从旧诗走向新诗的诗人。诗歌《春姑娘》（Cô gái xuân）的发表，使东湖成为"将清风明月下、浪涛声中、自由挥洒的爱情写进越南诗歌的第一人。"①东湖最有名的是《灵凤记》（Linh phượng ký），这篇文章是哭祭妻子的文章，它半诗半文、既带有古典文风，又带有现代特色。东湖的"哭妻"与湘浦的"哭夫"形成了越南文坛20世纪20年代交相辉映的两声"绝哭"。东湖一生的文学创作都是以西贡为根据地展开的，他与河内的伞沱，一南一北，共同为整个越南新文学的发展贡献了力量。

湘浦（Tương Phố，1896—1973），原名杜氏谈（Đỗ Thị Đàm），是活跃在20世纪20年代越南诗坛上的女诗人。湘浦最著名的诗作是《秋泪》（Giọt lệ thu），这是一首哭祭丈夫的六八和双七六八混杂的诗歌。此后，她又写了《梦》（Một giấc mộng）、《遗失的信》（Bức thư rơi）等，她的诗歌被收集在后来出版的诗集《秋泪》、《湘江风雨》（Mưa gió sông Tương）和《竹梅》（Trúc Mai）中。

综上所述，随着阮伯学和范维逊等越南作家拉丁化国语小说创作的不断展开，20世纪10、20年代越南拉丁化国语文学不断兴起，为后来越南拉丁化国语的大发展准备了语言和文学条件。

＊　＊　＊

本章论述了越南拉丁化国语的创制与使用以及拉丁化国语文学的兴起。拉丁化国语是继汉字、喃字之后，第三种在越南使用的文字。越南拉丁化国语的创制是西方文化在越南传播的结果，是西方文化与越南文化碰撞、融合的产物。1651年，亚历山大·德·罗得主编《安南葡萄牙拉丁词典》的出版标志着拉丁化国语的定型，1838年，塔贝特等人出版的《安南拉丁词典》标志着拉丁化国语的完善。越南拉丁化国语的创制是越南文字历史发展的一大进步。在口语与书面语结合方面，拉丁化国语比喃字设计更合理、更科学；在学习认知方面，拉丁化国语比喃字易读、易学、易懂，更便于大众普及。20世纪初期，阮伯学、范维逊、胡表正和黄玉柏等越南作家积极运用拉丁化国语创作小说，他们的拉丁化国语创作发挥了承前启后的桥梁作用，推动了拉丁化国语文学加速兴起。外国文学翻译推动了越南拉丁化国语作为新文学语言载体不断走向成熟，使得拉丁化国语词汇日益丰富，句式

---

① ［越］怀清、怀真：《越南诗人》，河内：文学出版社，2000年版，第323页。

日益规范，文学表现能力日益增强。以伞沱为代表的浪漫主义诗人为兴起阶段的越南拉丁化国语诗歌的发展做出了重要贡献。20世纪初至20世纪20年代末是越南文学史上近代向现代过渡的重要转折时期，这一时期越南拉丁化国语的成长为20世纪30、40年代的拉丁化国语文学的繁荣奠定了坚实的基础。

第二章 拉丁化国语文学的繁荣

（20世纪30年代初至40年代中期）

20世纪30年代初至40年代中期，随着越南拉丁化国语的推广和普及，随着越南文学家们在文学道路上的不断开拓、推陈出新，越南现代文学作品题材更加丰富，体裁形式更加多样，越南现代文坛开始呈现出一派拉丁化国语文学欣欣向荣的繁荣气象。

20世纪30年代初至40年代中期，是越南民族与法国殖民者之间的矛盾空前复杂、激烈的时期；是以法国为代表的西方文化、文学思潮向越南深入传播的时期；是西方文化与越南当地文化相互激烈碰撞的时期；是法国文学与越南文学相互交融、深入渗透的时期；是越南文坛文学流派和文学样式异彩纷呈的时期；是无产阶级革命文学、批判现实主义文学和浪漫主义文学在越南文坛大亮相的时期。

第一节 无产阶级革命文学

越南无产阶级革命文学是随着越南印度支那共产党领导革命斗争的深入而产生和发展的，无产阶级革命文学是越南无产阶级革命斗争的一部分，是民族解放斗争中革命战士的呼声。

在国家沦为殖民地、民族生死存亡的紧要关头，越南革命志士们忧国忧民，为民族解放而呐喊，他们用诗歌、报告文学和小说等文学形式，揭露法国殖民者的罪行，宣扬爱国主义精神，颂扬革命战士的大无畏精神，鼓舞人民的抗法斗志。

越南人民的伟大领袖胡志明是越南20世纪最伟大的革命家、国际共产主义运动的卓越活动家，他为越南的民族解放和独立事业贡献了毕生的精力。同时，胡志明也是越南无产阶级革命文学的奠基人。在进行革命斗争的同时，胡志明写了大量宣传越南民族解放斗争的革命文学作品。

胡志明（Hồ Chí Minh，1890—1969），原名阮必成（Nguyễn Tất Thành），在革命活动初期改名阮爱国（Nguyễn Ái Quốc），胡志明是他在中国进行革命活动期间的化名，后作为他正式的名字沿用下来。胡志明出生于义安省南坛县一个贫穷的爱国儒士家庭，其父阮生瑟，1901年中副榜，先后任礼部承办及平溪县知县等职务，他为官清廉，刚正不阿。他被革职后，到南方各地教书、行医。其母黄氏銮，为书香门第之女，通晓汉文。胡志明在母亲的教育下，从小就接触中国古籍，喜读诸如《三国演义》等历史书籍，汉文功底深厚。1905年，胡志明跟随父亲来到顺化，就读于顺化国学学校，接受法、越教育。后来，胡志明因不满学校的办学方针，愤然辍学，到藩切一所进步的学校——育青学校任教。不久后，胡志明离开藩切来到西贡。

胡志明对潘佩珠等革命前辈为拯救越南民族所做的努力深为敬佩，但对他们的革命策略心存疑虑。胡志明决心到国外去实践考察，探索一条越南革命的道路。1911年，胡志明抱着救国的雄心壮志，从西贡乘法国货船来到法国。后来，他又先后到过英国、非洲和美洲等国家和地区，看到与越南一样的殖民地国家的惨痛状况，他深有感触，更坚定了拯救越南民族以及世界上被压迫民族的决心和意志。

1918年，胡志明参加了法国社会党。1919年，他代表在法国的越南爱国者致信凡尔赛和会，要求尊重殖民地民族的权利。1920年，他参加了法国社会党大会，大会通过决议成立共产党，胡志明成为第一批法共党员。在巴黎期间，胡志明在《人道》、《船工生活》和《民众》等法国报纸上发表了一些革命文章。1921年，胡志明与法属殖民地的其他革命活动家组成了"殖民地各民族联合会"。1922年，"殖民地各民族联合会"出版了自己的报纸——《穷苦者报》（Le Paria），胡志明是主要负责人之一。《穷苦者报》成为法国殖民者巢穴内的第一份革命报纸。1923年，胡志明秘密来到了苏联。1924年，胡志明参加了共产国际第五次大会，在会上被指定为共产国际东方支部的委员。1925年，胡志明在广州成立了"越南青年革命同志会"。1930年1月，胡志明以共产国际东方支部委员的资格在香港召集会议，讨论统一印度支那各个共产主义力量的问题。1930年2月，越南共产党在香港成立。1930年10月，越南共产党改名为印度支那共产党。

胡志明在进行革命活动之余，写了许多政论文章、短篇小说和诗歌等。政论文有《对法殖民制度的审判》（Bản án chế độ thực dân Pháp）、《法帝国主义在印支的统治》（Sự thống trị của chủ nghĩa đế quốc Pháp ở Đông Dương）等；法语短篇小说有《巴黎》（Paris）、《征侧夫人的叹息》（Lời than văn của bà Trưng Trắc）和《同心一致》（Đồng tâm nhất trí）等；汉文诗歌有《狱中日记》等；另外还有讽刺剧《竹龙》（Con rồng tre）等。

1941年5月，在高平省的北坡，胡志明主持召开了印支共产党的第八次中央会议。根据新的形势，胡志明提出了进行民主民族革命，推翻法、日法西斯的革命主张，决定成立"越南独立同盟"，简称"越盟"。会后，胡志明根据《越盟纲领》写了一首200多句的双七六八体长诗，宣传《越盟纲领》中的革命目标、任务等，诗歌通俗易懂、琅琅上口。

汉文诗集《狱中日记》是胡志明最著名的文学作品。《狱中日记》汇集了胡志明1942年秋到1943年秋在广西国民党监狱里写的100多首汉文诗，这些诗歌所包含的思想内容伟大而崇高，其风格就同作者本人一样朴实无华。诗集真实地反映了胡志明的一段生活经历，表现了胡志明对越南革命的无限忠诚之心，体现了胡志明的革命乐观主义精神：

> 身体在狱中，
>
> 精神在狱外。
>
> 欲成大事业，
>
> 精神更要大。

胡志明虽身陷囹圄，但他仍然关心越南民族解放事业，密切关注着越南革命形势的发展。一天，胡志明从报纸上看到有关越南形势的消息，心情激动，便赋诗一首《越有骚动》，抒发自己希望前往战场杀敌的情怀：

> 宁死不甘奴隶苦，
>
> 义旗到处又飘扬。
>
> 可怜余作囚中客，
>
> 未得躬亲上战场。

胡志明在狱中并不为个人安危而伤叹，而是为自己身陷囹圄、浪费宝贵的光阴、给革命造成的损失而痛苦，他盼望着能早日冲出牢笼、飞向自由的天地：

> 苍天有意措英雄，
>
> 八月消磨梏桎中。
>
> 尺壁寸阴真可惜，
>
> 不知何日出牢笼。

在印度支那共产党的领导下，从1930年2月至1931年4月，越南掀起了汹涌澎湃的反对法国殖民者的斗争浪潮，其中，最著名的是义静苏维埃革命运动。运动的范围遍及义静城乡，参加人数达33万多人，运动摧毁了殖民者和封建统治的上百个村或乡的地方政权组织，建立了无产阶级的新型政权——苏维埃政权，这是亚洲继中国的广州公社之后的又一个苏维埃政权组织。

胡志明的革命活动和义静苏维埃运动使得世界开始关注越南。1931年4月，共产国际第11次执委会决定承认印支共产党是一个独立的支部。这样，越南的民族解放运动就与世界共产国际运动紧密联系在了一起。

在轰轰烈烈的革命运动中，越南志士们创作了大量的革命诗文，极大地鼓舞了越南人民的革命斗志。《革命之歌》、《耕者之歌》、《动员姐妹们闹革命》和《十月革命颂歌》等都是其中的杰作：

> 兄弟姐妹们，团结起来冲锋，
>
> 我们的面前只有路一条，
>
> 那就是斗争，坚决斗争！
>
> 我们的榜样就在眼前，
>
> 砸烂旧世界奔向光明。
>
> (《十月革命之歌》)
>
> 姐妹们，走出家门、庭院，
>
> 为国分忧赛过男子汉。
>
> 看这一片锦绣山河，
>
> 岂能容法帝逞凶残！
>
> 姐妹们，让我们驰骋疆场，
>
> 定叫那敌军一败涂地、人仰马翻！
>
> (《动员姐妹们闹革命》)[①]

上述慷慨激昂的革命诗歌，犹如一声声震耳的战鼓在催人冲锋，犹如一把把锋利的匕首直刺敌人的心脏，犹如一阵阵嘹亮的钟声和号角，鼓舞着越南千百万被压迫人民奋起同敌人进行殊死的斗争。同时，诗歌也表现了越南广大人民群众为民族、为国家英勇牺牲的伟大精神。

1931年6月，在法帝及其走狗的血腥镇压下，义静苏维埃运动失败了。大批革命者被投进了监狱，白色恐怖笼罩着整个越南，革命暂时转入低潮，但革命者并没有被吓倒，他们把监狱当做战场，以诗歌为武器继续同敌人进行斗争。1932年，在昆嵩监狱，胡丛茂等人组织了"狱室骚坛"。河内火炉监狱、昆仑岛监狱和太平省监狱等，每到春节来临之时，还组织诗歌比赛。革命战士在牢狱中所作的诗歌是1930年到1945年期间革命文学重要的组成部分。

---

① 卢蔚秋，赵玉兰：《越南文学介绍》，《国外文学》，1984年第1期，第129页。

这一时期，除了革命诗歌得到迅速发展外，报告文学等其他艺术形式也相继出现。陈辉燎的报告文学《狱中纪事》（Ngục trung ký sự）、《一片心事》（Một bầu tâm sự）和《昆仑纪事》（Côn Lôn ký sự）等是其中的代表作，在当时反响极大。《昆仑纪事》揭露和控诉了法国殖民者在昆仑岛监狱灭绝人性的滔天罪行。陈辉燎（Trần Huy Liệu，1901—1969）是越南的革命活动家、历史学家，同时又是一位作家和诗人。1928年，陈辉燎因进行革命宣传而被捕，被判处5年徒刑，后流放到昆仑岛，1935年出狱，1936年加入印支共产党。1939年，陈辉燎又被捕，关押在山罗、义路等监狱，1945年越狱获得成功，参加了八月革命和越南新文化事业。从1953年起，陈辉燎先后担任文史地委员会的主任、史学院院长、越南社科委员会副主任等职务。1977年，《陈辉燎诗集》出版，诗集搜集整理了他从1918年到去世前写的80多首诗歌。陈辉燎是1996年第一届胡志明文学艺术奖的获得者，他在越南历史学、文学研究诸方面做出了卓越的贡献。

随着越南革命文学的发展，革命文学理论的选择也摆在了人们的面前。海潮（Hải Triều，1908—1954），原名阮科文，作为印支共产党早期重要的文艺理论家、印支共产党在文化阵线上的革命战士，他对越南革命文学理论的发展做出了重要贡献。30年代，海潮先后发表了《唯心还是唯物》（Duy tâm hay là duy vật）、《普通马克思主义》（Chủ nghĩa Mác xít phổ thông）等宣传马克思主义的文章。在"唯心还是唯物"、"艺术为艺术、还是艺术为人生"几次大讨论中，海潮都冲锋陷阵。海潮的贡献在于奠定了30、40年代越南文艺的马克思唯物主义方向。1996年，他被追授予胡志明文学艺术奖。

1933年，海潮与潘魁（Phan Khôi）展开了"唯心还是唯物"的论战。海潮先后发表了《潘魁先生不是一位唯物学者》、《潘魁先生是一位唯心学者》等文章批驳潘魁。1935—1939年，海潮、海清（Hải Thanh）、海客（Hải Khách）和裴功澄（Bùi Công Trừng）等与少山（Thiếu Sơn）、怀清、刘重庐和黎长乔（Lê Tràng Kiều）等展开了一场"艺术为艺术、还是艺术为人生"的大讨论。海潮在《新生活报》上发表的《艺术为艺术、还是艺术为人生》的文章中指出："与唯心主义艺术家相反，我们总是主张'艺术是社会生活的产物'。"他又指出："艺术把人们的情感社会化，又用这种社会化的情感去感染人们。因此，艺术起源于社会，同时它也服务于社会。把艺术置于社会和人生之外，认为艺术是神圣、神秘和至高无上的，这种观点是错误和无道理的——请少山先生谅解—— 也可以说是虚伪的。"[1] 讨论的结果

---

[1] ［越］潘巨棣：《越南文学》（1900—1945），河内：教育出版社，2001年版，第329页。

扩大了"艺术为人生"观点的影响，促进了人们对无产阶级艺术活动的宗旨和目的的认识，某种程度上加强了艺术家服务人生、服务社会的责任感。

1935年3月，印支共产党第一次代表大会在澳门召开。1936年5月，法国人民阵线在选举中获胜并上台执政，它对印支殖民地的控制有所放松，释放了许多印支共产党的政治犯。1936年7月，印支共产党根据共产国际第七次大会的决议，在上海召开了印支共产党中央执行委员会会议。会上，印支共产党决定改变斗争策略，把"推翻法帝国主义和没收地主的土地分给农民"的口号改为"和平、自由、丰衣足食"的口号，目的是团结一切可以团结的力量，建立最广泛的统一战线，"印支反帝人民战线"从此宣告成立。1937年3月，"印支反帝人民战线"改名为"印支民主阵线"，简称"民主阵线"。党的新主张的实行，在越南掀起了一个新的革命高潮。在民主阵线时期，印支共产党充分利用合法权利，公开出版报纸，进行革命宣传。越南革命文学从此进入一个新的发展时期。

1936年，风波（Phong Ba）在《青春之魂报》上发表了歌颂革命英雄红日为民族而牺牲爱情、青春的报告文学《无名英雄》（Không tên không tuổi）。1938年，出现了两部报告文学集，这是黎文献（Lê Văn Hiến，1904—1997）的《昆嵩监狱》（Ngục Kontum）和志城的《罪恶的监狱》，这两部作品揭露了法国殖民者残害革命者的罪行，歌颂了革命战士威武不屈、视死如归的崇高革命气节。旧金山（Cựu Kim Sơn）的《越狱》（Vượt ngục）描写了7位革命战士1932年在河内府尹监狱组织越狱成功的故事。陈庭龙（Trần Đình Long）的《在苏维埃的三年》（Ba năm ở Liên Xô）、学飞（Học Phi，1915—　）的《两股逆流》（Hai làn sóng ngược）、珊瑚（San Hô）的《九日半绝食日记》（Nhật ký tuyệt thực chín ngày rưỡi）、范春煊（Phạm Xuân Huyên）的《革命者的母亲》（Mẹ người cách mạng）等报告文学作品也产生了较大的反响，为革命文学的发展贡献了力量。

1939年底，法国殖民者在解散了越南革命群众组织后，矛头对准了印支共产党，成百上千的革命战士被捕。在南圻起义中，法国殖民者就逮捕和杀害了6000多名革命志士。法国殖民者对新闻报纸检查极为严格，革命文学被迫转入地下。1940年，日本法西斯的入侵加重了越南民族的苦难。法、日帝国主义的血腥统治并没有使越南民族屈服，反而更激起了越南革命志士为民族独立、解放的斗志。印度支那共产党领导越南人民进行了不屈不挠的斗争。1940年9月，爆发了北山起义。1940年11月，爆发了南圻起义。1941年1月，爆发了都良起义。

无产阶级文学在这一时期出现了很多"牢狱诗歌"，这类诗歌的体裁有律诗和新体诗，比义静苏维埃时期的诗歌更为凝练、艺术性更高。"牢狱诗歌"的典型代表是素友的《枷锁》(Xiềng xích)。《枷锁》是素友1939年4月到1942年3月在承天监狱里写的，它表达了诗人在敌人的折磨和拷打下仍宁死不屈、坚决斗争的决心，表达了诗人渴望和平、自由的信念：

> 身处孤寂狱中，
>
> 翘首窗外心潮难平。
>
> 我倾听狱外喧闹的人生，
>
> 狱外跳跃的世界诱人无比。
>
> 倾听风中的鸟儿在欢快地啼鸣，
>
> 倾听傍晚的蝙蝠发出振翅声，
>
> 倾听井边的马蹄声，
>
> 倾听路上的木屐声。
>
> ……

（《狱中心思》）

素友（Tố Hữu，1920—2003）是越南20世纪的著名诗人。1937年，他开始诗歌创作。1939年，他被法国殖民者逮捕，先后关押在越南中部和西原的监狱中。1942年3月，他越狱成功，出狱后继续进行秘密革命活动。素友在反对法国殖民者的斗争中，只有很少的诗歌刊登在公开的报刊上，他的多数诗歌是在监狱内外秘密传诵的。革命群众冒着被敌人搜捕的危险，阅读、传播素友的诗歌，人们从素友的诗歌中看到了革命的希望和未来。

素友的代表作有诗集《从那时起》(Từ ấy)。《从那时起》是越南无产阶级革命文学的重要作品，由三部分组成：血与火、枷锁和解放，它收集了素友从1937年到1946年期间写的71首诗歌。《血与火》是1937—1939年创作的，它描述了城市贫苦劳动人民的悲惨生活和革命战士的奋斗历程，名篇有《从那时起》和《香江的歌声》等。《枷锁》是诗人1939年4月到1942年3月在监狱里写的，它表达了诗人在敌人的折磨和拷打下宁死不屈的决心，名篇有《斗争》、《宁可牺牲》等。《解放》是素友1942—1946年创作的，这部分诗歌是对敌人仇恨的呐喊，是对日、法帝国主义双重压迫的控诉，是越南人民争取独立的呼声，是对八月革命胜利的欢呼，是对伟大领袖胡志明的颂扬，名篇有《饿！饿！》、《顺化的八月》和《胡志明》等。《从那时起》一诗是素友作为一个革命者的自我鉴定和写照：

> 从那时起，我的心中升起太阳，

真理的阳光照亮心脏。

我的心脏是花园，

清脆的鸟声、浓郁的花香。

……

我与民众的心连在一起，

我与无数受难的灵魂融为一体。

我的胸怀放之四海，

团结起来是壮大的集体。

我是万家民众的儿子，

我是万劫不灭的弟子。

我是无数弟妹的哥哥，

奔波天涯、苦不足惜。

　　诗集《越北》(Việt Bắc)是素友《从那时起》之后的又一部重要诗作，包括素友创作的诗歌和翻译的外国诗歌。在1954年成集出版之前，这些诗歌已经在革命报纸上公开登载并在群众中广泛传诵，对鼓舞抗战起到了很大的作用，可以说，它是越南人民9年(1946至1954年)抗法战争的嘹亮战歌。《越北》有描述战士开山劈路的《开路》、描述战士们行军打仗的《上西北》、反映胡志明在越北根据地领导人民抗战的《五月的晨曦》、赞颂奠边府战役胜利的《欢呼奠边战士》等。诗歌《越北》运用六八诗体，抒发了诗人对革命根据地的深深眷恋、对战友的浓厚情谊以及对领袖胡志明的崇高景仰。诗歌开头一段抒发了诗人在离开越北根据地时的留恋之情：

离越北生眷恋，

十五载情感留心间。

旧战地忘怀难。

见树思林见江思源？

江边话语绵绵，

神魂难定步履维艰。

蓝衣裳分离时，

双手紧握留恋无限。

　　在法国侵略者横行霸道、乌云遮蔽越南大地的黑暗日子里，正是胡志明擎起了救国救民的光明之灯，照亮了越南人民的前进道路：

> 黑云布敌凶残，
>
> 胡伯伯照亮人间。
>
> 民族生灵涂炭，
>
> 遥望越北意志弥坚。
>
> 革命地树共和，
>
> 十五春秋牢记心田。
>
> 人离去心难安，
>
> 鸿泰新潮历史永现。

　　（《越北》）

　　素友吸收了越南传统诗歌的营养，借鉴了"新诗"的成功之处，创作了感情充沛、斗志高昂的革命诗歌。他的诗运用了多种诗体，有唐律体、六八体、双七六八体以及自由体等。他将六八体等越南传统诗体运用到新时代革命诗歌的创作中，使之焕发出了新的活力。他的诗歌诗句精炼、韵律得当、意境高远、情景交融、感情奔放、艺术性高，是革命性与艺术性完美结合的典范。

　　素友的诗歌只有一种声音，那就是讴歌革命的高昂声音。素友的诗歌与越南民族的解放斗争有着血肉般的联系。越南人民争取独立自由的伟大事业是素友诗歌创作的丰富源泉，对祖国的赤诚之心和对人民的无比热爱是素友创作的巨大动力。

　　越南解放区的革命诗歌是革命志士抗战救国的声音，是传播印支共产党和越盟政治主张的重要渠道。春水、黎德寿等革命活动家的革命诗歌是其中的代表作。春水（Xuân Thuỷ，1912—1985），1938年被法国殖民者逮捕，在狱中，春水担任了《溪流报》（Suối Reo）的主笔。1943年出狱后，他担任越盟的机关报——《救国报》（Cứu Quốc）的主编。他的很多诗歌在革命干部和群众中广泛流传。《锁不住的大脑》（Không giam được trí óc）和《在监狱中》（Trong nhà tù）表明了一个共产党人对革命事业坚定、自信和乐观的态度。黎德寿（Lê Đức Thọ，1911—1990）是一位革命家，同时又是一位诗人。1930年，黎德寿因参加革命活动而被捕，被关押在昆仑岛监狱。1936年出狱后，他负责党在南定的报纸出版。1939年，他又被捕入狱，在监狱中，他开始写诗。《监牢》控诉了法国殖民者对革命者惨无人道的拷打，同时表达了革命者钢铁般的意志。《绿色森林的仇恨》表达了对战友牺牲的沉痛悼念和对敌人的刻骨仇恨。

进入20世纪40年代，越南无产阶级革命文学在《越南文化提纲》的指引下不断发展壮大。印支共产党1943年发表了《越南文化提纲》(Đề cương văn hóa Việt Nam)。《越南文化提纲》指出："文化阵线是经济、政治、文化三大阵线之一，共产党人要在其中展开活动。我们不仅要进行政治革命，而且还要进行文化革命；党只有领导了文化运动，才能影响舆论，党的宣传才有成效。"①《越南文化提纲》提出的"民族、科学、大众"三大文化方针，为越南新文化运动和无产阶级革命文学的发展指明了方向。之后，印支共产党倡导成立了"文化救国会"，目的是引导广大文艺工作者分清是非，辨明方向，紧密团结起来，为实现《越南文化提纲》所提出的各项任务而奋斗。

20世纪30年代初到40年代中期，越南无产阶级革命文学取得了令人瞩目的成就，成为越南拉丁化国语文学中重要的内容，成为越南现代文学不同于古代、近代文学的重要标志。

第二节　批判现实主义文学

20世纪30年代初至40年代中期的批判现实主义文学继承了近代文学史上阮劝和秀昌等人讽刺诗歌的现实主义文学传统，吸收了20世纪初期范维逊、胡表正和阮伯学等人的现实主义国语小说的优点，克服了过去现实主义文学中的缺陷和不足，较为完整地建立了符合新环境要求和新时代审美的新文学。

20世纪30年代，印度支那共产党领导的革命群众运动推动了批判现实主义文学的形成和发展，促进了批判现实主义文学与革命文学的融合。

1935年，随着越南国内政治形势的变化，印度支那共产党紧紧抓住一切有利时机，尤其是政治环境有所宽松的有利条件，鼓励作家们积极投身革命斗争，深入群众生活，通过合法的报刊发表揭露黑暗现实、反映民众痛苦的优秀文学作品。这一时期，一大批优秀文学作品的问世，使批判现实主义文学取得了前所未有的辉煌成就。小说创作队伍空前壮大，最早有阮公欢、吴必素和武重奉等，后来又加入了元鸿、南高等，最后，又出现了苏怀、裴显等。诗歌创作方面的代表人物有秀肥等，他的《逆流》是八月革命前最有代表性的批判现实主义诗集。

---

① ［越］潘巨楝：《越南文学》(1900—1945)，河内：教育出版社，2001年版，第322页。

阮公欢（Nguyễn Công Hoan，1903—1977）是越南现代文学史上批判现实主义文学的开创者。他出生在一个没落的封建官宦之家，父亲是春求县的训道。1922年，他就读于高等师范学校，1926年，他毕业后开始从事教学，担任过多个学校的教师，对各地的民众疾苦、社会弊端和官场的丑行等有深刻的了解。

1920年起，阮公欢开始步入文坛，他的第一部文学作品是短篇小说集《红颜劫》（Kiếp hồng nhan）。1930年起，他经常在伞沱主编的《安南杂志》上发表文学作品。1934年起，他先后写了短篇小说集《两个混蛋》（Hai thằng khốn nạn）、《男角四卞》（Kép Tư Bền）、《新角花旦和小生》（Đào kép mới）和《报纸主编》（Ông chủ báo）等。八月革命前，他共写了20余部长篇小说，有《心火熄灭》（Tắt lửa lòng）、《金枝玉叶》（Lá ngọc cành vàng）、《女教师阿明》（Cô giáo Minh）、《男主人》（Ông chủ）、《女主人》（Bà chủ）、《穷途末路》（Bước đường cùng）、《猪头》（Cái thủ lợn）和《清淡》（Thanh đạm）等。八月革命后，他积极投身革命，主要从事党的报刊出版工作。1954年起，他在越南文艺协会工作。1957年，越南作家协会成立，他被选举为第一届作家协会主席。在这期间，他先后写了短篇小说集《农民与地主》（Nông dân và địa chủ）、长篇小说《明暗交织的图画》（Tranh tối tranh sáng）、《混耕混居》（Hỗn canh hôn cư）和《一堆陈旧的垃圾》（Đống rác cũ）等。

阮公欢一生著述极为丰厚，共有短篇小说200余篇、长篇小说20余部和一些话剧剧本等。他的短篇小说和长篇小说可谓是平分秋色，均占有重要地位。1996年，阮公欢被追授予胡志明文学艺术奖。

阮公欢短篇小说的题材极为广泛，涉及到城市、乡村等各阶层人群。《男角四卞》讲述了城市演艺界的艰难与辛酸。《棺材》（Chiếc quan tài）描绘了农民的悲惨景象：农民死了被埋葬之后，又被洪水冲了出来，棺材在茫茫的水面上飘荡，此种景象恰似令人毛骨悚然、不寒而栗的人间地狱！《福气》（Thật là phúc）、《车祸》（Cái nạn ôtô）和《妇女是弱者》（Đàn bà là giống yếu）等则毫不留情地抨击了横行霸道、为非作歹的官吏。《猫的故事》（Truyện con mèo）和《女矿工阿创》（Sáng, chị phu mỏ）等抨击了法国殖民者对越南的疯狂掠夺。《体育精神》（Tinh thần thể dục）辛辣地讽刺了法国殖民者粉饰太平、欺骗民众的虚伪的"体育精神"。《正百户丢鞋》（Cụ Chánh bá mất giầy）讽刺了封建官吏的鸡鸣狗盗。

1935年出版的短篇小说集《男角四卞》是阮公欢短篇小说的代表作，包括1929—1935年写的15篇短篇小说，它的出版轰动了越南文坛。当时著名文学评论家海潮认为"它是一部属于写实流派的作品"。①《男角四下》成为了当时"艺术为艺术还是艺术为人生"大讨论中"艺术为人生"派的一个有力佐证，那就是文学艺术反映社会现实、为劳动人民呐喊。它的重大意义还在于，从此拉开了批判现实主义文学的序幕。

小说集名篇《男角四下》的故事梗概是，四下是一个贫穷的戏剧演员，为了挣钱给父亲看病，他不得不把重病的父亲撇在家里，出去演戏。在舞台上，他惦念着家中的老父亲，内心极端的痛苦，而表面上却要高兴地大笑、大唱，努力做各种惹人笑的动作，因为他演的正好是一出喜剧《好好知县》。他走下舞台，喜剧结束，悲剧开始了：他父亲在他演出时去世了。舞台上的喜剧与他生活中的悲剧形成了鲜明的对比。为了钱，他要卖笑；为了钱，在他哭的时候，却得违心地笑。这就是殖民地社会中越南戏剧演员的生活写照。

阮公欢的短篇小说反映了贫富悬殊的社会现象，如短篇小说《资本家的狗的牙齿》(Răng con chó nhà tư sản)：有一个多日未进食、饥饿难耐的乞丐"虎视眈眈地盯着狗的饭碟，长长的口水流了下来……他真想跟狗换一换身份，做富人家的狗！"饥饿的折磨鼓起了他的勇气，他"手拿大石块，不要命地冲了过去，麻利地抢了一块食物，急忙塞到了嘴里。"在与狗的生死搏斗中，乞丐的脸被狗抓破了，鲜血直流，他也打掉了狗的两颗牙齿。在狗主人的追赶下，他仓皇逃命……殖民地半封建的越南社会是多么不平等啊！狗吃的是鱼肉，而大街上的乞丐却粒米难寻，终日饥肠辘辘，被迫抢夺狗的食物。这个场景令人惨不忍睹！作者抓住了"人狗争食"这个典型的生活场景，从而展示了整个越南社会的贫富不均和处在社会底层的乞丐、流浪汉等人群的非人生活。

阮公欢对车夫、妓女等其他社会底层的人群也寄予了深切的同情。《马人人马》(Ngựa người người ngựa)是反映上述人群生活的典型之作：在大年三十的晚上，一个车夫正在等待客人，为的是赚了钱好回家过年。他正焦急等待之时，终于等来了一位客人。这位客人原来是一位妓女，她也正在寻找客人。她坐上车夫的车，满大街地跑了几个小时，可是人们都回家过年了，妓女未能如愿，自然也就没有钱付车费。最后，车夫在人们迎接新年的鞭炮声中，拉着车子沮丧地走在空空的大街上。作者对残酷无情现实的揭露真是入木三分，鞭辟入里。

阮公欢的短篇小说故事简单，短小精悍，主题明确，多为单线发展，叙事结

---

① ［越］潘巨棣：《越南文学》(1900—1945)，河内：教育出版社，2001年版，第361页。

构灵活。如:《棺材》是以场景为叙述中心，并没有主人公出现其中;《体育精神》是以人物的对话为叙述中心;《资本家的狗的牙齿》是以人狗争食为叙述线索展开故事。阮公欢的短篇小说中，不管是人物还是事件都具有典型性，富有戏剧性，很快能将故事的发展推向高潮，具有强烈的艺术感染力。

阮公欢以丰富的社会现实素材，以写实的创作方法，以凝练、老到的艺术手法，写出了大量反映法国殖民地时代社会现实、具有很高艺术性的短篇小说，由此奠定了他在越南20世纪30年代批判现实主义发展初期领头羊的文学地位。

1938年发表的《穷途末路》(又译《最后的道路》)是阮公欢长篇小说中的代表作。《穷途末路》是八月革命前阮公欢所写的思想性、艺术性最高的一部作品，也是越南20世纪上半叶成就最高的批判现实主义作品之一。《穷途末路》通过描写农民阿坡一家遭受高利贷、苛捐杂税和徭役等的沉重压迫，妻离子散、家破人亡，最后奋起反抗的故事，展现了一幅20世纪30年代越南农村社会的画卷，真实反映了广大农民在土豪劣绅和封建官吏的盘剥和掠夺下贫苦的生活，揭示了殖民地时代越南农村社会深层次的阶级矛盾。

《穷途末路》的主人公是一位叫坡的贫穷农民，他给自己的孩子起名时，因犯了邻居张施家的忌讳，而遭到张施的嫉恨，张施便在阿坡家的地里放上了酒糟。因为那时，法国殖民者禁止越南人私自酿酒。从此，阿坡张施两家结下了冤仇。赖议员从中挑拨离间，暗中唆使两人去衙门告对方。为了使两人斗起来，自己从中渔利，赖议员分别借钱给张施和阿坡让他们去告状，并向他们分别许诺，向县官为他们求情，他既给阿坡写了一封求情信，又给张施写了一封求情信。一开始就连县官也感到蹊跷，最后，县官终于明白了事情的原委：赖议员原来在脚踏两只船啊！

阿坡到县衙门里告状，遭到衙役的刁难和勒索，好不容易见到了县官，因为没有向县官送上"见面礼"，被县官一声令下，关押了起来。等到妻子把钱送来，他才得以释放回家。税收过后，阿坡家已经是一贫如洗。这时，赖议员来要债了。阿坡只好把自己家的地抵押给赖议员。至此，赖议员"借债占地"的如意算盘终于实现了。失去了土地的阿坡一家，只好给赖议员打工扛活。洪水爆发，河水上涨，阿坡与村民一起护河堤。此时，妻子、孩子在家忍饥挨饿。祸不单行，村里疫病大流行，阿坡的妻儿不久都先后死于疫病，留下阿坡孤单一人。阿坡悲伤、愤懑，越来越体会到了社会的黑暗和人生的残酷。他在外地做工的兄长阿和到村里看望他，给他讲解了农民受苦受难的原因，并告诉他：农民只有团结起来、齐心协力，才能推翻现在的"乡村腐朽的制度",才能活命。在赖议员组织人抢农民的稻子和霸占他们的土地的时候,阿坡和张施抛弃前嫌,与阿誉等人一起团结起来,勇敢地同赖议员斗争。阿坡一边大骂"强盗",一边抡起扁担朝赖议员打去。终因寡不敌众,阿坡被士兵们抓走了……

《穷途末路》描绘了一幅浓缩的农民苦难图:殖民者禁止私自酿酒,搞酒垄断;官吏贪污腐化,勒索农民的钱财;农民要交纳名目繁多的苛捐杂税;土豪劣绅欺压百姓,侵占土地,掠夺农民的钱财,花天酒地;护堤建坝,徭役连绵;洪水泛滥,饿殍遍野;疫病肆虐;农民愚昧落后;农村迷信盛行。从反映历史事实的角度看,《穷途末路》堪称一部记录20世纪30年代越南农村现状的长篇记实小说。

《穷途末路》中的主人公阿坡是作者着力塑造的典型人物形象。阿坡从小生活在自己家乡狭小的范围里,对外面的世界了解甚少。因此,对赖议员的欺骗伎俩和种种花招,他难以识别。当赖议员借钱给他,让他去告张施的时候,阿坡还满心感激,他把赖议员的信当成了救命稻草。到了县衙,每逢有人问他,他总是回答,他替议员老爷送信,但是无人理睬他。当阿坡把信递给县官的时候,他以为这总算大功告成了,不料却惹来县官的一阵雷霆咆哮。阿坡哪里知道,赖议员的信中写明他得"上贡25元",他却因不知内情没给县官送钱,结果被关押了起来。正是阿坡自己的愚昧无知把他自己稀里糊涂地送进了监狱,白白浪费了对他来说一分顶千金的几十元钱,以此种下了祸根。当然,阿坡的愚昧并不是他悲惨命运的根本原因,根本原因是殖民地、半封建的社会制度。说到底,阿坡的愚昧是殖民者和封建统治者长期实行愚民政策的结果。经受了苦难生活折磨的阿坡,在接受了新思想的阿和的开导下,逐渐认识到了自己苦难命运的根源以及自己寻求解放要走的路,从一个封闭、狭隘、愚昧、逆来顺受的农民渐渐觉醒成为敢于斗争的人。

阿坡是20世纪30年代越南农民的一个典型代表,他的悲惨经历正是广大越南农民悲惨命运的缩影,他的觉醒说明了在印支共产党的号召下,广大农民正在觉醒、奋起斗争。

赖议员是作者塑造的一个反面人物形象。赖议员年轻时是一个胡作非为的浪荡公子,他不学无术,生性贪婪,靠盘剥百姓发家,又用钱买了一个"人民代表院"的议员头衔。赖议员狡诈阴险,善于玩弄花招,欺骗愚昧无助的百姓,他是制造矛盾、利用矛盾的老手。这方面成功的范例是,唆使有点小矛盾的阿坡和张施两家相互告状,然后借钱给他们,当他们无力还债时,便占有他们的土地。赖议员之所以为所欲为,是因为他收买、勾结各方黑恶势力,上下串通,沆瀣一气,欺压百姓。赖议员是法国殖民者的爪牙、封建势力的代表。

《穷途末路》成功的另一个关键因素是它精彩的细节描写。当阿坡走进公堂，见到县官时，小说有这样的细节描写：

就看县官老爷本身，已经是威风凛凛了。不仅如此，在他的后面、前面、右侧和左侧，还摆放着一些胆小之人一见便顿时毛骨悚然的刑具：青剑、短枪、长枪、剑、刀、戟……要是谁被刺一下保准会呜呼哀哉！

望着这些利器，阿坡的脸霎时变得煞白。

突然，县官抬起头扫了他一眼，这一眼就像一股电流使他头晕目眩。他吓得颤抖起来，连气都不敢出一口。

——干吗？

听到粗大的喉咙里发出的嗡嗡的两声，阿坡舌头僵硬得说不出话来。县官问完便马上低下头盯着他的麻将牌。这时，阿坡才慢慢回过神来，懵懵瞪瞪地想起自己是来干什么的。

阿坡从口袋里掏出信，抚摸平整，走到办公桌旁边，他禁不住又开始颤抖、遗忘，他断断续续地只说清了几个音：

——拜……官……老爷。

阿坡哆哆嗦嗦把信放到了桌子上，然后退回到墙角，袖手站在那里好定定神。

县官仍然两眼紧盯着白骨麻将，伸手摸到信，然后，把信撕开。读了几行，他抬起头来，说道：

——怪事，你家的议员老爷真是反复无常！前天写信托我让阿施这小子胜诉，今天又托我让你胜诉。

阿坡越发糊涂了，他真搞不懂议员老爷葫芦里卖的什么药，为何脚踏两只船。

县官把信读完，头也不抬，说道：

——好吧，看在议员老爷的份上，放你一马，听见了没有。到书记员的办公室，我让他给你录口供。

阿坡答应着，望着县官就像望着一位恩人一样。这时，县官一边读信，一边伸手往放在桌角的空碟里摸，他摸了两圈，什么也没摸到。他猛然抬起头，两眼直盯着阿坡，惊讶地问道：

——在哪里？

阿坡跟县官一样惊讶，因为他不知道对方什么意思，但他还是回答道：

——是。

县官眉头一皱，问道：

——是什么？在哪里？你的议员老爷没嘱咐你该怎么做吗？

——回禀老爷，嘱咐过了，小的来这里求官老爷高抬贵手。

县官点头道：

——这我知道，可是求官办事没有空口说空话的呀！

接着县官开始发火了：

——你小子别胡扯！议员老爷写信给我说，你要送见面礼5元，酬谢金20元。要不，我怎么会说放你一马呢！

上面这部分精彩的细节描写，把阿坡进衙门的怕官和县官贪婪的心态和神态描绘得惟妙惟肖。"县官一边读信，一边伸手往放在桌角的空碟里摸"，他是在摸钱，他桌子上的空碟子是专门让求他办事的人放钱的。"官府衙门朝南开，有理无钱莫进来"，进了衙门先把钱奉上，这是官府办事的规矩。所以，县官连看都不用看，就直接伸手去摸钱。作者如此精当的细节描写真令人拍案叫绝。

阮公欢1939年发表的《猪头》是与《穷途末路》同一题材的长篇小说，作品讲述了两个豪绅为争夺祭祀职位"先指"而展开的争斗，以此抨击了土豪劣绅的勾心斗角和对百姓的巧取豪夺。

阮公欢的小说以语言凝练、讽刺性强、诙谐幽默见长。阮公欢总是以讽刺的三棱镜来看当时的社会。越南殖民地半封建社会本来就充满了矛盾、畸形，本来就是一场闹剧和悲剧，它为作者创作提供了丰富的素材。阮公欢在《我的写作生涯》（Đời viết văn của tôi）一书中指出："我是一个悲观怀疑、轻世傲物和喜欢讥讽的人。在殖民制度下生活，我感到什么都充满虚伪、欺骗。我蔑视一切，一切对于我来说，只是玩笑而已。因此，我喜欢讥讽。"[①] 在讽刺中，为了突出事物的矛盾，阮公欢经常采用夸张的手法。在作品中，为了加强批判的力量，作者努力突出讽刺对象可鄙、可笑的方面。

在短篇小说《体育精神》中，作者用诙谐的笔调，讽刺了法国殖民者所倡导的体育运动和所谓的"体育精神"。对现代人来说，看足球赛是一件轻松愉快的事情。可对于越南20世纪30年代那些吃不饱、穿不暖的穷苦农民来说，无疑是一件痛苦的事情。小说中描绘的抓人看球的景象就像是抓壮丁一样：乡村的黎明被吵闹声、哭喊声所打破，里长在村亭里大声叫嚷着，命令巡丁去抓那些没有按时到达的人。

---

① ［越］阮公欢：《我的写作生涯》，河内：文学出版社，1971年版，第128页。

巡丁举着火把，拿着戒尺，破门而入，把那些藏起来的农民生拽硬拉地拖到集合地点。紧张、激烈的"大搜捕"结束后，人数仍然没有达到规定的要求。在去县城的路上，里长、巡丁就像是押着一队俘虏兵，提心吊胆，生怕哪个再跑掉，更加不好交差。

八月革命后，阮公欢的创作领域有所扩大，除了小说，他还写了报告文学《昆仑岛的八月》等以及回忆录《我的创作生涯》。

阮公欢半个世纪的写作生涯，创作了大量艺术性很高的文学作品，给越南人民留下了宝贵的文学遗产。阮公欢是越南拉丁化国语文学兴起后不久崛起的第一位批判现实主义作家，对拉丁化国语的丰富和完善、对拉丁化国语文学的发展做出了重要贡献。

吴必素（Ngô Tất Tố，1894—1954）是一位著名的批判现实主义作家，是越南现代文学史上具有重大影响的作家之一。他出生于一个儒士家庭，祖父是个秀才，父亲虽未博得什么功名，但也是一位饱学之士。吴必素22岁时在当地的一次考试中拔得头等。他在儒学日渐衰败的环境中成长，较早地开始从儒学转为西学，抛掉毛笔，拿起钢笔从事写作。他目睹了地主土豪残酷剥削农民的现实，看到了封建科举制度的虚伪和腐朽，并在自己的作品中予以无情的揭露和抨击。

吴必素从20年代就开始在《安南杂志》、《东方报》、《未来报》和《海防周报》等报纸上发表文章，其中多数文章是杂文。他驰骋报界，能言善辩，被武重奉称为"儒林中的出色言论家"。1948年，他被吸纳为印支共产党党员。同年，第一次全国文艺大会召开，他被选为越南文艺协会执委会委员。在抗法战争期间，他积极融入革命潮流，以自己的文学才能服务于人民和抗战，他创作了一些短篇小说、随笔和戏剧剧本。他的十幕嘲剧《女战士裴氏福》（Nữ chiến sĩ Bùi Thị Phúc）赢得1952年的文艺奖。随笔《部队的节日礼物》（Quà tết bộ đội）等反映了祖国的新面貌和人民的新生活。除文学创作外，吴必素还从事哲学、古典文学和历史方面的研究以及外国文学作品的翻译，留有《老子》、《墨子》、《越南文学》和《唐诗》等著作和译作。

吴必素的文学创作主要是小说和杂文，重要的作品是长篇小说《熄灯》和《草棚与竹塌》以及短篇小说集《乡事》（Việc làng）等。

吴必素的代表作是长篇小说《熄灯》（Tắt đèn）。《熄灯》是反映20世纪30年代越南农民悲惨生活的又一力作，它与阮公欢的《穷途末路》交相辉映、相得益彰，成为反映30年代越南农民悲惨命运的两部经典小说。《穷途末路》侧重对整个农村生活进行全面描述;《熄灯》则侧重对农民所承受苛捐杂税的深入描写。

人头税等各种赋税是法国殖民者在越南农村掠夺的一个最重要的手段,是挂在农民头上一把锋利的剑。小说《熄灯》的主人公是乡村妇女阿酉嫂。在不到一年的时间里,阿酉嫂的婆婆和小叔先后去世,她和丈夫料理完两桩丧事,家里已经是一贫如洗。因缴纳不起法国殖民者的人头税,他的丈夫阿酉被官府抓去,惨遭毒打。为了救丈夫,阿酉嫂只好忍痛将自己7岁的女儿和一窝小狗卖给大土豪议员阿贵家。当她凑足钱,前往缴纳阿酉人头税的时候,收税官却告诉她,8个月前死去的她的小叔也得纳税。听到这话,阿酉嫂顿时如五雷轰顶。她家已经没有什么可以卖了。为了活命,她只好把自己未断奶的孩子托付给邻居,去给巡抚的父亲做奶妈。在巡抚家,阿酉嫂险遭玷污,被迫逃离了巡抚家。然而,外边一片漆黑,她能跑到哪里去呢?她的命运就像夜晚一样黑暗、渺茫。

《熄灯》塑造了阿酉嫂吃苦耐劳、忍辱负重、善良勇敢的越南农村妇女典型形象。阿酉嫂虽然是一个家庭妇女,但在丈夫被抓去之后,勇敢地挑起了家庭的重担。为了纳上税、救出被关押的丈夫,她把家里能卖的诸如甘薯之类全卖了,仍然凑不足税款。万般无奈,她把自己的女儿和一窝小狗卖了2元钱。遍体鳞伤的丈夫回到家,她精心伺候。隶兵头目带领一帮人来到阿酉嫂家,逼迫阿酉嫂交纳她小叔的人头税,并且动手打她丈夫。面对隶兵的暴行,阿酉嫂忍无可忍,挺身而出,保护丈夫。身强力壮的阿酉嫂与隶兵搏斗了起来,把虚弱的大烟鬼兵摔了个嘴啃泥。在官衙的审判过程中,她顶住了知府的利诱和胁迫,保持了自己的清白。后来在省里,为人当奶妈,又险遭淫官的暗算,阿酉嫂反抗,逃出了牢笼。面对一次次的恶势力,阿酉嫂一次次地奋起斗争,从不屈服,表现了越南妇女勇敢刚烈的精神。在《熄灯》中,阿酉嫂的勇敢与丈夫的胆小怕事、逆来顺受形成鲜明的对比:当阿酉看到阿酉嫂把隶兵摔出去的时候,他"被吓坏了",急忙阻止妻子:"孩子他娘不要这样!别人打我们没事,我们打别人可要蹲监狱的。"阿酉嫂回答说:"宁可蹲监狱!让他们横行霸道,我实在忍受不了。"

《熄灯》的发表,产生了巨大的影响,受到当时文坛的高度评价。武重奉在《时务报》上发表的《吴必素〈熄灯〉介绍》一文中指出:"吴必素长期生活在乡村,他的《熄灯》是服务于农民的社会论题的小说,是前所未有的杰作。阅读《熄灯》时,就连最挑剔的读者也不得不佩服吴必素对农村种地、收税、大吃大喝、恶棍横行和农民卖儿卖妻等的仔细入微、全面的观察。"①

---

① [越]潘巨棣:《越南文学》(1900—1945),河内:教育出版社,2001年版,第401页。

民主阵线时期，农民问题是一个得到各界关注的问题。1937年，长征和武元甲发表了《农民问题》一文。《熄灯》此时的发表，对党的农村斗争是一个声援。

吴必素从一位封建儒学出身的儒士成长为一位封建科举制度的反叛者、掘墓人。在20世纪30年代复古运动泛滥之时，吴必素敢于急流勇进，奋勇杀出，对他自身来说无疑是一场革命，他发表的长篇小说《草棚竹榻》就是吴必素的"革命宣言"。

在小说《草棚竹榻》（Lều chõng）中，主人公陶云鹤年轻才高，在当地享有盛名。他与同窗阮克敏、裴督宫一起参加乡试。阮克敏学力不足，裴督宫触犯考规，两人均未金榜题名。只有云鹤一人考得非常出色，深得主考官的好评，理应中解元，但主考官见此人年轻傲气，遂作罢，让云鹤"磨练老成"之后，方可重考。云鹤虽然厌倦科举，可妻子的殷切希望和亲人的重托，催促着他继续努力。到第四次考试时，阮克敏中了秀才，裴督宫中了举人，云鹤中了守科。云鹤与督宫一起进京参加会试。途中督宫染病罢考回家，云鹤独自继续前行。会试结束，云鹤中会元。在庭试的试卷中，虽然答得很好，但犯重讳，被关押，后被释放，革去一切功名。遭受多次举业挫折的云鹤，此时已经是看破红尘，再也无心科举了。他的妻子在进士太太的梦破灭之后，也"悔叫夫婿觅封侯"，不再逼着丈夫往仕途发展了，只希望能过上一种夫妻在一起、自由自在的生活。

《草棚竹榻》通过描写颇有才学的知识分子云鹤在科举仕途上奋斗、最终理想破灭的过程，有力地鞭挞了空疏无用、迂腐甚至欺世盗名的科举制度，对复古思潮予以有力的反击。围绕旧时代知识分子的生活遭遇，作者又深入解剖了官场和社会，揭露了科举出身的官吏昏聩无能以及官场腐败堕落等社会现象。

吴必素的祖父曾经7次参加乡试，仅仅考中秀才，他父亲6次扛着"草棚与竹榻"为科举考试而奔波了一生，没有取得任何功名。吴必素属于越南最后一代儒士，他曾为实现他父辈的夙愿在科举场上奋斗过，他虽然满腹经纶，才华出众，是当地有名的才子，但是，两次赶考均以失败告终。吴必素目睹过赶集般的考试场面，亲身经历过烦琐的考试过程，他对科举考试制度可谓是了如指掌，对封建时代知识分子受到的科举制的毒害有深刻的体会和切肤之痛的感受。

在小说中，吴必素对考场的布置、考试的程序和规则、考生和主考人员的言行、考生们的丑态等的描述是那样的细致入微，对封建科举的批判是那样的深入透彻，击中要害，展示的科举考试是那样的真实可信，小说的细节描写是那样的入木三分："在赶考泥泞的路上，有一位头发斑白、胡子也白了的老者，脖子上套着考试的棚架，肚子上压着竹榻、笔墨，正四仰八叉地躺在路边。"这位老者的志向是死也要死在考场上！当听到落榜的消息后，考生们"发疯般地向考场里扔砖头"，他们"嚎啕大哭"，他们"喝得酩酊大醉，吐得一片狼籍"。

作为一位科举出身的儒士，吴必素对理想中举人、状元的生活流露出淡淡的向往之情。在小说中，作者以一个欣赏者的态度，津津有味地描述了仙乔榜眼和琼林进士等儒士们舞文弄墨的悠闲生活。这也是作者对科举仕途复杂、矛盾、微妙心态的真实体现。

《草棚与竹榻》的艺术表现手法颇有值得称道的地方：小说以一个宏大张扬的迎接金榜题名的进士返乡的场面开始，又以一个科举失败、沮丧的场景结束。作者很明显在营造一个科举制度从欣欣向荣到江河日下衰败的历史大背景，然后在这个历史背景下展开人物的命运演变。

云鹤是作者倾力塑造的一个悲剧人物，他第一次考中而未取，第二次在即将胜利之时，又被查出犯了"重讳"。"才命相克"是封建社会的现象，"有才未必胜出"在科举场上屡见不鲜。作者就这样给云鹤界定了一个"怀才不遇"的悲剧形象。

除小说创作外，杂文是吴必素文学创作独具特色的重要组成部分。吴必素抱着忧国忧民的情怀，以极其猛烈的火力向法国殖民者和封建势力发起进攻，他的杂文尖刻、犀利、富有战斗力。

《统使大人与那天的一场雨》(Ông thống sứ với trận mưa hôm nọ)对印度支那殖民地统使进行了毫不留情的讥讽。文章一开始先点题：统使大人在离开安南之时，天下了一场凉爽宜人的"及时雨"。围绕这场雨与统使离任的关系，作者展开了由浅入深、由表及里的论证。作者先是引经据典地论证了历史上"雨与人的关系"：《尚书》记载，商朝汤王在与夏朝桀作战时，杀了很多人，上天动怒便连续7年大旱。汤王来到民众中祈祷，对自己的6条失德的事情进行忏悔，上天感其心诚，便下了一场大雨。接着，作者又引用了《后汉书》的一个例子：郑弘刚上任时，天下大旱，他便消减赋税徭役，让民众休养生息。之后，他的车走到哪里，那里就下雨，史称之为"随车致雨"。在回顾历史后，作者回到了现实问题："统使大人的'留'与'去'难道不惊动上天吗？"接着罗列了统使在安南时的"功绩"：为自己的女儿出嫁购置了无数的珠宝，从国库中提钱来养越奸黎胜一家等，如此"有功"于殖民地的统使，在离开时，难道老天不会留恋吗？最后，作者认为，同历史上的例子一样，统使的走与雨也是有关系的，只不过区别在于，汤王和郑弘是来到民众中间的时候下的雨，而统使是离开安南的时候下的雨。作者的潜台词是，上天下雨并非感统使之功德，而是庆贺统使离开安南，庆贺安南人民终于摆脱了这位可恶的统使。

在《统使大人与那天的一场雨》一文中，吴必素把学问型的博征旁引与民间文学的幽默和讽刺有机结合，逻辑推理顺畅，论证有力，鞭挞切中要害。

《安南官吏的发财之道》《未来与太上老君》等对从越奸黄重夫到搜刮民众的知县、知府无不给予毫不留情的批判；《打西牌》等抨击了法国殖民者及其爪牙炮制的所谓的"人民代表院"、"开智进德会"等骗人的政治组织；《要问那座庙先供奉何方神仙?》《他们又要靠那堆干骨头吃饭》等抨击了佛教振兴运动和当时兴起的迷信风潮；《劳驾勒·暮亚·季羌先生这件事》等讽刺了"欧化"、"青春快乐"运动。

吴必素是越南现代文学史上继阮公欢之后、又一位著名的批判现实主义作家，他的文学成就是20世纪30年代越南文坛上的一座丰碑。1996年，吴必素被追授予胡志明文学艺术奖。

武重奉（Vũ Trọng Phụng，1912—1939）是一位才华横溢、英年早逝、风格鲜明的批判现实主义小说家。武重奉出生在一个贫穷的工人家庭，其父是一名车工，在武重奉7个月的时候，父亲死于痨病。其母是一位善良的家庭妇女，靠为别人缝补衣服赚一点小钱，含辛茹苦地供武重奉上学。武重奉16岁小学毕业后，母亲再也无力供他上学，他只好中断学业，去打工挣钱。一开始他给皋辒商行当打字员，只工作了两个月就失业了。不久后，他到远东出版社当打字员，两年后被解雇。武重奉从18岁开始给《午报》、《日新报》、《河内报》、《印支杂志》、《星期六小说》和《骚坛杂志》等撰文、写小说，从此，他完全转向职业写作。卖文的生活极其艰难，他于1938年患上肺痨，无钱医治。最后，他吸食鸦片，企图以此延长自己的生命。1939年10月13日，武重奉去世，享年只有27岁。从开始写作到他去世的11年中，武重奉写了包括小说、剧本和报告文学在内的20余部作品以及大量登载在报刊上的文章。

武重奉第一部正式出版的作品是三幕话剧《死气沉沉》（Không một tiếng vang），这部话剧是按法国古典戏剧的"三一律"写成的。通过大顺一家败落景象的展示，诉说了劳动人民贫穷化的现实，抨击了金钱万能的社会。报告文学《人的陷阱》（Cạm bẫy người）和《嫁西方人的技艺》（Kỹ nghệ lấy Tây）的发表引起了人们的关注，被称为"北国纪实文学之王"。1935年到1936年，武重奉创作颇丰，多部长篇小说连续诞生，有《暴风骤雨》、《红运》、《决堤》和《妓女》（Làm đĩ）等，另外还有一些短篇小说和报刊文章等，这些作品形象地勾画出了从农村到城市的越南殖民地社会的宏大画卷。

《暴风骤雨》(Giông tố)是武重奉两部最成功的作品之一。1936年,《暴风骤雨》在《河内报》上连载,1937年印刷成书出版。它的面世,就像在当时文坛扔下了一颗重磅炸弹,引起极大的震动。

《暴风骤雨》的故事是从大地主、大资本家谢庭赫一家发生的事情而展开。有一位乡村姑娘叫蜜,在一个月光皎洁的夜晚去挑稻草,被大地主谢庭赫骗到汽车里奸污了。蜜的父亲是一名教书先生,他愤怒地向县官提交诉状,控告谢庭赫的兽行。县官是一位年轻的留法归来的法律博士,对蜜姑娘的遭遇非常同情,在断案时公正执法。可是由于被告谢庭赫有总督的大保护伞,轻而易举地打败了原告,年轻的县官也被迫辞职。新来的县官公开祖护赫议员,此案难以公平了断。最后,在谢庭赫的大儿子、河内一所学校的校长秀英的"调解"下,蜜姑娘屈辱地成为了谢庭赫的第12个小妾。同时,秀英的秘书阿龙,原来是蜜姑娘的未婚夫,现在又成为谢庭赫的女儿雪姑娘的未婚夫,当然,这也是秀英"调解"的结果。

谢庭赫与一法国大资本家勾结,妄图控制鱼露的垄断权。同时,他还想竞选下一届议员,甚至觊觎议院议长的宝座。为了粉饰自己的形象来竞选议员,他赈济贫民,得到了殖民政府颁发的"北斗"勋章。这时,一个神秘的老者露面了,他就是谢庭赫的"老朋友"海云。谢庭赫曾经用阴险狡诈的手段将海云送进了监狱,后抢走了海云的老婆。海云经过多方活动才从监狱里出来。他这次来,"并不是报仇,而是给赫议员看风水和看面相"。在海云的安排下,谢庭赫亲眼看到了他大老婆的偷情。在谢庭赫的大老婆床前,海云告诉谢庭赫,阿龙是他的儿子,而秀英是自己的儿子。谢庭赫现在不得不喝下自己以前酿制的苦酒。最后阿龙在得知阿雪姑娘竟是自己亲妹妹的事实真相之后,割腕自杀。

《暴风骤雨》成功地塑造了谢庭赫这个大地主、大资本家的典型形象。谢庭赫是各种黑暗势力的总代表,是一个奸诈、淫荡和狠毒的大地主、大资本家。他有庞大的家产:一座500亩地的庄园,广安有一座煤矿,河内有30幢法式房,海防有40幢法式房。他所居住的是"宫殿般的房子",有11个伺候他的"妃子般"的丫鬟,小妾有11个,还有许多随时听他调遣去干坏事的爪牙,他过着一种穷奢极欲、荒淫糜烂的生活。

谢庭赫的发迹史是一部无数劳动人民家破人亡的血泪史。26年前,谢庭赫只是一个建筑队的工头。他阴险毒辣地用计将自己的朋友海云打入监狱,后把海云的妻子占为己有;他向良民的田里偷偷放酒糟,然后向税务机关报告他们私自酿酒，他们被课以重税，谢庭赫就乘人之危，低价收购。靠这种手段，他占有了良民的300多亩地；他打死人，扔到井里，然后诬陷说是他自杀；他肆意凌辱少女，最后竟胁迫被害少女做自己的妾。他的丫鬟和小妾每个人都有一部辛酸史、血泪史；他贪婪成性，在农村靠地租等掠夺农民；在城市，他依仗殖民者的保护伞，进行各种商业经营，谋取暴利。他既是一个恶贯满盈的恶棍，同时又是一个善于乔装打扮的伪君子。他用掠夺来的财物赈济贫民，以粉饰自己的形象竞选议员。

阿龙是《暴风骤雨》中另一位重要的人物。阿龙原来是一个没有人要的孤儿，后来他谋得了学校校长秘书的职务，与一个乡村姑娘阿蜜相爱了。当他得知阿蜜被谢庭赫奸污后，他的心都流血了，并且发誓要报仇。在秀英的"调解"下，谢庭赫的女儿、秀英的妹妹阿雪嫁给阿龙，阿龙屈辱地接受了这一条件。事情远没有结束，使阿龙更加震惊的是，奸污他未婚妻的人原来竟然是他的亲生父亲！而与自己结合的阿雪又是他的亲妹妹！丑恶的乱伦！阿龙人生一切美好的愿望、理想全部破灭了，他的心理防线彻底崩溃了，他再也没有勇气面对人生，最后割腕自尽。这一切都是谢庭赫这个恶霸种下的苦果，都是畸形怪诞社会的产物，阿蜜、阿龙等人是其中的受害者。

《暴风骤雨》无情揭露了以谢庭赫为代表的腐朽堕落、荒淫无度、贪婪狡诈的各种封建势力，真实地反映了越南殖民地半封建社会从农村到城市民不聊生、黑暗势力横行的现实状况。《暴风骤雨》比当时的任何一部作品反映的社会面更广阔，容量更大。

武重奉的另一部代表作是《红运》（Số đỏ），这是一部长篇讽刺小说，它从1936年7月起在《河内报》上连载，1938年成书出版。

《红运》讲述了流浪者红毛春靠低三下四向贵妇人献殷勤，通过伪装、欺骗等手段而一步步攀上上流社会的发迹史。红毛春从小就是一个孤儿，曾经被人收养，因其不良行为而被赶出了家门。之后，他四处游荡，沿街吹着喇叭推销假药，卖报纸，还做过电影院的引导员，后来又在一个体育会馆做捡球员。在为少爷、小姐们服务的过程中，红毛春认识了一个寡妇——海关副关长夫人。副关长夫人的第一任丈夫是一个法国人，生前任海关副关长；第二任丈夫是一个越南人，生前是通判。曾经做过法国人的妻子这是一种荣耀，所以法国丈夫虽死了很多年，但她还是乐于让人称呼自己为"关长夫人"。得到关长夫人的"垂爱"之后，红毛春便从此交上了"红运"。在关长夫人的介绍下，阿春来到了她的侄儿、法国留学生文明开设的时装店内帮忙。这是一家"专为'欧化'运动中的女性服务的时装店"。

同时，阿春还被聘请为"关长夫人和文明妻子的网球教练"。阿春开始参与"社会改革运动"，对"社会文明还是野蛮"担负不可推卸的重任。靠着过去卖假药时背熟的一些医药名词，阿春被文明捧为"医药学校的学生"。从此，红毛春的头衔也越来越多，诸如"医生"、"社会改革家"、"网球教授"以及"欧化时装店的管理人"等。靠文明和关长夫人的"包装"，红毛春人模人样地走进了上流社会。交往的人士也多为上流人士，有画家迪夫纳、医生郅语、保皇政治家舟戴葫，还有阿鸿老爷的掌上明珠阿雪小姐等。红毛春不断被邀请参加各种各样的社会活动，如被增福法师聘请为宣传佛教振兴的《敲木鱼报》的顾问等。红毛春一天天红了起来，受到人们的敬畏。他的愚蠢被视为谦虚。他越是蔑视人们，人们越是尊敬他。文明夫妇明知红毛春的底细，但鉴于红毛春的大红大紫，不吹捧又不行，可谓是骑虎难下。

小说的最后一章把故事推向了高潮。红毛春在与暹罗网球冠军的比赛中，在即将取得胜利的时候，根据总督的指示："要保持一个友邦的友好"，而故意输掉了这场比赛。在散场的时候，红毛春站在汽车上慷慨激昂地宣称：他"拒绝了个人的声誉"，"挽救了祖国的安全与和平"！万众欢声雷动，欢呼这位"把他们从战争灾难的边缘拉回来的救国英雄和伟人"。最后，"开智进德会"吸收他为会员，总督府授予他"北斗"奖章，阿鸿老爷高兴地宣布把他的女儿阿雪嫁给红毛春。

武重奉用独到、犀利的笔锋，无情揭露了文明外衣掩盖下资产阶级上流社会腐化堕落的生活，抨击了当时掀起的"西化运动"、"体育运动"和所谓的"女权解放运动"，讽刺了红毛春、文明夫妇之流打着"文明"、"进步"和"社会改革"的旗号，践踏传统道德的无耻堕落的勾当。《红运》是从印支总督到法人遗孀、蓬莱旅馆老板和佛教界人士等各种社会势力上演的一出怪诞、滑稽的闹剧。红毛春是充满骗局、腐化堕落社会的"英雄"，他的"红运"是荒诞畸形社会的产物。在《红运》中，武重奉的讽刺艺术达到了登峰造极的地步。读过《红运》的人，无不为他高超的讽刺手法所折服！

武重奉的小说流露出浓重的自然主义创作倾向。在《红运》中，作者为了将红毛春这伙小丑的丑态暴露无遗，采用了自然主义的写真手法。小说《妓女》则是一部典型的自然主义小说，在小说中，武重奉运用弗洛伊德的学说，对妓女的活动进行了忠实的记录和叙述。

武重奉一生穷困潦倒，处在社会的底层，他亲身感受和目睹了光怪陆离、混乱畸形的黑暗社会，他愤世嫉俗、悲观失望。他的作品流露出了宿命论的人生观。

武重奉虽然有与社会底层劳动人民接触的机会，但他不相信越南人民自己能改变现状。

　　武重奉是一个颇有争议的作家。在他活着的时候，就有人对他的作品提出质疑，武重奉每每给予还击。1936年9月，泰斐（Thái Phi）在《文讯报》上发表了《淫秽文章》。他在文章中指出："有的作家（指武重奉）硬是把淫秽的东西塞到他写的作品中。他们借口写真主义，毫不顾及地描写淫秽的东西，因此作品生硬牵强，极力以此打动读者的观感，并不考虑艺术。"[1]　随后武重奉在《河内报》上发表了《致<淫秽文章>的作者泰斐的一封信》，对泰斐的文章予以了驳斥。1937年3月，在《今日报》上出现了署名一枝梅的文章《淫还是不淫》，文章对武重奉指名道姓地批判："武重奉戴着黑眼镜看世间，他有一副黑脑子，文章也是黑的。"[2]　虽然武重奉势单力薄，但他总是以真理拥有者的姿态，勇敢地为自己辩护。武重奉在《将来报》上发表了《对<今日报>的回答：淫还是不淫》，对一枝梅的文章进行了毫不留情的反驳，措辞坚定有力："真实描写可恶的社会，抨击有钱人的腐化淫荡，为被压迫被剥削的贫民喊冤叫屈，希望社会公平、没有污秽和淫荡，这被称为小家子气。难道罗拉、雨果和高尔基也是小家子气吗？……对我来说，这个社会所看到的全是令人憎恶的：官吏贪污腐败，妇女学坏，男人嫖娼，文士投机取巧，有钱人荒淫无度，农民船工生灵涂炭。"[3]

　　武重奉逝世后，越南文学界不少文人对武重奉给予了很高的评价："时代的作家"、"越南的巴尔扎克"。在1949年越北文艺研讨会上，素友指出："武重奉不是革命的作家，但革命感谢他揭露了社会的丑恶现实。"[4]　1954年后，越南文学评论界对武重奉的定位是"八月革命前批判现实主义的代表作家之一"。在1958年资产阶级的"人文佳品"运动中，武重奉被提高到了很高的地位，目的是借吹捧武重奉来宣扬资产阶级的那一套东西，攻击越南共产党。由于"人文佳品"运动的牵连，武重奉的作品不再印刷，学校也不再把武重奉的作品列入教学计划。虽然不少有识之士呼吁公平、客观地看待武重奉问题，但只有到了20世纪80年代越南共产党推进"革新"运动之后，武重奉问题才真正得到彻底解决。1987年出版了《武重奉选集》。在武重奉诞辰75周年之时，越南文学界召开了一次规模空前的"武重奉文

---

①　[越]潘巨棣：《越南文学》(1900—1945)，河内：教育出版社，2001年版，第413页。
②　[越]潘巨棣：《越南文学》(1900—1945)，河内：教育出版社，2001年版，第414页。
③　[越]潘巨棣：《越南文学》(1900—1945)，河内：教育出版社，2001年版，第414页。
④　[越]潘巨棣：《越南文学》(1900—1945)，河内：教育出版社，2001年版，第416页。

学作品研讨会"。在这次会议上，越南广大文学工作者对武重奉的作品和创作事业进行了客观历史的评价，重新确立了武重奉在越南现代文学史上的重要地位。

武重奉的文学生涯是短暂的，但他在越南文学史上留下了不可磨灭的印记。尽管武重奉的思想是复杂和矛盾的，但他作品的主旋律是批判黑暗现实、"为人生"和进步的。

元鸿（Nguyên Hồng，1918—1982），原名阮元鸿（Nguyễn Nguyên Hồng），是20世纪40年代有名的批判现实主义作家。他出生在一个下层职员家庭，父亲曾做过监狱看守，后失业。在元鸿12岁的时候，父亲去世。从此，一家生活陷入极度困苦之中，元鸿被迫辍学。他母亲不得已为别人做奶妈，来养家糊口。元鸿童年不幸的生活成为他后来自传小说《童年的日子》（Những ngày thơ ấu）中充满泪水的篇章。1935年，他与母亲来到了海防谋生，他以教书为生。民主阵线期间，他接触了印度支那共产党党员，阅读了革命书籍，了解了火热的民族解放斗争，加入了印度支那共产党领导的民主青年团。同时，他为《世界报》、《东方报》等革命报刊撰稿。他的第一部短篇小说《灵魂》（Linh hồn）发表在《星期六小说》上，从此开始了自己的创作生涯。1936年，他发表的长篇小说《女盗》使他从此声名鹊起，享誉越南文坛。1943年，他参加了文化救国会。之后，他陆续发表了短篇小说集《七佑》（Bảy Hựu）、《透过夜幕》（Qua những màn tối）、《两行乳汁》（Hai dòng sữa）和《一块饼》（Miếng bánh）等以及长篇小说《深渊》（Vực thẳm）、《茶馆》（Quán nải）和《奄奄一息》（Hơi thở tàn）等。

元鸿的作品大多描写河内、海防和南定等城市人民的贫苦生活。海防是元鸿的故乡，也是他不少作品的发源地，元鸿熟悉这里的大街小巷，亲眼目睹了拣煤渣、沿街乞讨的人们以及贫穷导致的偷盗和打架斗殴等现象。元鸿对城市贫民窟的劳动人民、尤其是贫苦的妇女们寄予了深切的同情。第一篇短篇小说《灵魂》写的就是妇女，它讲述了一个年轻的妻子代替丈夫蹲监狱所遭受残酷摧残的故事。后来的不少作品如《女盗》、《茶馆》、《深渊》和《女孩》（Người con gái）等都围绕妇女这一主题，叙述八月革命前黑暗岁月中妇女们的悲惨命运。

在作品中，元鸿为妇女们所遭受的苦难而呐喊："要赶快把奶水还给那些在工厂做工的母亲们，她们用汗水和泪水给资本家换来了布匹、金银和酒肉，养得他们肥头大耳、大腹便便，而她们却没有时间照顾孩子，更没有足够的食品来产奶喂养孩子。"（《两行乳汁》）元鸿的作品还歌颂了妇女们的崇高品质，歌颂了伟大的母爱："在我的一生中，最使我难以忘怀的是，母亲用颤抖的手抚摸我的头和肩膀时的感觉，还有母亲那柔和慈爱的目光。"(《童年的日子》)同时，作者也在用自己的作品唤起妇女们的斗争意识，号召她们从"从黑暗势力压迫下解脱出来"。(《母女俩》)(Hai mẹ con)。

《女盗》(Bỉ vỏ)是元鸿的第一部长篇小说，是他八月革命前长篇小说的代表作，同时也是越南批判现实主义文学的杰作。小说以独特的视角，向人们展示了阿冰从一位纯洁善良的乡村姑娘一步步沦为妓女、女盗的过程，揭示了在各种邪恶势力压迫下人性的扭曲和变形，无情地鞭挞了逼良为娼、逼人为盗的黑暗社会。

《女盗》的主人公阿冰是一位乡村姑娘，由于天真，她爱上了一个叫阿谭的年轻人。其实这家伙是个大骗子，在阿冰姑娘怀孕后，他逃之夭夭，不见了踪影。阿冰受到了父母的责骂，小孩生下后，不得已把孩子卖给了他人。因为怕被村里的人知道了此事来惩罚她，阿冰万般无奈之下，跑到海防去寻找抛弃她的阿谭。在几天忍饥挨饿的流浪后，阿冰遇到了一个富家公子，他把阿冰骗到他家，强奸了阿冰，并使阿冰染上了性病。这个流氓的老婆发现后，把阿冰毒打一顿，送到警察局，诬告阿冰是妓女，勾引她老公。阿冰就这样被送进了妓院，成了一名妓女。在这种龌龊的地方，她倍受煎熬，最后她病倒了。阿冰在绝望的困境下想一死了之。嫖客西贡老五对阿冰一片诚心，把她赎了出去，带她回家精心照料。原来，西贡老五是一个盗窃团伙的头子。西贡老五赎阿冰后不久就被抓进了监狱。在老五服刑期间，阿冰自己靠做小买卖维持生计，决不要盗窃团伙小兄弟们上缴来的赃款，她盼望着老五出狱后，能改邪归正，不干那缺德和危险的行当。老五出狱那天，阿冰满怀希望地来到监牢门口接老五回家。老五回到家，看见阿冰做生意用的扁担、箩筐什么的，统统给扔了出去，老五不愿意让阿冰干卖货的行当。老五出狱高兴，请阿冰出去吃饭。在饭馆，老五和他的小兄弟故意让阿冰喝酒，他们把席间偷来的钱包放到了阿冰的口袋里，阿冰就这样被迫走上了"女盗"的道路，慢慢成为了一个手段高强的"女盗"。

由于误会和嫉妒，老五把阿冰赶出了家门。阿冰又回到了南定，靠挑担卖货为生。阿冰得知父母在家乡遇到了灾祸，如果不拿钱，他们就有坐牢的危险。为了能有一笔钱寄回家救父母，阿冰嫁给了一个警察。阿冰意想不到的事情发生了：阿冰的警察丈夫把老五抓住了，阿冰偷偷地打开监牢的锁，把老五放了出来，她也一同逃跑了。阿冰又重新回到了旧日的盗窃生活。

当老五杀害了小兄弟三飞时，阿冰深深陷入了恐惧和痛苦的旋涡中。最使阿冰痛苦的结局是：老五在轮船上看到一个有钱人家的小孩身上戴了不少金饰品，便抢了小孩跳下河。小孩被淹死，他来不及摘去小孩身上的东西，就扛着小孩回到了家。阿冰见后，认出了这个小孩就是自己以前卖掉、日思夜想的亲生儿子，她抱这个孩子嚎啕大哭。就在这个时候，一直跟踪老五的警察和密探冲了进来，阿冰和西贡老五双双被铐了起来，他们将在牢狱中度过自己的余生。

阿冰是元鸿成功塑造的一个悲剧形象。阿冰原来是一个天真淳朴的乡村姑娘，在经历了无情的欺骗、打击和摧残之后，她成了一个女盗。阿冰的每一次人生变故都与黑暗社会有直接联系，她人生的每一步都是周围环境积压下无奈的选择。在某种意义上，她的偷盗也是对这个不公平、不合理社会的一种反抗。虽然阿冰身陷盗窟，但她的良心从未泯灭过。她曾多次劝说老五洗手不干，靠自己的力气和劳动吃饭，养活自己。可是她身不由己，无力回天。她是一位在乌云翻滚、风雨飘摇中奋力挣扎前行的弱女子，她就像一朵美丽的鲜花，在污泥浊水的侵蚀和狂风暴雨的吹折下凋残了。

在小说中，元鸿描写的阿冰和西贡老五的爱情虽然波折不少，但两人的爱情是真诚的。老五是一个凶狠的盗贼，但对阿冰的爱表现了在他身上仅存的一点人类的良知和感情。当阿冰在妓院病重之时，老五并没有离开她，相反用钱把她赎出来，接回家为她治病，尽心尽意地照料阿冰。这一点上，老五的做法是值得称道的，比起那些忘恩负义、见死不救的伪君子要高尚许多。老五虽然独断专横，有时非常狠毒，但在日常的言行中，对阿冰的人格是尊重的，并不是一般人所想象的虐待和玩弄。难怪阿冰在嫁给新丈夫后，仍痴心不改，在老五身陷牢笼的时候，铤而走险救老五出来，并义无返顾地跟随老五，尽管她知道她走的这条道路是一条人生的不归之路。

元鸿是一位批判现实主义文学与无产阶级革命文学相结合的作家。1937年，元鸿在海防见到了山罗、昆仑监狱出来的革命者。在他们的指点下，他阅读了《共产党宣言》、《农民问题》、《昆嵩监狱》和高尔基的作品。当1938年元鸿在民主青年团的时候，革命运动的领导人对元鸿给予了马列主义文艺思想方面的指导。如峰在《回忆元鸿》中写道："开始，潘杯（即后来的黄友南同志）送给我和元鸿一本《马克思和恩格斯关于文学艺术问题的节选》，并指导我们研究的方法。……长征同志得知我们是搞文学创作的，就给我们谈了很多马列主义关于文化、艺术的观点以及运用这些观点来评价、批判当时的文学，他的谈话很生动，简明扼要，富有说服力。"[1] 在马列主义文艺思想的影响下，元鸿逐步转到了当时越南城市工人阶级

---

[1] ［越］如峰：《回忆元鸿》，载《文学杂志》，1982年第3期。

革命斗争活动中心进行创作，如《一位中国母亲》(Một bà mẹ Tàu) 反映了越南工人的罢工斗争，讴歌中国母亲参加越南工人运动的国际主义精神。另外，《两行乳汁》、《生命的萌芽》(Những mầm sống) 等都是批判现实主义文学与革命文学结合的佳作。

1939年，共产党组织的进步报刊遭到了查封。同年的9月29日，元鸿以传播共产主义思想和私藏马克思主义的书籍罪状遭到逮捕。在狱中，元鸿与革命诗人春水等人与殖民者进行了不屈的斗争。元鸿利用一切时间写作，他写了《雏燕》(Đàn chim non) 和《燃烧的村庄》(Xóm cháy) 等。狱友帮他把写好的稿子藏到茅屋的夹层里。1942年，元鸿出狱。1943年，元鸿与文化救国秘密组织中的如峰、苏怀等取得了联系，元鸿在革命组织那里阅读到了印支共产党的《越南文化提纲》。《越南文化提纲》成为当时元鸿和其他革命文艺战士的行动指南。作品《奄奄一息》、《一块饼》、《火》和《黄昏》等都是受《越南文化提纲》的影响而创作的。

元鸿是一位革命的批判现实主义作家，是一位多产的作家，创作一直持续到70年代。我们将在以后的章节里继续介绍。

南高(Nam Cao，1917—1951)，原名陈友知(Trần Hữu Tri)，是20世纪40年代上半期著名的批判现实主义作家。南高出生于一个农民家庭，家庭生活贫苦，南高兄弟几人中，只有南高得到了上学的机会。高等小学没考取文凭，南高跟随一个当裁缝的舅舅到西贡谋生。在西贡，他与民夫、船工为伍，从事各种工作。三年的颠沛流离，他增长了见识，磨练了意志。在工作之余，他抓紧点滴时间，看书复习功课，最后终于取得了高等小学的毕业文凭。南高在河内有个亲戚开办了一所私立学校，请南高去教书。私立小学教师的经历，使南高亲身体会了在这令人窒息的社会里贫穷知识分子的境遇。日本法西斯入侵越南，学校被迫关闭。从此，南高以写文章、做家庭教师等为生，生活艰难、困苦。

1943年，南高与元鸿、苏怀等一起参加了印支共产党组织的文化救国会。当河内的文化救国会遭到镇压后，南高回到家乡参加了当地的越盟运动。八月革命期间，他在家乡河南省李仁府参加了夺取政权的斗争，被选为乡主席。1947年，他来到越北参加抗法斗争。在抗战期间，他担任《越北救国报》的编辑，进行抗战宣传工作。1948年，他光荣地加入了印支共产党。1951年11月，在奔赴第三联区敌后地区工作的路上，遭到了敌人的伏击，他中弹身亡。

南高从1936年就有诗歌、小说和剧本在报上发表。南高早期的小说受浪漫主义的影响，短篇小说《月亮》是体现他浪漫主义创作风格的代表作。《月亮》的主人公阿滇是一位作家，他一家生活拮据，他整天盼着能过上富贵幸福的日子，他常常望着当空的皓月，梦想着"拥有飘香的秀发、润滑的皮肤和纤细手指的美人"，他有时想抛弃自己的妻子，因为她只是一个不懂丈夫深邃思想、粗浅的家庭妇女。当滇在洒满月光的梦境中徜徉的时候，耳边传来儿子的哭叫声和老婆的责骂声。望着生病的儿子和憔悴的老婆，阿滇的思绪又回到了现实。他告诫自己："我再也不能做梦了……"

在八月革命之前，南高的作品主要集中在农民和贫穷知识分子两大类题材上。南高出身于贫穷农民家庭，对农民的贫苦生活非常熟悉，他的不少作品反映的就是农民的悲苦命运。如中篇小说《志飘》(Chí Phèo)、短篇小说《婚礼》(Một đám cưới)、《邻居的故事》(Truyện người hàng xóm)、《穷》(Nghèo)和《老贺》(Lão Hạc)等。《婚礼》叙述的是阿茵姑娘一家因为没有饭吃，她父亲不得已把她的两个弟妹送人，她只有15岁也只好嫁人。举行婚礼那天，没有亲戚来祝贺，阿茵穿着平常的衣服，"就像逃难的人找地方落脚一样"。《邻居的故事》则叙述乡亲们在家乡生活不下去、被迫到城市谋生、晚上住在潮湿阴冷的窝棚里的艰难生活。

南高农村题材的代表作是中篇小说《志飘》。《志飘》的发表确定了南高在越南现代文坛上的重要地位。《志飘》1941年发表的时候取名为《破旧的砖窑》，后收集在短篇小说集《耕作》中，改名为《志飘》，这部作品揭示了越南30年代农民贫穷化、流氓化的过程及其深层次的社会原因。

《志飘》的故事梗概是：志飘出生不久后就被父母"用破裙子包裹着扔在了废弃的砖窑里"，一个捉黄鳝的农民拣到了他，把他送给了一位瞎眼的寡妇，寡妇又把他卖给了膝下无子的匠人。匠人死后，志飘居无定所，到处流浪。20岁时，志飘给里长建(后来的百户建)扛长工。不知道什么原因，志飘得罪了里长建，突然有一天他被投入了监狱。七八年后，志飘以新的面目回来了："他剃着光头，牙齿刮得煞白，脸晒得黝黑，两眼透着凶光，穿着黑色粗丝衣裤，外面套着黄色西服上衣，扣子都没有系，露出了刺在身上龙、凤和手执刺棰的将军。"志飘不再是以前老实巴交的志飘了，牢狱生活和外面的世界使他完全换了一个人。志飘回到家乡后，好逸恶劳，为非作歹，欺负那些老实巴交的农民，跟百户建一家对着干，缺钱了就去要，不给就耍赖，甚至威胁。就连百户建也怕他这个"不要命的"。当然，百户建这个战胜过无数对手的老狐狸对付小小的志飘还是有办法的，他软硬兼施，武力威胁加金钱利诱。后来，志飘与流浪女氏娜的相遇相爱，燃起了志飘向善的良知和做一个正常人的愿望："有一个小小的家，丈夫去种地，妻子织布，再喂一头猪……"氏娜闪电般来到志飘身边，又闪电般消失了，志飘的一点人生愿望也随之破灭了。志飘痛恨把他推向绝路的罪魁祸首百户建，最后他杀死了百户建，自己也自杀了。志飘的人生悲剧是大地主百户建造成的，是殖民地封建社会制度造成的，作品对此进行了有力的控诉。

志飘的形象是对越南批判现实主义文学宝库中农民形象塑造的丰富和补充，他与阿坡、阿酋嫂等越南农民典型形象共同构成了一幅越南殖民地半封建社会农民形象的画卷。

南高描写贫穷知识分子题材的作品有《残生》(Sống mòn)、《月亮》和《多余的生活》(Đời thừa) 等。知识分子是一个特殊的群体，他们不仅有物质追求，更重要的是精神追求。在越南殖民地半封建社会状况下，他们在为衣食所累的同时，在精神方面也遭受严重的摧残，他们没有独立的人格，个人抱负难以施展。

南高曾经做过学校的教师，是一个贫穷的知识分子。他作为一个文人有过自己的追求，也有理想破灭的痛苦。因此，他在小说中塑造了贫穷知识分子的人物形象，如《残生》中的庶、《月亮》中的滇和《多余的生活》中的护等都栩栩如生，真实可信，他刻画的贫穷知识分子的内心世界也极为丰富、细腻。

1942年，南高发表了长篇小说《残生》(又译《在死亡线上的挣扎》)，它以作者个人为原型，以作者自己的一段生活经历为素材，描绘了20世纪40年代越南知识分子物质匮乏、精神压抑的生活状况，是一部反映法国殖民地时代越南贫穷知识分子命运的经典之作。

《残生》的故事梗概是：阿庶(作者的原型)因病从西贡返回了家乡，整日无事可做。阿庶的堂兄阿迪与其未婚妻阿莺共同集资，在河内郊外办起了一所私立学校，邀请阿庶前去执教。阿迪在外地另有公干，让阿庶担任校长并且担任授课任务。开始阿庶踌躇满志，不遗余力地投入到工作中。他负责高年级，另一位教师阿珊负责低年级。但阿莺把收来的学费全都自己控制起来，对他们俩非常吝啬，给他们提供的伙食也令他们难以接受。阿庶几次想找阿莺说说清楚，希望把学校的事情办好些。但阿庶思前想后，顾虑重重，怕发生误会和矛盾，就这样，他一直没有向阿莺提出来。实在难以忍受，他和阿珊搬到校外另租房子住。他们搬进了房东是做豆腐的阿学家，与他们同租的还有外地来的一名车夫。刚够糊口的薪水，使他们在清贫的生活中苦熬。阿庶暑假回到家，总以为舒服一些。但夫妻之间的无端猜疑、鸡毛蒜皮的家庭琐事折腾得他心烦意乱。阿庶开学回到河内，此时的河内局势混乱动荡，刺耳的警报声不时响起，学校也只好关门。这时，阿迪带着满身的疾病回来了。在回家乡的船上，阿庶悲戚地想到自己的生命将要"在农村的角落里发霉、生锈、磨蚀和腐烂下去……"，不禁泪水暗流。

小说形象地诠释了"残生"的含义，就是以小学教员阿庶和阿珊为代表的知识分子，一方面遭受物质生活贫乏的折磨，另一方面又忍受着爱情缺失、精神空虚的煎熬以及理想破灭的打击，他们的意志、生命就在这万般无奈的境况下慢慢地被耗尽。

《残生》中塑造的阿庶是越南殖民地时代贫穷知识分子的典型形象。阿庶是一个有抱负和理想的人，他说："每个人死去后都要给人类留下点东西"。阿庶要面子、清高："以他的学识、人格和高贵的职业，他完全可以不把海南老爷（当地的大财主）和其他任何人放在眼里。"可是实现理想的现实道路上充满荆棘与坎坷。第一个障碍就是人的最基本需求——吃饭问题。阿庶、阿珊和阿莺每顿饭、每道菜地进行算计，一分一厘地计算，"一到吃饭时，他们就像村子里开会一样吵个不停。"他们"穿着洁白的衬衣、笔挺的西服，扎着领带，以为他们富得流油，其实他们肚子里装的全是水煮空心菜。"阿庶以前所鄙视的吝啬、小气也逐渐习惯成自然，他也变得像阿珊和阿莺那样斤斤计较了。阿庶对曾经自豪过的"高贵职业"也开始厌烦了："假如我们的父母一直让我们牧牛割草、锄地犁地反倒更好"，"追求学问是最傻的，知道的越多就越痛苦"。阿庶在管理学校方面的努力也遇到了与阿莺的矛盾，难以取得成效。学校孤单寂寞的生活，使阿庶愈来愈想念在乡下的妻儿，渴望家庭温暖的生活。看到周围堕落的人们，他无端怀疑起妻子来了。思念与疑虑交织在一起，复杂的感情折磨着他。情感、事业和理想在残酷的现实面前遭到了挫折，他的一个个美好的梦想都破灭了。

在描写知识分子美好品质的同时，南高以极大的勇气、毫不遮盖地挖出了他们心灵深处的一切——包括丑恶的思想、"心灵的堕落"和人性的潜意识。当得知阿迪病得快要死的时候，阿庶希望他快点死，因为阿庶梦想成为学校的主人。念头闪过之后，阿庶又马上痛恨自己的丑恶灵魂，他"为自己灵魂的死亡而哭泣"。阿庶在缺乏爱情的痛苦折磨下，"他心乱了，眼睛花了，书上一行行的字一会儿模糊，一会儿又显现出来。他的头脑发热起来。他翻身下床，穿上衣服、鞋子，打开门走了出去。他惆怅若失，茫然地走在大街上。他想到了阿莲（他老婆），想到了阿思（学校附近一个售货的小姐），想到了海南老爷的女儿们。他拐到一条灯光昏暗的街道上，想干啥？他似乎在盼望着一场邂逅艳遇：一个少女孤身一人刚下班回家；一个乡村姑娘迷了路，正在街头张望；一个姑娘就像他一样孤独、寂寞，渴望爱情……什么人都行，为爱情而绝望者或是一名放荡的妓女。他盼望被一名妓女拦住，手搭在他肩上，就像阿珊那天晚上那样。"在思想的世界里，阿庶自由飞翔；在现实的世界里，阿庶始终守住了自己一贯坚持的爱情和道德底线。这就是真实的知识分子！

南高小说最突出的艺术风格就是深入细微的人物心理描写。南高的小说通常不注重人物外表形象的描写，作品中人物也不多。作者总是围绕着人物，对其内心世界的活动进行深入的挖掘。故事的发展也以人物的心理活动的发展为主线。景物描写总是与人物的心理活动相联系。通过描写人物的心理状态，来暴露人物的思想，依此达到塑造人物形象的目的。作品中的心理刻画总是以人物的身份、地位以及所处的环境为基础的，而不是代替人物思考，胡编乱造。

在《志飘》中，作者对志飘这个一般人认为没有头脑的泼皮，进行了独到的心理刻画。志飘到百户建家门前闹事，老狐狸百户建竟然把志飘从地上扶起来，并劝志飘进他家坐坐，有话好说。这时，南高对志飘的心理活动有一段精彩的描写：

这时，志飘酒劲儿已经过去，没有力量再去嚎叫谩骂。不嚎叫谩骂，他感到似乎减少了许多威风。百户老爷的甜言蜜语使他身体一阵发软。况且，围观的人们也全都散去了，他觉得自己异常的孤独。心灵深处那种遥远的恐惧感又占据了他的心头，想想自己是多么的大胆呀！不大胆能敢跟四代做区长、里长的百户建父子较劲？想到这里，他感到自己也够威风的。在这个村子里，他算老几？没有帮派亲信，没有亲戚好友，没有兄弟姐妹，就连父母也没有……就这样竟然敢跟里长、区长、百户、武大村的先指、豪绅委员会主席、北圻人民代表、声名远震几个县的人物斗争。试问，在这个两千多口人的村子里，有谁敢这样做？做到这个份上就是死了也心甘情愿。可是，不对！这个威风八面的百户老爷会向他示弱、请他进家喝茶？管它呢，既然请了就进。突然，他又有点迟疑不决：也说不准这个老狐狸会把他骗进家门，然后找他的麻烦。哎，真的，很可能会这样！假如他把托盘、锅、金器、银器什么一类的套到他的脖子上，再让他老婆大喊捉贼，把他拷起来，毒打一顿，诬陷他偷盗，这怎么办？这个一辈子盘剥别人的家伙怎么会这样甘拜下风？罢了，何必傻乎乎地自投虎口，他就站在这里，再顺势倒在地上，再大喊大叫怎么样？他转而又一想：喊叫也没什么用处！百户这个老家伙只说了一声，围观的人们都各自回家了。他如果再躺在地上喊叫，有谁会出来呢？况且，现在酒劲已经过去了，假如在脸上再划几刀，就会疼痛难忍。算了，只管进去！进就进，犹豫什么。在他家里打破头总比外面强。大不了，老狐狸翻脸不认人，再把他送进监狱。蹲监狱已经是家常便饭了。算了，只管进去……"

上面这段心理描写，把志飘进还是不进百户建家的矛盾心理活动刻画得惟妙惟肖、入木三分。同时，把志飘外表鲁莽胆大、内心懦弱胆怯、外表简单、内心复杂的泼皮形象塑造得栩栩如生。

在南高的所有作品中，《残生》是人物心理刻画最集中、最突出的一部作品。描写像阿庶这样贫穷知识分子的心理活动是南高的拿手好戏，因为阿庶是南高本人在文学作品中文学形象的再现。在《残生》中，大段大段、甚至是一整页或更多的心理描写比比皆是。阿庶触景就生情，遇事就有感而发，大段的心理描写也自然跃然纸上。当看到阿默夫妇（学校的帮工）贫寒却和睦的家庭生活时，阿庶想到：高尚的爱情原本就在这衣衫褴褛、生活贫苦、甘愿为对方牺牲却从来不说"牺牲"二字的人们当中；当阿庶和阿珊因鱼露不够、故意搞恶作剧而使阿莺难堪后，南高写了一页多关于阿庶自责的内心活动："阿庶感到中午粗俗的举动好像在自己脸上留下什么痕迹。学生们一双双明亮的眼睛注视着他，好像在惊愕、挖苦和讥讽他。"

作品中大量的心理活动描写，为突出人物的形象起到了很大的作用。"以他的学识、人格和高贵的职业，他完全可以不把海南老爷和其他任何人放在眼里。"这段心理描写突出了阿庶一个知识分子的清高和性格傲慢的一面；下面这一段心理描写又突出了阿庶自卑的心理性格。在面对漂亮姑娘阿思的时候，阿庶想到："漂亮妇女就像是佳肴美餐、漂亮的衣服和宽敞的房子，是从来不会到他手中的。他丑、穷、多疑和笨拙，他只是一名私立学校的教员，工资就连大饭店的跑堂都不如。"像阿庶这样的贫穷知识分子的心理总是处在这种清高与自卑的矛盾状态中。

南高的心理刻画有时采用的是内心独白的方法，就是人物在思考时自己向自己提出一些问题，质问自己，当然大部分是不需要回答的。如：当回家探亲看见老婆去卖货、怀疑妻子的时候，阿庶质问自己："自己的怀疑是不是太无理了？卖货难道有罪吗？难道要禁止阿莲外出吗？为什么不把阿莲囚禁起来？"

南高是继阮公欢、吴必素和元鸿等批判现实主义作家之后又一颗光辉、耀眼的明星，他为越南20世纪30、40年代批判现实主义文学增添了新的光彩，为批判现实主义文学向纵深发展开辟了新的道路。由于南高取得的卓越文学成就，1996年他被追授胡志明文学艺术奖。

这一时期还有一些比较重要的作家，如裴辉繁、阮庭腊等。裴辉繁（Bùi Huy Phồn，1911—1990）出生在一个儒学世家，他从小学习汉字和国语，他读到中学二年级，因家庭生活拮据，被迫辍学，去给资本家的子弟当家庭教师。同时，他写一些诗文发表在报纸上。这段生活使他目睹了资本家采用不正当手段敛财的现实，为他后来写长篇小说《发财》积累了生动丰富的生活素材。裴辉繁的第一部作品是长篇小说《血书》（Lá huyết thư）。这是一部野史小说，作品通过描写黎朝郑主时代的腐败混乱，来影射法国殖民者和封建官吏。之后的两部讽刺性的长篇小说《一串笑声》（Một chuỗi cười）和《犒赏》（Khao）辛辣地讽刺了封建官吏的丑恶嘴脸，揭露了他们对劳动人民的残酷剥削以及他们对骨肉兄弟欺诈的卑鄙伎俩。八月革命后的作品主要有：短篇小说集《军伍情》（Tình quân ngũ）、讽刺诗集《帝国残春》（Tàn xuân đế quốc）、滑稽剧《无理》（Vô lý không có lẽ）和长篇小说《发财》（Phất）。其中《发财》是一部成功的作品，作者采用讽刺的艺术手法，抨击了法国殖民者占领河内时资本家投敌卖国、捞取不义之财的罪恶。该小说罗列了很多有关人物的出身、经历的内容，事件、材料堆积太多，影响了人物形象的塑造和性格刻画。1990年，裴辉繁发表了他的绝世之作《今日黎明》（Bình minh hôm nay）。裴辉繁的文学创作为越南批判现实主义文学的发展做了贡献。

阮庭腊（Nguyễn Đình Lạp，1913—1952）出生于一个革命家庭，他的叔叔阮峰敕是印支共产党的领导干部。他从小跟随其叔生活、学习，深受其影响。从1937年后，他陆续写了短篇小说《堕落青年》（Thanh niên trụy lạc）和《豪绅》（Cường hào）等。1941到1943年，他出版了长篇小说《郊外》（Ngoại ô）和《小巷》（Ngõ hẻm），这两部小说可以被视为姊妹篇。两部作品的故事都发生在河内白梅，作品描述了身处陋巷的人们贫穷、苦难的生活。作品对劳动人民身上所存在的优点和缺点都进行了真实的描写，同时也流露出对他们的深切同情。虽然在塑造典型人物形象等方面不及南高他们成功，但阮庭腊仍然是一位取得较大成就的批判现实主义作家。

在1930—1945年批判现实主义的潮流中，除了我们上述介绍的小说家之外，还有一位著名的批判现实主义诗人，他就是秀肥。

秀肥（Tú Mỡ，1900—1976），原名胡重孝（Hồ Trọng Hiếu），出生于一个贫苦家庭，他父母有五个孩子，他排行老大。5岁的时候，他跟随祖父学习汉字。秀肥所处的时代，汉学的地位已经是大为衰弱。后来，他又学习国语。1914年，他考上法越小学。1916年，秀肥开始作诗，他的目的并不是为了登报、出版，只是为了满足一个学生喜欢逗乐的秉性。在《谈讽刺诗文的创作经验》（Kinh nghiệm sáng tác thơ văn trào phúng）一书中，秀肥谈到了他走上讽刺诗歌创作道路的原因。他说：

"小的时候，我是一个调皮的孩子，爱逗乐、打闹、打诨、取笑和讥讽。读二年级的时候，因为取笑一个同学，激怒了他，他击石打掉了我的一个门牙。"[1] 在班上，秀肥与同学一起写诗取笑法国教师和督学。1918年，秀肥高等小学毕业后，到财政所任秘书，以赚钱帮助父母养家糊口。1925年，秀肥在《青年杂志》上登载一些讽刺诗歌。

诗集《逆流Ⅰ》(Dòng nước ngược Ⅰ)和《逆流Ⅱ》(Dòng nước ngược Ⅱ)是秀肥的代表作，也是越南20世纪30、40年代批判现实主义诗歌的杰作。

秀肥用自己的诗歌生动形象地描绘出一幅20世纪30年代越南殖民地社会的画卷，在这幅画卷中有殖民者、官吏、"人民代表"、文人等一系列鲜活的形象。《官涨工资》揭露了贪官污吏的涨工资是通过增加百姓的赋税来实现的，他们的奢侈是建立在百姓贫穷基础上的：

> 官涨工资民也涨，
>
> 增赋增税民难当。
>
> 衣衫褴褛难蔽体，
>
> 生活贫苦无指望。

秀肥的诗歌对越南文人的沽名钓誉进行了毫不留情的抨击：

> 河省有一位文人，
>
> 身材不高却善跳，
>
> 曲身、挺胸、伸臂，
>
> 一跃跳到京城里，
>
> 堪称著名运动家。

"人民代表院"是法国殖民者欺骗越南人民、蒙蔽舆论的一个招牌而已，而所谓的"人民代表"是一帮靠花钱买来的无德无能之辈。秀肥在《选举》这首诗歌里抨击了"人民代表"选举的闹剧：

> 天下喧闹歌声沸，
>
> 议院选举人心黑。
>
> 此番家财当破费，
>
> 议员职位费力追。
>
> 众人唱戏颇在行，

---

① ［越］潘巨棣：《越南文学》(1900—1945)，河内：教育出版社，2001年版，第500页。

敲锣打鼓喇叭吹。

未来议员胜戏子，

拉班唱戏有作为。

秀肥在发扬民族诗歌讽刺艺术传统的基础上，努力创新，不断发展，将越南诗歌的讽刺艺术推向了新的高峰，从而使他成为继胡春香、阮劝和秀昌之后，越南文学史上又一位著名的讽刺诗人。

综上所述，20世纪30年代初至40年代中期的批判现实主义文学创作队伍强大，高质量的作品多，艺术成就卓越，在越南现代文学史上留下了辉煌的篇章。

第三节　浪漫主义文学

20世纪30年代初到40年代中期，越南浪漫主义文学开始兴盛。越南浪漫主义文学包括浪漫主义诗歌和浪漫主义小说。

从1931年以后，安沛起义和义静苏维埃运动相继失败，越南革命处于低潮。在这种形势下，越南知识分子阶层笼罩着一片悲观的情绪，他们不敢用政治和军事手段进行反抗法国殖民者的斗争，便转向了用文化进行反封建的斗争。他们宣扬个性解放，要求恋爱自由，婚姻自由，号召冲破封建礼教的桎梏，他们提出"青春快乐"的口号，宣扬要及时行乐等。

20世纪30年代，越南诗坛上出现了对旧诗进行改革的运动——"新诗运动"。1932年3月10日，第122期《妇女新闻》刊登了范魁（Phan Khôi）题为《诗坛上的一种新诗》的文章，这篇文章可以视为此后"新诗运动"的发端。范魁的文章发表后，《妇女新闻》收到了署名莲香（Liên Hương）支持范魁的文章和署名刘重庐的诗歌《生活之路》以及署名清心（Thanh Tâm）的诗歌《诗人寂寞之旅》，这两篇诗歌从内容到形式都以新的面目呈现在越南诗坛。1932年9月22日，越南文学社团"自力文团"发行的《风化报》创刊号上出现了提倡新诗的文章。文章中指出："我国的诗歌要新——新诗体、新理念"。① 之后，越南当时的报刊开始大量登载韵律自由、句式不限的自由体诗。从此，自由体诗成为越南诗坛上的一种主要诗歌体裁。

"新诗运动"具有浪漫主义、"艺术为艺术"的倾向和色彩。新诗派诗人脱离人民群众，脱离当时火热的民族解放斗争，在苦苦追求自己的道路。追求的结果是越走越迷茫，越来越走进孤单、彷徨的"自我"、走进理想的"爱情世界"。"忧郁"、

① ［越］怀清、怀真：《越南诗人》，河内：文学出版社，2000年版，第21页。

"孤独"是新诗派的两个审美意象。制兰园在他诗集《火刺》序言中极力赞颂"泪水"的美。他写道:"我坚信眼泪的美就像夜明珠、晨露、海盐、天上的星星一样美……眼泪,采不尽的花朵;眼泪,心海中的珍珠;眼泪,就像苍穹中的流星流落到人类宽广、忧伤的胸怀中。"[①] 辉谨也认为:"美从来就是忧郁的"。[②] 在他们的诗歌里,"忧郁"、"孤独"弥漫了整个宇宙和时间的长河,从远古随风飘来。

新诗派的重要诗人有刘重庐、世旅、春妙、碧溪、武庭廉、清净、辉瑾、韩墨子等,他们是"新诗运动"的主力军,他们写了大量追求个性解放、诗体灵活的自由诗。

刘重庐(Lưu Trọng Lư,1912—1991),青年时代先后在顺化国学学校和河内私立学校求学。1932年,刘重庐与其他诗人一起倡导发起了"新诗运动",是"新诗运动"的先锋之一。在1932到1935年期间,刘重庐积极投身"新诗运动",在报纸上发表文章鼓动"新诗运动"。同时,他身体力行,创作新诗。1933年,刘重庐发表了短篇小说和诗歌集《山人》(Người sơn nhân)。1939年,他出版了诗集《秋声》(Tiếng thu),这本诗集收集了刘重庐在"新诗运动"中写的诗歌。

刘重庐的诗是以脱离现实的"自我"的形象出现,他的诗充满了"情"、"愁"和"梦"。在他的诗歌中,外部世界暗淡无光,世间的一切形象、声音等都包涵在他心灵的梦幻世界中。怀清指出:"在刘重庐的诗歌中,假如出现鸟鸣花开的描写,我们不要信以为真。那些声音、色彩都在他的梦中,梦是刘重庐的家园。我们面对的色彩斑斓的现实世界,刘重庐都视而不见。"[③] 诗集《秋声》是刘重庐诗歌的代表作,诗集里最能代表他艺术风格的是《秋声》一诗:

> 少女不听秋天,
>
> 朦胧月下惆怅不安?
>
>
> 少女不听躁动,
>
> 征夫身影,
>
> 深埋孤独的闺妇心中。
>
>
> 少女不听秋林的声响,

---

① ［越］怀清、怀真:《越南诗人》,河内:文学出版社,2000年版,第213页。
② ［越］怀清、怀真:《越南诗人》,河内:文学出版社,2000年版,第125页。
③ ［越］怀清、怀真:《越南诗人》,河内:文学出版社,2000年版,第285页。

秋叶落沙沙，

金黄的麋鹿踏在金黄色的枯叶上，

在疑惑张望。

《秋声》是一首朦胧诗，分为3段，只有短短的9句，它把几个跨越时空、互不关联的意象拼凑在了一起。"无迹可求"、"难以言传"、"超凡脱俗"是不少评论家对这首诗歌的评论。陈登科在评价《秋声》时说："假如要选一首越南最'诗化'的诗歌，也就是说除诗本身外没有任何别的东西，那么《秋声》就是一首。"① 《秋声》已为越南读者所广泛传诵。"金黄的麋鹿踏在金黄色的枯叶上，在疑惑张望"已成为越南现代诗歌的经典名句。

世旅（Thế Lữ，1907—1989）是20世纪30年代新诗派的先锋诗人之一。他出生于一个小职员家庭，9岁时，在海防求学。后来他得了痨病，父母只好把他安排在海防图山养病。在图山的小草房里，他开始写诗歌和小说，诗歌有《美术姑娘的叹息》（Lời than thở của nàng mỹ thuật）等。1928年，他高等小学毕业。1930年，他在河内印支美术学校学习。1932年，他参加了"自力文团"，并成为其机关报——《风化报》和《今日报》的主要笔杆之一。1935年，他出版了诗集《诗韵集》（Mấy vần thơ），这部诗集的面世标志着"当时越南诗坛一颗耀眼新星的升起"。② 世旅提倡艺术唯美主义，他的诗歌表达了对个性解放、个性自由的苦苦追求。

《怀念森林》（Nhớ rừng）一诗通过身处动物园铁笼中老虎的嘴，宣泄了诗人对压制、束缚人的社会的仇恨，表达了诗人要在广阔雄伟的山河上自由驰骋的渴望：

现在我淤积着心中的怒气，

痛恨着一成不变的土地，

造作、庸俗、虚伪的景致：

梳理的花、剪齐的草、平坦的路、栽种的树，

一潭死水的人造小溪，

低矮的土丘，

一片森林的静寂。

这是在模仿

广袤幽深的千年林地。

① ［越］潘巨棟：《越南文学》（1900—1945），河内：教育出版社，2001年版，第345页。
② ［越］怀清、怀真：《越南诗人》，河内：文学出版社，2000年版，第53页。

　　　威灵啊，雄伟的山河！

　　　它曾经是我们的领地，

　　　是我们往日驰骋的广阔天地，

　　　现在只能成为梦中的甜蜜。

　　春妙（Xuân Diệu，1916/1917?—1985），原名吴春妙（Ngô Xuân Diệu），从小跟随当私塾教师的父亲学习国语、汉字和法语。1934年，他归仁高等小学毕业。1935至1936年，他在河内保护中学学习，接着在顺化凯定中学继续学习，毕业时取得"秀才"①证书。可以说文学伴随着春妙成长，"从高等小学到中学毕业，我一直非常喜爱诗歌，醉迷于文学事业中。"②1938年，他出版了他的第一部诗集《诗—诗》（Thơ thơ）。1944年，他秘密加入了越盟。1945年，他出版了诗集《寄香于风》（Gửi hương cho gió）。1938年到1945年期间是春妙风华正茂的年龄，也是春妙一生中诗歌创作的高潮之一。这一时期，春妙的代表作是《诗—诗》，它在当时城市青年中引起了极大的反响，受到热烈的追捧。

　　春妙的诗歌像朦胧的细雨，像雾中花，像水中月，像天上的彩云，妩媚多姿，风雅飘逸，感情饱满，浓郁奔放。春妙对"诗人"有两句非常形象的诠释："作为一个诗人，他就要随风吟唱，随云遐想，月中期盼。"③在诗歌创作中，春妙把视觉、听觉和味觉等各种感觉"呼应"运用。春妙的一首诗歌就是一首音乐，在其中各个元素紧密结合在一起，前后呼应，组成了一个玄妙的世界。春妙从象征主义那里得到了阳光、芳香和色彩之间的玄妙音乐。从语言角度看，"春妙是将诗歌语言的声音与意义'呼应'最出色的诗人"。④《春天的微笑》是颇能表现春妙浪漫主义风格的一首诗：

　　　花园中欢乐的小鸟在啼叫，

　　　少女在露珠丛中、朝霞映红脸庞。

　　　多么柔媚的初春啊！

　　　花朵织成了少女的微笑。

　　　……

　　　飘柔的柳丝妩媚动人，

---

① 在法国殖民地时期以及1975年以前越南南方西贡伪政权时期，中学毕业成绩合格，便取得"秀才"称号以及相应的证书。

② ［越］春妙：《我的思想历程》，河内：文化出版社，1958年版，第14页。

③ ［越］春妙：《我的思想历程》，河内：文化出版社，1958年版，第56页。

④ ［越］陈玄森：《法国象征派诗歌对1932至1945年越南新诗运动的影响》，载《文学杂志》，2001年第12期。

美丽的花朵艳丽无比。
随风飘来爱的抚摸，
爱的芳香沁人心脾。

少女在侧耳倾听，
远处传来美妙的歌声。
少女脸上春意浓浓，
惹得何人心思难定。

少女在期盼着一个人，
未曾约定——这花朵纷飞的春季。
与远方的少年，
少女含笑站在花丛中。

　　春妙的诗是青年追求"自我解放"、"自由爱情"的号角，体现了当时青年们在西方新思潮冲击下对新人生的"躁动"。春妙的诗充满激情，充满对爱情、自然美景等人间一切美好东西的眷恋。春妙认为人生是短促的，青春稍纵即逝，人们要珍惜时光，抓紧享受生活与爱情：

春天正在来临，来临就意味着正在流逝，
春天乍到，乍到就意味着即将结束，
春天结束就意味着我生命的终结。
（《匆忙》）
快快，急急，
阿妹，年轻的爱情就要衰老。
可爱的小鸟，我的心，
快点吧！时间不等人。
（《催促》）
追逐彩云与长风，
在蝴蝶飞舞中享受爱情，
在长吻中长睡不醒。
（《匆忙》）
打开金口……说爱我，

那怕只有一分钟!

(《爱我吧》)

爱情诗在春妙诗作中占有重要的地位。《远》是春妙独具匠心的一首爱情诗,它描写了男女青年之间大胆、炙热的爱情:

两人要头接头,胸贴胸!

两人要互相把头埋在对方的头发中!

双手要紧紧搂抱着对方的肩膀!

全部的爱情通过秋波传送!

朱唇紧紧贴在一起,

让阿哥感觉玉齿的温暖。

在陶醉中,阿哥会轻轻告诉阿妹:

"再近点! 这样还是太远!"

两人都贴在一起了,怎么还说是远? 上面这首诗的题目《远》和诗歌内容的"近",初一看似乎是矛盾的,但仔细琢磨,这样的安排正体现了诗人的独到与巧妙。在诗人看来,相爱的双方应该是融为一体的,应该把自己的生命融化到对方的肌体中,成为对方生命的一部分。诗歌头四句,诗人用了四个感叹号,这是诗人发自肺腑的强力呐喊! 生生相恋,相爱至深,至死不分离! 这就是诗人推崇的最高的爱情境界。

春妙浪漫主义艺术风格是继承伞沱等越南诗人的诗风,借鉴法国文学中的浪漫主义和象征主义文学的结晶。春妙说:"伞沱的诗歌曾使我如痴如醉,同时也在我年轻的灵魂中留下淡淡的苦涩。""少年时代,我能随口吟诵团如奎的诗《苦海茫茫浊浪滔天》。刚刚睁眼看世间,见到便是一幅泪帘! ……为何文学总是惋惜着什么,总有一种瓶破镜碎、玉损香消的感觉! ……随着年龄的增大,法国文学开始走进我的视野,首部作品是法国诗人拉马丁(Lamactin)的《湖》:'就让它漂走吧 / 在漫漫的长夜,一去不复返'!"[①] 后来,春妙又接触了法国诗人波德莱尔(Baudelaire)充满忧伤和痛苦的诗篇:"啊,痛苦! 啊,痛苦! / 时间在吞噬着生活。"春妙的一些诗如《虚无》、《霜雾》等流露出孤独、痛苦和迷茫的情怀:

孤灯在黑夜中吃力地吐着火苗,

我是寒风中飘摇的一片树叶。

---

① [越]春妙:《我的思想历程》,河内:文化出版社,1958年版,第19页。

岁月催人老，

我正站在虚空深渊的边缘，

仰望天空泪横流。

（《虚无》）

霜雾弥漫，河两岸是那样的近，

霜雾弥漫，我的心痛楚阵阵。

霜雾弥漫着整个苍穹，

霜雾弥漫着山河。

眼睛睁着，心神迷茫，

魂魄也不知失落在何方？

（《霜雾》）

春妙是20世纪30年代越南最著名的浪漫主义诗人之一，是当之无愧的"情诗王子"。春妙是一个创作活力旺盛的作家，他后半生的诗歌创作，我们将在下一章中继续介绍。

碧溪（Bích Khê，1916—1946），原名黎光良（Lê Quang Lương），是一位浪漫主义诗人。他出生在一个爱国儒士家庭，他父亲曾参加过潘佩珠领导的"东游运动"。碧溪曾在顺化、河内等地求学。1934年，他跟姐姐玉霜一起在藩切开办私立学校。1936年，姐姐被法国密探逮捕，学校关闭，他只好回到家乡，闭门写诗。之后，他又到各地漂泊。1942年，他肺病复发，但仍边治疗、边进行诗歌创作。碧溪在郁闷、病痛中度过了自己的余生。

碧溪在世时只出版了一部诗集《星血》（Tinh huyết），由诗风与他类似的同时期诗人韩墨子为其诗集作序。在《序言》中，韩墨子将碧溪的诗歌归结为三类：象征诗、玄妙诗和堕落诗。碧溪的不少诗歌采用了象征主义的艺术手法，如《琵琶》、《梦琴歌》和《象征的春》等。碧溪有的诗歌给读者造成一种对现实事物的虚幻感觉，有的诗歌有一种"化粗俗为美丽"之感。在《裸体画》一诗中，诗人把世人所认为的"淫荡的赤身裸体"升华为如诗如画、芳香四溢、美妙音乐和皎洁月光般的美神：

姑娘是雪还是雪花装点？

姑娘是香还是芳香熏染？

珍珠般的双眼传神溢彩，

泪珠滚动伤心黯然？

夜空的繁星在发梢上闪耀，

一缕月光抹在朱唇上。

武庭廉（Vũ Đình Liên，1913—1996）是一位诗人和文学评论家，他发表在报纸上的第一首诗是《儿童乞丐》，这首诗使他成为新诗诗坛较早出名的诗人。武庭廉诗作很少，但也足以让世人称其为诗人了。为人们所称道的是他的代表作《老儒生》（Ông đồ）。正如怀清所说的那样："从事诗歌创作，能写出这样一首诗歌也就足够了。就是说足以留名，足以面对世人了。"[①]《老儒生》截取了街头老儒生卖字的镜头，从这个镜头，诗人不断切换着岁月的变迁、大地的沧桑，进而延伸到历史的纵深：

今年桃花开，

又见老儒生。

笔墨纸砚摆，

街旁众人来。

人们踊跃买，

齐声夸有才：

"妙笔能生花，

凤舞又龙飞。"

一年又一年，

买者何处见？

褪色红纸旧，

墨干砚台愁。

老儒生呆坐，

路人无斜视。

秋叶纸上落，

天空细雨下。

---

① ［越］怀清、怀真：《越南诗人》，河内：文学出版社，2000年版，第66页。

今年桃又开，

不见老儒生。

千载古贤人，

芳迹何处寻？

　　清净（Thanh Tịnh，1911—1988）是越南20世纪30年代"新诗运动"中的重要诗人。1933年，他到私人的作坊打工，后从事教书工作，在这期间，他开始在报纸上发表诗歌和文章。清净代表性的诗歌有《天丝与心丝》等，他的诗风飘逸浪漫，像天上流云一样无拘无束：

还记得也是这个月的一天，

田野的春风吹动着树木，

有一位少女也在仰望：

一缕天丝正在空中飘飞。

天丝随风飘到我们的身边，

一条天丝从少女身旁轻柔滑过，

斗笠下映照着少女粉红的笑脸，

我不觉怅然望向远处的白云。

我在田野里寻觅往日少女的足痕，

脚下只有饱满的稻穗，

飘忽的天丝缠着我，

我与……空荡的旷野结姻缘。

（《天丝与心丝》）

　　阮丙（Nguyễn Bính，1919—1966）从小跟随父亲和舅舅学习，13岁开始上学读书。1937年，他的诗集《我的灵魂》（Tâm hồn tôi）获得"自力文团"的诗歌奖。1940年，他出版的诗集《岔道》（Lỡ bước sang ngang）受到当时诗坛广泛的关注。之后，他又先后出版了诗集《香古人》（Hương cố nhân）、《秦云》（Mây tần）和《华楼的女儿》（Người con gái ở lầu hoa）等。

　　阮丙热爱民族诗歌艺术，他执着追求越南民歌的那种清亮、妩媚、细腻和淳朴，他的诗歌深受越南民众的喜爱。他诗歌所表现的景象和意境多为瓜棚、菜园、田野和渡口摆渡的少女以及纺线的村姑等。阮丙的诗歌给"新诗运动"带来了浓郁的田园色彩和芳香，充满对家乡、故土人民的深情厚意。

韩墨子（Hàn Mạc Tử，1912—1940），原名阮重智（Nguyễn Trọng Trí），16岁开始作诗，他的诗歌因获得潘佩珠的赞许而声名鹊起。他出版的诗集有《乡村姑娘》（Gái quê）、《疯诗》（Thơ điên）和《上清气》（Thượng thanh khí）等。韩墨子的诗歌风格放旷不羁、挥洒纵横。翰墨子的《疯诗》从象征主义无意识、超脱和隐秘的世界那里得到了心灵的超脱、升华。在翰墨子的诗中，狂血、疯魂常与月光同时出现。"狂血、疯魂"在翰墨子的《悲伤》中已经成为了一种审美意象：

啊！我们吐出血块，

当我们陶醉在无垠风浪的时候！

……

那一夜，我们躺在洒满月光的大地上，

早上起来疯狂吐出血来。

辉谨（Huy Cận，1919—   ），原名瞿辉谨（Cù Huy Cận），1934年开始诗歌创作。他深受法国浪漫主义文学的影响，在发扬"新诗运动"开创者艺术成就的基础上，他大步迈向"新诗"领域。1940年，他的第一部诗集《神火》（Lửa thiêng）诞生，这是一部抒发知识分子忧郁、惆怅和苦恼的诗歌集，是"孤独、凄凉的自我回归"。

制兰园（Chế Lan Viên，1920—1989），原名潘玉欢（Phan Ngọc Hoan），1937年在归仁中学学习的时候，开始作诗。1938年，他的诗集《凋残》（Điêu tàn）的问世，引起读者的注意。他的诗歌脱离现实，展现了梦境的虚幻和怪异的世界。

深心（Thâm Tâm，1917—1950），原名阮俊程（Nguyễn Tuấn Trình），读完小学之后，他就走上社会以绘画为生。在40年代，他在《星期六小说》和《传播国语》等杂志发表诗歌和小说等，代表性的诗作有《送别行》（Tống biệt hành）、《香山你好》（Chào Hương Sơn）、《离别》（Ly Biệt）和《万里长城》（Vạn lý Trường Thành）等。他的诗歌深邃、凝练。《送别行》中，他采用唐律体，表达了诗人内心波涛翻滚的复杂心情：

送客我未过大河，

为何心中波涛翻？

夕阳未至日高照，

为何双目黄昏现？

阮若法（Nguyễn Nhược Pháp，1914 —1938），1932年开始作诗，他的代表作

是诗集《往昔》(Ngày xưa)。他通过幽默、诙谐的笔锋，将奇异、充满活力的民族历史呈现在人们面前，有表现山精和水精之间激烈斗争的《山精和水精》，赞颂媚珠、重水凄婉爱情的《媚珠》《重水之井》，展现淳朴美丽风俗的《香庙》等。

范辉通(Phạm Huy Thông，1916—1988)是"新诗运动"的倡导者之一。1937年至1945年留学法国，获得史学硕士学位和法学博士学位。他在30年代发表的作品有诗集《爱情》(Yêu đương)、《波浪声声》(Tiếng sóng)、《乌江敌声》(Tiếng địch sông Ô)等。

在越南现代文学史上，"新诗运动"不仅为越南诗歌的推陈出新贡献了力量，同时还为越南新文学语言、新诗歌语言的发展做出了贡献。阮辉想在他1930年12月19日的日记中写道："像我这样普通的人，表达爱国之情最好的途径就是写国语文章了。"[1] 在法语占据统治地位、越南语受到歧视的时代，新诗派诗人积极主动地运用民族语言，敢于捍卫民族语言，为丰富越南语的表达、推动越南语的使用做出了贡献。

浪漫主义小说流派以"自力文团"的组织者——零和概兴等为代表。1930年，一零(Nhất Linh，1906—1963)，原名阮祥三(Nguyễn Tường Tam)，怀揣法国大学毕业文凭从法国回到了越南，他带来了西方文化、文学的新观念、新思想。1932年，一零作为主编，创办了《风化报》(Báo Phong Hoá)。1933年，一零与他的两个兄弟黄道(Hoàng Đạo)(原名阮祥龙，Nguyễn Tường Long)、石岚(Thạch Lam)(原名阮祥麟，Nguyễn Tường Lân)和概兴、秀肥、世旅、春妙和阮吉祥等一起组织成立了"自力文团"文学社。文学社的喉舌是《风化报》。《风化报》被迫关闭后，从1936年起《今日报》(Báo Ngày Nay)成为其机关报。《风化报》和《今日报》两家报纸先后成为浪漫主义小说发表的园地，成为宣传文学改革的阵地。1934年6月8日第101期《风化报》登载了"自力文团"的办社方针："一、创作少使用汉字，文风朴实、易懂，具有安南特色。二、歌颂具有平民特色之善和美，鼓励人们以平民之心热爱国家，摈弃贵族豪富之风气。三、注重个人自由。四、要使世人知晓，孔学已不合时宜。五、将西方之科学方法运用于安南文章中去。"[2] 关于"欧化问题"，黄道在1936年第33期《今日报》上发表的《跟上新潮》的文章中作了进一步的阐述，他指出："我们所说的'跟上新潮'就是指'欧化'……'欧化'就是把西方文明的原则运用到我们的社会生活中。过去，我们的生活是非理性的，我们生活

① ［越］潘巨栋：《越南文学》(1900—1945)，河内：教育出版社，2001年版，第526页。
② ［越］潘巨栋：《越南文学》(1900—1945)，河内：教育出版社，2001年版，第529页。

在陈规陋习和古人的金科玉律的桎梏中……'欧化'就是调和个人主义和社会主义之间的矛盾，就是使得个人在社会中得以自由发挥自己的价值，使得个人得以自由表达自己的情感，表现自己的才华。"①

"自力文团"的宗旨和创作方法，在它活动初期的确有其进步的一面，如：改革传统文学、反对落后的封建社会观念、净化民族语言等。但随着形势的发展，尤其是民主阵线运动的兴起，"自力文团"的一些主张逐渐落后于时代，最后逆历史潮流而动。

1940年9月，日本军国主义入侵越南后，法国平民阵线已经瓦解，越南人民刚刚争取到的一点极其有限的民主权利得而复失，各民主组织和进步团体被迫解散，印支共产党的报刊被封闭，进步书籍被严禁出版，一批批革命者被投进了监狱。

在这种形势下，"自力文团"的主要负责人一零，停止写作，转向了亲日的政治活动，当上了民政大越党的秘书长。1941年，亲日的党派遭到了法国的镇压，黄道和概兴被捕，两年后释放。一零逃向日本，后到中国，投靠了在中国流亡的阮海臣，参加了越南国民党。八月革命后，一零公开与印支共产党领导的越盟对立。1942年6月8日，"自力文团"的最后坚守者石岚去世。这时，"自力文团"的成员已是各奔东西，文学社人去楼空，最后不宣而散。1945年底，一零随阮海臣返回了越南，参加蒋介石扶持的越南国民党组织的联合政府，担任外交部长，黄道任经济部长。蒋介石的军队撤回国，一零又跟随他们回到了中国。

"自力文团"浪漫主义长篇小说的代表作有一零的《断绝》(Đoạn tuyệt)、《冷淡》(Lạnh lùng)、《白蝴蝶》(Bướm trắng)，概兴的《蝶魂梦仙》、《半截青春》以及两人合著的《花担子》(Gánh hàng hoa)等。上述小说的内容大都倡导反对封建礼教，提倡婚姻自由和个性解放。

一零的长篇小说《断绝》，1934年在《风化报》上连载，1935年成书出版。《断绝》出版后，受到厌倦旧生活、渴望新生活的广大越南青年的热烈追捧。1935年8月8日的《喇叭报》刊登文章赞颂道："《断绝》是戴在个人主义头上的艳丽花环。作者光明正大地承认未来信仰的进步和活力，作者为年轻朋友坚定奋斗、愉快地生活指明了方向。"②

《断绝》的故事梗概是：上过学的新潮女孩鸾，暗恋着有理想的青年勇。鸾是

---

① ［越］潘巨棣：《越南文学》(1900—1945)，河内：教育出版社，2001年版，第529页。
② ［越］潘巨棣：《越南文学》(1900—1945)，河内：教育出版社，2001年版，第529页。

一个孝女，不得已为母亲还债。鸾与勇发生了误会，以为勇不爱她了，赌气嫁给了通判的儿子砷。鸾的婆婆和小姑在家庭生活中对鸾百般刁难。鸾后来生了一个孩子，因为婆婆的迷信治疗，最终葬送了小孩的生命。这时，砷又移情别恋，娶另一个姑娘为妾。有一天晚上，因为一点小事，鸾遭到了婆婆的毒打。砷在对鸾施暴的时候，不小心摔倒了，不巧正好碰上了鸾手中裁纸的刀，刀刃刺向了砷的胸部，砷不幸身亡。尽管是无意的，但鸾还是被送上了法庭。在法庭上，鸾大声疾呼：新派女性要想幸福，就要与丈夫的封建大家庭"断绝"。出于对"新派女性"的好感，一名法国律师竭力为鸾辩护，结果鸾被无罪释放。鸾获得了个人自由，走出了家门，走上了社会，参加了办报的工作。勇四处漂泊，始终关注着鸾的生活，最后，他找到了鸾，重续旧情。

《断绝》是"自力文团"办社宗旨、文学创作思想的形象化阐释，是艺术化的"人权宣言"。在小说中，面对婆婆的迫害，鸾忍无可忍："任何人没权骂我，任何人没权打我……你是人，我也是人，人都是平等的。"在当时的越南社会，封建意识还沉重地压迫着人们，支配着人们的婚姻。《断绝》主张把妇女彻底从封建大家庭中解放出来，主张男女平等，这些主张都具有一定的进步意义。小说《断绝》的整个思想、主题可以归结到鸾的辩护律师——作者的代言人的发言中："维护家庭，但千万不要把维护家庭当成是把人变为奴隶。奴隶制度早已废除了，我们每当想到它就会不寒而栗！可是有谁会想到这种令人赌咒的制度现在还存在于安南的家庭中……那些吸收了新文化、接触了人道主义和个人自由主义的人士，毫无疑问要摆脱这种制度。"

概兴（Khái Hưng，1896—1947），原名陈庆虞（Trần Khánh Dư），是越南20世纪30年代浪漫主义小说的代表作家之一，是"自力文团"的领导者之一。在第二次世界大战中，概兴转而参加政治活动。他由于参加亲日的大越民政党，被法国人逮捕。1945年日本推翻法国后，概兴被释放出狱。出狱后，他更加卖力地为亲日傀儡政权摇旗呐喊。八月革命后，概兴在越南国民党的报纸上撰文攻击革命政权。概兴在政治上是不光彩的，但对他在越南文学史上的贡献，我们也不能因此而一笔抹煞。

概兴的长篇小说《半截青春》（Nửa chừng xuân）赞颂了阿梅和阿禄的纯洁爱情。它讲述的是：女主人公阿梅姑娘漂亮、善良，在父亲去世后，她与弟弟阿辉相依为命，并勇敢地挑起了供养弟弟求学的重担。在回乡的火车上，阿梅与儿时的小伙伴阿禄相遇。阿禄见阿梅出落得楚楚动人，便爱上了她。一年后，两人结合了。阿禄的母亲安硬是拆散了这对鸳鸯，逼着阿禄娶了阿熏的女儿。婚后阿禄仍思念阿梅。安得知阿梅生有阿禄的孩子，便想要回孩子。遭到阿梅拒绝后，安又想让阿梅当阿禄的妾，阿梅不从。阿梅与阿禄在火炉旁彻夜倾诉衷肠，阿梅对阿禄说："虽然不能在一起，但我们的心灵仍然贴在一起。"

概兴的长篇小说《蝶魂梦仙》(Hồn bướm mơ tiên)描写了一对青年男女相爱的故事：河内一富家之子阿玉暑假到郊区一所寺庙里去避暑，跟庙中小和尚阿兰邂逅相遇，二人萍水相逢，成为莫逆之交。后来阿玉得知阿兰是为逃婚而女扮男装入寺为僧的，两人相恋了。他们为了保持所谓灵魂的"纯洁"，不敢结合，只满足于"灵魂中永远相爱"。

概兴1939至1940年出版的长篇小说《美》(Đẹp)和《青德》(Thanh Đức)把腐化堕落的生活描绘得诗情画意，同时宣扬宿命论、"青春快乐"和及时行乐的思想。由于作者看不到前途和未来的希望，找不到人生的出路，最后便堕入了唯心主义和宿命论的泥潭。

"自力文团"浪漫主义文学的哲学基础是唯心主义，美学基础是唯美主义、"艺术为艺术"，主要表现在作品人物的个性与环境、理想与现实的绝对对立。浪漫主义作家在解决理想与现实矛盾的时候，往往显出主观主义的倾向，他们总是让现实服从于理想。一零和概兴的小说的结局总是遵从作者模糊的理想和空想来解决矛盾。如《蝶魂仙梦》的结局是：玉和兰只能分离的时候，玉发誓要终生在心灵中供奉兰："我的大家庭是人类，是宇宙；而我的小家庭是我们俩的灵魂，隐藏在佛祖慈悲的光环之下。"

随着越南民主阵线的建立和发展，越南革命逐渐转入高潮，新的革命运动吸引和影响着广大知识青年。"自力文团"那些远离社会现实生活、宣扬虚无"理想境界"的消极浪漫主义文学作品便渐渐失去了影响。

石岚(Thạch Lam，1910—1942)，原名阮祥麟(Nguyễn Tường Lân)，是一零和黄道的弟弟，是"自力文团"中有名的作家。在他们三兄弟中，石岚写的作品不多，且有影响的作品出笼较他们俩为晚，当然产生的影响要也比他们晚一些。一零在他的回忆录中写道："实际上，六叔（指石岚）才是'自力文团'中最有才华的作家，尽管当时他的书并不畅销。"[①] 一零和黄道醉心于政治，但石岚却是将全

---

① ［越］潘巨栋：《越南文学》(1900—1945)，河内：教育出版社，2001年版，第579页。

身心投入到了文学创作中。石岚的主要作品有短篇小说集《季初的风》（Gió đầu mùa）、《园中的阳光》（Nắng trong vườn）和《发丝》（Sợi tóc）以及长篇小说《新的日子》（Ngày mới）等。石岚的作品深刻入微，明快轻灵，充满艺术感染力，给读者留下了关于大自然和社会的独特审美感受。在《跟随潮流———一点思考》的文章中，石岚写道："作家的任务就是发现隐藏在事物内部的美，把这种不被人注意的美呈现在读者面前，让他们观赏和欣赏。"[①]

"自力文团"文学社内的作家们不能一概而论，其成员和聚集在它周围的作家在新形势下开始分化。除了我们上面叙述的一零和概兴等，另一些经受住历史考验的作家则跟着越盟走上了革命道路，如：秀肥、春妙和阮辉想等。他们写了不少反映社会现实生活、反映人民群众抗法斗争的文学作品，这些文学作品对鼓舞越南人民的斗志起了积极的作用。

在"自力文团"活动的10年间，"自力文团"集合了众多的作家，在全国范围内掀起了一场声势浩大的新文学运动。"自力文团"在20世纪上半叶越南文学史产生了较大的影响，他们为越南现代新文学的建立和发展贡献了一份力量。越南现代诗人辉瑾在1989年"自力文团研讨会"上指出："自力文团为小说艺术、小说的现代性做出了贡献。同时，它因呈现了清新、地道的越南文学语言而为民族文学语言作出了贡献。"[②]越南现代文学评论家黄春翰指出："自力文团不是唯一的文学社团，但它是最重要的文学社团，是现代文学第一个改革的社团。"[③]

孟富思和陈萧表现了与上述"自力文团"的作家不同的艺术风格——兼有批判现实主义和浪漫主义。

孟富思（Mạnh Phú Tư，1913—1959），原名范文庶（Phạm Văn Thứ），出生于一个农民家庭，他未出世，他父亲就去世了，他6岁的时候，母亲改嫁，把他留在了父亲家，从此，孟富思过上了失去父母的孤儿生活。这段苦涩的生活在他的自传体小说《寄人篱下》中得到详细的记述。孟富思中途辍学，但他凭着自己的执着追求和天赋走上了文学创作道路。孟富思虽创作经历不长，但著述颇丰，长篇小说有《做妾》（Làm lẽ）、《自立》（Gây dựng）、《寄人篱下》（Sống nhờ）、《薄情》（Nhạt tình）和《一个少年》（Một thiếu niên）等，短篇小说有短篇小说集《老妻》（Người

---

① ［越］《石岚选集》，河内：文学出版社，1988年版，第294页。

② ［越］潘巨棣：《越南文学》（1900—1945），河内：教育出版社，2001年版，第556页。

③ ［越］潘巨棣：《越南文学》（1900—1945），河内：教育出版社，2001年版，第557页。

vợ già）等。《做妾》和《薄情》都是抨击八月革命前越南社会普遍存在的"一夫多妻"制。

自传体小说《寄人篱下》是孟富思的代表作。作品的梗概是：丈夫死了以后，妻子成了寡妇，成了家里多余的人，成了家里猜忌和虐待的对象。她难以忍受丈夫家人的折磨，便改嫁了。她的行为被视为"私奔"和"大逆不道"，她被剥夺了一个母亲对孩子的抚养权，孩子被迫留在了丈夫家，孩子成了失去父母的孤儿。更为不幸的是，孩子的叔伯们把抚养这个孩子视为一种负担，横眼冷对。孩子就在这种冷漠中度过了自己的童年。《一个少年》可以看做是《寄人篱下》的续集，它承接着《寄人篱下》的故事情节，叙述了少年愤而出走，来到了生存环境更为恶劣、严酷的社会上，他被卷进了金钱主宰一切、道德沦丧的社会旋涡中，他在这旋涡中毫无希望地苦苦挣扎。

陈萧（Trần Tiêu，1900—1954）是概兴的弟弟，他1936年开始创作，创作的题材多为八月革命前的农村生活。他的主要作品有长篇小说《水牛》（Con trâu）以及短篇小说集《旱年》（Năm hạn）和《竹篱笆的后面》（Sau lũy tre）等。长篇小说《水牛》叙述了农民阿政大伯悲惨痛苦的一生。阿政大伯的人生宿愿就是能买一头牛，希望以此能改变家里的现状，最后他未能实现这个愿望，终因积劳成疾，在贫困艰难中过世了。

综上所述，20世纪30、40年代的越南浪漫主义文学，倡导个性解放、婚姻自由等观念，在当时殖民地半封建社会的越南具有积极的历史意义；追求新诗体、新文学理念，在当时处于新旧转变的越南文坛掀起了一场文学革命，其历史功绩值得肯定。

* * *

本章论述了20世纪30年代初到40年代中期越南拉丁化国语文学的繁荣。无产阶级革命文学、批判现实主义文学、浪漫主义文学共同奏响了20世纪30年代初到40年代中期越南拉丁化国语文学繁荣的大合唱。越南无产阶级革命文学是随着印度支那共产党领导的革命斗争的深入而产生和发展的，无产阶级革命文学是越南无产阶级革命斗争的一部分，是民族解放斗争中革命战士的呼声；批判现实主义文学揭露了法国殖民统治的黑暗现实，真实地描写了越南人民在殖民者、封建势力压迫下的痛苦和灾难；浪漫主义文学深受西方文学思潮的影响，追求个性解放，要求恋爱自由，婚姻自由，号召冲破封建礼教的桎梏。20世纪30年代初到40年代中期是越南文学内容和艺术形式等发生巨变的时期,是越南文学史上空前活跃的一个历史阶段。在这一时期,鼓舞斗志的无产阶级革命文学、揭露黑暗现实的批判现实主义文学、追求个性解放的浪漫主义文学等各种流派异彩纷呈,小说、诗歌、报告文学等各种文学体裁争奇斗艳,文学成就灿烂辉煌,这一时期成为越南文学历史发展的黄金时代之一。

第三章　抗法、抗美战争文学

（20世纪40年代中期至70年代中期）

1945年8月，日本军国主义无条件投降，第二次世界大战全面结束。历史给越南人民带来了良机，印支共产党抓住这个千载难逢的机遇，发动夺取全国胜利的最后一役。1945年8月13日，越南独立同盟在新潮举行全国大会，决定发动总起义。8月19日，河内人民走上街头，游行示威，夺取政权，取得了起义的胜利。之后，顺化、西贡以及越南全境起义并取得了胜利。1945年8月25日，阮朝的末代皇帝保大被迫宣布退位。1945年9月2日，胡志明在河内巴庭广场宣读《越南独立宣言》，向全世界郑重宣告越南民主共和国成立。越南民主共和国的成立，标志着上千年封建制度从越南历史舞台上的退出和上百年殖民统治的结束。

越南民主共和国诞生不久，法国殖民者又卷土重来，妄图重建它在印度支那的殖民统治。1946年12月，法国侵略军进攻河内。从此，越南人民响应胡志明主席的号召又拿起武器进行第二次抗法战争。抗战初期，由于越法军事力量对比悬殊，越南军队主动从城市撤退到农村，以越北山区为根据地进行游击战争，集中优势兵力歼灭敌人的有生力量。1947年10月，法军向越北根据地发动大规模进攻，企图消灭越军主力。越南军民粉碎了这次进攻，从而结束了越南抗战的防御阶段，转入了战略相持阶段。

为了服务于越南人民的抗法斗争，胡志明向越南文艺战线提出了"文化抗战化，抗战文化化，思想革命化，生活群众化"的口号。1948年7月，越南第二次文化工作会议召开。印支共产党总书记长征在题为《马克思主义和越南文化问题》的报告中，分析了越南文化的发展历程，批判了越南文化界的一些错误倾向，强调说明越南的新文化必须是人民民主的文化。这次会议确定了以马克思主义为指导的越南文化运动方向，指明了社会主义现实主义是新的历史阶段文学的创作方法，大会还产生了文学艺术的领导机构——越南文艺协会。这次大会从思想上武装了越南文艺工作者，鼓舞了他们的创作热情，对越南无产阶级革命文学的进一步发展起到了重要的推动作用。

1949年10月，中华人民共和国的建立，为越南人民的抗法战争创造了有利的国际环境。中国人民对越南人民的抗法斗争提供了国际主义的无私援助。1950年9月，越南人民军在中国的大力支持下，在中越边界进行了"边界战役"，歼敌万余名，解放了高平、谅山等地，扩大了北部解放区，掌握了北部战场军事上的主动权。同时，打通了与中国联系的通道，为中国支持越南的抗法斗争提供了便利。1951年2月，印支共产党召开第二次代表大会，通过了新的党章党纲，确定了党在抗战中的基本路线和方针，这次会议做出了将"印度支那共产党"改名为"越南劳动党"的决定。会后制定了土地纲领，在解放区实行土地改革，目的是发动农民参加抗战，调动农民抗战的积极性。1953年夏，法国殖民者在美国的支持下，制定了新的军事计划，妄图一举消灭越南的抗战力量。1954年3月13日至5月7日，经过55天的艰苦奋战，越南军民全歼法军主力16000余人，赢得了奠边府战役的伟大胜利，结束了长达8年的第二次抗法战争。1954年7月21日，《日内瓦协议》正式签署，从此，越南北部国土获得解放，建立了和平。

越南北方建立和平以后，走上了发展社会主义经济和文化的道路。越南社会主义新文化、新文学的发展也不是一帆风顺的。当越南北方进行社会主义改造和进行社会主义建设之际，越南文艺战线发生了一场激烈的思想斗争，即反对"人文—佳品"的斗争，这实际上是一场反对以张酒（Trương Tửu）为首的一小撮反动分子利用文艺作为阵地进行反党的政治斗争。最终，越南劳动党取得了这场斗争的完全胜利。

在越南北方进行社会主义建设的同时，在越南南方，美国粗暴地破坏《日内瓦协议》，扶植亲美的傀儡政权，把南方变成了美国的新型殖民地和军事基地，越南南方人民被迫起来抗战。1960年12月，越南南方民族解放阵线成立，它担负起了领导人民进行抗美救国斗争的重任。1961年，美国对越南发动了由美国军事顾问指挥、西贡伪军充当炮灰的"特种战争"。在越南南方武装力量的英勇打击下，"特种战争"遭到了可耻的失败。

1964年8月，美国制造了"北部湾事件"，以此为借口开始大规模轰炸越南北方。1965年3月8日，美国海军陆战队在岘港登陆，把侵略越南的战争升级为直接出兵的"局部战争"。美国大量军队的直接介入和无数飞机的狂轰烂炸，并没有消灭越南军队，从而达到完全占领越南的目的。相反，美国为它的"局部战争"付出了惨痛的代价，遭到了美国及全世界人民的强烈抗议。后来，美国又实行"越南化战争"，就是美国出钱，出武器，让南越伪政权自己来作战。最后，"越南化战争"同样遭到了失败，美国不得不坐下来谈判。1973年1月27日，关于在印度支那结束战争、恢复和平的《巴黎协定》签署。之后，美国撤走了它在越南南方的军队，但留下了大批军事顾问。南越阮文绍伪政权破坏《巴黎协定》，不断蚕食解放区，越南军民奋起斗争。1975年3月，越南人民军发动了春季攻势，解放了南方的大部分地区，4月30日解放了西贡，5月1日解放了整个南方，抗美救国斗争胜利结束。

* * *

20世纪40年代中期到70年代中期，抗法、抗美救国战争是越南文学创作的宏观历史背景，反映抗战、服务抗战成为这一时期文学创作的主线，战争文学占据了文坛的主导地位。

在抗法、抗美救国斗争中，在党的文艺思想的指引下，越南作家们来到火热的战斗前线，写出了大量反映抗法、抗美战争的小说、随笔和报告文学等文学作品。那些在越南民主共和国成立前已经成就卓著的资深作家们，经过时代的熏陶和党的文艺方针的指引，他们在创作立场、观点和方法上发生了紧跟历史潮流的转变，如阮遵、苏怀、阮辉想、元鸿等。他们焕发了艺术青春，写出了大量符合时代发展、为人民所欢迎的作品。除了老一辈作家外，新一代作家不断涌现，如阮庭诗、武辉心、胡芳、阮文俸、元玉、阮施、英德和阮光创等。

下面我们首先介绍20世纪30年代就开始驰骋越南文坛，在20世纪50、60年代又写出了大量反映抗法、抗美战争作品的作家，他们起到了为抗法、抗美战争文学创作搭桥铺路的作用。

阮遵（Nguyễn Tuân，1910—1987）是一位博古通今、学者型的作家。他生于一个儒士家庭，其父在越南历史上最后一届汉语科举考试中取得秀才的名分，后来当了一名小职员。孩提时代，阮遵跟随父亲在中部各省生活、求学，他先是学习汉字，后又转为学习法语。在南定求学期间，阮遵参加了为抗议法国教员诋毁越南人而举行的罢课，被勒令退学。1930年，阮遵在泰国曼谷被抓，押解回国，关押在清化监狱。被释放后，阮遵来到河内为《东西报》、《日新报》和《午报》等报纸撰文。1937年，他正式步入文坛。八月革命前，阮遵是一个消极的浪漫主义作家，代表作品是短篇小说集《显赫一时》（Vang bóng một thời）。《显赫一时》宣扬衰落的封建时代进士、举人和秀才们闲适风流的生活，极力欣赏、玩味所谓的"古典美"，这是一部"艺术为艺术"的作品。

八月革命胜利，阮遵怀着对旧生活的厌倦、对新生活的向往以及民族的责任感投身到革命的浪潮中。1946年，他与作家创作团一起来到了第五联区。1947年，他负责流动剧团。从1948年起，他参加了很多战役并多次深入敌后。由于生活在人民群众中，并且经过战火的洗礼，阮遵摒弃了自身消极的东西，逐渐走上了革命的文艺道路。1948年到1956年，他担任越南文艺协会秘书长。从1958年起，他担任越南文艺联合会执委会的委员。

阮遵的代表作品有《抗战随笔》(Tùy bút kháng chiến)、《沱河随笔》(Tùy bút Sông Đà)、《我们河内英勇抗美》(Hà Nội ta đánh Mỹ giỏi)等。《抗战随笔》颂扬了人民群众质朴无私的高贵品质和英勇不屈的斗争精神，同时也流露了作家对新生活的热爱和对祖国人民的赤诚之心。《沱河随笔》描述了越南西北地区进行社会主义建设的新生活。

随笔是阮遵一生当中最喜爱的一种体裁，他的随笔具有自己独特的艺术风格：感情奔放，不拘俗套，凝练深邃，抒情味浓郁。他的随笔通过自己的主观感受来剖析现实社会，充满睿智。他的随笔风格鲜明，就连他的一些小说也带有随笔的印记：故事情节松散、人物性格的刻画并不是作家的重点所在，而是侧重在表达作家的主观感受，表露自己的内心思想感情。

苏怀(Tô Hoài，1920—　　)，原名阮荷(Nguyễn Sen)，青年时代从事过多种职业：教书、卖货和商行的会计等。他常常失业，生活无着。在民主阵线运动的影响下，他参加了纺织工人友爱会。1943年，他参加了救国文化组织，进行革命宣传。抗法战争爆发后，他来到越北、西北根据地，深入战役前线，与部队战士同生死、共命运，进行宣传和文学创作。1952年，他跟随部队进军西北，参加了解放西北的战役。自1961年起，苏怀担任越南作家协会的常务委员、副秘书长等职务。从1986—1996年，他担任河内文艺协会主席。1996年，苏怀赢得了第一届胡志明文学艺术奖。

八月革命前，苏怀的作品有《蟋蟀漂流记》(Dế mèn phiêu lưu ký)等。《蟋蟀漂流记》是一部独具特色的寓言故事，作品描述了蟋蟀在动物和人类世界的漂流过程的所见所闻，揭露了黑暗的现实社会，肯定了善良、诚信及对和平、友爱生活的憧憬。1953年，苏怀写了短篇小说集《西北的故事》(Truyện Tây Bắc)，它反映了西北山区各民族人民反对殖民统治和封建压迫的斗争生活。这部短篇小说集的诞生标志着苏怀创作道路上思想和艺术的一大进步。《西北的故事》荣获越南文艺协会1954—1955年小说一等奖。之后，苏怀又写了一些长篇小说：《西部》(Miền Tây)、《黄文树的童年》(Tuổi trẻ Hoàng Văn Thụ)等。其中，《西部》获得1970年亚非文学协会的文学奖。《西部》描述了西部苗族地区在走上社会主义道路过程中社会生活的巨大变化和人们思想的转变等。

苏怀的小说多为描写西部和西北部山区少数民族的生产和斗争生活,这是他小说的一大特色。苏怀对西部和西北部山区的劳动人民抱有深厚的感情,他了解他们的生活,同情他们的疾苦,更赞赏他们身处逆境而不屈不挠的精神。苏怀的作品真实、深刻,具有强烈的艺术感染力。

阮辉想(Nguyễn Huy Tưởng,1912—1960)出生于一个儒士家庭,父亲去世得早,他在母亲的教育和培养下长大。当他还是高等小学学生的时候,阮辉想就确定了他未来从事文学创作的人生志向。1942年,阮辉想的历史题材小说《龙池会之夜》(Đêm hội Long Trì)一发表就引起了文坛的关注。1943年,他加入了文化救国会组织,之后完成了历史剧《武如素》(Vũ Như Tô)、《马援铜柱》(Cột đồng Mã Viện)和历史题材小说《安思公主》(An Tư công chúa)的创作。这三部作品运用进步的历史观,对越南历史上的重大事件进行了艺术再加工,宏扬了越南民族精神和爱国主义传统。

八月革命成功后,阮辉想积极参加革命文艺运动,成为文化救国会的主要负责人。1946年,他写了话剧《北山》(Bắc Sơn),它讲述的是北山起义期间当地少数民族支援人民军队作战的故事。

在抗法战争期间,阮辉想参与了越南文艺协会的建立。此间的创作有三幕话剧《留下的人》(Những người ở lại)和报告文学《高谅纪事》(Ký sự Cao Lạng)。其中《高谅纪事》获得1951—1952年文艺奖。《高谅纪事》记述了越南军民在边境战役中的英勇壮举。和平建立后,阮辉想创作了长篇小说《阿陆的故事》(Truyện Anh Lục)、《四年后》(Bốn năm sau)和《与首都共存亡》等。《与首都共存亡》,作者原计划写两卷,共47章,描写河内人民1946年冬季抗法战争的全过程。1958年,他只写完了第一卷,1960年,他辞别人世,带着未完成的事业走了,给我们留下了一个深深的遗憾。《与首都共存亡》是阮辉想的最后一部作品,也是他创作事业中最重要的一部作品。由于阮辉想在越南文学史上所取得的非凡成就,1996年,他被追授予胡志明文学艺术奖。

《与首都共存亡》(Sống mãi với thủ đô)是一部革命现实主义与革命浪漫主义相结合的佳作。小说描述的是抗法战争的准备阶段和1946年12月19日、20日两天在河内发生的越南军民抵抗法国侵略者的战斗故事。小说真实地记叙了当时一些重大的历史事件,如《初步协定》和《临时协定》的签署等,控诉了法国侵略者在河内犯下的暴行:如安宁巷和米粉街的大屠杀等,展现了越南军民与侵略者进行的激烈、残酷巷战的壮烈场面。

小说歌颂了教师陈文、学生阿鸢以及军人国荣、文越等各阶层人士积极参加抗战的英雄事迹，同时鞭挞了留法学生阿保及其妻阿贞等人大敌当前逃避战争的丑行。

作者倾注感情，描写了以教师陈文为代表的知识分子阶层在抗法战争中的勇敢行动，挖掘了知识分子深层的思考和细腻的心态。陈文是一所学校的历史教师，他通晓越南历史，敬仰历史上的英雄人物，爱国主义思想深深植根于他的心中。在国难当头的危机时刻，他毅然决然地投入到了抗法战争中。但是，当他真正置身于战争中、面对激烈的战争场面的时候，他不免有些手足无措，甚至有些恐惧。挖战壕、枪支使用以及战术布置等对他来说都显得那么陌生。经过战争的锻炼和考验，他一步步成熟起来，最后成为一名勇敢的抗法战士。作者的成功之处，正是恰如其分地展示了战争中知识分子真实的言语行动及其内心世界。

作者塑造的其他突出的人物有国荣等。国荣是一位真正的军人，他在第二次抗法战争爆发之前，曾经是一位党的地下工作者，具有丰富的战斗经验。在这次河内保卫战中，他成为一名坚强有力的指挥官和英勇顽强的战士，哪里有危险，他就出现在那里，是抗法队伍的中流砥柱。

阮辉想的文学作品思想性强、艺术高、语言明快朴实。在一批老作家中，阮辉想完成思想转变最快，适应革命形式最快，取得了卓越的艺术成就。

八月革命前，元鸿已经是声名显赫的作家了。八月革命后，元鸿积极参加文化救国会的工作。这一时期，他的主要作品有短篇小说集《地狱和火炉》(Địa ngục và lò lửa)、中篇小说《解放之夜》(Đêm giải phóng)、随笔《可爱的祖国》(Đất nước yêu dấu)等。《地狱和火炉》反映了1945年越南令人不寒而栗的大饥荒和越盟的革命运动。在抗法战争期间，他参加了越南文艺协会，并担任协会的机关刊物——《文艺》杂志的编辑。1954年后，他参加越南文学艺术联合会。元鸿不断深入社会基层，了解社会的变化和新的时代、新的生活。1961年，他出版了诗集《湛蓝的天空》(Trời xanh)。从此，元鸿开始了第二个创作高峰，其标志就是他历经16载完成的宏篇巨制《海口》。1978年，元鸿完成了历史小说《安世森林》(Núi rừng Yên Thế)(3卷)，这部小说系统、完整地描述了黄花探领导的安世起义。1996年，元鸿被追授予胡志明文学艺术奖。

元鸿从步入文坛时起就与海防结下了不解之缘，他的很多作品中故事的发生地都是海防。元鸿早在1940年就酝酿写一部全面反映海防人民生活的长篇小说。

《燃烧的村庄》是他这个梦想的第一次尝试，可惜这部写海防的长篇小说在监狱中遗失。抗法战争胜利后，元鸿回到了海防，身份是记者，但人们会在海防的砖场和水泥厂发现他与工人一起劳动的身影。1960年，第一卷《怒潮》(Sóng gầm)初稿写成，1961年出版。1963年，第二卷《风暴》(Cơn bão đã đến)出版。1973年，第三卷《黑暗》(Thời kỳ đen tối)出版。1976年，最后一卷《新生》(Khi đứa con ra đời)的出版，标志着巨著《海口》(Cửa Biển)的完成。

《海口》是继《女盗》之后，元鸿的又一部里程碑式的传世之作。《海口》全面描写了1935到1945年以海防为中心的越南社会历史的变革、越南独立革命运动的发展以及海防各个阶层的人们在社会大变革时期的生活，展现了越南1935年到1945年期间宏大的历史场景和广阔的社会画卷，浸透着作者对越南社会、历史和民族解放事业全面、深刻的思考和认识。如峰在《回忆元鸿》一文中指出："《海口》是一部极其深刻、强烈地反映民主阵线到八月总起义时期我国革命的巨著。"[1]

元鸿走过了近50年的文学创作道路，是一位劳动人民的作家，他的全部作品倾注了他对越南劳动人民的深厚感情和无私的爱。元鸿以坚韧不拔的毅力、矢志不移的追求和不知疲倦的辛勤劳动，取得了非凡的文学成就，赢得了很高的声誉，奠定了他在越南现代文学史上的重要地位。

20世纪40年代中期到70年代中期的诗歌不仅是越南人民抗法、抗美的心灵呼声，还是一种社会主义新意识的探索。在艺术形式上，以自由诗为主的诗歌得到了进一步的发展。在内容上，赞颂越南人民抵御外来侵略的民族精神、激励越南人民抗法、抗美斗争成为这一时期的主旋律。在这新的历史时期，30、40年代就享誉诗坛的诗人们又成为民主共和国的人民诗人和艺术家，素友、春妙、辉谨、制兰园和济亨等就是其中的代表。

1951年后，素友历任党中央后补委员、书记处书记、政治局委员等职。1954年，诗集《越北》出版，这部诗集获得了1954—1955年越南文艺协会文学一等奖。素友虽然担任一些行政职务，他仍然写作不辍，诗集《狂风》(Gió lộng)、《出阵》(Ra trận)、《血与花》(Máu và hoa)和《琴声》(Một tiếng đờn)先后问世。1996年，素友获得东南亚文学奖，同年获得第一届胡志明文学艺术奖。

素友的诗歌随着祖国的前进步伐而迈进。从奠边府战役到抗美战争胜利、祖国统一这段时间里，他写了大量的诗歌，都收集在三部诗集《狂风》、《出阵》和《血

---

① ［越］如峰：《回忆元鸿》，载《文学杂志》，1982年第3期。

与花》中。在抗美战争中，素友深入充满硝烟与战火的中部战场，气势磅礴的人民战争激起了他诗思泉涌的创作热情，他的诗歌赞颂了越南军民英勇战斗的事迹和无私的牺牲精神。1973年，《巴黎协定》签署后，素友沿着长山由北到南对抗美战场再次进行了一趟实地考察，重新回顾历史，回味战争，思索民族的命运，回来后他写了长篇诗歌《千里山河》。

素友不仅是一位著名的诗人，同时还是一位重要的文学评论家和文化战线上的领导者，他对越南新文化建设做出了宝贵的贡献。1949年，在越北文艺研讨会上，他宣读了《建设人民文艺》的报告，为抗战时期的越南文艺界指明了行动的方向。1958年，在反对"人文—佳品"运动胜利后，他写了《文艺战线上反对人文—佳品集团斗争之后》的文章，对这场文艺斗争给予了全面和深刻的总结。在革命文艺事业发展的重要关头，我们都能看到，素友运用马克思主义的文艺理论，引导越南的文艺事业沿着正确的道路前进。他重要的文艺理论著作有《建设无愧于人民、时代的伟大文艺》和《革命生活与文学艺术》等。

素友在半个多世纪的诗歌创作中，从未偏离为革命、为人民的大方向，始终保持旺盛的创作热情，写出了大量思想性强、艺术性高的诗歌。素友半个多世纪的上下求索，取得了卓越的文学成就。

八月革命前，春妙在"新诗运动"中已经声名显赫了。越南民主共和国成立后，春妙在新时代焕发了创作青春，创作了大量反映新时代、新生活的诗歌。1946年，他当选为越南民主共和国第一届国会代表。1948年，他被选举为越南文艺协会的执委。1949年，他加入印度支那共产党，同年发表了诗集《在金星下》（Dưới sao vàng）。1953年，他出版了诗集《光明》（Sáng）。1954年，他出版诗集《母子》（Mẹ con）和《星星》（Ngôi sao）。《星星》赢得1954—1955年越南文艺奖。1957年，越南作家协会成立，他被选为执委会委员，一直到1985年。1962—1982年，春妙先后发表了诗集《握手，金瓯角！》（Mũi Cà Mau-Cầm tay）、《两行波涛》（Hai đợt sóng）、《我的双眼》（Tôi giàu đôi mắt）、《我的灵魂展翅飞翔》（Hồn tôi đôi cánh）等以及文学评论和外国诗歌翻译作品等。1983年，他当选为德意志民主共和国的通讯院士。1985年，越南政府为表彰他在文学事业上所做出的重要贡献，授予春妙一级独立勋章。1996年，他被追授胡志明文学艺术奖。

春妙几乎一生都投入了他所眷恋、钟爱的诗歌创作事业。八月革命前，他作为一位感情奔放、风格婉约的浪漫诗人，曾经使追求自由爱情的年轻一代为之痴迷、为之倾倒。经过八月革命的洗礼，春妙从一位小资产阶级的诗人转变为一位无产阶级的革命诗人。他在《我的思想历程》一书中指出："在八月革命期间，我与其他知识分子一起全身心地投入了革命，日夜工作。革命活动、革命工作使我摆脱了自己智慧无谓的浪费，使自己的智慧成为一种有益的劳动。法国殖民者进攻南方，随后，全国抗战开始。我的笔开始承担起了党交给的杀敌救国的重任。我昂首参加了长期抗战，我的思想也经历了战争的洗礼。"[①] 春妙以饱满、真挚的情感歌唱祖国的解放、独立事业，歌唱越南人民的革命事业和社会主义社会中出现的新生事物。

八月革命后发表的长篇诗歌[②]《国旗》和《山河颂》标志着春妙诗歌创作道路上的重大转变，引起了越南文坛的极大关注。《国旗》表达了诗人对越南民主共和国国旗的无比崇敬之情：

> 解放区是祖国的灵魂，
>
> 江山最光明的地方。
>
> 在这里，游击队的大刀闪闪发光，
>
> 金星红旗在太阳下飘扬。
>
> 国旗像眼睛彻夜不眠，
>
> 国旗像烈火在山巅燃烧，
>
> 国旗像太阳永远照耀着大地，
>
> 温暖了寂寞人们的心，
>
> 她护卫着祖国的灵魂，
>
> 肩负使命永远飘扬在空中。
>
> （《国旗》）

《山河颂》表达了诗人对祖国大地的热爱和对祖国未来的美好憧憬和期盼：

> 祖国山河秀美多姿，
>
> 故乡血脉流淌不息。
>
> 树种落下入新土，
>
> 绿叶恋根情所寄。

在社会主义的新制度下，春妙焕发出了强烈的创作热情和创作生命力，他写了大量讴歌新制度、新生活、反对外来侵略、保家卫国的诗篇：

---

① ［越］春妙：《我的思想历程》，河内：文化出版社，1958年版，第64页。
② 长篇诗歌（trường ca）是越南20世纪50年代兴起，60、70年代流行的一种自由诗体。这种诗体可以叙事也可以抒情，或者叙事与抒情相结合，比以前的长篇叙事诗更自由，更灵活，更具表现力。

进军歌如波涛汹涌拍岸，

血性男儿的呐喊回荡天际……

崭新的越南、春天的越南，

金星红旗艳丽无比的越南！

从谅山到金瓯角，

经过海云、山水相连，

在红旗下，演奏了一曲合唱。

旗杆是骨头接成，旗帜是鲜血浸染，

枪剑与钢筋铁骨铸就

荣光中的第一个共和国，

本世纪的第一个越南春天。

（《在金星下》——《越南之春》）

春妙扎根于祖国的大地，把自己的生命融入了越南人民的群体中，他的诗篇充分体现了他与越南人民的血肉之情：

我与越南人民血肉相连

一起流汗，一起流血。

我与千百万勤劳、可爱的同胞

一起战斗、一起生活。

……

不！我的整个灵魂已经融入

这片土地，难以分割。

（《夜行军》）

春妙孜孜不倦，勤奋写作。除了诗歌，他还有翻译作品问世，他翻译了法国、中国等外国诗人的许多诗歌，是越南现代文学中较有影响的诗歌翻译家。春妙还搜集了很多越南歌谣、民歌等，对越南民间文学的发展作做了贡献。

春妙是20世纪越南最著名的诗人之一，他在越南现代文学的诗坛上占有重要地位。春妙在总结自己的创作经验的时候指出："我属于旧时代，又属于新时代，两种创作方法、两种'诗魂'、两种'创作笔法'以及我们国家的两个历史阶段都融合在我的身上。"[1]

---

[1]　［越］春妙：《我的思想历程》，河内：文化出版社，1958年版，第78页。

八月革命前，辉谨曾经参与"新诗运动"。在抗法战争期间，他创作不多。越南和平建立以后，特别是深入广宁矿区体验生活后，他新的诗魂和艺术生命力被唤起，艺术成果是诗集《天越来越亮》（Trời mỗi ngày lại sáng）、《开花的土地》（Đất nở hoa）等。他的诗歌歌颂了美好的新生活，体现了人与自然、新时代与历史传统和谐统一的美。抗美救国战争期间，辉谨进一步开拓了视野，把战争放在时代、历史和人道主义的范畴去认识。这一时期的主要作品有《60年代》（Những năm sáu mươi）、《苗族姑娘》（Cô gái Mèo）、《近战场远战场》（Chiến trường gần chiến trường xa）、《太阳下的房子》（Ngôi nhà giữa nắng）等。

辉谨的《西方寺中的罗汉》一诗从越南山西西方寺中罗汉们痛苦的表情，进而向深层次挖掘过去历史上人类以及越南民族所经历的深重苦难：

> 西方寺中的罗汉，
> 我来拜谒心难安。
> 此非快乐的佛地，
> 为何面容痛苦不堪？
> ……
>
> 各位罗汉端坐闲，
> 四面风暴生耳边。
> 人类世间罪孽重，
> 深渊之处起黑烟。

越南人民苦难历史的乌云正在散去，快乐、美好的春天正在来临：

> 西方寺中的罗汉，
> 今天社会已改变。
> 罗汉们精神焕发，
> 黑夜过去霜雾散。
>
> 故去的敬爱先贤，
> 痛苦的历史已翻。
> 我们正大步走在，
> 充满春色的万里河山。

辉谨从1955年到1984年长达30年的时间里一直担任文化部副部长。之后，担任越南文学艺术联合会全国委员会副主席。辉谨对越南社会主义新文化的建设做出了贡献，为此，他荣获胡志明文学艺术奖。

制兰园曾经是"新诗运动"后半期的参与者。越南民主共和国成立后，制兰园积极投入革命运动。1955年，他出版了诗集《致同志们》(Gửi các anh)，该诗集包括了抗战时期创作的诗歌，这标志着诗人革命艺术道路上的成功探索。制兰园是越南作家协会的创始人之一，并担任了该组织的常务委员，同时他还是4~7届的国会代表，先后担任了国会统一委员会和文教委员会的委员。从1960年起，他先后出版诗集《阳光与泥沙》(Ánh sáng và phù sa)、《抗敌诗篇》(Những bài thơ đánh giặc)和《新的对话》(Đối thoại mới)等。这些诗歌赞颂了越南人民抗美救国的不屈精神，鼓舞了越南人民抗美救国的昂扬斗志。越南南北方统一后，制兰园南下胡志明市工作和进行文学创作，这时期的诗集有《胡伯伯陵墓前的鲜花》(Hoa trước lăng Người)和《石上花》(Hoa trên đá)等。

诗集《石上花》获得1984年越南作家协会的一等奖。《石上花》分三部分，第一部分共有40多首诗歌，多数是"四绝"。"四绝"是越南的传统诗体，是制兰园喜欢采用的一种诗体，也是他运用颇为成功的一种诗体。第二部分有40多首句式长短不等的诗歌。第三部分体现了制兰园诗歌艺术的新探索，带有浓厚的现代气息。

制兰园诗歌除了优美的抒情色彩外，另一个突出特点就是诗歌中充满智慧的思辨和政论性倾向，论证深刻，语言犀利，具有战斗性。制兰园的诗歌富有时效性，总是紧跟形势的发展，时刻为祖国的解放斗争和祖国的建设服务。制兰园在文学生涯中辛勤耕耘，取得了累累硕果和非凡的艺术成就。1988年，他被授予二级独立勋章。1996年，他被授予胡志明文学艺术奖。

秀肥早在30、40年代就已经因其讽刺诗而声名远扬。八月革命胜利，秀肥与广大作家、诗人一起迎接新时代的到来。全国抗战爆发后，他离开河内前往越北战区，参加了抗法斗争，为抗战的宣传工作做出了贡献。1949年，他受到胡主席的接见并得到胡主席赠送的纪念品。1951年，秀肥被越南文艺协会授予诗歌一等奖。1955年，他被授予一级抗战勋章。1956年，秀肥得到越南文艺协会颁发的诗歌二等奖。1957年2月，越南第二次文艺大会召开，在这次会议上，秀肥当选为越南文学艺术联合会的副主席。秀肥是2000年第二届胡志明文学艺术奖的获得者。秀肥的诗歌创作颇丰，主要作品有诗集《抗战微笑》(Nụ cười kháng chiến)、《正义微笑》(Nụ cười chính nghĩa)、《战斗之笔》(Bút chiến đấu)和《爷与孙》(Ông và cháu)等。

济亨（Tế Hanh，1921—2009），原名陈济亨（Trần Tế Hanh），是"新诗运动"末期涌现出来的诗人。1938年，他发表了第一首诗歌，名为《思考学习的日子》（Những ngày nghĩ học）。八月革命前，他因诗集《花年》（Hoa Niên）而出名。《花年》抒发了青年们对爱情的渴望以及他们的寂寞与惆怅之情。同时，也表达了青年们对故乡的热爱之情。八月革命后，济亨积极投身抗法、抗美革命运动。从60年代起，他先后担任越南文学艺术联合会的常务委员、越南作家协会中的翻译委员会主席、诗歌委员会主席等职务。他的主要作品有诗集《南方之心》（Lòng miền Nam）、《新的赞歌》（Khúc ca mới）、《家乡的故事》（Câu chuyện quê hương）、《在春天的日子里》（Giữa những ngày xuân）、《道路与波涛》（Con đường và dòng sông）、《生活之歌》（Bài ca sự sống）和《阿妹等待阿哥》（Em chờ anh）等。

济亨从小生长在风景如画的海边，对他的故乡怀有深厚的感情，"故乡"这两个美妙的字眼经常出现在他的诗歌中：

> 我的故乡是世代捕鱼的地方，
>
> 半天工夫渔船就可到达海洋。
>
> 湛蓝的天、轻柔的风、红彤彤的晨曦，
>
> 青年们划船去捕鱼，
>
> 如骏马般驰骋疆场。
>
> 故乡之魂吹起前进的风帆，
>
> 奋勇向前越过千重波浪。
>
> （《故乡》）

《生活之歌》语言朴素，寓意深刻，体现了越南民族坚强的意志力，体现了越南人民高度的乐观主义和不屈不挠的精神：

> 我们走路突然摔断了胳膊，
>
> 断了左手，我们用右手书写，
>
> 断了双手，用脚练习书写。
>
> 我们有一双明亮的眼睛，
>
> 突然有一天我们眼睛失明，
>
> 一只眼失明还有另一只注目前行，
>
> 两只眼睛失明，我们用听觉来代替视觉。
>
> 人有双脚走遍天下，
>
> 断掉一只我们用拐杖，

断掉两只我们靠推车，

没车，拖着跛腿也要坚持不懈！

从这首诗歌中我们看到，越南民族具有困难面前不退缩、灾难面前不畏惧的大无畏精神，具有打不垮、炸不烂、刚强无比的承受力和忍耐力！通过这首诗，我们明白了越南人民能顶得住美国的地毯式轰炸、最终把美国人打败的根本原因——坚韧抗毁、宁死不屈的民族意志。

纵观济亨的创作生涯，可以说，30、40年代是济亨艺术之花初放时期，60、70年代就是他的艺术之花全面盛开的时期，80、90年代是他的艺术之花散发芳香之时。在文学上，济亨获得很多荣誉，越南第五联区的文艺协会颁发的范文同奖以及1996年第一届胡志明文学艺术奖。

英诗（Anh Thơ，1921—2005）是越南20世纪有名的女诗人。她原名王翘恩，出生在一个小职员家庭，她从小喜爱文学，在30年代"新诗运动"中，她找到了自己的人生道路，那就是写诗来抒发自己的人生追求、肯定自己的人生价值。1937年，英诗开始在报纸上发表诗歌，她1941年出版的第一部诗集《家乡的画卷》（Bức tranh quê）赢得了"自力文团"的文学奖。诗集《往昔》（Xưa）和《香春》（Hương Xuân）是与他人的诗歌一起印刷成册的。

英诗是一位踊跃参加革命的女诗人，她曾参加过八月革命和抗法战争。抗法战争时期的诗歌作品收集在《武凌叙事》（Kể chuyện Vũ Lăng）中。这些诗歌热情讴歌了越南妇女为祖国的解放而做出的巨大牺牲，表达了对越南妇女英雄的钦佩情怀。诗歌展现了"丈夫死在狱中、儿子前线远行"的北山妇女、在长期的抗战中而"忘却青春、误过豆蔻年华"的女干部、支前抗战的年轻姑娘们等妇女形象，这些形象淳朴可亲，感人至深。

在社会主义建设和抗美救国斗争中，英诗不断开阔视野，巩固创作根基，尤其在妇女题材上进行了深入的挖掘，她的诗歌是伟大时代中越南妇女的歌唱者。在这一时期，她的诗歌作品有《飞翔的鸽子》（Theo cánh chim câu）、《玉岛》（Đào Ngọc）、《白色的菠萝花》（Hoa dứa trắng）和《丈夫的家乡》（Quê chồng）等。1995年，她出版了诗集《霜泪》（Lệ sương）。

英诗的诗歌观察细腻，风格淳朴、婉约、清丽，具有浓郁的民族特色。《一排杨树》一诗是越南现代诗坛上吟杨的六八体佳作：

树瘦枝折叶落，

荒冢白骨沙扬尘飞。

残陶破瓦遍地，

掩草墓地青苔石碑。

枯杨逢春叶茂，

古墓鲜花迎风绽放。

山下稻田金黄，

清明扫墓人来车往。

在进行文学创作的同时，英诗积极参与了越南作家协会以及《新作品》杂志的工作，为越南文学事业的发展做出了贡献，是越南文艺界妇女的一面旗帜，因文学成就卓著而获得胡志明文学艺术奖。

"新诗运动"中的诗人刘重庐，在1945年8月以后，一直从事文化事业，担任过越南舞台艺术协会秘书长以及作家协会的执行委员会委员等职务。这一时期他主要的创作方向在戏剧，有改良剧《南方女演员》（Nữ diễn viên miền Nam）和话剧《阿追哥》（Anh Trỗi）等剧本。

洪原（Hồng Nguyên，1924—1951/1954?），原名阮文旺（Nguyễn Văn Vượng），是一名抗法战争初期的诗人，他仿佛一颗流星，在空中划出耀眼的光芒后，瞬间就陨落了。1946年，他是第四联区的文化救国会的执行委员。在抗法战争初期，他充满革命激情的诗歌经常出现在第四联区的《战士报》、《新民报》和《创造报》上。他的诗歌作品有讴歌南下战士的《南下》（Vô Nam）、表达对胡志明崇敬和抗战胜利必胜信念的《夜间的口号》（Những khẩu hiệu trong đêm）以及反映农民生活和农村变化的《农民的一生》（Đời anh nông dân）和《越南诗魂》（Hồn thơ Việt Nam）等。他的代表作是诗歌《思念》（Nhớ），它获得第四联区颁发的文艺一等奖。《思念》颂扬了越南人民军队革命战士们崇高的品质：纯朴、开朗、热情奔放、英勇顽强。诗歌用词细腻，诗风质朴、雄浑，人物形象感人至深。

除了我们上面介绍的一些资深的作家、诗人外，在抗法、抗美战争中成就卓著的作家还有阮庭诗、阮文俸、裴显、阮施、元玉、英德、友梅、阮光创和潘驷等。

阮庭诗（Nguyễn Đình Thi，1924—2003）是越南现代文学历史上著名的作家、诗人和戏剧家。1924年，他出生在老挝。1930年，他跟随父母回到越南。1941年，他参加了学生组织，后来开始文学创作，参加了越南文化救国会。由于参加革命活动，1942年，他被捕。1945年出狱后，他作为文化救国会的代表，参加了新潮国民大会。八月革命后，他担任文化救国会秘书长、国会代表和国会常务委员会委员。1952 年，他担任 308 师的一名营政治员，在战斗前线与战士们一起并肩作战，一直到奠边府战役结束。从 1958 年开始，他担任越南作家协会的秘书长。阮庭诗是一位文学大家，他创作领域广泛，不仅有小说，还有诗歌、戏剧、音乐和文学批评等，并且均有建树。

阮庭诗的第一部长篇小说《冲击》(Xung Kích) 获得 1951—1952 年的文艺二等奖。1957 年，他出版了短篇小说集《卢江之畔》(Bên bờ sông Lô)，作品反映了抗法战争后期越南军民的战斗生活。长篇小说《决堤》共有两部，分别于 1962 年和 1970 年出版，是反映越南人民抗法的巨著。中篇小说集《高地》(Mặt trận trên cao) 是反映越南人民抗美斗争的佳作。

《冲击》叙述了 1950—1951 年冬春战役中一个连队英勇作战的英雄事迹。小说塑造了一些革命战士令人难忘的光辉形象：连政治员阿产外表严肃、内心火热、沉着冷静、坚毅果敢；连长阿柯除了拥有一个军人的勇敢作战精神之外，他还多了城市学生出身的浪漫；副连长性格梗直、急躁。同时，小说还塑造了战士阿通、阿敏等人栩栩如生的形象。

长篇小说《决堤》(Vỡ bờ) 是阮庭诗的代表作，它描绘了 1939 年到 1945 年越南社会风起云涌、广阔、宏大的历史画卷。故事开始于 1939 年，当时的历史背景是法国殖民者实施白色恐怖的统治，疯狂镇压越南人民的民主自由运动，大肆搜捕共产党人和爱国群众。故事以阿克的出场为线索而展开。阿克出身爱国儒士家庭，其父因参与东京义塾运动被捕，后被流放到昆仑岛监狱并死在那里。阿克在母亲的教育下，继承父亲的遗志，参加了革命，并成为一名共产党员。阿克被捕后流放到昆仑岛。他因肺病狱外看管就医。在母亲和妹妹（妻子在他入狱期间病逝）的精心照料下，他的身体逐渐康复。在阿会（从孩提时代就是好朋友）的帮助下，阿克找到了地下党组织。党组织派他到党的重要地区海防，进行秘密革命活动。海防地区的党组织遭到了敌人的严重破坏，阿克必须重新建立革命组织。经过阿克的艰苦努力，他把劫后余生的一些党员组织了起来，如敏大伯、阿囡姑娘等。阿克还积极发动群众，使一些群众提高了觉悟并开始参加革命运动，如阿力、阿木等。在革命活动中，阿克还重新找到了自己的爱情，他与阿安这位勤劳、善良和朴实的姑娘相爱了。由于缺乏警惕，叛徒阿贡混进了革命队伍，并出卖了阿克。海防的革命组织又一次遭到了敌人的镇压。敌人深知阿克在海防地下组织中的重要地位，便对其严刑拷打，妄图从他的口中掏出海防地下组织的情况。阿克宁死不屈，最后壮烈牺牲在河内火炉监狱。阿克的妹妹阿娟、阿安和阿安的弟弟阿山在阿克牺牲后都参加了革命，成为坚强的革命战士。

日本法西斯入侵印支后，两个新、老殖民者疯狂进行殖民掠夺和争斗。1945年，日本法西斯一脚提开了法国殖民者，独占了越南，可谓天灾人祸。此时，越南发生了历史上极其罕见的大饥荒，城乡各地，饿殍遍野。在这种严峻的形势下，越南各界人士在越盟的领导下，奋起斗争。农民代表有阿猛、阿崮等，私塾教师有阿会等，青年学生有阿东、阿金和阿飞等，他们在党组织的教育、培养下，逐渐成为地下党组织的革命战士。就连思想一向保守的大学教授阿恬以及上层妇女阿凤等在感情上也逐渐倾向于革命，尤其是阿恬最后来到了解放区，参加了革命斗争。作品也无情地抨击了法国殖民者、日本法西斯的走狗，如议员卿、里长苏、县官门、祥和福等卖国求荣的丑行。

小说成功地塑造了越南各个阶层的一大批形象逼真、性格各异的人物。最成功的当推阿克的形象塑造。阿克舍弃小家为国家，在艰苦危险的环境下，义无返顾地从事党的秘密工作，发动群众，发展党员，壮大组织。他多次被捕，饱尝牢狱之苦，但始终对党有一颗赤胆忠心，宁死不屈。他爱护同志，热爱人民，他大公无私，在个人幸福与革命事业两者不能兼顾的情况下，他毫不犹豫地选择了革命事业。阿克是1939年到1945年期间越南革命风暴中为国捐躯革命战士的典型代表。

总体而言，《决堤》的第二部要比第一部逊色一些，结构有些松散，有些人物的塑造不够丰满。但瑕不掩瑜，《决堤》在越南现代文学史占有较为重要的地位。

阮庭诗的诗歌创作同样成就骄人，诗作主要集中在三本诗集中：《战士》(Người chiến sĩ)、《黑海之歌》(Bài ca Hắc Hải) 和《湛蓝的江水》(Dòng sông trong xanh)。他的诗歌含蓄、凝练、深沉、意味深长。很多诗篇实现了他所追求的"形象健康、朴实、浑厚，诗句平朴直述"的目标。作为戏剧家，阮庭诗先后写了《黑麋鹿》(Con nai đen)、《梦》(Giấc mơ)、《竹林》(Rừng trúc)、《阮廌在东关》(Nguyễn Trãi ở Đông Quan) 和《涛声》(Tiếng sóng) 等话剧作品。阮庭诗还是在八月革命和抗法期间越南人民家喻户晓、人人能唱的歌曲《消灭法西斯》和《河内人》的词作者。阮庭诗又是著名的文艺理论家和评论家，主要论著有《文学的几个问题》(Mấy vấn đề văn học) 和《小说作者的工作》(Công việc của người viết tiểu thuyết) 等。在《小说作者的工作》中，阮庭诗提出了作家在立场、观点、生活和修养等方面所应达到的要求，提出作家应该处理好理想与现实、文章的时效性与艺术的严肃性等之间的关系。

阮庭诗是越南民主共和国建立以来最重要的作家之一，对越南现代文学的发展做出了突出的贡献，他是1996年第一届胡志明文学艺术奖的获得者。

阮文俸（Nguyễn Văn Bổng，1921—2001），原名陈孝明（Trần Hiếu Minh），八月革命之前，他就有随笔和短篇小说登载在《今日报》《青年报》等报刊上。阮文俸参加了八月革命，之后，他从事救国宣传、教育文化工作。抗法战争期间，他是第五联区文艺分会的副会长。1952年，他推出了长篇小说《水牛》，引起文坛的关注。《水牛》先后获得第五联区范文同文艺奖、1954—1955年越南文艺协会奖。1954年后，他从事文学创作和《文艺报》编辑部、作家协会的领导工作等。1962年，他以解放文艺协会副主席的身份回到了南方，他写了随笔集《九龙江的怒潮》（Cửu Long cuộn sóng），这部作品获得南方民族解放阵线文学艺术协会的阮廷炤文艺奖。1966年，他出版了长篇小说《乌明森林》。后来又出版了长篇小说《白衣》（Áo trắng）等。90年代的作品有长篇小说《人生的小说》（Tiểu thuyết cuộc đời）等。

《水牛》和《乌明森林》是阮文俸两部最成功的长篇小说。《水牛》（Con trâu）讲述了广南人民为保卫水牛而同敌人展开斗争的故事。作品自始至终以保卫和残杀水牛为主线，涵盖了广南人民抗法斗争的各个方面：游击战、监狱斗争等。广南红峰和太学地区的人民奋起保卫村寨，一边战斗一边生产。法军深知水牛对越南农民的重要，便对水牛进行残酷的屠杀。法军叫嚣：杀一头牛等于杀死三个农民。水牛是越南农民最基本的生产工具，保卫水牛就是保卫家乡，服务抗战。为此，广南人民与法军展开了机智勇敢的保卫水牛的大战。

《水牛》塑造的人物形象性格迥异、栩栩如生、令人印象深刻，如积极参加保卫村社的支部书记阿震，世代以土地为生的农民代表阿都、阿骅老人，斤斤计较的中农祥叉，追随敌人又怕越盟的区长惠，越奸杜鞭，法军中尉鲨生等。

《乌明森林》（Rừng U Minh）描述了抗美期间越南西南部金瓯地区武装起义的过程：从起义运动开始到1957年末、1958年初是最困难、最黑暗的时期，1958年是双方争夺激烈的时期，1959年是斗争最艰苦的一年，1960年是金瓯地区的同胞奋起起义的时期。小说所叙述的越南南方的武装起义运动开辟了抗美斗争的新阶段，从此南方有了解放区，有了自己的武装力量。小说热情讴歌了越南南方武装起义以及起义中涌现的英雄人物。同时，小说也毫不回避革命运动中存在的问题。

阮文俸经过长期不懈的努力，取得了突出的文学成就，是越南现代文学史上重要的作家。2000年，他荣获第二届胡志明文学艺术奖。

裴显（Bùi Hiển，1919—2009），在八月革命前先后从事私塾教师、职员以及报人等职业。1941 年，裴显的第一部作品短篇小说集《耍赖》(Nằm vạ) 出版。在抗法战争期间，他写了《抗敌夺粮》和《重逢》等，后来把抗法战争期间的作品辑成一册《眼光》(Ánh mắt)。1965 年，他出版的《沙暴中》(Trong gió cát) 是一部短篇小说和笔记集，展示了越南北方人民进行社会主义建设的风采。在抗美战争期间，他写了短篇小说集《宽阔的道路》(Đường lớn)、《后方的歌声》(Những tiếng hát hậu phương) 和《未来的思考》(Ý nghĩ ban mai) 等。裴显的作品以真实描写现实生活中富有个性的人物和不起眼的小事见长，他的文学风格朴实、细腻。

学飞（ Học Phi，1915—　 ），原名朱文袭（ Chu Văn Tập ），是越南 20 世纪一位重要的戏剧家和作家，他先后获得国家一级独立勋章和第一届胡志明文学艺术奖。青年时代，他是革命的活跃分子。被捕入狱后，在狱中共产党人的影响下，他走上革命道路。民主阵线时期，他为党的报纸撰文，进行革命宣传。这时期，他出版了小说《两股逆流》(Hai làn sóng ngược) 和《爱与恨》(Yêu và thù) 等。八月革命期间，他写了话剧《袈裟杀贼》(Cà sa giết giặc)，目的是动员佛教界人士为国杀敌。50 年代到 70 年代是学飞戏剧创作的黄金时代，这一时期，他写了大量贴近抗法、抗美战争现实的话剧。越南南北统一、尤其是进入 80 年代以后，在话剧创作的同时，他写了《东方的晨曦》(Hừng đông)、《火焰》(Ngọn lửa)、《起程》(Xuống đường) 等长篇小说。

阮施（ Nguyễn Thi，1928—1968 ），原名是阮黄歌（ Nguyễn Hoàng Ca ），他的另一个笔名是阮玉晋（ Nguyễn Ngọc Tấn ）。抗法战争爆发后，他参了军，在部队做宣传工作。1962 年，他来到南方战场，负责《解放军文艺》杂志的工作。1968 年，他在一次激烈的战斗中壮烈牺牲。他的作品有诗集《田野的芳香》(Hương đồng nội)、短篇小说《两个朋友》(Đôi bạn) 和报告文学集《抗枪的母亲》(Người mẹ cầm súng) 等。其中报告文学集《抗枪的母亲》获得 1960—1965 年阮廷炤文艺奖。

报告文学《抗枪的母亲》，1965 年出版，是阮施的代表作。它讲述了越南南方女英雄阮氏小不平凡的一生。阮氏小 8 岁就被迫给地主扛活，12 岁时为了自卫，勇敢地拿起刀同地主搏斗。14 岁那年，阮氏小对地主压迫忍无可忍，她把辣椒面撒向地主的眼中，趁机逃出虎口，来到她向往已久的部队，并当上了一名光荣的联络员。后来，她嫁给一名叫阿锡的战士，他们互相关心，共同作战。1954 年，美帝国主义侵略越南南方。阮氏小与她的丈夫一起勇敢地参加伟大的抗美卫国战争，他们和部队一起攻碉堡，破战略村，最后解放了自己的故乡，阮氏小荣幸地被推荐参加了南方战士英雄竞赛大会。

阮氏小身上集中体现了越南妇女英勇不屈、敢于担当的优秀品质。阮氏小从小深受地主的剥削和迫害，对黑暗反动势力有刻骨铭心的仇恨。残酷的环境造就了她大胆、泼辣和敢做敢当的性格。她在战斗中机智、勇敢；在支前、救助伤员、帮助同胞以及家庭生活等方面，她以宽广的胸怀和坚硬的肩膀包容、担当了一切。阮氏小丰富多样的性格体现了她作为一个妻子、一个母亲、一个战士和一个党员的多重角色。阮氏小的事迹真实、感人至深，她是越南抗美救国时期越南妇女的典型代表。

阮施总是深入战场前线，像一个战士一样冲锋陷阵，他用自己的血肉之躯和灵魂铸就了自己的作品。他的作品虽然不多，但总是像金银一般沉甸甸的。他所留下的作品并不是单薄的文学作品，并不会随着时间的流逝而暗淡，反而会散发出耀眼的光辉。2000年，阮施被授予胡志明文学艺术奖。

武辉心（Võ Huy Tâm，1926—1996）是一位工人出身的作家，以专写工人生活的题材而著称。武辉心家境贫寒，很小就开始干活谋生，上学是他难以实现的奢望。1945年，他参加了工人救国会，从事船工运动的宣传工作。八月革命后，他当过工人、工会干部等。1948年底，武辉心被党组织派到当时还是法国殖民者占领的鸿基煤矿去开展工人运动。几年的煤矿斗争生活，为他创作长篇小说《矿区》（Vùng mỏ）提供了丰富的素材。《矿区》一炮打响，震动了越南文坛，小说赢得了1951—1952年越南文艺协会文学一等奖，由此，奠定了他在越南文坛的地位。抗法胜利后，武辉心继续深入矿区，一边劳动一边创作。1961年，他出版了长篇小说《矿工们》（Những người thợ mỏ）。在参加越南作家协会工作的同时，他又接连写出了反映各个时期工人生活的长篇小说《冲上去》（Đi lên đi）、《大煤层》（Via than lớn）以及短篇小说《耐火砖》（Hòn gạch chịu lửa）等。

武辉心是越南工人阶级的作家，他了解工人的生活，热爱他曾朝夕相处的工人兄弟们。在越南文学史上，他的小说第一次把革命工人作为文学作品的中心人物、历史的主人来描写。他用倾注满腔热情的笔，讴歌了工人阶级为赶走殖民者而斗争的精神以及他们的崇高品质，他也成功地塑造了不同历史时期工人的形象。

红章（Hồng Chương，1921—1989），原名陈红章（Trần Hồng Chương），是一位50年代就活跃在越南文坛的作家和文学理论家。在八月革命前，他因参加革命而两次入狱。在八月革命和抗法斗争中，他都勇敢地站在革命第一线冲锋陷阵，是名副其实的战士作家。他的主要作品有诗集《田野的血与火》（Máu lửa đồng quê）、短篇小说《逆9号公路而上》（Ngược đường số 9）、小说《一股新风》（Một luồng gió mới）以及一些文学理论文章。

金麟（Kim Lân，1920—　　），原名阮文才（Nguyễn Văn Tài），八月革命以前，在《星期六小说》等杂志上发表了一些作品。他在乡村生活、尤其是民风民俗等方面进行了颇为细微的描述，引起文坛的关注。八月革命后，他参加了新时代的文艺创作活动。1955年，他出版了反映农村土地改革的短篇小说集《夫妻成双》（Nên vợ nên chồng）。1962年，他出版了短篇小说集《丑陋的小狗》（Con chó xấu xí）。金麟创作不多，题材基本都是越南抗法时期农村的社会生活。他立足于炙热的土地，执着于农村淳朴民风的描写，风格独特鲜明，是一位名副其实的乡土作家。

武秀南（Vũ Tú Nam，1929—　　）代表性的作品有描写战争的中篇小说《12号公路旁边》（Bên đường 12）和短篇小说集《与双向时间共存》（Sống vời thời gian hai chiều）等。武秀南的短篇小说在其文学创作中占有重要地位，他的短篇小说题材广泛，展现了可爱的祖国和家乡的新面貌，展现了家乡人民的伟大力量，他的艺术风格敦厚、淳朴、明快和富有感染力。

胡芳（Hồ Phương，1930/1931？—　　），原名阮世昌（Nguyễn Thế Xương），1949年，他的第一篇短篇小说《冲锋的刺刀》刊登在《文艺杂志》上，同年，胡芳又发表了短篇小说《家书》（Thư nhà）。《家书》被越南文坛评价为抗战初期优秀的短篇小说。1954年，胡芳到《军队文艺》杂志编辑部工作。之后，陆续出版了短篇小说《嫩草》（Cỏ non）、《新村》（Xóm mới）和《在大海上》（Trên biển lớn）等。胡芳在抗美救国战争中，发表了长篇小说《甘历》（Kan Lịch）等，这些小说的内容主要集中在回忆抗法战争以及描写越南人民抗美救国、保卫国家、建设国家和新生活的故事。胡芳在抗美战争的后期发表了长篇小说《高峰》（Những tầm cao），小说分为两部，第一部1973年出版，第二部1977年出版。小说描述了在抗美战争期间河内不同战线的人们努力保家卫国、攀登高峰的英雄事迹。进入21世纪，他先后发表了长篇小说《妖精》（Yêu tinh）、《红树林》（Những cánh rừng lá đỏ）和《父子》（Cha và con）等。

英德（Anh Đức，1935—　　），原名裴德爱（Bùi Đức Ái），1947年辍学参加了革命。因为他年龄太小，组织上让他到阮文素抗战中学继续学习。由于家庭的影响和从小酷爱文学，他的文学才能较早地显示出来。1952年，他发表了他的第一部作品短篇小说集《海啸》（Biển động），该作品参加了南部文艺分会和抗战委员会组织的九龙文学比赛，赢得了三等奖。这对于18岁的英德来说是极其难能可贵的。1953年，组织安排他当了一名《南部救国报》的记者。1954年，他来到北方，担任电台和报社的记者。1957年，他写了中篇小说《在医院里记录下的一件事》(Một chuyện chép ở bệnh viện)。这篇小说讲述了女主人公思后在南部抗法战争中所经历的艰难困苦以及个人和家庭为抗战事业做出的巨大牺牲，作品热情赞颂了思后的高尚品质。这部小说一问世就受到越南文坛的关注。这一年，英德成为越南作家协会的第一批会员，并担任协会《文艺报》的编辑。1962年，他穿过长山山脉，来到了火热的抗美战场。经过几年的努力，他在战火中完成了长篇小说《土地》(Hòn đất)。1965年，长篇小说《土地》与短篇小说集《金瓯来信》(Bức thư Cà Mau)一起获得阮廷炤文艺奖。

英德在南部的抗美战场上，战斗了整整13年，他用自己的笔描绘了真实的战争场景，歌颂了越南南部人民为祖国牺牲的崇高品质。同时，长期作为《解放文艺》杂志的总编辑，他为战争中南部文艺事业的发展做出了贡献。

长篇小说《土地》是英德的代表作，它讲述的故事发生在1961年初南部的土地村。在敌人的一次扫荡中，土地村由17人组成的游击队被迫撤退进了一个山洞内。装备精良、力量百倍于游击队的敌人包围了山洞，妄图一举消灭这支游击队。敌人对山洞发动一轮又一轮的进攻，结果只是陈尸洞口，一无所获。气急败坏的敌人下了毒手：往溪水里施放毒药、爆破山洞、用烟熏和劝降等。洞内形势非常严峻，武器匮乏，粮食日渐减少，饮用水不足。但是，他们在队长二铁的英明指挥下，机智地与敌人周旋。在多日的对峙中，敌人损失惨重。在烽起云涌的人民起义浪潮中，敌人被迫撤退。洞内的人们终于迎来了胜利的时刻。在这场异常艰苦的斗争中，涌现出了众多革命战士的形象：为了解救战友而光荣牺牲的史大姐，足智多谋、坚定沉着的指挥员二铁，机智勇敢的安，美丽的女游击队员阿娟等。史大姐是作者花了很多笔墨塑造的一个有血有肉的形象。在残酷的战争面前，史大姐坚强不屈，大义凛然；在家庭生活中，史大姐爱丈夫，爱孩子，照顾母亲，是越南妇女的典型代表。作为南方解放区抗美文学的第一部长篇小说，《土地》在抗美文学上占有重要地位。

英德的作品，随着时间的推移，更显出它们的宝贵价值，他的作品被翻译成多国文字。他的作品是越南人民、特别是南方人民抗美救国战争的真实记录，是抗美辉煌历史的写照。阅读英德的作品，人们仿佛又走进了轰轰烈烈的抗美救国斗争。英德对越南革命战争文学的发展做出了重要贡献，他是2000年第二届胡志明文学艺术奖的获得者。

元玉(Nguyên Ngọc，1932—　　)，原名阮玉堡(Nguyễn Ngọc Báu)，他出生于

一个小职员家庭，先后在岘港、顺化求学。1950年参军，之后入第五联区陆军学校学习，毕业后下部队，后担任第五联区《人民军队报》的记者。1956年，元玉的处女作长篇小说《祖国站起来》(Đất nước đứng lên)问世，激起了当时文坛的极大反响，它获得了越南文艺协会颁发的1954—1956年文学一等奖。《祖国站起来》后来被改编为电影。1957年，他成为《军队文艺》杂志的第一批编辑。同年，越南作家协会成立，他成为协会创始会员之一。之后，元玉推出了中篇小说《暗流》(Mạch nước ngầm)和短篇小说集《高地》(Rẻo cao)。1962年，他回到了故乡，担任中部中区解放文艺协会分会的主席并负责《解放军文艺》杂志的工作。1969年，他出版了短篇小说和报告文学集《滇玉英雄的故乡》(Trên quê hương những anh hùng Điện Ngọc)。1971年，他出版了长篇小说《广南大地》(Đất Quảng)，小说描写了抗美战争期间广南人民与气势汹汹的美军进行英勇战斗的故事。

长篇小说《祖国站起来》是元玉的代表作，它是以西原巴那族战斗英雄努铺的真实事迹演绎而成的一部小说。这部小说分三部分叙述了以努铺为代表的孔华村人民的抗法斗争历程。第一部分叙述了在努铺的带领下，孔华村的人民组织起来，出没深山老林，与法国侵略军周旋。第二部分叙述了八月革命胜利的春风吹进了西原大地，孔华村的人民见到胡伯伯的部队。不久后，法国侵略者又杀回来了，努铺带领90多名村民不屈不挠、与敌人展开了长期的游击战争。在战争最艰苦的时候，努铺吃苦在前，享受在后，身先士卒，带领村民克服了一个又一个的困难。随着越南人民力量的一天天强大，他们建立了战斗村，与法军顽强战斗。第三部分叙述了党的干部英世来到了孔华村，与努铺领导的游击队取得了联系，努铺被发展为党员。努铺到周围各个村寨发动群众，动员更多的人参加抗法斗争。最后，部队解放了西原，祖国站起来了。故事的结局是努铺担任了县的干部，带领部队集结到了北方。

《祖国站起来》是一曲西原人民抗法斗争的英雄赞歌，它成功地塑造了努铺这一少数民族出身的革命战士光辉形象。努铺从一个普通村民成长为一名党员和革命干部，他伴随着祖国的解放事业的发展而成长。小说的一大特点是它浓郁的少数民族色彩：浩渺的旷野、深邃的森林、古老的历史和美丽的传说以及人民的勤劳勇敢。

潘驷(Phan Tứ，1930—1995)，抗美战争期间著名的作家，是2000年第二届胡志明文学艺术奖的获得者。潘驷原名黎钦(Lê Khâm)，出生在一个爱国知识分子家庭，越南近代历史上著名的社会活动家潘周桢是他的外祖父。潘驷在归仁求过学，参加了八月革命和抗法战争。战争的亲身经历使他形成了坚实的现实生活基础，为后来的文学创作积累了丰富的素材。1958年，他入河内综合大学语文系学习。1961年，他返回南方战场，担任第五联区宣传委员会的特派员。南方解放后，他是广南—岘港文艺协会的主席。

潘驷创作有长篇小说、短篇小说、报告文学和随笔等。长篇小说《边界那边》（Bên kia biên giới）描写了老挝战场上越老军队并肩作战的故事。长篇小说《开枪之前》（Trước giờ nổ súng）赞颂了越南人民军奋勇作战的英雄事迹。长篇小说《18号俘虏营》（Trại ST 18）描写了越南人民军对美军俘虏的优待感化和实行的革命人道主义，展示了两种制度下两种截然不同的军人形象。抗美期间最成功的两部长篇小说是《七妈的一家》（Gia đình má Bảy）和《敏和我》（Mẫn và tôi）。1985年，潘驷出版了长篇小说《同乡人》（Người cùng quê）（3卷）。短篇小说集《回乡》（Về làng）的现实主义艺术手法娴熟、结构紧凑、语言明快。潘驷曾经先后赢得阮廷炤文艺奖、广南—岘港（1945—1975年）30年文学奖和广南—岘港（1985—1995年）10年文学奖。

《敏和我》是描写抗美战争的佳作。1972年第一次出版，后来4次重印。在越南，这部作品拥有大量的读者。小说讲述了第五联区的越南人民与美军进行的不屈不挠斗争的事迹。在美国庞大的朱来军事基地旁边有一条重要的军事地带，敌我双方对此进行了激烈的争夺。历史上罕见的大洪水使得上百万人失去了家园，革命斗争遇到了巨大的困难，面临着洪水和敌人进攻双重的严峻考验。在困难面前，有的人错误估计形势，急躁冒进；也有的人临阵脱逃，投敌变节。以作品的主人公敏（潘氏敏）为代表的革命战士经受住了考验，她们为祖国的抗美救国斗争的胜利贡献了一切，她们崇高的形象永远屹立在越南人民心中。

友梅（Hữu Mai，1926—2007），原名陈友梅（Trần Hữu Mai），是抗美战争期间著名的作家。在抗法战争期间，友梅参加了包括奠边府战役在内的多次战役。1956年，友梅成为《军队文艺》杂志的编辑。1983年转业后，他参加了越南作家协会的工作。友梅的长篇小说有《风暴的岁月》（Những ngày bão táp）、《最后的高地》（Cao điểm cuối cùng）、《领空》（Vùng trời）（3卷）、《祖国》（Đất nước）和《顾问》（Ông cố vấn）（3卷）等。其中，《顾问》获得1989年国防文学奖，1990年获得作家协会小说奖。另外，报告文学作品有《狭窄地带》（Dải đất hẹp）和《最后的战斗》（Trận đánh cuối cùng）等。友梅还写了关于武元甲大将的记实文学作品《从人民中来》（Từ nhân dân mà ra）、《奠边府回忆录》（Một vài hồi ức về Điện Biên Phủ）、《难忘的岁月》(Những năm tháng không thể nào quên)等。

长篇小说《领空》是一部描写越南空军的力作，它记叙了抗美战争期间越南空军与美国空军作战的故事。年轻的越南空军面对强大、老牌的美国空军英勇无畏，敢于作战，取得了令世界人民钦佩的战绩。年轻的越南空军在抗美战火中从小到大、一步步成长起来。作品塑造了以琼、修和东等为代表的战斗英雄群体，展现了越南空军为了祖国的解放而战斗到底的伟大风采。

阮光创(Nguyễn Quang Sáng，1932—)，又名阮创(Nguyễn Sáng)，1946年，他参军成为一名联络员。1948年，他被部队派到阮文素中学学习文化知识。1950年，他完成学业后回到部队。1955年，他转业到"越南之声"广播电台工作。1957年，他在《文艺报》上发表了短篇小说《黄鸟》(Con chim vàng)。1958年，他来到越南作家协会，担任《文艺周报》的编辑、文学出版社的编辑。之后，长篇小说《留下来人的日记》(Nhật ký người ở lại)、《火地》(Đất lửa)等相继问世。1966年，他以解放文艺协会创作员的身份奔赴南方战场。1972年，他回到河内，继续在作家协会工作。南方解放后，他来到胡志明市工作，担任1、2、3届胡志明市作家协会的秘书长，同时，阮光创还是越南作家协会第2、3届的执行委员，是第4届越南作家协会的副秘书长。1985年，他发表了长篇小说《童年的河》(Dòng sông thơ ấu)。

《童年的河》写的是1945年到1975年家乡一条河旁边发生的故事，它获得作家协会儿童委员会的奖项。围绕着"童年的河"这个话题，作者有一段诗情画意的描述：

在我的生活和作品中，有一条河，那就是故乡村头的前江。家乡的河自从我来到这个世界上就与我结下不解之缘。我是在母亲的催眠声和江水的拍岸声中长大的。

历经两次战争，离开家乡已经三十年了。但是，家乡的河一直在我心中流淌，就像是身体中的血液，最后流到心脏……

阮光创是写作短篇小说的高手，他的短篇小说视角独特、选材新颖、语言凝练，有一种巨大的震撼力。其中，《七安》和《一把象牙梳子》是他短篇小说中的佳作。

在短篇小说《七安》中，作者塑造了七安机灵、大胆、放肆和鲁莽的典型形象。七安是一位越南南方的游击队员，一天，他刚划着小舟漂出丛林，不巧被敌机发现，敌人便向他开火，他机警地躲避着敌人的子弹，敌人打完了一梭子子弹仍然没有击中他。同时，七安也用他的老式步枪向天空射击回击敌人。最后，双方都用完了子弹。敌人没有消灭七安，实在是不甘心放过他，一直在他的头上盘旋并进行恫吓，命令他投降。这时，七安不可遏怒，忍无可忍，退下裤子，把最后的武器、自己的"命根"指向了天空。这看起来的确有点粗俗不堪，但当我们把这个情节放在特定的环境下审视，就会发现七安的粗俗中透着率真、流露出生命意识中对敌人的愤恨。七安在参加游击队前是同塔梅地区的一个农民，他无拘无束、率直、淳朴得透亮。他在敌人面前机灵、勇敢。最后在敌人的嚣张气焰面前，他满腔怒火，不自觉地施出了发自生命本源的一击。在他看来，这是对敌人最有力的回击！他是在用自己的生命与敌人的飞机大炮对抗！在这个特殊的战争环境下，七安粗俗的举动显出了一种人的原始生命美和人的力量美。

后来，阮光创把《七安》改编成了电影《荒野》，电影播放后深受欢迎。就像是一提起南高就自然想起志飘，一提起武重奉就想到红毛春一样，七安这个典型形象，已经贴上了阮光创的标签，只要一提到阮光创就自然想到七安。

短篇小说《一把象牙梳子》以一把象牙梳子为线索展开了战争中父女两人生死离别的感人故事，表现了父女两人浓厚的亲情和父亲为祖国而牺牲的崇高品质。同时，作品也展示出父亲送给女儿一把象牙梳子所包含的对未来的希望——未来是美好的、下一代会过上和平的日子。

阮光创善于以小见大，巧妙地把大的历史背景、大的事件融合到作品的故事中，他的作品感情真挚、奔放、具有强烈的感染力。由于卓越的文学成就，阮光创赢得了2000年第二届胡志明文学艺术奖。

莫飞（Mạc Phi，1928—1996）长期在部队从事宣传工作。1972年，他第二次回到西北山区，走到了少数民族同胞中间。他翻译整理了傣族、赫蒙族等少数民族的故事、诗歌和民歌等，为弘扬少数民族的文化做出了贡献。他的重要作品是长篇小说《沸腾的森林》（2卷）、《活着》（Sống）和《他与梦想》（Anh với giấc mơ）等。

《沸腾的森林》（Rừng Động）是一部描写八月革命期间西北山区同胞奋起斗争的故事。小说歌颂了傣族人民的勤劳勇敢，鞭挞了以皂骇、囊萨夫妇为代表的山区黑暗势力和殖民者的罪行。作品塑造了一批典型的妇女形象：郝多愁善感、自卑；桉淳朴、富有幻想；益大胆、善良；莱忧郁、多疑，但敦厚、温柔；囊萨阴险、毒辣等。其中，囊萨是小说反面人物的代表，是莫飞着墨最多、苦心刻画的一个典型人物。

莫飞在西北山区生活多年，可以说已经成为"西北人"了。这使得莫飞能够深入傣族山区，发现这片森林内异彩纷呈的神秘和奥妙，并真实地反映到他的小说《沸腾的森林》中。因此，《沸腾的森林》这部小说具有浓郁的西北特色——人物思想淳朴、语言率真、行为放旷。莫飞的小说既有西北民间故事的率直、质朴，又寓意深邃、内涵丰富。

阮坚（Nguyễn Kiên，1935—），原名阮光享（Nguyễn Quang Hưởng），先后做过教员、青年团干部、出版社和杂志社的编辑，90年代负责作家协会出版社的工作。阮坚是一位写农村生活较为成功的作家。他的重要作品有长篇小说《静谧的乡村》（Vùng quê yên tĩnh）等。阮坚的短、中篇小说艺术成就最高，主要作品有《未收获的季节》（Vụ mùa chưa gặt）、《水底》（Đáy nước）、《荒庙》（Miếu hoang）、《喜鹊啼叫》（Chim khách kêu）等。其中，《喜鹊啼叫》获得2001年作家协会文学奖，2002年，《喜鹊啼叫》获得东南亚文学奖。

陶武（Đào Vũ，1927—2006）的文学作品有长篇小说《砖场地》（Cái sân gạch）、《那条小路》（Con đường mòn ấy）以及三部曲——《流落》、《绸带》、《火花》（Bộ ba Lưu lạc — Dải lụa — Hoa lửa）和一些短、中篇小说、报告文学等，其中，代表作是《砖院》，作品中塑造的人物老庵成为陶武文学作品的标签。老庵是20世纪50年代末60年代初期北部平原农民的典型代表，老庵勤劳能干，吃苦耐劳，致富点子多，他不愿意加入合作社，原因是合作社生产效益低。虽然过去了半个多世纪，老庵仍是一个具有生命力的形象，21世纪的今天读来仍颇有韵味。

陶武不仅是一位作家，还是一位翻译家。他翻译了中国的一些文学作品，如魏巍的《谁是最可爱的人》、赵树理的《李有才的故事》和矛盾的《春蚕》等。

阮成龙（Nguyễn Thành Long，1925—1991）是一位以短篇小说著称的作家。在抗法战争期间，他从事文艺宣传工作。1954年后，他来到北方，先后担任过报纸、出版社的编辑和阮攸写作学校的教师。他发表了大量的短篇小说和报告文学，其中，著名的有《胡伯伯的一碗饭》（Bát cơm Cụ Hồ），这篇报告文学获得1953年范文同文学奖。

黎永和（Lê Vĩnh Hòa，1932—1967），原名段世汇（Đoàn Thế Hối），抗法战争期间，他在南方战场从事文艺工作。1954年后，他留在了南方。1957年，他加入越南劳动党，为党从事青年运动和文学创作。1958年，他不幸被捕。1963年出狱。1967年在一次战役中牺牲。他的主要作品为短篇小说，代表作为《避难者》（Người tị nạn）。他的短篇小说短小精悍、凝练生动、抒情与讽刺结合。在描写敌人时，讽刺手法运用极为熟练、老辣。

黎永和生长在南方，战斗、创作在火热的南方战场，最后牺牲在南方抗美救国战争的前线，是一位历经牢狱、战火而宁死不屈、精神永存的作家。

阮重莹（Nguyễn Trọng Oánh，1929—1993）在越南南方战场战斗了10年，战胜了饥饿、疟疾、死亡等无数艰难困苦，最后写成了感人的长篇小说《白色的土地》（Đất trắng）（2卷），它描写了1968年戊申战役中16团奋勇杀敌的英雄事迹，展现了抗美战争的惨烈和战争中越南人民所承受的难以想象的巨大民族牺牲和民族灾难。

南河（Nam Hà，1935— ），原名阮英公（Nguyễn Anh Công），主要作品有长篇小说《漫长的岁月》（Ngày rất dài）、《铁三角地区》（Trong vùng tam giác sắt）和《东部大地》（Đất miền Đông）等。长篇小说《铁三角地区》描写了在抗美救国战争中“越南化战争”阶段越南人民与美伪政权斗智斗勇、顽强作战的故事。《东部大地》形象、客观地再现了解放南方的一些重大战役，特别是胡志明战役摧枯拉朽、波澜壮阔的战争场面，艺术化地呈现了敌我双方上百个重要人物。

《祖国来信》（Từ tuyến đầu tổ quốc）是抗美战争期间颇具影响的一部作品。它汇集了战斗在越南南方抗美前线的战士们寄给北方亲人的信。《祖国来信》在当时越南、尤其是越南北方引起了巨大轰动，鼓舞了北方人民奔赴南方参加轰轰烈烈的抗美救国斗争。

踏着素友、春妙等老一代诗人的足迹，新一代诗人在八月革命、抗法战争中崛起，在抗美战争中驰骋，代表诗人有武高、文高、黄中通、农国振、江南和黎英春等。

武高（Vũ Cao，1922—2007），原名武友整（Vũ Hữu Chinh），出生在一个文人世家，父亲是一名儒士，他的两个弟妹武秀南、武玉萍也是有名的作家。抗法战争期间，武高先后做过《卫国军报》和《人民军队报》的记者。从1957年开始，他长期担任《军队文艺》杂志编辑部的主任，为培养军队文学人才作出了贡献。1975年后，他转业到地方工作，担任河内文学艺术协会副主席和越南作家协会诗歌委员会主席。他的诗歌作品主要有《爱情山》（Núi Đôi）、《今天清晨》（Sớm nay）、《竹岭》（Đèo Trúc）等。现在当人们提到武高，首先就会想起他的诗歌《爱情山》。《爱情山》是一首描述男女爱情的诗歌，诗歌中所描述的爱情代表着一个时代的爱情——战争时代的爱情，同时，《爱情山》还是一首悲壮的英雄史诗。

爱情山传说是埋葬19世纪抗法战争中牺牲的一位年轻姑娘的地方。这位姑娘正憧憬着爱情的美好未来，还没来得及与心爱的人缔结连理，就为民族解放倒在了战场上，死后，小伙子把她埋葬在了爱情山上。

武高借用这个经典的悲壮爱情的外壳，灌注了新的战争年代中发生的爱情悲剧故事。武高写的这个爱情故事是真人真事。巧合的是这个故事也发生在爱情山这个地方——对东村和春育村。对东村和春育村是两个临近的村子，中间隔着两片稻田，稻田的两侧有两座山，村民都叫它们爱情山——丈夫山和妻子山。姑娘住在春育村，青年住在对东村，你来我往情意深。敌人占领我河山，青年入伍奔东北，姑娘参加游击队。7年后，青年行军路过家乡，晴天霹雳传噩耗，姑娘松树下惨遭敌手。当青年得知姑娘一直都在等待着他回来时候，他悲伤万分：

> 双山矗立我思念，
>
> 敌仇未报心不甘。
>
> 春育姑娘今安在，
>
> 为国就义双山边。
>
> 何人知晓阿妹名，
>
> 墓碑树立碑林间。
>
> 我呼阿妹为同志，
>
> 追忆姑娘思绵绵。
>
> 头上红星照我行，
>
> 踏着足迹奔向前。
>
> 阿妹就是山顶花，
>
> 四季绽开芳香艳。

武高是一位作品不多、知名度却是很高的诗人。武高长期在部队工作，他了解战士，更热爱胡伯伯的子弟兵，他以一颗真诚的心去描写他们的崇高品质。武高的诗歌风格明快、意味深长。

黄中通（Hoàng Trung Thông，1925—1993），以处女作《开荒之歌》和《部队回乡》等诗篇受到诗坛的关注。在社会主义建设和抗美救国斗争中，他创作了《我们的旅程》（Đường chúng ta đi）、《船帆》（Những cánh buồm）、《浪尖》（Đầu sóng）和《梦中行走》（Như đi trong mơ）等诗篇。

越南人民在自己当家作主的土地上生活和劳作，此时的劳动充满了自由和幸福之感。黄中通在他的诗歌中表达了新时代越南人民劳动的愉悦：

> 我们用劳动的双手，
>
> 播种生活

在荒草地上；

我们用辛勤的双手，

栽种出

茂盛的番薯，

翠绿的苗秧；

换了一季又一季，

人不闲地不荒。

……

我们的双手创造出一切，

人在、荒地变粮仓，

我们在稻谷飘香的季节里歌唱，

我们在果实成熟的日子里欢呼，

我们奔赴前线

杀敌人、枕地卧霜。

（《开荒之歌》）

　　江南（Giang Nam，1929—　　），原名阮充（Nguyễn Sung），1945年8月参加革命，1954年到南方工作，担任南方解放文艺协会的领导工作。1962年，他出版了两本诗集《未来的八月》（Tháng Tám ngày mai）和《家乡》（Quê hương）。其中，诗集《家乡》获得南方民族解放阵线颁发的阮廷炤文艺奖。1969年，他发表了长篇诗歌《同塔英雄》（Người anh hùng Đồng Tháp）。1975年后，他先后担任二三届越南作家协会执行委员、《文艺报》的总编辑、福庆文艺协会主席等职务。这一时期，他的作品有长篇诗歌《天边的曙光》（Vầng sáng phía chân trời）和《除夕夜的闪电》（Ánh chớp đêm giao thừa）以及诗集《城市未停留》（Thành phố chưa dừng chân）等。

　　江南的诗歌是作者真情实感的流露，是他内心世界的呼声，他说："诗歌是我的灵魂，是我的精神寄托。"江南有的诗歌非常恬静和妩媚，极其生动活泼。诗歌《家乡》描述了诗人童年无忧无虑、天真淳朴的生活：

孩童时候我一天两次上学，

翻动着一页页的书纸，

掠过家乡可爱的倩影。

谁说牧牛苦，

我却喜听树枝上小鸟的啼鸣。

> 逃学的日子里，
>
> 池塘小桥上捉蝴蝶。
>
> 母亲抓住我，
>
> 母亲的鞭子还未落下，我已经嗷啕大哭。
>
> 对面房子里的小姑娘，
>
> 见状便嗤嗤笑个不停。

文高（Văn Cao，1923—1995），原名阮文高（Nguyễn Văn Cao），不仅是一位诗人，还是一位音乐家和画家。他出版的作品有长篇诗歌《海口的人们》（Những người trên cửa biển）和诗集《叶子》（Lá）。文高是越南国歌《进军歌》（Tiến Quân Ca）的作者。由于他在文学、音乐等艺术领域的贡献，他曾经先后荣获三级独立勋章、一级独立勋章，最高荣誉是胡志明文学艺术奖。

黎英春（Lê Anh Xuân，1940—1968）是一名为抗美救国斗争的胜利而过早献出青春的革命诗人。他原名歌黎宪（Ca Lê Hiến），生于一个爱国知识分子家庭。河内综合大学毕业后，他留校任教。他的第一首诗《思念故乡的雨》赢得了1960年《文艺》杂志主办的诗歌比赛二等奖。1964年，他来到南方民族解放阵线从事教育宣传工作和进行文艺创作。在南方的四年，黎英春以一个战士的姿态投入到抗美救国斗争。1968年5月24日，他在胡志明市附近展开的一次战役中壮烈牺牲。他的诗作有《鸡啼声》（Tiếng gà gáy）、《还是南方好》（Không có đâu như ở miền Nam）《阮文追》（Nguyễn Văn Trỗi）和《越南雄姿》（Dáng đứng Việt Nam）等。《越南雄姿》是一首抒发越南军人豪情壮志的经典之作。

黎英春诗歌所表现的最大主题就是热爱祖国和家乡。他面对祖国和家乡日新月异的变化，欣喜不已，对北方的社会主义大力称颂。他诗如其人，单纯而深厚、质朴而浓郁、敦厚而优美，他的诗歌具有极强的透亮感和乐观主义精神。

农国振（Nông Quốc Chấn，1921/1923？—2002），原名农文琼（Nông Văn Quỳnh），是一位傣族诗人，他出生于一个贫穷的知识分子家庭。农国振八月革命前参加了越盟，八月革命后积极参与少数民族的文化建设。他的主要作品有诗集《越北人歌声》（Tiếng ca người Việt Bắc）、《风岭》（Đèo gió）、《瀑布》（Dòng Thác）、《北坡的脚步》（Bước chân Pác Pó）和《溪流与海洋》（Suối và biển）等。

农国振是第二届胡志明文学艺术奖的获得者，他的诗歌像民歌一样质朴、清新、具有无穷的韵味：

> 昨夜过风岭，

仿佛头顶繁星的天空；

今朝过风岭，

仿佛腾云高飞行。

无数山岭脚下越，

万里长途伸向天际。

一阵阵风在山领上呼啸，

我们前行步伐坚定。

（《风岭》）

青海（Thanh Hải，1930—1980），原名范波湾（Phạm Bá Ngoãn），是一位大器晚成的诗人。在抗法和抗美期间，青海从事文艺宣传工作。1962年，他发表了诗集《中坚的同志们》（Những đồng chí trung kiên）。1970—1975年，他发表了诗集《春天的顺化》（Huế mùa xuân）（2部）。1977年，他发表了《长山的吊床》（Dấu võng Trường Sơn）等。他的诗歌真实反映了英勇不屈的南方人民争取国家独立与自由的伟大壮举，抒发了越南人民渴望祖国统一的强烈愿望，表现了革命战士为可爱的家乡而战斗的自豪感。他的诗歌质朴、真诚和浑厚。1965年，青海获得了阮廷炤文艺奖。

在越南20世纪文化、文学事业中做出重要贡献的著名学者有邓台梅、怀清等。邓台梅（Đặng Thai Mai，1902—1984）是越南20世纪著名的学者、文学研究者、作家和翻译家。他出生在一个书香之家，从小学习汉语和国语，13岁到法越小学和高等小学学习。23岁时，他到河内印支高等师范学校学习，学习结束后，他先后到顺化、河内教书。民主阵线时期，邓台梅为印支共产党的越文和法文报纸撰稿并担任一些编辑工作。他是"国语传播协会"的创始人之一。八月革命后，他先后担任河内师范大学语文系主任、河内师范大学校长、文学院院长和《文学》杂志编辑部主任等职务。

邓台梅的主要著作有《文学概论》（Văn học khái luận）、《20世纪初期越南革命文学》（Văn thơ cách mạng Việt Nam đầu thế kỷ XX）、《学习与研究之路》（Trên đường học tập và nghiên cứu）（3卷）、《邓台梅作品》（Đặng Thai Mai-Tác Phẩm）（2卷）和《回忆录》（Hồi Ký）等。其中，《文学概论》写于1944年，是越南第一部马克思主义文学理论的经典著作。它以辩证唯物主义的观点，论述了文学的内容与形式的统一、新的创作方法以及民族传统文学与世界文学的关系等。翻译作品有曹禺的《雷雨》、《日出》和鲁迅的《阿Q正传》等。

邓台梅学识渊博，通古博今，学贯越、中、西，是20世纪越南的大学问家，他对推动越南的文学研究事业做出了贡献。由于他在文学研究方面的出色成就，1982年，在他80岁诞辰之际，他被越南社会主义共和国政府授予胡志明勋章，1996年被追授予胡志明文学艺术奖。

怀清（Hoài Thanh，1909—1982），原名阮德原（Nguyễn Đức Nguyên），是越南20世纪著名的文学评论家和理论家。1931年，他到顺化教书、写作。1945年参加八月革命。1946年成为河内大学教授，1946—1948年担任越南文化救国会秘书长，1958—1968年担任越南文学艺术联合会的秘书长。怀清的主要著作有《越南诗人》（Thi nhân Việt Nam）（与其弟怀真合著）、《有一种越南文化》（Có một nền văn hóa Việt Nam）、《越南人文》（Nhân văn Việt Nam）和《怀清选集》（Tuyển tập Hoài Thanh）等。

《越南诗人》是怀清的立世之作，也是他最重要的文学评论著作之一。《越南诗人》的出版确立了他作为一名著名文学评论家的重要地位。在《越南诗人》一书中，作者搜集了20世纪30年代40多位越南诗人的代表诗歌，并从文学和美学的角度对每位诗人进行了独到的分析和概括。此书曾经再版16次，成为研究20世纪30年代越南诗歌发展的必读书目。八月革命之后，怀清发表了一系列著作和文章，对越南社会主义的新文化、新文学进行了卓有成效的探讨和研究。

＊　＊　＊

本章论述了20世纪40年代中期至70年代中期绚烂多彩的抗法、抗美战争文学。20世纪40年代中期至70年代中期的越南文学是闪耀着战争光彩的文学，是具有鲜明时代特色的文学，是讴歌革命英雄主义的文学，是记录伟大时代史诗般的文学，是革命英雄主义和革命浪漫主义相结合的文学。

这一时期的文学反映了越南人民抗法、抗美的伟大时代，记录了越南人民在抗法、抗美救国战争中的英雄壮举，描绘了越南人民为国捐躯的崇高形象，全面地展现了越南人民团结一致的民族精神，展现了越南人民炽烈的爱国家、爱家乡的感情、同胞情谊和同志情。越南人民的优秀传统爱国主义在这个时期的文学作品中得到最充分的颂扬，爱国主义成为这一时期越南文学作品最鲜明、最突出的主题。

第四章　革新开放时期多样化的文学

（20世纪70年代中期至20世纪末）

1976年4月25日，越南全国举行普选，成立统一国会，同年6月24日至7月3日，统一国会召开并通过决议，把国名改为越南社会主义共和国。越南社会主义共和国南北统一后，南方开始进行社会主义改造，全国步入社会主义建设的新阶段。越南社会出现了前所未有的新情况和新矛盾，人们的思想意识也在产生新的变化，尤其是越南南方的人们，他们比北方更处在一个新旧急剧变化的时代，他们思想彷徨，行动无措，这些都反映到了越南作家，尤其是南方作家们的文学作品中。

1986年12月，越共"六大"确定了经济上对外开放的革新方针。此后，越南社会意识形态趋向宽松，越南社会民主生活有了可喜的变化。文学开始关注人们的个人权利，也就是说人本主义的观点逐渐取代阶级的观点。良好的外部环境为这一时期越南文学的发展创造了有利的条件，为这一时期越南文学的蓬勃发展注入了动力，一大批文学成就斐然的作家和诗人闪亮登上越南文坛，重要的作家有阮凯、阮孟俊、朱文、麻文抗、阮明洲、黎榴和阮氏玉秀等，重要的诗人有友请、刘光武、光勇、阮科恬、春琼、林氏美夜和范氏莲等。

阮凯（Nguyễn Khải，1930—2008），原名阮孟凯（Nguyễn Mạnh Khải），16岁那年，他参军成为了一名护士，后来担任第三军区《战士报》编辑部的秘书。1951年，他出版了长篇小说《建设》（Xây dựng），并获得1951—1952年越南文艺奖。1955年，他被调到越南人民军政治总局英雄创作营从事写作。《军队文艺》杂志创办，他成为第一批编辑。阮凯真正得到文坛关注，是因为他1959年发表的长篇小说《冲突》（Xung đột）。《冲突》讲述了农村进行合作社过程中革命力量与敌对势力之间的冲突和斗争的故事。1960年，他出版了短篇小说集《花生季节》（Mùa lạc）。在抗美战争期间，他陆续写了不少关于战争题材的报告文学、短篇和长篇小说。

越南统一后，阮凯出版了一些反映越南战后社会现实生活的长篇小说，如《圣父与圣子及……》、《岁末的会晤》等。1985年，他出版了长篇小说《人的时间》。1988年，他从部队转业到越南作家协会工作。1996年，他出版了《阮凯短篇小说集》。2003年，他出版了长篇小说《上帝微笑》(Thượng đế thì cười)。2006年，他出版了随笔《寻找遗失的自我》(Đi tìm cái tôi đã mất)。

长篇小说《岁末的会晤》(Gặp gỡ cuối năm)是阮凯的代表作之一，该小说1982年获得越南作家协会奖。小说讲述的故事发生在越南全国解放5年后的一个大年除夕。在原西贡上流妇女黄夫人家里，主人置办了一桌迎接新年的丰盛宴席，参加者有国家行政学院的教授、参议员、情报人员和革命作家等。他们身份、地位和政见不同，他们海阔天空，无所不谈，从家事到社会上的事情以及国家的大事。他们之间的对话是新世界与旧世界的对话，是新思想与旧思想的对话；他们之间的对话展示了他们不同的人生态度和价值追求，表现了他们鲜明的性格特点；他们之间的对话让黄夫人见识了旧政权政治舞台的"后台"所发生的秘闻以及革命时代新生活的巨大变化。黄夫人从过去"拒绝新生活、新秩序、原地不动"到被革命作家的论辩所感召。宴席上其他旧时代的人物也开始调整自己的思维习惯，旧思想开始逐步转向。作品以"众人皆欢喜"结尾，显然这带有一点作者的主观愿望。

作者把故事放在一个跨度很小的时段内——一个晚上，准确地说只有5个小时；把人物放在了极小的空间内——一间房子里的一张饭桌上，让各种人物在这个极小的空间内不得不发生碰撞，这是作者的良苦用心和精心安排。

在《岁末的会晤》中，阮凯成功地把话剧中的对话运用到小说中去，并作为一种主要的创作手法去使用。作者通过人物的对话展开故事，通过对话暴露矛盾，通过对话把故事推向高潮。在人物的对话中，我们看到了各种人物的观点，也看到了人物的性格特征。

阮凯喜欢采用对话，甚至还有心灵的对话，这是作者习惯采用的一种创作手法。因此，阮凯的小说所塑造的人物形象不少倾向心灵、思想的挖掘，而非表层的形象刻画。

长篇小说《圣父与圣子及……》(Cha và con và...)是一部宗教题材的小说。阿书从宗教学校毕业后，来到一个天主教教区担任教父，他虔诚奉主，严格遵守教规，不断努力，想成为一名模范的教父。但是，他所面临的现实是社会主义的社会，他究竟如何跟新的社会"对话"呢？在新的历史环境下，天主教日渐退缩到社会的一角，失去人们精神世界"主宰"的地位。教父、牧师们的生活陷入了冷清、无聊的境地。教父阿书坚定的意志和未来的理想面临严峻的考验。加之，反动势力披着天主教的外衣进行反共活动，更缩小了天主教的生存空间。政府和社会对教父阿书以及牧师们采取了感化和包容的态度，他们也开始融入新的生活。教父阿书对执政共产党人的偏见也在逐渐冰释。他认识到："跟随教友，顺从教友的意愿就会融合到社会中。教友是基础，教友是源泉，革命由此而生，教会由此而存，而不能颠倒两者的关系。"最后教父阿书的自我"赎罪"，真正完成了他的自我转变。文章的结尾有一点幽默之感：阿书的口头禅"我以圣父、圣子和圣灵的名义饶恕你的罪孽"变成了"我以圣父、圣子和教民的名义……"。

《圣父与圣子及……》提出了一个宗教与社会主义关系的严肃问题，是一个新时代出现的新问题，作者对此进行了有益的探讨。

从上述两部小说，我们看到，阮凯思想睿智，能够抓住时代的主要矛盾，并以文学的形式揭示这些矛盾，在历史的发展趋势中解决这些矛盾。他笔锋犀利，对过去时代残留的旧势力和旧思想进行了有力的扫荡，充分体现了作者的历史使命感和责任感。

长篇小说《人的时间》(Thời gian của người)的问世，标志阮凯小说已经从关注政治事件转向关注人性、人的心灵和道德等人生问题，转向关注个人命运与历史、社会的关系问题。《人的时间》是一部以记述人物事件为主、夹杂着大量思辨内容的随笔式小说。小说中的人物均在小说一开始就对"人的时间"、对人生的意义进行了概括。随后在小说中，各种人物又对"人的时间"进行了全面的探讨。

阮凯的文学创作带有浓厚的理性思考、思辨特色。他善于通过人物的语言、对话，挖掘人物的内心世界，塑造人物的形象，他塑造的人物思想丰富而行动较少。

阮凯辛勤耕耘，收获丰硕，取得了骄人的成就。2000年，他获得东南亚文学奖，同年他又获得胡志明文学艺术奖。

朱文(Chu Văn，1922—1994)，原名阮文褚(Nguyễn Văn Chử)，1940年，他在南定和海防参加了青年救国运动。1945年，他参加了八月革命。在抗法战争的岁月里，他在太平省和第三联区做宣传、敌运工作。抗法胜利后，朱文从事文化事业和文学创作工作。

朱文的主要文学作品有长篇小说《海上风暴》(Bão biển)(2卷)、《星转斗移》以及短篇小说《宁河上的摆渡姑娘》(Cô lái đò Sông Ninh)和《白花》(Bông hoa trắng)等。

长篇小说《星转斗移》(Sao đổi ngôi)真实地再现了抗美救国战争的后期以及战争结束后进入和平时期的越南社会现实。战争中的崇高伟大与和平时期的平凡普通形成了鲜明的对比。作者把人物放在了历史大转折时期的惊涛骇浪中，让他们去搏击。

作品运用第一人称"我",将自己以及周围人对陶氏柳亲眼目睹或者听他人讲述的方方面面,一一道来。陶氏柳是作品的主人公,她命运不幸,经历曲折坎坷。她起初是青年冲锋队的队员,后又从青年冲锋队转到工兵部队。在工兵部队,她是有名的爆破能手。后来,她被调到军事运输队,担任政治员,负责运输营的政治思想工作。一次,在向北方运输重伤员的途中,有一名道德败坏的男司机故意折磨车上的伤员,她忍无可忍击毙了这个可恶的家伙。她主动来到军事法庭接受处罚,被判入狱。出狱后,她被剥夺了军籍和党籍,回乡劳动。但她并没有丧失生活的勇气和信念。经过不懈的奋斗,她重新赢得了人们的信赖和尊敬,找到了自己在生活中的位置。后来,她成了山(作品中的"我")的妻子。

陶氏柳是嫉恶如仇、刚正不阿、善良真诚和坚强不屈越南妇女的典型代表。陶氏柳并非十全十美,有感情用事、急躁等缺点。但无论怎么说,阿柳仍然是一位当之无愧的女英雄、女豪杰。她的言行、事迹在平凡中见出伟大,可歌可泣。作者塑造的陶氏柳形象真实可信,是典型形象塑造的成功范例。同时,作者也刻画了怀、灿、康、芒和山等革命战士群体的形象,讴歌了他们之间浓浓的同志情和战友情。

小说故事情节曲折、跌宕起伏、引人入胜。阅读《星转斗移》,我们禁不住为陶氏柳的不幸遭遇和命运而掬一把同情之泪,同时又为她身处逆境而不屈不挠的坚强意志所折服。

《星转斗移》立意深邃,向读者阐释了这样一条真理:世界"星转斗移",人生变化莫测,有湛蓝晴空,也有乌云蔽日;有风和日丽,也有风雨交加;只要敢于搏击长空,把握住方向,蔚蓝的天空终究会属于自己,命运之神也会垂青自己。

朱文的小说在塑造革命战士的形象方面有自己的独特之处,他不仅把他们放在宏大、壮烈的战争环境中去刻画,而且还把他们放在平凡、琐碎的日常生活环境中去塑造,尤其是把他们放在逆境中去表现他们不畏险阻、敢于牺牲的英雄本色。同时,朱文并不回避英雄身上所存在的弱点和不足。朱文所塑造的革命战士是贴近生活真实的人。因此,这些形象鲜明突出、栩栩如生、具有极强的感染力和说服力。

阮明洲(Nguyễn Minh Châu,1930—1989)是越南20世纪70、80年代著名的作家。1945年,他高等小学毕业。1950年,他到河静黄叔抗专科学校学习,之后参军并入陈国峻军官学校学习。1952年之后,他一直在部队基层工作。1962年,他在军队文艺处工作，后来转到《军队文艺》杂志社工作。阮明洲为了写好战争题材的作品，曾经几十次南下战火纷飞的中部战场，目睹了惨烈的战争场面，体验了危险的战争生活。

阮明洲的主要作品有长篇小说《士兵的足迹》(Dấu chân người lính)、《燃烧的土地》(Miền cháy)、《从森林中走出的人们》(Những người đi từ trong rừng ra)、《挚爱的土地》(Mảnh đất tình yêu)和《河口》(Cửa sông)，短篇小说集有《急行轮船上的妇女》(Người đàn bà trên chuyến tàu tốc hành)和《故乡的码头》(Bến quê)等以及中篇小说《芦苇》(Cỏ lau)等。其中，《芦苇》获得1988—1989年越南作家协会的小说奖。

阮明洲是越南战后描写战争题材独具特色的作家。阮明洲在反映轰轰烈烈的抗美战争、歌颂伟大崇高的军人方面取得了卓越的成就，他荣获国防部颁发的1984—1989年文学奖。该文学奖是对他所有描写战争和军人题材小说给予的肯定。

阮明洲的短、中篇小说颇受越南评论界的好评，是他文学创作的精华所在。《森林边的月光》颂扬了战士如月光般的纯洁爱情。《战争之路边》就像一首古典情诗，描述了一个女子30年来默默等待着一个毫无音讯的战士的故事。这个女子在路边建起了一间小房子，期望着有一天，他的兵哥哥会不期而至。与《战争之路边》所体现的思想截然不同的是，《急行轮船上的妇女》力图探索、挖掘妇女内心世界，突出她们对个人价值的重视和个人幸福的追求。

阮明洲的不少作品是在战争题材之外的新拓展，就是向历史新时期的现实生活迈进。如《盗贼》等开始涉及人们日常生活中的道德衰退等不良现象;《图画》展示了一个画家自我意识的挖掘、自我灵魂的暴露;《来自故乡的客人》成功塑造了一个名叫孔的越南农民典型形象。孔一辈子面朝红土，背朝天，勤劳能干。但他带着浓厚的封建思想，他自私和狭隘，把自己的老婆当成了生孩子的机器和自己的生产工具。他胆小怕事，思想保守陈旧。孔的思想、行为与社会主义建设时代的新道德、新思想发生了强烈的碰撞;《远行的船》体现了作者对艺术与生活的思考;《风暴》批判了在战争到社会主义建设的历史转折时期人们面对困难而动摇、甚至背叛人民的行为;《与绿树共存》则表达了作者对未来美好前途的展望。

在阮明洲的短篇小说中，作者满怀一颗对妇女的关爱和同情之心，塑造了一批形象各异、个性鲜明、甚至有棱有角的妇女形象，颂扬了越南妇女的传统美德和新时代优秀品质，展现了越南妇女勇敢、聪明和能干的人格特征，同时也批评了她们中存在的自私和个人主义等缺点。

阮明洲的短篇小说走过了一条从讴歌到批判、从表层到揭示人性深层的过程。他所走过的路，标识了20世纪70、80年代越南文学的发展里程。他因文学成就卓越而获得胡志明文学艺术奖。

麻文抗（Ma Văn Kháng，1936—　　），原名丁重团（Đinh Trọng Đoàn），是越南南北统一之后蜚声文坛的重要作家，是2012年胡志明文学艺术奖获得者。1960年，他进入河内师范大学学习，毕业后到老街省的一所中学教书，后担任该校校长。后来，他被调任省委书记的秘书，之后又当了一名记者。全国统一后，他来到河内工作，担任劳动出版社的总编辑和副社长。1995年以后，他担任越南作家协会执行委员会委员和该会主办的《国外文学》杂志的总编辑。

麻文抗辛勤创作，收获颇丰，长篇小说有《白花花的银圆》（Đồng bạc trắng hoa xòe）、《夏季的雨》（Mưa mùa hạ）、《边关》（Vùng biên ải）、《新月》（Trăng non）、《园中叶落的季节》（Mùa lá rụng trong vườn）、《没有结婚证的婚礼》（Đám cưới không có giấy giá thú）等。其中，长篇小说《园中叶落的季节》赢得1986年越南作家协会颁发的小说奖。

《园中叶落的季节》通过描写阿平老人一家的家庭变故，展示了抗美战争后历史过渡时期人们家庭婚姻观念的变化。家庭，这个一向被视为"避风港"的安稳地带，一夜之间变成了"风浪四起"的是非之地。就像小说所叙述的那样：一年后，园中的树叶凋谢了，经过激烈冲突之后，一切都变了。长期以来，由于社会环境的制约，个人的家庭生活是被忽视的。战争结束后，人民成了国家的主人，个人的生活受到重视，但也面临着前所未有的考验。正如小说中提出的那样："作为社会细胞的家庭，在有很多困难的新生活建设时期，会牢不可破吗？"作者在小说中提出了新的历史条件下个人、家庭和社会三者关系问题以及个人对生活的责任问题。

小说的主人公阿李是阿平老人家的儿媳妇，她漂亮、聪明、能干，是她一直操持着这个家。后来在社会环境的影响下，阿李慢慢地变了，她耐不住贫困与寂寞，开始放纵自己，追求享乐，最后背离了这个家庭。当然，阿李的离家出走，与其丈夫阿东的冷漠、生硬也有一定关系。

麻文抗在对家庭问题上是辩证的，一方面他不回避新时代家庭的变故，同时作者也肯定了传统的家庭观念，赞扬了虽然生活很苦、但仍然相互厮守的幸福夫妻阿仑和阿凤。作品中的两对夫妻有迥然不同的结果：东和李夫妻关系破裂，仑和凤幸福美满。这既有社会环境的原因，也有个人的主观原因。如果说阿东笨拙、无责任感、思维简单，那么阿仑则能干、有理想、富有智慧、热爱生活；如果说阿李追求平庸、见钱眼开，那么阿凤则富有爱心和牺牲精神。不同的人，不同的追求，导致了不同的结果。

《园中叶落的季节》语言朴素、明快、富有形象性，景物描写出色，麻文抗的笔如神来之笔，稍加润色就赋予了周围的景物以生灵之感。

《没有结婚证的婚礼》是继《园中叶落的季节》之后，麻文抗的又一篇力作，出版后引起了越南文坛的强烈反响。从题目上看，这部作品似乎是讲述一场不同寻常的婚姻，其实它叙述的是河内一所中学教师们的生活和工作状况。《没有结婚证的婚礼》真实地反映了在社会变革时期，在经济革新大潮的冲击下，知识分子清贫的生活和岌岌可危的婚姻以及他们矛盾、彷徨的内心世界。可以说，麻文抗《没有结婚证的婚礼》是南高《残生》在20世纪80年代的翻版。

作品的主人公阿嗣是河内第五中学的语文教师，他埋头钻研，业务水平高，责任心强，是一位好老师。他在清苦的生活中，默默地奉献着。他一家住在有一个小阁楼的一间房子里。小阁楼是阿嗣攻读、钻研的地方。每天，他"骑着一辆破自行车，车后夹着一本《安南葡萄牙词典》"。他的生活是两点一线——学校和他家的阁楼。对他清贫的生活，小说有多处细微形象的描写。有一次，阿嗣和他的朋友阿轲逛街无意中来到了饭馆林立的食品一条街。此时作者写道："（阿嗣）都43岁了，从来没有、一次也没有来过这里，也不知晓这些美味。"他们离开了食品街，来到了菜市场，看到"一捆空心菜已经达到50盾，这差不多相当于一个中学教师四分之一的工资"。这些都深深刺痛了阿嗣的心灵。

阿嗣潜心钻研的平静生活开始被打破：他的妻子阿钏辞掉了图书管理员的工作，干起了小买卖。之后，阿钏又与他们的邻居阿琼一起经商，阿钏最后背叛了他的丈夫，与有钱的阿琼搅和在一起。妻子的背叛对阿嗣来说无疑是晴天霹雳！在妻子的眼里，他一个满腹经纶、堂堂的中学三级语文教师竟然失去了魅力！阿嗣明白，穷是这一切的根源。他最后无奈地放弃了他心爱的事业而去追求一种新的生活。

在颂扬阿嗣、数学教师阿述等人勤勉工作以及学校打鼓人（上课以打鼓为号）恪尽职守、诚实善良的优良品质的同时，小说也毫不留情地抨击了校长阿锦不学无术、投机钻营和支部书记阿阳的思想僵化、刻板教条以及学校内部存在的弄虚作假等种种弊端。

黎榴（Lê Lựu，1942—　　）的第一部短篇小说集《扛枪人》（Người cầm súng）

在1970年问世。1975年，他的第一部长篇小说《开发森林》（Mở rừng）出版。1986年，长篇小说《遥远的时代》（Thời xa vắng）问世，小说讲述了农民江明柴30年的命运变迁，它是越南文坛较早以叙述历史与探索人的心灵、人性相结合为创作倾向的一部作品。《遥远的时代》获得1990年越南作家协会一等奖。2004年，该小说被改编为电影。

志飘是著名作家南高塑造的一个20世纪30年代的典型文学人物。不曾想，志飘在20世纪80、90年代又有了"子孙"，这就是范诚的《后志飘》（Hậu Chí Phèo）和阮德懋的《志飘销声匿迹？》。

范诚（Phạm Thành，1952—　　）的《后志飘》讲述的故事极为有趣：众人以为南高活着的时候，志飘就死了。谁曾想到天下又在谈论志飘，志飘娶妻，志飘到西方国家留洋，志飘考上研究生，志飘走上坊、乡的领导岗位。时代变，志飘也在变，划破脸皮耍赖的事情已经成为过去，只存在于百户老爷的时代。这就是范诚的《后志飘》给我们塑造的新时代志飘的形象。

阮德懋（Nguyễn Đức Mậu，1948—　　）的《志飘销声匿迹？》（Chí Phèo mất tích？）故事梗概是：李卯，豪富村人，他的父亲赌博输了，卖掉房屋后，逃离了故乡。李卯和他的母亲投靠了他的叔叔。他的母亲捉螃蟹时，遭毒蛇咬而死。李卯长大后，独自在村外草房中居住。后来，他爱上了一位俊秀、善良的姑娘鹤。新婚之夜，李卯发现鹤姑娘已经怀孕。从此，他打妻子，酗酒闹事，变成了豪富村的"志飘"。李卯后来因偷盗被投进了监狱。李卯与阿鹤分开后，又把街头流浪的中年妇女领回家做了老婆，不料他领回了一位母夜叉，骂亲戚，骂村民，结果这位母夜叉被赶走了。李卯也被家族开除了。后来他父亲死了，他成了无依无靠、举目无亲之人。李卯又四处流浪了，去哪里谁也不知道……

从南高的志飘到范诚和阮德懋的志飘，他们是不同时代某类国民形象的典型代表，三位作家的三位"志飘"是对不同时代人性的深刻解剖。

阮孟俊（Nguyễn Mạnh Tuấn，1945—　　）是抗美战争结束后崛起的个性鲜明、成就突出的一位批判现实主义作家，他的主要作品有长篇小说《面对大海》和《余下的距离》等。

小说《面对大海》（Đứng trước biển）敢于正视越南统一后社会中的主要矛盾，抓住了发生在南方过渡时期的主线——路线斗争、阶级斗争。在经历了近30年反抗外敌的斗争后，人们又进入了一场新的斗争。斗争的一方是坚持社会主义道路的革命力量，另一方是反对社会主义改造的敌对势力。在这场激烈的斗争中，人们有悲伤与欢乐、酸楚与甜蜜、痛苦与幸福。这是一幅勇敢行动、崇高牺牲和真挚感情与卑鄙行为、盲目冒进和草菅人命相互交织的水墨画卷。

黎明（Lê Minh，1928—　），原名阮氏彩虹（Nguyễn Thị Tài Hồng），是著名作家阮公欢的女儿，是一位创作丰硕、成就斐然的女作家。黎明曾参加过太平省的学生运动。在抗法战争期间，她在机关、工厂从事工人运动和妇女运动。1954年以后，她先后担任过《文学报》、《文艺报》、《新作品》杂志的编辑，《人民报》文艺编辑部编辑。她的主要作品有长篇小说《大姐》（Người chị）、《风声》（Tiếng gió）、《车工孙德胜》（Người thợ máy Tôn Đức Thắng）等。

阮氏玉秀（Nguyễn Thị Ngọc Tú，1942—　）大学毕业后，在山西一所中学教书。1962—1964年，她参加越南作家协会举办的第一届作家写作班。她曾先后当过《广宁矿区报》、《文艺周报》的记者、编辑、《新作品》杂志的总编辑等。她的主要作品有长篇小说《乡土》（Đất làng）、《榄仁树胡同》（Ngõ cây bàng）、《下季的种子》、《告别冬天》（Giã từ mùa đông）等。其中，《下季的种子》获得1986年越南作家协会小说奖。

《下季的种子》（Hạt mùa sau）围绕着一个农科所的育种而展开了知识分子中间美与丑、善与恶的斗争。小说成功地塑造了三类人物：一类是以朝、忠、义、好等为代表的在科研工作中忠诚老实、勤勤恳恳和在生活上关心他人的优秀知识分子；另一类是以炳、胜、辊等为代表的贪婪、虚伪、霸道和见利忘义的丑恶知识分子；介于中间的一类人物是以康、希等为代表的冷漠、摇摆的知识分子。作者并没有把这些人物单一化、脸谱化，人物的处理给人以活灵活现的真实感。同时，小说反映了广阔的社会现实，触及到了20世纪80年代越南社会上的一些阴暗面，如以显为代表的经济腐败和以让为代表的思想、生活作风的腐化堕落等。

《下季的种子》标志着阮氏玉秀在《乡土》之后小说创作的一个新突破。在小说中，阮氏玉秀真实而生动地塑造了一批形态各异、丰满多姿的农业科技人员的形象。另一个成功之处是她批判社会丑恶现象的笔锋比任何时候都锋利和尖刻。同时，我们也应当指出，《下季的种子》由于是多线描写、人物过多，显得有点繁复。

阮氏玉妆（Nguyễn Thị Như Trang，1939—　），1965—1966年参加越南作家协会举办的第二届写作班，毕业后担任《第三军区报》的记者。1969年之后，担任《军队文艺》杂志的记者。她的主要作品有长篇小说《波浪里的火光》（Ánh lửa từ chân sóng）、《小松树》（Cây thông non）、《被抛弃的孩子》（Đứa con bị ruồng bỏ）等以及大量的短篇小说和随笔。

20世纪70年代中期至20世纪末，重要的诗人有友请、青草、刘光武和阮科恬等以及女诗人有春琼、林氏美夜和范氏莲等。

友请（Hữu Thỉnh，1942—　　），原名阮友请（Nguyễn Hữu Thỉnh），1954年祖国和平建立以后，他才得到上学的机会。中学毕业后他参了军，成为一名坦克手，后又成为宣传干事，转战各个战场。1975年，他参加了第一届阮攸作家写作班。1982年，他到《军队文艺》杂志社工作。1990年后，他担任越南作协的领导工作。友请的诗作主要有长篇诗歌《进入城市的道路》、《从战壕到城市》（Từ chiến hào tới thành phố）和《大海的赞歌》（Trường ca biển）以及诗集《冬季的信》（Thư mùa đông）等。其中，《进入城市的道路》获得1980年越南作家协会诗歌奖。

《进入城市的道路》（Đường tới thành phố）共分为五章，每一章有若干小段。诗人选取了胡志明战役过程中具有代表性的场景来描述和抒发情感，如行军、钻地道、母亲送子、妻子等待丈夫等生死离别的感人场面。这部长诗是战火中诞生的，是用血肉铸就的，感情饱满、激情振奋、诗句凝练、韵味无穷。

无独有偶，诗人青草的长篇诗歌《到达海边的人们》也是描写胡志明战役这一题材。假如说我们读友请的《进入城市的道路》，听到的是滚滚向前的车轮轰鸣声，那么我们读青草的《到达海边的人们》，听到的则是大海的波涛声。《进入城市的道路》和《到达海边的人们》从不同角度展现了解放南方波澜壮阔的人民战争。

青草（Thanh Thảo，1946—　　）是20世纪80年代的一位重要诗人。河内综合大学语文系毕业后，南下参加了抗美救国战争。抗美战争胜利后，他专门从事文学创作事业。青草的主要诗作有长篇诗歌《到达海边的人们》（Những người đi tới biển）、《太阳的波浪》（Những ngọn sóng mặt trời）和诗集《踏过草地的足迹》（Dấu chân qua trảng cỏ）。其中，《太阳的波浪》获得1995年越南作家协会的诗歌奖。青草的诗歌是20世纪80年代越南诗歌发展的新亮点，他的诗歌有异常清新的审美趣味，他的诗歌是人物内心思想的涌动，是外部世界在作者心灵深处的沉淀。

刘光武（Lưu Quang Vũ，1948—1988）是一位诗人和剧作家。他1965年参加防空部队，1970年退伍。之后，他从事过绘画、为报纸撰文和诗歌创作等工作。从1979年到他去世这段时间，他一直担任《舞台》杂志的记者。他的诗歌作品有《树香—炉火》（Hương cây-Bếp lửa）（与平越合著）、《我一生中的白云》（Mây trắng của đời tôi）等。1994年，他出版了《春琼—刘光武抒情诗集》。另外，他作为一个戏剧家，写了50多部戏剧剧本，他的戏剧作品多次获奖。他是2000年第二届胡志明文学艺术奖的获得者。

阮科恬（Nguyễn Khoa Điềm，1943—　）是越南南北统一后有名的诗人。1964年，他在河内师范大学毕业，之后在越南南方参过军，做过报道宣传工作，同时进行诗歌创作。1995年，阮科恬被选为越南作家协会秘书长，后任文化信息部部长。在2001年4月19日召开的越南共产党第九次代表大会上，他被选为政治局委员。他的诗作主要有诗集《郊外的土地》（Đất ngoại ô）、《温暖的小屋》（Ngôi nhà có ngọn lửa ấm）等。其中，《温暖的小屋》获得越南作家协会的诗歌奖。

这一时期，在越南诗坛上出现了一些女诗人，如春琼、林氏美夜、黎江和意儿等，她们以敏锐的观察、细腻丰富的感情展现了乡村、工厂、机关和学校等各阶层人们的日常生活、喜怒哀乐以及他们的幸福和爱情等。

春琼（Xuân Quỳnh，1942—1988），原名为阮氏春琼，是一位20世纪60年代崭露头角，80年代达到辉煌的女诗人，她与刘光武是一对诗人夫妻。1962—1964年，她参加了越南作家协会第一期作家训练班。1964年，她成为《文艺报》的编辑。1978年到她去世一直是新作品出版社的编辑和第三届越南作家协会的执行委员。春琼的主要诗歌作品有《老挝风白沙子》（Gió Lào, cát trắng）、《大地上的吟唱》（Lời ru trên mặt đất）、《自唱》（Tự hát）以及《战壕边的花》（Hoa dọc chiến hào）（合著）等。

春琼与丈夫刘光武和13岁的孩子于1988年8月29日在一次车祸中不幸全家丧生。文学事业上如日中天的诗人春琼离开了热爱她的广大读者。一对佳偶、两个诗人的不幸去世不能不说是越南诗坛的巨大损失。她就像沙漠中冒风沙、抗干旱的一株仙人掌，为了美化生活，她挤干了自己身上的水分供养了奇妙的花朵。人们为她的美丽、真诚、淳朴、热爱生活、乐观向上以及泼辣勇敢的品质所吸引，为她美妙绝伦的诗歌所倾倒。

1989年，她的诗集《竹节草花》（Hoa cỏ may）出版。1990年，该诗集获得越南作家协会诗歌奖。下面是春琼的《竹节草花》一诗的片段：

> 树木在干涸的河滩上摇曳，
>
> 地球转动变换着季节。
>
> 何人在树丛后轻轻呼叫着我的名字？
>
> 当初我们踏过的草径也是一片秋色。
>
> 白云随着风飘向远方，
>
> 心如蓝天透亮明澈。

竹节草吸含了人间苦涩，

心中的诗歌就让它随风飘过。

路旁开满竹节草花，

竹节草花是阿妹衣衫的领结。

温柔的爱语仿佛空中青烟，

坚贞不渝的人是不是阿哥？

林氏美夜（Lâm Thị Mỹ Dạ，1949—　）大学毕业，当过记者、文学编辑，是承天顺化文学艺术协会和越南作家协会诗歌委员会执行委员会的委员。1973年，在《文艺报》诗歌比赛中，林氏美夜获奖，开始得到读者的关注。10年后，诗集《岁月无痕的诗歌》（Bài thơ không năm tháng）的问世，标志她艺术风格的成熟：轻柔、明快、真挚，就像一位顺化姑娘一样妩媚多姿。她的诗歌作品还有《生长的心脏》（Trái tim sinh nở）、《母子》（Mẹ và con）、《充满野菊花的灵魂》（Hồn đầy hoa cúc dại）等。其中，诗集《岁月无痕的诗歌》获得1981—1983年的诗歌奖。

黎江（Lê Giang，1930—　），原名陈氏金（Trần Thị Kim），从医学院毕业后，她开始写诗，从此一发不可收拾。后来，她改行进行诗歌创作，成为一名诗人。她的主要诗歌作品有诗集《兰色琴键》（Phím đàn xanh）、《万寿花》（Bông vạn thọ）、《白色》（Sắc trắng）和《游唱的年轻人》（Anh chàng hát rong）等。

意儿（Ý Nhi，1944—　）是20世纪80年代的越南女诗人，她的诗作有诗集《来到江河》（Đến với dòng sông）、《下雪》（Mưa tuyết）、《弹琴的女人》（Người đàn bà ngồi đan）和《面庞》（Gương mặt）等。其中，《弹琴的女人》赢得1985年越南作家协会诗歌一等奖。

20世纪80、90年代开始在越南文坛崭露头角的年轻一代诗人有陈登科、范进聿等，年轻作家有阮克长、杜朱、朱来和阮辉涉等。

陈登科（Trần Đăng Khoa，1958—　），小的时候是有名的诗歌"神童"，七八岁开始写诗，10岁便有诗集《从我家院子的角落》（Từ góc sân nhà em）出版（1968年金童出版社）。后来他写了《院子的一角与天空》（Góc sân và khoảng trời）、《陈登科诗集》（Tập thơ Trần Đăng Khoa）和长篇诗歌《英雄者的赞歌》（Khúc hát người anh hùng）等。

范进聿（Phạm Tiến Duật，1941—2007），河内师范大学毕业，1961年，他开始写诗并见诸报端。1965年，他获得《文艺报》组织的诗歌一等奖，从此，他在越南诗坛上崭露头角。1977年，他到《文艺周报》工作。他的诗歌作品有诗集《月光和火焰》（Vầng trăng quầng lửa）、《山巅》（Ở hai đầu núi）和《生火》（Nhóm lửa）以及长篇诗歌《炸弹声与寺庙钟声》（Tiếng bom và tiếng chuông chùa）。他的诗歌朴实、流畅、生动、充满活力和战斗力。由于他卓越的诗歌成就，2007年，他获得二级劳动勋章。2012年，他获得胡志明文学艺术奖。

阮克长（Nguyễn Khắc Trường，1946—　），1965年参军，1975年进阮攸写作学校学习，毕业后到《军队文艺》杂志担任编辑。1993年，他到《文艺周报》工作，后来担任《文艺周报》的副总编辑。阮克长的作品有中篇小说集《口岸》（Cửa khẩu）、短篇小说集《林中瀑布》（Thác rừng）、《太阳照耀下的大地》（Miền đất mặt trời）和长篇小说《人多鬼多的土地》（Mảnh đất lắm người nhiều ma）。其中，他以长篇小说《人多鬼多的土地》而蜚声90年代越南文坛，《人多鬼多的土地》获得越南作家协会1991年颁发的小说奖。这部小说被翻译成法语，1996年在法国和越南同时出版。报告文学《重逢英雄努普》（Gặp lại anh hùng Núp）获得《文艺周报》和越南之声联合主办的报告文学作品比赛的一等奖。

杜朱（Đỗ Chu，1944—　）是2012年胡志明文学艺术奖获得者，他的文学作品以短篇小说居多，有短篇小说集《密草香》（Hương cỏ mật）、《浮沙》（Phù sa）、《二月》（Tháng hai）以及短篇小说《山谷的风》（Gió qua thung lũng）、《熟悉的天空》（Vòm trời quen thuộc）、《面前的火》（Đám cháy trước mặt）等。

朱来（Chu Lai，1946—　）的主要作品有长篇小说《田野的阳光》（Nắng đồng bằng）、《流向远方的河流》（Sông xa）、《不是来自海上的风》（Gió không thổi từ biển）、《往昔的乞丐》（Ăn mày dĩ vãng）、《街道》（Phố）和《最后的悲壮曲》（Khúc bi tráng cuối cùng）等。其中，《往昔的乞丐》和《街道》获得越南作家协会奖。

阮辉涉（Nguyễn Huy Thiệp，1950—　）1986年开始在《文艺报》上发表短篇小说。1995年，作家协会出版社出版了《阮辉涉短篇小说选》。1996年，他的第一部长篇小说《小龙女》（Tiểu Long Nữ）正式出版。2001年，妇女出版社出版了《阮辉涉短篇小说选集》。阮辉涉以短篇小说见长，作者采用虚幻、民间故事的叙事手法，关注农村和劳动人民，视野新颖、独特、大胆。

另外较为重要的文学作品还有阮潘赫（Nguyễn Phan Hách，1942—　）的长篇小说《云散》（Tan mây）和《忧郁的妇女》（Người đàn bà buồn），日俊（Nhật Tuấn，1942—　）的长篇小说《回到荒野》（Đi về nơi hoang dã），忠忠鼎（Trung Trung Đỉnh，1949—　）的长篇小说《死的抗争》（Ngược chiều cái chết），黎文草（Lê Văn Thảo，1939—　）的长篇小说《穿过森林的道路》（Con đường xuyên rừng），

赵贲（Triệu Bôn, 1938—2003）的长篇小说《红叶林》（Rừng lá đỏ），武辉英（Vũ Huy Anh, 1944—   ）的长篇小说《外面的世界》（Cuộc đời bên ngoài），医方（Y Phương, 1948—   ）的诗集《贺辞》（Lời Chúc），春德（Xuân Đức, 1947—   ）的长篇小说《一个人的档案》（Hồ sơ một con người），屈光瑞（Khuất Quang Thuy, 1950—   ）的长篇小说《战争不是玩笑》（Chiến tranh không phải trò đùa）等。

***

本章论述了20世纪70年代中期至20世纪末越南革新开放时期多样化的文学。这一时期文学的审美标准和价值趋向发生了一定变化，民主精神和人本主义开始成为文学作品的重要内容之一，文学的创作方法从单一的社会主义现实主义走向较为多样的创作方法。越南文坛出现了一些真实反映社会面貌、揭露社会阴暗面以及对社会主义历史条件下人性、爱情以及家庭进行剖析的优秀作品。在对过去抗法、抗美救国战争的描写上，更加大胆、更加真实，倾向于全方位的研究分析，更加深刻地展示战争的残酷，追忆越南人民在战争中的巨大牺牲，唤醒人们对和平的珍视意识。

* * *

本编论述了20世纪初至20世纪末越南现代文学的发展状况。本编共分为四章：第一章"越南拉丁化国语文学的兴起"。本章论述了越南拉丁化国语的创制与使用以及拉丁化国语文学的兴起。拉丁化国语是继汉字、喃字之后，第三种在越南使用的文字。越南拉丁化国语的创制是西方文化在越南传播的结果，是西方文化与越南文化碰撞、融合的产物。越南拉丁化国语的创制是越南文字历史发展的一大进步。20世纪初期，阮伯学、范维逊、胡表正和黄玉柏等越南作家积极运用拉丁化国语创作小说，他们的拉丁化国语创作发挥了承前启后的桥梁作用，推动了拉丁化国语文学加速兴起。外国文学翻译推动了越南拉丁化国语作为新文学语言载体迅速走向成熟，使得拉丁化国语词汇日益丰富，句式日益规范，文学表现能力日益增强。以伞沱为代表的浪漫主义诗人为兴起阶段的越南拉丁化国语诗歌的发展做出了重要贡献。20世纪初至20世纪20年代末是越南文学史上近代向现代过渡的重要转折时期，这一时期越南拉丁化国语文学的成长为20世纪30、40年代拉丁化国语文学的繁荣奠定了坚实的基础。第二章"越南拉丁化国语文学的繁荣"。本章论述了20世纪30年代初至40年代中期越南拉丁化国语文学的繁荣。无产阶级革命文学、批判现实主义文学、浪漫主义文学共同奏响了20世纪30年代初到40年代中期越南拉丁化国语文学繁荣的大合唱。越南无产阶级革命文学是随着印度支那共产党领导革命斗争的深入而产生和发展的。无产阶级革命文学是越南无产阶级革命斗争的一部分，是民族解放斗争中革命战士的呼声；批判现实主义文学揭露了法国殖民统治的黑暗现实，真实地描写了越南人民在殖民者、封建势力压迫下的痛苦和灾难；浪漫主义文学深受西方文学思潮的影响，追求个性解放，要求恋爱自由，婚姻自由，号召冲破封建礼教的桎梏。20世纪30年代初至40年代中期是越南文学内容和艺术形式等发生巨变的时期，是越南文学史上空前活跃的一个历史阶段，是越南文学历史发展的黄金时代之一。第三章"越南抗法、抗美战争文学"。本章论述了20世纪40年代中期到70年代中期绚烂多彩的抗法、抗美战争文学。20世纪40年代中期至70年代中期的越南文学反映了越南人民抗法、抗美伟大时代轰轰烈烈的现实，记录了越南人民在抗法、抗美救国战争中的英雄壮举，描绘了越南人民为国捐躯的崇高形象，全面地展现了越南人民团结一致的民族精神，展现了炽烈的爱国家、爱家乡的感情以及同胞情谊和同志情谊。抗法、抗美战争文学是闪耀着战争光彩的文学，是具有鲜明时代特色的文学，是讴歌革命英雄主义的文学，是记录伟大时代史诗般的文学，是革命英雄主义和革命浪漫主义相结合的文学。第四章"越南革新开放时期多样化的文学"。本章论述了20世纪70年代中期至20世纪末越南革新开放时期多样化的文学。这一时期文学的审美标准和价值趋向发生了一定变化，民主精神和人本主义开始成为文学作品的重要内容之一，文学的创作方法从单一的社会主义现实主义走向较为多样的创作方法。越南文坛出现了一些真实反映社会面貌、揭露社会阴暗面以及对社会主义历史条件下人性、爱情以及家庭进行剖析的优秀作品。在对过去抗法、抗美救国战争的描写上，更加大胆、更加真实、倾向于全方位的研究分析，更加深刻地展示战争的残酷，追忆越南人民在战争中的巨大牺牲，唤醒人们对和平的珍视。

越南现代文学是越南古代文学和近代文学的继承与发展。同时，也是吸收包括中国文学、法国文学等外来文学的结果。越南现代文学是越南文学史上重要的历史阶段，是整个越南文学史上的集大成阶段，辉煌灿烂，成就巨大。

越南文学的历史长河，奔流不息千余年，由涓涓细流而成为汹涌澎湃的荡荡大河。它像一面镜子，折射出越南历史的沧桑风雨、社会文明的前进步伐。越南文学的辉煌成就，是越南人民的财富，也是世界文学宝库中的财富，值得我们去深入研究。

参考文献

一、外文部分

[1] Bùi Duy Tân chủ biên: *Tổng tập văn học Việt Nam*, Tập 6, Hà Nội: Nxb. Khoa học Xã hội, 1997.

[2] Bùi Duy Tân chủ biên: *Tổng tập văn học Việt Nam*, Tập 7, Hà Nội: Nxb. Khoa học Xã hội, 1997.

[3] Bùi Duy Tân: *Theo dòng khảo luận văn học trung đại Việt Nam*, Hà Nội: Nxb. Đại học Quốc gia, 2005.

[4] Bùi Duy Tân: *Văn học chữ Hán trong mối tương quan với văn học Nôm ở Việt Nam*, Tạp chí Văn học, số 2-1995.

[5] Bùi Đức Tịnh: *Lược khảo lịch sử văn học Việt Nam*(Từ khởi thuỷ đến cuối thế kỷ 20), Nxb. Văn nghệ Thành phố Hồ Chí Minh, 2005.

[6] Bùi Văn Nguyên chủ biên: *Tổng tập văn học Việt Nam*, Tập 4, Hà Nội: Nxb. Khoa học Xã hội, 1995.

[7] Bùi Văn Nguyên chủ biên: *Tổng tập văn học Việt Nam*, Tập 5, Hà Nội: Nxb. Khoa học Xã hội, 1995.

[8] Bùi Văn Nguyên chủ biên: *Tổng tập văn học Việt Nam*, Tập 20, Hà Nội: Nxb. Khoa học Xã hội, 1997.

[9] Chương Thâu chủ biên: *Tổng tập văn học Việt Nam*, Tập 22, Hà Nội: Nxb. Khoa học Xã hội, 1996.

[10] Dương Quảng Hàm: *Việt Nam văn học sử yếu*, Hà Nội: Trung Tâm Học liệu Bộ Giáo Dục, 1973.

[11] Đào Duy Anh: *Việt Nam văn hoá sử cương*, Hà Nội: Nxb. Văn hoá Thông tin, 2002.

[12] Đào Duy Anh: *Chữ Nôm nguồn gốc- cấu tạo- diễn biến*, Hà Nội: Nxb. khoa học xã hội, 1975.

[13] Đặng Đức Siêu chủ biên: *Tổng tập văn học Việt Nam*, Tập 10A, Hà Nội: Nxb. Khoa học Xã hội, 1996.

［14］Đặng Đức Siêu chủ biên：*Tổng tập văn học Việt Nam*，Tập 10B，Hà Nội：Nxb. Khoa học Xã hội，1997.

［15］Đặng Thai Mai：*Trên đường học tập và nghiên cứu*，Tập II，Hà Nội：Nxb. Văn học，1965.

［16］Đinh Gia Khánh chủ biên：*Văn học Việt Nam*（Thế kỷ X-nửa đầu thế kỷ XVIII）（tái bản lần thứ năm），Hà Nội：Nxb. Giáo dục，2001.

［17］Hoài Thanh：*Thi Nhân Việt Nam*，Hà Nội：Nxb văn học，2000.

［18］Hoàng Nhân：*Phác thảo quan hệ văn học Pháp với văn học Việt Nam hiện đại*，NXB. Mũi Cà Mau，1998.

［19］Lại Nguyên Ân：*Từ điển Văn học Việt Nam*，Hà Nội：Nxb.Giáo dục，1997.

［20］Lê Quý Đôn：*Lê Quý Đôn Toàn Tập*，Tập II，Hà Nội：Nxb. Khoa học Xã hội，1977.

［21］Lê Thị Lan：*Ảnh hưởng của nho giáo trong tư tưởng Nguyễn Du*，Tạp chí Triết học số 5-2005.

［22］（Mỹ）John K. Whitmore：*Hội Tao Đàn-Thơ ca，vũ trụ và thể chế nhà nước thời Hồng Đức*（1470—1497），Tạp chí Văn học，số 5-1996.

［23］Mã Giang Lân chủ biên：*Tổng tập văn học Việt Nam*，Tập 24B，Hà Nội：Nxb. Khoa học Xã hội，1997.

［24］Ngô Văn Phú biên soạn và tuyển chọn：*Thơ Đường ở Việt Nam*（tái bản có sửa chữa và bổ sung），Hà Nội：Nxb. Hội Nhà văn，2001.

［25］Nguyễn Hùng Hậu：*Một số đặc điểm của Nho Việt*，Tạp chí Nghiên cứu Tôn giáo，số 5-2005.

［26］Nguyễn Hùng Hậu chủ biên：*Đại cương Triết học Việt Nam*（từ khởi nguyên đến 1858），Nxb. Thuận Hoá，2005.

［27］Nguyễn Hữu Sơn：*Văn học trung đại Việt Nam-quan niệm con người và tiến trình phát triển*，Hà Nội：Nxb. Khoa học Xã hội，2005.

［28］Nguyễn Hữu Sơn tuyển chọn，Phan Trọng Thưởng giới thiệu：*Nghiên cứu Văn-Sử-Địa*（1954-1959），Quyển II，Hà Nội：Nxb. Khoa học Xã hội，2004.

［29］Nguyễn Lang：*Việt Nam Phật giáo sử luận I-II-III*，Hà Nội：Nxb. Văn học，2000.

［30］Nguyễn Lộc：*Văn học Việt Nam*（Nửa cuối thế kỷ XVIII-hết thế kỷ XIX），Hà

Nội: Nxb. Giáo dục, 2001.

［31］Nguyễn Lộc chủ biên: *Tổng tập văn học Việt Nam*, Tập 9 A, Hà Nội: Nxb. Khoa học Xã hội, 1993.

［32］Nguyễn Lộc chủ biên: *Tổng tập văn học Việt Nam*, Tập 9 B, Hà Nội: Nxb. Khoa học Xã hội, 1993.

［33］Nguyễn Phạm Hùng: *Trở lại vấn đề xác định vị trí của thể thơ thất ngôn xen lục ngôn trong văn học Việt Nam thời trung đại*, Tạp chí Văn học, số12-2001.

［34］Nguyễn Q. Thắng: *Khoa cử & giáo dục Việt Nam*(Tái bản lần thứ IV, có bổ sung), Nxb. Tổng hợp Thành phố Hồ Chí Minh, 2005.

［35］Nguyễn Quảng Tuân chủ biên: *Tổng tập văn học Việt Nam*, Tập13B, Hà Nội: Nxb. Khoa học Xã hội, 1997.

［36］Nguyễn Tài Cẩn: *Nguồn gốc và quá trình hình thành cách đọc Hán Việt*(Tái bản, có sửa chữa bổ sung), Nxb. Đại học Quốc gia Hà Nội, 2000.

［37］Nguyễn Thế Long: *Nho giáo ở Việt Nam- giáo dục và thi cử*, Hà Nội: Nxb. Giáo dục, 1995.

［38］Phan Cự Đệ: *Văn học Việt Nam*(1900—1945)(Tái bản lần thứ năm), Hà Nội: Nxb. Giáo dục, 2001.

［39］*Thơ chữ Hán Nguyễn Du*, Hà Nội: Nxb. Văn học, 1965.

［40］Tồn Am Bùi Huy Bích: *Hoàng Việt Thi Văn Tuyển*, Lê Thước trích dịch và chú thích, Hà Nội: Nxb. Văn hoá Cục xuất bản-Bộ văn hoá, 1958.

［41］*Tổng tập văn học Việt Nam*, Tập 1, Hà Nội: Nxb. Khoa học Xã hội, 1980.

［42］Trần Đình Hượu: *Nho Giáo và văn học Việt Nam trung cận đại*, Hà Nội: Nxb. Giáo dục, 1999.

［43］Trần Lê Sáng chủ biên: *Tổng tập văn học Việt Nam*, Tập 2, Hà Nội: Nxb. Khoa học Xã hội, 1997.

［44］Trần Lê Sáng chủ biên: *Tổng tập văn học Việt Nam*, Tập 3B, Hà Nội: Nxb. Khoa học Xã hội, 1994.

［45］Trần Nghĩa: *Sưu tầm và khảo luận tác phẩm chữ Hán của người Việt Nam trước thế kỷ X*, Hà Nội: Nxb. Thế giới, 2000.

［46］Trần Quốc Vượng: *Văn Hoá Việt Nam-tìm tòi và suy ngẫm*, Hà Nội: Nxb. Văn học, 2003.

［47］Trần Thị Băng Thanh：*Những nghĩ suy từ văn học trung đại*, Hà Nội：Nxb. Khoa học Xã hội，1999.

［48］Trần Văn Giáp：*Lược truyện các tác gia Việt Nam*（tác gia các sách Hán, Nôm），Tập 1, Hà Nội：Nxb. Sử học Viện sử học，1962.

［49］Trần Văn Giáp：*Tìm hiểu kho sách Hán Nôm*（Thư Tịch Chí Việt Nam），Tập II, Hà Nội：Nxb. Khoa học Xã hội，1990.

［50］Uỷ ban khoa học xã hội Việt Nam-Viện Văn Học：*Thơ Văn Lý Trần*, Tập III, Hà Nội：Nxb. Khoa học Xã hội，1978.

［51］Văn Tân：*Sơ thảo lịch sử văn học Việt Nam*, Hà Nội：Nxb. Văn Sử Địa，1959.

［52］Vương Đình Quang Nghiên cứu, tuyển lựa：*Thơ văn Huỳnh Thúc Kháng*, Hà Nội：Nxb. Văn học，1965.

二、中文部分

［1］［越］裴辉璧：《历朝诗抄》，越南汉喃研究院藏。A1928.

［2］［越］裴辉璧：《皇越诗选》，越南汉喃研究院藏。A.3162/1-12.

［3］［越］裴辉璧：《皇越文选》，越南汉喃研究院藏。A.3163/1-12.

［4］［越］裴辉璧：《乂安诗集》，越南汉喃研究院藏。A. 620.

［5］《禅苑集英》，越南国家图书馆藏。VV891/12.

［6］陈庆浩，王三庆：《越南汉文小说丛刊》，第一辑，法国远东学院出版，台北：台湾学生书局印行，1987年版。

［7］陈庆浩，王三庆：《越南汉文小说丛刊》，第二辑，法国远东学院出版，台北：台湾学生书局印行，1992年版。

［8］陈益源：《剪灯新话与传奇漫录之比较研究》，台北：台湾学生书局印行，1990年版。

［9］陈玉龙：《汉文化论纲——兼述中朝中日中越文化交流》，北京大学出版社，1993年版。

［10］［越］陈重金著，戴可来译：《越南通史》，北京：商务印书馆，1992年版。

［11］［美］D·R·萨德赛著，蔡百铨译：《东南亚史》，台北：麦田出版公司，2001年版。

［12］［英］D·G·E·霍尔著，中山大学东南亚历史研究所译：《东南亚史》，北

京：商务印书馆，1982年版。

[13]（清）大荔马先登伯岸甫：《再送越南贡使日记》，中国国家图书馆藏。

[14]《大越史略》，越南国家图书馆藏。VV891/98.

[15]戴可来，于向东：《越南历史与现状研究》，香港社会科学出版社有限公司，2006年版。

[16]戴可来，杨保筠校点：《岭南摭怪等史料三种》，郑州：中州古籍出版社，1991年版。

[17][越]邓鸣谦：《越鉴咏史诗集》，越南汉喃研究院藏。A440.

[18][越]邓台梅著，黄轶球译：《越南文学发展概述》，《东南亚研究资料》，中国科学院中南分院东南亚研究所，1964年第4期。

[19]冯承钧：《李陈胡三氏时安南国之政治地理》，安南书录，1976年版。

[20][越]高伯适：《高伯适诗集》，越南汉喃研究院藏。A210.

[21]国立中正大学中文系语言与文学研究中心主编：《外遇中国》，中国域外汉文小说国际学术研讨会论文集，台北：台湾学生书局，2001年版。

[22][越]胡元澄：《南翁梦录》，中国国家图书馆藏。

[23]《华程诗集》，越南汉喃研究院藏。A471.

[24]黄国安：《中越关系史简编》，南宁：广西人民出版社，1986年版。

[25]黄心川：《东方著名哲学家评传》（越南卷 犹太卷），济南：山东人民出版社，2000年版。

[26][法]克劳婷·苏尔梦著，颜保译：《中国传统小说在亚洲》，北京：国际文化出版公司，1989年版。

[27][越]黎贵惇：《全越诗录》，越南汉喃研究院藏。A.3200/1-4；A1262.

[28][越]黎贵惇：《桂堂诗集》，越南汉喃研究院藏。A.576.

[29][越]黎贵惇：《黎朝通史·艺文志》，越南汉喃研究院藏。A1389.

[30][越]黎贵惇：《芸台类语》，第二集，国务卿特责文化府出版，译术委员会古文书库，1972年版。

[31][越]黎圣宗：《圣宗遗草》，越南汉喃研究院藏。A202.

[32][越]黎文休：《大越史记》，越南国家图书馆藏。VV891/75.

[33][越]黎崱著，武尚清点校：《安南志略》，北京：中华书局，2000年版。

[34][越]李文馥：《西行诗记》，越南汉喃研究院藏。A2550.

[35]梁志明：《东南亚历史文化与现代化》，香港社会科学出版社有限公司，

2003年版。

[36]林明华:《越南语言文化散步》,香港:开益出版社,2002年版。

[37]卢蔚秋,赵玉兰:《越南文学介绍》,《国外文学》,1984年第1期。

[38]卢蔚秋:《东方比较文学论文集》,长沙:湖南文艺出版社,1987年版。

[39]罗长山:《越南传统文化与民间文学》,昆明:云南人民出版社,2004年版。

[40]马歌东:《日本汉诗溯源比较研究》,北京:中国社会科学出版社,2004年版。

[41](清)南沙席氏:《元诗选癸集目录之壬下安南九人》,手抄本,中国国家图书馆藏。

[42][越]潘孚先:《越音诗集》,越南汉喃研究院藏。A1925,A3038.

[43][越]潘辉注:《历朝宪章类志·文籍志》,河内:文化教育青年部出版,译术委员会古文书库,1974年版。

[44][越]潘辉注:《历朝宪章类志·邦交志》,越南汉喃研究院藏。A1358/10.

[45][越]潘辉注:《历朝宪章类志·人物志》,越南汉喃研究院藏。A1358/8.

[46][越]潘辉注:《历朝宪章类志·科目志》,越南汉喃研究院藏。A1358/6.

[47][越]潘辉注:《历朝宪章类志·刑律志》,越南汉喃研究院藏。A1358/7.

[48][越]潘佩珠:《潘佩珠年表》,法国堤岸《远东日报》,1962年8月5日至9月27日连载,报纸拼凑版,北京大学图书馆藏。

[49](清)青心才人编次:《金云翘传》,北京:华夏出版社,1995年版。

[50](明)瞿佑:《剪灯新话》,上海古籍出版社,1981年版。

[51]饶芃子:《中国文学在东南亚》,广州:暨南大学出版社,1999年版。

[52]任继愈:《中国佛教史》(1—3卷),北京:中国社会科学出版社,1981年版。

[53][越]阮述:《越南使臣诗稿》,缩微制品,富察敦崇藏,清抄本,中国国家图书馆藏。

[54][越]阮交:《史论》,湘阴李氏清同治十三年(1874),中国国家图书馆藏。

[55][越]阮攸著,黄轶球译:《金云翘传》,北京:人民文学出版社,1959年版。

[56][越]释德念(胡玄明):《中国文学与越南李朝文学之研究》,大乘精舍印经会,台北金刚出版社,1979年版。

[57]《诗赋集》,越南汉喃研究院藏。A1085.

[58](清)天花主人编次,惜阴堂主编辑:《二度梅全传》,济南:山东人民出版社,1986年版。

［59］(元)汪大渊著，苏继顾校释:《岛夷志略校释》，北京：中华书局，1981年版。

［60］王介南:《中外文化交流史》，太原：书海出版社，2004年版。

［61］王昆吾:《从敦煌学到域外汉文学》，北京：商务印书馆，2003年版。

［62］王力:《龙虫并雕斋文集》，第二册，北京：中华书局，1982年版。

［63］王小盾，刘春银，陈义:《越南汉喃文献目录提要》，台湾中央研究院中国文哲研究所，2000年版。

［64］［越］吴士连:《大越史记全书》(内阁官板)，河内：社会科学出版社，1988年版。

［65］［越］吴时仕:《吴家文派》，越南汉喃研究院藏。A117a/1-30，A117b/1-4，A117c/1-3.

［66］许文堂，谢奇懿:《大南实录清越关系史料汇编》，台北：台湾易风格数位快印有限公司，2000年版。

［67］(明)严从简著，余思黎点校:《殊域周咨录》，北京：中华书局，2000年版。

［68］颜保:《越南文学与中国文化》，《国外文学》，1983年第1期。

［69］颜保:《越南文学史》，(古代至20世纪初)(讲义)。

［70］阎纯德:《汉学研究》，第三集，北京：中国和平出版社，1999年版。

［71］杨焕英:《孔子思想在国外的传播与影响》，北京：教育科学出版社，1987年版。

［72］游国恩:《中国文学史》，北京：人民文学出版社，1984年版。

［73］张长青:《文心雕龙诠释》，长沙：湖南人民出版社，1984年版。

［74］张秀民:《中越关系史论文集》，台北：文史哲出版社印行，1970年版。

［75］张秀民:《安南文学史资料辑佚》，《印支研究》，1983年第1期。

［76］中国社会科学院历史研究所编:《古代中越关系史资料选编》，北京：中国社会科学出版社，1982年版。

［77］［越］郑怀德:《艮斋诗集》，越南汉喃研究院藏。A249.

［78］赵丽明:《汉字传播与中越文化交流》，北京：国际文化出版社，2004年版。

［79］郑永常:《汉文学在安南的兴替》，台北：台湾商务印书馆发行，1987年版。

［80］(宋)朱熹集注:《四书集注》，长沙：岳麓书社，1985年版。

［81］朱云影:《中国文化对日韩越的影响》，台北：台湾黎明文化事业公司，1981年版。